LEGEND OF A
SUPERSPY

谍影风云 1

寻青藤◎著

人民东方出版传媒
东方出版社

目录

CONTENTS

主人公 宁志恒

浙江杭城人。年龄二十出头，身高约一米七五，身形挺拔，体格健壮，五官较为立体，剑眉朗目，颇为英俊。穿上军装、带上配枪后英姿勃发，气宇轩昂。

初为黄埔军校第十一期步兵三班学员，后历任军事情报调查处（"军统"前身）行动科第一行动组第三行动队副队长（少尉）、队长（中尉、上尉），第四行动组组长（少校），绰号"宁阎王"，秘密身份是代号为"影子"的红色特工。

✳ 宁志恒亲友

宁良才：宁志恒父亲，在家排行老三。杭城生意人。

桑素娥：宁志恒母亲。

郑氏：宁良才姨太太，宁志明、宁珍之母。

宁志鹏：宁志恒大哥。

宁志明：宁志恒三弟，郑氏所生。

宁珍：宁志恒小妹，郑氏所生。

贺峰：宁志恒、卫良弼的老师，保定系成员，军事情报调查处副处长黄贤正在保定军校时的同窗好友。北伐勇将，人称"贺疯子"，上校军衔。后被调入黄埔军校教书。推荐宁志恒进入军事情报调查处。

苗勇义：宁志恒至交、同窗。黄埔军校毕业后进入五十二军。

夏元明：宁志恒同窗好友。黄埔军校毕业后进入五十二军。

柯承运：宁志恒同窗好友。黄埔军校毕业后进入五十二军。

✳ 宁志恒外围帮手

刘大同：原是南京北华警察局巡警小队长，后跟随宁志恒为其收集情报，升任北华警察局侦缉警长。

刘永：刘大同发小。后跟随宁志恒为其收集情报，担任黄包车行老板。

陈延庆：户籍警，刘大同好友。后跟随宁志恒为其收集情报。

官季安：刘大同手下，治安警。

熊鸿达：刘大同手下，治安警。

侯成：刘大同手下，巡警。

温兴生：刘大同手下，巡警。

左柔：左氏兄妹老二，江湖高手，善用柳叶刀，后被宁志恒招为手下。

左刚：左氏兄妹老大，江湖高手，后被宁志恒招为手下。

左强：左氏兄妹老三，江湖高手，后被宁志恒招为手下。

✳ 中共地下党组织成员

博然：第一任代号为"影子"的中共地下党员，已牺牲。

路明：第二任代号为"影子"的中共地下党员，因叛徒出卖，中了中央党务调查处人员的埋伏，壮烈牺牲。后"影子"代号被宁志恒继承。

张培：原中共地下党员，后叛变，是造成第二任"影子"路明死亡的主要人物，被宁志恒暗杀。

夏德言：代号"农夫"，青石茶庄掌柜，"影子"的单线联系人，中共南京地下党组织的老成员。

方博逸：代号"青山"，金陵大学教授，中共南京地下党组织最高领导人，五名常委之一。

吴泉江：代号"苦泉"，中康中药店老板，中共南京地下党组织五名常委之一，负责为前线红军将士搜购军需药品。

郑大有：方博逸家中男佣，中共南京地下党组织安全组长。

程兴业：普安中医诊所坐诊大夫，继承吴泉江的"苦泉"代号，重新领导和组织南京地下药品战线工作。中共南京地下党组织五名常委之一。

吴茹云：革命烈士老钟的遗孤，女子中学学生，舅舅是吴泉江。

✳ 军事情报调查处人员

处座：军事情报调查处最高长官，少将军衔，被称为一代"间谍之王"。阴狠狡诈、冷面铁血、喜怒无常，治军赏罚分明，是出色的谍报特务头子。

黄贤正：军事情报调查处副处长，保定系首脑人物。为人圆滑，处事老辣，城府极深。是宁志恒老师贺峰的军校同窗，也是宁志恒在军中的靠山。

赵子良：军事情报调查处行动科科长，上校军衔，处座嫡系。

向彦：军事情报调查处行动科副科长。

卫良弼：宁志恒师兄，同为贺峰门生，黄埔七期毕业，黄贤正的嫡系干将，暗杀高手。军事情报调查处行动科第一行动组组长，初为少校军衔，因功晋升中校。

雷宜春：军事情报调查处行动科第一行动组第一行动队队长，上尉军衔，卫良弼部下。

吕扬：军事情报调查处行动科第一行动组第二行动队队长，上尉军衔，卫良弼部下。

梁德佑：军事情报调查处行动科第一行动组第三行动队队长，上尉军衔，不受组长卫良弼信任，后被调到训练科。

石鸿：军事情报调查处行动科第一行动组第三行动队副队长，卫良弼亲信。因功由中尉破格晋升上尉。

邵文光：卫良弼副手，资深特工，苦熬多年仍为上尉军衔。

孙家成：宁志恒心腹，擅长武术和近身搏斗。军事情报调查处行动科第一行动组第三行动队队员。因功晋升少尉，升任第三行动队副队长。

王树成：宁志恒手下骨干，因功升任军事情报调查处行动科第一行动组第三行动队副队长。

赵江：宁志恒手下骨干，军事情报调查处行动科第一行动组第三行动队队员。因功晋升少尉。

谷正奇：军事情报调查处情报科科长，上校军衔，处座嫡系。

边泽：军事情报调查处情报科副科长，处座心腹，曾与"雪狼"数次交锋，皆失利。

于诚：军事情报调查处情报科组长，少校军衔，谷正奇心腹。因处处盯防宁志恒，曾被数次敲打。

崔国豪：黄贤正的老部下，保定系成员，因宁志恒抓捕黄显胜引出的孔良策冤案被提升为军事情报调查处装备科二组组长、晋升中校军衔，成为这次事件的最大赢家。

钱忠：军事情报调查处情报组组长，处座的心腹和同乡。尸位素餐，贪财如命。

江文德：军事情报调查处刑讯科队长，中尉军衔。

章平：军事情报调查处刑讯科军官，中尉军衔。

✳ 中央党务调查处人员

沈乐：中央党务调查处南京调查室主任。

闻浩：中央党务调查处南京调查室情报三组组长。

段星洲：中央党务调查处南京调查室行动队长，闻浩的手下。

郭明：中央党务调查处南京调查室外勤行动队员，闻浩的手下。

✳ 国民党军官

沈浩成：贺峰至交，驻守重庆的第十三师第五团团长。曾帮助宁志恒在重庆购买地皮。

孔良策：原中央军第十一师后勤处处长，后因情报失密案被当作替罪羊秘密处决，真实情况是潜伏在第十一师的日本间谍黄显胜窃取情报。

林慕成：黄埔军校第七期毕业生，原中央军第十一师师部参谋，后调任第四师师部机要秘书，少校军衔。被策反成为日本间谍，代号"飞燕"。

林震：保定系大佬，第三军副军长，林慕成的父亲。

✳ 日本间谍

柳田幸树：化名付诚，代号"风车"，日本特高课特工，暗影小组组长，被捕后不招供，被上电刑致死。宁志恒在此间谍案中因抓捕付诚首立军功。

岛津弘：化名谢自明，代号"黑雀"，特高课特工。在"风车"柳田幸树被捕后，被指派为新的暗影小组组长，其掩饰身份是鸿程小学国文教师。

哲也良平：化名黄显胜、王云峰，代号"木偶"，暗影小组成员。少时被抓到日本做劳工并被培养成间谍，冒充中国人的身份，担任中央军第十一师第二团作战参谋，少校军衔。被捕后招供，牵引出林慕成。后被宁志恒私下处决。

宣康年：代号"石榴"，暗影小组成员，德安商贸行老板，"黑雀"招供后被捕。

马宏：代号"铃铛"，暗影小组成员，宣康年发展的下线，中央党务调查处南京调查室行动队副队长。"黑雀"岛津弘招供后被捕。

戴弘光：代号"木花"，南京军政府机关交通科科长。"黑雀"岛津弘招供后被捕。

武田枫：化名田立群，黑水小组成员，苏煜留学东京时的同学，策反苏煜。

苏煜：代号"乌云"，黑水小组成员，中国人，外交部计划厅二处副处长，被留学日本时的同学武田枫威胁成为日本间谍。

川上健太：化名崔海，代号"雪狼"，特高课资深特工。在"风车"柳田幸树被捕后赴南京甄别小组成员重启暗影小组，被捕时拉响手雷自尽。

第一章
黄埔夜谈

一九三六年，深秋的夜晚。在南京中央陆军军官学校，也就是后来被称为黄埔军校的办公室内，两个男子正在低声交谈。

"志恒，我考虑了很久，还是推荐你去军事情报处。不过，这要看你自己的意愿，你可要仔细地掂量掂量。"坐在办公桌后面的中年男子面容严肃，语气却很是和蔼地说道。

站在对面的青年男子宁志恒，表情恭敬却不失亲近地回答道："老师，听说这次的毕业分配都定下来了？"

"你的消息很灵通嘛！确实已经定下来了——本届学生提前毕业，并全部奔赴西北前线。这也是我要把推荐名额给你的原因之一。"贺峰点头表示消息属实。毕竟这也不是什么军事机密，再有几天学生们都会接到通知。

那还用考虑吗？他可不愿上前线和红军刀兵相见拼死拼活。自己从前可是一名真正的共产党员，说什么也不能把枪口指向自己的同志吧！这完全超越了自己的底线，是绝对不可以的！

"志恒完全听从老师的安排。"宁志恒挺身立正，语气坚定地回答，"就是怕同学们议论，还以为我贪生怕死，不敢上前线。"

贺峰轻轻挥了挥手，毫不在意地说："不用考虑那么多，你跟他们不一样。

别看都说黄埔军校生是天子门生，可又有几个能入了校长的眼？但你可是我贺峰最看重的弟子，不能白白送到前线当炮灰。这次碰巧军事情报处的副处长黄贤正开口要人，是你的一次机会，不能错过了。"

宁志恒知道这位黄贤正副处长，他和老师贺峰是好友兼同窗。他们都是军方中最具实力的派系之一——保定系的骨干。

所谓保定系，是指保定陆军军官学校毕业的军官团体。保定陆军军官学校是中国近代第一所正规陆军军校，毕业的学生遍布中国，所以它在中国近代军事史上占有很重要的地位，尤其在国民党的军队中很多高层就出身于此。而在黄埔军校中它的地位更为明显，教官中有一半都是保定陆军军官学校毕业生，老师贺峰就是其中之一。

这些保定系教官会有意识地对一些较为优秀的学员重点关注，甚至在他们毕业后继续大力栽培，为保定系添加新鲜血液，以维持保定系在军中的影响力。

因为这些学生同时也是黄埔军校的学生，也就是常校长眼中的嫡系，所以在黄埔系和保定系中都吃得开，可以说是左右逢源，被戏称为黄埔系中的保定系。

所谓朝廷有人好做官，这些学员在军中前辈的关照下自然仕途顺利，在军中也掌握了很大的话语权。而宁志恒作为贺峰看重的弟子，自然就被归为保定系的一员。

"这次军事情报处又有扩编，黄贤正自然也需要信得过的人手，可校长有明确指示，只能从黄埔军校毕业生中挑选。这不，我就只能向这些老战友、老同窗开口了。"贺峰解释道。

这次军事情报处的扩编是一次难得的机会。作为军方最为重要的特工谍报部门，军事情报处一直牢牢掌控在常校长手中，绝不允许其他任何势力染指。

这是只能效忠于最高领袖的特权部门，负责军、宪、警部门以及对外的情报安全工作，尤其在军方享有绝对的特权，也是保定系早就想插手的势力范围。能够在这样一个要害部门安插进自己人，对以后保定系的发展当然是极为有利的。

"军事情报处里咱们的实力怎么样？"宁志恒觉得有必要了解清楚新单位

的大致情况。

"这些年多少还是有些成效的。黄贤正算是地位最高的，也不过是几个副处长之一。这也是校长所能容忍的最大限度了。"贺峰有些无奈。

这些年常校长在军方越来越强势，很多老人开始靠边站了。也就是保定系的影响实在太大，势力更是盘根错节，而自己很多得力的旧部又是保定系出身，碍于旧情，常校长才容忍了下来。

"下面几个部门里多少也会安排几个人手，但也都和你一样，必须是黄埔毕业生，这是前提条件，不然校长是不会同意的。"

宁志恒点点头，感觉还好。他们这些人兼具黄埔和保定两系双重身份，在效忠领袖的前提下维护保定系的利益，这也是得到双方认同的。

老实说，他感到很幸运，自己家世普通、才能一般，在军方完全靠老师的赏识才能得到别人无法企及的资源优势，不然他也只能和同学们一样奔赴前线战场了。

"那老师能不能让苗勇义也一起进入军事情报处？他是我从小玩到大的同窗好友，如果能够……"

"不行，这次机会难得，名额有限。况且你的这位好友你也应该了解，他不会领你的情。"

没等宁志恒说完，贺峰就打断了他的话。更重要的原因是，这个苗勇义并不是保定系的人，资源绝不能浪费在这个人身上。

宁志恒也很清楚这一点，况且苗勇义和绝大多数同学一样，更向往慷慨激昂的军旅生涯，绝不会接受去当一名特务这样的安排，但他还是想尽最大的努力为苗勇义争取。毕竟，刚毕业就奔赴前线作战，危险性还是很大的，尤其是对下层军官来说。他可不想苗勇义出现什么意外。

"那能不能在后勤部门给他安排一个岗位，前线实在太危险了，尤其是和共军作战。"

贺峰摇了摇头，为难地说："往年这算不上是什么大事，但今年情况不同。校长刚刚解决了两广的问题，如今再无后顾之忧，该腾出手来彻底解决共军的问题了。前线的东北军和西北军又找各种借口拖延战事，校长已经极其不耐烦了，看来对他们是指望不上了。这次要加大中央军的力量，争取短时间内绝此后患。"

宁志恒苦笑道："您觉得这次能够解决问题吗？共军人数虽少，但作战能力强，我党多年追剿，可他们现在还不是好好的？"

贺峰有些诧异地看了看宁志恒，说："你倒是对共军很有信心。如今他兵马不过几万，我党几十万中央军，再加上那些地方军，近百万大军推过去，纵然他有三头六臂，这次也难逃一劫！"不过，贺峰又觉得现在说这些没什么意义，便放低声音说道，"咱们先不谈这个，共军能不能撑过此劫与咱们无关。老实说，无论胜负都不是我想看到的。"

宁志恒听到这话有些诧异，现在在国民党内，这样的话语是绝对禁止的，贺峰今天显然有些失言了。

"老师也认为这场内战是应该避免的吗？老实说，我觉得这完全是自己消耗自己的国力。如今日本人虎视眈眈，中日之间必有一战。中国人应该一致对外，怎么能够自相残杀！"宁志恒察觉到老师的言语里有同情共产党军队的意思，才顺势把自己的心思说了出来，反正师生之间没有什么忌讳。

"你小点声！"贺峰一拍桌子，同时起身几步走到窗前，先是仔细地听了一下外面的动静，然后轻轻地将窗户关上，"此一时彼一时也！现在这个风口浪尖，谁还敢再提这种话？"过了片刻，他忽然又想到什么，问道，"这些话你还跟谁提起过？"

宁志恒向前走了两步来到贺峰面前，刻意轻声地说："老师，这些话我也只敢对你说，从没对外人提过。"

贺峰轻舒了一口气："这就好！你千万要注意自己的言行，不然被执法处传唤就麻烦了。找到你，后果是什么，你心里清楚。"

其实，贺峰心里又何尝没有同样的想法。当年一同参加北伐的战友中就有共产党员，那都是些铁骨铮铮的汉子，他打心底里佩服这些人。只是从"四一二事变"以来，国民党内对"亲共分子"严厉镇压，这些年来已经没有人再敢发出这样的言论。

"你难道想被赤化吗？以后少看些乱七八糟的书，以前也没看出你有这方面的思想，今天是怎么啦？"贺峰训斥道。

同时他心里在想，自己这个学生虽然平日里寡言少语，不苟言笑，论性情倒是跟自己年轻的时候非常相像。这也是自己很喜欢这个学生的原因之一。

见老师发火了，宁志恒赶紧说："老师放心，我知道什么话该说，什么话不该说。会注意的。"

"你先回去吧，今天这样的话绝不能对外人说，哪怕是你那些同学好友。万一透露出去，后果不堪设想！"贺峰叮嘱道。

宁志恒连忙点头，回答："我知道怎么做，老师放心！"自己虽然与几个好友交情很好，可他绝不会把身家性命赌在别人身上。

贺峰还是有些担心宁志恒太年轻，行事不够谨慎，于是再次轻声叮嘱道："一定要小心再小心，毕业前这段时间尽量少和人聚会，以免在交谈时吐露危险言论，引出麻烦。"

宁志恒连忙点头称是，退出房间，将房门轻轻掩上。他双目环顾，见四周没有什么异常，便快步向自己的宿舍走去。

军校的宿舍很宽敞，一个房间两面并排放下十二张单铺，正好安排陆军建制一个班的人员。

"志恒，怎么回来得这么晚？马上就要吹熄灯号了，赶紧洗洗睡吧！"苗勇义见宁志恒回来，对他说。

宁志恒在军校中有三个较为要好的同学，苗勇义正是其中之一。苗勇义还是他在杭城永宁三中的同窗，当初宁志恒正是在苗勇义的鼓舞下才一起报考中央陆军军官学校。二人情同兄弟，交谊深厚。

宁志恒点点头，没有出言解释。

这时，房门突然被推开，两个人急匆匆地跑了进来。他们正是宁志恒的另外两个好友夏元明和柯承运。

宁志恒这才发现，平日里这个时候同学们都应该休息了，可今天整个宿舍里竟然还有几个比他更晚回来的。

"勇义、志恒，你们知道吗？刚才有好多同学向邵教官打探消息，据说咱们班都会分配到五十二军，那可是装备最精良的部队了。"夏元明一脸兴奋地说。

"咱班运气好，整锅端走，集体调入五十二军。听说马上就有大战，几路大军围剿共军那点人马还不是手到擒来。毕了业就有军功到手，你说上哪儿去找这样的好事！"柯承运也很激动。他们都是盼望建功立业的年纪，知道要提前毕业奔赴前线，有的只是兴奋，没有丝毫的惧怕。

苗勇义听他们一嚷嚷,也很好奇,说:"这可真是个好消息。军功倒还其次,重要的是这样咱们兄弟也不会分开,战场上彼此还能有个照应。"

这时,宿舍里躺着的同学也纷纷坐起,兴奋地交谈起来。战场上能有可以信任的战友依靠,那当然是最好不过了。这些学生同窗两年,早就盼着毕业后征战沙场建功立业。

众人中只有宁志恒在一边以微笑应和,却不发一言。他看到同学们在一起热烈地交谈,心里却如平静的湖水无一丝波澜。

夜已经深了,同学们都已睡熟,只有宁志恒久久无法入眠,陷入回忆中。

宁志恒原是二十一世纪政府部门一名普通的公务员,年轻时受领导赏识也曾风光了几年。可好景不长,原本前途远大的领导突然患急病去世。很快,身为秘书的宁志恒受到继任领导的边缘化,被排挤到档案室做了个副主任。此后,他便绝了在仕途中进步的念想,无聊度日时竟然有了收藏古玩的爱好。平日里看看书,逛逛古玩街,淘换点儿不值钱的古玩玉器。

一天,他在地摊上看到一枚寸许长短、色泽乳白的菩提子,竟莫名地感知这颗菩提子就是他肉身所寄,在冥冥之中有一种神奇的力量促使他不顾一切地想要得到它。

摊主口若悬河地侃着,宁志恒却全然不知,如同着了魔一般,掏出身上所有的钱买下了这枚菩提子。

摊主望着他远去的背影,一时反应不过来,心想这年头还有这么好骗的傻瓜!

浑浑噩噩地回到家中,他将菩提子捧在手里,不错眼珠地紧盯着它,眼看着它由实变虚,缓慢地与自己的身体融为一体。

随着一股古朴而纯粹的力量涌入脑海,所有的意识与外界断绝了联系。

不知过了多久,醒来时他已经回到一九三六年,也就是民国二十五年,宁志恒已是黄埔军校即将毕业的学生。

宁志恒轻叹一声,知道这一切应是那枚菩提子所致。

此时正是凌晨,宁志恒穿好衣服出门来到操场。他舒展了下身形,出拳弹腿。双拳每一次挥动,都如坠重山,劲道沉稳。一套拳脚打下来,筋骨血气扩散开来,让他感觉浑身充满了使不完的力量。

闭上眼睛，感受着身体里的血液和经脉，正随着自己的一吸一呼有节奏地颤动着。一股热流在其中涌动，将身体各个部位贯穿起来。良久之后，他睁开眼睛，感觉神清气爽，精力充沛。他现在可以确定，自己的身体素质全面提升了一大步。

万万没有想到，无意间得到的这枚菩提子竟然如此神奇，不仅带给自己如此奇幻的际遇，还融入身体之中，将他的身体素质提升到如此强悍的地步。

难道真的有人类不知道的神秘力量吗？这一切让他对世界的认知产生了翻天覆地的变化。

经历了这些日子的惊惧和迷茫，宁志恒慢慢地融合这一世的记忆，逐步适应了身边的人和事。

转眼就到了毕业这一天。和往届一样，领袖站在台上慷慨激昂地作结业演讲，鼓励大家为国为党效力。

台下的学生们热血沸腾，恨不能马上就奔赴前线杀敌报国。

宁志恒在方阵中随着大家喊口号，双眼却四下打量，寻找老师贺峰的身影。

这几天他没有再去找贺峰，贺峰也没有再向他透露任何信息。

宁志恒虽然心里七上八下，焦急难耐，面上却不露声色，和大家一样按部就班完成了毕业典礼。

大家都提前收拾好随身物品，午饭后就要集合出发，开赴前线。

这时，一个通信兵出现在宿舍门口，叫道："宁志恒！"

"到！"宁志恒心中一振，终于有消息了。

"马上携带行装，到教导处报到！"通信兵昂声传达。

"是！"宁志恒不敢耽误，迅速回身背上行军包就要出门。

这个突然下达的命令让所有人都吃了一惊：马上就要出发了，怎么会让宁志恒带上行装去教导处报到？这明显是要和大家脱离，单独行动！

"志恒，这是什么情况？你知道是怎么回事吗？"苗勇义赶紧追问道。

宁志恒一脸茫然，做无奈状地说道："我也不知道，先去看看再说。"

夏元明道："如果有什么变化，提前给我们个信，也好让兄弟们放心。"

这时通信兵在一旁连声催促，宁志恒也不敢耽误，几步跨出门。他忍不住回身凝视同学们，好像要把众人的模样一一印在脑海中一样。

他知道这一别，也许这里的大部分兄弟、同窗将永不再见，心中不由得伤感不已！

道一声"保重！"，宁志恒迈开大步随通信兵而去。

很快来到军校教导处门口，宁志恒挺身立正，高声道："报告，步兵三班，宁志恒奉命报到！"

"进来！"教导主任郭宏恺低沉有力地回应。宁志恒迈步进入，端直立正。

郭宏恺坐在桌后用审视的目光盯着宁志恒，问："知道为什么叫你来吗？"

"报告主任，不知道！"宁志恒做出不明状况的表情。

郭宏恺起身走到宁志恒身前，犹豫了片刻才说："宁志恒，你的毕业分配有些变化！"

宁志恒适时地露出惊疑的表情。

"出于一些特殊的原因，你马上要到一个新的部门报到。不要问我为什么，这是军令，不容违抗，你明白吗？"

宁志恒点头示意明白，静等他的下一步指令。

"这次军事情报处点名要你，他们有这样的特权，我只能同意，希望你能明白。"郭宏恺拍了拍宁志恒肩头，颇有些惋惜。这些纯粹的军人对那些搞特务特情的部门多少有些看不上。

同一时间，政治部办公室里，贺峰正和主任赵俊民交谈。

"永年兄，你真舍得让自己的得意弟子跳进军情处这块龙潭虎穴？那个地方可不是一般人能待的。"赵俊民笑着问道，倒了杯热水放在贺峰面前。

这次调动，他也是出了大力气，才把自己的一个弟子推荐进军情处。

贺峰苦笑道："不舍得又能怎么样？我这个学生性格内向，但待人真诚，入学时就投我的眼缘。这一毕业就去前线，我不能让他冒这个险。再说，黄贤正在军情处力量确实单薄。咱们保定系在军中的实力也足够自保了，但是在军事特务部门方面的实力是个致命的弱点。大佬们绝不会放过这次的大好机会。如果不是校长那边不松口，不然……嘿嘿！"

"可是对他们来说，军情处也不是什么好的去处，我们这也是不得已啊！"赵俊民有些感慨道。

贺峰摇头苦笑道："是啊。不过军情处毕竟是特殊部门，又直接对领袖负责，在这里做得好，前途不输于在军队打熬。唉，也不知道这次是帮了他们，还是害了他们！"

从教导处出来，宁志恒仍然有些恍惚，事情就这样完成了。

门外已有一辆军用卡车在等，一名军官上前说："宁志恒，上车吧，就等你了！"

宁志恒一愣，这是马上就去报到啊！他犹豫了一瞬，试探地问："能不能给我几分钟，我想去和同学们说一声，他们还在等我消息。"

那名军官脸一板，呵斥道："我想你们教导主任应该告诉过你，将要去的是什么单位！你现在要学的第一件事就是服从！以后你和你的同学们估计不会再有打交道的机会了，明白吗？"

宁志恒不敢抗命，赶紧翻身上车。待车辆启动前行，他这才发现卡车后厢里竟然还有九个人，他甚至看见了两个面容相熟的同期同学，只是不同班，他平时又不怎么与人交往，不知道具体的名字。

"宁志恒同学，没有想到最后一个人选竟然是你！"一个同学惊奇地说。

宁志恒认为自己属于在同期生中存在感极低的那种，没想到有人能记得他。

这些学员应该就是保定系教官们手下的弟子门生了。大家心里都有数，只是嘴上不说。通报完各自的姓名，大伙儿马上熟络起来。

"听说军事情报处一直都很神秘，怕是有很多人都不知道还有这样一个部门存在。"

"你们知道这个军事情报处具体是干什么的吗？"

"听说是管军务的，总之是除了党务什么都管！"

其中有个叫林一帆的同学，显然消息灵通，神神秘秘地说："这个军事情报处可是个厉害部门，在军队中握有很大特权，据说是受领袖直接领导，立功机会可能比上前线还多呢！"

又有一个同学接着说："听说军事情报处是前几年刚刚建立的，几个主要负责人都是咱们黄埔军校第一期毕业的老学长，成员也都是历届黄埔毕业生，还有一些从军队挑选出来的精英分子，一般人是进不去的！"

"照这么说，咱们还是同学们中的精英呢。"自我感觉良好的朴正初马上打趣道。

"就你那成绩也能算精英？说你是蒲公英我倒是信！呵呵。"一旁的同学讥讽道，显然两人关系不一般。

朴正初性格外向，嘻嘻哈哈和同学互损，根本不在乎。

"我知道里面部门很多，你们猜这次咱们会被分配到哪个部门？"

"那谁知道！不过，相信老师已经有了安排。"

"我估计还要根据个人的具体情况来分配，不知道大家都擅长什么？"

大家说得热闹，一旁的宁志恒却一言不发，引起了旁人的好奇。

"志恒，你怎么不说话？你擅长什么？"林一帆问道。

"你先说你擅长什么？"宁志恒反问对方。

林一帆有些不好意思地说："我军事成绩一般，不过以前的家教是外国人，所以我的英语和法语还不错。"

这是特殊人才啊！这年头拿枪的人多了，可是能说外语，尤其是两门外语的可没有多少。

再说请得起外教的人家能是普通人家吗？不用问，这不是官二代就是富二代。

"我格斗成绩挺好，射击成绩也不错！"体形结实的王树成自我介绍。

大家七嘴八舌地将自己的特点大概介绍出来。宁志恒发现他们都有一技之长，甚至有一个说自己就是记忆力好些，其他方面一般。

别人都坦诚相待，宁志恒也只好硬着头皮说："我的军事成绩也一般，可能是因为射击成绩好些吧！"

这倒是真的。宁志恒原来的射击成绩就不错，前几天毕业考试时，因为体质明显改善，眼力、臂力，甚至感知力都今非昔比，射击成绩突飞猛进，竟然超过原来成绩第一的苗勇义，搞得全班同学都很吃惊。

在众人一路交谈中，军车行进了一个多小时终于停下，军官指挥十名学员下车。学员列队整齐，两年军校学习让他们一举一动都体现出军人作风。

宁志恒下车后发现，车停在一处大院门口。大院里面有大型操场和数个办公楼。

军官带领学员进入左侧的办公楼，来到会议室，让大家等着，然后转身去通知长官。

不多时，进来两名军官，一名中校，一名少校。

"立正！"众人立正敬礼，恭迎长官。

中校军官挥手示意，微笑着对大家说："首先欢迎诸位新同事的加入。诸位可能对我们的工作单位有些陌生。我们的单位在党内被称为力行社，对外的公开名称是国民军事委员会调查统计局二处，也叫军事情报处。这次军情处的扩招规模很大，在你们之前已经有很多同事报到了，你们应该是最后一批。具体的工作性质相信大家之前都有所了解，我就不多说了。来之前诸位同学的工作分配我们都已经安排好了。"

中校军官接着便宣布分配名单。军情处下分八个科室，其中以行动科的人员最多，下辖三个行动组、九个行动队。行动科主要负责外勤，危险性较大，人员也多有损失，所以新人大多都去了行动科补充人员。

十个人里包括宁志恒和王树成，有六个去了行动科。

宁志恒等六个学员都是因为在格斗和射击等方面成绩突出，才被安排进了行动科，毕竟执行出外勤任务需要很好的身手。

那个林一帆进了情报科，很明显这是早就打好招呼的，一个官二代或者富二代怎么可能进危险性最大的行动科？

那个记忆力好的、名字叫阮明的学员进了电信科。

总之，工作分配是根据大家的特长合理安排的。

分配完毕，有人带着学员去各自的单位报到。

那名少校军官上前对宁志恒等六人说："我是行动科一组组长卫良弼，是专门来接你们六个的。现在跟我走！"

把众人带回到行动科，卫良弼将宁志恒和王树成安排进了自己的行动一组。其他四人则被另外两个行动组领走了。

"你们先去领自己的军服和装备。"卫良弼吩咐两人道，"回来后介绍同事给你们认识。"

两人领命去后勤处领军服，每人两身崭新的少尉军装，还有款式一致的中山便装。也就是说，现在他们都是国军少尉了。

他们每人还领了一支保养良好的勃朗宁手枪。宁志恒手握枪柄，感觉枪型、重量都极为趁手，非常喜爱。

两人都身形挺拔，穿戴上军装和配枪，英姿勃发，气宇轩昂，很是精神。

王树成甚是喜欢这身军装，一边兴奋地走来走去，一边说："志恒，看来咱们这次也不亏，瞧这军情处的派头，级别肯定不低。原以为不去前线，这分配军衔估计要悬，没想到还是少尉。"

"当然不会。咱们是军官学校毕业生，到哪儿也得给个少尉。你别再显摆了，又不是头一次穿军装！"宁志恒被他转得眼晕，不禁打趣道。

"那能一样吗！军校穿的是士兵装，现在是正经的尉官装。看，多精神！"王树成撇嘴笑道。

宁志恒懒得看他臭美，拉着他赶回办公室，卫良弼已在等着他们了。看到他们一脸兴奋的样子，卫良弼微笑道："你们跟我来，我介绍同事给你们认识！"

宁志恒和王树成的办公室很宽敞，就安排在卫良弼办公室隔壁。卫良弼介绍说："我们一组人多，下辖三个行动队，但军官不多，加上你们也就十几个。每个行动队一个队长、三个副队长。你们去第三行动队担任副队长。队员大多是从军队里挑选出来的身手不错的士兵，他们军衔低，不用安排办公室。你们就在这里集中办公。"

这间办公室很大，可以同时放下四套办公桌椅。这时办公室里另外两名军官也在，卫良弼也都做了介绍。

三十出头、体形偏瘦、眼神深邃的上尉梁德佑，是行动三队的队长。

高大健壮、面容粗犷的年轻中尉石鸿，是行动三队副队长。

宁志恒和王树成赶紧立正敬礼。石鸿大手一摆，说："咱们兄弟以后就在一个锅里混饭吃了，别整那些虚礼，以后就以兄弟相称，叫我老石或是鸿哥。"

"是，鸿哥！"宁志恒和王树成赶紧称呼道。

石鸿哈哈一笑，倒是梁德佑不发一言，只是微笑点头。宁志恒心说，这人的性情倒是和自己有些相像。

卫良弼见四人熟悉了，就说："老梁，他们就安排在你们小队了，都是好小伙儿，你多费点儿心，把情况给他们介绍一下。"转身又对宁志恒道："过后到我办公室来一下！"宁志恒赶紧应声称是。

梁德佑见这情形心中一动，面上却不动半点儿声色，朝石鸿点了点头。于是，石鸿便把情况详细介绍给宁志恒与王树成。

原来整个行动科的编制和陆军一样，都实行三三编制。行动科下辖三个行动组，每个组又下辖三个行动队，每个行动队大致有四十人。

宁志恒所在的就是行动处第一行动组第三行动队。

宁志恒大概一算，整个行动科光是一线的行动队员就有近四百人。规模真是不小啊。

原来这个行动队也有四名军官带队，不过就在前些日子另外两个军官在一次行动中失手，一死一重伤。正好赶上军官学校提前毕业，就将宁志恒二人补充了进来。

"你们刚从军校毕业，对军情处可能不太了解。咱们的工作就是对内查处隐藏在军方内部的各方面军事间谍，尤其是共产党和日本方面的；对外侦查、获取敌方的军事情报。具体到行动科，我们专门执行具体的外勤任务，说白了就是抓人。情报科提供情报，我们就动手抓人。"石鸿简单明了地介绍了行动科的具体工作性质。

梁德佑在旁边补充道："最重要的是保密，我们的一切行动都是军事机密。我们都是职业军人，应该清楚这里面的严重性，千万记住这一点，否则军法无情！"

听两位同志介绍完情况，宁志恒想起刚才卫良弼让他去趟办公室，赶忙转身来到隔壁房间。敲门进去，卫良弼挥手示意他坐下，笑着问："知道为什么叫你来吗？"

"属下愚钝，请组长明示。"宁志恒当然不知道，不过从见面到现在，卫良弼始终对他和蔼可亲，明显很有善意。

"我是黄埔七期毕业的，也是贺峰老师的门生，这次特意把你安排在我这里也是老师的意思。"卫良弼微笑着说。

宁志恒喜出望外，没想到顶头上司就是自己的同门师兄。有了这层关系，自己在这行动科里的日子可就好过多了。

"真没想到，竟然遇上了师兄！只是从没听老师提起过。"宁志恒激动地说。

卫良弼摆手笑道："哈哈，我前两年在外省，今年才调回本部，有很长时间没去拜谒恩师了。抽空我们一起去看看老师。"

军事情报处在全国各地都设有分支机构。卫良弼毕业后刚进军事情报处就被外派，在一次行动中立了大功，再加上有黄贤正这层关系，今年被特意提拔并调回本部。

宁志恒知道除了自己，贺峰还有几个比较亲近的学生，但确实从没听到过卫良弼这个名字，显然是因为军事情报处的工作性质特殊。贺峰也绝对是一个口风很严的人。

宁志恒心里窃喜，微微低头，回答："一定，一定。进了军情处，一切都仰仗师兄关照了！"说罢欠身施礼。

卫良弼哈哈一笑，道："志恒放心，无论军方还是军情处，咱们黄埔保定系都是实打实的金字招牌，走到哪儿都要被高看一眼。过两天我再给你介绍几位学长，都是军情处里的实权人物。"

"那梁队长和石副队长？"宁志恒当然想搞清楚自己身边同事的底细，这对自己以后的行事至关重要。

"那个梁德佑是前几年从二十七师调过来的，要说进军情处的时间比我还早，搞业务是把好手。可毕竟没什么根基，要不我这个职位就是他的了！"卫良弼说。

"石鸿就不一样了，他是黄埔军校九期毕业，不过是武汉分校，在南京这边没什么过硬的关系，但人很懂事，还好相处。"卫良弼接着介绍。

"明白了，我会多请教石副队长的。"宁志恒对卫良弼的言外之意心知肚明。

这倒是让卫良弼有些意外。老师说这个师弟性格内向，木讷寡言，还怕他在军情处受排挤，特意安排到自己手下。可在他看来，这个师弟倒是很机灵，一点就透。

"看来学长手下都是精兵强将啊，那剩下的队员怎么样？"宁志恒接着问。这些人也不能小看，毕竟要在一起工作，问清楚些好。

"那些人不用太在意，都是从军中调过来的，有不少的老兵油子，没什么文化。有事你就安排他们冲在前面，损失了就再调些来补充，军队中这样的人有的是！"卫良弼显然没有把这些人看在眼里。

第二章

初次行动

见宁志恒回到办公室，梁德佑问他："志恒以前就认识卫组长？"

宁志恒一听就知道梁德佑看出点儿什么了，毕竟他多了几年资历，还是能看出些门道的。

"哪里，卫组长是我的学长，只是叙旧而已。"宁志恒也没打算隐瞒自己和卫良弼的关系，让他们知道自己有背景没什么坏处，今后也好拿捏对他的态度，这对大家都好。

王树成心思单纯，倒是没有多想。石鸿本来就是卫良弼的亲信，之前早就知道宁志恒和王树成的情况，所以并不觉得有什么奇怪。

梁德佑虽然平时不苟言笑，但人情世故还是懂的，当下笑着说道："既然是组长的小兄弟，那就不是外人了。以后大家和睦相处，千万不要见外！"

宁志恒没有丝毫仗势轻狂的意思，恭恭敬敬地说："梁队长和鸿哥都是我的前辈和学长，小弟有什么做不周到的，还请多多指教！"

听了这话，梁德佑和石鸿很满意，顿时对宁志恒感觉大好，这气氛也就融洽了许多。

当天下班后，宁志恒和王树成就在附近租了两间不大的房子，暂时安置下来。

晚上，梁德佑和石鸿在酒馆给二人接风，卫良弼也到场，几人推杯换盏，和乐融融。

第二天，梁德佑集合第一行动队全体人员，把宁志恒二人介绍给大家。

宁志恒仔细观察这些队员。看得出来，他们都是些精悍的青壮军人，行动敏捷，训练有素，不逊于正规军官学校毕业生。宁志恒不禁暗自点头。相比现在国民党军队的整体素质，这些人绝对够得上是精锐了。

军情处的工作时紧时松，每天的任务大都是由情报科通知行动科，然后由情报科的军官带队，行动科安排行动队执行外勤任务。

宁志恒刚过了两天的轻松日子，就迎来了他的第一次外勤任务。

这一天卫良弼推门而入，面色严肃地命令道："情报科紧急通知，第三行动队全部便衣，马上集合，准备出发！"

接到命令，第三行动队四名军官不敢怠慢，通知待命的队员到楼下校场集合。同时到达的还有一名情报科的年轻上尉，梁德佑介绍此人叫黄韬光。

行动队员全部上了军用卡车，几位军官则坐进一辆军用吉普中。黄韬光在车里将情况简单地介绍了一下。

一个月前，一个黄包车夫拉车时不小心摔倒，车上的客人也被摔下车。客人气得大骂车夫，最后没给钱就走了。

这事本来没什么新奇，可那个客人骂车夫时无意间夹杂了很短的一句日语，偏巧被旁边一位略懂日语的巡警听到，巡警回到警察局后向警长禀报了这件事情。警长很敏锐地感觉到其中定有蹊跷，加上眼下中国和日本的关系极为紧张，大家对日本的各种话题和情况都很敏感，于是警长立即向上反映，情况最后报到军情处。

情报科立即出动，通过那位巡警很快找到车夫。经查，车夫是在北华街拉上的那名乘客。在蹲守了两天之后，情报科终于找到此人，并由车夫指认确认了他的身份。

这个名叫付诚的中年男子是一家贸易商行的普通文员，单身住在北华街一处房屋内。他的社会关系与日本毫无交集，调查资料上也没有显示出这个人会日语，那么他突然说出一句日语就很奇怪了，尤其是在当时的情况下脱口而出。军情处判断他很可能是一名潜伏的日本间谍。

根据这些情况，情报科对这个人进行了监控，同时电信科也对北华街的电台进行了监听。

南京作为国都，是国家的政治和经济中心。这里的政府机构众多，有背景的商业公司数都数不过来。无论军用电台还是商业电台都多得难以统计，管理起来非常困难。但是如果划定特定的地域，有的放矢地进行监听，还是能够监听出一些情况的。

很快，电信科发现北华街有三家使用较为频繁的电台，其中两家都是登记过的商业电台，唯独这第三家电台没有登记。

于是，情报科怀疑这家电台和这个叫付诚的可疑人物有关系。情报科在监视目标多天后，发现他的行踪非常有规律：他每天只是在商行和住处往来，从来不去别处，社会交际方面也没有发现任何异常。

这么多天没有进展，情报科终于失去了耐心，决定实施抓捕，进行刑讯逼供。这才有今天的抓捕行动。

黄韬光从文件夹里取出一张照片。照片是从远距离拍摄的，照片里的人半侧着脸，中等身材，身穿半旧西装。

"这是监视的时候从远处拍摄的，不太清楚。"

宁志恒等人接过来看了看，看清大致的容貌。

梁德佑说："一会儿给队员都看一下，别出纰漏！"

前因后果解释清楚，车辆也驶近北华街。梁德佑命令全体下车，为了不惊动目标，分批步行快速进入北华街区。

付诚居住在街区一条巷道里，位置比较偏僻，附近行人也不多。这时一名负责监视的情报科便衣迎了过来。

黄韬光问："目标现在有什么动静吗？"

"没有。和往常一样，进了住所就没再出来了。"

黄韬光向梁德佑点点头。梁德佑一挥手，命令道："石鸿和树成各带十人封住前后巷口，不准任何人进入。记住，要留活口！尽量不要动枪，就是动枪也不能打要害。明白了吗？"

梁德佑带领宁志恒和剩余的行动队员悄悄来到付诚的院门。梁德佑轻轻一挥手，一名身手敏捷的队员身形一纵翻进了院墙，很快打开了院门。

众人放轻脚步鱼贯而入，来到房门外。在梁德佑的示意下，几名队员上前猛地踹开房门，冲了进去。

宁志恒也想跟着冲进去，却被梁德佑伸手拦住。宁志恒不解地看着对方，梁德佑向他轻摇一下头。

当着队员们的面，梁德佑不能明说，像这样的危险行动自然是安排这些小卒子冲在前面，不到万不得已，他们这些军官没必要亲自出马。

况且，宁志恒在军情处明显是有背景的，真要是出了问题，卫良弼岂能罢休！

卫良弼平时与梁德佑交谈中，毫不掩饰地表示过必须保护好宁志恒的意思，生怕梁德佑不晓事，行动时让宁志恒出现意外，不然到时候他也难以向老师交代啊！

因此，梁德佑行动时格外注意，由自己盯着，最大限度地保证宁志恒的安全。

"砰！砰！砰！"突然传出几声枪响，接着便是低哑的哀号，明显这是有人负伤了。众人心中一惊。

"里面还有人！"这时，屋里传来一名行动队员的声音。与此同时，队员们开始开枪还击，顿时枪声响成一片。

这是什么情况？情报不是说付诚单身一人居住吗，怎么出来了同伙？

梁德佑高声喊道："里面什么情况？"

屋里有队员回答："队长，里面卧室还有同伙，伤了几个兄弟，不过他也被我们打中了，不能动弹了！"

梁德佑的心略微放松一下，虽然出现意外，伤了几个队员，但总算是有惊无险，回去也能交代得过去。

他正寻思，屋里突然响起两声剧烈的爆炸，行动队的队员们立即就地卧倒。

紧接着，猛烈震荡的冲击波将窗户上的玻璃震得粉碎，不少队员被四散飞射的玻璃片划伤了手脸，连房门都被震成了两半。

宁志恒也在听到爆炸声后迅速卧倒。这是美式手雷的声音，他在军校曾使用过实弹。这种手雷体积小，威力却十分惊人。

不好！这么大的威力，屋子里的队员肯定伤亡惨重。

过了片刻，大家逐渐清醒过来。此时，梁德佑的脸上已看不到平时淡定的神情，这次任务肯定是失败了，而且是极大的失误。目标付诚就算没有跑掉，活下来的可能性也不大了。更别说自己那几个行动队员了，梁德佑再冷血，对自己手下弟兄还是有一些怜惜之情的。一下子损失了好几个队员，已经让他的情绪近乎失控了。

梁德佑飞步冲进房间，宁志恒也握紧手里的勃朗宁手枪，快速跟了上去。

屋内一片狼藉，地上横七竖八地躺着八具尸体。其中六个穿中山便衣的是行动队员，另外两个身穿普通粗布褂子的，应该就是任务的目标了。

情报处上尉黄韬光在院外听到爆炸声，知道出了状况，飞快地跑了进来。

梁德佑环顾四周，气急败坏地冲着黄韬光大骂："这他妈的是怎么回事？你们不是监视了一个月吗？不是就付诚一个人吗？那另外两个人是从天上掉下来的？我这几个兄弟全搭进去了！你要给我、给行动科一个解释！"

黄韬光也是一脸茫然，说："这不可能啊，一点异常迹象也没有，怎么会突然又出现了两个同伙！难道说，这两个同伙在这个院里憋了一个月？"

梁德佑一跺脚，唉声叹道："情报科提供情报错误，造成了行动队的重大伤亡，你我都逃不了干系。这怎么向上峰交代？"

梁德佑身后没有什么靠山，这么些年从军队底层一步一步熬到今天实属不易。近来行动多次受挫，手下队员又多有折损，这次实在是罪责难逃，他的心情糟透了。

黄韬光也头痛，这次的意外情报科负有大部分责任。长达一个月的监视，竟然没有发现在目标家中还有别的同伙，这是怎么也说不过去的。

宁志恒上前查看尸体，其中有一具日谍尸体头冲前倒在卧室门口，估计是看到客厅内的同伙被捕，想举枪袭击行动队员，没料到反被击伤，情急之下扔出两枚美式手雷，干脆同归于尽了。

"妈的，两个人换我们六个兄弟，简直是疯子！"梁德佑咬牙切齿恨恨地说。

"这两个里有目标付诚吗？"宁志恒看了看那两个穿粗布褂子的日谍面孔。两人的脸被炸得变了形，他只是刚才在车上见过付诚模糊的照片，不敢确认这一定是付诚。

黄韬光闻声走过来仔细辨认，突然高声叫道："不是付诚，这两个人都不是付诚！"

梁德佑一听，立刻跳了起来，一个箭步冲进卧室。两具尸体都不是付诚，说明付诚有可能还在这间屋里。

宁志恒马上反应过来，随后也冲了进去。

他同时也担心梁德佑的安危，这个老大哥别看不爱说话，但对自己还是不错的，是个靠得住的上司。他自然不想梁德佑出事。

两人同时握枪在手，随时准备战斗。卧室里空无一人，不大的房间里有一张床、一个衣柜、一张长桌、一把椅子，还有一个床头柜，上面有一盏台灯。这间卧室一眼就能看全，根本藏不下一个人。

查看一下床下什么都没有，两人失望地对视一眼。难道付诚根本没有在家？

这时，黄韬光小心翼翼地进了卧室，看到里面的情况也是失望透顶。

宁志恒问道："监视人员是不是确定付诚回到家中就再也没有出门？"

"肯定是没有出门。我们同时有两批人员在监视，不可能都有疏漏，可他怎么就不见了？"黄韬光也是不明所以。情报科的队员都是经过训练的精英，不可能犯这么大的错误。

"那就只能是在这间屋里了，一定有问题。咱们再仔细搜。"梁德佑很是不甘心，心里暗自庆幸付诚没死，只要他活着就有希望抓获，事情还有挽回的余地。

梁德佑命令队员在院子里仔细搜查，宁志恒却把注意力放在卧室里。

"把这些家具都搬出去，仔细查看每一块墙砖和地砖，给我一寸一寸地搜！"宁志恒命令手下的队员。

突然，有个队员搬动衣柜时发现衣柜向一边滑动了一下。

"长官，这儿有问题！"队员兴奋地喊道。

梁德佑上前用力一推，整个衣柜像一扇门一样打开，露出后面的墙体上一个门洞。

"这儿有通道！"众人精神一振，梁德佑更是兴奋不已，挥手示意两名行动队员钻进去。

大家紧张地等了一会儿，门洞里传来队员的喊声："队长，一切安全！"

众人赶紧鱼贯而入。门洞很短，长度也就两米左右，连通着后面一间房屋。这时，先前进来的队员报告说："队长，这屋子也是空的，房门都开着，人应该是跑了！"

梁德佑没有死心，只要是一线希望就不能放弃，他继续命令："大家分开搜，不能放过任何蛛丝马迹！"

众人不敢怠慢，很快便将屋里屋外搜了个遍。宁志恒观察整个房屋的布局，基本和付诚住的那间相同。

这些日谍很狡猾，他们同时住进前后两条巷道里紧挨着的两套住房，然后把相邻的墙体打通，外人从外面根本看不出来，这才致使监视人员一直以为付诚是单身一人居住，和外界没有接触。

可实际上，付诚一直与两个同伙在一起，想来这两个同伙的任务就是保护和策应付诚。这招可真绝！

宁志恒心想：从抓捕枪声响起，到现在至少十分钟过去了，目标有足够的时间逃离现场，现在还在屋里的可能性不大。

他推开院门走出去，发现门外是一条巷道，顺着巷道走了一段才发现是死胡同，返身又往回走，很快就来到北华街主干道。

石鸿正带着手下的队员和一些警察堵在巷道口，还设置了路障，禁止路人通过。

石鸿一眼发现宁志恒从旁边一条巷道走出来，赶紧几步跑过来，急声问道："志恒，里面怎么样了？枪声一响我就知道不好，人手不够，干脆叫上附近的巡警把这条街道戒严了！"

宁志恒暗赞，这个石鸿应变能力真强，在第一时间就当机立断控制住了现场附近所有的出口，最大限度地降低了目标逃离的可能性。

宁志恒赶紧把里面发生的情况说了一遍。石鸿一听脸色顿时沉了下来：出了这么大的纰漏，损失惨重，目标还没抓到，这报告可怎么写啊！怎么也交代不过去啊！

"鸿哥，从枪声响起到你们开始戒严有多长时间？有没有发现可疑人员？"宁志恒问。

"大概有五分钟，之前人手少，只封锁了一个巷口。好在南京是国都，巡警比较多，亮了身份后召集了附近的警员，才勉强控制住了街面。"石鸿略一思考说道，"不过时间不能太长了，不然没法向上边交代！"

宁志恒思索了片刻说："鸿哥，你帮我分析一下。付诚在抓捕行动前肯定是没有察觉的，不然早就跑了，也不会留下两个同伙送死。既然没有察觉，那么我们开始抓捕时他一定在屋里。"

石鸿点点头，同意宁志恒的推断。

"那也可以推断付诚的身份在他们组织里的地位是高于那两个同伙的，因为卧室里的同伙没有跑，而是留下来阻击掩护，而他却从暗道逃跑。这个时间很短，他在你们戒严前逃跑的可能性不大，也就是说，他应该还在我们的抓捕范围内。"宁志恒目光一凝，一字一顿地说，"他还没有跑掉！"

"那你说现在怎么办？"石鸿不得不佩服宁志恒的分析判断能力，认为这个年轻人不是等闲之辈，于是主动征求他的想法。

"还能怎么办？加派人手控制住进出口，然后挨家挨户搜，挖地三尺也要把他搜出来！"宁志恒也没有什么好办法。

不多时，梁德佑也带人赶了过来，看脸色就知道没有结果。梁德佑苦笑道："人没有搜到，但是在付诚卧室的床下发现了一个隐藏的隔板，里面有一部电台，可是没有密码本。"

石鸿把宁志恒的分析禀报给梁德佑，梁德佑顿时兴奋地说："这么说，他应该还在控制范围之内没有跑掉！"

"是很有可能，但现在只能努力一把，绝不能给目标以可乘之机。"宁志恒答道。

稍后，宁志恒又补充道："我建议，马上调集附近警局的更多警力，同时对这个胡同里所有住户挨家搜查，这样既可以避免目标漏网，又可以保证以最快时间结束搜捕行动。毕竟这是南京，动静太大、时间过长都对我们不利！"

梁德佑点点头，他也觉得宁志恒这个小老弟看问题很准，提出的处理意见很有见地。老实说，现在阵势搞得这么大，已经干扰了这一整片区域居民的正常生活。

梁德佑吩咐队员叫来正在执勤的巡警头目，让他回去多调警力人手过来。小头目苦着一张脸，怯怯地说："长官，我们这些巡警巡个街、维持个治安还行，可这真刀真枪地跟歹徒对上，那可帮不了多大的忙。"

石鸿一听眼睛一瞪，虎着脸训斥道："叫你们来是给你们脸，还敢叽叽歪歪的。辖区出了这么多穷凶极恶的歹徒，你们得负首要的责任。现在我们是给你们戴罪立功的机会，信不信我现在就扒了你这身皮，让你滚回老家种地去！"

"回去跟你的上司直说，军事情报处需要你们警察局全力配合，他自己知道该怎么办！"梁德佑在一旁不耐烦地说道。

小头目不敢再啰唆，转身就跑去召集人手。这边，行动队也同时重新调派人员严密封锁各个进出口。

宁志恒在一旁提醒道："队长，再派几个弟兄到房顶上盯着，别让他翻墙跑了！"

梁德佑一时慌乱也没想起这点，听宁志恒一说马上明白过来，立刻派人上房顶制高点监视。

很快，小头目带来了三十多人，梁德佑命令他们重点搜查那两处房屋所在的巷道的住户。

宁志恒等几个军官各带一队进行搜查。这两条巷道总共有五十多家住户，宁志恒把重点放在他刚才出来的那条巷道上。

他初步判断，付诚逃出第二处房屋后直奔巷口，发现巷口已设卡戒严，万般无奈下躲进巷里某户人家。

巷道里住的都是普通人家，警察们一顿狂敲乱砸，住户们才打开了门。这里的住户有一家一院的，也有几家一院的，人员杂乱，好在当地警察都有户籍登记，很快就将这五十多户人家搜查完毕，可是仍旧不见付诚。

宁志恒大失所望，只觉得白辛苦了一场。梁德佑的脸色也不好，正准备下令扩大范围去附近搜捕。

这时，突然传来一阵吵嚷哭喊的声音。宁志恒快步赶过去，只见一个小院里，几名警察正挥舞着警棍，劈头盖脸地殴打一男一女，直打得他们撕心裂肺地惨叫。

旁边有两名行动队员护着一个六七岁大的小女孩，小女孩脸上挂着泪花，不停地抽泣着。

"怎么回事？"宁志恒沉着脸喝问道。

一个行动队员上前报告："宁队长，这是两个人贩子。我们查到这家人的时候，这个孩子被关在小屋里，而且这个孩子没有户籍登记。问这两个狗男女，他们说是远房亲戚家的孩子，不听话所以才关起来的。问这个孩子说不认识他们，说是醒来就在这屋子里了，已经有好几天了，还挨了不少的打，身上还有伤！"

宁志恒一听大怒。如果说他这辈子最恨哪种人，除了卖国贼就是人贩子了。这种人犯罪看似没有杀人放火那样穷凶极恶，可是造成的后果比杀人放火还要严重。

宁志恒狠狠地瞪了他们一眼，吩咐道："不用留手，但是别打死了，留口气问清楚这个孩子的来历，还有没有别的孩子。"

两个警察本来打算停住不打了，可一听这个年轻长官的吩咐，马上又加大了手上的力度。两条警棍狠狠地砸在这对男女身上，两人顿时就头破血流，不一会儿就没有出声的力气了。

宁志恒上前几步，正准备制止，突然感觉到一种莫名的恐惧袭来，让他不能自持。

宁志恒自从体质改善后，自身的感知力远远超过了常人。现在他不知道为什么自己会有这样的感觉，完全就是超越普通意义的一种直觉。

宁志恒没有半点犹豫，疾步闪身蹿到了院门外，速度之快让人来不及反应。

这突然的一幕让院子里的众人都猝不及防，一个个目瞪口呆。

而宁志恒感觉，就在他蹿出院门的一瞬间，那种恐惧的感觉突然间就消失了，好像从没发生过。

回过神来的宁志恒暗自庆幸，刚才那种感觉真是激出了一身冷汗，没想到自己竟然还有预警危险的能力。他可以肯定，院子里一定有未知的凶险！

他不想再进院子，于是冲着屋里大声命令道："全体队员现在马上撤出院子！"

随后，宁志恒马上调动周围的行动队员迅速包围院子，他可以肯定，自己要找的目标付诚十有八九就隐藏在这个不起眼的小院子里了。

所有人都撤出了院子，大家一头雾水。

听到动静的梁德佑和石鸿也赶了过来。梁德佑以为宁志恒这里有了进展，急切地问道："志恒，发现什么了？"

宁志恒却难以开口解释，只能硬着头皮回答："刚才听到些动静，只是不敢确认，保险起见还是要再仔细搜搜，目标应该就在这里。"

宁志恒说得很含糊，但梁德佑不管这些，只要有动静就比没有强，他马上安排石鸿带领行动队员进院搜查。

宁志恒正要进去，却被梁德佑拦住说："让石鸿带队就行了，他比你们有经验。"

梁德佑觉得宁志恒虽然处事冷静，头脑灵活，但对他的身手表示怀疑。毕竟宁志恒刚出军校，实战能力肯定差些，万一出问题，他可不好交代。

石鸿和行动队员持枪在手，小心翼翼地进了院子。

院子里的几间房又被搜了一遍，眼看就要搜到角落里的柴火架子，突然架子后面飞出一个拳头大的物件。

"是手雷！"一个队员大叫。

说时迟那时快，剧烈的爆炸声响起，碎片瓦砾四处横飞。

宁志恒等军官在院外也听到爆炸声。梁德佑骂道："妈的，又是美式手雷！"这几个日谍倒是对这种体积小、杀伤力强的武器情有独钟。

宁志恒这时再也忍不住了，他一步蹿进院中，梁德佑见状，赶紧也跟了上去。

如今的宁志恒可不是从前那个身体欠佳的办公室中年，而是一名才刚满二十岁的青年，正处在人生中活力四射、青春焕发的最佳时期。

这时，一个身影蹿向身后的院墙，在院墙上一个转身，转眼间已经跃过这个院子的房顶，想冲过这片区域。

宁志恒一眼看出目标的意图，毫不犹豫举枪就射。接连两声枪响，那个身影如遭重击，颓然落地。

宁志恒枪法极准，两枪全部命中，一枪打在右肩，一枪打在左大腿。他没敢打致命的部位，因为这个付诚很重要，能活着带回去可是太有价值了。

这时，队员们也围了上来，一个个惊讶不已。

他们没有想到这个新来的副队长枪法这么好，就连他们这些平时自诩身手不错的老手也做不到这么利落。

宁志恒这也是第一次击中真实的人体目标。他低头看了看手中的枪，感觉格外兴奋。

"志恒，好样的，这次行动你立首功！"梁德佑激动地在宁志恒肩头猛力一拍。

原本以为这次损兵折将，回去只能等着处分，没想到峰回路转，逃跑的目标又活着被抓了回来。

目标挣扎着想站起来，被宁志恒上前一把按住，顺势用手铐铐上。

目标恶狠狠地瞪着宁志恒，咬牙切齿地说："刚才真不应该犹豫，错过机会，不然就把你一起炸了！"

宁志恒心里一惊，怪不得刚才有预兆，原来这个亡命之徒那个时候就想向他扔手雷。

梁德佑低下身子仔细端详，看到那人的面貌和照片中的很像，于是马上吩咐一个队员去通知情报科的黄韬光来认人，不出意外应该不会再错了。

他伸手捏住目标的颌牙关节，检查他的口腔，又脱掉他的上衣。

以他和日谍打交道的经验，这些人都是亡命徒，身上很可能藏有危急时自绝的物品，他可不敢大意。

旁边有队员给目标紧急包扎，以免失血过多导致死亡。很快，黄韬光急匆匆赶来，他上前确认目标正是付诚。

这时，王树成来到梁德佑身边说："队长，又有两个兄弟在刚才的爆炸中受伤了，有一个还是重伤，需要马上送医院救治！"

梁德佑一听不禁头痛，这次伤亡人员太多，全队几乎减员四分之一。

"把伤员和付诚都送军部专属医院。石鸿和树成你们两个带人盯住了，不许离开半步。情报科的人员去交接之前，不能再出意外！"梁德佑命令道。他转身又温和地对宁志恒说："志恒，这次可要仰仗你在组长面前美言几句，不然可真不好交差了。"

宁志恒点头。这次还真得要他去和卫良弼报告，以他们同门师兄弟的关系，尽管伤亡有些大，也应该能够交代得过去。

行动队的事情处理完，北华街的戒严自然也就撤除了，一切恢复了正常。

这时，那个警察头目赔着笑凑了过来。他看梁德佑年纪较大，拉长着脸，没半点儿好脸色，一时不敢上前，只好凑到宁志恒身边，谄笑说："长官，那两个人贩子和小女孩，您看怎么安排？"

宁志恒诧异地问道："平时你们怎么处理这样的事情？"按说普通的治安案件不属军情处管。

警察头目赔笑着说："人贩子当然要关起来，只是不知道长官有什么指示没有？小女孩怎么安排还要您给个准话，下面弟兄们才好行事啊！"

宁志恒这才听明白对方的意思。他和气地笑了笑，问道："警官，怎么称呼你？"

警察头目顿时受宠若惊，忙不迭地回答道："什么警官哪，不过是在局子里混了个小巡长。我叫刘大同，同事们都叫我大头。长官有事尽管吩咐！"

刘大同看上去三十多岁，自始至终赔着笑脸。

宁志恒想了想，说："人贩子肯定要追查到底，尤其是那个小女孩是从哪里拐来的一定要问清楚。你们捞多少油水我不管，但是最后人必须严惩，不能私放了！"

刘大同一听就知道，这是不让这两个人贩子活了。至于说不管捞多少油水之类的话，那可是不能当真的。

"小女娃怎么办？"刘大同又问了一句。

"你们以前是怎么处理的？"宁志恒问道。

"这种案子最麻烦，像这样被拐卖的孩子一般都直接交给孤儿院，可现在南京仅有的两处孤儿院都已人满为患，很久没有接收这种孩子了。我们也是头痛啊！"刘大同咧嘴叫苦。

刘大同回身把小女孩带过来。女孩吓得浑身发抖。

宁志恒忍不住一阵心疼。他上前轻轻地抚摸着孩子的头发，柔声细语地问道："孩子，你叫什么名字？知道你的家在哪里吗？被坏人抓来多长时间了？"

小女孩无助地摇了摇头，抽泣着答道："我叫小婉，只记得我父亲叫陈广然，母亲大名不知道，父亲管母亲叫梅娘。我家就在一条大街的中间，附近有条小河，也不知道叫什么河。"她年纪太小，根本记不清自己家的具体方位。她迷迷糊糊醒来就被带到了这里，也不知道被拐来多长时间了。

宁志恒也没多问，等把那俩人贩子审清楚就全知道了，只是发愁这孩子怎么安排。

突然，他发觉小婉的口音很像自己老家杭城的口音，难道她是从杭城被拐来的？如果真是这样，倒是有办法解决。

杭城离南京不太远，坐火车也就不到一天的路程。军校里管理甚严，宁志恒上一次回家距现在也有一年的时间了，心里很是想念。

现在倒是可以找个机会回家看看，顺便带上小婉回杭城寻亲。就算找不到孩子亲人也可以把她交给母亲照看，不至于让小婉流落街头。

宁志恒转头问刘大同："你成家了吗？家里都有什么人？"

刘大同一愣，不明白宁志恒什么意思，回答道："成家了，家里有个黄脸婆，还有两个臭小子，野得很！"

宁志恒一听情况还算不错，就以商量的口吻说："你看，能不能先把小婉安排在你家，等把人贩子的口供审出来，我就把孩子送回去。"

刘大同眼珠一转，心中暗喜：这个长官人品不错，年纪轻轻就身居要职。如果借着这个机会能够和这些长官拉上关系，那自己以后在这片地头只要抬出军事情报处这块招牌，还有谁敢不长眼来招惹？

刘大同当下一拍胸脯表示："长官放心，孩子交给我一定不会出半点儿差错。我家那婆娘也是个心善的，肯定把这孩子当亲闺女一样看待！"

宁志恒一听很高兴，他没想到刘大同这么痛快就答应了。

宁志恒把自己的名字和联系方式给了刘大同，告诉他抓紧审讯人贩子，争取早一天把小婉送回去。

行动队很快赶回军情处。此时，卫良弼正坐在办公室里等着几个队长来汇报。

果然，梁德佑进门就被卫良弼劈头盖脸地一顿训斥。一个行动队减员四分之一，即便只是一些普通队员，那也是很难向上峰交代的。

最后，还是宁志恒开口，历数行动的困难，并保证下次一定吸取教训，不敢再出问题云云，卫良弼看在宁志恒的面子上才没有继续。

梁德佑用感激的目光扫了宁志恒一眼，随后退出办公室。宁志恒则在卫良弼的示意下留下。

"师兄，你对梁队长是不是太严厉了，毕竟最后人活着抓了，不会真的给他处分吧？"宁志恒小声说道。

卫良弼这时已然换了副面孔，轻笑道："当然是故意为之。其实这次行动总的来说不错，目的达到了。至于人员伤亡大了些，那也是不可避免的。"

"那你刚才的态度？"宁志恒不解地问。

"不过是借机敲打敲打他。这个人根基浅，却总和咱们隔着一层，让人不放心。"卫良弼把话点明了。

宁志恒这才明白，原来梁德佑一直不为上级所喜是这个原因。

既然最后目的是要拉拢，那就不会真的处分梁德佑。宁志恒放下心来，又问："这次损失这么多的弟兄怎么办？"

"损失了就补充。志恒啊，你还是年轻，其实有时候人员损失不是坏事。人员损失惨重说明行动科的工作极其危险，随时会牺牲生命。这也证明我们行动科在军情处的重要地位。"卫良弼决定好好给这个师弟上一课！

又谈了一会儿，宁志恒才回到自己的办公室。梁德佑见他进来，赶紧把办公室的门掩上，回身来到宁志恒身旁，低声问道："志恒，组长怎么说，这次事情不会闹大吧？"

宁志恒温言安慰说："队长你不用担心，卫组长刀子嘴豆腐心，再说毕竟我们行动是成功的，击毙从犯二人，抓获主犯一人，这事就算过去了。"

"真的？那可是太好了。"听到了宁志恒的回答，梁德佑心里一颗石头总算落地了，不禁感叹自己的运气不好，"你不知道，这段时间咱们队可是尽走背字了。唉，上次你们的前任就是一死一伤。事情刚过去，今天又是六死二伤。"

事情很快过去，就在当天下午石鸿和王树成也与情报科交接，从医院赶了回来。

卫良弼在行动报告中历数行动队工作中的困难和危险，并请求尽快从军队中调集人员，以补充行动队员。军情处高层会议立即对这次行动给予肯定，并同意尽快补充队员。

卫良弼通知梁德佑，在补充队员之前暂时不安排任务，工作都转到其他两个行动队。

听到这个命令，大家都松了一口气，终于可以获得一个短暂的休整假期，好好放松一下紧紧绷着的神经。尤其是宁志恒，终于可以腾出手来做一件事了。

第三章
第一桶金

自从融合记忆之后，宁志恒就开始计划今后的每一步。他前世在档案馆里工作时并不是没有一点儿收获，经常翻阅那些年代久远的老档案，从中得到了很多绝密信息。现在他要做的，就是利用前世经历过的一件事，获取他今世的第一桶金。

第三行动队配有两辆军用轿车，正好现在没有任务，他可以随意使用。

一大早，他驱车直奔东城一处破败的大院。来到门口，见一个穿粗布短衫的中年男子刚好从院里出来。

见宁志恒迎面而来。中年男子正要让开，宁志恒却拦住他询问："这处大院是谁的产业？"

中年男子不敢怠慢，小心地回答道："您说的这刘家大院，自然是刘家的产业。"

"刘家大院？"宁志恒有些意外，马上又恍然明白。世事变迁，这处房子的主人也是不断变更，原来的名字早就泯灭在历史的岁月里了。

这处大院宁志恒前世就来过。当时正值南京城区大改建，城市规划就把这所年代久远的古建筑划入拆迁的范围。

施工队开挖地基时，从大院的地下挖出两大瓮金锭。瓮中的金锭当场遭到施工人员和围观群众的哄抢，为此还造成一人死亡、多人受伤的惨剧。

尽管后来政府出面追缴了很长时间，可大部分金锭仍没有找回来。

当时宁志恒就是政府派来处理事故的官员之一。他还和当时文物部门的专家一起勘察现场，锁定了挖出金锭的地点。

后来文物部门的报告中显示，这处大院建于清朝中期，当时是一位孙姓官员的宅邸，被命名为"孙家园"。金锭就是在最里面的一处房屋旧址下挖出来的。

至于到底是谁埋藏的，因为年代久远已无法考证。

宁志恒对这件事情记忆犹新，他决定先捞取这第一桶金。

中年男子介绍说，现在这个大院叫刘家大院，房东也住在这个大院里，靠收取房租度日。

宁志恒心中有数了，看来问题不大，这类人只要花些钱财就可以搞定。

他摆手放过中年男子，迈步进院。院子很大，整体建筑古朴，只是因为住了很多的人家而显得杂乱。

院里住户见一个身穿军装、腰挎手枪的军人进了大院，都纷纷躲避。

宁志恒也没有理睬他们，径直走到房东门口。敲了半天，才出来个三十多岁的男子睡眼惺忪地打开门。

"长官，您找我有事？"房东见来的是个挎枪军官，顿时清醒过来，赔着小心问道。

宁志恒等得有些不耐烦，拉着脸冷冷地说："你就是这个院子的房东？我想租几间房子。"

房东连忙把宁志恒让进屋。

"院子里还有几间空房子，收拾得很干净，您要是看中了马上可以入住。"房东犹豫片刻，又说，"房钱好说，您看中了我还可以给您打个折！"

宁志恒见屋里乱糟糟的，厌恶地皱着眉头，说："那就现在带我去看房，看好了我今天就入住。"

房东一听高兴了，自己还正愁这几个房间白白空着挣不着花销，就赶上租客上门了。他立刻带着宁志恒把几间空房看了个遍。

其实宁志恒早就看好了具体位置。挖出金锭的那间房子紧靠着最北面，可是已经住进了房客。

　　宁志恒也不想多耽误时间，指着那间房子和旁边的两间，直接说道："我就看中了这三间房子，里面的住户马上给我腾出来，今天晚上我就住进来。"

　　"可是都有房客住了，您……"房东一愣，这个军官倒是个痛快的，一下子就要租三间，可看中的房子都有房客了，这可怎么办。

　　宁志恒不想跟房东啰唆，没有给房东时间多想，接着说："这有什么难办的？你不是还有几间空房吗，让他们换个房间。我多加些房钱，今天必须腾出来。"

　　"怎么，还有什么考虑的？我可没那么多时间耽误，难道你是怕钱咬手？"宁志恒一瞪眼，轻拍腰间的手枪，说，"还是怕我这个当兵的拿不出房钱？要不要换个地方和你谈谈！"

　　一看军官要来真的了，房东吓得赶紧摆手，赔着笑脸说："长官息怒。我这就通知他们换房，绝不耽误！"

　　说完，房东立刻把三家房客喊出来，把事情一说。三家房客不敢惹麻烦，便纷纷回家收拾东西搬家。

　　宁志恒看事情办得顺利，转头对房东说："房间收拾干净了，我回去安排一下就回来。跟其他房客交代清楚，我喜欢安静，告诉他们没事别来烦我！"然后，他掏出二十元法币交给房东，说，"这三家人每家给两元，就算是补偿，剩下的是预付的房租。"

　　刘房东满口答应，心想这是大清早碰到财神爷了，活该自己走财运啊！

　　傍晚时分，宁志恒开着军车回到刘家大院。他将军车停在院门外，把准备好的东西一件件用袋子装好放进房间。院子里的房客都得到了房东的吩咐，知道这个军官不喜欢和别人打交道，也都躲得远远的。

　　半夜，估计人们都睡熟了，宁志恒把其余的两间房锁好，自己这间房子从里面把门锁死。他之所以把旁边的两间房都租下来，就是怕挖掘的声响惊动到邻居。

　　房间不大，有一间外室和一间卧室。估计也是房东后来为了出租房子自己隔出来的。宁志恒仔细勘察了地面，很快确定出埋藏位置应该在卧室的西北角。他将地面上的青砖轻轻撬起，然后从袋子里取出一把钢锹。借着昏暗的灯光，他开始往下挖，怕搞出动静，动作尽量放轻。他记得当时藏金锭的大瓮埋了足足两米多深，不然早被人发现了。

好在宁志恒身体健壮,体力超过常人。挖了一个多小时,感觉深度差不多的时候,终于听到脚下传来一道清脆的碰撞声。宁志恒大喜,看来位置没有估计错。他接着往下挖,很快,两只水缸大小的陶瓮出现在他的面前。

他将浮土拨开,见陶瓮口处有多层的瓷盘铺垫。这些瓷盘全是民窑烧制的普通瓷盘。轻轻把瓷盘都挪到一旁,宁志恒定了定神,伸手向陶瓮里面摸索。

感觉着那一块块金属质感,宁志恒心头狂喜,这笔巨大的财富终于到了他的手里。

等到把两大瓮的金锭全部取出,宁志恒望着那散落成一片的金锭在灯光下散发出迷人的光芒,激动得心脏仿佛要跳出来。

这些金锭制式统一,是同一批炼制的。他将一块金锭拿在手里,仔细抚摸查验,发现金锭底部印着"拾两"的字样,没有刻年号,应该是私自冶炼。黄金的密度很大,拿在手里沉甸甸的。

凭经验,宁志恒能够断定这些都是真金,且纯度很高。

这里大概有三百块金锭,估计最少也有三千两!三千两黄金,无论在哪个时代都是一笔巨大的财富。

宁志恒慢慢平静下来。他准备了六个软木箱,将这些金锭一一码放整齐,装得满满当当。然后,宁志恒将瓷盘一一放回陶瓮,小心地把土填回去,用脚踩实。最后,他将青砖原样砌好,又在上面泼上清水。这样,过些日子被挖掘的痕迹就看不出来了。

他交的房租足够多,短时间内房东不会找他。等一两个月后即使被人发现,也早已人去楼空。

此时已经凌晨五点了,宁志恒没有半点睡意。他简单地洗漱了一下,脱下军装,取出一套事先准备好的西装换上,再配上一副金边眼镜。这时的宁志恒完全是一副文质彬彬的富家子弟模样。

趁着天色未明,宁志恒将六个箱子搬到门口车上,出门后将房门锁死,然后发动车辆,转了七八个街区才停下来。

车辆不远处就是一家银行,名叫南业银行。这家银行在国都南京声誉不错,听说有英国势力的背景。宁志恒首选了这家银行,如果兑换不顺利,或者不能一次脱手,再选择其他备用银行。

一直等到银行开门营业，宁志恒才把车开到银行门口，下车后伸手向门口值守的银行服务人员示意。

那两个服务员见宁志恒派头十足，知道不是一般的客户，赶紧上前笑脸相迎。

宁志恒也不多说，随手甩出两张五元法币的小费，然后指了指车上的六个箱子。

这两个人一大早就得了这么多的小费，乐得脸上笑开了花，赶紧上前把木箱搬进银行大厅。

宁志恒皱眉道："找个安静的地方，把你们经理叫来。"

两个人刚才抬箱子时就感觉分量很足，马上明白这是要有大买卖上门了。

他们连忙把箱子搬进一间装饰精美的办公室，请宁志恒稍候，便去通知经理前来。

不一会儿，一位西装革履的中年男子走了进来。

"鄙姓陈，陈康时。是南业银行的部门经理，负责储蓄业务。听说先生有重要业务要办理？"陈康时热情地打招呼。他在商场多年，阅人无数，眼前坐在沙发上的这个年轻人身形挺拔，目光沉静，温和中又有些不易亲近的味道。

宁志恒淡淡一笑，礼节性地点头说："陈经理，在下林一帆，今天来就是想把家里的一点黄金兑换成现款，不知道你们南业银行能不能吃得下？"

"林先生说笑了，不是鄙人夸口，南业银行在行业内的地位有口皆碑，不然先生也不会找到我们银行。不知道你打算兑换多少？"陈康时一听是来兑换黄金的，眉头上挑，顿时兴奋起来。

现在市面上贵重金属价高难求，尤其是黄金和白银。美英等国大幅度提高银价使白银价格陡增，致使中国的白银大量外流，国内金融市场一度濒临崩溃的边缘。

开银行最怕的就是没有黄金储备，今天竟然有人上门送上黄金，这可是天上掉馅饼的好事，岂容错过！

"不知现在贵行的兑换价格是多少？"宁志恒尽管心里有数，但还是想再抬抬价。

"那要看黄金的成色，如果成色好，价格都好商量，我们可以在市场价格上再提半成。"陈康时回答道。

"哼，要是市场价我还来找你们南业银行？现在的市场上是有价无市，你那个价有人找你兑黄金吗？"宁志恒态度顿时冷淡下来，撇了撇嘴角接着说，"看来陈经理是没有诚意做成这单生意了，那好，我再找别家。"说完，起身欲走。

陈康时连忙拦阻，着急地喊道："一成，提高一成！"

两人你来我往，纠缠半天，最后宁志恒终于不耐烦了。

"陈经理，我林家也是世代经商，这次如果不是生意上急需大笔资金，也不会把家底都掏出来。实话跟你说，如果不能兑换出足够的款项救急，我回家也交不了差。"宁志恒也是一脸无奈，摆出一副不达目的绝不妥协的架势，"信不信我到中央银行，提高一成价格也兑得出来？"

陈康时开始倒是气定神闲，可是当宁志恒有些急躁难耐的时候，他也就坐不住了。他能判断出这个青年背景不一般，如果能结交上这个人，说不定将来用得上。

陈康时当下打定主意，豪爽地一拍胸脯说："林先生既然是遇到了难事，那我陈某人也不是锱铢必较的人。这样吧，如果成色足够，那就提高一成半的价格，怎么样？林先生，这可是我最大的让步了！"

听了这话，宁志恒的脸色才缓和下来。这也是他的底线价格，毕竟黄金的来路经不起查，他也不愿意亮出真实身份。

真要去中央银行或中国银行兑换，价格上肯定很吃亏，只有像南业银行这样有实力的私人银行才是最佳的选择。

达成共识后，双方开始交割检验黄金。尽管陈康时有思想准备，但当六个箱子全部打开后，那强大的视觉震撼力还是把他镇得半天没说话。

专业人员检验过黄金的成色和重量，再加价一成半，按宁志恒的要求兑换成英镑，总共是一万八千英镑，相当于货币改革前的二十一万银圆啊！

要知道在北平，一块银圆就可以请一顿涮羊肉大餐；在南京，三口之家一个月的生活费也不过是三块银圆。

按照宁志恒的吩咐，全部钱款都放入一个专用皮箱内。

尽管事前有心理准备，可是当宁志恒看着这满满一皮箱崭新的钞票时，还是有片刻的失神。

这是多少人毕生都无法赚取的财富，估计就连在杭城经商多年、拼搏一生的父亲所有的身家加在一起，也不及眼前这个皮箱里财富的一半吧。

凭借这笔财富，他在这个时代有了施展拳脚的本钱。很多计划现在就可以开始实施了。

收下陈康时的名片，宁志恒提着皮箱快步出了银行。现在要做的就是马上把这笔钱花出去，至于花钱的人选，他早就想好了，就是他的老师贺峰。

他先开车来到南京最大的钟表店，出手阔绰地买了四只瑞士浪琴手表，然后又去买了当下最时尚的一款法国香水。办完这些，已经临近中午了。

看看时间正好，宁志恒驱车赶往老师贺峰的住宅。军校学习期间他经常去老师家，作为贺峰最喜爱的学生，他没少在老师家蹭吃蹭喝。

贺峰的住所就在陆军军官学校附近的一处小院。这里住的大部分是军官学校的高级军官。可以说，这里是级别很高的半军事化住宅区，普通人是不能进入的。

街区口有军士站岗，对宁志恒也不陌生，没有拦阻就放行了。

宁志恒来到贺峰家门口。听到汽车发动机响，里面跑出一个十四五岁的半大小子，正是贺峰的儿子贺文星。

贺峰有一女一子。女儿贺文秀今年十六岁，儿子贺文星十四岁，与宁志恒的关系都很亲近。看到从车上下来的宁志恒，贺文星一蹦一跳地跑过来。

"志恒哥，你可来了！这些天你怎么也不来我家了，害得我好长时间吃不到老妈做的好菜了！"贺文星嬉皮笑脸地打招呼。

宁志恒作为贺峰众多弟子中最被喜爱的一个，和他们姐弟俩的关系很亲近，相处得像一家人。

宁志恒上前亲昵地按住贺文星的脑袋揉了两下，说："这不是来了吗，你个小馋猫，就知道吃！"贺文星长得很快，两年时间个头就蹿了不少，再过两年宁志恒就按不住他的头了。

贺文星不满地扭头摆脱了宁志恒，殷勤地问："听父亲说你没有上前线，被分在了南京后勤部门。老妈还说这是好事，这世道平平安安最要紧！要我说还是上前线最威风，志恒哥你真是可惜了！"

贺峰的口风很严，对于宁志恒毕业后具体的分配情况当然不会对家人讲，贺文星很为宁志恒感到不平。

宁志恒有些好笑。这个年纪的男孩子脑子里只有单纯的梦想，都有一个小男子汉的军人梦，不用考虑那么多，想想倒是有些羡慕他们。

宁志恒从车上取下皮箱，两个人有说有笑进了贺宅。

在厨房里做饭的师母李兰和贺文秀听到外面的交谈声，端着饭菜出来放在餐桌上，招呼宁志恒坐下。

李兰是一个风韵犹存且不失端庄的中年妇女。女儿贺文秀长得很像母亲，清雅秀丽宛如一朵荷花，亭亭玉立。

"志恒来了！你老师还说你分配了个好地方，就在南京城里，以后有空就来家里吃饭，外面的饭菜也不干净！"李兰热情地招呼宁志恒。

一旁的贺文秀看了眼宁志恒，笑了笑就忙着布置饭菜碗筷，她的性格倒是随了父亲贺峰，内向寡言。

宁志恒很享受这样和睦的家庭氛围，感觉心里暖暖的。他把皮箱放在一旁的茶几上，从口袋中取出法国香水递给李兰。

"师母，这是我在刚才来的路上买的，店家说是当下最流行的，我也不太懂，您要是喜欢下次我再去买。"

李兰很是诧异，以前宁志恒上门都是空着手，从没有带过礼物，今天这是怎么了？

"你这孩子，怎么想起给师母带礼物了？倒是生分起来了，你老师回来肯定要训你！"李兰没有推辞，伸手接过来。

"哎哟，这可是最贵的法国香水了，最少也要一百法币呢！志恒你这是从哪里来的这么多钱？"李兰接过来一看，吃惊地叫道。

这种香水她在店里见过，精美至极，没有哪个女人不喜欢的，可那昂贵的价格不是一般人能买得起的。

"什么？一百法币？"这时门口传来贺峰低沉的声音。他下班刚回来，一进门就听见李兰的惊呼声。

"志恒买了这么贵的法国香水，少说也花了他两个月的薪水。这个孩子真是不当家不知柴米贵，花钱大手大脚！"李兰没有因为礼物贵重而高兴，反而觉得宁志恒不会过日子，有些气恼。

贺峰也有些诧异，他知道宁志恒家境不错，但平时生活简朴，从来没有胡乱花钱，于是严厉地问道："你这是怎么回事？一个月不过六十元的薪水，你从哪里来这多闲钱买这些东西的？给我说清楚！"

"老师您先别生气，我一会儿跟您细说。您看，这是我给您买的瑞士浪琴名表，您兜里的那块老怀表也该换一换了！"宁志恒却没有像往常一样，被老师一唬就给吓住了。

他微笑着又掏出一只包装精美的盒子，从里面取出一只浪琴男士表。

全家人惊呆了。民国时期手表还不能自产，所有手表都是从国外进口的，其中浪琴表最名贵。这样一只精品男士表价格极其不菲，起码以贺峰的薪水是绝对买不起的。

这时宁志恒又像变魔术一样从衣兜里掏出两支百利金钢笔，递到贺文秀姐弟手里。姐弟两人正在上学，这两支钢笔也是他早就准备好的。

贺峰沉默片刻，决定先不细问，挥手示意大家入座吃饭。席间贺峰一直沉着脸，旁人也不敢多说话。

饭后，贺峰起身对宁志恒说："到我书房来一下！"说完转身就走。

宁志恒回身取了皮箱跟过去，李兰和贺文秀担心地看着他，只怕他要挨一顿训斥了。一旁的贺文星却拿着百利金钢笔兴高采烈，冲宁志恒做了个鬼脸跑了出去。

两人来到书房，贺峰示意宁志恒将门掩上，沉着脸说："行了，有什么事就说吧！"

宁志恒没有说话，上前将皮箱放到贺峰面前的桌上，轻轻将箱子打开，转了个方向。顿时，一箱子崭新的钞票映入贺峰的眼帘。

贺峰的呼吸瞬间停滞，他的目光在皮箱和宁志恒之间扫了两个来回。不过他很快镇定下来，问道："这是从哪里来的？"

"老师，这是我父亲商场经营半生的积蓄，这次我来是想求老师办件大事。"宁志恒来之前早就想好了说辞。

"什么大事，需要这么多钱？你父亲还真是大手笔啊！我只知道你家人在杭城以经商为生，可没想到出手竟然这么阔绰。看来你父亲在杭城的生意做得不小啊！"贺峰以前对宁志恒的情况也略有了解，但没想到他的家境竟然这么好，看来自己对这个学生的了解还是远远不够。

"老师的人脉广，不知道您在重庆有没有信得过的朋友？"宁志恒问道。

"重庆？我想一想。"贺峰看宁志恒没有直接回答他的问题，而是转移了话题，想了想说，"现在驻守重庆的十三师五团的团长沈浩成是我的多年至交，当年在打曲河战役时救过我的命，绝对是信得过的兄弟。你说的事情和重庆有关？"

宁志恒一听高兴极了。老师贺峰出身保定系，且戎马半生，在军中拥有很大的能量，他信得过的兄弟绝对错不了。

"太好了！老师，我父亲想把家里的产业和生意都转到重庆去，可是对重庆的情况我们也不清楚，就想着老师您给帮帮忙，在重庆找一个信得过的朋友帮衬一二。"宁志恒说。

贺峰听完半天没说话，手指轻轻地敲击靠椅把手。

"志恒，你是来当敲门砖的吧？看来你父亲也不是普通的商人，现今能够这么敏锐感应时局的商人可是不多啊！"贺峰话里有话地说道。

"哦，老师看来也是有同感了，这么说政府高层里也有动作了？"宁志恒有些诧异地问。

其实，宁志恒已经知道明年中日间就会爆发战争，而杭城是距离上沪最近的大城市，也是最快被日军攻陷的城市之一。

他计划中的第一件事，就是要在抗日战争爆发前把亲人连带朋友都迁置到安全的大后方去。

此时重庆的地价十分低。凭借这一笔巨款，他可以购买到大片的地皮，将来不仅可以安置自己的亲人和朋友，还可以修建适合难民居住的小型房屋，安置全国各地逃往重庆的难民。

他凭借的是前世的信息，可还是小看了现在这个时代的精英人士对于时局的判断。

自民国二十年"九·一八事变"日军占领东北，到民国二十一年"一·二八事变"，日军进攻上沪并驻军，其实有识之士都有一个共识，那就是中日之间必有一战，只是时间早晚的问题。

而国都南京距离上沪实在太近了，战争一旦爆发，日军自上沪攻击，极短的时间就可以打到南京城下。

无论在兵员训练还是军事装备方面，日本都远超中国，更不要说日本的空军和海军建设更是中国不能相比的。

所以，国民党高层早就着手准备迁都事宜，但分歧在于，乐观的人认为武汉是最好的选择，悲观的人选择长沙，保守的人选择重庆，甚至是成都。总之，沿长江溯流而上，越是向西越安全。

而贺峰作为军中保定系的骨干人物，对时局的把握更是敏感准确。据他了解，有很多消息灵通的高层人士已在武汉和长沙购买地产和商铺，甚至重庆也开始出现地价上涨的现象，只是比较隐蔽而已。

贺峰这时也是举棋不定。南京不是久留之地，可是他半世浮沉，没有攒下多少积蓄，不能像其他高官那样在后方购买房产，以应日后不时之需。

"为什么不选择武汉或者长沙？这两个大城市作为陪都都是不错的选择，商业发达，交通便利，繁华不亚于南京。"贺峰也有些拿不准。

"老师，正因为这两个城市交通便利、商业发达，一旦开战就会成为致命的弱点。交通便利反而利于日军更快地集中力量攻击进来，商业发达更说明这两个城市在中国具有极大的影响力。这样无论是在军事意义上，还是在威慑和摧毁国民抵抗意志层面，两城都是最佳的攻击目标。可重庆就不一样了，重庆的地理位置特殊，四周环山，长江和嘉陵江环绕，易守难攻。尤其是长江三峡，是一道天然屏障，日本的陆军和海军在这里没有用武之地。更重要的是，它足够遥远！重庆地处西陲，同日军有足够的战略纵深，最大限度地拉长了日军的补给线。我可以肯定地说，重庆成为陪都的可能性最大！"

宁志恒侃侃而谈，看得出，他对自己的判断极为自信。过了很久，贺峰才轻叹道："志恒，这段时间里，你给了我太多的意外。我没有想到昨天那个青涩少年，突然间就长大了。老实说，就连我也不能确定战争的结果。其实校长早在几年前就有考虑，借用剿灭红军之机插手四川，最终在去年迫使刘湘让出重庆退往成都。"

"山雨欲来。老师，作为军人效命沙场没有什么，可我们也有家人、亲人，应该给他们安排一下日后的生活！"宁志恒看出贺峰也心有所动，赶紧劝说道。

"你说得不错，不过你父亲决定举家迁移，放弃杭城多年经营的局面，也的确有魄力！"贺峰对宁志恒父亲真心佩服，换作他都未必能下这么大的决心。

宁志恒暗笑，他不过是借用父亲的名义来掩盖这笔资金的来源罢了。

"老师不妨听我一次，如果战事发生，全家立即迁往重庆。"宁志恒说道。

贺峰不由得点头。宁志恒说得对，就算战事没有发展到最坏的地步，可重庆作为西部重镇，安置家小也是最保险的。

"老师，现在宜早不宜迟，只怕有心人早就开始着手安排后路了。趁现在重庆的地价还不高，赶紧抢先购置大量地皮和商铺，真要是有迁都重庆的一天，肯定会赚到大量的收益，最起码家人的后半生可以无忧了！"宁志恒趁热打铁。

贺峰是个刚强的汉子，可一牵扯到亲人，心肠却是最软的。要想打动他，最好的办法就是打亲情牌。

"现在重庆的局势也是错综复杂。中央军刚刚占领不到一年，而当地的江湖袍哥势力也不小，治安状况堪忧，你们宁家就是出于这个原因想找个军方的靠山？"贺峰问道。

"老师明鉴，我们对重庆太不了解。这么大的事情，我父亲是下了很大的决心才做了这个决定。这笔钱就交给老师您来运作了。我父亲说，他购置的房产和店铺有三成是来答谢您和您的朋友的，请老师务必帮这个忙。"宁志恒接着说道。

"三成？你父亲好大的手笔！不过是举手之劳，我哪能占自己学生的便宜，到时候只需一座家宅给我们全家安身即可。"贺峰摇了摇头。即便是三成也绝对不是个小数目，他还不至于收取自己学生的好处。

"老师，这三成也不全是给您的，不是还有沈团长的一份吗？不能空手支使人白干活啊！这也是我父亲特意交代的。"宁志恒接着劝道。

宁志恒的话还真是提醒了贺峰，身边和自己有相同情况的至交好友真是不少。等真有那一天，自己那一份利益还可以接济好友，多几套房产就可以多安置几家亲朋，有备无患嘛！想到这里，他倒是觉得可以接受自己学生的一片好意。

"好吧，这件事就这么定了。我请一段时间的假，亲自去趟重庆，正好和老沈聚一聚，把事情交代清楚。"贺峰一旦拿定主意就不愿拖延，决定亲自携款去重庆，这么一笔巨款交给别人还真是不太放心。

"老师亲自出马自然是最好不过了。"宁志恒一听老师要亲自去重庆，那事情就是板上钉钉了。

突然，他又想起一件事，叮嘱说："还有，这次最好能在沙坪坝地区购买房产，哪怕价钱高些也要买下来。"

第三章　第一桶金

41

"沙坪坝？这是什么地方？"贺峰有些奇怪。

"沙坪坝是重庆南部的一个街区，水运便利，将来我们宁家做生意也方便些。"宁志恒解释道。

贺峰很认真地记下这个地名。

其实这只是宁志恒的一个借口而已。在前世他就去过重庆旅游，还在沙坪坝吃过著名的重庆火锅。吃饭的时候，老板就曾夸耀说沙坪坝是个风水宝地，抗日战争时期日军飞机轰炸重庆整整炸了五年，可这沙坪坝安然无恙，神奇地保全了下来。

宁志恒想，这次如果能在沙坪坝购置房产，全家人的安全就有希望了。

两个人又仔细推敲了许多细节。所有细节都确定下来后，贺峰微笑着说："昨天我接到卫良弼的电话，说你们前天抓了个日本间谍。他说没想到你遇事冷静，身手矫健，初试身手就让大家刮目相看。"

宁志恒没想到老师这么快就知道了这件事。

"师兄还真是过奖了，当时情况紧急我也没有多想，这还是学生第一次在实战中开枪，事后心里还有些后怕。"宁志恒谦虚地说道。

"你的表现很不错了。"贺峰亲切地拍了拍宁志恒的肩头，说，"好好干！军情处跟军队不一样，那里面的鬼门道更多，你凡事要多长个心眼。明年想办法给你肩上添一颗星。"

宁志恒高兴地点头应承，有黄埔军校保定系和贺峰门生这两块招牌，以后在仕途上会少很多的麻烦。

师徒二人谈了很久才从书房里出来。李兰和贺文秀在外面悬着心等了半天，原以为宁志恒会被严厉地训斥，可没想到二人有说有笑地出来，显然谈得很投机。

宁志恒向老师一家人告辞，事情办得这么顺利，他心里轻松多了。接下来的任务就是去拜访师兄卫良弼。

他购买的手表中，一块是自己的，因为他习惯于平时对时间有精确的把握。第二块手表孝敬给了老师。剩下两块是给卫良弼和父亲宁良才的。

宁志恒很快赶回军情处，来到卫良弼的办公室敲门而入。卫良弼诧异地看着宁志恒，问："不是放了你几天假吗，怎么又回来了？有事找我吗？"

他很赏识宁志恒，这个小师弟为人处世相当稳妥，业务上面也拿得起。

这次行动宁志恒功劳不小。梁德佑在报告中对宁志恒的表现也多有赞扬，这其中当然也是因为宁志恒替他说了好话，让他躲过了这次的处分。

宁志恒笑嘻嘻地将一个包装精美的盒子放到卫良弼的面前，说："师兄，你打开看一看。"

卫良弼伸手接过包装盒，又疑惑地看了看宁志恒，不知他搞什么玄虚。打开之后，发现里面是一块亮灿灿的浪琴男士表。

卫良弼眼睛一亮。男人都喜欢手表，现在佩戴手表就像后人驾驶汽车一样代表着身份和档次，所以都以能够随身佩戴一块名表为荣。

"这是特意买来送给师兄的。怎么样，还喜欢吧？"

卫良弼喜出望外，相比自己手腕上的那块机械表，这块表简直太豪华了。

他小心地抚摸着手中的名表，嘴里却说："这表可是不便宜，你那点儿薪水连表链都买不起。礼下于人，必有所求，你是有事情找我吧？咱们师兄弟，还用这么客气？"

宁志恒抬手晃了晃自己手腕上的浪琴表，故作不屑地答道："也不是很贵，不用太当回事。我给自己也买了一块，给老师一块，剩下这块就送给师兄你了。"

卫良弼这才注意到宁志恒手腕上也戴着一块相同款式的浪琴表。一次买了三块，这说明自己师弟可还真是身家不菲。老师倒是给自己提过，宁志恒家里是在杭城做生意的，没想到这一出手还真是阔绰。

听宁志恒这么说，卫良弼当下也不再推辞。他是真心喜欢这块好表，赶紧换下手腕上的旧表，美滋滋地欣赏着。

宁志恒见他这么喜欢，知道礼物对了他的心思。他笑着说："师兄，还真有事找你，能不能多给我几天假？我想回杭城老家一趟，算着都有一年没回去了。"

卫良弼哈哈一笑，说："我当是什么大事呢！小事一桩，你什么时候去跟我打声招呼，休多长时间自己掌握。"

这事对卫良弼来说确实是小事一桩，宁志恒也知道不会有什么问题。他送名表只是为了拉近二人的关系，倒不是为了请假回家。

"师兄，前天抓回来的那个付诚怎么样了？审出什么结果没有？"宁志恒突然想起被抓来的付诚，已经两天时间，应该有个结果了。

这个付诚是他亲手抓获的第一个目标，他当然想知道后续的情况，如果能有收获，多挖出几个日本间谍也算是为国家贡献了一点力量。

卫良弼摇了摇头，有些无奈地说："毫无进展。这家伙在医院取了弹头包扎完就被带回来审讯，拷打了两天就是不开口。现在不敢再打了，怕再打就死了。"

宁志恒急了。情报是有时间效应的，如果短时间没有突破，付诚的上下线联系不到他就会有警觉，肯定会采取措施脱钩。那样的话，这条好不容易找到的线索就断了，那几个行动队员的牺牲也将变得毫无价值。

第四章

素描画像

卫良弼见宁志恒一脸焦急，双手一摊，安慰道："别着急了，我们的任务已经完成，接下来就是情报科和刑讯科的事了。他们一有突破就会马上通知我们，现在咱们只能等。

"志恒，有些事情不是以我们一己之力就能改变的。说实话，在间谍情报这方面，咱们起步太晚了，日本人远远走在了前面。

"他们对中国早有野心，甚至在很久以前就已经有计划地在中国安置间谍和棋子。那个时候咱们连正式的谍报部门都没有成立呢！现在我国政府各个部门里几乎都有日本间谍的身影。

"民国二十一年的淞沪事变，咱们的军队刚开始调动，行动方案就已经摆在日军参谋部的案头了。这还是几年之后我们偶然从缴获的一份当时日军会议纪要中得知的。

"这也是校长这几年大力支持发展咱们军情处的原因所在。这两年我们也抓到了不少日本间谍，可都是些小喽啰，没有大的收获。可怕的是抓获的日谍里竟然还有一位是当年在日本留学的老同盟会的会员，真是越抓越心寒。他们在我们内部的要害部门都有各自独立的间谍小组，我们各级部门的身上千疮百孔，到处漏风。

"反观我们自己，现在只能被动防御，在日军内部没有任何有效的情报来源，就像一个瞎子一样只能等着别人来打，真是太窝囊了！"

卫良弼的话让宁志恒无比震惊，他知道日军的间谍很猖獗，但是没有料到问题已经到了这么严重的地步。

两个人正在交谈，一阵电话铃声响起。卫良弼接起电话，听着电话那头传来的急切声音，他脸色越来越难看，最后干脆骂了一声"废物"，就把电话猛地扣掉。

放下电话，卫良弼额头青筋暴起，气愤地对宁志恒说道："刑讯科这帮废物急红了眼，给付诚上了电椅。人当时就不行了，现在只剩下一口气，让我们和情报科去看看。这是想把烂摊子甩给我们哪，没安好心！"

宁志恒一听，知道事情办砸了，这条线索彻底断掉了。

"那现在怎么办？"宁志恒有些犹豫地问道。

卫良弼一脸的愤慨和无奈。他说："这个案子是我们经手的，想甩也甩不掉。他们要求我们去做最后的处理也在情理之中，只好去看一看吧。"

宁志恒也要求一起去。他要亲眼去看一看付诚，到底有没有希望从他嘴里掏出点情报，说不定会有奇迹发生呢。

两个人匆忙出门，刑讯科就在离他们不远处的一座三层办公楼里。

楼上三层是办公场所，楼下三层就是关押和审讯重要犯人的监牢，所以防范严密，守卫森严。就算是卫良弼和宁志恒也必须持有证件，经过检查才能进入。

很快，他们被引入一间地下室。地下室里摆满各种刑具，当中的电椅上瘫坐着一个血肉模糊的犯人。

情报科的黄韬光正气急败坏地抓着犯人的衣领不停摇晃，见卫良弼进来，懊恼地把手一松，对他摇了摇头。

看到这一幕，卫良弼知道是回天无力了，也懒得上前查看，有气无力地说："各自写报告交差吧。"

宁志恒却不死心，几步上前来到付诚面前。眼前的付诚气息微弱，空洞无神的双瞳已经发散，生命气息随时就会断绝，不仔细看完全是一个死人。

宁志恒心中叹了口气，伸手缓缓将付诚的双眼合上。

然而，就在宁志恒的手按在付诚额头上的那一瞬间，他的思维犹如一道闪电，被一股无形的力量牵引到意识空间中。

此时，宁志恒的面前现出一个微弱的光团。他伸手去摸，就在手指触碰光团的那一刹那，光团崩散开来，化作无数个画面，竟然是一个人短暂的记忆。

画面中，少年付诚坐在一间学堂里认真地听讲。

年轻的付诚身穿日本军服，站在训练场上大声宣誓。

青年付诚身穿和服与一名盛装女子举行婚礼。

接下来，付诚身穿中国长衫，快步走在一条街道上，目光急速扫过街边一处二层房屋的窗户。窗台上的一盆鲜花，格外清晰地印入他的脑海里。

最后竟然出现了宁志恒的身影，画面里的宁志恒正举枪向他射击。

短短几个画面急速闪过，随即消失不见，宁志恒的思维迅速回到现实中。

这一突发情况将宁志恒击懵了，自己竟然收取到了付诚，不，应该叫柳田幸树临死前脑部的短暂记忆。

尽管事情神奇难以解释，但宁志恒是早有心理准备的。从他得知自己在危机时刻能够预知凶险的时候，就察觉到他来到这一世，自己的身体好像有了突飞猛进的提升。

宁志恒慢慢地把手从柳田幸树的额头上收回。接下来大家各自按程序完成自己的工作。卫良弼和宁志恒匆匆回到行动科，卫良弼回到办公室去写令他头大的结案报告。

宁志恒却有着不同的想法。在柳田幸树的脑海里窥探到的五个片段中，前三个很明显是柳田幸树在日本成长学习并加入军队的记忆，第五个是他被捕时被自己枪击的片段。

唯一有价值的就是第四个片段。在这个片段中柳田幸树在一条街道中匆匆走着，记忆最为深刻的是他看到街道边一处二层房屋窗台上摆放的一盆鲜花。

柳田幸树对这盆鲜花有如此清晰的记忆，这盆花一定对他有着特殊的重大意义。如果没有猜错，这应该是有人通过这盆鲜花在传递给他信息。

这绝对是一条极为重要的线索。该怎样利用这条线索破案呢？这让宁志恒不知所措。尽管他心思缜密，可对情报刑侦这方面了解得太少，也没有经过严格的训练，并不在行。

忽然，他想起了情报科长黄韬光。

怎样才能不动声色地把这条线索透露给黄韬光，让他继续追查，这是关键。因为宁志恒根本无法解释他是怎样得到这条线索的。

想到这里，宁志恒决定先接触一下黄韬光，然后再见机行事。

他来到情报科，打听到黄韬光的办公室。

黄韬光正面对着一堆档案材料发愁。作为日谍案的负责人，最终一无所获，这个报告实在写不下去。听到敲门声，黄韬光起身开门，一看是宁志恒，让他大吃一惊。

他仅仅见过宁志恒两次，一次是在上次抓捕付诚的行动中，第二次就是不久前在刑讯科地下室见过。

他记得这名年轻的军官叫宁志恒，隐约听说此人身后有些背景。

"宁老弟突然到访，不知有何贵干？"黄韬光很热情地将宁志恒请进办公室。

宁志恒四下打量，一眼便看到办公桌上那一摞档案资料，十有八九是付诚案的存档资料。

宁志恒微笑着说："冒昧登门，是有些事情想请教，还望黄兄不吝赐教。"

"哦，你老弟这是有事相询了。敬请直言，黄某知无不言。"黄韬光热情地回应道，转身又泡了一杯茶送到宁志恒面前，两人相对而坐。

宁志恒稍稍思虑了片刻，轻声问道："黄兄，以你的经验，这个付诚在间谍组织里是个什么样的角色？他的主要任务是什么？"

黄韬光微微一笑，他知道宁志恒刚刚调到行动队，没有接受过间谍特工这一方面的训练，想多了解这方面的知识是非常应该的。

黄韬光很欣赏宁志恒这样勤学好问的年轻人，当下决定给宁志恒普及一下基本特工知识。

"我们在付诚的住处搜到了电台，这说明他是一个专门负责传递情报的角色。我们对这类人员有一个俗称，叫作'信鸽'。

"信鸽是情报间谍组织中很关键的一个环节，同时也是间谍小组和间谍本部传递情报的中转站。所有情报最后都经由他的手向间谍本部传达，同时也通过电台接受上级的指令。在付诚的身边还有两名日本间谍专门潜伏下来，对他进行策应和掩护，可想而知他的身份有多重要。

"我们通常把潜伏在我方政府内部的间谍人员称为'鼹鼠'。这类间谍也很有价值，他们通常都是敌方花了很大代价才成功渗透进来的，身份甚至比真正的我方人员还经得起查验，隐蔽性很强。

"一个间谍小组可以有一个或几个鼹鼠，但是信鸽却只有一个。正因为他的重要性，这次付诚的落网肯定会惊动小组的其他成员。

"这个反应时间会很短，接着他们会很快进入潜伏状态，直到确定安全后，才会通过其他事前约定好的方式取得激活指令，开始新的行动。

"这样的行动方式会导致我们侦破此案的难度成倍地增加，甚至希望极为渺茫。"黄韬光详细地回答。

宁志恒又问："鼹鼠向信鸽传递信息，一般都会采取哪几种方式呢？"

黄韬光耐心解释说："据我们所知，情报的传递，大致有下面几种：

"第一种方式是直接接触。两个人通过接头，直接进行情报传递。这种方式的好处是直接有效，但是危险性也较大，一方被抓住就能顺藤摸瓜找到其他的组织成员。这是最为基本的一种方式。

"第二种方式是鼹鼠直接给信鸽发送信件。按照预先设定好的暗语和文字顺序，将情报内容嵌入一个普通的信件内容中，通过邮局直接投送，这种方式安全性较好，但不适于情报的及时传递。

"第三种方式是间接传递。一般是设一个特定的隐蔽地点，我们通常称之为'死信箱'。鼹鼠将情报安放到死信箱，通过特殊的方式提醒信鸽去领取情报。这种方式的好处是传递情报非常安全，缺点是程序烦琐，不适合传递情况很紧急的情报。

"甚至还有人采用过登报的方式进行情报传递，也是把情报内容按约定好的暗语和顺序编入登报的文章里。据说中共地下党就用过这样的方式传递情报。"

"有没有可能鼹鼠自己就有备用电台，得到情报后直接发送给总部？"宁志恒不甘心地继续追问。

"这也有可能，但据我们了解，日军谍报组织很少用这种方式。

"现在的谍报特工部门都有专门监听各种电台的电信部门，像我们军情处就有设备比较先进的电信科。

"如果他们监听到了陌生的电台信号，都会进行排查，确定发报的频率、地点范围。

"日谍非常严谨，他们通常会进行分工，鼹鼠获取情报，信鸽传递情报，这样可以将风险分担到两个环节上，把暴露的可能性降低到最小。

"诸如此类，还有很多情报传递方法，一切都是根据实际情况而定。"黄韬光继续解释道。

"黄兄认为，付诚是采取哪种传递方式去接收情报的呢？"宁志恒问道。

"我们初步判定，应该是他的两名助手将情报取回来传递给他。

"我们查到了那两名助手的隐藏身份都是人力车夫，他们的足迹遍布大街小巷，根本无法追踪。所以我们判断，应该是三人中的某一个得到了鼹鼠的提示，然后由两位助手去取情报并交给付诚。因为电台只能由信鸽一人掌握，他掌握着密码本和电台。

"那两个人力车夫的行踪咱们无从查起，只能把希望寄托在付诚身上了。毕竟他的地位较高，我们认为他得到提示信号的可能性更大些。至于他们中是谁去取这个情报，应该是那两个助手的可能性更大些。"黄韬光分析得很清楚，这两天他多次推敲，当然还是有些收获的。

宁志恒听到这里，更加肯定了自己的推断：柳田幸树脑海中那盆月季花，肯定就是他得到鼹鼠提示接收情报的信号，或者是进行特殊联系的信号。

接下来，他就需要想办法提醒黄韬光，把他的思路引向这条线索。

"你刚才提到，在跟踪付诚的这段时间里，没有发现他与外界有接触。其实，他不必亲自去接触，只需要鼹鼠在某个特定的地点标注上特定的信号即可。付诚看到标记就会接到警讯，然后安排两个助手去领取情报，或与他人接头。而这个行为本身非常安全。"宁志恒有意无意地提醒道。

黄韬光摇了摇头，表情有些尴尬，无奈地说："这点我们也想到过，正如你所说。如果他们采用这类信号传递情报，那么我们根本无从查起。付诚从早到晚看到的、接触的事物太多了。我们根本无法确定，是在他上班的时候还是在他回家的途中，因为只要他眼光扫过的地方，都有可能查看到这个信号，这个范围实在太大了。信号可能在路边的一棵树上，也可能在路边墙砖上，他只需要看一眼就知道了。除了付诚本人知道这个特殊的信号，其他人又不是他肚子里的蛔虫，根本无法知道。"

宁志恒心里郁闷，却有苦难言、有话难出，因为这根本无法解释。

在之后的交谈中，宁志恒数次将话题转移到这条思路上，但黄韬光仍然觉得行不通，这根本是大海捞针，毫无希望。他总不能顺着付诚的足迹一寸一寸追查下去，否则投入的人力物力简直是天文数字。他是绝对不可能这么做的。

宁志恒见"提醒"这招没用，也就只好放弃了。随后，他又请教了很多关于情报特工方面的知识，黄韬光都事无巨细，热情解答。

宁志恒向黄韬光告辞，匆匆赶回自己的住所。他昨晚没睡觉，又挖了一夜的土，感觉疲惫不堪，想回家好好睡一觉。

走到离家门口还有一段距离的地方，宁志恒看到一个身影正蹲坐在房门前。他眼力极好，大老远就认出是巡警小队长刘大同。

刘大同四处张望，似乎在等什么人。他一看到宁志恒，赶紧上前几步迎上来，赔着笑脸说："宁长官，您可算是回来了，我在这儿等了您很久了。"

当时宁志恒给刘大同留下联系方式，是为了让他尽早把审问人贩子的口供交给自己。

他从昨天早晨出门，就没有再回来，也不知道这个刘大同在这儿等了他多久。

宁志恒略有歉意地说："军务上事情忙，我这两天都没在家。你找我是那两个人贩子有口供了吗？"说完便上前将房门打开，示意刘大同一起进屋。

刘大同有些拘束地跟着进了屋，殷勤地笑着说："那两个犯人不经打，还没等用大刑，一顿皮鞭下去就什么都招了。我得到口供之后，就赶紧到您这儿来。"

"问出小婉是在什么地方被拐卖的吗？"宁志恒示意刘大同坐下。

"您当时判断得很准，小婉的确是在杭城被他们拐来的。小婉当时身边没有大人跟着，他们看小婉这孩子长得清秀，穿着也像有钱人家的孩子，就拍晕了装进麻袋带走了。"刘大同大拇指竖起，一脸佩服的表情。

听着刘大同略显夸张的恭维，宁志恒心里好笑。自己本来就是杭城人，当然能分辨出杭城的口音。

突然，宁志恒心中一动，也许这个刘大同能够为自己所用。

"大头，看你也是个热心肠，还要辛苦你多照顾小婉几日。过几日我的事情处理完就去接她，回杭城去寻找亲人。"宁志恒亲切地称呼刘大同的绰号，让他受宠若惊，感觉到宁长官已经接受了自己。

刘大同赶紧讨好说："您可别这么说，什么辛苦不辛苦的。您不知道，我家婆娘给我生了两个小子，就想要个女孩。这次把小婉带回去，可把她高兴坏了，天天把小婉带在身边，照顾得跟亲闺女一样。现在真要送走，只怕她还舍不得呢。"

宁志恒听他说得倒是真心实意，心想这个人虽然油滑了一些，但心眼儿还不坏。宁志恒笑着问："大头，你在警局里干了多长时间了？"

"算来也有十多个年头了。我是本地人，家里以前做点儿小本生意，可我吃不了那个苦。我老子看我实在不是做生意的料，就花钱让我披了这身黑皮。虽然我手上什么手艺也没有，但是这街面上的事我可是门儿清。宁长官如果有用得着我的地方，请尽管吩咐。"

"大头，你也是个明白人。那我就直说，我是在国家军事委员会军事情报处供职的。它是咱们国家数一数二的特权部门，可以随时随地抓捕任何我们认为可疑的人，就像……就像明朝时期的锦衣卫。锦衣卫你听说过吗？"宁志恒打算好好忽悠忽悠这个刘大同，况且军情处也确实和锦衣卫有得一比。

"知道，知道，太知道了！"刘大同说话的声音都变了调。他还是读过些书、喝过点儿墨水的，当然知道明朝大名鼎鼎的锦衣卫。那可是令天下人闻之色变、见之丧胆的特务机构。

"我手底下正好也缺像你这样在街面上混得熟的人手。你要是愿意，以后就跟着我。怎么样？"宁志恒接着说道。

听到宁志恒主动招揽，刘大同马上站直了身子，高声应答："只要您看得起我刘大头，一定赴汤蹈火，万死不辞！"

宁志恒笑道："哪有那么严重，只不过帮我打听点儿消息，跑跑腿而已。真要是动刀动枪，我手下有的是人手，用不上你。"

刘大同有些尴尬，说："那倒也是，我这三脚猫的功夫，宁长官您是看不上的。不过我一定忠心耿耿，尽心尽力，绝不会让您失望。"

宁志恒笑着说："你既然决定跟着我，我也不会亏待你。这样，你以后在外面如果有什么摆不平的事情，尽可以打着我的旗号。只要你没有瞎眼去得罪那些权贵人物，以军事情报处这块招牌，应该没有人敢找你的麻烦。"

刘大同听到这话，顿时腰杆子挺直了几分。混了这么多年，今天总算是感觉到心里有了底气。

两人又交谈了几句，宁志恒感到确实有些疲惫。睡意袭来，便打发走刘大同，躺下休息了。

第二天一早，宁志恒便出门了。他没有穿军装，而是一副青年学生的打扮。

他今天的任务，就是按黄韬光提供的路线图，沿着柳田幸树平日里上下班的道路，去寻找窗台上摆放有鲜花的那一间房子。

来到北华街柳田幸树住的房屋，发现院门上依然贴着封条。对面的一家院门半开着，门口一个穿着普通的青年男子正在倒洗漱水，看似漫不经意的目光向他扫来。

宁志恒一眼认出，这人就是四天前抓捕柳田幸树时负责监视并给黄韬光通报情况的情报科人员。

看来情报科并没有放弃，还派了人继续监视。宁志恒没有停留，开始沿设定好的路线巡视。

那男子见宁志恒有些可疑，正准备跟上去，这时身后传来一声低语："不用跟了，是行动队的人，那天是他亲手抓捕付诚的。呵呵，看来行动科那边也没有死心啊！"

青年男子听到后将洗漱水倒在门口，转身回了自家小院。

宁志恒走得很慢，他四处张望，仔细地观察街道两边的房屋景物。

他一边走，一边在纸上做标注，不知不觉走到了柳田幸树上班的地方。

一路记下了七处房屋，都和脑海中那一间很相似，其中有三家房屋的窗台上放有鲜花。

他又来来回回走了三趟，在纸上多加了两处房屋。总共有九家房屋的样式及窗台都和记忆中很相似。

接下来，他要做的就是从这九家房屋中筛选出摆有鲜花的三家进行排查。

时间紧迫，工作量大，光靠自己无法完成。他决定动用刘大同。

距离付诚被捕已经是第四天了。如果他的同伙感觉不对，就会放弃这个通信地点，那时就算是找到了这处房屋也没有什么用了。

临近中午，宁志恒赶到靠近北华街的警察分局。

刘大同正准备回家吃午饭，刚出大门就看见宁志恒迎面走来。

宁志恒一招手，刘大同赶紧跟在他身后。两人转身进了旁边一家饭店，找了个偏僻的雅间。宁志恒随口叫了几个菜。刘大同殷勤地倒上茶水，问："您找我有事？尽管吩咐，一定给您办得妥妥当当的。"

宁志恒从兜里掏出已经做好标记的图纸，放到桌上推到刘大同面前，说道："我手上有个抓捕日本间谍的案子，现在有了点儿线索。要你做的就是，按照我图纸上标记的九处房子一一排查：查出房屋的房主是谁、家庭情况、有什么背景，尤其养有月季花盆栽的人家，要格外关注，一定要打听仔细。需要你注意的是，这件事情要做得隐蔽，绝对不能打草惊蛇，能够做到吗？"

刘大同伸手接过图纸，仔细看过上面的标记说："您放心，这几处房屋都在我的辖区内，保证做得神不知鬼不觉。"

"那好，记住，办这件事要越快越好。时间越长，这个间谍逃脱的可能性就越大。"

宁志恒非常满意，在这片辖区内，刘大同就是地头蛇。他可以调出每一户人家的具体资料，对自己辖区内的情况了如指掌。

"你最快多长时间能完成调查？"宁志恒还是有些不放心，毕竟柳田幸树落网时间已经不短了，说不定现在他的同伙已经放弃了这个通信地点。

所以，当务之急是尽快查清通信地点，不给日谍组织反应的时间。

刘大同听出情况紧急，心里暗自盘算了一下，说："我一定尽快调查。您给我一下午的时间，今天晚上我去您的住处，把调查结果给您。"

宁志恒没想到这么快就能给出结果，看来这个刘大同确实有本事。

"你确定？"宁志恒再次问道。

"确定，您放心。不过，要想在这么短的时间内完成调查，我就要动用手下的人手。天黑之前一定能把事情调查清楚。"

"你这些兄弟都靠得住吗？行动一定要隐蔽，打草惊蛇肯定是不行的。"宁志恒有些犹豫，他不知道刘大同手下都是些什么人，担心他们把事情办砸了。

"您放心，我在警察局有几个信得过的人手，街面上也有几个从小一起长大的兄弟。他们都很可靠，嘴巴也严，绝不会耽误您的大事。"刘大同拍着胸脯保证。

"这就好!"宁志恒点点头,将一沓钞票轻甩在饭桌上,"这是二百元法币,就当是你的行动经费。我不管你怎么用,我只要结果。"

刘大同被宁志恒的举动搞得不知所措。二百元法币相当于他好几个月的收入呢。

"您这是干什么,给您办事还不是应当应分的?有您这棵大树罩着,我刘大头以后的日子就好过了。应该给您孝敬,怎么反倒让您破费!"说完连连摆手,把钱推了过去。

宁志恒微微一笑,又将钞票推回到刘大同面前,说:"办事拿钱天经地义。虽说你以后跟着我混,可也不能让你白跑腿,况且你安排手底下的兄弟们办事也得花费。我这个人讲究的是赏罚分明。放心,以后只要你尽心尽力,好处自然少不了你的。"

刘大同一听,心里感激不已。看来自己时来运转,终于抱上了一条粗腿。

天色渐晚,宁志恒并没有开火做饭,自己一个人住,确实也没必要这么麻烦。

他出门在附近小饭馆吃了晚饭,匆匆赶回家等刘大同。

晚上七点左右,刘大同匆忙赶来。

"事情查得怎么样?"

看着刘大同风尘仆仆的样子,知道他肯定是没有耽误一点儿时间,以最快的速度前来报告。

宁志恒心里暗自高兴,看来收这个手下是收对人了。

"都查清楚了,宁长官。只是有些事情我怕说不明白,所以还带来两个弟兄。不知道您能不能见见?"刘大同小心地问道。

"是你的意思,还是他们要求见我的?"宁志恒问。

"是我的意思!他们两个在我这帮兄弟中比较精明,很多情况比我了解得多。我怕耽误您的事情,就想带着他们来当面报告。"刘大同解释道。

这可是宁志恒交代给他的头一件差事,而且还是一件抓日本间谍的大案子,他可不能有半点儿差池。

"他们现在在哪儿?"

"就在巷口，等着听您的信儿。"

"人都带来了还说什么，叫他们来见我。"宁志恒微笑道。

刘大同转身出门，不一会儿就带进来两个男子。

刘大同指着身材瘦高、面容比较清秀的青年介绍说："这是陈延庆，也是我们警局的户籍警。"

随后又指着另一个其貌不扬的男子说道："这是刘永，也是我从小玩到大的兄弟。街面上的大事小情，没有瞒得住他的。"

两个人异口同声道："宁长官好！"

"嗯，大头都跟我说了，今天辛苦兄弟们。等案子破了，我亏待不了你们。"宁志恒表扬了几句，说，"把情况说一下吧。"

陈延庆上前将几页记录纸恭恭敬敬地摆在桌面上，说："这是我们整理出来的情况，宁长官您先过目，然后我再补充。"

宁志恒的眼睛一亮，竟然还有书面报告。这可真是出乎他的意料，没想到刘大同手下还有这样的人才！

宁志恒伸手取过报告，语气明显和蔼了许多："这是你整理的？"

"是，我怕有些情况疏漏了，就把这九个住户的情况简单分类记录了一下。"陈延庆赶紧回答。

"你念过几年书？"

"上了五年学，后来父亲意外去世，家里供不起了，就辍学了。"陈延庆面带苦涩地答道。

"可惜了！不过读书不一定非要在校园里读，平日里多看书，多看报，增长见闻，一样可以学到很多东西。"宁志恒以一副过来人的口吻对他说，浑然已经忘了自己现在也不过是一个刚跨出军校校门的学生。

"谢谢宁长官教诲，延庆一定铭记于心！"

宁志恒点头示意三人坐下，然后将手里的记录看了一遍。

记录中的内容非常详尽，一一列出了每户的家庭情况，如人口多少、居住与工作情况、家庭背景等等，甚至包括了家人的健康状况。可以说，宁志恒所能想到的，上面都有。

"不愧是警察出身，这份记录就是我们军事情报处来查也不过如此！"宁志恒拍案笑道，"大头，你们干得不错！"

"长官过奖了，我们这些都是小打小闹，摆不上台面的。让您见笑了！"

刘大同看到宁志恒非常满意，心里的一块石头终于落了地。看来宁长官交给他的第一件差事，他算是办妥了。

"这些情况你们是怎么查到的？"宁志恒觉得还是要把具体情况问清楚。

"我们警局里有现成的存档。我就带着延庆和另外两个同事，以查户口的名义调查。"刘大同不无得意地说。

"你那两位同事可靠吗？"宁志恒追问。

"都是兄弟，在警局里相互照应多年，人很可靠。查案的事情绝对不会扩散出去。"刘大同知道宁志恒担心什么，赶紧接口答道。

宁志恒点点头。"你就查了这几户，还是将附近的住户都查了一遍？"宁志恒又问道。

"只查了一部分，主要精力还是放在这九户人家上。"一旁的陈延庆回答。

终究还是出了些问题，查户口没有进行全部检查，只查其中的某一部分住户。这本身就不正常。

如果日本间谍有足够的警觉性，他们这种做法就有打草惊蛇的可能。

"我不是埋怨你们，毕竟人手有限，时间紧张。你们能交出这份记录就已经做得非常好了。"宁志恒挥了挥手，止住下面要说的话，"不过还是有漏洞，但愿情况没有我们想的那么糟。"

宁志恒拍了拍手里的记录分析说："这九户人有七户养着盆栽鲜花，而这七户里有六户人家都养有月季花。毕竟月季花是南京最常见的鲜花，不足为奇。这六户人家里又有四户是全家人一起居住，人口不少。按理说，做间谍的多选择单身居住。剩下的这两户都可疑，一个是舞女单身居住。资料确实吗？"

刘大同把目光投向一旁的刘永。刘永赶紧起身回答道："这个舞女是上沪人，一年前来南京。我去乐逍遥俱乐部查过了，情况属实。"

宁志恒点点头。如果情况属实，那她的嫌疑也不大了，毕竟舞女的行业决定了她不太可能接触到重要的情报。

鼹鼠的公开身份应该有利于接触到情报，在传递情报的过程中也会尽可能地减少中间的步骤。

现在就剩下最后一个住户了！

"你们没有见到最后这个住户？"宁志恒挥了挥手中的记录。

"对，北华街 402 号，这个住户是租客。房东那里登记的名字叫王云峰，是个三十出头的男子。"

宁志恒接着看记录："中等身高，体型健壮，职业……是个牙医？"

"对，这些都是房东提供的资料，那个王云峰说自己是个牙医。但是有个情况很特别，房东每次来收房租他都不在家，之后都是王云峰自己找房东交的。"刘大同补充道。

"牙医的收入应该很不错，他选择租房的地点更看重的应该是住得是否方便。"宁志恒沉思了片刻，慢慢理出一点头绪。

"他选择 402 号房子的原因应该是距离他上班的地方比较近。这间房附近有没有牙科诊所？"宁志恒问道。

刘永赶紧回答道："整个北华街只有一间牙科诊所，门面不大，可牙科大夫是个快六十的老大夫，我们都认识，这对不上号！"

"你们人都没见到，怎么知道他家里养有盆栽月季花？"宁志恒突然发现有些不对。

"房东有备用钥匙，我们让他开门进去看了一下，确认家里有盆栽月季花。"陈延庆没有觉得异常，随口回答道。

到目前为止，就已知的情况分析，宁志恒觉得这个王云峰的嫌疑最大。

首先他是单身男子，而且房东每次找他收房租，他都没在家。这说明他在家的时间极少，这符合鼹鼠的特点。因为这里只是个通信地点。他只需要在传递情报之前来到这个出租房把盆栽鲜花放在窗台上，传递完情报之后，再回来把鲜花取下来。绝不会在这个地方逗留时间很长，更不会在这里居住，那样危险性太大了。

其次是身份对不上，最起码附近的牙科诊所没有符合他特征的牙医。这说明他登记的身份很可能是假的。

"有没有问过他的邻居，一般都在什么时间看见他？"宁志恒问道。

"问过了，现在人口流动频繁，有的人还没来得及熟悉就搬走了。邻居说根本没见过这个人。"刘大同有些无奈地回答道。

连邻居都没有见过他，这说明他平时来去的时候都刻意回避他人，这就更可疑了。

如果王云峰真是日本间谍，那么今天让房东开门进屋这个举动就有些冒失了。因为一个真正受过训练的间谍，不可能别人进自己的房屋都觉察不到，尤其是刘大同他们也不是专业的搜查人员，并没有刻意清扫进屋的痕迹。王云峰只需要在门窗的关键部位做一些特定的记号，比如门窗上夹一丝头发，关键物品摆放在特定位置，等等。一旦这些不起眼的细节出现微小的变化，他就会察觉到有人进过 402 号房屋。那他别无选择，会在第一时间迅速逃跑，脱离危险。

不过，这并不能怪刘大同。如果不进房屋，他也就无法确定王云峰的嫌疑身份。反正也并不重要，只要王云峰敢再次来到这间出租房，宁志恒会第一时间将他抓捕。他根本就没有打算放长线钓大鱼。

想到这儿，宁志恒就不再纠结这个问题，说道："以我们现在了解的情况，也就是说，只有房东才知道这个王云峰的真实面容。"

刘大同三人不约而同地点点头。

"会不会是这个房东有问题？"陈延庆恍然大悟道。

宁志恒摆摆手，说："这个可能性不大，他不会傻到把通信地点设在自己的房屋内，那太明显了。"

宁志恒突然想到一件事，他接着问道："这个房东有家人吗？王云峰去找他交房租的时候，他的家人有没有看到？如果他的家人看到过，那说明这个王云峰确有其人，这个房东的嫌疑基本上就可以排除了。"

"他有家人，妻子和一儿一女。这个人的情况我没有记录，我之前一直没有把他列为怀疑对象。"陈延庆在一旁补充道。

"现在是晚上八点，时间还不算晚。我今天晚上就要去见这个房东。"宁志恒沉声说道。

没有多余的废话，宁志恒站起身，招手示意他们一块去。

北华街离宁志恒的住处距离比较远，而宁志恒的住处离军情处很近，他决定先回去取车。

四个人来到军情处，宁志恒取出军用吉普车，四个人一起乘车赶往房东家。

路上，陈延庆简单介绍了房东的情况。房东名叫刘默林，南京本地人。

家产殷实，有不少祖产出租。妻子是附近一所小学的老师。他们有一儿一女，根底干净。

一行人很快赶到了刘默林的住所。这是座独立的二层小楼，尽管天色已黑，还是依稀能看出外墙装饰得很精致。

陈延庆上前敲门。里面的人听出是陈延庆的声音，把门打开。

"你怎么又来了。这么晚，有急事吗？"一个中年男子有些不高兴地说。

"刘大哥，下午有些事情没有录全，还得耽误你一点儿时间。"陈延庆客客气气地说。

刘默林把四个人让进屋。

几个人在客厅坐下，刘默林见宁志恒眼生，便问："这位小老弟以前可没见过，是你们警局新来的同事？"

刘大同刚想介绍，被宁志恒挥手拦住，他从上衣兜里取出自己的军官证，不紧不慢地答道："宁志恒，军事情报处行动队长。"

听到"军事情报处"五个字，刘默林的眼皮子猛地一跳，心里暗恨刘大同和陈延庆竟然把这样一只吃人不吐骨头的老虎带到家里，脸上却是不动声色。

刘默林伸手接过证件仔细端详。军官证做工精细，宁志恒的照片赫然印在上面，应该不是假的。

双手将证件恭恭敬敬地还给宁志恒，刘默林躬腰赔笑道："真是失礼了，没想到是军事情报处的长官登门，有失远迎，有失远迎！"

"刘先生，深夜登门，实在冒昧。不过公务在身，还请谅解。"宁志恒语气和蔼地解释说，尽量让刘默林的情绪放松下来。

"我们来还是为了下午人口调查的事情，你名下的北华街 402 号房住的租客王云峰有重大嫌疑，我们怀疑他是潜伏的日本间谍。我想知道除了你见过这个人外，你家里还有谁见过他？"

刘默林一听又是这个王云峰的事情，心想这家伙屁股不干净，惹了大麻烦，搞得军事情报处都找上门来。

可笑自己以前还以为这个家伙是个老实人，总是主动上门给自己交房租，真是识人识面不识心！

"请不要误会，我只是调查，绝不会对你和你的家人造成任何不利，主要是想对这个王云峰的容貌有一个更详细的了解。"宁志恒看出刘默林有些不安的样子，努力安抚道，"当然，你也清楚，如果隐瞒事实，知情不报，可视以同案犯共处！"

刘默林思索了一会儿，终于回答道："他一般都是来家里交房租，我妻子见过几次！"

这话一出，宁志恒顿时放下心来。他的妻子见过王云峰，说明这个王云峰确有其人。刘默林的嫌疑可以排除了。

"那就麻烦嫂夫人过来，一起描述下王云峰的相貌。"宁志恒说道。

刘默林只好点点头，在宁志恒的注视下将妻子唤来。

刘默林的妻子是个教师，倒是表现得比刘默林镇定，听到需要描述王云峰的样貌，便仔细回忆了一下说："这个人长相还算端正，身材不高，大概跟这位兄弟差不多。"

说完她指了指刘永。刘永身高也就一米六八的样子，在南方人里属于普通身高。

随后，她还提到，听王云峰的口音，他应该是个北方人。

"这个人很有修养，说话客气，有一次还特意带了糕点送来，真是看不出来！"刘默林有些感慨。

宁志恒让刘默林取来白纸和铅笔，按照他们夫妇的描述，依靠自己很深的素描功底，慢慢地勾勒画起来。

经过两个多小时的不断修改和矫正，一幅清晰的素描画在他笔下慢慢成形。

"真是太像了，您的西洋画法比国画更贴近真实，几乎可以当照片用了！"刘默林的妻子不禁赞叹道。

一旁的刘大同三人也是震惊不已，宁长官年纪轻轻，能文能武，身怀绝技啊！光是这手画技就足够养家糊口了。

宁志恒自己也很满意，其实他不仅素描画得好，国画水平也不低。

"哈哈，过奖过奖！平日里爱涂鸦两笔，让大家见笑了！"宁志恒谦虚地回答。

见时间不早了，宁志恒起身告辞："深夜打搅刘先生夫妇休息，万分抱歉！这就告辞了。"

刘默林夫妇一开始还因为宁志恒的身份对他有些警惕和抵触，不过交谈良久之后，发现这个年轻人不仅没有半点儿仗势凌人的作风，反而谦逊温和、彬彬有礼，慢慢地对他的印象越来越好。

夫妇二人将四人送出门外，分别时刘默林还邀请宁志恒有空过来坐坐。

第五章

抓捕鼹鼠

出了刘家大门，宁志恒与刘大同三人分手。

宁志恒马不停蹄地赶回军情处，因为军情处里有照相机和洗照片的暗室。

他用照相机把素描画像拍下来，然后洗了很多张。等一切搞定，已经是凌晨两点多钟了。

他没有回家，直接睡在了办公室里。

早上，他整理了一下思路，觉得抓捕行动还是交给军情处处理比较妥当。

这时，楼道里传来纷沓的脚步声，上班时间到了。

听到隔壁开门的声音，宁志恒赶紧拿上公文袋出了办公室，正好看到师兄卫良弼。

"师兄，我正要向你汇报一件事情。"宁志恒说道。

"志恒，你不是要休假吗？怎么还没走？"卫良弼看到宁志恒有些意外，他昨天没见到宁志恒，还以为他已经回家探亲去了。

"休假先不着急，我先向你汇报一下工作！"

"什么工作？不是让你们队休假了吗？没有给你们队安排工作。我可告诉你，补充人员很快就到位，你们队也马上就要结束休假了。"卫良弼笑着说道。

话是这么说，可宁志恒是自己的师弟，想什么时候休假都可以，这点儿小事他还是能做主的。

宁志恒跟着卫良弼走进办公室，随手将门关上。

卫良弼看着宁志恒小心翼翼的举动，还有他手中的公文袋，有些诧异地说："还真是找我汇报工作啊！"

宁志恒低声说："我的一名暗探提供了一个线索，发现了一个可疑人物。"

"暗探？你加入军情处不过十天，参加行动也不过一次，已经开始发展暗探了？"卫良弼听完宁志恒的话有点儿吃惊。这个师弟进入工作状态太快，现在都发展暗探了。再说那都是情报科那些人的手段，行动科只管抓人就是了。

"哦，其实也不是什么暗探，就是在军官学校期间结识的几个朋友。这不是加入军情处了吗，就随口说说让他们留意街面上的事情。没想到真有收获！"宁志恒必须把这个线索源头安在刘大同他们身上，不然无法解释清楚怎么发现的线索。

"那好吧，你说说是什么可疑人物。先说好，如果就是小偷小摸的就转给警察局处理，我们就不要把精力放在这样的小事上了。"卫良弼有些不以为然，他走到窗前推开窗户，一股清新的空气扑面而来。

宁志恒笑道："我知道分寸，就是觉得这不是件小事情，于是做了些工作，这才来向师兄汇报的。"

说完就将手中的公文袋放到卫良弼的办公桌上。

卫良弼有些疑惑，伸手从里面取出一大沓照片。他拿起一张仔细观看："这个人是谁，什么地方可疑？"

"这个人叫王云峰，租了北华街402号，一间二楼的房子。可疑的是这个人并不在这间房子里居住，只是偶尔去房子里看看，平时也从不与邻居照面，邻居们从来没有见过他。"

"北华街，不就是抓捕付诚的那条街道吗？你再仔细说说！"卫良弼突然觉得这件事真的不简单，必须搞清楚。

"不只如此，这个王云峰在房东那里登记的职业是牙医，可是北华街只有一个牙科诊所，也只有一个老牙医，跟他对不上号。"

"会不会是别处的牙科诊所？"话一出口，卫良弼便醒悟到疑点所在。

"这个人确实有问题！"卫良弼手指轻轻地敲击窗台，凝神思索着。

"他每月都是主动找房东交房租，从来不拖延。据房东说这个人的穿着和面色都很好，收入应该不错，可是却没有自己的住房，还需要租房子，租了房子还不去住，平时还有意躲避邻居照面，这很不正常。"宁志恒接着分析道。

　　"这张照片是从哪里得来的？"卫良弼扬了扬手中的照片，问道。

　　"这是我根据房东的描述画出来的，据房东说与真人相似度很高。"宁志恒有些得意地笑道。

　　"你还有这个本事？"

　　听到是宁志恒画的，卫良弼有些吃惊。

　　手里的这张素描画照片，画作精美，形态神似，从构图到着笔，阴影着色，描绘细节几乎与真人照片没有什么分别。

　　拿着这张照片，只要疑犯在眼前出现，就绝不会错过，作用真是太大了！

　　"北华街402号要监视起来，同时要派人四处撒网，把这个疑犯找出来，王云峰这个名字肯定是假的。"卫良弼考虑了片刻，向宁志恒说道。

　　"昨天我朋友调查的时候进他屋里看了看，保不齐留下痕迹被疑犯察觉。这个问题不能不考虑到。我建议，只要发现立即抓捕，不能迟疑，不能给对手任何逃跑机会。"宁志恒补充道。

　　"同意，不能再犯抓捕付诚时那样的错误，白白耽误了一个月的时间，最后还鸡飞蛋打一场空。我怀疑这个人很有可能和付诚有关系，宁可信其有，不可信其无。"卫良弼觉得应该把思路和付诚案联系起来，也许柳暗花明又一村呢！

　　宁志恒暗自好笑，不是可能有关系，是一定有关系，因为线索来源就是从付诚脑海里截取的记忆。

　　"那要不要向上面报告，通知情报科帮忙，他们的消息比我们灵通，找人这种事比咱们在行！"宁志恒有些犹豫，向卫良弼请示道。

　　"还是不要了，情报科一向不把咱们行动科放在眼里。这次咱们要把案子办漂亮，好好地打他们一次脸！"卫良弼嘴一撇，手中的照片往办公桌上一摔。搞得好这可是大功一件，岂能白白拱手相送？

　　卫良弼始终认为，行动科在军情处高层眼里不过是个执行单位，口头上虽然一直强调行动科是利剑和钢刀，可打根儿上起地位就比其他科室矮一头。脏活累活、危险的活都是行动科的事，从行动队员的伤亡情况就可以看得一清二楚。要说他没有怨言是不可能的。所以，有机会一定要好好表现，在高层眼里体现出自己的价值。要改变现在这种尴尬的地位，这次就是一个难得的机会。

"既然是你发现的线索，这件事就交给你来负责。志恒，搞好了，可是一桩大功。机会我给你了，能不能把握住就看你自己的了！"卫良弼用力拍了拍宁志恒的肩头鼓励道。

有机会当然是交给自己人。宁志恒如果能在这件案子侦破中有很好的表现，再加上上次他抓捕付诚的功劳，不用半年他就可以让宁志恒官升一级，肩膀上添一颗星。

"再大的功劳，还不是师兄你领导有方吗！"宁志恒笑着打趣道。

两人相视一笑。突然，卫良弼觉得有些事情疏忽了，问道："志恒，你对这次的行动有把握吗？"

宁志恒暗自盘算了一下，这件案子唯一的难点就是抓捕王云峰，可是现在有了他的素描照片，相信抓到他只不过是早晚的事情。抓捕之后的事情就不是问题了。他根本不相信，所有的日本间谍都是不怕死的武士。所以说，这件案子胜算很大，区别只是最后所获得的战果是多是少而已。

"我不敢保证有十成的把握，但八成的胜算还是有的！"宁志恒信心满满地回答。

卫良弼听完若有所思，在办公室里走了几个来回，最后有了决定。"那就安排你们行动队结束休假，由你来全权调动人手。至于梁德佑，我想办法把他调开，不然有他在，你一定会束手束脚，不好展开工作。"

宁志恒一愣，行动队参与这次案件的行动，也是他心里的想法，毕竟有功劳大家分，总不会便宜外人。可是他没想到，卫良弼会直接把梁德佑这个正队长甩在一边，看来这其中还有自己不知道的事情。

卫良弼看到宁志恒惊诧的眼神，不以为然地说："你不要看现在梁德佑老老实实的，其实也不是什么善茬。当初我刚接手行动组组长的时候，他仗着有些资历，总是不听招呼。所以我时不时地找机会敲打他一下，让他知道些好歹。我一直是想把他收为己用，可他总是和我隔着一层。老实说，机会给了他不少，我现在也懒得再费心思了。这次是一个好机会，不能够让他参与其中，一旦他翻了身，以后会很难安排。把他留在行动队，你只是他的副手，一旦事成，一大半的功劳就是他的，所以这次就是为了你，也必须把他调开。"

宁志恒听完这番话，这才恍然大悟，看来卫良弼和梁德佑之间的芥蒂由来已久。不过，这对于他来说绝对是件好事情。没有梁德佑，他作为副队长之一，受组长卫良弼的委派，完全有权力指挥和调派整个行动队。最主要的是最后所有的功劳，大部分可就要落到他的身上了。至于石鸿，他是卫良弼的人，绝不敢违背指令跟自己别苗头。

"师兄为了我真是用心良苦，志恒一定铭记在心，绝不会让师兄失望！"宁志恒感激地说道。

不论出于什么原因，卫良弼是真心为自己考虑，这一点宁志恒是心存感激的。

卫良弼挥手笑道："你我兄弟之间，客气话就不说了。至于梁德佑嘛，正好这次军情处扩招，特招了一批学生，处里在各科抽调人员对这些学生进行训练。行动队人手一向紧张，本来我准备推掉。现在看来正是个机会，让梁德佑去当一段时间的教官好了。"

宁志恒听完这话，觉得有些奇怪。军事情报处一直只招收军校学生和军人，怎么会招收学生加入？

"什么时候军事情报处开始招收学生了？"宁志恒问。

"这是特例，都是女学生，大多数分往电信科，听说以后还会继续招收。毕竟特工系统里有很多工作女人做起来更合适。"卫良弼解释道。

宁志恒点点头，不再纠结这件事情。

卫良弼说干就干，转身拿起电话通知第三行动队结束休假，全员归队。

一个小时之后，行动队员集结待命，队长梁德佑带着三位副队长向卫良弼报到。

卫良弼通知梁德佑借调去当教官，期限一个月。

梁德佑听完也没有觉出不对，因为他也听说了各科借调人员去培训新人的事情，只是没想到会抽调到自己。他没有耽误，领命而去。

看到梁德佑离去，卫良弼向余下的三名军官传达命令："第三行动队马上开始工作，这段时间的工作由宁志恒主持，石鸿和王树成配合工作，不得懈怠！"

石鸿和王树成听完都有些诧异：梁德佑借调，按理来说应该是石鸿接手工作。

可是石鸿绝对没有胆量质疑卫良弼的决定，因为他深知自己的这个上司的手段。

卫良弼接着说："志恒现在手里有个重要线索，他熟悉情况，具体工作他来安排。"

随后又吩咐宁志恒："有需要我出面解决的问题及时上报，不要勉强，尤其是要注意安全，不能大意！"

宁志恒挺身立正道："请组长放心，我等一定全力以赴，争取在最短的时间里完成任务！"

卫良弼点点头，示意石鸿跟随，然后转身出门回到自己的办公室。

看着卫良弼和石鸿离去，王树成上前亲切地拍了拍宁志恒的胳膊，说："行啊，这刚来就主事了，组长对你可真是器重，以后可就在兄弟你手下混了。"

"你小子别说好听的，不过是代理一个月，想干的话我让给你。"宁志恒也笑着回应。

"算了吧，操心劳神的事情我不行，我还是服从命令听指挥。"王树成一副无所谓的样子。

很快，石鸿推门进来，看起来神色不错，应该是卫良弼把事情跟他说清楚了。

宁志恒这才开始介绍案情，把自己的分析又重述一遍，然后将公文袋里面的照片拿给两人看。

石鸿和王树成听完都一脸严肃，没想到宁志恒不声不响地在这几天做了这么多工作，心里不由得暗自佩服。

"现在当务之急是找到王云峰。鸿哥，你带十名队员监视北华街402号，一旦发现疑犯，就地抓捕，一定要活的！"宁志恒命令道。

石鸿不敢怠慢，点头应命。

现在还不能确定有没有惊动王云峰，所以402号房屋必须重点监视。

王云峰很有可能再次出现。机会只有一次，绝不能错过了。

"我和树成去南京的各个警察分局调阅户籍档案，对照户籍卡上的照片，尽快找出可疑人员进行甄别。"

宁志恒让王树成先带队去调阅户籍档案，自己则驱车赶到昨天中午和刘大同见面的那家小饭店。

这是他们约好见面的地点，不一会儿，刘大同匆匆赶到。宁志恒将公文袋交给他。

"这些照片交给你手下的弟兄，把网撒得大一些，跟他们说，谁先找到这个王云峰，我有重赏！"宁志恒说道。

刘大同对自己的这位老大佩服得很，出手大方至极。昨天刚甩出去二百法币，今天又是重金悬赏。

"您就放心吧，只要他在北华街的街面上出现过，我一定把他找出来。"刘大同拍着胸脯保证。

"让陈延庆尽快查找户籍档案，不过我估计王云峰不会在这附近居住。不然他再小心，也会有相识的人记住他。那么，他每次来北华街是走路、开车还是坐黄包车呢？我估计他坐黄包车的可能性最大，既可以节省脚力，又避免和人打照面。你重点按照这个思路去查找，不能错过任何信息。还是那句话，要快！"

宁志恒想到柳田幸树的暴露，就是因为黄包车夫提供了重大线索，找到他坐车的地方，然后蹲守数日，终于找到了他。

"我今天要去查户籍档案，时间紧迫，所以你这面要抓紧。现在是上午九点钟，晚上六点钟我还在这里等你，你把调查情况汇报给我。"宁志恒仔细交代清楚。

刘大同点头称是，然后快步离开。

宁志恒和王树成带着行动队员们花了大半天的时间，调阅了大量的档案。他们筛查了两个警察分局辖区的档案，从中挑选出来二十四位照片形象比较相似的嫌疑人员。

看看天色将晚，宁志恒对王树成说："今天先到这里吧，把这二十四名嫌疑人员的资料汇总一下，明天带着刘墨林去认人。先把这些人排查一遍再说。"

回程的路上，宁志恒特意去看了一下北华街402号出租房的情况。

石鸿带人乔装打扮，布控在每个关键位置。他对这种行动很在行，安排得井井有条，几乎找不出漏洞。

可以肯定地说，只要王云峰出现在这里，那就没有逃出去的可能。

石鸿看到宁志恒匆匆赶来，问道："档案查得怎么样啦？有什么收获没有？"

宁志恒失望地摇了摇头，说："工作量太大，筛选出来一些可疑人员，等明天让刘墨林认人。但愿运气好，那就省事儿多啦。你这边情况怎么样？"

"没有任何异样，根据以往的经验，这种案件十天半个月能有结果就算是不错了，你也别太着急！"石鸿好言安慰道。

石鸿办案经验较为丰富，更有耐心得多。虽然说现在的情况如大海捞针，但选择的侦破方向没有错，抓到这个王云峰是迟早的事。

"我怕时间久了会出变故。如果这个王云峰被惊动潜逃了，那就太可惜了！"宁志恒担心地说。

距离付诚落网已经第七天了，到宁志恒找到北华街402号，这中间有四天的空当。

如果这四天里鼹鼠王云峰有情报要传递，来这间出租房发出过信号，可是情报又没被人取走，那么一定会惊动鼹鼠潜伏或逃离，所以一定不能给他时间反应。

石鸿也沉默不语了，这种可能性很大，现在大家就是碰运气。

宁志恒离开北华街赶往小饭店和刘大同会合。这时，刘大同已经等在门口了。

宁志恒看刘大同脸上带着喜色，估计是有好消息。

"宁长官，事情有眉目了，我们按照您的指示，把北华街的黄包车夫查了一遍，很快就有人认出了这个王云峰。"刘大同一脸兴奋地汇报。

"黄包车夫呢？"宁志恒追问。

"带来了，在里面。"

两人进了饭店，一眼就看见刘永带着两个粗布短褂打扮的人坐在一张饭桌旁。

桌上有几盘小菜和一屉包子，两个人正对着桌上的饭菜狼吞虎咽。

刘永看见宁志恒进来，赶紧招呼两个车夫住嘴。

两个人都很识趣地放下碗筷，跟着刘永站了起来。

走到他们面前，宁志恒挥手示意三个人坐下，和颜悦色地说："不用客气，你们继续，吃饱了才好做事嘛。"

两个车夫本来还有些局促不安，可是看到宁志恒态度和蔼可亲，一下子放松下来。可是谁都不敢再吃，两人拘谨地坐在凳子上等着宁志恒问话。

　　宁志恒开口问："是谁认出了照片上的人？"

　　"我！"

　　"我！"

　　两个人同时应声。

　　刘大同眉头一皱，喝道："好好说！老魏，你先说。"

　　那个看着年纪大点的车夫，赔着笑点头，开始介绍情况。

　　原来这个老魏就住在北华街，专门在这片街面上拉客。

　　老魏记性很好，他本来不想管闲事，可架不住刘大同手里的一沓子钞票在眼前晃动，他立马就承认了自己认识王云峰。他拉过王云峰两次，每次都是从北华街上车，到城北的燕山街下车。

　　"燕山街？"宁志恒喃喃道，那可是人口最为密集的大街区，少说也有两三万人口，怎么找啊！

　　刘大同面带得意之色，指了指另一个车夫说："宁长官，您还没问这个伙计呢！"

　　宁志恒不解地看向刘大同。刘大同接着说："我们上午就找到了老魏，然后下午去燕山街寻人。因为不熟悉道路耽误了些时间，可还是找到了这个伙计。"

　　原来刘大同等人也很精明，他们带着老魏赶到燕山街王云峰下车的地点，然后接着找附近的黄包车夫。想着王云峰回来的时候是坐黄包车，那他去北华街的时候也可能会坐黄包车。最后重赏之下，终于找到了这个叫春三的车夫。他说曾经见过和照片里很像的一个人。

　　"你没有拉过这个人？"宁志恒有些怀疑，问道，"就是看着像？"

　　"长官，我可不敢骗您。当时他就在我旁边，我问他要不要车，他没理我就走了。"春三看宁志恒有些不相信，生怕到手的赏金飞了，言之凿凿地保证道。

　　"我记得很清楚，当时这个人手里拿着一包糕点，边走边吃。"

　　宁志恒突然想起，房东刘默林曾说过这个王云峰曾经给他带过礼物，就是糕点。

"你还记得是什么时候的事吗？"宁志恒问。

"也就是三天前，就在燕山街仗马巷的巷口。"春三答道。

王云峰给刘默林送礼是很多天前的事了，而春三见到王云峰吃点心是三天前，时间相隔很长。

这说明王云峰平时可能经常吃糕点之类的东西，给人送礼也是随手买盒糕点。

照这么看，他一定会经常去糕点店，那儿的掌柜或者伙计很可能认识他，最起码可以提供一些信息。

而且现在可以优先查看燕山街的户籍档案，范围会越来越小。宁志恒有预感，他离这个鼹鼠越来越近了！

宁志恒想到这里，心里总算有了底。

他问春三："以你看到照片上的疑犯的地点——那个什么仗马巷的巷口为中心，附近有多少个糕点店？"

"大概有两家，再远些还有几家。"春三回答。

所谓南甜北咸，南方人好吃甜点，街面上的糕点店有不少。

一旁的刘大同反应很快，上前说道："明天我去糕点店查一查！"

宁志恒想了想，摇了摇头，说："你们不能去，还是我带队亲自去查。"

这个王云峰的真实身份不会是普通人，店家不会为了几个钱随便得罪一个有地位的客户。

对付这些人还是应该行动队出面。头顶上悬挂着军事情报处这块招牌，阻碍调查就抓人，行动队有这样的特权。等枪顶在脑门儿上的时候，看谁还敢不说真话。

宁志恒又看向老魏和春三，拿出几张大钞，微笑着说："你们提供的情况很重要，我说话算数，这些钱拿去。"

老魏和春三看到宁志恒手里的大面额钞票，都有些不敢相信，只不过提供了些消息，这位年轻的大人物便随手赏了这么多钱。比他们想要的还要多。

看着两人手足无措的样子，宁志恒也不多说话，直接将钱塞在他们各自手里。

宁志恒又转身对刘大同和刘永说："自己兄弟我就不说客气话了。你们的辛苦我心里有数，等这件案子办完，我不会亏待你们！"又特意拍了拍刘大同的肩头说，"大头，好好干，钞票和前程都不成问题！"

刘大同连连点头，只觉得一股暖流涌上心头。

第二天一大早，宁志恒和王树成带队赶到燕山街区所属的警察分局。得到通知的警察局局长在大门口亲自迎接，不敢怠慢。

宁志恒客套了几句，便安排王树成带一部分队员调查燕山街的居民档案，自己则调用了两名熟悉当地情况的警长随行，带着十二名队员迅速赶到春三所说的仗马巷口。

按照从近到远的顺序，开始排查街区里所有的糕点店。

最近的一家店铺就在旁边不远处。在两位警长的带领下，队员们一进门就将里面的人都赶到店堂里。

众人被突如其来的行动搞得不知所措，掌柜和其中一个警长认识，便开口问道："崔警长，你们这是要干什么？有话好好说，我们可都是老实本分的人。"

崔警长没有理睬他，转身看向宁志恒，见宁志恒点头示意，才走上前对大家说："我说一下，这些都是军队里专门抓捕重犯和要犯的长官，现在有个重要疑犯曾经到过你们店铺，一会儿你们对着照片认人。我可把丑话说在前头，如果有人敢知情不报，等抓住疑犯审讯出来确实在你们店铺买过糕点，那在场所有人都会以包庇罪抓去坐牢。记住，是所有人！所以我劝大家不要心存侥幸。"

此话一出，众人就像炸开了锅一样。好端端地竟然天降横祸，怎么就突然间和重要疑犯扯上关系了？一个个吓得惶恐不安。

嘈杂的议论声让宁志恒眉头一皱，身旁一个队员见状马上掏出手枪，喝道："都把嘴闭上！从现在开始不准交头接耳，排队上前来认人。如果发现有人互相串通，立即逮捕！"

宁志恒向这个很有眼力见儿的队员投以欣赏的眼神，吩咐道："赵江，你来安排他们认人，从掌柜的先开始。"

他则站在旁边暗自观察每个人看到照片后的神情。

让他失望的是，众人全部排查完毕，却没有一个人能够认出照片上的王云峰。接受盘问时的表情也都没有异常。

崔警长见宁志恒摇头示意，知道没有什么收获，于是上前说："今天的问讯到此为止，我再强调一遍，此事事关重大，不要为不相干的人把自己的前途毁了，不值得！大家回去之后要守口如瓶，同时还要仔细地回想有没有疏漏的，想起什么，直接到警察局报告给我。"

宁志恒没有气馁，调查才刚刚开始，他也没指望一下子就有收获。

宁志恒挥手示意收队，继续赶往下一间糕点店铺。

很快调查了四家糕点店，都没有什么收获。快到中午的时候，他们来到最后一家。

这个店铺店面很大，装修得也好。招牌上写着"顺心斋"三个字。

崔警长介绍道："这是燕山街面上最好的一家糕点店，做的糕点远近闻名，很多人都慕名前来购买。客流量很大，疑犯很有可能在这里购买过糕点。"

宁志恒看到店里有不少的顾客，确实生意很好，也觉得崔警长说的有道理。

进入顺心斋，一行人的装束和冷峻的外表让店里的气氛顿时凝固起来。很快，识趣的顾客们纷纷离开，几名队员横在门口，阻止顾客进入。和之前的程序一样，把人聚集在一起，然后崔警长将情况和利害关系说明。在行动队的监督下，逐个排查认人，宁志恒从旁观察。

他的付出没有白费，观察了一个上午现在终于有了回报。一个二十出头的伙计看到照片时，眼光突然一凝，瞳孔收缩。这个人肯定对王云峰有印象。宁志恒立刻警觉起来。

可是当赵江询问时，他却摇了摇头，表示没有见过这个人，同时右手自然地搭上左手的肘部。

从心理学角度分析，双臂交叉的姿势表示一种防卫的、拒绝的意义，显示出矛盾、多种情况交互影响或紧张等情绪的存在。

宁志恒上前紧紧盯住伙计的眼睛，一字一顿地说："刚才崔警长已经把利害关系说得很清楚了。包庇和隐瞒情况不报，轻者坐牢，重者会枪决，你最好想清楚。我再问你一次，到底有没有见过这个人？"

宁志恒的话像一柄巨锤重重地砸了过去，伙计顿时脸色煞白，豆大的汗珠顺着额头淌下来。

这时，掌柜的几步跑过来，啪的一声，狠狠地抽了伙计一个大嘴巴。

他咬牙切齿地吼道："黄辉，你个浑蛋，你怎么敢包庇疑犯！你知不知道，这会让我们大家都坐牢的！"

叫黄辉的伙计捂着半边被打得通红的脸颊，已经吓得说不出话来，浑身瑟瑟发抖。

这时其他的伙计也都反应过来，纷纷开口骂了起来。

宁志恒暗自松了一口气，他可以确定，自己的手已经触摸到了那个鼹鼠的尾巴！

宁志恒挥手示意大家噤声，让赵江把黄辉带到一边，自己亲自讯问。

黄辉已经吓瘫了，但他就是一言不发，拒绝说出真相。

见这家伙如此顽固，宁志恒二话不说，掏出手枪顶在他脑门上。"我没有耐心和你闲扯，我从一数到十，如果你仍然不愿意交代，我就开枪！"

说完，他开始计数："一、二、三……"

黄辉仍然低头不语，可是颤抖的双手和发白的嘴唇足以显示出他内心的恐惧。

"八、九……"当宁志恒数到九时，拇指将勃朗宁手枪的保险打开。清脆的扳机声音，终于让黄辉彻底崩溃了！

"我……我说！"

很快，黄辉就将实情和盘托出。

黄辉是本地人，自小父母双亡，留下一间房屋安身，日子过得紧紧巴巴。

四年前，一个人买下他家旁边的一处房屋，成为他的邻居。这个人叫黄显胜。

黄显胜三十多岁，是个军人。他见黄辉一个十六七岁的孩子饥一顿饱一顿，就经常资助他，后来因为两人同姓，还认他做侄子，二人以叔侄相称。

在黄显胜的帮助下，黄辉的日子渐渐好起来，后来还学会做糕点，进了顺心斋。所以，黄辉对黄显胜非常感激。

当他看到素描照片的时候，一眼就认出照片上的人就是他的叔叔黄显胜。

黄显胜爱吃甜食，却很少去糕点店买，于是黄辉就经常带些糕点回去。这也正是宁志恒查了这么多糕点店都没有人认出他的原因。

尽管崔警长说过，如果包庇疑犯以同罪论处，可他还是不忍心出卖黄显胜。

"黄显胜是军人，在哪个部队服役？"宁志恒问道。

"第十一师二团作战参谋。"

"军衔？"

"少校。"

"有家人吗？"

"没有，一直是单身。"

"黄显胜的住址？"

"仗马巷三十二号。"

"中午在家吗？"

"中午一般都回家，工作忙了才在部队吃午饭，晚上回家。"

在宁志恒的追问下，黄辉彻底放弃了抵抗，一五一十全部说出来。

把黄辉的口供都记录下来，宁志恒叫过掌柜问道："店里有电话吗？"

掌柜诚惶诚恐，赶紧回答："有，有，专门为老顾客订糕点安装的。"

一般小商铺都舍不得拉电话线，这笔费用不小。不过顺心斋生意很好，肯花这笔钱。

"那好，从现在起停止营业，所有店铺人员一律不准离开，不能和外界有任何联系。电话只能接入不能打出。放心，很快就放你们回家。"宁志恒吩咐道。

掌柜的岂敢不答应，连声称是，心里却暗暗叫苦，不知道这些凶神恶煞什么时候才肯放人。

宁志恒打电话通知还在警察局查档案的王树成，查找出黄显胜的户籍卡。

有了黄辉交代的具体地址，查找起来也就快多了。

黄显胜是现役军人，他的档案应该在军队登记。不过，如果在南京买了房产，那么在当地的户籍档案里也应该有记录。

宁志恒让王树成找到档案后带队到顺心斋集合，同时又安排行动队员开车去北华街接刘默林前来。

很快，王树成带着队员和档案赶过来。又等了一会儿，刘默林也被接来了。

刘默林一脸的无奈，没想到事情还是找到他的头上。不过，行动队员根本不向他解释，直接带人就走，态度强硬，吓得他也不敢说话。

宁志恒见刘默林战战兢兢的样子，知道行动队员对他不是很客气，连忙和颜悦色地说："刘先生，非常抱歉。请你来还是为了王云峰的事情，只是让你在远处认一下人，不会对你有任何不利。"

宁志恒说完又作势瞪了那个队员一眼，解释道："手下人做事鲁莽，我也没有交代清楚，让你受惊了！"

刘默林看宁志恒态度和蔼，也放下心来，连声说："没关系，没关系。"

将黄显胜的档案交给刘默林，看着户籍卡上的照片，刘默林端详了半晌，开口说："照片很像，但是不见到真人我也不敢确认！"

户籍档案里的资料简单，照片只是简单的肩部以上的黑白照，确实不敢百分之百地保证无误。其他的身高、举止、动作都是很重要的确认凭据。至于更加详细的档案资料，只能去军队查看。

尽管军事情报处也有权力调阅现役军人的档案资料，可是需要上报，经过很多道程序才可以。

宁志恒现在不想这么麻烦，因为他首先要确定这个黄显胜是不是北华街402号的租客。没有确凿的证据，也不好上报。

留下几个队员看守顺心斋的店员，其余的全部赶往仗马巷黄显胜的住所。王树成带人堵住后面的道口，宁志恒又安排了六名队员在巷道里埋伏，自己则带着其余队员进入仗马巷巷口的一家酒楼。这个巷口是黄显胜平日的必经之路。

宁志恒考虑再三，还是没有把人散开，主要是怕动静大，惊动了黄显胜。

看了看时间，按照黄辉的交代，黄显胜应该很快就会回来。

果然没有等多久，巷口外就走来一个身着军装的男子。此人中等身材，体形健壮，容貌和素描照片上的也很相似。

酒楼二层靠窗户的位置，坐在宁志恒身边的刘默林睁大了眼睛仔细观察。

"是他吗？"

"是，就是他，换了衣服也能认出来！"

太好了！宁志恒心神大定，刘默林的确认让他不再犹豫。

他走下楼，朝酒楼大堂里等候的队员一招手，队员们纷纷起身，向门口走去。

这时，已经走进巷口的黄显胜却感觉有些不对，经过严格间谍训练的他，隐隐感觉到有人在暗中注视着自己。

黄显胜照旧前行，脚步却放缓了许多。平日这个时间正是人们回家吃饭的时候，巷道里总会有行人，可现在却不见一个人。是巧合，还是有人在里面阻止行人通过？

黄显胜慢慢将手摸向腰间，这一举动让埋伏的行动队员发现了。还没等黄显胜碰到枪柄，一阵劲风袭来，他的背部遭到了强劲的撞击。即使他身强力壮，也被打倒在地。黄显胜就地一滚，配枪已经掏了出来。

其他埋伏的队员果断出手，一记直拳正中黄显胜的胸口，打得他肩头一晃；又一个鞭腿几乎是贴身而过，他的手腕也被重重一击，配枪飞了出去。一连串的动作让黄显胜措手不及。他使出撒手锏，左手一翻，没有人能看清从哪里掏出来一柄匕首。

黄显胜反持匕首向右划出，在一名队员腰间扫出一道深深的血槽。然后，一记肘击重重打在另一名队员的小腹上。紧接着，他左肩如攻城之槌猛撞身后队员的胸口，顿时将围攻的圈子打开一个缺口。黄显胜单手扶在巷道里的墙壁上，整个人像一只壁虎在墙壁上猛蹿了几步，终于逃出了包围圈。

这时宁志恒也带人堵住了巷口，正好看到黄显胜脱身而出的连贯动作干脆利落。他暗自惊叹，这个家伙真是好身手。这么多队员埋伏围攻，竟然让他伤了一人，还逃了出来。

脱身而出的黄显胜急速向巷口冲过来。看到宁志恒等人堵在巷口，钢牙一咬，没有半点犹豫，手握匕首直扑为首的宁志恒。

没等宁志恒出手，身旁的一名队员已经嗖的一下冲了上去。

这名队员一抬腿，伸手从小腿靴筒里拔出一把短刃，迎着黄显胜的身形就是一击直刺。两个人身形交错，两把闪亮的匕首击打交鸣，发出清脆的声响。在短短的几秒钟里，不知交手了多少次，甚至能够看到匕首碰撞的火花，让人眼花缭乱。

黄显胜不想纠缠，他的目的是要冲出包围圈。错身而过的黄显胜靠近了宁志恒。他作势佯动，却猛然回身刺向宁志恒。

宁志恒也早有防备。他不退反进，左手快速划出，推开迎面而来的匕首，臀胯靠前，重重地撞击黄显胜的侧面。同时，劲道十足的一个肘击，打在黄显胜的肋部。沉重的力道将黄显胜打得一口鲜血吐了出来。

宁志恒在军校里也学习过短兵相接的近身搏斗术，只是成绩不太好。可是后来身体素质得到了很大的提升，无论是速度还是力量都不亚于长年训练精通搏击的强手。这也是他有信心和底气亲身和黄显胜交手的原因。果然，一交手就重创对方。此时此刻他心中兴奋，感觉信心爆棚。

可就在此时，宁志恒脑海中突然又一次传来那种莫名的恐惧，他预感到马上又会有极大的危险降临。

黄显胜虽受到重创，口吐鲜血，反应却是极快，他左手拼命抱住宁志恒的肘臂，合身与他纠缠在一起，在宁志恒惊诧的目光中，右手的匕首以极快的速度刺向宁志恒的胸口。

不过，宁志恒脑海中传来预警，让他及时反应过来。他双手抓紧黄显胜持匕首的手腕，顶腰转胯，将全身的力道集中在一处。奋力一拧，嘎巴一声脆响，巨大的力量将黄显胜的手腕生生拧断。伴随着一声凄厉的惨叫，黄显胜身体瘫软在地，不能动弹，彻底丧失了战斗力！

抓捕行动成功！

第六章
审讯时间

宁志恒与黄显胜身形交错，迅速擒拿对手的整个动作如同行云流水，干净利落，可谓漂亮至极！一旁观看的行动队员们不由得暗自赞叹：宁队长虽然年轻，可不仅枪法精准，就连近身搏斗术也如此了得！

众人上前将黄显胜按住，捏住他的下颚，掰开嘴巴，塞进布团，脱去他的外衣。这是防止他负隅顽抗，自我了断！

整个抓捕过程不过短短的几十秒，可就这么一瞬间，宁志恒经历了常人难以想象的生死考验。

他看黄显胜已经被彻底制服，便快步上前，关切地对那位受伤队员说："周浩，伤得重不重？"

"伤口有些深，不过没伤到内脏！"周浩脸色苍白，腹部的伤口流血不止，一旁的队员正在用急救包为他紧急包扎。

"不能耽误，立刻送医院！"宁志恒果断地命令周围的队员，"其他人彻底搜查黄显胜的住所，一寸一寸地搜，不能有丝毫的遗漏！"

队员们见队长第一件事就是关心伤员的情况，都觉得宁队长很有人情味，心里暖洋洋的。再加上宁志恒今天的出色表现，大家对他的认同感一下子增强了。

宁志恒又转身向那位持短刃搏杀的队员说："孙家成，干得漂亮！这是我看到的最精彩的对决，今天的事给你记一功！"

孙家成连忙挺胸立正，感激地回答："多谢宁队长栽培！"

宁志恒点点头，亲切地拍了拍他的肩膀，说："有空大家切磋一下，你这匕首耍得实在是漂亮！"

"队长，您过奖了。我这是乡下把式，难登大雅之堂。"孙家成谦逊地答道。

大约花了两个小时的时间，宁志恒带着队员对黄显胜住所进行了极为彻底的搜查。

可以说，这个黄显胜绝对是个优秀的特工，就连在自己家中也处处小心谨慎。

经过地毯式的搜查，发现的有用的东西却没几样。

首先是一台收音机，样式很普通，可以通过它收听电台密码，接收日军本部的指令。

这是谍报机构最常用的手段之一。鼹鼠用收音机接收间谍本部设定频道的密码指令，然后完成任务获取情报，再放到死信箱里，接着发出传递信号，通知信鸽去取情报，最后信鸽通过电台发回间谍本部。

这是一套完整的情报传递的流程，用收音机来接收指令是最安全的方式之一。

宁志恒觉得只要有收音机，那就是有了作案工具，剩下的就是编码本了。

编码本就不好查找了，只要是提前设定好的，任何书都可作为编码本。

宁志恒看着书架上摆得满满当当的书，不由得发起愁来。

"把书架整体搬回处里，记住每一本书的位置不能变，要保持原样！"宁志恒吩咐队员。

再看翻出来的衣物。除了黄显胜平时穿的军服，还有一些明显不符合他身份的衣饰。比如，他居然还有两件苦力穿的粗布衣服。

这些衣服肯定是他行动时乔装改扮的道具，只需要将这些衣服给他试穿一下。如果尺码合适，就可以确认是他本人的衣物了。

队员们几乎把所有能检查的地方都仔细搜了一遍，可还是没有更多的收获。

"志恒，这是在抽屉里搜出来的。"王树成将一沓法币递过来。

宁志恒接过来数了数，总共不到二百法币。

"就这点儿钱？他堂堂一个中央军参谋、少校军官，家中的财产就二百元法币，你信吗？"宁志恒甩了甩手中的钞票，问，"没有搜到银行存折？"

"都搜遍了，没有存折！"王树成说道。

"他一个单身汉，没有家室拖累，积蓄应该少不了。更何况，作为日本间谍，他们不差钱，不会没有活动经费。这都不会是小数目，那这些钱去哪儿了？"宁志恒在房间里走来走去，四处查看，总觉得自己有遗漏。

"再加人手，把鸿哥他们调过来。咱们挖地三尺，也给它找出来！这样，这个案子就算定性了！"王树成不甘心地说。

真要是能搜出一笔巨款，黄显胜就定死了有罪，不是间谍就是贪污。总之，这次行动就可以说是成功了。

实话说，宁志恒心里还是不能百分之百地确定这个黄显胜就是日本间谍，生怕抓错了人。毕竟一开始案子的线索并不明显，就是黄显胜一个人在自己住所很远的地方租了房子，然后每次来去都避开旁人，行踪诡秘。唯一与日谍案有联系的，就是这个出租房在北华街，在付诚上下班的必经之路上。如果不是卫良弼为人谨慎，本着"宁抓错，不放过"的原则，换作别人都可能不当回事。

可是宁志恒心里明白，黄显胜绝对是间谍，可是原因不能对王树成解释。

他撇嘴笑道："哪用这么麻烦，就是没找到赃款，一样可以定罪。进了我们军情处的大门，有没有罪还不是我们说了算！"

王树成听完，瞪大了眼睛看着眼前的这个人：在他面前，老子还是嫩哪，这才是个狠角色！"那还要继续搜下去吗？"王树成问。

"不需要了，我们收队。再搜下去，动静就太大了。这间房子还需要继续留人蹲守，说不定还能有所收获呢。"宁志恒打算结束搜查。

就算这间屋子里还藏有什么有价值的物品，宁志恒也不打算再搜下去了。回去只需要严加审问黄显胜，从他嘴里就可以拷问出来，所以他一点儿也不担心。

但这处房子不能轻易放弃。

有的鼹鼠在长期潜伏时，会有意识地发展若干有利于自己行动的人。

黄显胜潜伏的时间一定不短，保不齐他已经发展了下线。

宁志恒觉得，还是应该谨慎为上。仗马巷三十二号，有必要进行监视和蹲守。有人撞进来，也是有可能的。

抓捕黄显胜已经有两个小时了，现在必须上报卫良弼。抓捕了嫡系中央军的少校作战参谋、现役军官，可不是一件小事。

"收队吧，派人通知鸿哥，将那边的蹲守全部撤回来。你去顺心斋将那里留守的队员和那个小伙计黄辉都带回去。"宁志恒说道。

王树成有些疑惑地问："黄显胜已经落网了，还抓那个黄辉做什么？他应该不知情，不然也不会把黄显胜供出来。"

宁志恒有些无语地看着王树成，这确实是个头大无脑的家伙。

"黄辉毕竟和黄显胜关系密切，把他留在外面容易泄露消息，况且咱们也需要设一个监视点。我看黄辉的房子就不错。"

王树成恍然大悟，心里着实服气，同样是刚出军校的毕业生，宁志恒比自己高明多了！

宁志恒带队赶回军情处，吩咐队员将黄显胜和黄辉隔离看押。

然后，他来到卫良弼的办公室汇报具体情况。

"什么？抓到疑犯了？这么快！"卫良弼听到宁志恒的报告，惊诧万分。

昨天刚立的案子，今天就破获了，还将人带了回来，简直神速！

"不会搞错了吧，这种案子一定要万无一失。"卫良弼再一次确认道。

"师兄放心，确凿无疑。刘默林再三确认，就是此人无误。"宁志恒保证道。

他把搜查工作中具体的分析和实施步骤，都详细汇报了一遍。

卫良弼听完赞叹不已。

"志恒，这件案子做得漂亮。案子进展顺利，出乎我的意料。下一步你打算怎么做？"

"严加审讯，尽快找到证据定成死案，只是还需要师兄你去出面。黄显胜是中央十一师二团少校作战参谋，军方的现役军官，身份特殊。我们突然抓捕，是不是要给军方做出解释？"

没想到卫良弼却不以为然："这件事你不用担心，我们是直接向领袖负责的军事情报部门，抓的就是军队中的蛀虫！这件事情我马上向科长汇报，走正规程序通报军方。放心，别说一个少校，就是一个上校，落在我们军事情报处的手里，该怎么审就怎么审，不用客气！"

宁志恒听到这里，不由得暗自咋舌。卫良弼这话底气十足，显然这种事情没少干。军事情报处的嚣张气焰可见一斑。

"如果万一……万一查不出证据怎么办？"宁志恒显得有些心虚地试探道。

卫良弼瞪了他一眼，说："没有证据就找，还不是咱们说了算。"

"我想搜查黄显胜的办公室，还有他的详细档案材料，需要走什么程序？"宁志恒在住所没有什么收获，把心思又放在黄显胜的办公室里。

"这件事我来处理。事不宜迟，现在就派人去搜查。我看就让石鸿去吧，这次行动他总要分担些工作，不然案子结束后面子上不好看。"卫良弼拍板说道。

"这个黄显胜，你打算怎么审？按程序应该交给刑讯科关押，这是规定！再说，那里器械齐全，看管起来也方便。"卫良弼说。

"上次审付诚，用刑过量，鸡飞蛋打。这次我去主导审讯，顺便监督他们，不会让他们乱来。"宁志恒点头说。

军事情报处的刑讯科具有两个职能：其一是配合情报科或行动科对抓捕的犯人进行审讯；还有一个重要的职能就是关押重犯要犯，地下室里设置层层关卡，防范严密，根本不可能逃脱。

刑讯时由情报科或者行动科的军官主导审问，动手拷打由专门的刑讯科人员负责。

这次审讯宁志恒决定全程监督，他担心刑讯科用刑过量。他必须守在现场。

"笃，笃，笃。"敲门声响起，卫良弼喊了声："进来！"

进来的正是石鸿，他本来在北华街蹲守，昨天晚上根本就没有回家，已经做好了打持久战的准备。可是刚过了一天，他就接到通知，人犯已经抓获。他心里不免有些懊丧。原以为宁志恒他们是大海捞针，最少也得要十天半月才能锁定疑犯；而自己守株待兔，抓获疑犯的可能性是最大的。

石鸿打定主意，这件案子必须参与，要显示出自己的价值。不然寸功未立，最后写报告的时候，可就不好落笔了。

"石鸿，正好有一件事情需要你紧急出动。你马上赶到十一师二团，先找到黄显胜的办公室，将他所有的物品都带回来。不能耽搁，以防有人收到消息转移物品。然后，你再去调他的军官档案，次序不要错，先搜查后取档案。我会上报科长，通过正规手续通告他们配合你。"卫良弼下达命令。

石鸿精神一振，立刻领命而去。

审讯工作立刻进行。宁志恒将黄显胜二人带到刑讯科进行交接。

手续办完，黄辉单独被安排进一个监室，宁志恒特意交代，没有行动队的提审，刑讯科不能进行审讯。

至于黄显胜，宁志恒决定好好招待，十八般刑具都上一遍，反正不怕熬死他。

黄显胜被带进审讯室，这里宁志恒曾经来过一次，恐怖阴森，空气中弥漫着一股血腥味。

不一会儿，刑讯科的审讯人员赶到。两名身体壮实的审讯人员，还有两名中尉军官。

"江文德！"

"章平！"

"宁志恒！"

三人简单交接一下，宁志恒把手中的档案袋递过去。

四十岁出头的中年军官江文德，头发有些早白，看着比实际岁数大些，一副无精打采的样子。

三十多岁的章平，五大三粗，给人的感觉就是"凶狠"二字。

"宁队长很面生啊，不知道这次是什么案子？"江文德问道。显然，来之前他对宁志恒的情况也有少许了解。

接过宁志恒递过来的档案袋，江文德看也不看就放在桌子上，一脸的漠然。军情处能够办理的都是重案，他经手的多了，都有些麻木了。

"日本间谍！"宁志恒直截了当地说。临来的时候，卫良弼交代过，刑讯科这些人都是从军队中调过来的。

这些人桀骜不驯，根本没把他们这些黄埔军校生放在眼里，总是自恃有些老资历，心里不平衡，办案时难免阴阳怪气。

"呵呵，日本间谍！今天抓个人说是日本间谍，明天又抓一个也说是日本间谍，可有一个是真的吗？"一旁的章平讥笑道。

"审一审不就知道了。我就在一旁领教二位的手段，可别让兄弟我失望！"宁志恒见章平态度恶劣，也不惯他的毛病，冷言冷语顶了回去。

一句话噎得章平说不出话来。

"好了，干正事吧！"江文德瞪了章平一眼，然后手指着铐在刑讯椅上的黄显胜，问宁志恒："是个军人？"

"对，现役军人，少校参谋，怀疑是日本间谍，危险性很高，抓他的时候还伤了一个兄弟。"宁志恒介绍道。

江文德对宁志恒做了一个"请"的手势，宁志恒知道这是让他先开口问话。这也是审讯的第一道程序。

"黄显胜，先自我介绍一下。我是军事情报处行动队长宁志恒，相信你也明白为什么把你抓到这儿来。把事情都交代了吧，免得受皮肉之苦。"宁志恒背着手慢慢走到黄显胜面前，开口说道。

黄显胜缓缓睁开眼睛，看着宁志恒。

"我不知道你为什么抓我进来，更听不懂你在说些什么。不过我的身份你应该清楚，我是党国军人，中央军十一师二团少校作战参谋，你们没有权力擅自抓捕现役军人，你们能承担得起后果吗？"黄显胜愤怒地嚷道。

"看，我就知道是这样。人啊，不是死到临头总会抱有一丝幻想。"宁志恒双手一摊，无奈地说道，"江队长，交给你们了！"

黄显胜的反应在他意料之中，这只不过是例行公事的开口询问。他也懒得白费口舌，直接交给刑讯科动手拷打就好了。

只要守在黄显胜的身边寸步不离，他就有信心从黄显胜的脑海里撬出他的秘密。

见宁志恒干脆利索地甩锅，江文德他们也不废话，回头对着两名粗壮的手下喝道："都愣着干什么，拿出点精神来，别让人家笑话。"

说完手一挥，两个大汉上前将黄显胜从椅子上拽起来，拖后几步把他捆在粗大的十字架上，用手铐把他手脚都锁死。

黄显胜外衣早就在被捕时扒下来了，里面只有一件白衬衣。他左肩上的两个伤口还在往外渗血。

"抓捕的时候伤的，不过不要紧，很快就会止血。"宁志恒一边解释伤口的来历，一边上前将他的衬衣撕开，露出伤口。他又走了两步来到烧红的炭盆旁，伸手小心地取出里面烧得火红的烙铁，慢慢走到黄显胜的面前，猛地按在他的左肩伤口上。

皮肤焦烂的恶臭顿时弥漫开来，冒出一股白烟。

"啊！"黄显胜痛苦的惨叫声响起。剧痛使他的身体剧烈地痉挛抽搐。

"好了，高温有助于杀菌消炎，重病还需下猛药。黄参谋，我能帮你的，就这么多了！"宁志恒面带微笑，和颜悦色地说道。

审讯室里的众人都是瞳孔一缩，尽管江文德和章平对眼前这一幕已经司空见惯，但让他们吃惊的是宁志恒的淡定从容。

看着这个面容还有些稚气的行动队长，所有人都收起了轻视之心。

"宁队长珠玉在前，我们也别客气了，那就把手段都上一遍吧！"江文德阴沉着脸说道。

宁志恒以强大的毅力控制住面部的表情，他不能给任何人以软弱的感觉。不论是黄显胜，还是其他人。他必须保持强大的一面，给人以威慑力。

带倒刺的皮鞭沾上盐水，每次的抽打都带走一道血肉，痛苦的惨叫声不绝于耳。长长的竹签对准手指的缝间狠狠地扎了进去，接下来是脚趾缝！这时黄显胜只能发出低沉沙哑的哀号。

连续拷打了两个小时，宁志恒觉得火候差不多了，示意停手。他再次来到黄显胜面前。

此时的黄显胜面部因为剧烈的疼痛感不停地痉挛抖动，双手和双脚都插满了竹签，浑身血迹斑斑。

"啧啧啧，黄参谋，何必呢！早晚都是要说的，为什么非要搞成这个样子？"宁志恒一副非常惋惜的口吻，"只要你告诉我，为什么租北华街402室？窗口那盆月季花是什么意思？传递情报的死信箱地点？接受指令的方式？接收电台的频道？时间？编码本……"

"我不知道你在说什么！"还没等宁志恒问完，黄显胜声音沙哑地回答道。

信号传递点竟然已经暴露，可以想象那里已经设下了重重陷阱，多少支枪口对准那里。可以说即使没有对自己实施抓捕，用不了多久，自己也会自投罗网的。怎么办？自己的落网，一定会导致风车和电台的安全受到威胁。

此时的黄显胜根本不知道，组织里最为重要的人物信鸽柳田幸树，早就先他一步落网毙命，并导致了自己的暴露。

"好吧，真遗憾！我们本来可以成为朋友的，可是你拒绝了我伸出的友谊之手！不过不要紧，你还有机会。"宁志恒不再多说。

"继续吧，江队长，看来要耽误你们的晚饭时间了！"宁志恒向江文德说道。

江文德一言不发，冷着脸，示意章平用刑。

再下去就是火红的烙铁，接着是用滚烫的开水泼在遍布伤口的身上。

然后再是烙铁，开水！重复一遍、两遍……

很快，黄显胜就发不出半点声音了。

他嘴角抽搐，全身悬挂在十字架上，眼前一片模糊，浑身疼得好像要炸裂开来。

他自诩是意志坚定的武士，在没有接受审讯之前他觉得世上没有什么痛苦能让他屈服，可是现在他的信心开始动摇了！

又是整整四个小时，宁志恒就这么静静地看着，不发一言，平淡的表情好像在观看一场电影。

江文德不由得感到一丝失望。

按照常规，应该先上一些强度稍弱的手段，比如老虎凳、辣椒水之类的。

这些手段虽然让犯人痛苦万分但不会伤害身体机能，只需要坚持用刑四个小时以上，就能让很多犯人熬不住。

可是今天看宁志恒态度强硬，江文德就想给宁志恒一个下马威，直接上了重刑。这些手段过于狠毒，用过之后，基本上人就废了。

犯人已经被折磨成一团烂肉，不能再继续用刑。章平放下手中的烙铁，看了看宁志恒，见他根本没有叫停的意思。他只好把目光又转向江文德，那意思很明显，不能再动刑了。

江文德也是头一次遇到这种情况。一般审讯犯人时，办案的军官会在场监督，当刑讯科用刑过量时会出面阻止，毕竟死人是不能说话的。

可是今天从审讯开始到现在，作为监督的办案人员，宁志恒竟然一句阻止用刑的话都没有说，任由他们自由发挥。

这可是反将了他一军，毕竟把人搞死了，大家都要担责任。

"宁队长，天色已晚，要不要休息一下？"江文德问道。

"哦，还是继续吧，抓紧时间。我看犯人就快要招了，再加把劲儿！"宁志恒好像根本没听懂江文德的意思，一本正经地说道。

江文德老脸一紧，心想行动科怎么派过来这么一个愣头青！

"我看，还是暂停吧，再继续下去，犯人怕是熬不下来！"章平破天荒地打起圆场。

宁志恒站起来，走到黄显胜面前。

"黄参谋，怎么样？现在还都是皮肉之苦，可再用刑的话，你的身体就废了。再不说可就晚了！"宁志恒苦口婆心地劝说道。

等了一会儿，没有得到回复，宁志恒做出无奈的表情，回头对江文德说："我看疑犯身体很健壮，这些皮肉伤很难让他开口。不如这样，直接上电椅，电流调大些，给黄参谋舒展一下筋骨！"

要知道上电椅是最凶狠的手段了。电极是要接在受刑人的很隐私的每一个敏感之处，释放的电流会引起极其强烈的疼痛感。那根本不是正常人可以承受得了的，还会严重伤害人的内脏器官。基本上这种手段用过后，疑犯活着下电椅的可能性就很小了。柳田幸树最后就是毙命在电刑之下，没能挺过来。

江文德拉长脸，根本不接宁志恒的话头。付诚案的事情刚刚过去，要是再出现此类问题，自己是吃不了兜着走！

现在的情况反转了过来：起监督作用的办案人员要求加重用刑，而平日凶残如虎的刑讯人员反而要求停止用刑。

一时场面尴尬，双方协商不下去。

"我说！"一声微弱至极的声音传来。

黄显胜只觉得自己在永远没有尽头的黑暗里挣扎，好像血管里流淌的不是血液而是无数根乱蹿的钢针，不停地刺激着他的神经。"活下去，哪怕像狗一样活下去！"黄显胜的心里歇斯底里地嘶喊着。这个念头一涌上脑海，瞬间就打破了所有的坚持、所有的自尊！

宁志恒怀疑地看向已经血肉模糊的黄显胜，听到声音是从他那里传过来的。

他嘴角撇出一丝冷笑：只要是血肉之躯，怎么可能挺得住这些刑具的折磨？

江文德和章平快步上前，仔细检查黄显胜的生命体征，回头对宁志恒说：

"宁队长，疑犯开口了，还是先治疗一下，不然他坚持不到审讯结束。"

宁志恒点点头，不过，他并不认为黄显胜会毫无保留地全部交代。

刑讯科的值班医生把黄显胜从十字架上解下来，进行了简单的救治。过了半天，医生向宁志恒和江文德点点头，示意可以继续审讯，然后退出了审讯室。

宁志恒将目光转向江文德，江文德回头对章平和另外两个审讯人员说："我们出去吧！"

审讯时，越少人接触情报越好。

"黄参谋，现在我来提问，你据实回答。我希望我们之间的交流是真实的、毫无保留的。"宁志恒搬过一张椅子，坐在黄显胜的对面，"如果我发现你有任何隐瞒和欺骗，那你就要为自己的行为付出惨重的代价，明白吗？"

黄显胜努力睁开双眼，已经红肿的面部肌肉将眼睛挤成一条缝。他艰难地点点头。

"好，那我们现在开始！"宁志恒说道。

"你的真实姓名？"

"黄显胜！"

"黄参谋，你没说实话，要不我再给你上上手段？"宁志恒眼睛顿时一眯，寒光闪烁。

"真的，我的真名就是黄显胜。"黄显胜肯定地答道。

"中国人？"

"中国人，山东人。我家中还有老母亲和一个哥哥，不信你们派人调查一下就知道了！"黄显胜极力辩解。

因为黄显胜是现役军人，详细档案还在军队，所以户籍卡上只有他本人的信息。

没想到竟然是个汉奸！

这个时候，石鸿应该已经把黄显胜的档案材料和所有的办公用品都带回行动科了，自己回去一查就知道，不怕他说谎。

"你的真实身份？"

"日本内务省特高课特工！"

"代号？"

"木偶！"

随着审讯的逐步深入，真相慢慢浮出了水面。

黄显胜是山东临沂人，十几岁的时候被抓去日本做了劳工，从事开山凿石、矿井挖煤、港口搬运等极繁重的体力劳动。

很多人都没有坚持下来，客死异乡。黄显胜因为年纪小，被日本人选中，进行了整整五年的特工训练和政治洗脑。然后他被放回国内，当作一枚棋子。之后他加入军队，凭借自己在日本学到的军事知识在军队中崭露头角，后来辗转进入中央军。

直到这时才有日本情报人员找到他，开始交给他任务，正式进行特工活动。

宁志恒听着他这段堪称传奇的故事，心中半信半疑，不过他更想知道的不是这些往事。

"你是以何种方式接受指令的？"

"收音机接受特定频道的数字编码，你应该已经猜到了！"

"时间？频道？编码本？"

"每天晚上 10 点，频道 93.3。编码本是两本小说，单日是《同林鸟》，双日是《牧野》，就在我书房书架的第二层最右边。"

"死信箱在哪里？"

"北华街同福客栈北面外墙最左下角的一块黑砖后面，砖是松动的。"

"为什么选那里？"

"同福客栈北面是一片树林，很偏僻，平时没有人去，只有人方便的时候才进去。每次我放情报的时候，就装作要去方便，没有人会注意。"

"每次是先放情报，还是先发信号？"

"先把情报放到死信箱，再去北华街 402 号，把一盆月季花放在窗台发出信号。然后第二天再去看死信箱里有没有情报，如果没有，就说明情报已经取走了，一切正常，我就回去把那盆月季花取下来；如果发现死信箱里情报还在，说明情况异常，那就直接放弃 402 室这个通信地点，马上销毁情报离开，开始潜伏，等候下一次的指令！"

"现在问一个比较私人的问题，你的贵重物品和钱财都放在哪里？"宁志恒追问道。

黄显胜一愣，欲言又止。

"不要告诉我，你两袖清风，身无余财！有时候演戏演过头了，也不是一件好事情！"宁志恒轻踱了两步，用一双锐利的眼睛紧盯着黄显胜。

"这世上有什么东西能比命重要呢？"宁志恒又追问了一句。

黄显胜叹息一声，轻轻挪动了一下身体，终于开口交代："我卧室睡床东边的床腿下面是掏空的，藏有一把新华银行保险柜的钥匙，不过需要和银行的钥匙同时使用才能开启。"

新华银行是津门的大银行，也是国内几家最有实力的银行之一，在南京自然设有分行。

"按你的说法，日本人和你接上头到现在已经六年，你有没有发展新的下线？"这才是宁志恒今天最想知道的。抓一个黄显胜不是结束；顺藤摸瓜，查出整个间谍小组的成员才是他真正的目的。

"没有，我平时很少交朋友，尽量不引起他人注意。"黄显胜闭上眼睛，缓缓说道。

宁志恒听了他的话，仔细想想，还是难辨真假。

接下来的两个小时，宁志恒又仔细讯问了黄显胜。这个黄显胜已经把自己能够接触到的情报全部传给了日本间谍部门特高课，也把很多他接触不到的情报想方设法窃取到并传递回去。看着手里的审讯记录，宁志恒心中暗生凉意。

日本谍报部门的工作极为有效。一个鼹鼠就能窃取到如此多的情报，那日本人苦心经营几十年，他们安插在中国的像黄显胜这样的鼹鼠又有多少呢？

"你隶属的特工小组成员有多少人？你们之间有没有联系？"宁志恒觉得应该再努力敲出些线索，尽管他知道这种可能性不大。

听到宁志恒的问话，黄显胜愣了半晌，舔了舔发干的嘴唇，反问道："风车也被捕了吧？这些问题你应该去问他。情报员之间没有横向联系，只有他才是我们成员的聚合点。是他供出信号地点在哪里的吗？"

"风车？"宁志恒疑惑地问道。他突然意识到，自己犯了一个严重的错误。

一瞬间的失态马上被黄显胜捕捉到了，他抬起头来，盯着宁志恒问道："风车没有被捕？那你是怎么找到北华街 402 号，怎么知道那盆月季花的？"

黄显胜的目光里充满了疑问和不甘，他心里一直想搞明白自己到底是在哪里露出了破绽。

"黄参谋，你的好奇心太重了，现在说这些又能挽回什么呢？"宁志恒没有回答他的问题。

"我只是很奇怪，一般情况下，你最关心的应该是暗影小组里最重要的人物，也就是我的上线风车！他掌握电台，掌握着每个情报成员情报传递的最后一个环节。可是你刚才的问话说明，你根本不关心是谁取走了情报，因为你知道他是谁。风车已经暴露了，甚至已经被捕！还有你知道北华街402号，还有那盆月季花，这些只有风车才知道的秘密。可是现在你的表情告诉我，你不知道风车这个代号，甚至不知道暗影小组，这让我很困惑。他没有招供对吗？你们没有从他那里问出其他成员的信号地点对吗？可你们是怎么找到我的？"

黄显胜明显陷入思维逻辑的误区，走不出来了。他嘴里反复说着这些问题，想要找出其中的答案，但都是徒劳！

从黄显胜话里得到的信息，宁志恒终于知道了付诚，也就是柳田幸树的代号是"风车"。他们隶属于"暗影"特工小组。风车是暗影特工小组所有成员的上线，应该也是他们的组长。从他的身边随时安排有两个间谍守护，就可见一斑。可惜，他的意志也最顽固，挺过了审讯室的酷刑，毙命于电刑之下。如果不是宁志恒的发现，那么军事情报处最终将会一无所获！

这时敲门声响起，江文德和值班医生走了进来。

"宁队长，审讯时间不短了，让医生检查一下犯人的身体状况。如果他还能坚持，你再接着审。"江文德示意医生上前检查。

值班医生仔细检查了黄显胜的身体状况，回头说道："他的身体不能再接受审讯了，伤口还在渗血，体征指标都在下降，体温开始上升，很快就会发高烧！"说完，对着江文德苦笑道，"江队长，看来要再申请一支磺胺多息针，不然我不保证他能熬过这一关！"

江文德一听顿时头大。磺胺刚刚问世不久，是现今世界上最有效的抗菌消炎药，国内存量极少，可以说每一支都价比黄金，而且有价无市，也就是军事情报处这样的单位才有渠道购买。上一次审讯付诚的时候已经申请了一支，这次再申请，可以想见上司看到申请报告后的那副嘴脸，只怕又是劈头盖脸的一顿斥责。

他把头转向了宁志恒说："宁队长，我们刑讯科这边的份额很紧张，还是你们行动科出面解决吧！"

宁志恒心里雪亮，他可不愿当这个冤大头。再说他心里还巴不得黄显胜这个汉奸日谍去死呢，正好可以查看他的记忆，获取最真实的情报。老实说，他对黄显胜交代的情况半信半疑，需要做最后的求证。

"江队长，你们对人犯的身体状况有些危言耸听了，开口就是一支多息，你们可真是财大气粗！"宁志恒说完站起身来，收拾物品准备离开，"不过一个疑犯，用上好的云南白药，就已经很对得起他了。"

江文德气得眼眉直跳，想不到这个小子滑不溜秋，软硬不吃。毕竟人在刑讯科，死在这里就是他们的责任。"那我们可不能保证他能挺过马上到来的高烧。对我们来说这无所谓，大不了挨顿骂，可对你们行动科损失可就大了！"江文德语气冰冷。

"反正该交代的都交代得差不多了，也没有什么价值了。死了也就死了，大家还是洗洗睡了吧。生死由命，就看他的造化了。"宁志恒平静地说道。

两个人谁都不是省油的灯，都硬挺着等对方做出让步。值班医生不知道该听谁的，也只能在一旁看着。场面又一次陷入尴尬。

"我出钱！"又是一声微弱的声音传来，"我银行保险柜里有钱！"黄显胜目光死气沉沉，口中喃喃地说道。

"黄参谋，我提醒你，你保险柜里的钱已经是国家财产了，你无权分配。"宁志恒鄙夷地看向黄显胜。

"我不想死，求求你！"黄显胜哀求道。

他在军中多年，知道在战争中军人致死原因最多的就是受伤后的感染。自己的创伤面积遍布全身，一般的消炎药效果不大，只要有一个部位发生感染，死亡概率就极大。他不想死在这个暗无天日的地下室里。

"好吧，我就破例帮你一次。不过黄参谋，以后怎么做还要看你的表现，不要让我失望！"宁志恒脸上带有一丝轻蔑的笑意。

常言道，生死之外无大事，只要怕死就好办。相信从这个黄显胜身上应该还可以榨取一些价值。

况且第一次和刑讯科合作，宁志恒也不想把关系搞得太僵。以后还是要和刑讯科打交道的，也不好和他们撕破脸，今天不妨退一步。

第七章
意外之喜

宁志恒出了刑讯科，赶回行动科时已是午夜十二点多了。

他发现卫良弼的办公室里还亮着灯，正好磺胺的事情还需要上报解决，他就敲开办公室的门走了进去。

一看石鸿也在卫良弼的办公室里，办公桌上摆放着一些档案材料和物品。

这是黄显胜的东西，卫良弼和石鸿正在仔细检查，不知道有没有收获。

"审讯情况怎么样？"看到宁志恒回来，卫良弼第一时间放下手里的材料，急声问道。

他这么晚没有回去，就是在等宁志恒的消息。如果案情有了突破，那就是一件大案，一个足以让他们大家都收益丰厚的功劳。

"黄显胜开口了，收获极大，案情触目惊心！这个家伙枪毙十次都够了！"宁志恒加重语气，狠狠地说道。说完他将手中的审讯记录递了过去。

听到宁志恒的话，卫良弼和石鸿的眼睛顿时一亮，这可是好消息！

"八个小时就拿下了！干得漂亮，志恒！"卫良弼激动地上前抱住宁志恒的肩膀，使劲地晃了晃。

"不过用刑过重，人犯现在发高烧，身体熬不住了，不能继续再审，不然应该还有线索可以挖掘。"宁志恒一副无奈的表情，恨恨地说道，"刑讯科这些人下手太狠了，现在还不愿意使用多息针消炎，估计人犯坚持不下去！"

宁志恒把黑锅扣在刑讯科的头上。毕竟人犯确实是江文德和章平动手刑讯的，他可没有动一根手指头。

卫良弼一听就急了，功劳就在眼前唾手可得，可人犯要是没了，岂不是空欢喜一场。

"刑讯科这帮蠢货，什么事情到他们手里都能办砸。不管了，此事事关重大，我们先出这笔钱，等事情过去再找他们算账！"卫良弼咬牙切齿道。

他转身对石鸿说道："马上去冷库领两支多息针送到刑讯科，看着他们注射。我打电话通知冷库，明天一早我去补办手续，要快！"

石鸿听到命令，知道事情紧急，马上推门而去。

屋里，卫良弼拿起电话通知冷库取药。

放下电话，卫良弼迫不及待地将审讯记录打开，同时示意宁志恒检查黄显胜的材料，最后两个人还要把意见做一下汇总。

宁志恒也将档案打开，仔细翻阅。档案很干净，大致和黄显胜交代的一致。想想也是，如果档案有问题，他能在中央军作战参谋的位置坐得安稳吗？

他在山东临沂老家还真有母亲和兄长健在，难道他的身份真是中国人？这不合理啊？

档案上看不出问题，他又开始检查黄显胜办公室里的东西，结果发现只是一些普通的办公用品。

不过这也正常，以他的谨慎不会把有价值的物品放在办公室里。

不多时，石鸿也赶了回来。他进屋后看两个人各自阅读资料，也没有多说，等在一旁。

宁志恒很快把手里的资料看完，有些失望。其实也没有什么可看的，能摆在明面的东西怎么会有问题。

看到石鸿在一旁无事，宁志恒决定先向他了解一下情况。

"鸿哥，你去调档案的时候顺利吗？"

"当然顺利，没有人多事。不过都躲得远远的，我想找个人问问黄显胜的日常情况都找不到人，人们见我跟躲瘟神一样。"石鸿粗声说道。

"那是当然了，在他们眼中，我们军情处的人就是阎王，是判官！不过这样也好，我们就是要让他们惧怕，不敢出来掣肘，我们才好行事。这就叫既有利也有弊。"终于看完了审讯记录，卫良弼插嘴道。

"组长，您有什么指示？"宁志恒恭恭敬敬地问道。

"一条大鱼！志恒你知道吗，这个审讯记录放出去，足以激起滔天巨浪！"卫良弼站起身，接过石鸿递过来的茶水，慢慢在屋子里走了两个来回，终于再次开口说道，"根据这里面的内容，中央第十一师所有的军备存储、火力配备、人员名单、军事部署，等等，在这几年里都被泄露得干干净净，已经毫无秘密可言。可以这么说，一旦中日开战，如果我们启用第十一师加入战斗，他们将要面对的就是一场血淋淋的屠杀。"

"这个浑蛋，不过是一个团级作战参谋，怎么会得到这么多重要情报？"石鸿吓得脸色发白，这样的后果太严重了，追究起来十一师所有的军事主官都会受到牵连，这绝对是一场政治灾难。

卫良弼目光阴森，冷冷地说道："这些情报对于我们来说是军事机密，对于这些身处其中的作战参谋来说可不是。根据他能接触的来往情报、作战指示的分析，只要用心、舍得下功夫，就能获得大量有价值的军事机密。咱们的军事机密就这样一点一点被这些老鼠偷得干干净净！再加上咱们军队中的这些官僚尸位素餐，毫无保密意识……"他翻开一页记录，指着上面的一段内容，气愤地说，"一个堂堂黄埔毕业的中校参谋，在酒席间灌了几口猫尿，就把炮营的部署位置泄露了出去。他脑子里都是屎吗？"

卫良弼越说越生气，一把将手中的茶杯摔在地上。茶水四散飞溅，将宁志恒和石鸿的鞋面都打湿了。

"亡羊补牢，未为晚矣！现在既然已经知道情报泄露，我们赶紧上报，上面自有办法补救，情况也没有咱们想象的那样糟糕。"宁志恒见他如此震怒，赶紧在一旁劝解道。

"可惜呀，事情比我们想象的更加糟糕。"卫良弼闭眼思索良久，才睁开双眼，问石鸿，"两年前你已经加入军事情报处了吧？"

石鸿有些莫名其妙，组长怎么突然间会问这个。

"是的，属下在武汉分校学习，学期是一年半，所以毕业比较早。先是分配在中央第七师，半年后也就是民国二十二年年底调入军事情报处。"石鸿赶紧把履历简单复述一遍。其实这些卫良弼都知道，他主要是让石鸿介绍给宁志恒听。

"那你还记得孔良策这个名字吗？"卫良弼接着问道。

"孔良策？您是说两年前那件失密案的疑犯，不是已经秘密处决了吗？对了，他也是第十一师的。"石鸿终于想起这个人的名字。

宁志恒听得一头雾水。这件案子发生时他还在军官学校学习，根本没有耳闻。

他疑惑地看向卫良弼，卫良弼只好给他解释原委。

两年前，第十一师发生了一件情报失密案。为了应对淞沪事变，第十一师紧急制订了防御计划。可是，一大早上班的师参谋长突然发现，藏在自己保险柜里的作战计划有两页纸次序颠倒了。

这位参谋长也是一个极为细心的人，他清楚地记得前一天放入保险柜时自己翻阅了一下计划，次序绝对不会弄错。

事关重大，参谋长紧急上报。当时负责侦破此案的军事情报处迅速出动，可是案情一直没有进展。他们把所有可疑人员筛查了一遍，最后把目光聚焦到了当时的后勤处处长孔良策身上。

因为当天晚上整个办公楼内只有他在办公室加夜班，没有回家，而作为师机关重地，守卫森严，不可能有人能神不知鬼不觉地出入。

于是孔良策被抓捕回军事情报处审问，很快就招供了。他故意以加班的名义留在办公楼内，然后打开保险柜偷看了作战计划。可是慌乱之下，恢复原状时把两页纸张的次序搞乱了，这才被参谋长察觉。

这个结果出来后，高层指令，为不影响军心，低调处理，军事情报处负责执行。

于是孔良策被就地处决，对外宣称他是外出时被土匪袭击身亡的。因为当时是偷看的情报，没有盗取，所以也没有物证。这件事情就算是圆满解决了。

"怎么会这样？"宁志恒听得目瞪口呆。

因为在黄显胜的口供中就有一件情报来自这件案子，宁志恒清楚地记录下来了。

当时的情况是，黄显胜下班后，深夜潜了回来，通过下水道进入办公楼内。他熟悉环境，轻车熟路地躲过了巡逻警卫，进入参谋长的办公室。

他花了很长时间终于打开了保险柜，等他用微型照相机拍完照片时天快亮了。

他匆匆恢复原状时搞乱了页码顺序，然后他顺着原路逃离了现场。

在记录里，他没有交代后续情况，因为在他心里，任务已经圆满完成，至于一个孔良策的生死，根本无关紧要。所以宁志恒不知道有孔良策这个人。

但宁志恒很清楚，以刑讯科里面的那些酷刑手段，什么样的口供得不到？

由此看来，这个孔良策是被军事情报处的办案人员屈打成招，推出来当了替死鬼。

"那又怎么样，人死不能复生，难不成还要给孔良策平反昭雪？我们军事情报处的面子往哪儿搁！"宁志恒不太明白。

卫良弼回到座位上坐下，苦笑道："问题是这个孔良策的身份很特殊，他的岳父就是军政府执行委员会的成员韩兴昌。当时因为领袖震怒，虽然韩兴昌四处奔走，最后只得了个低调处理，杀了人给了个因公殉职的名声。韩兴昌是军中宿老，资历甚高，虽然现在不掌兵权，可影响力还在，这件事一直是他的一块心病。咱们军事情报处本来就是这些军方大佬头上悬着的一把利剑，他们早就对军事情报处的做法十分抵触，只是有领袖的压制，他们不敢造次。可是如果这份审讯记录泄露出去，马上就会引起轩然大波。韩兴昌必然会以此为借口攻击我们军事情报处，搞不好咱们也会深陷其中。"

宁志恒和石鸿听了面色一变，没想到事态会有这么严重。

石鸿有些不安地说："我们不求有功，但求无过，干脆把这件事按下去，装作不知晓，这样也不会牵扯到我们。"

宁志恒却不同意他的说法，说道："绝对不行，首先这份审讯记录是不可能隐匿下来的。我们出动人手抓捕现役军官，上报后还通过正规手续通报军方。审讯犯人，刑讯科里面也有记录。我们不可能撇干净。关键是，黄显胜将第十一师的所有情报都泄露得干干净净。此事事关重大，我们必须据实上报，以便军方高层做出应变准备。此事关乎党国前途，不容我们有半点隐瞒。我等也是党国军人，岂能因为私利而忘国事？这是底线，也是原则，不容置疑！出了这么大的事情，口说无凭，必须有人证物证，高层才会相信。这个黄显胜就是人证，审讯记录就是物证！"

宁志恒说到这里，卫良弼赞同地点点头，现在他对宁志恒的欣赏又提升了一个高度。

石鸿也点头称是，他刚才一时心急，有些欠考虑。

卫良弼思索了半天，突然笑道："为什么把麻烦攥在自己手里，把它扔出去就是了！"

宁志恒和石鸿一齐看向他，想听听组长有什么高见。卫良弼笑着说："当初侦破此案的是情报组组长钱忠。此人是处座的心腹，还是同乡。当时他接手此案也是处座的意思。他应该是被上面逼急了，最后出了这么一个昏招，把孔良策当作替罪羊。现在出了这么大的纰漏，没有理由让我们替他担着。这样，我去找黄副处长，由他出面和处座沟通一下。我如果猜得不错，钱忠一定会第一时间接手这个案子。至于以后会怎么样？用不着咱们操心，就看他的手段了。"

宁志恒和石鸿一听觉得也是个办法。

钱忠作为办案人，他是最不想把这件事捅出去的。一旦事发，哪怕他是处座的嫡系和同乡，也无人保得住他。

麻烦倒是甩出去了。可费了这么大劲儿抓出黄显胜这条大鱼，最后却要把案子拱手让人，宁志恒还是想不通。

"当然，我们也不能白忙活，黄副处长会和处座沟通好的，该是咱们的功劳一样也不能少。现在当务之急是把这个烫手山芋交出去！"卫良弼拍了拍宁志恒的肩头安慰道。

他生怕宁志恒年轻气盛，分不清利害，放不下到手的功劳，心里转不过这个弯。

这个师弟这次的表现实在惊人，初出校门，短短的十几天就亲手抓捕了两个日本间谍。这让卫良弼对宁志恒的认同感大增，也让他更重视宁志恒的感受。

"组长放心，我知道轻重，这种事情能躲多远就躲多远，只是咱们开价可不能低了。"宁志恒也知道这事如果硬撑下去，搞不好自己就惹一身的腥。他处事谨慎，岂肯轻易蹚这潭浑水。

"哈哈，钱是小事情。放心，这次钱忠可要破笔大财，不然这道坎他可过不去。"卫良弼笑道。

"说到好处，组长，还有一件事可要快点出手。"宁志恒心中一动。

"什么事？"

"黄显胜交代，他在新华银行保险柜里存有大笔资金，这可算是咱们行动队缴获的赃款，必须赶紧提出来，不然等案子交接可就便宜别人了。"

"对，这可是要紧的事。这样，明天一早，不，今天一早就去提出来，绝不能便宜了钱忠，刚才还搭进去两支多息针呢，可不能亏了！"卫良弼顿时想起来，审讯记录里还有黄显胜的赃款信息。

这时已经是凌晨一点，三个人商议了一下收尾细节，然后各自回家休息。

宁志恒今天白天要做的第一件事，就是赶紧取出黄显胜保险柜里的物品。上午一上班，卫良弼就会将情况汇报给军情处的保定系大佬黄副处长。

估计钱忠会很快接手案子，他必须抢在这之前提出赃款。

他先是赶到黄显胜的房子，这时房子里还藏着两名行动队员，隔壁黄辉的房子里藏着四个。看到是队长推门而入，屋里的两个队员都迎了出来。

宁志恒让他们把卧室里睡床东边的床腿抬起来，果然找到了一把钥匙。这是一把精致的圆形钥匙，由新华银行保险柜特制，上面还刻有保险柜的编号。

这种特制的钥匙，必须和银行持有的匹配钥匙同时插入，才能够将保险柜打开，安全性极高。

新华银行是只认钥匙不认人。任何人只要持有这把钥匙，都可以取走保险柜里面的物品。

宁志恒安排队员们继续蹲守，自己驱车赶往新华银行。

事情办得很顺利，上午十点左右，宁志恒带着一只箱子赶回军情处。

宁志恒提着箱子，径直走向卫良弼的办公室。敲门进去，见卫良弼正笑盈盈地等着他。

看到卫良弼脸上的笑容，宁志恒心里一喜，看来事情办得很顺利。

"你来得正好，现在马上和我去见黄副处长，他让你一回来就去见他。我是特意在这里等你的！"卫良弼一见宁志恒进门，赶紧站起身来，示意他跟自己一起出门。

黄副处长的办公室在军事情报处中心的机关办公楼上，宁志恒还是第一次来。

军事情报处机构日渐庞大，人员也越来越多，下面的科室已经增加到了十个，据说还要增加。

办公楼内人很多，可是走路都轻手轻脚，交错之间也都只是点头示意，不发半点声音，显得非常安静。

跟着卫良弼来到一处办公室，敲门后，一位三十岁左右的秘书打开房门。

"卫组长来了，处座正在等你们，请！"说完他侧身相让，做了个"请"的手势，引二人进入。

"有劳了，余秘书！"卫良弼不敢怠慢，客气地回应。

这个余秘书是黄副处长的心腹，平时从不离身。对他，卫良弼一向很尊重。

黄副处长的办公室分成两个大房间，余秘书在外面办公，里面是黄副处长单独的办公室。

轻敲房门，得到黄副处长的回应，他们才推门进去。

屋里，一个看上去四十多岁、体形微胖、面容和蔼可亲的男子端坐在办公桌后面。即便是一身军装，也没有显出威严之状，反而颇有些弥勒佛的模样。

"处座，我把志恒带来了！"卫良弼略微躬身敬礼。

宁志恒也适时挺身立正，施以军礼："属下宁志恒，前来报到！"

"哈哈，志恒，好，好！我正想着这几天和你们这些年轻人聚一聚，没想到你就给了我一个大大的惊喜！"黄贤正笑容可掬，亲切地招呼道。

黄贤正今天的心情真的是很好。

他在军事情报处的地位有些微妙。出身保定军官学校的他，并没有选择继续留在军队，而是半路出家来到军事情报处做了特务。

因为身后有着保定系这块招牌，再加上他为人处世八面玲珑，因此日子也算是顺风顺水。结果不经意间，实力渐渐壮大，引起了有心人的注意，开始有了打压他的苗头。

这段时间，从处座有意无意的安排来看，很多事情都避开了自己。

他正想着该如何摆脱这种局面，卫良弼就把一个绝好的机会送到了面前。

要知道，当时因为办案需要，很多现场细节根本没有公开。不是亲身经历的，不可能把当时的情景叙述得准确无误。

当他赶到处座的办公室，把这份审讯记录放到处座的办公桌上时，他就知道这次的人情是卖大了！

处座的表现可想而知，从惊疑到暴怒，然后变为冷静与和蔼，都清楚地展现在他面前，丝毫没有回避他的意思。

也许是真的很愤怒，也许是高明的演技，这都不重要！重要的是两个人的关系完全缓和了下来。

没有掣肘黑手，没有提防威胁，那种微妙的敌视荡然无存。他用实际行动表示了自己的诚意，处座也同样回报了足够的善意。

处座主动提出黄副处长应该在以后的分工合作中为军事情报处做出更多的贡献，并同意了前段时间黄副处长关于晋升一名中校的军衔、提升为装备科组长的提议。

当然这位是黄副处长的老部下，黄埔保定系的成员之一。他的晋升已经压制了很长时间，处座一直没有松口。

利益的交换在气氛融洽的交谈中完成。行动队因为经验不足，难以担当这么重大案件的侦破工作，黄副处长主动建议转交情报科。

情报科作为处座的嫡系部门，一向是针插不进，水泼不进的一块铁板。转交情报科，意思不言而喻。

一切风吹云散，一派祥和气氛。出了处座办公室，收获上司的善意和更多话语权的黄副处长，心里的感受可想而知。

他第一时间通知卫良弼，马上召见自己老战友的得意弟子，保定系的新秀宁志恒。

"良弼，志恒，我和你们的老师是同窗好友，还是同袍兄弟，生死之交啊！"黄贤正笑容满面，语气中透露出对往日时光的怀念之情，"一切就好像是在昨天，年轻气盛，不知畏惧！"

"老师也常在我面前说起您的事情。您当年带领一个连为大军断后，生生阻击敌军一个团一天一夜，最后被援军从死人堆里扒出来。老师说您是员勇将，也是福将！"宁志恒一脸的仰慕，表情真挚到位。

其实，老师贺峰在叙述中只说过黄贤正是员福将，"勇将"自然是宁志恒的杜撰。

一旁的卫良弼不禁莞尔，老师对他这位同窗战友的评价他也清楚，不过师弟的演技出众，开口就击中了黄副处长的要害。

黄贤正的眼睛一亮，宁志恒所说的这场苦战他记忆犹新，恍若昨日。

身边的战友一个一个倒下，鲜血浸透了他的全身。他倾尽全力钉死在那处高地，直至失去知觉。至今想来仍然热血沸腾！

这也是他战斗生涯里最值得称道的一场战斗，让当时所有人对他刮目相看。他能有今日职位，这次的战斗经历为他加分不少！

"贺疯子是这么说的？哈哈哈哈，这个家伙就是死要面子，一见面就说我是瞎猫碰个死耗子，捡到了！可见他心里还是服气的，哈哈！"黄贤正觉得今天的阳光格外明媚，一切都是那么舒心惬意。

黄贤正中年退出军队，转行当了特务，也有自己不得已的苦衷。很多同窗和战友嘴上不说，心里还是有些微词的，对此他自己心里也有数。

只是一向耿直寡言的贺峰对他如此评价与肯定，让黄贤正心里真的是惬意万分！

他看向宁志恒的目光也越见欣赏：小伙子身形挺拔，英姿勃发，一看就是棵好苗子。

"志恒，不得了啊，刚出校门就立大功。名师出高徒，真是羡慕老贺有良弼和你这样的学生。"黄贤正不愧为军事情报处人缘最好的副处长之一，一张嘴口吐莲花，给人以沐浴春风之感。

卫良弼和宁志恒连声称"不敢"，三个人的交谈甚是融洽。

黄贤正开始把话题摆开，把自己与处座的交涉和沟通说了一遍，然后对卫良弼说："你们这次行动的意义被定为：与情报科联手破获重大日军间谍案件，功勋卓著。处座会通报行动科，对你和第三行动队进行嘉奖。良弼，你是少校军衔，在你这届同学里，晋升的速度已经是很快的了！不过处座答应在明年，军事情报处规模还会有扩大，你的军衔优先考虑，到时候一个中校是跑不了你的了！"

"谢处座栽培！"卫良弼激动地挺身立正，向黄贤正敬了个军礼。

没想到这一次意外行动，正好抓出了孔良策失密案的秘密和真相。处座为了保下自己的嫡系同乡，更为了自己的颜面，不得不下大本钱。

机缘巧合之下，却得到了这么大的收获，绝对是惊喜了！

"志恒，你是这个案件的第一功臣，通报嘉奖。虽然你刚刚毕业，才授了少尉军衔，不过，鉴于你在这个案件中的优秀表现，决定破格晋升你为中尉，并正式担任第三行动队队长职务。"

宁志恒也是喜出望外，短短十几天肩上就多了一颗星。

真是没想到，原以为是烫手山芋的孔良策失密案，竟是一副绝好的底牌，收获之大完全出乎他的意料。

宁志恒的表现完全在黄贤正的意料之中：恍然不敢相信，然后兴奋难言！

"处座栽培之恩，志恒没齿难忘！"宁志恒也是行以军礼。

"哈哈，自家人就不用客气了，你们自己争气，我这里也是脸面有光啊！崔国豪这家伙这次是最占便宜的了，什么都没做，就心愿达成！真是无福之人跑断肠，有福之人不用忙！"黄贤正笑着说道，"不过你们放心，他一定有一份心意，还你们这份人情！"

崔国豪正是这一次最大的受益者。他一直是黄贤正的老部下，就是因为处座对黄贤正的有意压制，崔国豪本来早该晋升，可是一直通不过，这次终于得偿所愿。

宁志恒这时才想起放在一旁的箱子，赶紧取过来，说道："处座，这次缴获的赃款，您看怎么处理？"

黄贤正之前看宁志恒提着箱子进来，就猜到是怎么回事了。卫良弼也提了一句，说没想到宁志恒的手脚这么快。昨天下午拿人，晚上得了口供，今天上午连赃款都取回来了。

"里面是什么？"卫良弼在一旁有些好奇地问道。

宁志恒笑着没回答，将箱子推到面前，翻手打开，里面赫然是一摞金条和好几打钞票，满满地堆了一箱子。

"好家伙，这小子可是条大肥鱼啊！这要是便宜了钱忠那家伙，我可是要后悔得撞墙了！"卫良弼惊讶地看着眼前的财宝，心里震撼不已。

黄贤正也满意地点了点头。这么多的赃款，难得宁志恒不动心思地全带了回来。看来这个小伙子不贪财还是靠得住的。

其实宁志恒心里早就有准备，毕竟他的眼皮没这么浅。什么钱该拿，什么钱烫手，他一清二楚！

这笔钱的数目，以后的审讯中黄显胜自然会交代清楚，所以在他手里不能出现错误，不然偷鸡不成反蚀把米，把自己搭进去，就太愚蠢了！宁志恒心智成熟，早就不会为了蝇头小利冒任何风险了。

"处座，这笔赃款怎么处理？是不是可以请您代我们上交处里安排？"宁志恒心念转动请示道。

黄贤正二话不说，伸手从箱子里拿出几摞美钞，甩在卫良弼和宁志恒的怀里。

"这是辛苦钱，拿着不亏心。剩下的我会交到处座那里，看他的意思安排。想必一定会让他满意的！"

这是官场惯例，收缴的赃款不可能上交国库，都是按过手的级别高低，各自分润干净。

处座和黄副处长自然是要拿大头的，对此没有人会觉得不对。当然以后这赃款一事，就由两位处座承担责任，没有人会再找卫良弼和宁志恒的麻烦，当然也没有人敢不开眼再提这件事。

两人从黄副处长的办公室出来，匆匆回到卫良弼的办公室，进屋后将房门反锁，赶紧把怀里的美钞取了出来。整整四摞钞票，总共是六千美金，每个人是三千美金。三千美金是多少钱呢？按照当下的兑换比例是一比四，也就是一万两千元法币。少尉宁志恒的薪水是每个月六十元法币。也就是说，他要工作十六年才能拿到这么多钱。

二人相视大笑。卫良弼心情激动难以自抑，又是升官又是发财，今天的好消息真是太多了，太刺激了。宁志恒也笑逐颜开，自己发了一笔横财，更重要的是马上就能晋升中尉。

事情到此告一段落，宁志恒决定马上回乡处理小婉的事。

他告假时，卫良弼当然是满口答应，还特意去买了两件礼物送给小师弟的父母，宁志恒也没有推辞。

下午，宁志恒先去买好明天回杭城的火车票，又去准备了些给家人的礼物。然后，他又买了些礼物去北华街刘默林家里拜访。

昨天刘默林出力不少，安排队员来接他的时候还受了些委屈，之后又冒险去抓捕现场指认黄显胜，理应慰问一下。

宁志恒的登门完全出乎刘默林的意料。宁志恒姿态放低，先是对昨日的失礼再次道歉，然后为刘默林对侦破案件做出的贡献表示感谢。言语之间和气委婉，让刘默林夫妇心情大好，芥蒂尽去，双方相谈甚欢。最后宁志恒保证，如果刘默林以后有解决不了的麻烦，可以去找他，他必尽全力帮忙。

刘默林夫妇大喜，他们知道宁志恒供职的军事情报处手握军警宪三方特权，可说是权柄极大。有了宁志恒的承诺，以后最起码不用担心飞来横祸，不亚于拿到了救命底牌！

婉拒了夫妇二人的晚宴，宁志恒匆匆赶往小饭店等刘大同。很快，刘大同进了饭店。看到宁志恒坐在店里，刘大同顿时精神大振。他几步上前，急切地问道："宁长官，您来了！案子顺利吗？是不是有用得着我大头的地方？"

自从跟了宁志恒后，刘大同感觉自己和以前完全不一样了，走路不再发飘，脚底下也有根了。他觉得自己身后有了一堵坚实可靠的墙。

宁志恒笑着摆了摆手，示意他坐下，然后说道："案子很顺利，昨天抓获了疑犯，上峰也很满意。你和弟兄们功劳不小，这是下发的赏金，三百美金，自己看着分吧！"说完，掏出一沓美金放在桌上。

刘大同惊呆了，短短的几天宁志恒就发了他两次赏金。

"宁长官，上次您给的赏金才刚散下去，兄弟们高兴得不得了，这次一下子这么多钱，让我怎么说好呢？"刘大同搓了搓双手，不好意思拿桌上的那笔巨款。

宁志恒呵呵笑道："有钱拿还不是好事？真不要我可就拿回去啦！"

刘大同这才伸手取了这沓美金。

第八章

回乡情切

"大头，明天我回杭城探亲，明早你把小婉带来，我带她回杭城寻找亲人。拖了这么久，她家里人不知急成什么样子。"宁志恒等大同把钱收好，对他说道。

"好的。这小婉可真乖。这两天我媳妇还跟我说，要是找不到小婉的家人，我们就把她当自己闺女养了。"刘大同赶紧答应。

宁志恒莞尔道："让你带几天，就舍不得了！那可是人家的闺女，不行自己就再生一个，天天抱着别撒手！"

"大头，我一周左右回来，你这段时间把街面上的事情理一理，尤其是那些黄包车夫，最好把几个带头的给拢一拢。要是这些人能给咱们当个耳目，花点儿钱也值得！"

宁志恒对黄包车夫很重视。柳田幸树和黄显胜的落网，可以说黄包车夫立了大功。宁志恒觉得这些人用好了，等于多长了很多双眼睛，对他以后的工作肯定会有很大的帮助。

刘大同听完，明白宁长官是要他找些暗探，给自己当耳目。他马上点头应道："您放心，这件事我来做。楼门巷口有个叫运来的黄包车行，前两天我听老板说生意不好做，想要把车行盘出去。我去找个兄弟盘下来，这样耳目不就是现成的了吗？"

"好，就这么办！钱不是问题。刘永这次也出了力，我看就让他当这个掌柜的，你跟他说，算是我奖赏他的。"宁志恒听到这个消息很高兴，机会难得，至于钱财不是问题。

"那我可就替他谢谢宁老板了！"刘大同哈哈打趣道。刘永是他从小玩到大的兄弟，平日里没有个正式工作，家里确实紧张。要不是他时常接济，家里人的生活都艰难。没想到宁长官看中他。机会难得，他是真心为兄弟高兴！

"大概需要多少钱？"宁志恒问。

"应该不多，车行那块地是租的，到时候接着交租金就是了。值点儿钱的就是那些黄包车，也都老旧了，加在一起要个五百多法币就够了！"刘大同掐着指头算了一下，"您这次给的钱足够了，明天我就安排刘永办这件事！"

把事情交代清楚，约好明日在火车站会合，二人分手离去。

第二天早上宁志恒赶到火车站时，刘大同一家已经在候车室里等候。刘大同的媳妇面相淳朴，她怀里搂着小婉，眼圈红红的，显然是刚刚哭过。小婉靠在她的怀里，一抽一抽地哽咽着，不知道的人还以为是亲娘俩在抱头哭泣呢！一旁还有两个比小婉稍大些的男孩，对小婉也是一副依依不舍的样子。

刘大同见宁志恒走来，上前苦笑道："这一家子都舍不得小婉，非要跟着送一送，我只好都带过来了！"

宁志恒的到来让刘大同媳妇和小婉都停止哭泣，赶紧站了起来。

这些天，刘大同媳妇天天听当家的唠叨，说是得了大人物的关照，以后这日子会越来越好。她今天亲眼一看，一身中山便装，干净爽利，端正中稍显稚嫩的五官，尤其是那一双清澈明亮的眼睛——这哪里是什么大人物，完全是一个文质彬彬的年轻学生！

她不知道该说些什么，抬眼望着刘大同。

宁志恒上前微笑着说："这是嫂子吧，照顾小婉这些天，麻烦你们了。"

刘大同媳妇手足无措，连声说："不麻烦，不麻烦！"

小婉怯生生地看着宁志恒不敢言语。

"小婉，叔叔今天带你去找爸爸妈妈，你很快就能回自己家了，高不高兴？"宁志恒伸手轻轻地抚摸小婉的额头，语气温和地说。

小婉乖巧地点点头，小手却把刘大同媳妇的手又攥紧了。这一攥，让刘

第八章 回乡情切

109

大同媳妇的眼泪又掉了下来。

众人在候车室里说了会儿话，不多时火车进站，宁志恒、小婉与刘大同一家人依依惜别，登上了回家的火车。

南京距杭城不算远，只是这个时期的火车速度太慢，拖拖拉拉开了一整天，直到下午五点多才赶到杭城。宁志恒带着小婉出了车站，找了两辆黄包车，一路赶往宁家。

深秋的杭城飘着淡淡的桂花香，路边的树叶早已变红，还有一些树叶掉下来，飘落的样子犹如一只只蝴蝶翩翩起舞。偶尔经过一段湖面，湖面上十分平静，几只小船划过，留下的波纹还在荡漾。这是宁志恒自小生长的地方。踏上这片土地，每一口呼吸都让他由衷感到亲切。

宁家是杭城的大家族，祖上曾做过杭城的地方官，后来就在杭城开枝散叶，世代相传，是书香门第。后来家族中的子弟也多有经商发家的。宁志恒的祖父就是靠经商挣下了一份家业，膝下有三子一女。宁志恒的父亲宁良才是第三个孩子。宁志恒有一个大伯和二伯，还有一个小姑。

父亲宁良才自小读书不成，转而经商，开了三家布匹店铺和一家酒楼，家产殷实，日子过得有滋有味。母亲桑素娥也是大户人家出身，生了两个儿子，就是宁志恒和他的大哥宁志鹏。宁良才后来还娶了一房姨太，生了一儿一女，是宁志恒的三弟宁志明和小妹宁珍。

不一会儿，宁志恒来到杭城南的一处大宅门前。这是宁家的家宅，雕甍斗拱，翘翅飞檐，在城南也是数得上的大宅院了。带着小婉下车，黄包车夫把行李轻手轻脚地放在门口，领了赏钱转身而去。值守的门房见有人进来，忙迎上前，见是宁志恒，惊喜地喊道："哎呀，是二少爷回来了！是二少爷回来了！"

"虾叔，你身体可好？"宁志恒笑着打招呼。

这个虾叔是家里的老人，自小就看着他长大，后来岁数大了，不给安排活儿干，每天就在门房里住着，顺便看着大门。

"身体好着呢，吃得饱穿得暖，怎么会不好！"虾叔上前拎过行李，一边向院里大声招呼其他人，"人都去哪儿了，还不给太太报信去，二少爷回家了！"

一旁的小婉看见生人不敢说话，只是拉紧了宁志恒的手，大眼睛一眨一眨地四处张望。

几声呼唤之后，整个院子沸腾起来。几个人跑出来，热情地道好问安，接过行李引着向内院走去。

还没走到内院，母亲桑素娥就急匆匆地迎出来，看见迎面而来的儿子长身挺拔、气质雍和，恍然间竟是比一年前高大、沉稳了许多。

"母亲，你怎么出来了？"宁志恒几步上前握住母亲的手，亲切地问候道。

"你还知道回来啊！这一年连个电报也不打，不知道家里人担心吗？"桑素娥一把拧住儿子的耳朵，看似用力却只是力道极轻地拧了拧，听到儿子装模作样的两声呼痛才把手松了。

这时，她才发现儿子身边还有个模样清秀可爱的女娃，顿时笑问道："这是把谁家的孩子拐回来了？这小模样，怪疼人的！"说完就要去抱，把小婉吓得直往宁志恒身后躲。

"母亲，这孩子是我带回来寻亲的，一会儿咱们再细说。坐了一天的火车，我饿了，也该开饭了吧？"

桑素娥一听儿子喊饿，顿时心疼地喊道："开饭，开饭！别等那个老东西了，不知道又到哪儿混去了。咱们先吃！"听到太太吩咐，众人赶紧开始做事，准备端上饭菜。

这个家里母亲桑素娥说了算。她出身大户，是正室太太，还生有两个长男，地位稳固。再加上宁良才本就有些惧内，娶了姨太后，更是不敢高声。这个家里的用人都知道，太太一瞪眼，老爷就傻眼！

宁志恒见小婉怯生生的样子，怕她不自在，于是安排一个面容和善的女用人带着她去客房先吃点儿东西休息一下，自己和家人到餐厅等候父亲回来。

用人们手脚麻利地准备晚宴。母亲桑素娥说是不等父亲宁良才，宁志恒可是不敢。宁家世代书香门第，是杭城有数的大家族。虽说宁志恒家是众多分支之一，可是老式的规矩必须遵守。

宁志恒的大哥宁志鹏已经娶妻生子，在自家酒楼的后面购置一处院子搬过去住了。母亲已经派人去通知了，估计要晚一点儿才能过来相见。

不多时，二姨太郑氏听到宁志恒回来，也赶过来相见。郑姨太三十出头，还算得上清秀。

郑氏是姨太，在家中地位不高，见到桑素娥赶紧问安。桑素娥示意她坐下。

"姨娘安好！"宁志恒自小对这个姨太也不太亲，只是礼貌性地问候了一声。

"志恒这次回来倒是变了好多，怎么忽然间就感觉成了大人呢！这才几年的工夫，啧啧！"郑姨太一脸的赞叹。

她嘴甜懂事，一向又不多事，当然这和桑素娥手腕强硬大有关系，所以家里的气氛还算和睦。

这时三弟宁志明和小妹宁珍也都过来了。三弟宁志明十四岁，长相清秀，性格内向，个头倒不矮，都快到宁志恒的肩头了。小妹宁珍十二岁，清丽可人，和母亲郑氏很像，生性活泼，是家中的开心果。因为是唯一的女孩，家里人都很喜欢她。

宁志明生性腼腆，见到二哥也只是点头喊了一声"二哥"，就没有再多话了。他这性格倒是跟宁志恒相像。宁志恒自小性格谨言内向，本来话就不多，只是不久前才变得开朗了些。宁志明对着他倒是比对大哥宁志鹏更拘谨些。

小妹宁珍和宁志恒很亲，她连蹦带跳地跑到宁志恒面前，抱住宁志恒的手臂问："二哥，你回来有没有给我带礼物？"

宁志恒怜爱地摸摸她的头发，说："不会少了你的，吃完饭我给你去拿。"

宁珍撒娇地说道："我要秦丽颖的唱片。这是现在最流行的，很多同学家里都有。"

"这我可没带。等明天我上街给你买，要多少给你买多少！"

郑姨太看到宁珍跟他二哥亲亲热热的，心中也是高兴。这个家中，老大宁志鹏性格宽厚，颇有长兄之风，对郑姨太和两个弟弟妹妹还算亲厚，并没有拿他们母子三人当外人看。

老二宁志恒性格就大不一样，自小沉默寡言，不易与人亲近，可是做事极有主见，对郑姨太一向疏远，待人接物要比老大宁志鹏冷得多。所以平日里对宁志恒，郑姨太说话就不敢太随意，总觉得老二不是一个好相处的主儿。

"珍儿，不要老缠着二哥。女孩子文静一些，别一天欢实得撂不下脚。"郑姨太在一旁假意嗔怪着说道。宁珍根本不怕母亲，朝母亲做了一个鬼脸，完全不把她的话当一回事。

母亲桑素娥这时候才想起来，儿子好像还在上军校，怎么会突然间回来了？她开口问道："志恒，你不是还在军校上学吗，怎么突然回来了？"

宁志恒有些不好意思地揉揉脑袋。他自从毕业这十多天，真是忙得脚不沾地，甚至忘了打电报把自己已经毕业的消息告诉家里。他有些尴尬地说："母亲，半个月前我已经从陆军军官学校毕业了，这一届的军校生提前半年毕业。"

"什么？你已经毕业了？你这孩子也不通知我们一声！那你分配到哪个部队去了？"桑素娥的心一下子提了起来。自己的这个儿子一向不听话，不听劝告投笔从戎，执意报考陆军军官学校。

当初她的心里是非常反对的：俗话说，好铁不打钉，好男不当兵！这年头兵荒马乱，军阀混战。当了兵就要去打仗，有哪个母亲愿意自己的孩子冒着生命危险去奔赴沙场？可是宁志恒一意孤行，顶着家里的压力离家出走，与同学结伴报考了军官学校，直至被录取后才通知家里。家里人看实在劝解无效，这才勉强默认下来。没想到转眼间，孩子就毕业了，要入伍当兵去了，这让她的心里怎么放得下？

"母亲，您放心。老师已经帮我安排了一个好的职位，就在南京军政府的后勤部门工作，不用上战场。"宁志恒自然知道母亲担心什么，赶紧给她吃了颗定心丸。当然，他不会说自己是在军事情报处供职，说了母亲也不明白这些具体的军事部门是干什么的，还要让他解释一大堆。

"后勤好，后勤好啊！风吹不着，日晒不着，不用上战场，还有油水捞！"郑姨太一听一拍大腿，高兴地说，"咱们家也出了个拿枪的。这以后志鹏在外面支撑家业，志恒为家里保驾护航，咱们宁家的家业还是要兴旺发达的。"

说完，她又殷勤地对宁志恒笑着说："到时候别忘了照顾你的弟弟妹妹，我们宁家就全靠你们兄弟两个了！"

"看你说的，他们是亲兄弟亲兄妹，这些话还用你来说！"母亲桑素娥心中的石头落地，心情大好，对郑姨太说话也和气了许多。

"那是，那是！都是我说错话了，还是大姐您看得明白。"郑姨太听着桑素娥的嗔怪，简直有些受宠若惊，不停地赔笑道。

正说着话，外边一阵脚步声传来，父亲宁良才走进来。说起来，四个孩子中宁志恒的长相与父亲最相像。宁良才一身合体的青色缎子，袍袖翻出雪白的里子，短发短须存留，眉眼之间透着一分练达，看上去比实际年龄年轻很多。

宁志恒看到父亲走进来，赶紧站起身来问候："父亲，您回来了！"

一进门用人就告诉他，二少爷回家了。他看着眼前的儿子，也是感觉与往日有较大的不同，说话语气不急不缓，举止越发稳重。他心里暗道，还是军校锻炼人，才一年不见，往日那个稚嫩青涩的孩子，转眼间已经长大成人。

宁良才暗自点点头，嘴里却用教训的口吻说："做事情，要么不做，要做就要做好。既然在军官学校里上学，就要有个军人的样子。突然间回来，是怎么回事？"

端坐在一旁的桑素娥听到丈夫见面就训斥儿子，大为不满，眼睛一瞪说道："孩子已经毕业半个月了，你都不知道吗？可想你的心里没有孩子，一天到晚不知道在想些什么。志恒这次运气好，毕业直接留在了南京，还在什么军政府的后勤处供职，这可是天大的大好事！"

"毕业？不是还有半年吗？"宁良才不解地问，"怎么会分到军政府后勤处，那可不是一般人能进的。"宁良才毕竟经商多年，见多识广，知道能够在国都军政府后勤处供职，那可不是一般人能够做得到的。

宁志恒只好将错就错，解释道："我的老师贺锋在军中人脉甚广，分配的时候帮我安排了这个职位。"

宁良才听到这话，不觉心中暗自庆幸，他可不愿意自己的孩子去战场打打杀杀。

宁良才点点头笑道："确实是件好事情，值得喝上两杯。"

吃完晚饭，宁志恒与父亲和母亲在客厅里闲聊家常，宁志恒的大哥也赶了回来。

宁志鹏比宁志恒大四岁，相貌端正，脸上透着精明。他自小就随父亲学做生意，现在已经可以独当一面，家里的酒楼就全交给他管理了。

兄弟二人见面，宁志鹏亲热地拥抱了一下弟弟。宁志恒生性沉稳，可对大哥的热情也不抵触，笑着回抱了哥哥。

"嫂子和铭铭怎么没过来，我都一年没见铭铭了，又长胖了吧？"宁志恒笑着问道。

铭铭是宁志鹏的儿子，今年快两岁了。小家伙胖墩墩的很是可爱，宁志恒非常喜欢他。

"你嫂子带着孩子回娘家住几天，过两天才回来。她前些天还念叨你，结果你就回来了，哈哈！"宁志鹏呵呵笑道。

一家四口说说笑笑，宁志恒也将这一年多的生活大致讲了讲。讲的当然都是一些生活琐事，不能说的一句不说。

当提到小婉的事情时，宁志恒的叙述引起了宁良才的注意。宁志恒只是说，自己有一个警察局的朋友，在一次抓捕人贩子的过程中救出了小婉。因为听出小婉的杭城口音，所以委托他把孩子送回来寻找亲人。

十多天前，人贩子，六岁的女孩……宁良才觉得自己好像在哪里听过这件事。忽然他想起了什么，猛地站起身来，激动地问宁志恒："知道孩子姓什么吗？是不是姓陈？"

"对，就是姓陈！孩子的父亲叫陈广然，母亲叫梅娘。父亲您知道她是谁家的孩子？"宁志恒看到父亲如此激动，心里一喜，这明显是有线索了！

宁良才一拍大腿，兴奋地说："陈广然，陈广然，这就对了。哈哈，志恒，杭城工务局局长就叫陈广然！听人说起过，十多天前陈广然六岁的女儿不见了，一家人急得寻死觅活。本来以为是绑票，所以也不敢大张旗鼓地找，生怕惊动了绑匪被撕票。可是奇怪的是，事后绑匪一直没有露面。有人猜测，小姑娘可能是被人贩子拐走了。为这事，陈局长找到警察局，把局长骂了个狗血喷头，搞得整个警察局鸡飞狗跳。我也是这两天和朋友吃饭的时候听说这个事情的。如果小婉真是这个陈广然陈局长的女儿，那可是天大的好事啊！"

宁志恒一听，赶紧说道："应该不会差了。根据人贩子的口供，时间地点都能对得上。更何况，小婉清楚地记得自己父母的名字。真是没想到，事情会这么顺利！"

宁良才笑着说："你晓得吗，这个陈局长可不是一般人，在咱们杭城也算得上一号。据说他在南京有大背景，根脚深厚，就是市长也要让他几分。工务局是个什么地方？那是整个杭城油水最肥的地方。全城的用地、规划、建筑，还不都是他一句话的事情。咱们要是搭上这层关系，就连整个杭城商界都要高看咱家一眼。"

宁志鹏在一旁也是一脸兴奋，他深知自家如果搭上工务局局长这条线，要想借机捞些好处，简直不要太容易！

宁志恒心里却不以为然：权势再大有什么用？等到明年年底，一切都会化为乌有。这个所谓的陈局长，前程堪忧啊！到那时，自己带着全家人到重庆去，再回杭城不知道是多少年以后的事情。

但是看到父亲和大哥兴奋的样子，他不想扫他们的兴头，便轻声提醒道："父亲，此事宜早不宜迟，今天晚上就必须把这个好消息通知到小婉家人。他们早一天知道孩子的下落，就能早一天摆脱思念亲人的煎熬。"

一直没有说话的母亲桑素娥握住宁志恒的手，拍了拍说道："这才是我的好儿子。还是志恒心善！为人要存善念，行善事得善果。不要学你父亲，满脑子只有好处。当娘的丢了自己的孩子心里是什么样子？这几天一天一天是怎么熬过来的？我想都能想得出来。这件事情现在就去通知小婉的家人，一刻都不能耽搁，早一分都是咱们的一分功德。"

这个时期，政府的高官和有钱的富商们家里都装有电话。宁良才很快拨通了工务局局长陈广然家的电话。

电话接通后，宁良才向电话那头简单说了一下情况，然后就听到那头传来了茶杯摔碎和桌椅倾倒的声音，隐约还能够听到哭喊声。

放下电话，宁良才对儿子说道："是陈局长亲自接的电话，他非常激动。他们夫妇现在就往这边赶，很快就到。你去把小婉叫出来，告诉她这个好消息，给孩子一个准备的时间。"

宁志恒万万没想到，此事竟如此顺利，当天就把这个棘手的事情解决了。

他回到房间，把小婉领了出来，轻声把找到她父母的消息告诉她。小婉听到这个消息之后，虽然一句话没说，可是眼泪却扑簌簌地往下掉。宁志恒看在眼里心疼极了，赶快把她轻轻搂在怀里。

小婉这个孩子这些天经受了很多磨难和惊吓，可是并没有像平常的孩子那样又哭又叫，总是默默忍耐着。她这种超乎普通孩子的懂事，让刘大同一家人和宁志恒都对她疼爱不已。

不用半个小时，大门外面传来一阵嘈杂声、哭喊声。

宁良才带着一对夫妇，一路小跑冲了进来。

"我的老天哪！"一声撕心裂肺的呼喊。

那个贵妇模样打扮的少妇冲上前来，一把将小婉搂在怀里，死死地抱住，说什么也不愿意再分开。

小婉刚刚停止的哭声又再次响起，一双小手紧紧抱着母亲的脖子，大声哭喊道："你们去哪儿了？你们怎么不要我了？我好害怕呀！我喊你们，那两个坏人就打我，打得我好痛啊！你们不要我了吗？"

小婉的父亲陈广然，扑通一声半跪在地上，紧紧地将妻女搂在怀里，大滴的泪珠不停地滚落下来，嘴里不停地说道："对不起，对不起！都是我的错！都是我的错！以后再也不会了！再也不会了！我向天发誓，再也不会了！"

看着眼前感人至深的这一幕，所有人都止不住掉下了眼泪。就连一向自认为自制、冷静的宁志恒，眼角也不禁湿润起来。

一家三口抱头痛哭，过了很久陈广然的情绪才慢慢平静下来。

他站起身，走上前一把握住宁良才的双手，语气真诚地说道："宁老板，不，宁大哥！你对我陈某一家的大恩大德，陈广然永记在心！大恩不言谢！从今天起，宁家和我陈家就是一家人了。只要有用得着小弟的地方，赴汤蹈火，万死不辞！"

情绪激动之下，陈广然不知道怎么感谢才好。自己中年得女，女儿小婉是他的心头肉，是他最珍爱的小公主，从来看得比自己的眼睛都要珍贵！

失去女儿的这十四天，一家人每一天都在痛苦的煎熬中度过。他每天都要上千次地懊悔，为什么这么不小心？他无法想象在失去女儿的余生中，还有什么快乐可言？小婉的母亲每天更是以泪洗面，天天在自责与思念中度过！

眼看一个美满幸福的家庭，就这样支离破碎，没想到今天竟然能够骨肉团聚。惊喜交加之下，他根本无法控制自己的情绪，握住宁良才的手，不停地说感谢的话。

这时候家里的女人们上前将小婉母女一起搀扶起来，在一旁轻声劝解。过了好半响，母女俩才停止了哭声。小婉的母亲将孩子抱在怀里，一刻也不松手。

宁良才看客厅里人多声杂，便把陈广然请到书房叙话。宁志鹏和宁志恒一起跟随。

陈广然毕竟是经过风雨的官场人物，他整理了一下思绪，开口说道："宁大哥在电话里说，令郎是从南京把小婉带回来的，能把情况详细地说一说吗？"

对于小婉的失踪，他一直心存疑虑，一开始认为是自己的对头下手绑架了小婉，无非是想敲诈勒索。所以他一直没有声张，只是暗自寻找，并等候绑匪的消息，唯恐惊动了绑匪。直到后来绑匪一直没有跟他联系，才发现事情不对。他深恐是绑匪对他的女儿下了毒手，这才赶紧报案。

现在女儿既然回来了，那么事情的原因就一定要问清楚，看到底是怎么回事。

宁良才回手一指宁志恒，笑着说道："具体情况我还真不清楚，还是要问问犬子。他刚从陆军军官学校毕业，现在南京军政府的后勤处供职。"

陈广然这才注意到宁良才身边的这个青年。自己在官场多年，阅历广博，观人无数。一开始并没有在意这个青年，可现在仔细一看，就发现眼前这个年轻人的不同之处：他坐在椅子上腰身挺拔，明显带有军人的痕迹。相信他也知道自己的身份，却没有半点迎合之意。面含微笑，却又不失冷静。陈广然能清楚地感受到其中的傲然之意！

"令郎原来毕业于黄埔军校，那可是天子门生、将军的摇篮，将来雏凤清于老凤声，前途无量！"陈广然一脸的亲切。

宁志恒连声说不敢，客气地寒暄几句。

接下来，宁志恒将情况逐一介绍。八天前在南京抓捕了两个人贩子，并找到了小婉。当时因为自己听出小婉的杭城口音，初步判断小婉家在杭城，而且小婉还知道父母的姓名，于是决定护送她回杭城来寻找亲人。没想到事情这么顺利，抵达的当天就找到了陈局长一家人，真是一个圆满的结局。

陈广然一阵庆幸。世道不稳，治安混乱。在乱世里还能遇到一个为素不相识的孩子跋涉奔波的人，不是谁都有这样的好运气的。这是老天不忍让自己骨肉分离！

陈广然沉吟片刻，语气冷肃地问道："这两个人贩子现在在哪里？有口供没有？有没有人指使？"

宁志恒大概也能猜出他心里想的是什么，无非是怕这其中还另有内情，有人从中使坏，于是说道："陈局长放心，这两个人贩子还在南京警察局的关押之中。他们的口供上说，只是在街道上看到了小婉一人玩耍，容貌清秀可爱，能卖个好价钱，就临时起意顺手掳走。口供中似乎并没有说是有人指使，不过，如果陈局长不放心，我这就打电报，派人把他们押送到杭城来，交给陈局长亲自处理。"

言语中透露出来的信息，让熟知官场规矩的陈广然心中一动。将在南京犯案的人犯跨区押送到杭城来，其中的手续烦琐程度就可想而知，这中间的环节可绝不是一个刚刚毕业的军校生能办到的！这个宁志恒不是在信口开河，就是人不简单！

"这么说，这两个人犯还在警察局里押着，不会出问题吧？那些惯收黑钱的家伙收了好处不会就把人放了？"陈广然还是不放心，再次追问道。

宁志恒眉眼上翘，嘴角带有一丝不屑地说道："陈局长放心，没有我的同意，他们不敢擅自放人的。"

此话一出，陈广然的眼睛一亮。是自负还是自信？只怕这中间另有内情。这个宁志恒不简单！

陈广然犹豫了一下，决定还是要问清楚："世兄恐怕不是在后勤处供职吧，不知方不方便直言相告？"

宁志恒听出他话中之意。此人行事尽显官场中人的玲珑之心，显然已经将自己当成身份对等的人物。想来以陈广然的谨慎，对自己的真实身份也有了一些猜测，只怕不对他亮底，他还以为自己在小婉这件事上做了手脚。不过他并没有怪陈广然的意思，换作自己，事关自己亲人的安危，也会小心谨慎，不能放过任何可疑之处。

其实宁志恒也没有打算对他们隐瞒。一开始对家人隐瞒也只是为了应付母亲桑素娥，让她安心，不担心自己的安全，毕竟搞特务工作是有很大风险的。就他而言，这短短的十几天就已经经历两次生死危机了。再说军事情报处虽然是搞特务工作的，但只要不是那些刺探情报、潜伏卧底的情报员，对于一般的成员来说，其身份还用不着严格保密。

"陈局长果然眼目如炬，我确实不在后勤部供职，这也没有什么好遮掩的。我毕业之后奉老师之命，直接进入南京军事情报调查处工作，目前担任行动队队长职务。其实是我在一次搜查疑犯的行动中，机缘巧合搜出了那两个人贩子，救出了小婉。只是陈局长你知道，做我们这行的，很多事情涉及保密条例，所以我开始并没有和家里人说明真实情况。"说完，宁志恒掏出军官证放到书桌上，推到陈广然面前。

"军事情报调查处！"

陈广然心里顿时一怔，竟然是这个部门的！他马上明白了为什么宁志恒之前放言，他的一个电报就可以让警察局押送人犯到杭城，他不开口警察局就不敢放人。以他的地位当然完全清楚，这个军事情报调查处是警察部门的顶头上司，监管全国军警宪三部的情报调查，握有生杀特权！

同时陈广然也放下心来，他的对头还没有神通广大到可以勾结南京军事情报调查处的特工的地步。看来，这件事情应该真是普通的人口拐卖。他并没有伸手去取书桌上的证件。这种事只要稍有留心，以他的能量，查一查就知道。再说他的眼力不差，这个宁志恒没有骗他的必要。

"世兄误会了，其实我一开始就看出你不是一般人物，也只有你们这样的部门才能让警察俯首听命，所以才有所猜测！"陈广然轻轻将证件推回宁志恒的面前。

宁志恒点头示意无碍，将证件收回。

可是在一旁的宁良才和宁志鹏却是有些看不明白，怎么突然出了一个军事情报调查处，不是后勤部吗？

"志恒，这是怎么回事？搞了半天，你不是在后勤部？"宁良才很不高兴，因为儿子回家后不和自己说实话。

"宁先生，你不要怪世兄。这个军事情报调查处不是一般部门，它是直接向领袖负责的特殊部门，权力之大远远在什么后勤部之上，但是条条框框的规定更多，很多事情都身不由己，所以世兄不好和你们明说。"陈广然见宁良才沉下脸，赶紧帮着解释道。

宁志恒感激地看了陈广然一眼。由他开口解释比自己解释可信多了。在宁良才心里，自己的儿子还是个毛头小子，嘴上没毛，办事不牢，信口胡说，难以取信。陈广然则不同，他是位高权重的人物，说出来的话在宁良才的心中分量非常重。

"父亲，我只是不想让家里人担心，并不是有意隐瞒。"宁志恒也小心解释道。

"那个工作很危险吗？"为人父母的首要关心的还是孩子的生命安全。

"呵呵，总比上战场要安全多了，再说我们多数时间只是调查，不用动刀动枪的。"宁志恒耐心地解释，生怕父亲把事情往严重了想。

"宁大哥，你多虑了！老实说，能够加入这个部门的都是党国精英，前途远大啊！"陈广然在旁边助攻，这才让宁良才彻底放下心来。

"对了，宁大哥，不知道前段时间市政府出台的福源码头的配套设施方案，你有所耳闻吗？"陈广然笑盈盈地问。

听到陈广然的话，宁良才和宁志鹏顿时精神一振。

这所谓的福源码头的配套设施方案，大家都明白是怎么回事。无非就是几个大佬瓜分水运重要码头福源码头的基建和地皮，上下其手，分享这餐盛宴的一项举动。知道是知道，但是能够参与其中的，无一不是在杭城的顶尖势力。像宁良才这样的势力，也就只有看着眼馋的份了！

不过，身为专门负责此类工程的主管官员，陈广然说出这话来，明显是有别的意思在里面。这是要投桃报李，给宁家分好处了。

"早有所耳闻，这事情杭城商界传得沸沸扬扬，只是我们宁家财力有限，不敢有非分之想。我听说已经都分配完毕了。怎么，事情还有转机，陈局长？"宁良才心里一阵激动，这可是千载难逢的机会，不能错过了。

"宁大哥太客气了，就叫我的名字，以后我们两家就是一家人了，这么称呼太见外了！"陈广然佯装不悦，然后说道，"别人问当然是已经分配完了，可是你来问，自然是还有得商量！"

"这可是太好了！陈……广然老弟，你具体给我说说！"宁良才心情大好。有了陈广然的示好和支持，他以后在杭城商界也算是一号人物了！

"我手里还有靠码头西面、南部湾的一块地。如果宁大哥有意，就交付给你们宁家，不知你还满意吗？"陈广然说道。

"满意，满意，这可太感谢老弟了！哈哈！"宁良才心头一阵狂喜。

南部湾这块地可是黄金地段，如果能拿下来，可以说是一本万利，天降横财。

别的不说，哪怕就是在这里盖一片库房，光是每年收的租金就是一笔巨大的收益啊！况且这是一项长期的收益，就如同家里多了个聚宝盆，天天坐着收钱就行了。陈广然的人情可是还大了！

最重要的是他宁良才从今往后，在别人眼中不再是一个普通的店铺老板，而是一个身后有工务局局长撑腰、可以在众多势力面前分一杯羹的实力派人物。而在那些商界同人面前，在宁氏族人面前，他的地位也迥然不同了！

大家越说越投机，陈广然也是有意交好，气氛越发融洽，几人相谈甚欢。

在宁家逗留了两个多小时，已是深夜，陈广然一家人才告辞回家。

送走陈家人，宁氏父子却还处在兴奋之中，三人回到书房继续商议。

小婉的事情得以圆满解决，最后的结果出乎意料地好。尤其是宁家和陈家从此结为联盟，让宁良才心里百感交集。原以为自己经营半生，宁家也就眼下这些产业了。没想到在自己手里，家族产业也有插翅高飞的一天！宁志鹏也很激动，和父亲高声谈论着下一步如何开发好这块地，打造出自家的聚宝盆。

一直没有插话的宁志恒却不以为然，觉得有些事情还是提醒父亲和大哥比较好。

"父亲，这块地我看不必费那么大的心思，到手后尽快卖出去，绝对能卖个天价。我看还是把钱拿在手里妥当些！"宁志恒对父亲说。

正在热情讨论的父子二人突然听到宁志恒的话，如同被浇了一盆冷水，都愣住了。

"志恒，你就是不懂做生意也应该知道，这地在手里就是个聚宝盆，咱们宁家的家业就全靠它了，怎么能卖掉？"宁志鹏觉得自己这个二弟脑子有问题，反驳道。

"是啊，这是陈局长对宁家的回报，可是你把地卖了变现，让陈局长怎么想，这不是笑话吗？"宁良才皱着眉头看着儿子，没好气地说。

如果不是因为宁志恒把小婉带回来，促成了今天的好事，再加上现在知道宁志恒的身份已经不同往日，宁良才一定会开口训斥自己这个儿子。

宁志恒觉得有必要把利害得失说清楚："父亲，有些事情你们可能不太了解，也接触不到这个层面。别看现在国内局势还可以维持，但在党国高层中其实一个共识，那就是中日必有一战，只是时间早晚的问题，但是普遍认为也就在这一两年之内。我估计最晚明年年底，日本军队必将入侵中国。咱们杭城离上沪太近了，离国都南京也太近了。一旦爆发战争，杭城首当其冲会沦陷。到那时，一切都会化为泡影，搞不好整个杭城成为焦土，百姓连命都保不住，还要那些地皮做什么用。这次回来，我主要就是和父亲商量一下咱们宁家以后的安排。"

宁良才和宁志鹏被这突如其来的信息打懵了：本来说得好好的，怎么突然就拐到中日战争上去了，这都哪儿跟哪儿啊！

"志恒，你是不是在说胡话啊？日本人远在东北，也就在上沪有点驻军，这两年不是还挺安分的吗？"宁志鹏也觉得宁志恒突然抛出的消息完全不可信。

"老实说，这些消息现在还都是机密。其实在党国高层，很多人都开始找退路，很多政府高官都在后方购置房产店铺，只是平头百姓不知道而已。我的老师和他们身边的朋友都已经开始行动了。"宁志恒觉得自己很难说服他们，自己在他们眼里不过还是一个毛头小子，说出的话毫无可信度，于是干脆把老师搬出来。

"你们只要仔细打听一下就知道，现在后方城市的地价都在上涨，而且上涨的速度会越来越快，就知道我没有说错！"

宁良才这才重视起来。儿子在军队里，他的消息肯定比普通百姓灵通。他说的有根有据，再说自己派人打听打听内陆城市的地价也不是难事。

"难道真会打仗，可咱们宁家世代居住杭城，难道还要背井离乡，去逃难，去当难民？"宁良才这一辈子都在杭城度过，让他离开故土，他一时无法接受。

"也不是逃难，就当是出去住几年散散心。仗不会一直打下去，战争结束了，我们再回来。所谓君子不立危墙之下，战争打响，枪炮无眼，我不想我的家人们有任何损伤。我的老师在重庆已经开始布置后路了，我也想跟在他的后面做好准备！"宁志恒苦口婆心地劝说道。

"就算杭城被日本人占领了，咱们老百姓的日子还是要过的。"宁志鹏在一旁喃喃说道，语气犹豫不决。

宁志恒气哼哼地回他："真要是留下来，以日本人的凶残本性，沦陷区的平民别说财产，就连性命都无法保障。到那时人为刀俎，我为鱼肉，想反抗都晚了！再说，别的人不走，那是因为没有后路，不知道往哪里跑，到时候当亡国奴，也就认倒霉！可我们宁家现在提前准备，置办产业，不过就是搬一次家而已。难道这都做不到，非要冒险留下来给日本人当顺民？"

"可这么大家业，还有铺子、酒楼，说不要就不要了？"宁良才在这里奋斗半生才挣下这份家业，连这处大宅院都是他一砖一瓦盖起来的。这里的一切都是他的心血所筑，一时间怎么舍得卖掉。

"父亲，这些都是身外之物，放在这里也不会丢，人才是最重要的。再说，咱们提前出手换作钱财护身，等战争结束后再买回来就是了！"宁志恒把利害得失讲明，相信以父亲的精明，很快就会想明白的。

宁良才不禁有些茫然，今天发生的事情太多，信息量太大，搞得他有些难以接受。考虑良久，他终于决定先派人去打听一下后方城市的地价，看看真假。同时调动人手和现有资金去重庆，借着宁志恒老师贺峰的关系先购置一部分产业以防万一。至于出手自家的产业他还是不能下定决心，还是要再观望一下。

宁志恒看到父亲终于做出了明智的决定，心里非常高兴。这次回家的目的已经达到了，心里这块石头也终于放下了。

接下来的三天，宁志恒先是分别拜访父母双方的亲朋好友，之后又专门去好友苗勇义家看望他的双亲。

第四天，宁良才带着宁家店铺的掌柜文维光来找宁志恒。

文掌柜是宁家的老人，年轻的时候就跟着宁良才，精明能干，是宁良才最信任的伙计，现在替宁家管理着一处最大的店铺。

"志恒，这几天我把资金都拢了拢，按你说的都换成了英镑，一万英镑！这是咱们家所有能调动的资金了。"宁良才手里提了个黑皮箱子，轻轻放在桌上。

宁志恒看向一旁的文掌柜，点了点头说道："很不少了，比我预计的还多。父亲是想让文叔去重庆办这件事吧？"

文掌柜微微欠身施礼答道："我一定按东家的吩咐，把事情办好！"

"文叔，这次携重金去重庆事关重大。你在宁家几十年了，是父亲和我们兄弟最信任的人，多余的话不用我多说。这是我写好的一份介绍信，你拿着它赶往重庆当地的驻军，找第十三师五团的团长沈浩成，转呈我的老师贺峰。你在那里一切听我老师的安排，能买下多少就买多少，动作要快，现在那里的地价已经开始上涨了！"

文维光接过介绍信，点头称是。

宁良才也开口交代道："这次去多带人手，把家里可靠的伙计和几个护院都带去。一是因为这么大一笔钱，路上要注意安全；二是因为志恒的老师是军人，不懂经商，很多事情需要你自己办，打理好铺子，看看那里有什么可以做的生意。你们把买下的房子都收拾好了，人手不够就招一些老实本分的伙计。这些事情你是干惯了的，我也不多说，你看着安排！"

文维光都一一点头。经商理事是他干熟了的，只要二少爷的老师在重庆镇得住场面，他并不发愁差事干不好。

交代清楚，文掌柜退了出去。宁志恒看着他的背影，低声问道："文叔的家眷还在杭城吗？"

宁良才听完一愣，很快就反应过来，说："当然在。你放心，文维光是我用了几十年的人了，他的老婆还是你母亲做的媒，儿子、女儿都在杭城上学！"宁良才当然明白儿子的意思。财帛动人心，这么一笔巨款交给旁人，防人之心不可无。不过他对文掌柜还是放心的。

"对了，你给我买的这块表我很喜欢，不过不便宜呀。你这孩子从来不乱花钱，这恐怕要你花掉几个月的薪水吧！"宁良才把手腕上的浪琴表亮了出来，眼里尽是满足的笑意！他又取出一沓钞票放在桌上，说："你刚上班，手里哪有那么多钱，回去把借别人的钱还了，剩下的多给上司和同事应酬，这该花的钱不能省！"

看着父亲的举动，尽管宁志恒不缺钱，可他还是心头一热，没有多说，伸手把钱收了起来。这是父亲的心意，他不收，父亲既不放心，也不自在！

宁良才看在眼里喜在心里。孩子大了终究变得好相处些，这要是以前的宁志恒，只怕不会拿这笔钱。

这时，小妹宁珍一蹦一跳地跑进来，喊道："二哥，二哥，有人找你，是一个军官！"

宁志恒一愣，赶紧来到客厅，见一个青年中尉正等在那里。

"是宁队长吧？"青年军官看着宁志恒问道。

"我是。你是？"

"我是军事情报处杭城站情报官骆星波。本部发来一份电文，让我马上转送到你的手上。"军事情报处在全国各重点城市都设有情报站，可以使用军用电台以最快的速度联系。宁志恒赶紧接过袋口用红蜡密封的档案袋，在接收单上签名。

宁志恒迅速撕开袋口，取出电文，只见上面写着：

　　木偶案结，速归，卫！

这是师兄卫良弼发来的电文，黄显胜的代号就是"木偶"！离开南京时，宁志恒让他注意黄显胜的案子。只是黄显胜屈服招供，才让他有了活命的机会。不过，他提供的口供里提到了孔良策案件，宁志恒和卫良弼都判断，接手案件的钱忠不会让这个活口留在世上，早晚要灭了口。

探亲前，宁志恒怕钱忠下手的时候自己不在南京，所以让卫良弼时刻注意案情的变化，及时通知他赶回去。卫良弼虽然不知道宁志恒为什么这么做，不过宁志恒给出的解释是，这是他第一次破获的案子，他想有始有终，想最后再审一次。卫良弼觉得这不是问题，就一直留意案情的发展。这肯定是有了突发状况，赶紧给杭城站发电，及时通知宁志恒回南京。

宁志恒接到电文不敢耽误，赶紧向家人告辞，一路匆匆赶回南京。

第九章

有人赖账

次日凌晨，宁志恒一下火车就直奔军事情报处。

敲开卫良弼办公室的门，卫良弼示意他把门关上。

"师兄，事情有什么变化，是钱忠要动手了吗？"宁志恒将行李箱放在一旁，低声问卫良弼。

卫良弼点了点头，说："应该是要动手了。刑讯科传来消息，黄显胜的伤势突然恶化，从昨天开始发烧，现在正在抢救中，情况不明！"

宁志恒听完有些纳闷，略一沉思，说道："我走的时候，伤势不是已经控制住了吗？这是搞什么鬼，处死个人犯还搞这么多事，直接一枪解决就是了！"

卫良弼斜了他一眼，这个师弟进入军事情报处时间很短，可身上这股子杀气却是很厉害。

"你不知道，这几天出了不少的事情。先是审讯了黄显胜，他很配合，把知道的都说了。有些人就觉得这个人可以加以控制利用，于是向处座提议，黄显胜有亲人可以辖制，自己的性命又在咱们手中捏着，完全可以把他转为双面间谍为我们效力。听说处座也有些意动。"

"不怕他出去乱说，把孔良策的事情说出去？"宁志恒听到这里，马上明白问题出在哪里了！

"提议的人当然不知道这里的内情，知道这件事情的不过是我们几个人罢了。不过处座觉得能抓到黄显胜很不容易，再说他也不敢去乱说。这个日本间谍还是有利用价值的，值得我们去冒这个险，所以有些犹豫。可钱忠肯定是怕了，想先下手为强，把人整死了再说，搞成既成事实，让别人死了这条心！这个钱忠肯定是在黄显胜的用药上做了手脚，到时候只说是伤势复发感染而死，谁也说不出什么来！"卫良弼猜测道。

"这个家伙胆子好大，他不想活了！敢违逆处座指令的人，会有好下场？"宁志恒觉得钱忠失心疯了，分不出轻重，竟然敢违背处座的指令。

"所以他要秘密下手。可是我早就派人盯着刑讯科，只要一有动静，就瞒不过我们。"卫良弼得意地一笑。要不是宁志恒警惕性高，提醒自己暗中监视，还真的很难发现钱忠动手脚。

"师兄的意思，我们应该插一脚？可得罪这个钱忠对我们没好处！"宁志恒不明白师兄对这件事情怎么比自己都热心。

卫良弼双眼射出凶光，咬牙切齿地说道："好处？当然有好处了！志恒你知道吗？钱忠这个王八蛋竟然不把我们兄弟放在眼里！当时黄副处长说好的，案子交给钱忠，这个家伙是要给我们一笔好处的，说白了就是要封你我的口，他不会不明白。可是这家伙贪财如命，一毛不拔，根本没想出血！前天我点了他两句，他竟跟我装糊涂。妈的，我们的钱也是好赖的吗！这次我就要他双倍吐出来！"

宁志恒听完也是心头火起，这个钱忠竟然要钱不要命，连他们的封口费都想赖掉。等着黄显胜一死，到时死无对证，再想让钱忠掏出这笔钱，就更不可能了。

说到好处，宁志恒又想起一个人，那个得到了最大好处的崔国豪。他不是还欠着卫良弼和自己一份人情吗？

宁志恒于是问道："那个崔国豪，这段时间就没有什么表示吗？"

卫良弼指着宁志恒点了点，笑着说道："这你放心，崔老哥是自己人，做人爽利得很。你走的第二天他就找到我，说是晋升令下来就开个庆功宴，把咱们兄弟请去好好庆祝一下。还说给咱们备了厚礼致谢的，不会亏待我们。"

"这几天黄显胜交代的收音频道有新的电码发过来吗？这可是他被捕的第五天了！"宁志恒问道。

"没有，这几天我都在晚上十点准时接收，可是没有一点动静。你说这个家伙会不会提供假口供，频道根本不对？"卫良弼也有些泄气。

"我认为不会，这个人的心志已经垮了，没有必要在这种细节上撒谎。只要我们多等几天，总能知道真假。我总觉得黄显胜身上还有秘密没挖出来，所以我想再审他一次，也许还有惊喜呢。"宁志恒想了想又问道，"师兄，你想具体怎么操作钱忠这件事？"

卫良弼站起身来，在屋中踱着，思考了一会儿说："从昨天我就考虑这事。想来想去，这事还不能闹大了。毕竟处座和黄副处长的意思，都是要把这件事瞒过去，况且我们也是得了好处的。我们要是这么不懂事，得罪的不是钱忠，而是上面这两位大神。所以我们还是要和钱忠私下解决，但需要找个借口直接介入。你不是一直想要最后一次审讯黄显胜吗？干脆就去提审。"

"以什么借口呢？"宁志恒问了一句，突然一拍大腿，"有了！师兄，你还记得我在黄显胜的住处留下六个行动队员监视的事情吗？"

卫良弼没有反应过来，说："是有这回事，怎么了？"

"我们就说，埋伏的行动队员在黄显胜的住处发现了可疑人物，只是没有抓到人。这说明什么？说明黄显胜在口供里肯定有隐瞒。很有可能是他的同伙在和他失去联系后，直接找到他的住所接头。现在我们就以这个为借口去提审黄显胜。这件事一定会惊动钱忠，到那时我们就跟他摊牌，说案情有了新的进展，黄显胜仍然有重要情报隐瞒没有交代，可人却在钱忠接手案件后审讯期间快要死了，把责任扣在他身上！

"钱忠不是个傻子，该知道我们的意思。如果他还装傻充愣，我们也别客气，就以这个为借口，把事情挑出去。只要不牵扯到孔良策的案子，就不能说我们故意搞事情，毕竟我们也是为了抓捕漏网的日本间谍嘛！我就不信，他还真的一毛不拔，舍命不舍财。这次一定要让钱忠这个守财奴吃不了兜着走，让他知道知道我们的厉害！"

卫良弼一听哈哈大笑，指着宁志恒道："志恒，我原以为你侦破案件是把好手，可没想到，这钩心斗角的事情，你也是行家里手！好，就这么办。马上强行介入，去刑讯科提审黄显胜。再耽误，我怕他就熬不住了。"

说干就干。两个人马上直奔刑讯科。当值的正是刑讯科队长江文德，他一直负责看押黄显胜。

一听卫良弼二人要提审黄显胜，江文德有些为难地说："不是我故意为难你们，是因为情报科的钱组长说过，没有他的允许，任何人不得提审黄显胜。"

卫良弼冷笑道："你不知道这件案子是由我们行动科和情报科联手侦破的吗？人还是我们先抓回来的，他钱忠有什么权力不让我们行动科提审？况且现在案情有了新的发展，黄显胜对重大案情有所隐瞒，我们必须搞清楚。如果你执意阻拦，产生的一切严重后果由你承担！"

"别、别，卫组长别把大帽子往我这儿扣！我也是例行公事，这就领你去。"江文德赶紧摆手说道。

说罢，江文德起身领着卫良弼和宁志恒去往关押黄显胜的牢房。

走的时候，江文德暗自向身边的办事人员使了个眼色。这人也是个精明角色，等卫良弼他们前脚刚一出门，就马上拿起电话说："情报科吗？我找钱组长！"

两个人很快来到牢房，打开房门，就看到躺在床上的黄显胜。

此时，黄显胜已经陷入半昏迷的状态，浑身上下包裹着纱布，面色通红，干裂的嘴唇泛起白沫，喃喃着不知道在说些什么。听到有人进来，他艰难地睁开双眼。已经略显散大的双瞳转动两下，又无力地合上。

宁志恒看出黄显胜已经濒临死亡，意识会逐渐丧失，照这个情况发展下去，他坚持不了多久。宁志恒走到床前，凑到他的耳边问道："黄参谋，现在你能听清楚我说的话吗？"

黄显胜还有一丝意识尚存，双眼又艰难地睁开，干裂的嘴唇轻轻嚅动了一下。

"黄参谋，现在的情况你也清楚。你在交代的口供里面隐瞒了情况。你告诉我，你是不是还发展了下线？你知道吗？在你的住所附近发现了可疑人物。这个人知道你的住所，一定是你认识的人。你把这个情况都老实交代了，我们还能救你一命。"

宁志恒紧盯着黄显胜的眼睛，观察着其中细微的变化。在问到这个问题的时候，黄显胜如同心底的秘密被人刺了一下，显露出一丝惊疑和警觉，但很快他的意识又开始迷失，恢复到弥留状态。

有问题！宁志恒的神经马上绷紧了，他还真诈出来一丝破绽！在黄显胜的抵抗意识逐渐丧失的情况下，已经无法掩饰自己的真实情绪，最终还是露出了破绽。

　　他肯定发展了下线！这个隐藏的鼹鼠一定要找出来。现在，宁志恒要做的就是不停地提问，强迫黄显胜不停地去思考。这样，他在临死前就有可能显示出关于这个问题的记忆。宁志恒就可以截取到这一秘密，找到这个所谓的下线。

　　他这样做，是为了尽可能保证截取的记忆对自己有所帮助！这也是一种尝试。宁志恒在第一次截取柳田幸树的记忆时，就已经暗自思索过这种可能性。他觉得这么做可以让自己在有限的记忆里最大限度地窥探到有用的信息。

　　重复多次同样的提问后，宁志恒接着问道："黄参谋，我需要确认你的真实身份。据我们了解，你对你的真实身份也有所隐瞒。你到底是日本人还是中国人？你知道吗，我们已经去山东接你的母亲和兄长，很快他们就会亲自来指认你。然后我们会比对你们的血型，来确认你的真实身份。"

　　其实，宁志恒对黄显胜的身份一直存有疑问。他不相信一个已经十多岁的少年，经过几年的洗脑，就能把自己的人生观、是非观全部扭转过来。况且，一个汉奸在没有信仰的支持下，能够在军队苦熬十多年，仍然忠诚服务于自己的组织，服从日本异族人的指挥，在他看来是没有现实可能性的。

　　果然，这一次的问话同样让黄显胜眼中闪过惊讶和恐惧！

　　他显然没有想到，自己竭尽全力掩饰和隐藏的秘密，仍然被眼前这个年轻的对手挖了出来。好像在他那阴冷冰森的眼光中，几乎没有什么是可以隐藏的。

　　这是个可怕的对手！

　　他只能轻轻闭上双眼，不再做任何回应，就让这些秘密随着自己生命的消失而永远埋藏下去吧。在黄显胜生命逐渐流失的时刻，脑袋里回想着他短暂的一生。自家房前的那一片片樱花飘飘洒洒散落在眼前，母亲慈祥的笑容又重现在眼前……

　　尽管黄显胜没有做出任何回应，但是宁志恒仍然坚持在他的耳边不停地提问，强迫他的思维随着自己的话语转动。

　　突然，房门被打开，三名军官急匆匆冲进来。为首的少校，几步冲到卫良弼面前，质问道："卫组长，你这是什么意思？这件案子已经交给我们情报科全权处理，这是处座的意思。你突然插手审讯疑犯，如果出了问题，你要负全部责任！"

卫良弼一声冷笑，轻蔑地说："钱组长，到底谁应该负责任，你自己心里清楚。有些事情，若要人不知，除非己莫为。这疑犯的伤势明明已经控制住了，可是现在突然间恶化。这中间的蹊跷，我们是不是应该好好查一查？

"而且现在我们行动队又发现了新的线索。昨天晚上，在黄显胜住处，我们留守监视的行动队员发现了可疑人物，疑似要与他接头。可是在黄显胜的口供里，根本没有提到这个人。现在我们认为黄显胜对案情有重大的隐瞒，所以要紧急提审。可惜呀，看来是来不及了。本来可以挖出隐藏更深的日本间谍，现在看来却没希望了。这可是重大失误，钱组长你的动作也太快了吧？"

钱忠心头一震，听到卫良弼夹枪带棒的质问，后背冒出一层冷汗。妈的！案子竟然出了意外，又蹦出个同伙来，这不好处理了。

卫良弼不是一般的人，他不仅是黄埔嫡系，还是军中老牌势力保定系的新生力量，身后势力庞大，不是自己能够压制的人物。偏偏前两天和他闹得很不愉快，转过身他就在这里给自己下了绊子。早知道如此，就不该心疼那笔封口费了。

这时候他把眼光扫向了正在黄显胜身边的宁志恒，语气略微和缓地问了一句："这位是？"

宁志恒站起身淡然回道："宁志恒！"

这就对了，两个正主儿都出现了，一定是那笔封口费的原因，这两兄弟都跳出来了！真是失误啊！自己怎么会被猪油蒙住了心，做出这么糊涂的事？真是捡了芝麻又丢了西瓜！钱忠想到这儿真是追悔莫及。

"原来是宁队长，哈哈，那就都不是外人了。正好有一些案情，想跟二位好好探讨一下。"说完，他又回身吩咐两个手下去把好门，不要让任何人进来。

两个手下心领神会，知道有些事情不适合自己听。他们出门将门锁好，走远几步，紧紧地护住门口。

这时候的钱忠，马上换了一副笑嘻嘻的嘴脸，热情地说道："卫组长、宁队长，大家都是袍泽兄弟，有什么事情不能说开了呢？何必闹得沸沸扬扬，搞得大家这么尴尬？以后还是要在一起共事的嘛！"

卫良弼冷冷一笑，说："钱组长说得对呀，以后我们还要在一起共事呢。这低头不见抬头见的，有些事你还是要拎得清，该是谁的就是谁的。我说得对吗，钱组长？"

"对，对，卫组长，你说得太对了！我钱某人也是一个好交朋友的人，上次的事情还没来得及表示感谢。这样，今天我做东，在德运大酒楼，请二位赏光！我已经略备薄礼，还请二位光临！"

卫良弼眼中露出一丝不屑，把嘴一撇，嘿嘿冷笑一声，说："酒席就算了！钱组长，咱们就都别藏着掖着了，上次的事情我们不计较，但是这次案情有了新的发展，人犯却在你手里变成这个样子，救是救不过来了。这可是在你接手案件的审讯期间发生的，这个责任谁来担？咱打开天窗说亮话，你钱组长做事不讲规矩，我们总不能像个傻子一样，一次一次为你擦屁股。我又不欠你的！要让我们兄弟装作什么也不知道，那就一口价，五千美金。少一分就不要怪我们翻脸不认人，公事公办！"

"你疯了！五千美金，这绝不可能！大不了咱们一拍两散，我就不信你们真敢把天捅翻了。"钱忠只觉得自己被狠狠剜了一刀，跳起脚来指着卫良弼骂道。他钱忠本就视财如命，这么多钱，不等于要他的命！

"钱组长，你考虑清楚，我身为军事情报处的一员，当然不会做任何损害军事情报处利益的事。把事情捅出去对大家都不好，但是我们现在说的是疑犯突然暴毙的事情，我只需要把情报上报给处里。如果处座知道有人敢违背他的意思，私自处决已经招供的人犯，阻挠行动计划的执行，我想你很清楚，以处座的行事风格，等待你的将是什么下场！"

钱忠一听到"处座"二字，只感觉心头的血都凉了。卫良弼这个家伙一刺就扎在了他的七寸上。

他很清楚处座的为人：阴狠狡诈、喜怒无常，翻脸就不认人。一切摆在明面上还有得商量，要是有人胆敢背着他暗中做手脚，那他可是六亲不认，下手极重。

如果这件事让处座知道，哪怕是他这个同乡，处座也绝不会手下留情。

"再说，五千美金很多吗？你钱组长是什么人？处里谁不知道！有名的敛财老手。我记得就在上个月，光是海河公司老板就被你敲了二十条大黄鱼。怎么，我们这点小钱儿，你还舍不得吗？"

卫良弼说完，回头对宁志恒大声说："宁队长，你手上发现的线索，你来负责。马上上报行动科，走正常程序申报原因，并紧急提审黄显胜！如果黄显胜出现任何异常，甚至死亡，查验他身上伤口上的药品，仔细进行尸检。我们行动科必须全程陪同，以防他人在暗中做手脚。怎么样，这个安排钱组长还满意吧？"

钱忠强自按下心头的怒火，勉强挤出一丝笑意，说道："卫组长对我钱某人还是有误会，我是最仗义疏财的了，今天就交定了卫组长和宁队长这两个好朋友。那咱就一言为定，中午之前，五千美金，一分不少，送到您卫组长的办公室。不知您还满意吗？"

卫良弼哈哈大笑道："哈哈，要是钱组长早这么通情达理，不就什么事都没了？你看，说着说着就伤感情了！好，既然钱组长这么爽快，今天就当我们兄弟从来没来过这里。"

"那宁队长所说的新发现的线索呢？"钱忠看向宁志恒问道。

站在一旁一直没有插话，静看二人交锋的宁志恒一脸茫然地问："线索？什么线索？我们什么线索都没有发现。一切风平浪静，任何情况都没有发生。"

说到这里，宁志恒看了看已经处于弥留状态的黄显胜，看来不能再拖下去了。卫良弼和钱忠之间的谈判已经结束，自己已经没有任何借口再在这里逗留了。

可黄显胜暂时还咽不下最后一口气，他不能再等了，必须马上行动，不然下一次可就没有这么好的借口再进入这个审讯室了。

宁志恒心中焦急万分，面上却是一片云淡风轻。他慢慢移动身体，将黄显胜完全遮挡在身后，手轻轻移动到黄显胜的咽喉。宁志恒嘴里和钱忠说着话，背后的手向下一挫，原本已经呼吸艰难的黄显胜，顿时胸口闷胀，喉骨折断，碎骨堵塞住他的呼吸道，意识逐渐陷入无尽的黑暗之中。

几乎就在同时，宁志恒的思维也迅速进入自己的意识空间。他伸出手指轻轻触摸已经出现在眼前的那一簇记忆光团。

记忆中片段闪过，一幅幅画面犹如走马灯似的闪现在面前。

第一幅画面：一个身穿和服的年轻少年，伸手接住飘落在身前的樱花花瓣，身后同样身穿和服的中年妇女慈祥地笑着，一脸疼爱地看着他，母子二人轻轻漫步在山间的道路上。

第二幅画面：山谷中出现了一处典型的中国农家小镇，这里有村庄、农田。这位少年已完完全全是中国农家少年的打扮，和他身旁几个年纪相仿的中国农家少年一起在田地里耕种、在街道上流连，互相操着一口并不太流利的汉语进行交谈。

第三幅画面闪过。已经长大成人的青年，身着日本军装跪坐在一间榻室里，他的对面是一个留着仁丹胡、面目严肃的中年军官。军官冷冷地说道："从今天起，这个世界上将再也没有哲也良平这个人。你的名字叫黄显胜，代号'木偶'。"

第四幅画面：战场上，青年面容的黄显胜一脸痛苦的表情，咬着牙匍匐前进。激烈的炮火声在耳边响起，弹片四处飞射。

第五幅画面，也是最后一幅画面出现。人近中年的黄显胜，正在房间里与一名年轻军官低声交谈。他将一张照片轻轻地放在军官面前，照片上是一位秀丽温婉的女子。年轻军官一脸的无奈和犹豫，最后将照片慢慢合在手中，痛苦地低下头。

宁志恒没有停留，迅速退出意识空间，回归现实之中。

一切都是在瞬间完成，近在咫尺的卫良弼和钱忠没有察觉到任何异样。

宁志恒按在黄显胜头上的手悄然收回，然后表情自然地说道："钱组长公务繁忙，我们就不打扰了。"

卫良弼一看目的已经达成，也面含微笑地向钱忠告辞。

钱忠一脸干笑，暗自咬了咬牙，心中连骂着"浑蛋"。

卫良弼和宁志恒快步走出牢房。这件事情圆满完成，还狠狠敲了钱忠一笔巨款。宁志恒都没有想到，卫良弼的胃口这么大！

两人刚刚离开，就听见身后钱忠呼喊手下的声音。嘈杂纷乱的声音传来，看来钱忠已经发现黄显胜伤重不治了。

卫良弼惊疑地和宁志恒互换了眼神，不过两人都没有说什么，加快脚步迅速离开。

回到卫良弼的办公室，宁志恒笑呵呵地说："师兄，你狮子大开口，这一次可是狠狠割了钱忠一刀，这家伙还不得心疼死了，哈哈哈！"

卫良弼也是心情舒爽，一屁股坐在靠椅上，美美地伸了个懒腰，得意地说：

"这算什么，这是他不长眼，连我们的钱也敢赖掉！我就是让他心疼，下次就长记性了。一个兵痞子，看到钱眼睛都绿了。没有处座，他能有今天？"

宁志恒也坐下来，手指敲击着扶手，微微思索了一会儿，道："刚才我们出来的时候，黄显胜好像不行了。这么重要的人犯死在他的手里，够这个贪财奴喝一壶的了！"

宁志恒目的达成，心情很是愉快。他知道，钱忠早就在黄显胜的伤口用药上做了手脚，所以他一定不会让法医尸检，而这恰恰掩盖了尸体上喉骨折断的暗伤，无形中为宁志恒打了掩护。

宁志恒和卫良弼又聊了一会儿，就推说自己坐了一晚上的火车身体实在疲乏，要回家睡觉，离开了军情处。

宁志恒匆匆赶回家中，将房门锁上，从抽屉里取出纸笔。

他要趁着自己印象清晰，赶紧描画出黄显胜记忆中的那个年轻军官的画像。

用了大约两个小时，宁志恒就将年轻军官的面貌完美准确地展现在面前。

宁志恒再仔细填补修改了部分细节，使之越来越接近真实的人物。最终他满意地放下画笔，可以说画像已经和记忆中的人物相差无几了。

这时，他突然想起在黄显胜记忆中的第三幅画面里曾出现过一个日本中年军官。很明显，这个人一定是特高课中地位较高的特务头目。也许应该也给他留一张画像，只不过这应该是黄显胜记忆中二十多年前的影像。此人现在应该比记忆中苍老二十岁左右。不过不要紧，一般来说，尽管年龄有所增长，可是人的五官特征、眉眼间的间距，都不会有太大的变化。排除皮肤的松弛和胖瘦的变化，如果让宁志恒现在见到这个人，他完全可以凭着二十年前的影像，按图索骥，说不定在以后能有所收获。于是他又拿起画笔，按照记忆中的影像，将那个留着仁丹胡的日本中年军官描绘了出来。

最后他又取出一张白纸，想凭着记忆把第五幅画面里年轻军官手中照片上那位女子的容貌画下来。可是记忆留给他的印象并不清晰。花了很长时间，他才勉强画出一幅女子的画像，但是总感觉很模糊，和他真实的印象还是有些差距。

他想了想才明白过来：日本中年军官和中国青年军官在黄显胜脑海里记忆深刻，他回忆的影像就比较清晰。这说明那个日本中年军官和中国青年军官，是黄显胜经常接触到的人物，所以记忆深刻。

黄显胜对照片中的女人的记忆比较模糊，说明了他与这个女子不熟悉，或者是很少接触。这也致使宁志恒对这个女子的印象不清晰，画出来的相貌似像非像，远远不如前面那两张！

他将三幅画摆在一起，仔细端详了一会儿，然后把日本中年军官和女子的画像收了起来。桌上只剩下中国青年军官的画像。他闭上双眼，脑海中开始仔细回放今天窥视到的五幅画面。

第一幅画面，很明显是黄显胜少年时期的生活情景。他身穿和服和母亲在山间小道上漫步，这说明他的真实身份肯定是一个日本人。

第二幅画像就比较诡异了。山谷中的那个城镇，从建筑风格、人物的穿着打扮来看，绝对是中国的村镇。可奇怪的是，记忆中出现的几个少年，无论是语气、语言、一举一动，都像是在极力模仿中国少年的模样。周围的人还视若无睹，完全习以为常，这种情况很诡异。

此时，宁志恒心里有了一个大胆的猜测。这个猜测很可怕，不过以日本人的谨慎和细致，这个猜测又显得合情合理。那就是，这是一个坐落在日本山谷里、以中国村镇为原型建造的训练基地。里面的少年正在接受全方位训练，以达到在言行举止、行为习惯等方面都能和真正的中国少年完全一样。这些少年从小就被挑选出来进行间谍训练，成为日本间谍机构的棋子，顺利融入中国社会各个阶层。

如果这个猜测是正确的，那么现实中发生的事情就太可怕了。设计和执行这个计划的人，绝对是个怪胎！

联想到日本人为了入侵中国，可以提前几十年做好各种情报准备工作，甚至花费难以估量的人力物力去中国测绘各地的山川河流、地形地貌。二十年的时间里，他们绘制出来的图纸的准确性和实用性竟然远远超过中国人自己测绘的地图。日本人的执着和细致可见一斑。那么他们制订出这样一个间谍训练计划，就一点也不奇怪了。

第三幅画面不难理解，哲也良平正式以中国人黄显胜的身份出现，并拟定代号"木偶"，开始了真正的特工生涯。

第四幅画面应该是他在中国战场上作战的情景。黄显胜的档案中显示，他在中国军队十多年屡立战功，又因为才能出众而被逐渐提拔上来，为他的间谍工作打下了极其有利的基础。硝烟战火的锤打历练，无数次生死之间的徘徊，让他脱颖而出成为国民党中央军的一名作战参谋。可以说，这十多年是黄显胜人生最难以忘怀、记忆深刻的岁月。

最后一幅画面，宁志恒也能猜出个大概。这应该是黄显胜利用照片中的女子威胁或者收买那名年轻的中国军官。

这个女子肯定是青年军官心中极为重要的人，黄显胜利用她迫使青年军官就范，最终成为他发展的下线。

这也是宁志恒目前阶段最为重要的线索。他要做的就是把这个青年军官找出来，这又是一只隐藏的鼹鼠！

在这五幅画面中，可以说每一幅都为宁志恒带来大量有用的信息。

第一幅画面，确认了黄显胜的真实身份是日本人。

第二幅画面，如果宁志恒的猜测准确的话，那就意义重大了，它揭示了一项极为机密的日本间谍训练计划。可以确定，有很多像黄显胜一样的日本间谍，在那个神秘的山谷中刻苦训练多年后，纷纷进入中国潜伏下来。这些人和真正的中国人一般无二，他们有精心准备的身份证明，甚至就像黄显胜一样，冒充的中国身份甚至还真有亲人健在，隐蔽性极高，根本无法察觉。这些蛰伏的棋子在以后的岁月里对中国军事和国防必将产生极大的威胁。

第三幅和第四幅画面，再次确认了黄显胜的真实身份。

最重要的第五幅画面，直接把黄显胜发展的下线显露了出来。

和之前的柳田幸树相比，画面所透露出来的有效信息量要大多了。

由此可见，宁志恒的猜测是有道理的。只要在疑犯临死前提问自己想知道的问题，就可以迫使对方回想关于该问题的相关记忆，显示出来的画面就会更有价值。

这对宁志恒以后窥视他人记忆提供了有力的帮助。

至于这个隐藏的下线，在黄显胜的记忆和印象中，两个人当时正坐在房间里低声交谈。宁志恒看不出这个青年军官的具体身高。

不过两个人坐着的时候，很明显这个青年军官要比黄显胜稍高一些。黄显胜的身高是一米七，那么这个青年军官的身高应该在一米七二至一米七五，在这个时代的中国人，尤其是南方人中间，个子算是很高的了。

青年军官的肩章是少校军衔。这么年轻就能有这么高的军衔，并不多见。

他肯定是比较有文化，不然不会这么年轻就佩戴少校军衔，甚至很有可能也是黄埔军校生出身。

黄显胜记忆中的时间无法确定，他是六年前重新联系上了日本间谍组织。这个记忆片段只能是六年之内，更大可能是近几年的记忆。也就是说，在这几年间，那个少校军官的军衔也有可能会更进一步，成为中校。当然这也只是可能，毕竟校级军官的晋升是很难的。这个青年军官面容白皙，英俊斯文，不像是带兵打仗的军事主官，很有可能是作战参谋、机要秘书或者副官之类能够接触到机密情报的职位。

那么现在寻找这个人的范围就小了很多：年龄二十五岁到三十岁，身高一米七二至一米七五！有较高的学历，甚至很有可能是他们的同校学长。军衔少校以上，也有可能是中校。职位以参谋、秘书、副官等文职官员居多。

部队当然应该从第十一师先查起，因为黄显胜就是第十一师的作战参谋，这个青年军官很有可能是他的同事或者朋友。而且他肯定身处比较紧要的关键职位。不然，对黄显胜完成情报搜集任务毫无帮助的人，他是不会冒着暴露的危险轻易发展为下线的。一定是这个人值得他冒这个险！如果第十一师里找不到这个人，那么只能扩大范围，优先排查南京附近驻军的军官。最后，最有价值的就是手里这张相似度极高的画像了，这是最直观、最准确的依据。综上所述，这个人应该并不难找。只要顺着这几条线索和条件，一一去逐步排查，宁志恒相信，用不了多久，他就能够找出这只隐藏的鼹鼠。但是找到这名青年军官只是案件侦破的第一步。有上述这些条件，完成第一步并不困难。困难的是第二步，怎么样去证明这名青年军官就是鼹鼠。宁志恒根本无法跟人解释自己是怎么找到这只鼹鼠的。

他需要去找到确凿的证据。而这个鼹鼠在失去了"木偶"这个上线后，肯定会蛰伏下去。如果鼹鼠不采取任何行动，宁志恒就根本无法找到任何证据对他进行抓捕和审讯。宁志恒的当务之急是找到这个人。至于下一步怎么办，只好走一步看一步，见机行事了。

诸事都已思考完毕，宁志恒将画像卷好，准备明天去军情处拍成照片备用！

这时候他才感到腹中饥饿难耐，光是画三幅画就花了六七个小时，早错过了中午饭的时间。宁志恒看着快到晚饭的时间了，便起身将物品收拾好，

第九章 有人赖账

取出其中一个礼品盒。这个礼品盒是他在杭城探亲时陈广然夫妇专门派人送来的。

原来，他们从小婉口中得知，南京有一位善良的妇女把小婉当女儿一样照顾了十天，心中非常感激，于是专门准备了礼物托宁志恒转送给刘大同的媳妇。宁志恒将礼品盒揣好，匆匆赶往小饭店等候刘大同。

到了小饭店，宁志恒赶紧叫了些饭菜，填饱了肚子，然后就叫了一壶茶，在那儿慢慢等着。

"宁长官，您回来了？找我有事儿吗？"刚下班准备回家的刘大同见宁志恒在饭店坐着，兴奋地奔过来坐下。

宁志恒微笑着说道："找你有好事！"说完，他将礼品盒推到刘大同面前。

刘大同一愣，宁长官找他的确总有好事情。他笑嘻嘻地说："您找我当然是有好事情，光是赏钱就发我好几次了。这次又是什么？"

刘大同伸手把礼品盒取到身边，轻轻地打开，里面赫然是一整套金光灿灿、制作精良的纯金首饰。两只分量十足的手镯，四周刻有精致的图案。耳环、项链、戒指、头饰……每一样造型都雍容大气。这些成套的纯金首饰装了满满一盒，怪不得刚才取盒子的时候觉得分量很沉。这些首饰绝对价值不菲！

刘大同吓得不轻，惊疑不定地问："宁长官，您这是给我的？"

"想得美！"宁志恒笑骂道，"是给你媳妇的！呵呵，别误会，不是我！这是小婉的亲娘特意为你媳妇置办的。她听小婉说拜了你媳妇当干娘，便准备了这些礼物表达她的一点心意，也算是感谢你们一家子前段时间照顾小婉的情谊。"

这完全出乎刘大同的预料，他手足无措地说道："太贵重了，太贵重了！小婉这孩子还真记得我们！"刘大同感慨不已，觉得心里暖暖的！

宁志恒端起茶杯，抿了一口茶，笑着说："你知道小婉的父母是谁吗？"

"是谁？肯定是个富贵人家，这么大的手笔！"刘大同心里也早有猜测，小婉皮肤细腻，举止温婉，肯定不是一般人家的孩子。

宁志恒笑着点头道："算你小子有眼光，小婉的亲生父母是杭城工务局局长陈广然夫妇。这次你小子算是走运了，有了这一段香火情，将来找上门去，必定少不了你一场富贵。"

刘大同听到这里，顿时喜出望外。没想到照顾了小婉十天，就结下了这段善缘。他双手合十，诚心诚意地向宁志恒谢道："还不是宁长官给了我这个机会？当时要不是您安排我们家来照顾小婉，我们也不会得了这么大的好处。说实话我真不是为了钱才照顾小婉，这孩子乖巧，我是把她当自己亲闺女一样照顾的。"

宁志恒面容一肃，正声说道："你这就对了，做事不能只看得失。这人呢，只要对得起自己的良心，不害人不做恶事，早晚必得善终！"

刘大同连连点头称是，他将礼品盒收好，然后说："宁长官，正好我也把这两天的情况给您汇报一下。运来车行已经盘下来了，五百元法币！刘永正式接手，已经把事情都安排好了，一切运转正常。这小子可是干劲十足，一定要当面感谢您。我让他做好账目，每个月给您交一次账。"

宁志恒摆了摆手说道："这个车行还是归在你的名下。听着，我的初衷并不是为了钱，而是把它当作眼线，所以你也不要净想着赚钱。车行的黄包车夫，每个人的份子钱象征性地收一点就行。最好再多盘下几间车行。总之，我们的眼线越多越好，范围越大越好。跟车夫们说，只要遇到可疑的人或事，一定马上汇报，必有重金奖赏！"

刘大同连忙点头应道："明白了。您放心，我一定把这些都交代下去。"

"还有，上次抓的那两个人贩子现在怎么样了？"宁志恒这次找刘大同，其实主要是为了这件事。陈广然那里必须给个交代，不然心里不踏实。

听宁志恒突然问到这件事，刘大同赶紧回答道："人还关在牢里，您这是要提审他们，还是要……"

"不是我要，是小婉的父亲陈局长要！他们夫妇恨不能把他俩千刀万剐，这次专门提到这件事情。明天我会派人去把他们提出来，专程押送杭城，交给陈局长夫妇发落。"

刘大同听完宁志恒的话欲言又止，宁志恒马上就看出了问题。"怎么，这种小事还能出纰漏？难道真还有人不知死活，敢私放人犯？"宁志恒问道。

"这倒不是，人还在牢里，没有人敢放！只是……"刘大同有些尴尬地说，"我们局里有个警长叫王茂才，半路伸手强行把案子接过去，听说从这两个人手里敲出了两千大洋和六根小黄鱼，最后吃干抹净，一分钱也没分给我们。本来我们还想着给您孝敬一份大头，可是现在……"

宁志恒听到这里，心里不禁恼火，竟然又碰到一个敢贪他钱的家伙！他眼睛一眯，冷声说道："要钱不要命的家伙！"

刘大同听到宁志恒语气变冷，心中暗喜，赶紧说道："这个王茂才，靠着给局长溜须拍马当了警长，平日里坏事没少干。最可恶的是，他喜欢吃独食，什么钱都敢收，人送绰号王扒皮，不管什么人在他手里走一遍，都要扒一层皮下来。"

宁志恒将一口碎茶沫吐了出来，语气阴沉地说道："他想死，我就成全他。正好给你也换换位置，以后办起事情来更方便一些。明天上午我亲自去提人，这个王扒皮我顺手收拾了，也给你撑撑场面。"

刘大同一听心中狂喜，自己这个眼药上得正是时候，王扒皮这小子死到临头了，自己出头的时候到了。

第二天一早，宁志恒就赶到军事情报处。刚到办公室，就见卫良弼在门外点头示意，他便跟着进了卫良弼的办公室。

"这是你的两千美金，咱们兄弟一人两千，石鸿一千。"卫良弼取出一摞美金，交给宁志恒。既然是封口费，那只要是知情人都应该分一份，所以卫良弼也分了石鸿一份。

宁志恒点点头表示明白。他收好钱，想了一下对卫良弼说道："师兄，我想这段时间调阅一下第十一师的军官档案，你帮我办一下手续。"

卫良弼眼光一闪，问道："怎么，有线索了？"

这个师弟是自己的福星，侦破案件是一把好手，这段时间以来让自己获益匪浅。听他刚才的意思难道是又发现了什么？

宁志恒对卫良弼倒是并不想太多隐瞒，因为自己下一步的行动离不开他的支持和帮助。

宁志恒摇了摇头，有些犹豫地说道："只是有一点不成熟的想法，现在还没有确认。不过我总觉得黄显胜的口供不完全，他肯定有所隐瞒。我想从他身边的同事、朋友查起，看看会不会有收获！"

卫良弼扫了一眼宁志恒，有些担心地说道："志恒，咱们军事情报处的人在外面名声不太好，毕竟像钱忠这样的人确实不少，可是咱们兄弟这心里还是要有底线的。真要是有嫌疑的肯定不能放过，但是不能抓得太狠了，否则到处树敌就不好了。第十一师这件案子通了天，不出意外的话，这个师这几天就会有一次大洗牌。你这个时候上门调查，很容易让人将这些事情联想到一起，会遭人记恨的。这事还是缓上几天，等尘埃落定，我再替你申请手续。”

“这是要处理一批吗？”宁志恒一听卫良弼的话，轻声问道。

卫良弼摇了摇头，说：“我估计不会，毕竟只是失密。不过这几年咱们黄埔毕业生在军中的分量越来越重，校长大力提拔，可是有些老人舍不得让权，都是老部下，又不好逼得太紧，就搞得不上不下的。现在这次失密案就是一次绝好的借口。整个师的军事机密让日本间谍扒得一干二净，怎么说也是严重失职，最好的结果也得是靠边站了。”

“对了，昨天晚上黄显胜交代的频道第一次接收到了信息！”卫良弼突然想起来，这件事正要和宁志恒好好分析分析。现在他对宁志恒的能力信心满满，有很多事情都想听听他的意见。

“有信息了？是什么内容？”宁志恒神经马上绷紧。

“风车有变，进入蛰伏，第二联系方式启用。”卫良弼一字一句地复述道。这是日方发现暗影小组出问题了。不过，宁志恒并不感到意外，距离风车柳田幸树的落网已经快半个月了，当时抓捕时动静还挺大，老实说，日本特高课本部的反应并不快。

半个月没有收到固定电文，足以让特高课感觉出了异常，决定切断一切联系进入潜伏状态。估计不只是木偶，应该每一个暗影小组的成员都会接到相同的指令。

“看来这个暗影小组全体进入了潜伏状态，以日本人的能力，黄显胜的被捕也隐瞒不了多长时间了！”卫良弼也早就想明白了其中问题，手抚额头皱眉说道。

时间越长，黄显胜被捕的事情越难隐瞒。况且军情处搜查他的办公室，调查他的档案，这在第十一师内部也都不是秘密，风声恐怕早就传出去了。

“这里所说的第二联系方式是什么呢？要知道每个鼹鼠都有自己特定的接收时间、频道、编码本，每个人都不一样，风车的落网不会影响到其他鼹鼠的联系。”

宁志恒冥思苦想，而后分析道：“他们为什么会改变联系方式？除非……除非特高课本部因为风车的失联，怀疑到了暗影小组的其他成员。因为每一次的情报传递最后都会流向风车，只要有一个出了问题，造成死信箱泄露，都有可能追查到风车这里，所以现在他们要甄别每一个成员，甄别一个重启一个，那木偶的被捕就更瞒不过去了！"

卫良弼听完宁志恒的分析，有些泄气，说道："那就更别想从他身上突破了，这下彻底死心了！"

宁志恒也是一脸的愁闷，心里却是兴奋不已！别人找不到线索只能放弃，可他知道一只新的鼹鼠啊！而且不出意外的话很快就能找到。这次他要秘密寻找，放长线，钓大鱼！

木偶长时间不露面，被捕的消息很快就会被日本特高课本部查出来，那么风车的失联就有了解释。原因找到了，那么很快就会重新以第二种方式联系暗影小组成员，再安排新的信鸽和组长，重启暗影小组。他只要盯住新的鼹鼠，顺藤摸瓜找到暗影小组新的信鸽，然后再严密监视信鸽的每一个举动，就能顺着这条线挖出每一个成员。宁志恒有信心，以他的能力，只要挖出一个，他就可以把整个暗影小组揪出来。

第十章

挑起事端

宁志恒回到自己办公室不多时，石鸿和王树成就谈笑风生地走了进来，石鸿更是笑容满面。

这次行动，石鸿寸功未立，几乎都是宁志恒亲自出马，可最后结果皆大欢喜：第三行动队获得通报嘉奖，自己还平白得了一笔横财——一千美金的封口费。现在他对宁志恒这个队长心悦诚服。

宁志恒对王树成说："黄显胜的案件已告一段落，你现在去刑讯科把黄辉提出来放了吧，同时撤回黄显胜家中的六名队员，解除那里的监视。"

王树成点头答应，转身出门去办理手续。他原以为这个黄辉进了军情处就再难出去了，没想到宁志恒确实不像他想象的那么冷酷，竟一直考虑着此事。

石鸿见王树成出去，才低下声略显神秘地说："昨天我碰见梁队长，他说他的关系已经正式转到训练科，以后就不再回行动科了。"

宁志恒点点头，问："梁哥的情绪还好吧？"

石鸿说道："放心吧，我看他还挺高兴的，应该是还不知道咱们这次立了大功。其实他一直就对组长有戒心，生怕哪天给他穿小鞋。这次组长大发慈悲，直接给他安排了好地方，也算是心满意足了吧！"

宁志恒看看手表，昨天和刘大同商量的计划，是让他先去看守所提人，引出王茂才，估计现在时间差不多了。宁志恒对石鸿说："招集队员，全副武装集合出发，我们出去办趟差事。"

石鸿一听，赶紧问道："这是又有行动目标了？"现在的他正是心气高的时候，充满了干劲！

宁志恒笑道："哪有那么多目标，小事情而已，很快就回来了。"

不一会儿，行动队员集合完毕，全副武装，驱车直奔警察局看守所。

与此同时，在警察局看守所里，刘大同带着几个手下正和狱警激烈争吵。

"刘大头，你现在可是硬气了，敢指鼻子骂我了！我告诉你，有气可别撒在我身上。这件案子是王警长接手的，你们要提人犯，得让他点头吧！"狱警辩解道。

"老廖，我可把丑话说在前头，这两个人犯可是军事情报处的长官们抓的，只是交给我们警察局看押，我也只是个跑腿的。这事咱们局长可是知道的。如今人家军事情报处要提人犯，你还敢拦着不成？你长了几个脑袋？"刘大同拉着长脸，卷起袖子指着老廖骂道。

要照以往，他都是见人笑三分，脾气好着呢。可现在他身后有人，脾气见长。更何况今天他故意要挑出一些事情来，就等着王扒皮跳出来。

"你可别吓我，反正我也不认识什么军事情报处的长官。我已经通知了王警长，你直接和他说去。"老廖只是一味地摇头。

刘大同也不客气，指着老廖一通臭骂。几个手下也上前推推搡搡，和几名狱警闹得不可开交。

很快，王茂才带人匆匆赶了过来，离老远就看见场面混乱，顿时一声叱喝，骂道："刘大头，你小子吃了豹子胆了，敢从我手里抢人？信不信我把你这身皮扒了，让你滚蛋！"

众人一看王扒皮露面，顿时安静下来，各自散开。刘大同的手下也回到他的身后，一脸不忿地盯着王茂才一伙人。这让王茂才眼睛一跳，心想往日里一瞪眼就吓得腿软的臭脚巡们，怎么现在都长脾气了！

刘大同一点也不发怵，冷着脸说道："王警长，我刘大同这身皮穿了十多年了，早就想换了。我倒是看你这身皮不错，怎么样，咱俩换换？"

众人一听都吃了一惊。这刘大同往日的为人大家都清楚，见人说人话，见鬼说鬼话，最是油滑不过。没想到这段时间脾气见长，现在干脆跟王茂才直面干上了。

老廖心里暗自嘀咕，前段时间听说刘大同靠上了一个大人物，得了不少的油水。现在看他这股狠劲，只怕这事情是真的了。他再转头看看王扒皮，心想今天可是有得瞧了！

王茂才听到刘大同的这番话，顿时就愣住了。这刘大头在自己眼前从来都是低头哈腰，笑脸相赔，自己都没拿正眼看过他。可是没想到现在一翻脸，竟然不留半分余地，这是要跟自己撕破脸了。真是不知天高地厚！今天要不把这小子的气焰打下去，以后还得了！

王茂才在电话里一听刘大同要来提那两个人贩子，就明白这次无非是因为自己伸手抢了他的好处。老实说，这件案子油水还真不小。这两个人贩子看着不显山不露水的，但还没怎么着，就已经敲了两千大洋和六条小黄鱼。这让王茂才高兴了好一阵。可是他还不甘心，觉着这两个家伙油水十足，一定还有得可捞。他这两天正准备抓紧审讯，再加把劲拧干吃尽，没想到刘大同就来提人，他怎么可能答应呢！

"刘大头，你真是长出息了。我以前怎么没看出来你小子还是个人物呢？好啊！我倒要看看你今天怎么把人带走！"

刘大同本来今天就是来挑事的，全然不怕，嘴里更是挑衅道："王茂才，别人都叫你王扒皮，真是没叫错你！我们这些巡街的兄弟，日子过得本来就紧，你还从我们嘴里抢辛苦钱，连汤都不给我们留。我可告诉你，这件案子是军事情报处的行动队长宁长官交给我办的，我不过是个跑腿的。如今你半路抢劫，这好处都归你，我们也就认了。可这人你还不让提，你让我们怎么跟军事情报处的长官们交代？"

"军事情报处？哈哈哈哈，你小子现在也学会扯虎皮做大旗了。你也不撒泡尿照照你自己，今天老子就给你点教训，让你个臭脚巡也知道个上下尊卑！"说完，王茂才从腰间拔出手枪，枪口对准了刘大同的脑袋！

警察局里警长是可以配枪的，可是巡警手里就只有一根警棍。王茂才心想，只要这枪一掏出来，刘大头这些小巡警还不都得吓趴下！可没想到刘大同把脑袋顶在枪口上，眼一斜，大拇指往胸口上一比画，冷声说道："王扒皮，够胆子就朝老子这儿开一枪。今天你不敢开枪，你就是孙子养的！"

刘大同把这浑不吝劲儿一拿出来，还真把王茂才给镇住了，一时半会儿还真没有办法！

这时，警察局局长唐晓善闻讯匆匆赶来，胖乎乎的身体跑起来呼哧呼哧直喘。看见几十口子人吵吵闹闹，王茂才连枪都拔了出来，唐局长顿时高声喝道："都给我住手！到底发生什么事情了？你们这是要造反啊！"

王茂才正骑虎难下，见唐局长过来，顿时兴奋起来。他几步跑到唐局长面前，说："局长，这个刘大头突然发了疯，带着人闯看守所抢劫人犯。幸好我发现得及时，不然就让他得逞了。"

刘大同一听也急了，分辩道："报告局长，这两个人犯当初是我带回来的，这事您也是知道的，可是王扒皮他不讲规矩半路打劫，我也没话说，谁叫他的警衔比我高呢。现在我来提人犯，送交军事情报处审讯，王扒皮死拦着不放，还拔枪威胁我，这事您可得主持公道！"

"闭嘴，王扒皮也是你叫的！"唐晓善把眼睛一瞪，突然好像想起了什么，问，"我知道？是哪件案子？"

刘大同赶紧说："就是十五天前北华街的那个案子，军事情报处抓捕三名悍匪，打死两人，活捉一人。搜查的时候让我们协助，我还向您请示过。搜捕过程中还抓捕了两个人贩子，这事我给您汇报过的。"

唐局长这才想起来，半个月前是有这么回事。人犯带回来了，当时好像刘大同说过，是军事情报处抓的人犯。不过他也没在意，原以为是手底下这些人想捞点油水，也没当回事儿。现在想起来，事情有点闹大了。想到这里，他心里有种不好的预感，赶紧低声问王茂才："你搞清楚没有，这两个人犯到底是什么背景？"

王茂才把嘴一撇，不以为然地说："真就是两个人贩子，局长您还不相信我的眼睛？最多也就是军事情报处搂草打兔子，捎带脚抓来的。人家都没当回事儿，刘大头得了鸡毛当令箭，竟然借着军事情报处的名头来直接抢人犯。这家伙是穷疯了！"

唐局长点点头，心想：要真就是两个人贩子，人家军事情报处根本看不上眼，再说，这个王扒皮爱吃独食，那也只是对下面的警员如此。每次敲诈出来的好处，不都得先上供给他这个局长，不然凭什么提王扒皮当警长！

想到这儿，唐局长把眼睛一瞪，冲着刘大同吼道："刘大同，你竟敢公然抗命，我看你这身皮是不想要了，信不信我现在就把你关起来？赶紧带着你的人回去，再有下次，我就扒了你这身皮，让你吃几年牢饭！"唐局长对刘大同只好训斥了事，可他刚才一直漏听了一句话，刘大同说要提人，是要上交军事情报处审讯的！

唐局长这句话一出，王茂才和他的手下顿时心神大定。胳膊还是拧不过大腿，刘大头这次是要吃亏了。就连刘大同身后的几个兄弟也开始心里发虚了。他们虽然跟着刘大同年头不短，但毕竟都有家有口，还指着身上这身皮吃饭呢。他们不禁面面相觑，最后把目光都投向了刘大同。

刘大同却是一点也不慌，算算时间宁长官也该到了，于是他狠声说道："有人就是不撞南墙不回头啊，都不信我刘大头！好啊，那就把我抓起来。不过我丑话说头里，到时候收不了场，可别找我刘大头！"说完把手一伸，做了一个自请手铐的动作。

看到刘大同这么张狂，唐局长和王茂才都愣住了。唐局长心里开始没底了。刘大头在警局里混了十多年，是什么样的人大家都清楚。可现在突然间他像换了一个人，只怕事情有些蹊跷。他猜疑的目光扫向王茂才，王茂才事到临头不敢退缩，只好强作镇定。

这时，身后传来一阵嘈杂声。只听见有人喝道："都乱糟糟地在这儿扎堆儿干什么？所有人都闪开！"众人回头一看，只见一队全副武装的军人，在两名军官的带领下，快速围了过来。

前面的年轻军官脸色冷峻、目光冷冷地扫视众人，然后冲刘大同喝道："怎么回事，刘大同？到现在连个人犯都提不出来，干什么吃的！"

一句话让身边所有人都大吃一惊。这些军人明显训练有素，杀气腾腾，唐局长感到心头一紧，暗叫一声不好。这个刘大头还真是奉命行事，身后果然有后台，怪不得底气十足。不好，这些军人不会真是那个军事情报处的吧？

刘大同一下子精神起来，腰板挺直，头仰得老高，一脸不屑地看看其他人，然后几步跑到宁志恒面前敬礼道："报告宁长官，我奉命来提人犯，可是有人从中作梗，甚至敢持枪拦截，还说要把我这身皮扒了，把我人也关起来。"

"还有这种事情？"宁志恒一副诧异的表情，目光朝唐局长和王茂才身上扫去，朗声呵道，"竟然有人吃了熊心豹子胆，敢阻挠军事情报处办案？"他最后把目光锁定在唐局长身上，问道："你们是？"

唐局长赶紧赔着笑脸，上前几步说道："鄙人是警察分局局长唐晓善，不知您是？"

宁志恒直接将自己的军官证件掏出来递过去，冷声说道："我是军事情报调查处行动队队长宁志恒。半个月前我抓了两个人犯，暂时交给你们关押。这件事情我们是通报过的。唐局长，我们军事情报处的权限你是知道的，我们在办理案子的时候，你们警方必须无条件服从和配合。那么现在你需要给我一个解释，为什么有人胆敢阻拦？"

接过军官证件，唐局长一眼就看到了"军事情报调查处"的字样，心里的最后一丝侥幸也消失了。

还没等他答话，刘大同又上前一步，抢声说道："报告宁长官，这两个人犯在关押期间，被警察局的警长王茂才强行提审，严刑拷打了好几天，我们拦都拦不住。"

"什么？怎么会出现这种情况？"宁志恒听到后勃然大怒，厉声喝道，"这两个人犯是间谍大案的重要证人，我只是暂时交给你们关押。是谁给你们的权力，竟然敢提审他们？你们知不知道，他们的任何口供都是机密。这件事情我会上报，这是严重的渎职和泄密事件！这个王茂才到底是谁，给我站出来！"

这一通声色俱厉的训斥，顿时将唐局长和王茂才吓得腿脚发软，险些瘫倒在地。军事情报调查处凶名在外，别人不知道，他们警察部门还不知道吗？万万没想到，刘大头说的竟然都是真的，这两个人犯竟然牵扯进这么重大的案子里！

唐局长二话不说，回手就是一巴掌，啪的一声重重地打在王茂才的脸上，吼道："浑蛋，是谁给你这么大胆子，胆敢私自提审军事情报处抓捕的要犯！"

说完，他转身小心地向宁志恒解释道："宁队长，此事我毫不知情。王茂才取得的口供和审讯记录我也从来没见过。此事跟我毫无关系，毫无关系啊！不信你们可以好好审问他们。"唐局长这次真的是怕了，他忙不迭地一再撇清与此事的关系。

而此时的王茂才早已吓瘫了。唐局长这一巴掌把他彻底打醒了。他几步上前，扑通一声跪在地上哀号道："长官，我真不知道这件事情，我真不知道啊！我只是、我只是想敲点油水啊，长官，我什么都没问啊！"

宁志恒没有理睬他的哀号，冷冷地说道："这次的间谍大案事关重大，你插手案件的审讯，私自接触人犯，我现在怀疑你的身份有问题！现在交出你的审讯记录，跟我们回军事情报处接受调查。"

不过是严刑拷打，榨取油水，王茂才哪里会留下什么记录？再说，这些能记录吗？什么，还怀疑他的身份？王茂才彻底吓傻了，如果单是渎职和泄密，他还有希望留一条命，可是如果把他判定为间谍或是中共地下党，那什么都不用说了，必死无疑！他嘴里喃喃地说："没有，没有，什么都没有，我们没有记录啊！"

众人看到往日骄横跋扈、气焰嚣张的王扒皮吓得就像狗一样瘫软在地，自己身上也是冷汗淋漓，都被军事情报处的狠厉作风吓坏了。就连刘大同身边的几个手下弟兄，也是呆站在一旁，不敢有半点私语声。

军事情报处是什么样的地方，王茂才早有耳闻。自己被抓进去，是不可能活着出来了。他感觉到天都塌了，大脑中充斥着极度的恐惧，茫然无助地四处找寻救命的稻草。他跪在地上，不停地哀求道："我真不知道，我什么都不知道！我只是捞了点好处啊，我全交出来，我全部上缴。长官您相信我，我身家清白，和这个案子根本没有半点关系啊！"

突然间看见身旁的刘大同，王茂才上前一把抱住他的大腿，哀求道："大同兄弟，都是我一时糊涂，让钱迷了心窍，有眼不识泰山，得罪了兄弟。你看在我家有妻儿老小，帮我说句话吧！帮我说句话吧！我一定记得你的大恩大德，求求你了，帮帮我，帮帮我！"

刘大同一脚踢开他，狠声道："王扒皮，你也有今日，你恶事做尽。年初，杂货铺的老陈得罪了你，被你以倒卖违禁物品的罪名抓了进来，他也是这么苦苦求你放他一条生路的。可是后来呢？两条腿生生被你打折了，铺子没了，人也残了，家也散了。那个时候你怎么没想着放他一条生路？你记住一句话，人间作恶难，天道好轮回！"

这时，一名行动队队员走上前，用一副手铐将王茂才铐起来拖到一边，又往他嘴里塞了一团破布，王茂才顿时不出声了。情景如此逆转，刘大同和他身后的几个弟兄终于扬眉吐气，精神振奋。军事情报处凶名赫赫，平时高高在上的唐局长吓得语无伦次，茫然不知所措。

宁志恒没有再理睬王茂才，转身对唐局长说："唐局长，你手下的警长王茂才身份可疑，牵扯进重大案件，我们要带回去仔细审查。"然后又指了指身边的刘大同，"我看这个刘大头办事还算牢靠，就顶了这王茂才的缺，你看怎么样？"

早就吓得手足无措的唐局长，顿时感觉活了过来。这个宁队长有要求就好啊，看来他没打算把自己卷到这个案件中去，这是要放自己一马呀！他顿时心中大定，赶紧忙不迭地答应道："是的，是的，刘大同一向精明干练，绝对是个人才。我一直都很看好他，还是宁队长您慧眼识人哪。这样，档案和手续我马上办理，今天！今天他就走马上任，担任警长职位！"

一旁的刘大同听到这话，眼睛瞪得溜圆，心头狂喜。他马上挺身立正，向宁志恒敬礼道："谢宁长官栽培，我刘大同一定肝脑涂地，万死不辞！"

宁志恒笑道："谢我干什么，这是你们唐局长的栽培。"

刘大同心领神会，转身又向唐局长敬礼道："谢唐局长栽培！"

唐局长不敢拿大，一脸赔笑地说："刘警长是个人才，其实我早就想找个机会提拔你，现在好了，宁队长看中的人更是不会错。哈哈哈！"说罢，伸手拍着刘大同的肩头，完全是一副和颜悦色的亲热表情。

这次刘大同的事情算是解决了，宁志恒不愿再搭理唐局长。自己出动这么大的阵势，就是为了给刘大同撑场面，让他以后在警局里没人敢掣肘，也方便他以后行事。

很快，几名狱警把那两个人贩子提了出来。两个人已经遍体鳞伤，几乎是被人半拖着架了出来的。宁志恒看了看两旁，招手示意队员赵江，说道："你带四名队员押送这两个人，坐今天的火车赶往杭城，送交杭城工务局局长陈广然府上。这是地址！"

赵江是宁志恒比较看好的队员，头脑灵活，反应迅速，是个不错的人才。宁志恒掏出一张信纸，将陈广然府邸的地址写下来，然后又取出一沓钞票交给了赵江，叮嘱道："路上别委屈自己，该花的钱就花。到了陈局长那里，他肯定不会让你们空手回来，必有答谢，全算是兄弟们的辛苦钱！"

赵江一听，高兴得心花怒放。宁队长做事就是敞亮，做事不亏待手下。其他队员一听也都眼睛一亮，盼着赵江点自己的名。赵江没有犹豫，点了其中四个队员的名字，押着两个人犯迅速离开。

事情办完了，宁志恒交代了刘大同几句，下令收队。

宁志恒先是去找卫良弼，商量该把王茂才关押在何处，因为他毕竟不是要犯，不能送往刑讯科。

卫良弼听到宁志恒想要个地方关押人犯，也大致明白了是怎么回事，笑着说：“巧了，前不久刚收缴了一套房产，本想给队员住宿用，这下正好给你关押人犯，保证不引人注意！”说完，从抽屉里拿出一串钥匙交给宁志恒。

宁志恒也没客气，收起钥匙走出办公室，正好碰见王树成带着执行监视任务的六个队员回来。

“队长，黄辉已经释放了，人也都撤回来了！”王树成报告道。

宁志恒点点头，看了他们一眼，心想：这次破获案件王树成和这几个队员也出力不小，应该对他们几个有所补偿，正好王茂才这只肥羊送上门来，干脆交给他们来审，也算是一种奖励吧！

于是，他对王树成说：“树成，现在给你一个好差事。今天带回来一个人犯，你带着他们几个人把人犯关押到这个地方，好好审一审，最主要是把他的赃款去向问出来，事成以后我有重奖！”

说完，将房产钥匙交给他。王树成一开始没听明白，可转头看到身后几个队员脸上笑嘻嘻的表情就明白了。他也不矫情，接过钥匙点头称是，高兴地领命而去。

事情现在暂时告一段落，宁志恒着手准备调查工作。他虽然手里有线索和画像，但不打算像上次那样大张旗鼓地对南京所有户籍进行排查。原因就是查户籍效率太低，投入的人力物力太高，排查范围太大。上次的排查花费大量的时间、精力锁定了几十个嫌疑人，可最后还是通过黄包车夫提供的线索找到的黄显胜。

还有就是上次不知道黄显胜是军人身份，无奈之下才采取笨办法，在大范围内搜索、排查。这次的目标线索非常清晰，况且如果目标没有在南京购买房产，地方户籍上也不会有记录。这种做法很有可能做无用功，白费力气。他决定只在军中秘密搜索。第十一师高层洗牌的结果还没出来，宁志恒可以稍稍缓口气儿。

可是没想到事情还是一股脑地找了上来，不过都是些好事。

第二天上午，黄副处长把他招到办公室，将他的晋升令通报给他，温言鼓励，并亲自给他更换军衔肩章。按说一个尉级军官的晋升根本用不着黄副处长亲自安排，只是黄贤正副处长对宁志恒非常欣赏，这才亲自出面。这也让跟随他多年的余秘书暗自吃惊，对宁志恒开始另眼看待！

宁志恒晋升为中尉，卫良弼马上决定为师弟摆庆贺宴。他把全组三个行动队的十多名基层军官都召集在一起大摆宴席，也正式把宁志恒介绍给大家。

宁志恒一出校门，就有接连两次漂亮的行动，其他两个行动队军官们都有所耳闻，再加上顶头上司卫良弼的面子，大家都是高高兴兴地赴宴，个个笑逐颜开，皆大欢喜。

第一行动队队长雷宜春，第二行动队队长吕扬，都是上尉，也是军队中提拔上来的。他们这些人很清楚，宁志恒这个黄埔军校毕业生前程似锦，只怕不用几年就会成为他们的长官。他们都是世故练达的人物，所以酒席宴前对宁志恒称兄道弟，很是亲热。

紧接着，又是黄副处长的老部下崔国豪晋升为中校，并正式担任装备科组长。崔国豪同样大摆筵席，把亲近的军官都请了来，大部分都是黄副处长一系的自己人。卫良弼和宁志恒当属重中之重。

宁志恒这才知道，保定系在军事情报处确实实力雄厚。除了情报科以外，各个科室都有保定系人员，大都握有一定的实权。酒席宴后，崔国豪给卫良弼和宁志恒一人一个公文包，里面各装有十条大黄鱼，谢礼确实不菲。

从杭城回来的赵江等人带回了陈广然的回信。信中陈广然表示由衷的感激，并盛情邀请宁志恒回乡后去家中一叙云云。从赵江等人喜笑颜开的样子就知道，陈广然给的辛苦钱不是个小数目，也让他们对这位宁队长的态度更加殷勤。

对王茂才的审问也很顺利，还没有上厉害的手段，精神已经崩溃的他彻底交代了以往做的恶事。据王树成说，其家产也是丰厚得很，可想而知这些家产是怎么攒下来的。

接下来的几天，情报科都有抓捕行动，行动科必须配合，搞得宁志恒根本抽不出时间进行调查。宁志恒不想再拖下去，就直接去找卫良弼。

"师兄，听说第十一师的事情已经调整得差不多了？"

卫良弼点点头说道："师团以上的军事主官都换了，动作很大。"

"那这段时间我打算接着调查第十一师的军官档案，你帮我申请手续吧！"宁志恒迫不及待地说，"还有，这次我打算单独去查，这段时间第三行动队的队务就交给石鸿处理吧！"

卫良弼扫了眼宁志恒，看出宁志恒手里应该有隐约的线索，只怕是不能确定目标而已。"志恒，不管你有什么计划，我都会支持。只是不要冒险，真有需要人手的时候记得跟我说！"卫良弼诚心说道。他担心宁志恒独自侦查会遇到突发的危险，真心不想师弟出意外。

宁志恒心中一阵感动，他能听出师兄的真诚关心，但是他还是不能向卫良弼透露消息，否则以后很难解释清楚。"师兄放心吧，我只是先做前期调查，真有需要人手的时候我再和你说。"

手续很快办理好。宁志恒驱车赶往第十一师驻军所在地，一进师部大楼就能感觉出这里紧张的气氛。每个人表情都很严肃，相互之间都是点头即止。大厅和楼道里几乎没有人走动，大多都是老老实实在自己的办公室待着，好像生怕惹上祸事。

宁志恒知道，这些天整个第十一师风云翻转，人人自危。他没有多停留，直接找到档案室递交手续。

"宁志恒，军事情报处行动队长，这是手续。"档案室的负责人是位三十多岁的女军官，看上去气质、风韵都很不错，只是看到手续后，知道宁志恒是专门来调阅军官档案的，神情有点慌张。毕竟现在正是多事之秋，大家都担心这场风暴会波及自身。军事情报处来人调查，怎么会有好事情？

"宁队长，请稍等，我需要核实手续。"女军官小心翼翼地说道。

"当然，一切按程序来！"宁志恒看出自己的身份给女军官带来一些不安，温和地说。

很快，女军官打电话和上级核实了信息，将宁志恒领进档案室。

第十一师是直属中央军，人员编制充足，满编一万多人。这些人的档案足足存放了两个大厅，隔板和书架上面满满当当地摆放着档案资料。

"请把校级以上的军官档案都取出来，我要重点调查！"

女军官轻车熟路地将宁志恒所需要的档案取出来，厚厚的一沓放在桌上。

好在宁志恒目标明确，又有画像在手，查阅起来也很快。

可惜花了一上午时间，翻遍全师校级军官的档案，竟然没有一个和自己脑海中的形象相吻合。

宁志恒生怕女军官取出的档案有遗漏，再次问道："请问您贵姓？"

"我姓罗，罗淑瑜！"女军官小心地回答道。

宁志恒见罗淑瑜的神情明显有些紧张，便放缓语气说道："罗上尉，你的军衔比我高，我只是例行调查，你不用这么紧张。"

罗淑瑜尴尬地一笑，说："你们军事情报处向来都是见官大一级，我能不紧张吗？"

"罗上尉，我就直说了，这些资料里头没有我想要的东西，是不是还有遗漏的资料？"宁志恒问道。

"我保证，这是所有校级以上军官的全部档案！"罗淑瑜赶紧申明。

"那好，我再问你。你回忆一下，这几年内有没有校级军官的档案调动过？如果有，你应该会有记录吧？"

宁志恒觉得眼睛不能光盯在第十一师，也许这个鼹鼠在这几年间调动了工作。但是只要调动，那么他的档案也必须随之调动，罗淑瑜作为档案室的负责人，说不定会有印象。

罗淑瑜想了想说："档案调动肯定会有记录的，我这里有近三年以来档案调动的记录，其中应该有校级以上军官的调动记录。我这就去拿！"

只要有记录就好办，宁志恒最怕的是在这里查不到线索。他就自己一个人，就这么一个部队一个部队查下去，实在太耗时耗力了。他还是觉得这个鼹鼠应该跟第十一师有很大的关系，最起码以前在第十一师任过职。最好能够根据查询的资料有的放矢地查询，缩小搜查的范围。这才是最省事、最有效的方法。

罗淑瑜将三年来的档案调动记录全部取出来，给宁志恒一行一行地仔细对照。可惜这只是调动记录，详尽的档案已经被调走了，看不到照片，不然目标会更清晰。

他拿起笔来，将有调动记录的十四名校级军官的名单，包括调动的去向单位都一一记了下来。现在目标暂时缩小到了这十四个人身上，他接下来需要做的就是去这些部队单位一一核实。

事情已经办妥，他收拾物品，微笑着对罗淑瑜说："罗上尉，谢谢你的配合。我仍然要强调一下，这次所调查的内容均属军事机密，我想你明白我的意思。"

　　罗淑瑜连忙点头，应道："宁队长放心，我是做档案管理的，自然明白保密条例。今天你和我谈话的任何内容，都不会传到第二个人耳朵里。"

　　宁志恒微笑着点头道谢，告辞离开。

　　宁志恒仔细整理了一下手里十四名校级军官的档案调动记录，发现有八名校级军官的调动去向不在南京，而是在外地驻扎的军队，剩下六名的调动去向都在南京本地。他当然应该优先查询这六名军官的去向。

　　接下来的两天时间，他马不停蹄地赶往这六名校级军官所在的军队驻地。终于在第四师档案室找到了他要找的档案。他拿起眼前这份档案对比着档案上的照片，确认这就是他连日来苦苦寻找的目标。

　　林慕成，现年三十岁，少校军衔。两年前从第十一师师部参谋的岗位，调至第四师担任师部机要秘书。此人是黄埔军校第七届毕业生，与卫良弼同届，说不定二人还相识。

　　引起宁志恒注意的是，此人档案上显示其父亲的名字是林震。如果宁志恒没有记错的话，有一位军中保定系大佬的名字就是林震。再看其父亲的职位，果然，林震是第三军副军长。

　　宁志恒不禁有些犹豫。此人表现优异，历年的评比都是优等，再加上身家清白，尤其是背景深厚，不是轻易能动得了的人。想动他，必须有极为确凿的证据，甚至有了确凿的证据，都不一定动得了他。

　　宁志恒曾经设想过，如果此人一直蛰伏下去，无法找到他的破绽，他就干脆找个机会私下拿下他，然后进行严刑拷打。毕竟他可以确认这个人就是鼹鼠，不怕冤枉了他。如果再顽抗，最后不行就下狠手除了他，并窥探临死前的记忆画面，他相信一定能有所收获，借此机会寻找出其他暗影小组成员的踪迹。

　　可现在看到这些资料，他只能打消这些念头。林慕成身后的背景极为强大，如果他不计后果，贸然行动，只要有一丝的疏忽，一旦被人反制，他将万劫不复。那么现在硬的不行，就只能来软的。从暗处顺着林慕成这条线，找出暗影小组全部成员。至于这个林慕成，他需要慎重考虑一下，不到万不得已，不打算去抓捕他。毕竟他本人就是军中保定系的成员，自己的老师贺峰也是保定系的骨干。不到万不得已，绝不能得罪林震这个大佬。

那么，这次有没有必要去啃这个硬骨头呢？退一步想，实在不行就把他留下来，当个暗棋使用，也是可以的嘛！

宁志恒知道这世上很多成功的案例，都不是尽善尽美的，不乏曲折和妥协。只要最终目标达成，一些细节上的成败并不重要。

他暗自记下了档案内容，同样告诫第四师档案室的负责人，重申此次调查行动为军事机密，然后故作一脸失望地离开。

回到军事情报处，他第一时间给刘大同打电话。

晋升为警长的刘大同，有了自己独立的办公室。这待遇，连宁志恒都享受不到，他现在还要和石鸿他们挤一个办公室呢！这几日刘大同就像是在做梦一样，所有人对他的态度都来了个一百八十度的大转弯。跟随他多年的兄弟们自然不用说了，个个扬眉吐气，他们小队的巡警几乎都让他调到手下当了治安警。对此，唐局长连个"不"字都没说，一口一个"刘老弟"，叫得那叫一个亲热！

那些平时都没有正眼看过他刘大同的人，现在离老远就扑过来，笑容可掬，各种各样的阿谀奉承扑面而来。刘大同这一辈子就没有这么风光过，意气飞扬，陶醉其中。

现在谁不知道他刘大同身后有着一座大靠山——军事情报调查处，当警察的都清楚这是什么样的部门！能够有这样的倚靠，在这个警察局里，他完全可以横着走了。

现在这间办公室就是唐局长特意给他挑选的，是警察局里最宽敞明亮的一间办公室，当然还装有专门的办公电话。

此刻他正舒舒服服地靠在自己的办公椅上，手边沏好的香茶还冒着丝丝热气，手中叼着香烟吞云吐雾，好不惬意！

电话铃声响起，他慢条斯理地拿起电话，可听到电话那头传来的熟悉声音时，顿时浑身一激灵，一下子从椅子上弹跳起来，忙不迭地应声道："宁长官，是我，大头！您有什么吩咐？"

"大头，电话不能细说，你马上到军事情报处门口的茶楼等我，我有事安排你做！"宁志恒说。

现在有电话就是方便，不过具体的案情不能在电话里细说。军事情报处的办公电话，都要通过电信科的转接，有时候还会有不定期的监听。

宁志恒从办公桌抽屉里取出公文袋，里面装着几张林慕成的相片。匆匆赶到军事情报处门口不远处的一处茶楼，宁志恒径直上了二楼，找了个靠窗的雅间，叫了壶茶，慢慢地等着刘大同的到来。

第十一章
大鱼上钩

大概半个小时后，刘大同急步进了茶楼。看见宁志恒在二楼向他招手，赶紧快跑几步上了楼。

宁志恒示意刘大同坐在对面，亲手给他倒了杯热茶。刘大同受宠若惊，他刚要起身，被宁志恒摆手拦住。

"怎么样，走马上任这几天，感觉可好？"宁志恒看着满面春风的刘大同说道。

"好，说不出来的好！宁长官，你不知道，我这几天就像是在做梦一样，走路脚底下就像踩了棉花，身子发飘，想不到我刘大头也有今天！我媳妇说我家祖坟冒了青烟，得了您的抬举，总算是熬出头了！"刘大同轻轻地抿了一口茶，心情舒爽地说道。

"这也是你应得的。不过大头，高兴几天就好了，可别得意忘形。尤其是做事要有底线，钱可以拿，但是不能做恶人、做恶事，不然我可第一个饶不了你！"宁志恒觉得应该点一点他，不要忘乎所以了！

"宁长官，请您放心！我刘大头可是跟王扒皮那个浑蛋不一样，我是土生土长的本地人，身边的亲朋好友、街坊邻居，都是打小看着我长大的。我要是敢做丧天良的事，不用您动手，身边的唾沫星就把我淹了！说白了，都太熟，下不去手啊！哈哈！"刘大同嬉皮笑脸地说道。他这个人虽然圆滑，但骨子里却是有善心的，这点宁志恒倒是相信。

宁志恒也被他逗笑了。这个刘大头就是给件龙袍也当不了皇帝的主儿。

"不说闲话了，这次找你来，还是为了案子的事。"宁志恒笑着摇摇头，开始说正事。

听到宁志恒要谈案子，刘大同也严肃起来，仔细听着。

"这是这次的目标！"宁志恒将公文袋放在他面前。

刘大同拿过公文袋，打开后看到又是一张素描画像。他知道这又是宁长官的手笔，心里真是由衷地佩服。

"和上次一样，找到他吗？"刘大同不确定地问道。

宁志恒摇摇头，说："不用你们找，我已经找到了。"

刘大同愣住了。既然找到了，那就抓人吧！这可是军事情报处的专长，里面都是行动的高手，自己能帮什么忙？

"这次的目标不能抓。不仅不能抓捕，还要密切监视，且绝不能惊动他，所以我需要大量的人手，盯住他的一举一动！简单地说，就是这个人一天到晚每个时间段，在做什么事，去了什么地方，接触什么人，都要尽可能地查清楚。你手下有人吗？"宁志恒问道。

这可不是一件简单的事，需要投入大量的人力，还不能让目标察觉，这也是讲究技巧的，他不确定刘大同能不能做到。

宁志恒手底下的行动队员不可能都投入这件案子。行动队的工作忙起来也是脚不沾地，毕竟它的任务就是外勤行动。而且这些人抓人是行家，搞跟踪盯梢就不行了。他们个个体形彪悍，抬腿动足军人气息十足，和普通人都不一样，指望他们更不行。

军事情报处里的情报科倒是有不少这方面的行家，可这情报科都是处座的嫡系，别说是自己这个小小的中尉，就是黄副处长都指挥不了他们。再说他也不可能把案子上交给情报科，毕竟这是他用来出彩表现的又一次绝好机会。

"您还别说，要是几天前我不敢说能做到，可现在真是没有什么问题。您知道吗，这几天不少人上赶着投靠过来，我接手了不少。王扒皮手底下还真有些人才，有不少专干这些偏门的家伙。您就瞧好吧！"刘大同胸脯一拍，自信满满地说道。

宁志恒感到有些意外，怪不得刘大同摇头晃脑地显摆，看来手下实力增强了许多，自信心爆棚啊！这刘大同的实力增强也就等于宁志恒的实力增强，以后做事情就更方便了。

"王扒皮的手下？这些人可靠吗？"宁志恒出于本能地表示怀疑。他接触人的第一反应就是怀疑，这是他生性多疑的性格决定的。有人说性格决定命运，这句话还真是有道理，可以说宁志恒今生加入军事情报处真是适得其所，没有入错行！

刘大同被问得愣住了，而后脱口说道："这些人用来做事还是可以的，再说有您这大神镇着，他们都想着能得到您的赏识呢！"

宁志恒点点头，接着说道："挑几个精明的跟着我，咱们先远远地跟几天，千万不能打草惊蛇，宁肯跟丢了也不能惊动目标，这是原则！记录下行动规律后，在他的每一个停留点都安排人手轮流交替跟踪，不要一个人傻跟到底。最好也在停留点安排几辆黄包车，车夫从车行里挑选一些可靠、嘴严的。我要知道目标每一分钟都在哪里、在做什么，上次那个户籍警陈延庆，我看这个小伙子就很不错，做事有条理、有脑子，是个人才，这件事让他也参与进来。"

刘大同一听就知道，陈延庆因为上次调查入了宁志恒的眼。他心里很高兴，这个小兄弟能得宁长官的赏识，将来前途大好啊！

两个人分手后，刘大同很快召集人手，当天下午就带了六个人又来到茶楼见宁志恒。其中就有上次见到的陈延庆和刘永，还有四个警察局里的警员。这些人那天都目睹了宁志恒狠厉的一面，对这位宁长官都是敬畏有加。

"熊鸿达、宫季安、侯成、温兴生，这几个人都是机灵人。熊鸿达和宫季安都是治安警里面的高手，有小偷小摸的案子都是他们办。侯成、温兴生以前是跟着我当巡警的，街面上的事都很熟，有什么事您交给他们办，肯定没问题！"

宁志恒看到这几个人都很精干，点点头说道："大头把事情都交代了吧？"

几个人赶紧点头称是。能有机会跟着眼前这位大佬做事，这绝对是个难得的机会。

"那好，长话短说，我要强调的是，和你们以往接触的治安案件不同，我们军事情报处接手的案件都是大案要案，所有行动要绝对保密。上不告父母，下不告妻儿！嘴巴里要有把门的，不然有谁泄露了情报，后果自负！这次行动由我亲自带队，刘永负责安排黄包车的调派。黄包车夫都挑选好了吗？"

刘永赶紧上前说道："都选好了，总共有十七个，没有一个是单身汉，都是有家有口的本地人。他们道路熟，口风也紧，我都已经特意交代好了，谁都不敢多嘴坏事！"

"他们都是家里的顶梁柱，全家人都指着他们每天拉活糊口。这次的行动时间不会短，这样，每人每天都是两元钱，有重大立功表现的，重金奖赏。"

刘永一听高兴地说："宁长官就是想得周到，只是这补贴也太多了，赏他们几个也就是了，他们一天跑到黑才能挣几个铜子。"

宁志恒这确实是重奖了，一个黄包车夫就是一天不停拉车也挣不到一元，最多也就几十枚铜圆。宁志恒又和众人商量了一下细节问题，才各自散去。

林慕成虽然是家中长子，但是没有成家，这在民国这个时代是比较少见的。他也没有和父亲一起居住，自己在南京城北的一处独院居住。和北华街相隔两个街区，不算太远。

一大早，他洗漱完毕，收拾好公文包，清点自己的物品。他是个很细心也很自律的人，做每件事都极有条理，不慌不忙。

他像往常一样出门去师部上班。第四师师部距离他的住处有不短的一段路程，他每天都习惯坐黄包车上下班。

出了门，看见街口处有几个黄包车夫正在等活儿，林慕成习惯性地一招手，一个等候已久的车夫以最快的速度拉着黄包车赶了过来。

"先生，您去哪儿？"车夫殷勤地问道。这个黄包车夫三十多岁，皮肤黑黄，辛苦熬炼的脸上已经过早地爬上了皱纹。

每当林慕成看到这些生活在底层的苦力，心里都会泛起一丝同情，每次他都会多付一点车费。

"去正南湖！"林慕成说道。第四师的师部就设在正南湖边。

"好嘞，您坐好了！"黄包车夫答应一声，待林慕成上车坐稳，利落地拉起车就走。等他们拐过街口，一直在暗处观察的宁志恒轻声吩咐道："侯成、温兴生，你们两个人各自带一辆黄包车跟上去，距离不要太近。街口留一辆车等候。"

说完，又看向身边的刘永，刘永会意地说道："去正南湖的沿途都分批定点安排了人手和黄包车，陈延庆他们都已经到位！"

宁志恒点点头，掏出一个笔记本在第一页空白处开始下笔记录。

长时间的跟踪目标，是一件艰苦而枯燥的事情。宁志恒要花费大量的精力，在目标林慕成身边编织一张无形的网，密切监视他的一举一动。

可是时间一天天过去，整整一个星期过去了，却是一无所获！

宁志恒掐着指头算了算，这已经是收到收音机编码的第十五天了，按照这个时间计算，这个林慕成收到潜伏的指令也应该有十五天了。

这么长的时间，已经足够让日本特高课本部发现黄显胜被捕了。既然找到了风车失联的原因，以日本情报机关的效率，现在应该采取第二种方式启动情报员，进行暗影小组重组工作。

那么，现在日本特高课本部会以什么方式启动林慕成呢？他不得而知，只能尽力监控。林慕成是黄显胜亲自发展的下线，黄显胜被捕后有没有把林慕成出卖，这也是特高课本部需要甄别和确认的一件大事。

宁志恒判断近期一定会有人来对林慕成进行甄别，对林慕成身边出现的每一个人都抱有怀疑，所以他才投入这么大的人力进行全方位监视。

林慕成的生活非常有规律，工作日白天的行程就是家和师部，几乎没有去过别的地方。

在师部，宁志恒无法进行监视。不过，他不认为日本特高课有这么大的能量，能随时安插人进入中央军主力师的师部进行人员甄别工作。如果他们真能做到这一步，那宁志恒也就认了！

现在他尽可能地监视林慕成的生活日常。林慕成离开单位后，晚上一般都在家附近的一家饭店吃饭，然后每星期一、三、五去乐道遥舞厅消遣，一直到晚上十点左右回家。不过这一个星期他都没有在外面过夜，也没有带舞女回家，相对于他的身世背景来说，这生活习性还是比较自律的！

林慕成周末的时候回父亲林震家吃午饭，下午去陆军军官俱乐部打牌下棋，晚上依旧去乐道遥舞厅，十点钟之前肯定回家。

去舞厅的时候，都是陈延庆换上宁志恒专门给他购置的服装，西服笔挺地进入舞厅进行监视，眼睛几乎没有离开过林慕成的身影。可是每一次林慕成找的舞女都不固定，可以看出都是兴之所至，随意而为。为这，宁志恒还特意调查了乐逍遥舞厅中林慕成所接触的几个舞女的情况，但是也没有发现什么异样。

去陆军军官俱乐部监视，是宁志恒亲自出马。这些人里只有他的证件才能进入，可是也没有什么特别的发现。和林慕成打牌下棋的军官都没有和林慕成单独相处的时间，不可能有任何私下的联系。

至于他家中的用人，只有一个五十多岁的老妇人，调查结果也是没有问题。老妇人是他从父亲家里带出来的，身家背景都很清楚。

不过，宁志恒极有耐心，他已经做好了打持久战的准备。林慕成身居机要秘书这个关键性岗位，绝对会是日本间谍部门最看重的情报员之一，不可能就这样放置不用，潜伏期肯定不会长。甄别工作或许已经开始，只是自己没有察觉吧！

这样又过了三天，也就是对林慕成的监视进入第十一天的正午，宁志恒正在距离林慕成家不远处的一间房里仔细检查手里的跟踪记录。

这间房是临时租住的，成为宁志恒的临时指挥所，主要是因为这里和林慕成的家很近。宁志恒这段时间都住在这里，也方便他就近对林慕成进行监视。

记录是宁志恒亲手整理的，内容很详细。林慕成每个时间段在做什么，和什么人接触，甚至说了什么话，都事无巨细一一列出，尽可能地详细。

这时刘永急匆匆地走了进来。宁志恒一看他的脸色就知道有情况。

"宁长官，刚才发现了新的情况，有人和我们一样在跟踪林慕成！"刘永头上冒着细细的汗珠，显然是刚有消息就赶过来报告的。

"什么情况？慢慢说！"宁志恒示意他不要着急。

"今天是星期天，林慕成没有去上班，一大早出门就去了他父亲家。上午就从他父亲家出来，坐了咱们安排的黄包车，本来熊鸿达正准备跟上去，没想到突然出现了一个陌生人，也要了辆黄包车，还跟车夫说不要拉得太快，远远跟在林慕成的车后面。他不知道林慕成父亲家附近的黄包车都是咱们的人。当时熊鸿达就在旁边，听得很清楚，就赶紧让人通知了我，他自己也带车跟上去了！"刘永一边抹着头上的汗一边快速说道。

宁志恒听到这里，一下子站了起来。盼了这么多天的人终于来了，日本人可真有耐心啊，足足让他等了半个月。不过好饭不怕晚，他布置的这一桌酒席，终于有人来赴宴了。

他急忙问道："现在这人在哪里？"

"一直跟在林慕成后面，现在应该在文昌街一带打转，看林慕成的样子是要买什么东西。"刘永回答道。文昌街是南京有名的商业区，街面上有很多商铺店面。

"那里地形复杂，人流量大，很容易把人跟丢了。走，我亲自去跟，见一见咱们等了这么久的客人！"以宁志恒的耐性都按捺不住了。

和林慕成这个半路出家的间谍不一样，能被日本特高课派来执行甄别任务的，肯定是个老练的特工。宁志恒怕手下经验不足，跟得太紧了，反而惊动了对方。这可是他用林慕成这个鱼饵好不容易钓上来的大鱼，绝不能让他跑了！

宁志恒带人很快赶到了文昌街附近，远远就看见宫季安正等在街口。看见宁志恒出现，大步迎上来。

"宁长官！"

"人呢？"

"林慕成就在前面的裁缝铺子里，看样子要定做一件衣服，这个铺子是专门定做西服的。那个盯梢的人在对面买了碗馄饨，现在还没离开，绝对是在盯林慕成！熊鸿达一直吊在后面，这里人太多，黄包车有些显眼，我让他们暂时都散开了，有六辆黄包车在街口附近待命。您看现在怎么办？"宫季安也是个办案的老手，把事情安排得很有条理。

"通知下去，从现在起，放弃对林慕成的跟踪，集中全部精力盯住这个新客人,这才是我们要找的大鱼！"宁志恒没有半点犹豫。如果再跟踪林慕成，很容易被这个人发现，雀鸟一旦被惊就会飞走了。

这位客人应该是负责整个暗影小组甄别和重启工作的，不知道他有没有在此之前接触过别的小组成员。但出于黄显胜的原因，对林慕成的甄别工作肯定是最严格的。

宁志恒示意众人散开，自己慢慢向前靠近，果然在一处裁缝铺子的对面，看到一处馄饨摊，摊前有三位顾客正在吃馄饨。其中一桌是一男一女，边吃边聊很是亲热，明显是一对夫妇。而另一个男人就是刘永嘴里所说的客人了。

宁志恒眼力极好，隔着老远却看得一清二楚。这名男子容貌普通，面色红润，一身青衫长褂，黑色布鞋，三十多岁的样子，在人群中没有丝毫出众之处。如果不是宁志恒提前知道他的身份，一眼看过去，还真看不出什么问题。

宁志恒选了最靠里面的位置，身子背靠墙根，这样他可以清楚地看到对面裁缝铺子的门口，和街面上来往的人流，别人却很少能注意到墙根处的他。面前放了一碗馄饨，可他吃得很慢，偶尔不经意地抬起头来，眼光轻轻掠过裁缝铺子。

宁志恒悄悄挥手示意，让不远处的熊鸿达再离得远些。熊鸿达在旁边的旧书摊上顺手拿起一本旧书翻看起来。

时间不长，林慕成从裁缝铺子里走出来，四下张望了一下，迈步向内街走去，看情形还要逛逛街。盯梢的中年人用眼睛的余光扫过，不慌不忙地将最后一个馄饨咽下肚，将两个铜板放在桌上，起身跟了上去。

宁志恒此时身边有刘永、熊鸿达、宫季安，他微微侧头示意刘永一个人先跟过去，其他人远远跟着，准备随时交换。经过严格训练的间谍，他们的短期记忆都会非常好，身边的人如果有重复照面的，很快就会察觉到。

林慕成逛了没多久，赶到中午的饭点进了一家西餐馆。

那个中年人看了看身上的长衫和黑色布鞋，觉察到这样的打扮进西餐馆实在太显眼，就没有进去，只做随意状又在附近徘徊。

跟踪监视是很讲究技巧和耐心的一项工作，尽管宁志恒是个细心人，但他毕竟没有经过系统的训练。至于他手下这些人，除了熊鸿达和宫季安还有些经验，其他人在细节问题上还是有漏洞的。

宁志恒觉得必须找一个真正有经验的老手来帮助自己，师兄卫良弼在军事情报处这么长时间，手下也许会有这样的人才。他打定主意，决定今天就回军事情报处向卫良弼找外援。

林慕成吃完饭走出西餐厅，中年人不紧不慢地跟在后面。林慕成没有丝毫察觉，而宁志恒安排好人手远远跟着。

下午，林慕成和往常一样去陆军军官俱乐部打牌下棋，晚上倒是没有出门。

中年人到了吃晚饭的时候终于放弃跟踪，叫了黄包车离去。当然，黄包车夫是宁志恒的人。

很快，那个车夫回来了。

"怎么样？这个人的落脚点在哪里？"宁志恒问道。

"就在城东的一家宾馆，离这儿不远，长官。我不识字，具体叫什么我不知道。刘掌柜他们还在那里盯着，让我回来通知您！"车夫干搓两只粗糙的大手，有些尴尬地说。

宁志恒微笑着说："干得不错，一会儿带我去那个宾馆，这是赏你的！"说完，宁志恒就把二十元纸钞放在桌上。

车夫眼睛瞪得老大，恭恭敬敬地用双手取了钞票，嘴里不停地说着："谢谢长官，谢谢长官！"

宁志恒对身后的陈延庆说："你今晚就在这里守着，无论林慕成有什么动静都不要管，只需要记录就可以了！这个盯梢人明天还会来监视林慕成，咱们只要守在这里，就不怕他飞了！"

陈延庆点头，送宁志恒出门。等宁志恒坐上黄包车，车夫就使尽浑身解数，拉起车来又快又稳，赶到了盯梢人的落脚点。离着老远宁志恒就下车，按照黄包车夫的指引来到宾馆门口。这个三层楼的宾馆叫"云来宾馆"。

他走进门，一个四十多岁掌柜模样的人迎上来，招呼道："先生，您是要住店哪！本店干净卫生，还有热水伺候，价钱公道，包您满意！"

这时，不知道从哪里钻出来的刘永对着掌柜的说："掌柜的，你别招呼了，这是我兄弟来找我了！"

说完，他给宁志恒使了个眼色，宁志恒也不多话，跟着他上楼来到二楼一个房间。

进了房间，宁志恒看见熊鸿达和宫季安已经在等着他了。见宁志恒进屋，两人赶紧站起身，刘永在身后将房门轻轻关上。

宁志恒低声问道："人现在在哪儿？"

熊鸿达压低声音说道："就在我们这个房间的对面靠东第三个房间里。人一回来就再没出过门，我们就开了这间房，守在这里！"

"做得好，等会儿去柜台那里，查明这个盯梢的客人住进来的具体时间，晚上轮流监视，不能掉以轻心！"宁志恒想知道这个盯梢人是什么时候来到南京的，这个时间很重要。

如果是昨天或者今天才入住，那就说明他一到南京直接选择跟踪林慕成，对其他暗影小组成员的甄别工作还没有进行。如果是已经来南京有一段时间了，那他在今天之前都做什么了？应该是和其他暗影成员接触过了。

熊鸿达点头答应后出门去查询，他有警察的身份，是常做这种事的。

不一会儿他回来了，向宁志恒报告道："问清楚了，登记的名字叫崔海，十二天前就入住了。这些天他早出晚归，每次出入都是一个人，也没有人来找过他，来的时候就带着一个行李箱。"

十二天前？也就是说日本特高课本部反应的速度非常快，几乎就是在发出让暗影小组成员潜伏的命令之后，就派出了间谍崔海进入南京，对成员进行甄别监视了。这十多天足够他做很多事情了。抓捕风车和木偶的行动都不是秘密的，尤其是抓捕风车的行动，把整个北华街都翻了个遍，是个人都知道了。而木偶的住处被搜查后，还住进了六名队员。这些人住了那么多天，根本瞒不过附近的人，只要稍稍下点功夫，查明这些都不是问题。

如果宁志恒没有猜错的话，作为被黄显胜发展的下线，嫌疑最大的林慕成肯定是最后一个被甄别的对象，而其他成员应该已经通过甄别，重启成功了。

宁志恒干脆在旁边再开了一个房间，几个人轮流盯了这个化名崔海的间谍一晚上。不过崔海一晚上就出来打了一次开水，没有别的动静。

一大早，崔海又出门赶往林慕成的住处。当然，宾馆门口刘永早就安排了几辆黄包车，崔海的行踪都在他们的监视之下。

宁志恒本想趁机潜进崔海的房间搜查一下，可是仔细想一想还是放弃了。

宁志恒觉得自己没有把握做到潜进屋内而不留下一丝痕迹，还是得找一个专业技术高超的老手来做这件事情。自己贸然动手，只会打草惊蛇。

他留下宫季安守在宾馆里面，门口留了两辆黄包车，观察有没有陌生人来宾馆找崔海接头，其他人都跟着去盯崔海的行踪。

宁志恒急匆匆赶回军事情报处，直接敲开卫良弼办公室的门。

刚刚上班的卫良弼看着十多天没见的宁志恒，稍微一愣，给他倒了杯茶水，打趣地笑着说道："这些天你神神秘秘的没露面，再不回来我就贴寻人启事了！"

"我这是孙猴子遇到真妖怪，这不，来找你这玉皇大帝搬救兵了！"宁志恒接过茶水，轻抿了一口。

"哦？"卫良弼的眼睛一亮，语气有些兴奋，"这是有线索了？"

"嗯，有点收获！"宁志恒略显得意地点点头。

卫良弼顿时精神一振，这个小师弟请假出去自己侦查，他心里其实是不抱多大希望的。付诚和黄显胜留下的线索全部断了，不然你以为军事情报处那些个侦破高手是吃素的？

"好样的，志恒，快和我说一说！"卫良弼高兴地催促道。

"我手下收了一些打探消息的暗探，这件事你知道吧？"宁志恒觉得有些事情很难解释，还是干脆都推到刘大同这些人身上，至于卫良弼信不信也就由他，只要最后的结果是好的，相信他也懒得追究。

"这我倒是知道一点，是上次给你提供黄显胜租房消息的那些人？"卫良弼点点头。其实以卫良弼的精明和驭下的手段，第三行动队的事情根本瞒不住他。

前段时间，宁志恒为手下人出头，在警察局看守所提出两个人犯，还抓回来一个肥羊，这些事情宁志恒并没有瞒他。

"你手下这些人还真是能干啊！难道这次又是他们发现的线索？"卫良弼有些惊讶。要说在外面安置暗探打探消息的事情，情报科的那些情报官或多或少都做过。可宁志恒的手下也太能干了，短短一个多月，接连两次发现重大线索。

"师兄，这些人用好了，可是能起大作用的！"宁志恒笑着说，"这次就给了我们一个大大的惊喜！"

"我的手下发现了一个可疑人物，我们查明了他的落脚点——城东的云来宾馆。他在宾馆登记的名字叫崔海，年纪三十多岁，十二天前进入南京，每天早出晚归。我手下跟踪了他几天，可他的警惕性很高。我的直觉告诉我，这个人一定有问题。现在我已经大概掌握了他的行踪，但我手下没有专业的高手，怕惊动了他。不知道师兄麾下有没有这方面的高手？"宁志恒简单地介绍一下情况。

卫良弼的态度当然是支持。宁志恒对他来讲就是福将，上次黄显胜的案子就让他受益匪浅，他感觉这次肯定又是一个难得的机会。

"要说这方面的高手，我手下还真有一个。"卫良弼爽快地点点头，"这人叫邵文光，以前是情报科的上尉情报官，前两年是我外派期间的副手，前段时间我刚刚通过黄副处长把他调了回来。你这段时间不在，我还没来得及介绍你们认识。我正打算给他安排个合适的位置，现在正好让他配合你，如果能借这个机会立下功劳，那我也好为他说话。这个人是搞情报的老手，经验丰富，老实说教会了我很多，就是没有门路，不然现在军衔最少也是校级了。"

"太好了！有这样的高手加入，这次的行动一定会成功。赶紧安排吧，我现在就需要他的参与！"宁志恒兴奋地说道。

能够让卫良弼花费力气调回军事情报处总部的人，一定是有能力又可靠的人，现在宁志恒就急需这样的人才。

卫良弼也没有多说，他拿起电话通知了一下，很快敲门声响起。

进来的军官三十多岁，浓眉大眼，面相忠厚，中等身材，一身笔挺的军装穿在他身上却总让宁志恒感到有一丝别扭！

"组长，你找我？"来人嗓音低沉沙哑，一口浓重的西北口音。

"老邵，这是我的师弟宁志恒，也是第三行动队队长，这次就是他找我要的你。现在他手上有个案子遇到麻烦，就辛苦你帮把手！"卫良弼对这位邵文光的能力很有信心，再加上邵文光的年龄大他很多，两个人以前相处得也很融洽，所以他一向对邵文光比较尊重。

邵文光早年就是在军队中搞情报的，后来被挑选进入军事情报处情报科，可因为不是黄埔出身，还有些别的原因并没有得到重用，最后调往外地，一待就是好几年，直到当了卫良弼的副手，这次终于调回总部。

"邵上尉！"宁志恒站起身，向他敬了个军礼。邵文光的军衔比他高，还是卫良弼的得力手下，宁志恒必须表示足够的尊重。

"客气了。组长前几天经常提起你，我今日才见到。志恒，如果不见外的话，就和组长一样叫我老邵好了！"邵文光也回了个军礼，不过明显是个懂事的，随口应答，就将二人的距离拉近了不少。

邵文光在军队和军事情报处这些年都不得志，身上的棱角早就被磨没了。他知道像卫良弼和宁志恒这些军中翘楚，背景深厚，在以后的仕途上都会远远超过他，所以他也不会在宁志恒面前摆老资格。

"好，那我就不客气了。老邵，废话不多说，我这个案子很急，现在就需要你加入进来。不过话说清楚，虽说你的军衔比我高，但具体工作由我主持。没意见吧？"宁志恒觉得有些事情还是要提前说好。

在这一点上，他当仁不让，哪怕是卫良弼的心腹也不行！不然自己花了这么大力气，做了这么多工作，却为他人做嫁衣，怎么可能？

"当然，老邵只是配合你，一切还是以你为主。"卫良弼在一旁说道，这句话也是给邵文光点明了情况。

"放心，这案子本来就是志恒你的，我老邵这点事还是明白的。"邵文光赶紧解释道。

宁志恒回到自己的办公室，又将手下的行动队员孙家成叫了过来。这个孙家成就是那位用短刃对搏黄显胜的队员，他身手不凡，是近身搏斗的高手。宁志恒一直想找个机会跟他好好学一学，可是一直抽不出时间。

宁志恒做事很谨慎，这次行动手下没有过硬的好手，心里总是觉得没有底，万一遇到紧急情况，自己的人身安全还是要有所保障的。这个孙家成就是他一直看好的保镖人选。他是自己的手下，可以直接调动。

孙家成听到宁志恒让他跟着做事很高兴，他对这个年轻的队长很服气。这次能被点名跟随，对自己当然是个机会。

这时，邵文光也换了一身便装出来，宁志恒发现这个老邵穿着这身粗衣短褂比穿那身军装合体多了，看来他平时还是习惯穿便装。瞧他现在这个样子，就是把他放在大街上，也绝对没有人能把他和一个军官联想到一起！

三个人很快赶到林慕成家附近的出租房里，陈延庆还在这里守着。

"现在这个崔海在什么位置？"宁志恒问。

"现在应该在第四师师部附近，他跟着林慕成走了一路。"陈延庆答道。

"这个林慕成又是谁？他和崔海什么关系？"还不了解案情的邵文光不禁开口问道。

宁志恒端过一张椅子，请邵文光坐下，先是把案情给他解说一遍，不过刻意把林慕成的嫌疑淡化了许多。说到底，他还是忌惮林慕成身后的背景，不愿意去碰这个扎手的钉子。他只是说这个林慕成以前是日本间谍黄显胜的同事，自己在例行监视时偶然发现有人跟踪林慕成，于是顺藤摸瓜找到了现在的崔海。

"那志恒你让我来做什么呢？"邵文光听完这话，皱着眉头问道。

"你不用理会林慕成，我现在把目标定在这个崔海身上。据我判断，这个人是案子的关键，他有反侦查能力。我要你做的就是全力盯住他，我要尽可能地知道他的一举一动，以及他都和什么人接触。还有，他在宾馆有一个行李箱，我想你进去搜一下，看能不能找到一些线索。"

"明白了。我看你手下有些人手，把情况介绍一下。"邵文光说道。

"我现在有五个警员做助手，另外还调了十七个黄包车夫随时在周围待命，必要的时候还可以增派人手，这不是问题。问题是这些人都没有和真正的间谍接触过，没有经验，我是怕他们一不小心会惊动目标，那就功亏一篑了！"宁志恒把手下的情况大致说了一下。

邵文光没想到宁志恒的准备工作做得这么细，人手也比他料想的充足得多。看来，之前他小看了眼前这个年轻人！

"我想要这些人的指挥权，我来统筹安排，没问题吧？"邵文光接着问道。

"当然可以，老邵，我让你来就是干这个的，毕竟我接触这行的时间太短了。人我都交给你，只要你盯住目标，绝不能惊动他！"宁志恒正色说道。

邵文光点头不语，算是应承下来了。

事情进展得很顺利，当天宁志恒就召集刘永几个人碰了头，把邵文光正式介绍给大家，并交代以后的监视工作都由邵文光主持。

众人一听，这个其貌不扬的人物也是军事情报处的军官，军衔还在宁志恒之上，都是心中一凛，暗想这人还真是不可以貌相！

从这天开始，邵文光接手监视工作，一天下来，就让众人心服口服。

邵文光没有管黄包车夫。这些人都是本色出演，要做的就是拉车，然后把位置上报就行了，应该出不了问题。他主要针对宁志恒这几个负责监视的人，做出了针对性很强的详细指导。

他拍着宁志恒的肩膀说："志恒，你的背挺得过直，要知道一般人即便是腰背挺直，也是和军人有区别的。军人的腰背挺直是刻意矫正的，说不好听的就是有一种呆板的架势。你应该将头稍微前倾，双肩再放松一些。这些细节一般人看不出来，但是真正观察力强的人一眼就能发现。还有，你腕子上的浪琴手表太显眼了，和你这身衣服不搭配，换一块怀表比较好！"

宁志恒一听，赶紧将手腕上的浪琴手表摘下来。这种表太过名贵，一般人根本戴不起，没想到自己竟然会这么疏忽大意。

邵文光又对熊鸿达说道："你应该有跟踪人的经验，可是要注意，监视人的时候尽量不要正眼盯着，最好是用余光去扫，因为有些人对他人的目光很敏感。记住，尽量不要和目标正对面，因为人对侧面的记忆很模糊，但对正面都有不自觉的记忆。如果目标在短时间里看到了好几次相同的面孔，就很容易被惊动！"

"还有你！"邵文光指着侯成，"你今天差点就惊动了目标！每次跟踪的时候都要准备些零钱。你在小吃摊上装作吃米糕，是为了不引起目标的注意。可是你倒好，身上没有零钱，结果和摊主拉扯了半天，目标就看了你好几眼。估计这已经引起了他的注意，所以这段时间你就不要再参与跟踪了，不然会惊了他！"

侯成脸一红，羞愧地低下头。

邵文光眼光毒辣，把众人都批了个遍。大家都心服口服，看来这专业的行家就是不一样，句句说到点上。

宁志恒对邵文光非常满意。卫师兄果然没有推荐错人，这绝对是搞跟踪的高手。他正色说道："现在我们有个优势，那就是目标崔海根本没有想到自己已经暴露。他把注意力都放在了林慕成的身上，对自身的反侦查有所疏忽，这才让我们侥幸监视了两天。但我们不能有任何懈怠！现在我们有了邵长官的指导，一定要做到万无一失！"

众人神色严肃，连声答是。

第二天，趁崔海出门的机会，邵文光潜入他的房间，不多时退了出来。

"怎么样？有什么收获？"宁志恒问道。

"没有收获，别的地方我都搜了一遍，没有什么发现。但是行李箱我不敢打开，里面肯定做了特殊标记，我没有把握恢复原状。我怕这是个幌子，真的重要物品不会放在这么显眼的位置。"邵文光摇了摇头。以他这样的老特工的经验来看，这些物品宁可不取，也不能惊动目标！

"那就算了，房间里的物品有标记吗？"宁志恒问道。

"有三处，门缝、窗户、床单都做了标记。这是个老手，也就是我来，换作你们进去就露馅了！"邵文光不无得意地笑着说。

确实很危险，宁志恒暗自庆幸。幸亏他多了个心眼，没有贸然行动，不然行动就暴露了！

第十二章
欲哭无泪

这样又过了四天，在邵文光亲自指导下，监视工作有条不紊地进行着。

宁志恒算了一下，今天是发现崔海的第六天，也就是说崔海已经监视了林慕成六天。也不知道他是怎么想的，难道这样监视就能甄别出身份吗？

按照宁志恒的设想，这个崔海最少应该接触一下林慕成，至少也要通过收音机频道发送编码，安排一次会面。可是这个崔海真是有耐心，整整监视观察了六天还不见动作，搞得宁志恒都坐不住了。他决定实在不行就动手抓捕，不想再等下去。

"宁长官，有情况！"温兴生快速跑过来，急声汇报道。

"什么情况？"宁志恒赶紧问道。这段时间崔海的行动很规律，一直盯着林慕成。眼下有特殊情况出现，应该是个好消息。

"刚才崔海突然放弃监视林慕成，向南街口方向迅速离去了。"温兴生语气急促地回答。

"什么？难道被他发现了？老邵不是在亲自跟踪吗，他怎么说？"宁志恒很诧异，现在这个时段正轮到邵文光在跟踪，以他的专业水平不应该出这样的问题啊！

温兴生摇摇头，忙说道："邵长官说，被发现的可能性极小，应该是这个崔海又得到了新的指令。邵长官跟了下去，让我回来通知您！"

太好了，功夫不负有心人！宁志恒激动地双拳一击，说道："快通知刘永他们，调派车夫马上赶到目标前方各个街口等候，打好提前量。"

然后，宁志恒摸了摸腰间的勃朗宁配枪，回身对孙家成说："今天一定有情况发生，打起精神来，事情该有个结果了。"他打定主意，这次崔海的异动，如果有收获当然好，就再跟下去；如果没有，今天就实施抓捕。夜长梦多，他不愿意再耗下去了。

一行人快速跟上，沿途不停传回消息。很快穿过两个街区，宁志恒看到了自己手下的一个黄包车夫正在一间饭店门口等着。车夫老远看见宁志恒他们过来，悄悄递了个眼色。

宁志恒当下明白，崔海一定在饭店里。邵文光已进去监视，留下车夫在门口给宁志恒他们当暗哨。

"看一看这个饭店有没有后门，把人散开，孙家成和我进去！"宁志恒吩咐众人道。

宁志恒进门余光扫过，看见邵文光坐在靠窗的一个座位上。今天的邵文光一身旧西装，短须短发，一脸的沧桑，妥妥一个生活潦倒的中年男子。桌上摆了盘花生米，一壶小酒，但是他一口酒都没沾。他不想嘴里带有酒味，这会让跟踪的目标有所察觉。

宁志恒和孙家成径直走到邵文光的桌子前坐下，给人的感觉就是单纯来找这个沧桑中年男子的。

宁志恒用询问的眼神看向邵文光，只听邵文光以极低的声音说："在最东面的包间，刚进去五分钟。问过跑堂的伙计，之前有个男子就在里面，应该是在接头！"

宁志恒心头惊喜，终于又有一枚棋子露面，只是不知道这枚棋子是老帅还是小卒，今天就可以见分晓了！

五分钟前，崔海进入包间内，里面已经坐着等候多时的男子。

化名崔海的川上健太微微点头示意，打了个噤声的手势，将门轻轻关上。然后，身子紧靠着房门屏声静气地听了一会儿，确认没有人偷听，这才坐在男子的对面。

那个身穿长衫、一副教书先生打扮的男子岛津弘低声用日语说："放心，这个包间我已经检查过了，没有问题，墙体也很厚，在这里小声说话，隔壁根本不会听见。"

看到川上健太如此谨慎，岛津弘不禁有些疑惑地问道："怎么，事情不顺利吗？"

"一开始很顺利。我们在火车站分手后，我就开始调查柳田君的失联原因。很快就查明了，是被军政府的军事情报调查处抓走了！"川上健太也用日语轻声说道。

"军事情报调查处，就是这几年里我们最大的对手？这个机构这些年日渐扩张，对我们的威胁也越来越大，没想到柳田君会栽在他们手里。"岛津弘脸色也沉下来。

柳田幸树是他的好友，潜入南京多年，没想到突然失联，已经可以确定出现了重大问题。这次本部安排他来接手柳田幸树的工作，重新领导暗影小组展开活动。

对面的川上健太和他一起来到南京，专门负责重启暗影小组的人员。

为了保证组织结构的安全，暗影小组的成员是不能和组长直接见面的，否则一旦被捕，就很容易暴露上线，从而威胁到整个组织的安全。

本部派来专门负责甄别和重启工作的川上健太，是个经验丰富的老特工，等他的重启工作结束后，就会和岛津弘做好交接，然后撤回本部。

"事情的起因应该可以确定了。我在甄别的过程中发现暗影小组成员木偶也失踪了。我去他的住处暗自调查，确认他也被军事情报调查处的人抓走了。他们还设立了监视点，幸亏我谨慎，不然就进了陷阱！奇怪的是，木偶的被捕是在柳田君被捕后的第五天，这就有些难以解释了！"川上健太神情凝重。对这次任务他本来是有心理准备的，可是来到南京后才发现，事情的复杂程度出乎他的预料，很多事情都解释不通。

"你是说，是柳田君的被捕才造成木偶的暴露？不，这不可能！川上君，你不了解柳田君，我和他是多年的朋友和战友，他的忠诚不用质疑，即使是付出生命的代价他也不可能背叛！这绝不可能！"岛津弘脑门上青筋暴露，最后那几个字几乎是咬着牙说的。

"岛津君，你不要激动，事情没有那么简单！我开始确实怀疑过柳田君，不过道理上又解释不通。他不仅是掌握通信电台的信鸽，同时也是暗影小组的组长。暗影小组五位成员的情况他都了解，如果是他被捕后变节，那么其他几个小组成员也会相继被捕，而不仅只是一个木偶。事情到这里只有一个解释：中国人先发现了木偶，但是没有惊动他，而是顺着他的这条线找到了柳田君，这才造成柳田君被捕，而其他成员却侥幸隐藏下来。然后中国人再对木偶进行了抓捕！"

"木偶的身份能确定吗？"岛津弘对这个说法很赞同，这就可以解释暗影小组现在的状况了。

"不能，机关长说过木偶的身份是绝密，他的来历应该不简单。据我猜测，应该是多年前就安插好的那批棋子中的一个。但这项计划是绝密信息，我的权限是不能过问的。"川上健太面带疑惑地说道。

如果如他所料，木偶真是多年前就潜入中国的棋子，那么这个人的忠诚度也是毋庸置疑的。

"即便这个木偶是自己人，也不敢保证他就不会叛变。他被捕这么多天，什么事情都可能发生，时间会让很多事情发生改变，包括对帝国的忠诚！"岛津弘忧虑地说道。

他们并不知道，现在他们已经不用再担心风车和木偶的忠诚，因为二人早已毙命多时！

"是啊，现在的问题是，如果是木偶这个环节出现了问题，原因是什么呢？在南京知道他身份的只有两个人，一个是组长柳田君，一个就是他发展的下线、暗影小组的另一位成员飞燕！"川上健太徐徐说道。

"对，这个飞燕有重大嫌疑。他是中国人，只要被捕很快就会供出木偶。你对他的甄别进行得怎么样？不行就直接处置了，反正也不是帝国特工！"岛津弘说道。他对收买策反的中国人是心存戒备、不敢相信的，一个能背叛自己国家和民族的人，又怎么能够让新主子放心呢？

"不行，这个飞燕的身份很重要，他的背后有很强大的势力。当时木偶作为执行人观察他很长时间，我们也是花了很大的代价才策反了他，绝不能轻言放弃！我这次故意把他放在最后进行甄别。其他三位成员我已经完成了重启工作，新的联络方式和密码已经通知他们了。只是这个飞燕，保险起见还是让他继续潜伏。对他的甄别应该是一项长期观察的工作，不能冒险！"川上健太说道。

　　他当然不会同意随意处置飞燕，机关长对飞燕的重视度极高。飞燕不仅有深厚的背景，而且身处中国主力军中的机要职位。他身后军方的资源可以保证他以后的地位会越来越重要，职位也会越来越高，这种成长性才是最重要的。

　　"对飞燕的甄别还要继续？"岛津弘不确定地问道。这种旷日持久的监视任务，他可没有能力完成！

　　"是的。不过你不用担心，我回去后会和机关长说明，专门派人负责这项工作。这次对他的监视并没有发现问题，他的举动和反应都很正常，但是我不敢冒险接触他。不过让我担心的是，尽管这几天没有发现异常，可是我总感觉哪里有些不对劲，这个飞燕身边一定还存在不安全的因素！"

　　听到川上健太的话，岛津弘一愣。川上健太是个资深老手，经验丰富，他要说飞燕身边不安全，那肯定有问题。

　　"以川上君的经验，你作何判断？"岛津弘问道。情报工作容不得半点疏忽，一疏忽就是血淋淋的教训，他还是要问清楚。

　　"我也说不上来，只是一种直觉。我们做特工这一行的，直觉往往很重要！但是，只要没有确凿证据查明这个飞燕已经叛变，那就绝对不能放弃这个人，他是机关长特意强调过的情报员！记住，作为在南京唯一知道他真实身份的你，无论在任何情况下都不能透露他的身份。明白吗，岛津君！"川上健太直盯着岛津弘，语气越发严厉。

　　他知道岛津弘一向不相信策反收买过来的中国人，甚至抱有一丝敌意，生怕岛津弘不顾大局刻意放弃飞燕，所以特意点明。

　　岛津弘在川上健太的逼视下，不敢违逆。他站起身来，微微鞠躬行礼道："嗨！我明白了！"

　　川上健太这才满意地点点头，示意岛津弘坐下，又缓声说道："这次来南京，我有一种感觉，那就是我们一向以为我们的中国同行都是些没有经验、水平低下的童子军，我们帝国的情报工作水平超出他们几十年。现在，这种可笑的优越感必须丢弃了。他们进步得非常快，快得让我们难以适应！这次回去，我一定要向机关长建议，对南京的情报工作要更加谨慎，行动计划时必须多多考虑安全性。不然，我们将后悔莫及！"

第十二章　欲哭无泪

听完川上健太的话，岛津弘脸上表情肃然，表示颇为赞同，可是心里却不以为然。他在中国进行谍报工作多年，以他的阅历和经验，中国人的情报工作手段简陋，操作起来毫无严谨性可言，这些年日本源源不断地获取了许多重要的情报，这是事实！

人对自己的经验总是最相信的。这么多年的顺风顺水，让岛津弘从心里对这些中国同行是看不起的，不过他不会傻到当面去顶撞川上健太，反正他马上就要离开南京了。

"那川上君此次的任务已经完成，准备离开了吗？"岛津弘问道。

川上健太的具体工作就是甄别和重启暗影小组，现在木偶被捕，飞燕需要继续潜伏，其他三名小组成员已经重启成功，剩下的就是岛津弘这个新任组长的工作了。

"是的，下午两点有一趟回上沪的火车，我今天就离开南京。你今天就发报给本部，正式重启暗影小组。以后每七天发报联系一次，以确认电台和你的安全。"川上健太说道。

"七天？时间会不会太短了，信号电波过于频繁的话，会被中国人的电信侦查部门监听到的。"岛津弘不无疑虑地问道，因为日本情报员的惯例是电台十二天联系一次。

"不要掉以轻心，这次柳田君就是因为固定联系的间隔时间太长，我们未能及时发现异常。现在为了加强通信联系，冒一点险还是值得的！"川上健太说道。

这次柳田幸树出事，特高课本部反应缓慢，机关长很是恼火，特意指出要缩短联系的间隔时间。

"明白了，我回去就发报确认。"岛津弘也没有再继续坚持。

"那这里的工作就拜托岛津君了！"川上健太边说边微微倾身低头致意。

两人将具体细节商量完毕，便决定分别离开。川上健太先出门，四下观察了一下周围的情况，没有发现异常便径直出门而去。

宁志恒用手肘顶了一下孙家成，两个人不紧不慢地起身出了饭店。

宁志恒决定对崔海下手，不能再这样耗下去了。

至于新出现的棋子，自然由经验更丰富的邵文光跟踪，不用担心他会脱钩。

川上健太出门后，直接叫了黄包车赶回云来宾馆，上楼取了行李箱，到柜台办理结账手续。

这时，一直蹲守在云来宾馆的宫季安见川上健太提着行李箱要结账，不由得焦急万分！

他趁川上健太结账的工夫，快步出了宾馆大门，一眼就看见不远处角落里的宁志恒和孙家成。

宫季安快步上前，急促地说道："宁长官，他刚取了行李箱，正在柜台结账，这小子要跑！"

"什么？结账要走？看来是事情办完了，现在不抓也不行了，再不出手就晚了！"宁志恒也急了，联想到他今天突然放弃对林慕成的监视，转而与人接头的异常，这个崔海一定会有新的动向，原来这是要走啊！

孙家成一听宁志恒的话，精神一振，这几天光是跟在宁志恒的后面，什么忙也帮不上，这下可以大显身手了！

宁志恒说干就干。他也没有打算叫什么支援，觉得自己身手敏捷，孙家成更是高手，两个人对付一个崔海应当没问题。

川上健太结清房钱，提起行李箱转身向宾馆大门走去。刚跨出门槛，毫无预兆地就觉得劲风袭来，头部被重重一击，顿感天旋地转，脑袋一阵嗡嗡震鸣。好在他多年习武，又是极为出色的柔道高手，有着常人不及的抗击打能力。他身形后错，右手拿着的行李箱顺手摔向对方，脚步一错便闪开，身子立即前倾，左手挡住再次袭来的一拳。啊，太重了！这一拳跟铁榔头一般硬，当下打得自己左手一阵酸麻，该死！左右侧同时被袭，头痛欲裂。形势危急之下，他没有犹豫，身子就势一倒，下面的膝盖立时狠狠向对方肚腹撞击过去，这自然是柔道的打法。他又将身子贴了上去，双手缠住对方的脖子、肩膀，如影随形，凶悍猛狠。

宁志恒没想到，这个"崔海"竟然是个极扎手的高手，仅凭着身体本能的反应，就挡住了孙家成的辅助攻击，随后以极快的速度做出了反击。

宁志恒身子一侧，单腿膝盖顶出，顶在对方膝盖的侧方，随即闪电般击出一拳，又是一击重重地打在"崔海"的脖子上，沉重的力道打得对方差点瘫倒。

可是川上健太就像发了疯似的，双手也缠上他的脖子一拧，宁志恒马上感觉颈椎传来难以忍受的剧痛，身子不由得一软。

幸好这时孙家成第二击又是一拳，力道十足地打在川上健太的后背腰眼处。川上健太坚持不住，松了锁住宁志恒脖子的双手。

宁志恒趁机左右开弓，右手的肘击、左手的拳击都狠狠打在川上健太的心口上。

川上健太再也撑不住了，接连被两个搏击高手重重打击，每一处骨头都像是折断了好几截，根本无法支撑起自己的身躯，整个人颓然倒地！

三个人这几下兔起鹘落，几乎就是瞬间发生的事。宁志恒和孙家成击倒了川上健太。

宁志恒感觉一阵侥幸，自己和孙家成两个人都差点没制住这个"崔海"，不得不说，日本特工在素质上确实出色一些。今天这个"崔海"身手绝对在哲也良平之上，在自己和孙家成的联手偷袭之下，竟然还差点伤了自己。可以说，这几个日本间谍的单兵格斗能力个个不俗，以前是太高估自己了！

宁志恒掏出一副手铐，右脚一脚踏出，牢牢地将川上健太的右手踩住，弯腰伸手扣住他的左手，正准备把它扳过来铐上手铐，突然之间，脑海中又传来那种毛骨悚然的感觉。又是这感觉！危急关头目光扫过，发现不知什么时候，倒地的川上健太左手小指上套上了一枚金属环！

糟糕！又是手雷！

宁志恒没有半点犹豫，扔下手铐，身子向侧面的孙家成扑了过去，将根本没有半点防备的孙家成撞倒在地，然后就势俯冲进宾馆门内。

与此同时，身后传来一声轰然巨响，崩散的碎片向四处激射，一股强大的冲击波向他们袭来。宁志恒心口一震，一口鲜血吐了出来，感觉浑身的骨头都震碎了，全身酸痛无力！

过了片刻，被他扑倒的孙家成最先缓过劲来。剧烈的爆炸让他知道为什么队长突然将他扑倒在地，这是队长在生死关头拼死救了自己一命啊！

他一把抱住宁志恒的身子，一边使劲摇晃，一边发疯似的大喊："队长，队长，你怎么样了？"

没想到，还没等他的眼泪流下来，怀里的宁志恒就睁开了双眼，瞪着他恨恨说道："别再晃了，再晃我就真完了！"

宁志恒在孙家成惊喜和诧异的眼光中，身体勉强挣扎着站起来，跌跌撞撞地走到浑身是血、已经完全没有声息的川上健太身边，脚一软瘫坐下去，伸出手按在他的额头上。

宁志恒的思维迅速进入意识空间，可是一切如常，根本没有半点反应，已经当场死亡的川上健太没有任何记忆光团出现。宁志恒赶紧退出意识空间，不死心地又将手按在川上健太的胸口，仍然没有反应！完了，白忙活了！一无所获的宁志恒彻底瘫软在地，欲哭无泪！

躺在地上的宁志恒感觉浑身酸痛无力，懊恼不已。这次是鸡飞蛋打，什么也没有捞着，还差点把命丢进去，现在还不知道有没有受内伤呢。这次还是大意了，目标突然要跑路，宁志恒也没有时间安排抓捕，自己仓促上阵还碰到个硬茬。

最后关头，这个"崔海"根本没有半点犹豫，直接拉响了藏在身上的手雷，竟然要与自己同归于尽。这份果决出乎宁志恒的意料。

更重要的是最后没有获取到他的记忆，这个"崔海"一定是日本特高课的高级间谍，脑海中的秘密一定极有价值。与绝密信息失之交臂，太可惜了！这次的运气真是太背了！

孙家成在一旁看了宁志恒半晌，确认队长没有什么大问题，这才上前扶起他，犹豫地问道："队长，你感觉还好吧？"

宁志恒没好气地说道："还死不了！赶紧打电话通知处里来人善后！"

孙家成连忙答应了一声，去找电话通知军事情报处。

宁志恒用手摸了摸嘴边的血迹，感觉胸口一阵闷痛。不过他的身体素质异于常人，试着活动了身体，暂时没有发现什么大碍。

宁志恒找到刚才川上健太扔出去的行李箱，打开后翻找了许久，也就发现两件换洗的衣服和洗漱用品，没有找到半点有价值的东西，忍不住气恼地将行李箱扔在一边。

这时孙家成打完电话回来，说道："已经通知处里。卫组长听说队长受伤了，说要亲自带队过来处理。"

宁志恒点点头，知道接下来的行动必须由军事情报处来接手了。抓捕"崔海"行动失利，剩下要解决的就是那个接头人，估计最迟今天晚上邵文光就会带来他的信息。

这个接头人一定是个重要人物，不然"崔海"不会在临走时见他一面。很有可能"崔海"是要向他交代一些事情，这个接头人甚至可能是暗影小组新的组织者。

"崔海"已经死亡，那么追查暗影小组的唯一希望就只能寄托在这个新出现的接头人身上了。他不知道"崔海"的死亡能瞒过特高课本部多长时间，但可以肯定的是，长时间的失联一定会引起特高课的怀疑，进而促使他们做出快速的反应。

因为"崔海"应该是知道暗影小组各个成员，包括其组长的掩护身份的。他的失踪一定会让特高课本部第一时间命令暗影小组进入全面的蛰伏，甚至是撤离。宁志恒觉得不能拖延了，必须对接头人进行抓捕，在特高课本部没有做出反应之前就行动。

他正思虑，远处突然传来警哨声。随着一阵急促的脚步声，几个巡警拎着警棍跑了过来。

巡警赶过来，看到云来宾馆的门口被炸得面目全非，场面一片狼藉。一个浑身是血的人躺在地上，显然已经没气儿了。其他两个人衣服破损，站在那里狼狈不堪，显然是事件的参与者。

一个为首的巡警上前两步，手中的警棍一指，高声喝道："你们两个是什么人？天子脚下当街行凶，眼里还有没有王法了！跟我们回警察局走一趟。"

说完，身边的几个巡警也一起帮腔，吆五喝六地围了上来。

宁志恒此时正心烦意乱，看到这帮巡警也懒得搭理他们。

孙家成一看也是恼火，骂道："不长眼的东西！我们真要是杀人凶手，就你们这几个货，赶过来是要送死的吗？"说完，他从腰间掏出手枪，枪口直指这几个巡警。

这一举动顿时把几个巡警吓得魂飞魄散，为首的巡警赶紧举起手来，连声求饶道："别开枪，别开枪，好汉别开枪！我们也是混口饭吃，你就当我们是个屁，放了我们吧。"剩下几个怂货也赶紧连声求饶。

宁志恒也懒得看他们的丑态，这些巡警不过就是摆设，哪能指望他们缉凶办案。他挥挥手让孙家成收起枪，冷声说道："这里没有你们警察局的事。我们是军事情报处的办案人员，这件事由我们来善后收尾。你们几个去维持一下现场，不要让其他人靠近。"

说完他掏出证件扔了过去。为首的巡警接过一看，心中大定，连声答应道："明白，明白。长官您放心，我们一定维持好现场秩序。"说完，他恭恭敬敬地双手将证件交到宁志恒面前，然后赶紧招呼身边几个同事散开，阻挡前来看热闹的闲杂人等靠近。

很快卫良弼就带人赶到了，一下车他就看到宁志恒狼狈的样子。卫良弼眉头一皱，关切地问道："伤到哪里了？不是跟你交代过，一旦遇到紧急情况，不要冒险，要向我通报吗？身体有没有大碍？"

宁志恒勉强挤出一副笑脸，说道："师兄，你放心，没什么事。疑犯本来被我们制住了，可没想到他竟然悍不畏死，没有丝毫犹豫就拉响了藏在身上的手雷。我和孙家成躲得及时，逃过一劫。不过疑犯当场毙命，没有留下活口，真是可惜了！"

听到宁志恒轻描淡写的描述，又亲眼看到他安然无恙地站在自己面前，卫良弼才松了一口气，说道："只要你没事就好。志恒，不是我说你，你立功心切我理解，我当初也是一腔热血、一门心思地想建功立业。可我们都还年轻，还有大好的时光，拿命去拼就不值得了。"说完，他看了看现场，又指了指地上全无声息的川上健太，问道，"日本人？"

宁志恒点点头："肯定是，还是一个柔道高手。"

卫良弼没有多说，指挥人将川上健太的尸体带回去。只要抓住日本间谍，活要见人，死要见尸，这都是证据，就连一具尸体也是功劳一件！

宁志恒坐上卫良弼的车，一行人匆匆赶回军事情报处。宁志恒简单洗了把脸，感觉胸口不那么闷了。卫良弼示意宁志恒赶紧坐下，自己起身倒了杯热水放在他面前，说道："现在把情况详细地跟我说一下吧！"

宁志恒端起杯子喝了口热水，定了定心神，开口说道："今天这件事情发生得太突然。我们追踪这个崔海已经好几天了，今天突然发现他暗中与人接头。案子有了新的进展，大家本来都很高兴，想再继续观察两天，没想到崔海回到宾馆后突然结账，准备要走。当时情况紧急，所以我决定当场抓捕，本来已经将他制住了，可没想到……"宁志恒双手一摊，无奈地摇摇头。

"你是说，又发现了新的目标？"卫良弼听到宁志恒的叙述，猛地站起身来，神情兴奋。他意识到，又有一条大鱼进入他们的视线之中。

"志恒啊，你真是一员福将！师兄我佩服得五体投地。这些年日本间谍一个个神出鬼没，我们军事情报处费了多大的劲才抓了几个不痛不痒的小角色。可你刚刚加入军事情报处就出手不凡，一连抓了两个，其中还有黄显胜这条大鱼。最后连校长都惊动了，整个第十一师都换了一遍血。这还没几天，你又悄无声息地摸到了一条大鱼。活该我们兄弟走运了！"

宁志恒被夸得有些不好意思。自己的表现确实太显眼了，不过这对于他来说是件好事。他现在工作刚刚起步，迫切需要做出一些成绩让上司赏识，这对他以后的发展大有好处。

"师兄，你太过奖了，我也是运气好！"宁志恒摆摆手谦逊地微笑道。

"哈哈，你说得对，运气，就是运气！做我们这一行的，有时候运气真的是太重要了。"卫良弼由衷地感慨道，然后回到自己的座位坐好，正容问道，"这个新出现的目标现在在哪里？"

"师兄你放心，这个人被老邵盯上，肯定跑不掉。"宁志恒回答道。

卫良弼放心地点了点头。邵文光是追踪盯梢的行家，办事稳妥，从没失过手。他对邵文光很有信心。

"对这个新出现的目标，接下来你有什么打算？"卫良弼接着问道。

"我想立刻实施抓捕。"宁志恒说道。

"是不是有点仓促了？崔海已经死亡，这个接头人可是咱们现在手里唯一的线索了。不打算再监视几天？"卫良弼皱着眉头说道。

一般情况下，发现目标后只要对方没有察觉，己方都会进行一段时间的监视，这样往往会有更多的收获。卫良弼还是倾向于稳妥。

宁志恒身子前倾，说出自己的想法："我怕夜长梦多！崔海的具体任务我们不知道，但是他的死瞒不了多长时间。长时间失联一定会引起日本人的怀疑。与他任务相关联的其他间谍，尤其是和他接触的间谍，肯定会接到日本本部的警示讯息，马上就会选择潜伏或者撤离。所以我主张还是见好就收，先把这条大鱼捞到网里！"

当初宁志恒和卫良弼描述的情况，只是说自己手下人发现了"崔海"这个可疑目标，要对目标进行跟踪才要走了邵文光这个谍报老手。至于"崔海"和暗影小组的关系，拿不出任何证据来证明。只有宁志恒自己知道，但他根本无法向卫良弼解释清楚。即使是邵文光，也只知道宁志恒是在对黄显胜的同事进行例行调查时才偶然发现的"崔海",也就是川上健太这个新目标。

最好的结果是抓捕接头人，从他的口供中把"崔海"和暗影小组自然联系到一起，到那时一切就真相大白。

听完宁志恒的话，卫良弼犹豫了片刻，觉得他说的非常有道理。

"崔海"的失联一定会引起日本本部的警觉。一旦他们通过其他渠道通知到与崔海接头的这个新目标，只怕连这条大鱼都会脱网而逃。反正只要抓到这个新目标，就是大功一件，之后有新的收获当然最好，没有新的收获也无所谓了。

"好！"卫良弼拍案而起，干脆地说道，"你说得对。百鸟在林，不如一鸟在手。那就对新目标实施抓捕！只要找到这个人的落脚点就迅速动手。志恒，这次你一定要小心谨慎，抓个活口回来。"

宁志恒双手一摊，苦笑着说道："师兄，我这身上还真是有些伤。外伤倒是没有，可那颗手雷震得我吐了血，现在胸口闷痛。这次的抓捕行动还是你亲自指挥吧！"

卫良弼一愣，但很快明白过来，宁志恒这是要把大功劳让给自己呀！这次案件从寻找线索到现在确定目标并抓捕"崔海"，中间需要付出多少心血和辛劳，卫良弼就是猜也猜得出来。这些工作都是宁志恒一手完成的。可以说现在案件到了最关键的时候，也是即将收获的关头，宁志恒却要让卫良弼全面介入案件的侦破工作，把功劳平摊给他一大部分。卫良弼心头一热，自己这个师弟真是没说的！

"志恒，你我兄弟还用顾虑那么多吗？这次案件的侦破工作都是以你为主，没人能抢了你的首功！"卫良弼虽说心头大动，但他也是个要脸面的人，对宁志恒劝说道。

宁志恒知道卫良弼是个心高气傲的性子，一时面子上过不去，便直接摆明利害，开口说道："师兄，我真不是客气。你想一想，真要是破获了这件大案，我这头上的帽子小，能落多大的好处？无非是中尉换上尉。老实说，尉级军官的晋升，我再熬两年也就升上去了。可这校级军官的晋升，单靠我们黄埔门生的身份是不够的，没有大功是说不过去的。你我之间就不要说这些没用的了！"

卫良弼感激地拍了拍宁志恒的肩膀，点头说道："好，那就不废话了，我来指挥抓捕！"

宁志恒和卫良弼商量已定，就赶紧派孙家成出去联系邵文光，让他一有消息就通知军情处。

这边，宁志恒又命令第三行动队全体待命，准备行动。石鸿和王树成见卫良弼和宁志恒这么郑重其事，知道要有大行动，立刻打起精神，严阵以待。

时间一点一点过去，宁志恒和卫良弼在办公室里焦急地等待着，一直等到下午六点多钟，卫良弼办公室的电话终于响起。

卫良弼一把抓起话筒，听到那头传来邵文光的声音。不多时，卫良弼放下电话，兴奋地对宁志恒说："老邵确定了接头人的身份。现在我们就过去，了解情况和环境，准备动手！"

宁志恒二话不说，转身出去召集行动队，很快一行人就出发了。车上卫良弼把邵文光报告的情况告诉宁志恒。

中午在饭店，宁志恒他们离开后大约十分钟，接头人才不紧不慢地走出包间。邵文光一路跟踪，发现这个接头人很有反跟踪的经验，途中做了两次试探。好在邵文光机警，没有被他发现。最后邵文光终于跟踪到了接头人的落脚点——城南一处不大的独院住宅。

接头人回到家中待了一个小时，下午去附近的一所小学校上课。邵文光很快就把他的情况摸清楚了。

谢自明，东北人，三十六岁，几天前刚刚应聘到鸿程小学当国文老师。

邵文光盯了他一下午，一直到孙家成给他传来消息，他才知道"崔海"已经被炸死，现在这个谢自明是唯一的线索了。他更加不敢大意，把所有的人手都调了过来。现在他带着熊鸿达、宫季安等人就守在谢自明的住所不远处，紧密监视，就等卫良弼带人过来了。

很快，卫良弼带队赶到。邵文光从暗处闪身出来，说道："组长，您亲自来了！"

"现在这个谢自明还在家里吗？"卫良弼问道。

"半个小时前回来的，到现在没有出来。我在这处小院四周都布置了暗哨，肯定还在家里！"邵文光肯定地回答。

宁志恒一招手，石鸿和王树成各自带着一队人把小院围得水泄不通。

卫良弼和宁志恒在四周观察了一遍，卫良弼问道："志恒，你怎么看？"

宁志恒考虑了一下，说道："不能硬闯。我们的目的是抓活口，尽可能找到对我们有用的证据。他一旦受到惊动负隅顽抗，那我们就不能保证不伤他的性命了，他还有可能毁灭证据。所以我们最好能出其不意，以最快的速度制住他！"

"我也这么想，要把他引出来，在房子外突然伏击他！"卫良弼点头同意。他也是行动好手，这方面经验丰富。

"我有一个办法！"卫良弼突然灵机一动！

第十三章
新密码本

卫良弼回头问邵文光：“现在能找到谢自明在学校的同事吗？”

邵文光点点头，说道：“我今天下午就是从他的一个同事那里了解到他的基本情况。这个人也是本校教师，就在学校附近租的房子，我很快就能找到他。”

“带几个人去把他找来。”卫良弼吩咐道。

邵文光点头应命，带了几个队员快步离去，不一会儿就带回一个个子不高的中年男人。男人戴着一副眼镜，穿着一身长衫，被几个队员推搡着来到卫良弼等人面前。看到这群人一脸的不善，男人吓得小腿发抖，嘴里喃喃地问道：“长官，你们找我有什么事吗？”

“你叫什么名字？”卫良弼问道。

“我……我叫张全！”张全结结巴巴地回答。

卫良弼掏出自己的证件，在他面前晃了一下，说道：“我们是军事情报处的，现在需要你协助办案。你老老实实按照我说的去做，我担保你没事；如果你出了纰漏，我就把你关到牢里，下半辈子你都不用出来了。你明白吗？”

一句话把张全吓得六神无主。什么军事情报处他没有听说过，不过这些人肯定不好惹，很多人手里都拿着枪，随时都会要了他的小命。

"长官，我一定配合，一定配合。您说什么我就做什么，求您一定要放我一条生路！"

卫良弼满意地点点头，手指着不远处的院子，说道："前面就是你的新同事谢自明的家，你现在去，我不管你说什么，自己找个借口，想办法把他引出来，剩下的事你就不用管了。把他引出来，你就大功一件；引不出来，就抓你去坐牢！"

其实张全看到邵文光带人来找他，就知道事情肯定跟自己的新同事谢自明有关。都怨自己多嘴，因为两盒烟就把谢自明的情况跟这个陌生人多说了几句。果然，麻烦上身了！

他思考了一会儿，终于说道："这几天，我们几个同事正商量凑钱给谢自明办桌接风宴，他还客气地说不用了，改天请我们。我就以这个为借口去叫他出来，他不会怀疑的。"

卫良弼想了想，觉得这个理由很不错，就说："这个理由不错，就这么办！"既然谢自明之前已经知道同事们要给他办接风宴的事情，那么张全找上门去合情合理，自然不会起疑心。

宁志恒见张全一副神色慌张的样子，怕他在关键时刻出错，便和声说道："张先生放心，我们一定保证你的人身安全。你一定要镇定，神情要自然，语气要平和，就像你平时说话的时候一样，不要引起他的怀疑。还有，引他出来的时候，你跟他保持一定的距离，不要太远，也不要太近。你明白吗？"

"明白了，我试一试。"张全也知道自己现在这个状态有些紧张，说话都有些哆嗦。看到卫良弼冷着一张脸盯着他，心中更是担心，生怕完不成卫良弼交代的任务。他努力调整了一下情绪，低声做了几次预演，最后终于觉得没什么问题了，这才向宁志恒点了点头，示意可以开始了。

宁志恒回头对孙家成吩咐道："你去挑三个身手最好的队员，就埋伏在院门口，目标一出门你们就动手。分工配合好，第一时间就要控制住他的双手，不要让他有机会使用武器。今天崔海的教训你是知道的，我不想再有意外情况发生。"

孙家成今天刚刚亲身经历了抓捕"崔海"行动的失败，深知这些日本间谍的凶悍，自然是如临大敌，不敢掉以轻心。他按照宁志恒的吩咐去挑选队员，轻轻地潜行过去。一切准备妥当，张全这才缓步往前，来到谢自明家的院门口，轻轻敲击院门。

此时的谢自明，也就是岛津弘，刚刚通过电台跟特高课本部进行了第一次联系！他将电台收进箱子里，把脚下的地板轻轻掀起，再将箱子小心地放置好，最后把地板恢复成原状。他仔细检查了一下木板的缝隙，觉得还是有一些不放心。准备时间太仓促，这处房子也是刚刚租下，里面可以隐藏物品的地方还没有布置好，之后应该换一个更加隐蔽的位置安放电台。他起身将桌上翻译好的电文编码撕去，用火柴点着，亲眼看着它一点点燃尽。

这时候，外面院门传来咚咚的响声。岛津弘有些诧异，这处住宅自己刚刚住进来，有谁会来上门？他推开房门，慢慢走到院中，右手悄然扶在腰间，语气自然地问道："是谁呀？"

"谢老师，是我，张全！"院门外传来同事张全的声音。

一听是学校里的同事张全，岛津弘的戒备才有所放松。他边上前拉开门，边问道："是张老师，有什么事情吗？"他打开院门，门外站着的正是自己的同事张全。

张全微笑着说道："谢老师，我们几个同事在前面街口的饭馆里订了张桌，说好给你接风的。他们都已经去了，这不让我来请你。你可一定要赏光啊！"

听到是这件事情，岛津弘的戒备之心彻底放了下来，开口笑道："大家也太客气了，不是说了由我来请客，怎么还能让你们破费呢？"

张全心里紧张，面上却热情地催促道："大家都是同事，客气什么！走吧，就等你了。"说完向外走了两步，回身做了一个虚请的手势。

岛津弘觉得盛情难却，也就不再推辞。顺势走出院门，回身准备将院门锁好。

突然之间，几道身影向他扑了过来，从四周将他紧紧地夹住。他的两只臂膀最先被人死死地控制住，双手手腕被紧紧地箍住，整个人无法动弹！

岛津弘本能地挺身扭腰想甩开，可头颈部被一只强有力的手臂勒住，力量之大，几乎快将他的脖颈勒断。同时小腹被重重地一击，只觉得腹内翻江倒海，他的身子因为遭到猛烈的击打而弯成了弓形。

四个队员同时使力将他狠狠摔倒，紧紧地摁在地上，他根本无法动弹！整个抓捕过程中，队员们动作干脆利落，没有给岛津弘半点挣扎的机会。

在暗处观察的卫良弼和宁志恒看到抓捕行动非常成功，赶紧带领众人扑了过来。大家七手八脚将岛津弘死死压住。

被勒得喘不上气的岛津弘被这突如其来的变故打懵了。他不明白自己在哪里露出破绽，暴露了身份，竟然这么快就被敌人找到了。

孙家成将他的上衣扒光，仔细搜查了一遍，果然在他的后腰间发现了一把小巧、锋利的匕首。孙家成将衣服和匕首送到宁志恒面前。宁志恒仔细检查，发现衬衫的衣领比较厚，他用匕首小心地挑开，在里面发现了一些白色粉末。

这是致死速度最快的氰化钾，毒性剧烈，指甲盖那么一点点剂量就可使人在几秒内死亡，号称闪电毒药。危急关头，只要穿衣人用牙齿用力咬破衣领，唾液浸透药粉，极快的时间之内就能毙命，让人根本反应不过来！

卫良弼看着粘在刀刃上的氰化钾粉末，对大家说："看到了吧，这些日本间谍穷凶极恶，和他们打交道，一定要多长个心眼，小心再小心，不能有丝毫大意！"

接下来，卫良弼和宁志恒带领队员对岛津弘的住宅进行了地毯式搜查，很快就在他的床头柜背面搜出一支崭新、精巧的手枪。

"这是南部式自动手枪，是日本特工的专用手枪，体积非常小巧，全长仅有十一点三厘米，弹匣容量超大，能装十六发子弹。我曾经缴获过一把，后来送给朋友了，没想到今天又缴获一把！"卫良弼接过南部手枪，仔细端详，很是喜爱。

"要不给你留做个纪念？"卫良弼有些不好意思地说道。

宁志恒却摇了摇头，他对这种小型手枪没有什么兴趣，还是觉得自己的勃朗宁更顺手。这一个月来他抽空就去训练场练枪，子弹打了不知多少发，精准度越来越高，手感越来越好，如果更换配枪会很不习惯。

卫良弼见到宁志恒不喜欢，正合心意，顺势把枪收了起来，心情大好地调侃道："我也就是客气客气，真给你我还舍不得呢！"

宁志恒笑而不语，走到案桌前查看桌上的物品。只见桌面上有一沓白纸，小心翼翼地揭开后都是空白页，但是他隐约看到第一张白纸上有轻微的印痕，心中一动，从身旁的队员手上取过一个公文袋，将这些纸张小心地放了进去。

宁志恒搜完案桌，来回察看时突然感觉到脚底下有些异样。他挪开脚，低下身来，轻轻地用手摸索，终于发现有一块木板跟其他木板之间的间隙有些大，边缘还有尖锐器物撬过的痕迹。他从小腿处抽出一把匕首，轻轻地撬开木板放在一旁，看到里面露出个箱子。宁志恒心头顿时一喜，看样子是电台。

上次抓捕柳田幸树的时候就搜获了一部电台，只是当时没有搜到密码本，不知道这次会不会有大收获。他将箱子取出来放到案桌上，回头对正在隔壁房间搜查的卫良弼喊道："组长，这里有发现！"

听到宁志恒喊他，卫良弼马上来到卧室，看见案桌上的箱子，眼睛顿时一亮，急道："快打开看看！"

宁志恒掀开箱盖，里面赫然就是一部电台，正是日本间谍常用的那种体积小、功率大、电压稳定、在当时最先进的小型无线电台。

卫良弼赶紧伸手把电台取出来，吩咐道："快看看里面有没有密码本！"

"有，底下有个册子！"宁志恒眼尖，在取出电台的瞬间就看见下面压着一本小册子，赶紧取出来递给卫良弼。

卫良弼放下电台，接过小册子，深吸一口气，轻轻掀开册子，顿时脸上露出欣喜的笑容，接着又翻了几页，终于确定下来。他挥了挥手中的小册子，一脸兴奋地对宁志恒说："志恒，这次我们可是捞着了大功一件！这是日本间谍的高级加密密码本！知道吗，只是这一本小小的密码本，就足够你我兄弟平步青云，比抓十个日本间谍还有价值！"

宁志恒见卫良弼如此兴奋，心中也是高兴。不过他觉得卫良弼有些言过其实了。据他所知，日本间谍的每个情报小组密码加密的公式都不同，所以密码本都是不一样的。即便他们搜获了这本密码本，也只能说对暗影小组的抓获有大用，并非像卫良弼说的那么有价值。

卫良弼似乎看出宁志恒的疑惑，嘿嘿一笑，低声说道："总之咱们这次是立了大功，等回去我慢慢跟你说。"

卫良弼在军事情报处待的时间长，消息也比自己灵通得多，肯定知道一些他不知道的情况。宁志恒点点头，便不再言语。

搜查行动进行得很彻底，接下来除了搜出一些法币和两根金条，就没什么收获了。

宁志恒知道，既然这个谢自明拥有电台，那他肯定就是柳田幸树的继任者，也就是暗影小组的新组长。他身边肯定带有活动经费，绝不会就只有这一点钱财。既然现在在这屋子里没有搜出来，那么肯定是另有存放的地点。

他相信之后的审讯，情况会和审讯黄显胜一样，没有人能扛过那些残酷的刑讯。他会得到他想要的东西，所以他并不着急。

搜查完毕之后，宁志恒仍然将六名队员留在这里继续监视，看能不能有后续的收获。尽管宁志恒也觉得这么做希望不大，但是他做事的原则是小心无大错，谨慎再谨慎。

他们收队回军事情报处。在车上，卫良弼把情况向宁志恒做了说明。原来军事情报处建立的初衷，主要是因为中国的情报人员屡屡被动吃亏，军方日益严重的泄密和失误让校长极为愤怒。之后的几年里，打击日本间谍的猖狂活动就是军事情报处的主要工作。其中最严重的问题就是情报的泄密，己方的电文轻易被日方破译，可面对日本人的加密电文，电信科就像是看天书一样，束手无策。

去年，军事情报处下大力气从全国挑选最优秀的数学家，组成了专门的破译小组，针对日本军事情报的电文进行破译。但是效果并不明显，其中一个重要原因是缺乏真实的原始数据进行对比分析，所以需要多缴获日本间谍的密码本进行对比分析，找到其中的规律，以便有的放矢地破解。破译工作进展缓慢，一直是军事情报处高层极为头痛的问题。这些年抓捕的日本间谍本来就不多，绝大部分还都是无足轻重的角色。

日本谍报组织严密，反应迅速，隐蔽性极强，每一次都能轻易地摆脱军事情报处的深入追查，根本伤不着筋骨！这几年来军事情报处缴获的电台都屈指可数，更别提什么加密密码本了。去年年底，在武汉的一次行动中缴获过一本密码本，让破译小组如获至宝。军事情报处高层对那次行动中的立功人员进行了重奖，将当时武汉站的情报组长和副组长火速提拔，军衔立即晋升一级，并上报军部，颁发三等云麾勋章。其他立功人员通报嘉奖，在之后都得到了不同程度的晋升和物质奖励。奖励力度之大、范围之广在军事情报处的历史上非常少见，可见高层对这件事情的重视。

宁志恒这才明白这次行动是赚大了。这本加密密码本最主要的作用不是用来破获暗影谍报小组，而是将给军事情报处的破译小组提供极为重要的分析依据和资料。如果这项工作有了重大的进展和突破，那么将对中日双方谍报力量的对比带来重大影响，意味着中国军方多了一双眼睛，从此以后也可以窥视日本的军事机密，此事意义重大！

赶回军事情报处，卫良弼马不停蹄，带着电台和密码本去找自己的直属上司、行动科科长赵子良汇报案情。这件事情太大了，卫良弼必须上报，有些事情他和宁志恒来做已经不合适了。他交代宁志恒，谢自明是重要人犯，必须马上移交给刑讯科进行审讯，尽快撬开人犯的嘴巴，取得有用的线索。

宁志恒把谢自明带到刑讯科关押。这是他第四次来到刑讯科了，轻车熟路办完了交接手续，马上安排审讯。

可巧的是，这一次配合审讯的竟然还是江文德和章平这组搭档。

江文德一看又是宁志恒，也感到意外。他双手一摊，苦笑道："没想到又是宁队长，你这段时间可是我们刑讯科的常客呀，这短短一个多月的时间就抓到第三个案犯了。宁队长少年英雄，手段厉害呀！"

宁志恒也只能淡淡一笑，说道："看来是我和江队长有缘，希望这次能够精诚合作，皆大欢喜。"

两个人寒暄已毕，就不再啰唆。很快就有刑讯人员上前将谢自明结结实实地捆在十字架上。粗大的十字架因长期被血液浸透，木质变得乌黑，一靠近就会闻到一股浓浓的血腥味。

按照惯例，仍然是宁志恒首先开口讯问。他二话不说，走到谢自明面前捏住他的下巴用力一抬。谢自明后脑重重地撞在木架上，疼得闷哼了一声。宁志恒直截了当地问道："谢先生，我不想多说废话，为什么抓你你也很清楚。我们在你的住处搜出了电台和密码本，你的身份无从抵赖！现在，我问你：你是老实交代，还是把这屋子里所有的刑具都尝一遍？你是个聪明人，不用我多说了。"

谢自明没有回答他的问话，而是轻蔑地看了他一眼，此时的他已经从起初的慌乱中清醒过来，心神逐渐安定。

情况已经恶劣到这种程度，电台被搜出也还罢了，最可怕的是，刚刚更换的加密密码本也被搜了出来。因为风车的失联，特高课本部马上废弃了那套旧的密码，将这套新的加密密码交给他这个暗影小组新任组长使用。没想到，密码本刚刚带到南京，和本部才进行了第一次联系，就被中国谍报组织抓获了。他很清楚密码本泄密的后果将有多么严重，他为自己的疏忽带来如此严重的后果而懊悔不已！

他到现在也不明白是哪里出了问题，因为暗影小组才被重启，他根本就没有开始任何行动。这时，他脑海里响起前辈川上健太的那番话："他们进步得非常快，快得让我们难以适应！"

看来川上前辈的话应验了，中国人的进步让他无法适应，而付出的代价让他追悔莫及！

宁志恒当然也不会天真地以为这个谢自明会轻易招供，不过没关系，接下来的严刑拷打会让他说出自己想要的东西。他转头对江文德说道："好了，现在该江队长你们上了，好好'招待'这位客人吧！"说完，他回到自己的座位上，静等着江文德和章平的手段。

江文德和章平这次可不敢像上次那样一上来就上狠刑，宁志恒的秉性他们是领教过的。这个人虽然年轻却心狠手辣，对这些残酷的刑讯手段根本无动于衷，就是把人活活打死，他估计也不会眨一眨眼。

江文德示意章平让他开始。章平叫人把岛津弘的双腿抬起，平放在一张凳子上，用绳子绑住膝盖部位，然后在他的脚跟部位把一块一块砖头依次塞进去。这种刑罚很痛苦，俗称老虎凳。膝盖被固定在凳子上面，而脚跟不断地被逐渐垒高的砖头抬起，最后当膝盖承受不住逆向推力时就会断裂。有时候人犯会在极度疼痛中昏厥过去，严重的会导致残废。不过因为没有外伤，可以避免伤口感染，人犯不会有生命危险。

一块砖！

两块砖！

时间持续了二十多分钟，岛津弘只感觉膝盖撕扯欲断，肌肉和韧带被扯得剧烈疼痛。他咬紧牙关，不吭一声，头上豆大的汗珠不停地滚落下来。

宁志恒有些不耐烦了，他对身边的江文德催促道："别浪费时间，我要在最短时间里得到口供。上次那些刑具就不错，马上动手，赶紧拿下他！"

江文德脸一沉，心想：就知道这个浑蛋不是个善茬，他只想得到口供，根本不管人犯的死活！审讯刚刚开始，这个冷血的家伙就要整残人犯哪！自己可不能听他的胡来，手段还是要有所收敛。说来好笑，别人来审犯人都是盯着施刑的人员别没轻没重地整死人犯，到了宁志恒这里，江文德却是打定主意，不陪他一块疯，别一不小心背了黑锅。

可是宁志恒耐心有限，这次他必须快速拿下这个谢自明，不然等时间长了，"崔海"的失联就会引起特高课本部的注意。要知道他们也是可以通过播音频率示警暗影小组成员的。宁志恒要在这之前从这个谢自明的口中挖出这些成员，再说他不怕人犯受刑过重死亡，不行就查看人犯的记忆，能挖出多少就挖多少，总比让他拖延时间，最后一无所获强得多！

宁志恒见江文德不说话，几步上前，抄起炭盆上的烙铁就要对岛津弘下手。

正在施刑的章平看到宁志恒要下重手，却又不好拦阻，眼睛看向江文德，那意思是问怎么办。

江文德见宁志恒急红了眼，也不敢过于违逆他，毕竟这些个天子门生他得罪不起。

"宁队长，你先不要着急嘛，这些粗活还是让我们来做好了。只是这样人犯万一出现差池，你宁队长还要为我们担待一二啊！"

"江队长，你们刑讯科什么时候成了吃素的菩萨了？老实说，这一年到头你们刑讯科抬出去的死人还少吗？我可告诉你，人犯的口供拿不下来，我们都脱不了干系。别在这儿给我打哈哈，我可不吃这一套！"宁志恒语气阴冷地说道。

在宁志恒的督促下，江文德和章平直接给岛津弘上了重刑。

火红的烙铁印在身上，焦烂恶臭的味道弥散开来，充斥着整个审讯室。长长的铁签子从指甲缝里一根一根插了进去，钻心的疼痛根本让人无法承受，凄厉的惨叫声不停响起。

这一次宁志恒完全没有第一次那么震撼的感觉，对眼前的这些熟视无睹，一心惦记的就是口供、口供！

很快，岛津弘就第二次昏厥过去。章平正要将一盆冷水浇到他头上，就在这时，审讯室的房门突然被打开，卫良弼快步迈了进来。宁志恒刚要开口，卫良弼用眼色示意，阻止了他的讯问，随后往旁边一闪，立正站好，身后一行三人走了进来。

为首的是行动科科长赵子良，也是宁志恒的顶头上司。宁志恒这两个月来，和他也就见过一面，还是在崔国豪庆祝晋升大摆宴席时请赵子良赴宴，宁志恒才有机会见到自己的顶头上司。赵子良身后的两个人就不认识了，不过看肩上的军衔都是上校，想来不会比赵子良的地位低。

"这就是谢自明？"赵子良没有看审讯室里的其他人，眼睛直接就盯在已经昏厥过去的岛津弘的身上。

"是，这就是谢自明！"宁志恒马上反应过来，这是赵子良在向他问话，赶紧立正回答。

赵子良这才回身看了一眼高声回答的宁志恒，他脑子里对宁志恒还是有印象的。这个年轻人虽然刚刚加入军事情报处，但表现优异，不知怎么入了处座的眼，短短一个多月就被破格提拔为中尉。尽管一个少尉的晋升这种小事无足轻重，可是也让他记住了这个下属。

他并不知道，宁志恒不是入了处座的眼，而是因为宁志恒是黄显胜案件的头号功臣，只是做了笔交易才把案子转给情报科。因为这个案子的具体情况只有少数几个人知道，也都各自得了好处，所以没有张扬。

"审得怎么样了？"赵子良接着问道。

"报告科长，审讯才刚刚开始，犯人还什么都没说。不过您放心，我一定尽快撬开他的嘴。"宁志恒朗声回答道。

这时，赵子良身边的一个上校听到审讯才刚开始，有些按捺不住，赶紧对赵子良说道："赵科长，这件案子事关重大，应该交由我们情报科来审讯，对这种事还是我们有经验，绝对不会出问题的！"

"谷科长，你们有经验怎么没有抓到这个谢自明啊？倒是我们行动科这些粗人，"另一个上校冷笑一声，嘴里不阴不阳地说道，"随便出手就抓了一个日本间谍回来，还缴获了电台和密码本。可见，你们那些经验管不了什么用嘛！"

情报科科长谷正奇被行动科的副科长向彦一句话顶得一张老脸有些泛红，沉声说道："向副科长，临来的时候处座交代，这件案子由情报科和行动科共同协办。怎么，你们还想违抗处座的命令？"

赵子良眉毛一竖，同样不客气地回了一句："是让你们情报科协助我们行动科。谷科长，咱们军情处的惯例就是谁的案子谁负责，半路摘桃子可是坏规矩的！"

其实，他和情报科科长谷正奇都是处座这一系的，只不过谷正奇更受处座的重视罢了。这从情报科和行动科在军事情报处里所处的地位就能看出来。

　　情报科作为军事情报处里的第一部门，拥有最多的资源投入和最大的话语权，可以随时调用其他科室的各种资源，并要求其他科室配合等等，地位当然要凌驾于行动科之上。

　　对此赵子良心中一直憋着一口气，要与这个谷正奇一较长短。只是行动科作为外勤部门，也就是个打手的角色，苦于没有拿得出手的案子，没有机会表现，一直被谷正奇压了一头。没想到，今天机会突然降临。当卫良弼抱着电台和密码本向他汇报时，他都不敢相信，这种好事竟然能够降临到他的头上。自己这些只会舞刀弄枪的手下，竟然学会了动脑子，还成功抓获了刚刚潜伏进南京的日本重要间谍。更重要的是收获巨大，连电台和密码本都带了回来！

　　处座曾特意强调过，谁能够缴获日军军用加密密码本，军事情报处将上报军部，给予立功人员特别重奖！这正是一个千载难逢的好机会，赵子良在听完卫良弼的报告后，第一时间就上报给了处座。

　　正在军部开会的处座，听到这个好消息当然非常高兴，对赵子良大为夸奖，并马上给出指示：案情重大，稳妥起见，交由情报科和行动科联合进行调查。而处座本人也正在赶回军事情报处，将密切关注这件案子的进展。

　　这让赵子良的心里既高兴也恼火，高兴的是在处座面前大大地露了脸，得到处座的夸奖。恼火的是，在处座心目中，情报科仍然是他最看重、最信任的部门。不然他不会破坏惯例，让情报科插手这件案子。但这些足以说明，处座对这件案子极为重视。

　　而这个谷正奇就像一只闻到腥味儿的猫，在接到处座的指令后，也在第一时间赶了过来。

　　"赵科长，你误会啦！人犯是你们行动科抓的，这案子当然以你们为主，我谷某人绝不会坏了规矩。我只是担心你们行动科的人员在审讯方面经验不足，如果耽误了案情的侦破，贻误战机，放跑了潜伏的日本间谍，那就不好啦！你看，你们这手艺也太糙了。一个小时，人犯就被打成这样，照你们这么搞，我怀疑人犯今天晚上都熬不过去。这件案子可是由你我两个部门联合办理，出了差错谁也逃不了干系不是！"谷正奇连忙解释道。

　　赵子良听完谷正奇的话，心里更是恼火，其实他明白处座的意思，是更倾向于把案子交给情报科处理。实话实说，侦破案件这种事确实是情报科的专长，他们有大量这方面的人才。

只是这么做确实有些过分！行动科找到的线索、抓到的疑犯，最后却要交给情报科。这么做的话，以后谁还会出力找线索去办案？到最后都被情报科摘了桃子，这如何能服众？

可是这件案子确实太重要了，处座不放心行动科单干，怕他们手艺太糙，把好事变成坏事，这才取了一个折中的办法，让两个科一起办案。其实就是让情报科盯着点行动科，不要办砸了差事。

赵子良看着浑身是血的岛津弘，又看看一旁的宁志恒，确实有些头痛。这小子下手没轻重，这么重要的人犯，刚抓回来就打成这样，万一死在行动科的手里，那可就得不偿失了！

既然处座指示过，赵子良就不能独揽大权，必须让情报科参与进来，总要给他们分一些功劳，不然处座面前交代不过去。

"好吧，既然有处座的指示，那我们就把工作分派一下。你不是想要审讯人犯吗？可以！不过我行动科的人要全程陪同。口供出来后，如果有具体的行动还是由我们行动科执行，每一步措施都要以我们行动科为主。没有我们的同意，你们不能单方面采取行动。如果有人为了抢功劳，擅自行动，那大家就掀翻桌子，这桌好菜谁也不要吃了！"赵子良思虑了一下，终于做出决定。反正最大的功劳也已经到手了，让些功劳出去也无妨。

此话一出，谷正奇稍微考虑一下就点头答应下来了。老实说他心里真就是打算问出口供后如果有收获，就绕过行动科自己动手。情报科是处座最看重的部门，占据着军事情报处最大的资源份额，专业人员最多，装备最好，一向自诩为军事情报处的老大。可现在被行动科抢了风头，谷正奇自然是心有不甘，打自己的算盘也正常。不过现在被赵子良戳破，也就熄了这个心思。只要参与进来就好，以后再见机行事。

"卫良弼，你们行动一组具体负责这件案子，不过要多个心眼，别被别人耍了，有情况第一时间汇报给我！"赵子良对卫良弼吩咐道。

他这话当然是说给谷正奇的，可是谷正奇老奸巨猾，就当根本没听见。他又转过头对他的副手向彦说："老向，你多操点心，盯紧了这件事。卫良弼他们如果需要人手和物资，你直接调配！"

向彦点点头，赵子良让他这个副科长给组长当后勤部长，可见对这件案子有多么重视。

谷正奇看赵子良安排事宜，也没有闲着，到门口招了招手，唤进一名少校，介绍道："情报科的于诚，我手下最得力的组长，相信大家不陌生。他也是刑讯好手，来负责人犯谢自明的审讯。你们要精诚合作，我等你们的好消息！"

几位大佬很快将事情谈妥。在一旁的宁志恒只能暗自焦急，审讯工作就这样交了出去，他真是心有不甘。可是他人微言轻，根本没有任何发言权。

很快，于诚开始安排人手，接手审讯工作。

宁志恒对卫良弼说道："师兄，我留下来全程陪同。"既然不能主导审讯，那也要在旁边盯着，既能第一时间得到第一手资料，同时万一这个谢自明扛不住酷刑，那他也可以窥视记忆，不至于一无所获。

可是，卫良弼看了看宁志恒，轻轻拍了下宁志恒肩头，劝道："志恒，你也不要太拼了。这件案子的首功我们已经拿下了，剩下的事情交出去也好。再说你今天刚受了伤，到现在都没有休息，你这样身体会熬不住的。我安排石鸿今天晚上在这里盯着，你就回去休息吧！"说完不由分说，拉着宁志恒出了审讯室。宁志恒很是无奈，只好随他出了刑讯科。

回到办公室，他才想起给刘大同打电话。案子到了现在，外面组织的人手已经帮不上忙了。他让刘大同将外面的人手以及黄包车夫们暂时解散，并随时等候他的调遣。

一切安排就绪，他这才出了军事情报处回到家中。

连续二十多天的辛苦奔波，宁志恒的神经一直紧绷着，现在终于能够放松下来了。这时候他才感到自己胸口的不适，轻轻用手按了两下，不禁痛得闷哼了一声，看来这次真是受了内伤了。天色已晚，宁志恒也懒得吃晚饭，直接简单洗漱了一下，就躺在床上睡了。

以前在军校时，宁志恒也受过轻伤，但借助菩提子的神奇力量，他只要沉睡一夜，第二天起床后都精神抖擞，身体上的瘀伤也会消失。

清晨，宁志恒醒来，他感受了一下自身的状况，果然发现身体恢复得非常好，精神焕发，胸口的闷痛已经消失不见。他舒展身形，全身活动了一下，发现身体已经没有任何不适，感觉满意极了。

他将卧室里的书桌挪开，露出墙体里面镶嵌的保险箱。这是他前段时间花重金专门订购的最新式的密码保险柜，箱体沉重厚实，坚实至极。保险柜采用多重密码锁定，圆形密码锁只要旋转错误超过三次，里面的横锁就会自行锁定，之后就只能采用暴力切割的方式打开，否则再也无法打开，所以保险柜非常安全。这里面放着他最要紧的一些东西。

他按照自己设定的密码旋转圆形密码锁，打开保险柜。

只见里面放置着三张他亲手绘制的画像，三幅画像都标有日期，还有备注说明出处。他相信以后还有很多的画像需要储存，这样就不怕搞混了。

保险柜里还有整整十几摞美金和英镑，以及二十根十两重的金条。算上黄显胜的赃款，还有钱忠的封口费、崔国豪的谢礼、父亲给他的钱，当然还有最大额的进项——前两天王树成送来的从王扒皮身上勒索的全部家当，零零散散的加在一起，现在宁志恒手里不算金条，光是现金就有一千英镑、一万八千美金、三千法币。这绝对是巨款！短短两个月，宁志恒收获了平常人几辈子都积攒不下的巨额财富。

他取出那三千法币收在身上，锁好密码保险箱，再将书桌恢复原状，仔细检查看不出异样才出门而去。

他赶到军事情报处，打电话给刘大同，让他赶到门口不远处的红韵茶楼和自己会合。

宁志恒出门来到红韵茶楼，要了些吃食等着刘大同。很快，刘大同就匆匆赶到。

宁志恒头也没抬，示意刘大同在对面坐下，然后两三口吃完最后一块米糕。看着满桌的狼藉，这才有些自嘲地笑道："你知道吗，这是我这么多天以来吃得最舒坦的一顿饭了！"

刘大同看宁志恒一脸的笑意，知道他今天心情很好，便开玩笑说："能吃是福。宁长官这是喜鹊枝头，满面春风啊！又有好事找我吗？"

宁志恒笑着点点头，抬手给自己倒了杯香茶，拿在手里惬意地吹了吹，抿了一口，轻松地说道："这么多天没有白忙活，这次的案子干得漂亮，收获巨大！手底下的兄弟们都出力不小，我也不会亏待兄弟们！"说完，他将厚厚的两摞钞票扔在桌子上，"这是三千元，拿去给弟兄们分了。陈延庆和熊鸿达他们五个人每人三百，答应给黄包车夫们的补贴双倍发放，剩下的，你再去多盘间车行！"

刘大同尽管现在见的世面大了，手上过的流水也多了，可还是让宁志恒的大手笔给吓了一跳。

"我知道了，这也是快到年根底下，正是家里面要用钱的时候。老天保佑，今年我们这些兄弟可是跟对您了，这日子是越过越好了！"刘大同把钱收好，笑嘻嘻地说道。

"哈哈，大头，你这个人就是嘴甜会说话！"宁志恒笑着点了点刘大同，"你这次升了警长，手下的人也多了，街面上的事要更加留心。你把话散出去，只要有风吹草动，哪怕有一丝线索，只要有人汇报上来，我们都有奖赏。这件事很重要，你要多下点功夫！"

刘大同连忙点头，他知道宁志恒很重视情报的搜集，盘下黄包车行就是为了做这件事情。

宁志恒又和他交代了一些细节，两个人这才分手离开。

第十四章
处座召见

宁志恒快步回到军事情报处，他要知道昨天一晚上刑讯科那里有没有什么进展。他先到旁边卫良弼的办公室去找师兄，可是屋里没有人。他又回到自己办公室问王树成，王树成说卫组长去刑讯科监督审讯情况去了。

宁志恒这时才突然想起，昨晚搜查谢自明住所时装在公文袋里带回来的一沓白纸，自己匆忙之间就放在了抽屉里，还没有来得及查看呢！他赶紧打开抽屉，取出那一沓白纸。昨天他依稀看到第一页上有细微的痕迹，觉得可能有价值。

本着小心谨慎、不放过蛛丝马迹的原则，他拿过一支铅笔，轻轻地在第一页白纸上来回涂抹。过了好一会儿，白纸上慢慢显现出一行字迹，可都是日文，宁志恒不认识。不过这也让他兴奋不已，这肯定是有价值的情报！军事情报处人才济济，一定有人精通日文，很快就能翻译出来。

他仔细地将这页白纸收在上衣兜里，快步出门赶往刑讯科。现在卫良弼主抓案件的工作，这件事情必须马上汇报给他。

来到审讯室，两个情报科的人员守在门口，禁止旁人靠近。宁志恒出示了证件，因为这件案子是以行动科为主，情报科人员没有理由阻拦，就放他进去了。

让宁志恒感到奇怪的是，整个刑讯室内悄然无声。卫良弼、于诚，还有江文德三个人正在一旁的桌子后面坐着，静静地看着对面的人犯。

此时的岛津弘被高高吊起，身上的伤处已经包扎好，整个身体只有一只脚的半只脚掌着地，两只手和另一只脚都被绳索吊起，尤其是正对着他的下巴和下体部位分别吊着几根极为纤细锋利的倒刺！

锋利的倒钩已经刺入他的下巴和下体之中。为了刺激他的疼痛感，倒刺上都抹上了盐水和酒精。

这种姿势极为怪异。全身只有半只脚掌受力，只要他的半只脚掌稍有松懈，身体就会向下坠，正对下巴和下体的倒刺就会深深地扎进体内，而且越是挣扎，倒刺牵扯的肌肉就越多。再加上盐水和酒精极度地刺激他的痛感，迫使他必须把全身的力气集中到自己的半只脚掌上。

但是长时间站立，只靠半只脚掌支撑全身的重量，让他的腿部肌肉根本无法支撑。下巴内侧和下体都是人身体上对疼痛极为敏感的部位。每当他脚部肌肉无法支撑导致身体稍有下坠时，倒刺都会深深嵌入他的下巴和下体，越挣扎越疼痛，痛不欲生！

人犯甚至不敢开口哀号，只要他嘴一张，脖子肌肉就牵扯得更厉害，剧烈的疼痛让他的哀号半路戛然而止。只有当他实在坚持不住时，审讯人员才会解下他，给他换一只脚掌受力，然后这种痛苦程序再循环持续。每当换脚掌时，人犯都会对那种短暂的轻松感产生极度的渴望，再接受新一轮的煎熬就会痛苦倍增，每一次用刑都是对人体忍受极限的考验！

这种刑罚有一个别名叫"抬轿子"，是一种极为严酷的刑讯手段。因为倒刺纤细且不长，伤口的创面很小，而且倒刺上都涂抹了酒精和盐水消毒，既增强了人犯的疼痛感，还能有效防止细菌感染。

这样做会最大限度地降低危及人犯生命的概率，就如同熬鹰一般，使人犯每时每刻都处在一种极为痛苦的煎熬之中。

人犯坚持的时间，完全取决于他自己的体力和意志力。不得不说，这种审讯手段比宁志恒的做法技术含量要高得多，不过缺点是不如宁志恒的做法来得猛烈。如果人犯身体强壮，意志力顽强，那他就能坚持相当长的一段时间。

看到宁志恒进来，卫良弼起身向他招手示意，没有让他开口，然后两个人出了审讯室，来到无人之处。卫良弼掏出香烟，给自己点了一支。他知道宁志恒不吸烟，就没有让他。在审讯室那种地方待久了，谁的心情都会很压抑！

"审讯进行得怎么样了？"宁志恒问道，"问出点什么没有？"

卫良弼摇了摇头，说道："于诚怕整死了人犯，就想慢慢熬着。这个谢自明从昨天到今天早晨，已经熬了十多个小时了，真是个顽固的家伙。他一定是个训练有素的老特工，接受过抗拒审讯的专门训练。"

据说日本人的情报部门现在有了专门抵抗审讯的特殊训练，原理可能是让人犯进入一种自我催眠的状态，将疼痛感降至最低，以达到对抗严刑拷打的目的。当然，这种自我催眠靠不靠谱谁也不知道，至少军事情报处训练科里面没有这门课目。

宁志恒皱着眉头说道："照他这样用刑，什么时候才能问出口供？审讯强度还是太低了。时间不等人，不上重手段是不行的。一旦特高课本部反应过来，其他的同伙就有脱钩的危险！"

卫良弼双手一摊，做了个无奈的手势，说道："今天早上，处座亲自过来，特意强调一定要留人犯活口，下重手万一死了人，咱们担当不起。况且由情报科主持审讯，这件事也是科长同意、处座点头的，我们只是做一个陪同旁听的工作，不能擅自插手，不然出了事，这黑锅就让咱们自己背了。"

宁志恒也是无奈，以这样的手段，人犯的生命安全是有保证了，可是如果这个谢自明的身体健壮、意志力惊人，那取得口供的时间就无法保证了。

"对了，师兄，这里有个情况向你汇报一下。"宁志恒从上衣兜里掏出那张白纸。

"这是什么？"卫良弼接过白纸观看着问道，他也不认识上面的日文。

"昨天搜查电台时，在桌子上面发现的稿纸，上面有写过字的痕迹，我怀疑是谢自明拟好的电文。他需要打草稿，再一个一个转换成密码，我就用铅笔将字迹还原了。能找到可靠的人翻译吗？"

卫良弼一听，心中顿时一阵惊喜，赶紧将手中的稿纸又仔细地检查了一遍，说道："这个线索太重要了！我这就去找向副科长，让他给安排一个可靠的人来翻译。"说完，卫良弼让宁志恒通知在家中值守的王树成过来，让他在审讯室里继续陪同审讯，然后带着宁志恒一起赶到行动科副科长向彦的办公室。

向彦看到卫良弼二人前来，正好询问一下案件的进展。他一听说卫良弼想要个精通日文的人才，马上拿起电话从电信科要来了一名翻译。电信科因为是专门搞通信监听破译工作的，所以配有不少专职翻译。

很快，一名翻译赶了过来，向彦让他现场翻译了那行字迹。翻译出来的内容是：

风车木偶被捕，雪狼今日回沪，详情面告，暗影确认重启。黑雀！

宁志恒和卫良弼看到电文的第一眼就暗叫一声不好，向彦看到二人脸色难看，赶紧追问道："怎么回事？这段话应该是拟好的电文，内容有什么不妥？"

"向副科长，您看得没错，这肯定是段电文，而且应该是昨天实施抓捕前刚刚发出的电文内容。前面一句指付诚和黄显胜被捕，倒是没有什么关系，问题出在第二句，雪狼今日回沪！"卫良弼拿着翻译过来的电文，苦笑着回答道。

"怎么，这个雪狼是谁？"向彦问道。

宁志恒在一旁解释道："昨天我们跟踪的目标崔海应该就是电文中提到的雪狼，我们中午发现崔海和谢自明接头，然后分头跟踪。我跟踪崔海回到宾馆，发现他要离开南京，情况紧急，只好当场抓捕，可是没有成功，他在最后关头拉响手雷自尽了。

"所以说，谢自明，也就是电文里的黑雀，已经和特高课本部用电台联系过了，还通告了雪狼昨日回上沪的行程。南京到上沪也就是不到一天的时间。也就是说，今天中午之前雪狼没有回到特高课本部复命，就会引起他们的怀疑，估计最多等到今天傍晚，他们就会确认雪狼的失联。

"雪狼在特高课本部的地位应该不低，他知道黑雀的身份，我们猜测他还应该知道暗影小组其他成员的身份。他的失联会让特高课本部做出什么反应，我们不能确定，但有一点可以肯定，我们的时间不多了！"

向彦马上明白过来，他赶紧拿起电文，对宁志恒和卫良弼说道："你们哪里也不要去，就在这里等我，我马上上报！"说完，急匆匆地出门而去。

宁志恒和卫良弼互相对视，神情都有些沮丧，没有想到抓捕工作还是晚了一步，竟然让谢自明有机会和特高课本部联系。

出现雪狼失联这么大的问题，如果特高课本部反应及时，那么今天晚上之后，关于雪狼掌握的所有秘密都会被怀疑，包括他知道的暗影小组的一切情况。刚启用的密码会停止使用，特高课本部甚至可能会以广播电台的方式指令暗影每个成员进入蛰伏或者撤离，这种情况当然是军事情报处最不希望看到的。

很快，向彦赶了回来，吩咐道："你们跟我来，处座要亲自召见！"

宁志恒自加入军事情报处以来，从没见过这位军情处的最高领导。他的身份太低，无法接触到高层。原本就算是黄副处长，要不是黄显胜的案子，再加上自己是贺峰弟子，也是不可能接触到的。

在中心机关办公大楼处座的办公室里，面容沉肃的处座正站在窗口，目光凝视窗外，背在身后的手中拿着那页电文。他转过身来，慢慢地踱了几步，沉声问道："电文里的这个雪狼会和你说的那个日本特高课高级间谍是同一个人吗？"

"应该不会错，雪狼在特高课的地位很高，这个代号不会有人冒充。我和他打了半年的交道，手下十三个兄弟都死在他手里，只要让我见到这个人的尸体，我就能确认！他化成灰我都认识！"一个中年男子恶狠狠地说道。

情报科副科长边泽是处座的心腹爱将，为人精明能干，处事果断，是搞情报的老牌特工，两年前进入上沪建立军事情报处上沪站。当时的上沪处于日军和国军的共同管制下，日本间谍的势力庞大，军事情报处的力量处于劣势，双方交错纠结在一起，多次交锋！

边泽在一次行动中，中了日本特高课的埋伏，对方带队的正是老对手——日本特高课高级间谍雪狼。边泽部下折损大半，十三名队员当场阵亡，边泽带少部分人侥幸逃出。这次的失败是边泽最为懊悔不已、痛彻心扉的一次记忆。为了掩护他逃生，十三名跟随他多年、可以交托性命的兄弟拼死闯开一条血路，活生生地倒在他的眼前。死里逃生的边泽痛不欲生，调集手下对日本特高课进行了报复性刺杀，其中最重要的目标就有雪狼。他们刺杀了多名日方间谍，但这个雪狼行踪诡秘，做事谨慎，他们几次行动都没有得手，最后这场报复战以双方两败俱伤告终！

今天行动科科长赵子良和副科长向彦一起来汇报紧急情况时，边泽就在处座的身边。他一眼看见翻译电文中"雪狼"两个字，顿时就和记忆中的那个人重叠在了一起。

处座没有再多问，心想这个崔海如果真是边泽口中的那个雪狼，那么这个级别的特工冒险进入南京，究竟是为了什么呢？肯定是一件很重要的事情，应该就是电文中暗影小组的重新启动。

到现在为止，暗影小组的成员已经落网两个。其中的黄显胜，也就是木偶，就是一个分量极重的人物，他的落网直接导致国军一个嫡系主力师的大换血。据可靠的消息，第十一师很快会被调离南京，奔赴西北前线。要知道，第十一师向来都布置在南京东线，是用来防备日本军队的第一序列主力师。现在就是因为这个师的军事情报都被日本人调查得一清二楚，短时间里根本调整不过来，才不得不调出南京防卫系统。

可以说，一个木偶的暴露，影响了整个国防部的战略防御布置。为此，校长对军事情报处的工作效率大为赞赏，处座也在这件案子上得分不少。

那么其他的暗影小组成员会给他带来什么样的收益呢？由雪狼这个级别的特工来主持暗影小组的重启，也说明暗影小组的重要性！

必须挖出这个暗影小组，处座暗自下定决心！

敲门声响起，随身秘书进来禀告道："处座，向副科长他们来了！"

看到处座点头，秘书回身对向彦道："向副科长，你们请进！"

宁志恒跟随卫良弼进入办公室。只见宽敞的办公室里有三位中年军官，其中一位是行动科科长赵子良，另有一位也是上校。

居中端坐的少将气质深沉，不怒自威。不用说，就是军事情报处的最高长官。

"报告，行动科第一行动组卫良弼、宁志恒向您报到！"二人不敢怠慢，挺身敬礼齐声报告。

处座没有说话，只是点头示意，然后说道："你们是这次缴获密码本的功臣，也是对这个案子最了解的办案人员。我叫你们来，就是要了解一下具体情况。"

说完，他向一旁的边泽示意。边泽点头，开口问道："最初的目标雪狼是谁锁定的？"

"报告，是第三行动队队长宁志恒锁定的！"卫良弼开口回答。他抢在宁志恒前面开口，就是怕宁志恒把功劳推到他这个师兄身上。

卫良弼此人虽心高气傲，但做事自有底线。沾自己师弟的光可以，但抢自己师弟的首功，这种事情他绝干不出来。

他不知道自己这一声"报告"，在场的几位高官都是暗自点头。几个人都是久经历练的人中精英，身边的人一个眼神、一句话语都能辨得清清透透，哪里看不出卫良弼的用心！这个卫良弼，在众多领导面前不献媚、不争功、不卑不亢，是个有担当的年轻人！

边泽把目光转向宁志恒，问道："是你？把具体情况说明一下！"

宁志恒没有半点紧张，回答道："报告，我加入军事情报处后，在外围组织一些人手作为耳目，平时就让他们一旦发现有可疑人物就及时上报。是他们发现这个崔海行动异常，我就组织人手对他进行了监视！"宁志恒声音清朗，镇定自若。

"外围人手？你手下养了暗探？"边泽当然知道所谓的外围人员是什么意思，其实他们情报科手下也养了不少这样的人，主要作用就是为了打探消息，这不足为奇。

"上次黄显胜的行踪，也是这些外围人员先发现的？"端坐正中的处座问道。他突然想起上次黄显胜案子的结案报告中就提到过，案子的起因是宁志恒手下暗探发现，黄显胜只租房却不居住，行踪诡秘，最后导致身份暴露！

"报告处座，也是他们发现的。后来我们继续调查，发现他租的房距离两个月前落网的日本间谍付诚，也就是代号风车的住所很近，还有他都不与周围邻居照面，还主动上门向房东交租金，等等。根据这些异常情况，我们锁定了目标！"宁志恒赶紧回答道。

"什么，什么情况？处座，不是说黄显胜的案子是情报科发现的线索，行动科协助的吗？怎么现在成了是我们行动科发现的目标，那黄显胜案子的首功应该是我们行动科的呀，您这一碗水要端平啊！"赵子良一听不干了，开口问道。

在一旁的行动科的两位科长一听就听出问题了，他们尽管也都是处座的嫡系，但也不知道处座和黄副处长私下做了交易，把行动科的功劳揽了过去。这时候听到自己科的功劳被抢，当然不愿意了！

其实，处座话一出口就后悔了，他忘了身边这两个老部下根本不知道黄显胜案子的具体情况。毕竟孔良策的身份特殊、情况特殊，当然是越少人知道越好。

现在听到部下埋怨，处座一时也不好当着众人解释，干脆老脸一拉，瞪着眼轻喝一声："好了，今天是问这件案子，黄显胜的案子以后再说！"

看到处座脸色不好看，赵子良和向彦也不敢再问，不情不愿地坐了回去，暗自打算这件事情必须搞清楚，回头一定要讨个说法！

被两位行动科长一打岔，边泽的思路也被打断了。他干脆直接问道："你们跟踪了他多久？"

"六天。本来我们已经失去耐心，准备直接抓捕了，没想到就在昨天中午发现他与谢自明秘密接头，总算这几天的辛苦没有白费。"宁志恒回答道。

"为什么要进行紧急抓捕？你当时如果不冒险出手，布置得更周详一些，很可能会活捉这个雪狼。你知道这个雪狼的身份吗？你知不知道抓捕这个雪狼的重要性？如果能够活捉他，其价值简直不可估量！"边泽恨恨地说道，语气有些急促。他暗自懊恼，如果能将宁志恒换作是他该多好！能够亲手活捉，甚至击杀雪狼，为自己的兄弟们报仇，他将今生无憾！

"边老弟，你这么说就没有道理了。当时的情况是雪狼突然要离开南京，脱离我们的监控视线，临时去调集人手已经来不及了。宁志恒临时决断进行抓捕，并没有错！老实说，即便调集了足够的人手，只要雪狼持有必死之心，谁能够挡得住他拉响手雷的指环？说不定还会有更多的人员伤亡。宁志恒不顾自身的安危，冒险抓捕雪狼，就算是没有竟全功，但没有让他逃回上沪，这也是功劳一件！"本来脾气就急躁的向彦，看到手下被边泽责问，顿时火了。

边泽知道向彦的脾气一向如此，也就没有在意，接着询问道："当时你们总共有几个人参加了抓捕？"

"两个，我和我的部下孙家成。"宁志恒答道。

"两个人？"边泽听到宁志恒的回答有些疑惑，再次问道，"就两个人？你知道吗，这个雪狼在日本特高课是有数的战术高手，精通射击与搏击。我曾经跟踪他一个月，对他进行了两次刺杀，结果死了三个兄弟，却未伤他分毫。你们两个人就能逼着他拉响手雷？"

边泽显然有些疑惑，他怀疑这个雪狼是不是他记忆中的那个日谍。雪狼怎么会被一个初出茅庐、刚刚加入军事情报处的年轻人轻易地逼上绝路？

宁志恒这才明白过来，原来眼前这位上校和雪狼打过交道。他询问的重点句句不离雪狼，反而对这个案件中的关键人物谢自明没有过多的追问。他还对雪狼进行过两次刺杀，看来两个人有极大的恩怨纠葛。

宁志恒小心翼翼地回答："确实就我们两个人。不过我的部下孙家成是近身搏斗的好手，再加上我们是伏击，趁其不备将他击倒。只是我们也没有想到，他根本没有半点犹豫就拉响了手雷，我们两个差点陪他一起上路！"

谁知宁志恒话音刚落，一旁的赵子良哈哈笑道："年轻人也不要太谦虚，有一说一。黄显胜案子的报告上说，是你亲手抓捕的黄显胜。雪狼的抓捕也是你抢先动手，最后关头还拼命把你的部下救了出来。这两次的抓捕你都是主导，看得出来你的身手一定不错。用不着藏着掖着，我们这些人眼睛还不瞎！"

说完，他有意无意地把目光扫向边泽，那意思肯定是在为宁志恒撑腰。边泽说自己是什么战术高手，却在上沪损兵折将，被搞得灰头土脸地回来，结果还不如自己的两个手下，轻易就取了雪狼的性命。

边泽被赵子良的目光扫得有些尴尬，干脆扯开了话题："你们知道雪狼是什么时候进入南京的？"

宁志恒略加思索，回答道："我们通过询问他住宿的旅馆工作人员，确认他是十八天前进入南京的。而他与谢自明秘密接头，还有这份电文也充分说明，暗影小组和雪狼之间必然有联系。我们初步判断，这个雪狼来南京的任务应该是对暗影小组其他成员进行甄别，并完成重启任务。而这个谢自明，据我们调查也是十八天前租下的房子，七天前应聘成为鸿程小学的国文教师。根据他住所搜出的电台，我们判断他应该是暗影小组组长风车的继任者、新任的暗影小组组长黑雀。他肯定知道自己手下小组成员的掩饰身份。我们必须尽快撬开他的嘴，挖出小组的其他成员。"

坐在那里静观的处座扬了扬手中的电文，开口说道："可是，这份电报说明我们的时间不多了。你们分析得很有道理，雪狼的失联一定会让日本特高课本部有所警觉，时间不会超过今天傍晚。晚上是广播电台活动最频繁的时候，一般间谍接收电台广播都是在夜晚，现在是上午十点，我们还有八个小时的时间。现在，你们说该怎么办？"

赵子良迫不及待地开口道："处座，干脆下重手，不用顾及黑雀的性命。老实说，如果超过今天傍晚，其他成员真的得到示警撤离了，这个黑雀的价值也就没有了。要当机立断，不能再犹豫了。"

这话就连边泽也点头同意。确实如此，做间谍这一行，什么事情都要往最坏的可能上打算，不能心存侥幸，否则一丝的疏忽都会让你付出极为惨痛的代价！

如果日本特高课本部甘愿舍弃暗影小组多年的经营，下令全体成员撤离，那这个黑雀也就真的没有什么价值了！

"那好，马上通知于诚，不管人犯的死活，傍晚之前一定要取得口供！"处座也终于下定决心。

大家商议已定，各自按照安排行事。宁志恒正打算退出办公室，边泽突然开口说道："宁志恒，你先等一下，现在跟我去停尸房确认一下雪狼的身份！"

"是！"宁志恒回答。看来边泽心中念念不忘的还是这个雪狼。

出了办公室，两个人匆匆赶往军情处的停尸房。

一路上，边泽阴沉着脸不发一言，宁志恒不敢也不愿与他搭话。两个人都是内敛寡言的性子，就这么不声不响地快步走着。

很快，两个人赶到了停尸房。值班的看守见是边泽，不敢多说，赶紧按照他的吩咐调出崔海的尸体。

拉开冰柜看到眼前人的面目，宁志恒对身后的边泽说道："我确认，的确是昨天抓到的那个崔海！"

边泽脚步沉重地向前迈了两步，伸手推开宁志恒，盯着崔海的面孔，目光游移中有憎恨，有痛苦，也有释然！

过了很久，边泽声音低哑而深沉地说："没错，确实是他，雪狼！两年了，每当我一闭上眼睛，就看到我那些兄弟一个又一个地倒在我的身边，大声呼喊着让我快走，快走！我无数次地发誓，这个仇我今生必报！不然我到黄泉之下，也无脸见我那些兄弟！谢谢你！虽然没有亲手杀死他是我今生的遗憾，但是我仍然感谢你替我报了这个大仇！"

"边长官，您客气了，这是我应该做的！"宁志恒轻声回答，恍然间竟然有些失措。

"宁志恒，这个人情我记下了，以后如果有需要我出手的地方，你可以尽管来找我！"说完，边泽头也不回转身而去。

宁志恒听到边泽的承诺，暗自点头，也不发一言，快步离去。

边泽赶回到处座的办公室。

"已经确认了吗？"处座看着脸色黯然的边泽进来，就已经知道结果了。

"确认了，的确是雪狼。真没有想到，日本特高课里有数的老特工，竟然就这么轻易地死在一个初出茅庐的毛头小子手里。这是老天在保佑，帮我报了大仇。"边泽不禁感慨道。

他自从调回南京，心里就过不了这道坎，多次策划报复行动，但处座一直没有同意。现在局势复杂，他们不敢贸然激怒日本人。可是今天看到他的最大复仇目标毙命，边泽感到心里的这块石头终于放下了，浑身轻松了许多！

"对这两个年轻人你怎么看？"处座将桌子上的电文又拿了起来，若有所思地问道。

"卫良弼这个人有担当。我看过档案，他去年在广州做策反工作时立下大功，从上尉破格提升为少校，工作评语是胆大心细，勇于任事！"边泽考虑了一会儿，仔细斟酌后开口说道。

"不错，这个卫良弼是个人才，当街刺杀顽固派首领，他孤身往来敌营策反成功，这个人我当初就看中了！"处座赞许地说道。

"既然您起了爱才之心，干脆把他调到情报科怎么样？"边泽问道。

"可惜了，他是老黄的人，轮不到我们了！"处座有些无奈地说道。

"那您看那个宁志恒怎么样？"边泽对宁志恒的印象很好，他很想知道处座对宁志恒的看法。他是处座的心腹，知道处座喜欢什么样的人才。

"难得的人才！你知道吗，从他一进这间办公室，我就看出他的不同。这个年轻人沉稳得让我惊讶！初出校门的娃娃，第一次面对我们，说话的声调自始至终没有任何变化。我看得出来，他不是强装镇定，他是真的一点也不紧张！这种人心理素质过硬，天生是干我们这行的材料！"处座以赞赏的语气说道。

处座的评价让边泽感到很吃惊。他跟随处座多年，很清楚处座几乎没有像这样夸过人。他虽然知道宁志恒是个人才，但没有想到宁志恒给处座的印象会这么好。

"我没有处座观察得仔细，不过这个宁志恒给我印象确实不错：头脑清楚，心思缜密。我看过黄显胜案子的侦破过程，对一个新手来说，表现堪称惊艳！"边泽当然对宁志恒也丝毫不吝啬夸奖之言，何况宁志恒的表现确实非常优异，他接着又说道，"报告还说，这个宁志恒有一手听闻画像的本领，不用看到真人面目，只要听目击者的描述就可以还原目标的画像。我看过用来搜索黄显胜的那张画像，几乎和真人没有什么区别，真是一手绝活！"

"我也看到报告了。他这项本事放到别处，最多就是卖艺糊口，可放在侦破案子上，那可是一件大杀器，所以我说这个人是天生干谍报的料！"处座点头感慨地说道，"可惜了，他也是老黄的人。你知道吗，卫良弼和宁志恒是真正的同门师兄弟。你都想不到，他们竟然都是贺疯子的门生！"

边泽这一次可真的惊呆了。贺峰在国民党中层将领中还是很有些名气的，他出身保定军校，北伐时出名的勇将，作战时向来以作风彪悍、勇猛无畏著称，所以旁人戏称他为"贺疯子"。

不过这人性情耿直，结交的朋友多，得罪的人也不少。最后保定系因为在军中势力过大，被领袖以培养党国人才为由，将一大批保定系优秀军官调出军队去当黄埔军校的教书匠，贺峰就是其中之一。

这也是为什么在黄埔军校教官中，光是保定系的就占了一大半。在军中，大家对这件事也都是心知肚明。

可惜，贺峰多年前就已经是上校军衔，直到现在也没有能够晋升到将级军官的行列！

"两个都是贺峰的门生？那可真是想不到，以他那彪悍的性子竟然教出两个这么优秀的特工，真是让人意外。他教学生打仗的本事我不清楚，可教学生做特工的本事，我可真是服了！"边泽不禁莞尔一笑！

宁志恒直接赶到刑讯科。处座既然给于诚下达了限时八小时内取得口供的命令，那么接下来等待谢自明的绝对就是最高强度的残酷刑罚。他可能会像黄显胜一样撑不过这一关，选择投降招供，也可能像柳田幸树一样宁死不招。宁志恒必须时刻守在他的身边，以便在他临死时读取他的记忆！

接下来的事情可想而知，本来就已经熬得精疲力竭的谢自明，被再次绑上十字架，各种酷刑反复施加在他的身上。很快，谢自明的身上就没有一块完好的皮肤了！

"谢自明，不，现在我们应该称呼你为黑雀，对吗？暗影小组的新任组长！"于诚背着手来到谢自明的面前，饶有兴致地看着他。

已经气息奄奄的谢自明勉强睁开眼睛，眼中的惊疑之色再也掩饰不住。这些中国人到底掌握了多少秘密？怎么连自己的职务和代号都知道？难道是特高课本部出了问题？不，不可能，即使在特高课本部里也仅有几个人知道暗影小组的存在，而这几个人都是绝对不可能背叛帝国的忠诚战士。那就剩下一个可能，和他一起进入南京执行任务的前辈川上健太泄密了。因为在南京，只有他才知道自己的身份。

对，只有他！

至于会不会是自己露出马脚，谢自明根本没有考虑，因为自己根本没有任何行动，又从何谈起露出破绽呢！

"你不想说，可是和你接头的同伙雪狼可没你这么固执。他什么都招了，你又是何必呢？"于诚呵呵一笑，语气轻松得好像根本就不在意谢自明的口供一样。

完了，连川上健太的代号都掌握了！眼下肯定是凶多吉少。难道川上前辈真的背叛帝国了？

不，不对！如果川上前辈真的已经投降招供，那么暗影小组的秘密就已经全部泄露。因为自己知道的，川上健太也都知道。既然自己已经毫无价值了，那么这些中国人突然对自己加大审讯力度是为什么？他们表现出来的急切态度根本就不合理！

"我……我不知道你在说什么。"谢自明声音微弱。

在一旁早就不耐烦的卫良弼忍不住插嘴道："于组长，我再提醒一下，处座的命令是不管死活。你们情报科如果不行，那就让我们行动科来，不要耽误时间！"

"卫组长，审讯疑犯是情报科的事，怎么做我心里有数。"被卫良弼催促，于诚有些恼火，终于不再顾忌，对手下命令道，"上电刑，加大电流，能不能活下来就看他的造化了！"

审讯人员上前将谢自明身上的残破衣服扒光，将他架上了电椅，在他身体的各个敏感部位夹上电极，立即实施电刑。

剧烈的电击让谢自明猛烈颤抖，一时间电流传递出来的剧痛在他的身体里任意肆虐。他用尽气力挣扎，但剧烈的动作把身上的伤口挣得全都破裂，鲜血淋漓，看上去如同一个血人！

终于一轮电刑过去，于诚接着问："怎么样，不舒服吧，还不想说？虽然你是条汉子，不过我没有耐心了！来呀，再加一个挡位！"

一直等待着的宁志恒，已经做好了准备，一旦谢自明出现濒死的状态，自己就出手读取他的记忆！

审讯人员正准备再加一个电流挡位时，谢自明终于支撑不住了！

"停……停下吧！"他知道自己已经达到了极限，现在只觉得死亡对他来说都是一件非常奢侈的事！

"停！"于诚顿时眼睛一亮，赶紧高喊一声，阻止了审讯人员的动作。

"给我一口水，"谢自明最终没有挺过这最后一关，"我说。"

于诚挥手示意，一名军医马上进入审讯室，给谢自明紧急包扎，进行短暂的救治。

宁志恒端来一杯水喂给已经无法动弹的谢自明。他看到谢自明最后还是没有熬过去，也没有觉得意外。日本人也是血肉之躯，别听他们吹嘘什么武士道精神，可真正能做到的毕竟是极少数人。在这样的酷刑之下，又有几人能做到视死如归！

于诚示意所有审讯人员退出审讯室，现场只留下情报科和行动科的四位军官。

"那好，谢先生，不，黑雀！现在我问你，你的真实姓名？"于诚拿过审讯记录开始问话。

"岛津弘，大……日本特高课特工。正如你们知道的，我是暗影小组的新任组长。"岛津弘气息虚弱地回答道。

"这次进入南京的任务？"

"因为暗影小组的电台联系中断，本部知道出了意外，事情紧急，所以要对小组成员进行甄别和恢复重启工作。"

"暗影小组有几位成员？"于诚不愿意再耽误时间，直截了当地问道。

岛津弘艰难地咽了口唾沫，犹豫着没有开口。

"黑雀，既然选择了新的道路，就不要再心存侥幸了。我警告你，暗影小组的情况我们掌握的远比你想象的多。不要以为你对我们有多重要，光是我们抓捕的风车和木偶，还有雪狼，你就可想而知，我们手里的底牌多得是！现在问你是给你机会，如果你还敢有所隐瞒，就不会再有机会了！"一旁的卫良弼看岛津弘还在犹豫不决，早已经等得不耐烦了，厉声呵斥道。

这句话让岛津弘彻底放弃了抵抗。在场的众人知道这三个人都已经死在军事情报处的手里，现在是一个活口都没有，不然不会都把希望寄托在岛津弘身上了。可问题是岛津弘自己不知道啊！

岛津弘最后还是坚持不住了，开口交代道："除了你们抓捕的，还有三位！"

很快他就交代了三名成员的掩饰身份：德安商贸行的老板宣康年，代号石榴；军政府机关交通科科长戴弘光，代号木花；中央党务调查处南京调查室的行动队副队长马宏，代号铃铛。

"你说什么，中央党务调查处？我警告你，岛津弘，如果你敢胡乱攀咬，一经查实，我绝对会让你生不如死！"于诚听到岛津弘交代的最后一个名字，再也坐不住了！

"我知道，我没有必要骗你们。马宏是宣康年发展的下线，两年前被策反，这很容易查实！"岛津弘再次确认道。这个铃铛是日本特高课插入中国谍报部门的重要棋子，可惜了，最终还是没有躲过这一次！

这次不单是于诚，就连在场的其他三位军官也都变了脸色。如果说普通人，哪怕政府的一般官员是间谍也就罢了，可是中央党务调查处的干部，竟也被策反了？！

中央党务调查处，那是什么单位？那是国民党首屈一指的特工部门！在军事情报调查处成立之前，中央党务调查处独领风骚，势力庞大，在国民党各省、市、县党部都有分支机构，特务活动遍及全国，只是这两年才被军事情报调查处盖过了风头。但不是说军事情报调查处的势力就大过了中央党务调查处，而是说二者势力相当，分工明确。

中央党务调查处的工作重心是监控国民党机关内部情况，打击一切国民党之外的党派，尤其是共产党，控制社会舆论和思想。它一直是共产党最大的，也是最危险的对手！

而军事情报调查处属于国民党军队序列，主要任务是收集各类情报，对军队监视整治，对敌对势力逮捕暗杀。

中央党务调查处的工作领域是党内，军事情报调查处的工作领域是军中。其职责范围非常明确，收集到的情报和线索如属于对方负责的范围，就必须移交给对方接收，分工清晰。它们双方按理说没有什么利益冲突，而实际上并非如此。这两个部门从成立开始就势同水火，没有一刻停止过明争暗斗。

尤其是处座，对中央党务调查处一直积怨极深，听说他早年间吃过中央党务调查处的大亏。现在手握大权，又得领袖的赏识，一直就想找机会报复，只要能让中央党务调查处不好过，他一定不遗余力！这在军事情报调查处里是公开的秘密，只是中央党务调查处也不是善茬，它组织严密，根基深厚，于是双方平分秋色，谁也奈何不了谁。

但是这一次岛津弘的口供让在场几个人眼睛一亮：堂堂中央党务调查科，国民党最大的谍报部门，一个专门抓特务的部门，自己的成员竟然就是日本间谍！

有意外，有惊喜呀！

早就知道暗影小组的成员肯定都不是普通人，毕竟普通人的身份根本无法接触到机密情报，但是日本谍报机关竟然能把触角深入中央党务调查处这样的部门，真是令人大感意外！

如果事情属实，这绝对是一大丑闻。深知处座作风的几个军官顿时心中大动，只要上报上去，必然会投处座之所好。这可是一次绝好的表现机会！

第十五章
找到同志

几位军官都兴奋不已。这次审讯的收获之大，出乎大家的预料。成建制地挖出一整支日本间谍小组，这在军事情报调查处的历史上也是极为罕见的！

于诚和他的助手，还有卫良弼此时的心情是幸福感爆棚。作为一名谍战特工，能够亲身参与，亲手做到这一点，心中的成就感是不言而喻的。

可是宁志恒面对着这三个人的名字，脸上欢欣鼓舞，心里却存有疑问，因为这名单上明显少了一个人。

这个人就是林慕成。别人不知道，他却清清楚楚地知道这个林慕成是不折不扣的暗影小组成员。可为什么这个黑雀，也就是岛津弘没有把他交代出来呢？

肯定还有隐瞒！他能够隐瞒一个成员，那就有可能隐瞒第二个、第三个！

不过宁志恒没有打算揭穿岛津弘，他从一开始就没有想把林慕成挖出来，不然他根本就不会在卫良弼面前，甚至在处座的办公室里，当着众多高级军官的面刻意隐瞒。

其中之一，是因为对林慕成怀疑的缘由无法解释。

其二是因为林慕成的父亲林震是保定系的军中大佬，而自己又出身保定系。在军中吃里爬外，当二五仔的白眼狼是最遭人唾弃的，是为大忌。牵扯出林慕成，对自己有百害而无一利。

其三就是他想把林慕成当成一枚棋子，暗中在他的身边埋伏好，只要有人接触他，就可以顺藤摸瓜收获满满。林慕成现在就是他手中鱼钩上的鱼饵，他只需静等大鱼上钩就行了！

就像这次一样，收获之巨大远超出自己的预料。发现密码本和整个暗影情报小组，可以说这个林慕成厥功至伟！

至于这个黑雀到底隐瞒了多少，宁志恒并不担心。他早就盘算好了，下场不过又是一个黄显胜、一个木偶！等案子结束，这个黑雀也就没有了价值，他尽可以找机会下手结果了他，再读取他的记忆，说不定还会有新的收获！

事实上，宁志恒有些冤枉岛津弘了。除了林慕成以外，暗影小组的成员他全部交代了！

之所以刻意隐瞒林慕成，是因为他还心存侥幸。由于林慕成身份很特殊，川上健太对林慕成的重要性特意给他交代过："只要没有确凿证据查明这个飞燕已经叛变，那就绝对不能放弃这个飞燕，他是机关长特意强调过的情报员！记住，作为在南京唯一一个知道他真实身份的你，无论在任何时候、任何环境下都不能透露他的身份。明白吗，岛津君？"

川上健太的话在他脑海里重新闪过，斟酌再三，岛津弘最后还是决定冒一次险，为帝国留住这一枚重要的棋子。

无论宁志恒还是岛津弘都在努力为林慕成做掩护，都在刻意保全他。不得不说，这个林慕成确实是运气太好！

于诚得到了想要的东西，心情极好。他看到气息奄奄的岛津弘觉得顺眼多了，于是点头说道："非常好，岛津弘，你做了明智的选择。放心，我们会马上为你安排最好的治疗，接下来的时间里你可以安心休养。如果你又想起了什么情况，要第一时间告诉我们！"

岛津弘如释重负，艰难的地狱熬炼终于过去了。他现在什么都不愿意去想，只想安安静静地睡一觉，最好永远都别醒，但愿眼前的这一切只是一场噩梦！

于诚和他的副手拿着审讯记录赶往机关中心大楼，亲自向处座汇报。而卫良弼和宁志恒则赶回行动科，紧急召集全体队员。马上就会有抓捕命令下达，他们第一行动组必须时刻待命！

卫良弼把手下的三支行动队都召集起来。这次的案件至关重要，他必须全力以赴。

他把第一行动队队长雷宜春、第二行动队队长吕扬、第三行动队队长宁志恒叫到办公室，当面布置任务，当然主要是给雷宜春和吕扬简单介绍一下情况，因为他们对案子的具体情况还一无所知。

"第一行动队的目标是德安商贸行的老板宣康年。老雷，我提醒你，这个人的情况一定要摸清。这种有钱人身边一定配有保镖，保镖的实力如何，有没有携带枪支，这些情况一定要提前掌握。保镖如有反抗，当场格杀，不要犹豫！但是这个宣康年必须要活口，因为是他策反了中央党务调查处南京调查室行动队副队长马宏，那他就是指认马宏的重要人证。如果没有他的指证，以党务调查处那些人的德行，估计还会反咬我们一口。所以这个人很重要！明白吗？"

"是，组长放心，我一定带活口回来！"雷宜春当然知道这件案子事关重大，不敢怠慢。

"老吕，你的目标是军政府机关交通科科长戴弘光。这个人是政府官员，那他的行踪应该很规律，无外乎是办公地点、家，还有上下班途中。不要在办公地点动手，军政府机关那里人多口杂，很容易出意外。也尽量不要在他家里动手，他家里的情况不明，有没有暗道或者武器都不好摸清。考虑在上下班的途中找一个合适的伏击地点，迅速抓捕！"

吕扬赶忙点头称是。

最后，卫良弼把目光移向宁志恒，郑重地说道："志恒，最重要的目标马宏就交给你了。这个人是咱们的同行，行动能力肯定很强，行踪更不好掌握，抓捕一定要干脆利落！你有把握吗？"

"请组长放心，我一定会把马宏完完整整带回来！"宁志恒高声回答道。

"好！你们现在就赶紧做准备工作，马上打探目标的情况，制订行动计划，但是注意不要打草惊蛇。命令马上就要到了，留给我们的时间不多，抓紧吧！"卫良弼做最后的安排，仔细吩咐道。

三个行动队长都应声领命，雷宜春和吕扬出去安排任务了。

宁志恒刚准备出门，却被卫良弼出声留下。

"怎么了，师兄，还有事？"宁志恒问。

"志恒，这个马宏不同于普通人，为保险起见，我刚才向科长请示，他已经联系了情报科，看看他们有没有马宏的资料，估计应该快到了。还有，我让邵文光跟着你，他经验丰富，应该能帮到你。"说到这里，卫良弼特意加重语气，"志恒，你一定要小心。我们手下有的是人手，你不要再像上次那样亲身冒险。什么也不如自己的性命重要，你明白吗？"

宁志恒能感觉到师兄真心为自己担心，感激地说道："放心吧，师兄，我会小心的！"

很快，一名情报科的军官将一个公文袋送了过来，介绍说："这是马宏的一些资料。因为他是党务调查处的人，我们也没有权力调查他的档案，只有这些资料了。"

宁志恒接过来打开一看，里面只有一张马宏的近身照片和一页纸，上面简单记录了马宏的住处，除此以外就什么也没有了。

这时办公室的电话响起，卫良弼拿起电话听完后，马上以立正姿势高声应答："是，处座！"

放下电话，卫良弼转身命令道："处座命令，不用顾及党务调查处，马上对马宏实施抓捕！行动！"

宁志恒带领第三行动队全体出动。因为马宏的工作单位是南京党务调查室，宁志恒就是再嚣张也不敢去堵着南京党务调查室的大门抓人，不然在别人的地盘上被抓的肯定是自己。

他派王树成带几名队员在南京党务调查室的门口盯着，只要他们见到马宏就马上派人报告。

然后，他带着其他队员赶往马宏的住所，很快布置好监视点。此时已经是下午四点，他又在马宏回家的必经之路上选择了一处伏击点，由孙家成带领四个身手敏捷的队员在周围埋伏好，其他队员藏在附近，以便于随时增援，应对突发情况。

宁志恒仔细检查了一遍周围情况，确认没有什么破绽了才放下心，静等马宏出现。他相信就算马宏有三头六臂，进了这个伏击圈也别想逃出去！

但是情况并没有他想象的那样顺利，直到晚上六点钟，他仍然没有见到马宏的踪影，王树成那边也没有发现。

"队长，马宏是行动队长，和我们一样是做外勤的，你说他会不会是去执行任务了？如果在执行任务，好几天不回家和单位也是正常的，那我们可就干着急了！"石鸿有些忧虑地说道。

确实，如果真要让石鸿给说中了，那可就麻烦了。毕竟同样是谍报部门，党务调查处的行动也是保密的，军事情报调查处也无法探听到。

想到今天晚上必须把马宏抓捕归案，宁志恒不禁有些心急，不过他的耐性很好，脸上却是不动声色。

终于有队员赶回来报告："队长，有情况！"

宁志恒听到报告，精神一振，赶紧问道："什么情况？"

队员报告道："刚才过去的那个穿中山装的男子，正直接向马宏的住所走去，看样子是要进入马宏的住所！"

宁志恒一听，才想起刚才有几个人经过伏击点，但是因为大家都看过马宏的照片，知道不是马宏就放过去了。

没想到这些人里有人要去马宏家，这是个重要的情况。

他赶紧带几个队员回到马宏住所附近的监视点。他起初以为马宏家里没有人，就只布置了几个监视点，把注意力都放在伏击点上，不过幸好设置的伏击点距离马宏家很近，能及时赶回来。

这个监视点的位置很好，隐蔽且视野佳，宁志恒能清楚地看到一位青年男子正打开马宏家的院门。

"院门是锁着的，他用钥匙打开，而且根本没有观察四周就直接开门。这说明他经常来马宏家，并且有马宏家的钥匙，一定是马宏很信任的人！"邵文光在一旁分析道。

宁志恒听完，点头同意他的分析。这个人这个时候来马宏家里做什么？马宏把钥匙给了他，就说明今天肯定是不回家了，自己设的埋伏已经没有任何用处。

很快，那个青年男子带着一包东西出来，转身将院门锁好，又朝来时的方向走去。

"队长，要不要动手抓住他，一问不就知道了？"石鸿有些着急了。上峰的命令是今晚务必抓捕马宏，现在马宏不见踪迹，好不容易有个线索，绝不能放过去了。

宁志恒思考了片刻，说道："先不要抓，放他过去。老邵，跟上去！这个人来取东西肯定是要交给马宏，跟着他一定能找到马宏，实在不行最后再抓捕审问，现在先不要惊动他！"

邵文光点点头，悄然无声地跟了上去。

宁志恒让石鸿带着十名队员，继续埋伏在马宏家附近，以防马宏突然回来，并命令石鸿见到马宏立即抓捕！宁志恒则带着其他队员远远地跟着邵文光，一路顺着踪迹赶过去。

大概有半个小时，过了好几个街区，才远远地看见邵文光打手势示意，宁志恒知道目标应该停下来了。

此时天色已经暗下来，街边的路灯亮了起来。宁志恒来到隐藏在街角暗处的邵文光身边，小声问道："现在什么情况？"

邵文光用手一指前面一家三层楼房的旅馆，回答道："进去了。不出意外，马宏也应该在里面。我进去查一下，你们等着我！"

看到宁志恒点头，他便周身上下检查了一遍，确定自己身上没有什么破绽，便若无其事地走了过去，进入旅馆。

宁志恒这边也着手布置，把十多名队员分成三组，隐蔽在旅馆四周，静等邵文光的消息。

不大会儿工夫，邵文光走出旅馆，向宁志恒靠过来，报告道："确认了。塞给了服务生点好处，他说一共有六个人，住在三楼南面的三个房间里，房间号连着，四天前入住的。给服务生看过马宏的照片，他确认是六人里带头的那个！"

"是哪三间房？"宁志恒指着旅馆的窗户问道。他需要确定一下马宏的位置。

"就是最东面的三间！"邵文光抬头仔细辨认了一下，用手一一指给宁志恒。

宁志恒沉思片刻，感觉有了些头绪。他问邵文光："老邵，你说这个马宏会执行什么任务呢？四天前就入住旅馆，一直没有回家，我估计那个青年男子是他的手下，是给他拿换洗的衣服或者生活物品去了！"

"对，我也这么想。那个服务生说，这几个人深居简出，很少露面。他们不出去行动，窝在房间里做什么？"邵文光也有些疑惑。

"监视！"两个人异口同声地说。

宁志恒双手一击，眼里精光一闪，说道："他们在监视目标，你来看！"说完，他用手指着旅馆三楼最东面的那三间房屋的窗户，"顺着他们的窗户，正好能看见楼下街对面的那家饭馆。如果在房间里用望远镜观察，几乎能看清楚饭馆里人的面容。他们的目标在这家饭馆里！"说完又自言自语地问道，"他们的目标会是什么人呢？"

邵文光是老手，当然也看出了问题，点头说道："没错，应该在监视那里！目标是什么人？我估计中共地下党的可能性很大。中央党务调查处自民国十六年到如今，这几年间下大力气对付共党，抓了不少潜伏的地下党！"

共产党！宁志恒心头一紧。他这一世一直就想着找到自己的组织，可是苦于没有线索！现在可是民国二十五年，也正是共产党自四一二反革命政变以来革命处于最低潮的时期，大量优秀的共产党员遭到国民党杀害。不仅党的军队遭遇不利，军队数量锐减，在谍报方面，地下党组织也遭到了前所未有的破坏。很多地下党员被大肆逮捕杀害，甚至有相当多的情报员都失去了上线，处于失去组织被迫潜伏的状态。

其中的罪魁祸首就是这个中央党务调查处！

"地下党？不管是不是，那也和我们的任务没有关系，"宁志恒把嘴一撇，一副不屑的表情，"我们的任务就是在今晚抓捕马宏！"

时间拉回到半个小时之前。对面饭店一个包间里，一位面容消瘦的中年男子正坐在饭桌旁心神不宁地等候着某人。

终于，房门被轻轻打开，一个戴着厚围巾的人推门走了进来。

消瘦的中年男子看到有人进来，马上激动地站起身，一脸渴望地看着来人。

来人小心地将门关上，然后转过身摘掉脸上的围巾，静静地看着消瘦的男子。

"老路！真是你，真的是你？"中年男子一脸激动地扑上去，紧紧握住了来人的双手。这个人叫路明。

"老张，一别多年，别来无恙啊？"路明感慨地对中年男子说道。男子的姓名是张培。

张培不由得热泪盈眶，语气哽咽地说道："七年了，我们七年没见了！老路，你不知道这几年我是怎么度过的，东躲西藏，颠沛流离，找不到组织，找不到同志，就像一个没娘的孩子！你能理解我的心情吗？"

路明轻轻拍着张培的肩头，说道："老张，我能理解你的心情。别激动，咱们坐下来慢慢说。"

搀扶着张培坐下，两个人唏嘘感慨，感叹世事无常。路明问道："老张，自民国十九年在江北一别，这些年你去了哪里？"

听到路明的问话，张培不禁一声长叹，说道："说来话长，那次见面后的第三天，组织就被特务破坏，地委的很多人纷纷被捕，连几位领导也没有躲过！我侥幸甩开追踪的特务，捡了一条命。后来逃回北平老家躲了半年，等再回到江北寻找组织时，早已物是人非，我的所有联系人都断了。我不知道还有没有同志幸存，到处寻找组织的踪迹。所有的联络站、安全屋都找遍了，可最终一无所获，当时估计整个江北地委都被搜捕一空。"

"是啊，当时情况非常紧急，有一部分人紧急撤离了，但更多的人都被捕了，还有一部分人就像你一样处于失联的状态，至今联络不上！"路明也是长声叹息。当时的情况真是太惨了，共产党在长期斗争中培养的众多优秀人才被清扫一空，捕杀殆尽，以致至今都没有恢复元气。

"后来你去了哪里？"路明接着问道。

"就在老家北平乡下找了个小山村，那里有我的一个亲戚，给我办了新的身份，藏了这些年。

"其间我多次去江北、上沪等地，想再次找到组织。可我茫无头绪，像一只无头苍蝇到处瞎撞，最后还是没有找到。其实就是找到了，也没有人能证明我的身份。我都要彻底死心了！

"这次来南京想再碰一碰运气，没想到几天前还真的无意间看到你。可是你那天走得太快，我没有跟上你，后来才想起试着用以前我们联系的方式，每天都登报发暗语约你见面。

"我在这里足足等了你四天，都快要放弃了，以为你根本没有看到那份报纸。其实我也是病急乱投医，七年前的联系方式你还能记得吗？没有想到你真的来了，真是老天有眼！这么多年，我终于找到了自己的同志！"

路明感慨万千，轻声说道："我怎么会看不到。这些年我一直坚持每天订阅、翻看各种报纸，凡是能够做标记、编辑暗语的地方都会过一遍，就是想找出一些有关你们的消息！"

路明这些年一直在找寻失去联系的地下党员，可是收获甚微。其间也有潜伏的同志用老方式联系过，甚至也有被设下圈套的，都被他机智地躲了过去，但也有两次成功的，接回了两位老同志。

尽管冒险用老方式接头很危险，但是路明每一次都说服自己，能接回一个同志，就是为党再接回一个坚定不移的战士，增加一份革命的力量！至于所冒的风险，他对自身安危没有放在心上。从参加革命的那一天起，他就将自己的生死置之度外，一旦出现意外，真的没有希望脱身，那么在最后关头他会毫不犹豫地结束自己的生命，把威胁截止到自己这个环节，绝不能危及党组织的安全！

这次的情况也同样如此，他在犹豫四天之后，终于决定冒险前来。

"老路，我要求马上恢复我的身份，安排工作给我。这一天我等得太久了，一刻都不想耽误了！"张培急不可耐地说道，眼神中饱含期望！

路明伸手握住张培的双手，轻拍了两下安慰道："你放心，老张，我们的党不会忘记每一个忠诚的战士。你的心情我理解，不过党的组织纪律你是知道的，民国十九年之前你的历史我可以证明，但之后的这七年，有关你的经历要写一份详细的材料，组织会派人进行调查审核。你放心，这个时间不会很长，马上你就可以再为党工作了！"

"可是我一天都不想等啊，老路！我……"张培焦急地说道。

"我知道，我知道！老张，现在的局势日渐严峻，你不知道，我们的党组织在遭受巨大的破坏后，现在的工作方式有了很大的改变，每一位组织成员都要受到最严格的甄别和审核，以确保不会再重蹈覆辙，蒙受重大的损失。你要相信我，相信党，对我们的党要有信心！"路明依旧耐心地解释。

张培望着路明的目光，欲言又止，最后终于点头同意。路明又关心地问道："你在南京有落脚点吗？"

"没有，我就在对面的旅馆要了间房，如果这次再找不到组织，我就打算过几天回北平了！"张培说道。

路明点点头，然后从兜里掏出一沓法币，放到张培的手里，轻声说道："拿着这些钱，你就在这附近租一间房，不要到处走动。两天后就是星期日，晚上六点，还是在这里，你把写好的材料给我！以后每个星期日晚上六点来这个饭店等我，我们碰一次头，直到组织的调查审核结束，我就会具体安排你的工作！"

张培默默看着手中的钱，过了片刻才犹豫地问道："老路，如果有要紧的事，怎么联系你？"

要紧的事？路明有些诧异地看着张培，想了想说："老张，不是我不相信你，你不能知道我的掩饰身份，这是组织纪律！只能是我联系你。当然以后等你调查通过了，我们就可以并肩战斗了！"

他最后还是有所保留。尽管张培是他的老战友，但是时隔七年，有些人和事有没有变化谁也无法保证。做地下工作的不能完全相信他人，哪怕是自己多年的战友！

而与此同时，在对面旅馆三层房间的窗口处，马宏正仔细观察着。

身边的队员好奇地问道："队长，你说那个地下党会相信张培吗？这么多年没有联系，就凭他张嘴一说，就让他重新加入？"

马宏眼睛一刻也没有离开窗户外面，嘴里不急不缓地说道："试一试总是不会错的。张培说上次看到的那个人是他相识多年的战友，应该很容易取得他的信任。如果能重新打入地下党内部当然好，从此我们在地下党内部多了一双眼睛；如果不能，那也没有损失，我们立刻抓捕，反正总会有收获的！"

"这个张培能相信吗？抓来三个月了，到现在一个地下党的同伙都没有钓到。队长你说，这次他会不会突然反水？"另一个队员也凑过来问道。

"怕什么，现在不是钓到一个？他只要露面了，就跑不了！"有个队员跟着说道。

"人哪，就像一个生鸡蛋，只要你打破他外面的那层硬壳，里面也就是软稀汤了。一旦做人的底线被突破了，那这个人就没有了自尊，没有了信任可言！只要他怕死，就容不得他起异心！"马宏侧了下头，得意地对身边的队员说。

"是，还是队长看得清楚。不过这个张培也算是个硬汉，整整打了两天两夜才招供，这些工夫没有白费！"

"队长，老四回来了！"一个队员看到楼下有人走近，认出是替马宏回家拿换洗衣服的队员回来了。

不一会儿，那个叫老四的队员推门而入，说："队长，衣服取回来了，还有几盒香烟！"

"用不着了，刚才已经有大鱼上钩，有人和张培接头了。今天晚上事情就会有结果出来，咱们不用在这里苦熬着了！"旁边的一位队员笑着说道。

马宏也高兴地说道："一会儿大家都打起精神注意张培的举动。他要是没有异常动作，就说明一切顺利，他已经得到对方的信任，那就跟踪接头人，找到他的落脚点，继续监视！可是如果他出门时有抬右手梳理头发的动作，就说明事情出了问题，要么被识破，要么没有获得对方信任，那我们就马上抓捕，直接撬开这个接头人的嘴！"

其他队员都点头领命，开始做好准备，随时发起行动！

就在楼上楼下两组人马各自严阵以待紧紧盯住自己的目标，随时准备扑向猎物的时候，包厢里两个人的交谈也到了尾声。张培说道："老路，这些年你一直没有回过江北吗？还有没有其他同志的消息？我真的很想念他们：刘胖、小李，还有老吴，有时候做梦都梦见他们！"

路明苦笑道："不知道，当时我提前撤离，侥幸躲过劫难，之后就再也没有回过江北。当时的战友都失散了，不过不用悲伤，我们做革命工作的，生生死死早就不放在心上了！"

"这些年你一直待在南京，一定为党做了很多工作吧？唉，不像我，像个逃兵东躲西藏，白白蹉跎了这七年的岁月！"张培语气自然，却把话题引向了他想知道的方向，谨慎地试探道。

"你啊，总是这样性急。作为老战友，我得提醒你一句，现在地下工作很残酷，必须小心谨慎，有耐心。还有，以后不要用登报这种联系方式了，国民党特务部门针对市面上发行的报纸有专门的人员审查，我们这边也很少再用这种方式联系了。就像这一次，我也是犹豫了很久才冒险和你见面的。"路明耐心地说道，但是很巧妙地转移了话题。

"是吗，那现在会不会有危险？唉，我很久没有工作，对敌人了解得太少了！"张培马上面露紧张之色。

路明站起身来，拿过围巾重新将半边脸蒙上。张培一见有些迟疑地问道："这么快就走？"

路明点点头，说道："时间久了容易出意外，两天后还在这里，我们再碰头！"

张培也无奈地说道："这么久没有见到自己的同志，总忍不住想和你多待会儿。好吧，两天后我在这里等你。等等，还是我先走，五分钟后你再出去，这样安全些！"

路明一愣，然后笑着答应了。张培起身打开房门，仔细观望了一下周围，然后向路明点点头，小心翼翼地出了门。

见张培走了，路明上前将门慢慢关上，脸上的微笑收敛起来。

大意了，没想到还是大意了！明知山有虎，仍然以身犯险，在地下工作中，这不是值得称道的英雄行为，而是致命的愚蠢行为，没想到自己还是犯了这种低级错误！凭着多年的地下工作经验和一个老牌特工的直觉，他感觉到自己这个多年前的战友张培肯定有问题！

出了包厢之后的张培，目光扫过厅堂里坐着的四个青年男子，知道这是马宏早就安排在这里的人手。他犹豫了一下，快步走出饭馆的大门。来到门外，张培特意停留了一下，思虑片刻，缓缓抬起右手梳理了几下自己的头发，然后快步走向对面的旅馆。

路明和张培两个人一起工作多年，彼此都很了解。临出门的那一刹那，张培确实感觉到了路明那一丝隐隐的戒备！其实就算路明不怀疑他，他也不打算听马宏的话打入地下党内部了。因为路明要求他将自己这七年的经历写成详细材料，并安排专人对其进行调查审核。别的不用说，自己可是在村里被捕的，有很多村民都看见他被捕的那一幕。只要有心人一去调查，他马上就会原形毕露。

至于编造生活经历，哪有那么容易？生活中你身边总要有人见到你，和你相处，他一时要到哪里去找这些人证明自己虚构的经历？只怕编造的经历破绽百出，根本经不起调查！没有想到现在地下组织的审查和甄别如此严格！仅仅凭借自己以前的工作资历是远远不够的。既然不能达到第一目的，那就只能实施第二套方案！

"不好！该死，这个人不相信张培。"看到张培梳理头发的举动，一直在窗口仔细观察动静的马宏心中恼火，将手中刚抽到一半的香烟狠狠地扔在地上，一脚踩灭，命令道，"马上执行第二方案，抓捕接头人！"

马宏带着六名队员冲出房门，快步下楼，来到旅馆厅堂里。几个人脚步匆匆，眼看就要出了厅门！

就在这时，十多条身形突然从各个角落里冲了出来，手中十几支枪同时对准了他们，纷纷大喝道：

"不许动，趴在地上，不然就开枪了！"

"军事情报调查处办案，胆敢顽抗，立即击毙！"

"别动，把手举起来！你小子还动？"

突如其来的变故让马宏这六个人一下子就蒙了：敌人什么时候都已经摸到自己的身边了，自己竟然还一无所知？被两倍于自己的敌人用枪口顶到脑袋上，这还怎么抵抗？太大意了！当猎人当惯了，总是把别人当猎物，反而对自己身边的危险疏于防范！

"别误会，自己人。我们是中央党务调查处的，正在执行重要任务。兄弟们，可别走火呀！"马宏马上反应过来。这里可是南京城，国民党控制最严的国家首都。在这里有这么多的人手和武器，肯定不会是地下党。

宁志恒走过来，掏出自己的军官证在马宏等六人面前亮出来。他这是要稳住马宏，不然马宏万一把他们误认为是地下党，拼死顽抗就不好了。到时候鱼死网破，别人倒还好说，整死就算了，要是忙乱之中把这个马宏搞死了，那可就坏事了，他回去可不好交差！

要知道中央党务调查处跟中共地下党是你死我活的敌对关系，落在地下党的手里那就只能以死相拼，可遇到军事情报调查处就不一样了。这两个部门虽然不对付，但总归都是国民党的谍报部门，以前也常有误会和纠纷，最后还不是上面的人交涉一下就算了，弟兄们真把命搭上不值当！

"别废话，下了他们的枪！"宁志恒厉声喝道。

大家一拥而上，将他们六个人死死按在地上，七手八脚以最快的速度把他们的武器都搜了出来。除了枪支，甚至还搜出了匕首和钢针。行动队员们轻车熟路，一丝一毫都没有放过，扒了个干净！

尤其是马宏，被几个队员死死按住，双手和双脚都捆了个结实！他嘴里被结结实实地塞了布团，呜呜地不能出声。马宏空有一副好身手，却无用武之地。他根本不知道自己的日本间谍身份已经暴露，还以为是部门之间倾轧纠纷，犯不上以命相拼，所以乖乖地束手就擒。

这时正好张培从门外快步进来，看见被捆绑的马宏众人顿时大吃一惊，一转身就要退出厅堂。可没有等他出门，门外埋伏的两个队员就把枪口顶在他的后背上，把他一把推了回来，和马宏六个人一起捆了起来！

就在众人完成抓捕任务暗自松了一口气的时候，旅馆外突然传来一阵砰砰的枪声，听声音正是从小饭馆传来的！

"不好，长官！对面饭馆有中共地下党，我们就是要抓捕他的！那里还有我们的兄弟，赶紧去支援哪，不要让地下党跑了！"那个叫老四的对宁志恒高声喊道。

原来，就在张培出门后，路明知道自己可能中了埋伏。他稍稍稳定了一下情绪，四下观看，见包厢没有窗户，只有房门一个出口，看来只能硬闯了。他从腰间掏出一把手枪，仔细检查了子弹夹，然后合上弹夹，拉开保险，用长袖掩盖。路明推开包间房门，行若无事地走了出去，果然看到厅堂里多了四个青年顾客。

看到路明提前出来，为首的一个青年男子暗自着急。他也看到了张培在饭馆门口做出的那个梳理头发的动作，清楚这是什么意思。

可是张培刚出去没一会儿，路明就提前出了包厢，对面马宏却没有带人出来，这是怎么回事？他并不知道，此时他所期盼的马宏正被别人用枪顶在脑袋上！

不管了，不能让目标出了饭馆！为首的男子当机立断，向身后打了个手势，其他队员都明白了！

就在他们慢慢向路明靠过去的时候，路明突然抬手对着当面的一个男子就是一枪，然后侧身向其他三个人开枪。对方人多势众，他要先下手为强！对面的男子根本没有反应过来就被一枪击中胸口要害，当时就倒地不起。

可惜这几个人的站位太好，牢牢把住了路明的前后左右方向，路明只能突然袭击当面的敌人。枪声一响，其他三个人就快速反应过来。他们都是训练有素、身手不错的行动队员，马上都侧身滚倒，躲过了路明接下来的枪击。只有一个队员躲闪不及，肩膀上中了一枪，可是伤势并不致命，还有行动能力。

三个人看活捉无望，干脆都掏枪还击，一时之间枪声大作。路明正处于三个人的夹击之中，尽管他腾挪闪避，可还是被一枪击中后背，痛得他闷哼一声，险些将手中的枪掉在地上。

当然对方也没讨到好处。路明的枪法很准，交火中有一枪打在一名行动队员的头上，那人当场毙命！

后背中了一枪的路明感觉自己的呼吸都困难起来。该死，这是打在肺部了！他躲在柱子后面，艰难地调整呼吸，稳住手中的枪口，等着对方冲上来，准备临死也要拉几个敌人垫背！敌人既然设了埋伏，就肯定不止这几个人，他预感自己这一次很难再有机会逃出去了。

那个为首的行动队员看到自己这四个人两死一伤，就剩自己没事，心中气苦！

就在双方准备搏杀的时候，饭馆门外传来一声呼喝："里面的人听着，我们是军事情报调查处的，你们马上放下武器，不然一律格杀！"

宁志恒带着人赶到时，里面的枪声还未停息，他可不想一头撞进去挨枪子。老实说，里面无论是中央党务调查处的人还是地下党，他都不想伤害。中央党务调查处也不是好惹的，抓人可以，真的动枪杀了人绝对会惹上麻烦。至于地下党，那是自己人，他当然更不想伤害了。

"我们是党务调查处的，都是自己人。这里还有一个地下党，被我们打伤了，还在负隅顽抗！"为首的队员高声回答道。他虽然不明白为什么马宏没有带人来增援，反而来了军事情报调查处的人，不过现在也顾不上那么多了，只要抓住这个地下党就行！

门外的宁志恒听到这话心中一紧。地下党被打伤了，现在困在这个饭馆里，可自己身边的人根本无法施以援手，只能先把他的命保下来再说。宁志恒抬脚踹开大门，带着几个队员顺地翻滚冲了进去。

路明见敌人又来了援兵，彻底放弃了逃生的希望。他鼓足力气，挺腰侧身探出柱子，抬枪向外射击，可枪声响起，他就觉得手腕剧痛，原来竟被宁志恒一枪打中。他手中的枪再也握不住了，啪嗒一声掉在地上。紧跟着就是一道身形扑在他的身上，死死压住了他。路明知道不能再拖延了，张口就向自己的内衣领咬去，却被一只强劲有力的大手死死勒住脖颈，再也动弹不得。

整个抓捕过程只有短短几秒，宁志恒以迅雷不及掩耳之势，一系列的动作兔起鹘落，干脆利落地将路明生擒活捉，这让旁边的青年男子和随后冲进来的队员都看得目瞪口呆！

紧跟着，行动队一行人直接冲进厅堂，几名队员上前将路明捆绑起来，再撕掉他的内衣领，果然在里面找到了白色的氰化钾粉末。他们用布团塞住他的嘴巴，防止他咬舌自残。宁志恒这才发现路明的背上满是鲜血，赶紧招呼队员给他紧急包扎。

至于剩下两名党务调查处的队员，行动队员也没有理会他们的辩解，直接都给捆绑起来。宁志恒又赶紧派人去通知石鸿和王树声，任务已经完成，赶紧收队！

第十六章
代号影子

一行人匆匆赶回军事情报处，宁志恒让邵文光把马宏等人押送到刑讯科，交给情报科审讯。

宁志恒担心路明的伤势，赶紧把他送到了紧急救护室，此时的路明已经气息奄奄，后背枪伤处的鲜血透过包裹着的纱布不断渗出。

军医上前看了看路明的伤势，检查片刻后，转身对宁志恒说："宁队长，这个人不行了，除非送陆军总院救治，否则我们无能为力了！可是看他的伤势，根本坚持不到转院，有什么要问的，你就抓紧问，他的时间不多了！"

听到军医的话，宁志恒心头一沉，无奈地点点头。这个地下党是自己接触到的第一个共产党员，自己原本打算凭借他的渠道重新回到组织的怀抱。可是事与愿违，最终还是徒劳一场。其实他看到路明死志已定，这个结果也许对他来说，也是求仁得仁！

宁志恒向军医摆了摆手，示意他回避。宁志恒来到路明床前，伏下身子凑到路明耳边轻声地说道："刚才医生的话你也听到了，你的时间不多了。我现在不对你进行审讯，你只需要将你有什么未了的心愿告诉我，我将尽我所能帮你！"

看到路明轻轻地点头，宁志恒伸手将他口中的布团取出来。路明长长地舒了口气，抬眼看了看宁志恒，沉默了好一会儿，声音沙哑而低沉："我早就知道有这一天，只是没想到这么快。我什么都不会说，你不用枉费心机了！"

宁志恒压低声音轻轻地说道："你不用担心，我什么也不会问，只是想和你说会儿话。"

"咳，咳，和我说话？我们立场不同。咳，咳！信仰不同，彼此之间的仇恨太深了。咳，和你又有什么好说的呢！"路明感到眼前这位年轻的军官给他的感觉很不一样，在他的目光中感受到了一丝悲伤。他为什么悲伤？难道为自己这个中共地下党即将离开人世而悲伤吗？怎么可能！他二人素未谋面，况且又是敌我关系！

"随便说点什么，只要是你想说的，又可以说的。我想你离开人世前这短暂的一刻应该有人陪伴，有人听你倾诉。你也不愿意这么孤孤单单地离开，对吗？"宁志恒语气平淡，不起波澜，只是目光悲伤地看着路明。

听了宁志恒的话，路明脸上露出一丝苦笑，没有想到竟然有人愿意在自己离开人世前的最后时刻陪自己说话，更想不到这个人竟然是国民党的年轻军官。

"你有信仰吗？"他突然开口问宁志恒。

"有，我当然有我的信仰！"宁志恒点点头回答道。

"咳，咳，你们的三民主义？"路明问道。

"不，"宁志恒犹豫了片刻，看着路明越发苍白的面孔，终于开口说，"共产主义！"

一听这话，本来已经气息虚弱的路明猛然睁大眼睛，难以置信地盯着宁志恒，端详了好一会儿，然后苦笑一声道："你看我现在这个样子，我再说一遍，你不用枉费心机！"

宁志恒知道对方根本不会相信自己，他只是心中难过，只是想陪着这个革命信仰坚定不移的共产党人走完他最后的一程。"我说过什么都不会问，你有什么未了的心愿吗？可以告诉我！"宁志恒没有辩解，直截了当地表白。他知道路明坚持不了多久，路明也感到自己的气息越发沉重，胸口犹如压了一块大石，疲惫的双眼已经睁不开了，甚至连动一下指头的力气都没有！

路明知道自己的时间不多了，于是缓慢地闭上眼睛，开口说道："如果你一定要问我有什么未了心愿，那么我告诉你，咳，我想让那个叫张培的叛徒死，因为他背叛了我们的信仰！"

"我向你保证，你走之后我很快会亲手送他上路，为你报仇！"宁志恒没有半点犹豫，语气坚定地回答。这个张培一定是共产党的叛徒，他的存在对地下党是个严重的威胁。不用路明说，宁志恒也必须想办法除掉他！

"为什么你要这么做？"路明这次真的是震惊了，他还没有天真到让一位国民党军官为自己复仇的程度。可是从宁志恒的语气中，他能感受到这是对方真实的想法。难道这个年轻人说的是真的？他真的信仰共产主义，是自己的同志？路明不能仅凭几句话就把宁志恒归为自己的同志！

"我知道你不相信我，但是请你放心。这个张培将会危害到地下党组织的安全，必须抓紧除掉他！"宁志恒说道。

"如果你说的是假的，对我来说毫无意义；如果你说的是真的，我很庆幸在我临终的时候，有一位共产主义战士陪伴着我！"路明的气息越来越弱。

这时候宁志恒看到路明的双眼突然睁开，脸上一丝微红泛起，他知道这是回光返照的迹象，赶紧问道："你最后想说些什么吗？"

"我想起我在入党时的情景，我在党旗下宣誓："路明的双眼好像看到了什么，脸上露出回忆往昔美好时光的笑容，然后神色慢慢变得庄严肃穆，一字一句，慢慢念道，"严守秘密，服从纪律，牺牲个人，阶级斗争，努力革命，永、不、叛、党！"

宁志恒双眼微红，一股悲伤涌上心头。他左手紧紧握住路明的手，右手手掌轻轻地抚按在他的额头，嘴唇凑到路明的耳边，把声音压低，也一字一句地合着路明的声音念道："严守秘密，服从纪律，牺牲个人，阶级斗争，努力革命，永、不、叛、党！"当念到最后一句"永不叛党！"时，路明的眼睛睁得大大的。他欣慰地看着眼前这张年轻的面容，像是要再重新审视一遍，最后终于双手一松，安详地闭上了双眼！

与此同时，宁志恒的思维也进入了意识空间。他心头悲凉，伸出手指轻轻地触摸到眼前那一团光亮之中。路明的记忆便如走马灯一样闪现在他的眼前！

第一幅画面，少年时的路明在农田里扶着犁慢慢前行，前面一位皮肤黝黑的清瘦中年人艰难地拉着犁，父子二人边走边说着话。

第二幅画面，一位身穿旧式军装的青年士兵，手握长枪，随着冲锋号响起奋勇向前冲锋，身边的战友不断倒下，枪炮声不断地在耳边响起，他却充耳不闻，一路前行！

第三幅画面，在鲜红的党旗下，在镰刀与锤头的图案下面，年轻的士兵郑重地举起右手，跟随着对面一位清瘦军官清朗的声音，一字一句庄严地宣读入党誓词！

第四幅画面，一位面容清秀的女子，胸口浸透了鲜血倒在路明怀中，脸上艰难地泛起一丝笑容，无力地闭上了双眼。路明声嘶力竭地呼喊着她的名字"蕙兰，蕙兰"，悲痛欲绝！

最后一幅画面，在一间灯光昏暗的小屋中，路明和一位中年男子对面而坐，男子语气沉重地说道："老路，告诉你一个坏消息，博然牺牲了，我们又失去了一位战友。现在党组织决定，由你来顶替他的工作，并继续使用博然的代号'影子'。我代号'农夫'，将作为你的单线联系人。"

同样是五幅画面闪过，之后光团逐渐溃散。宁志恒心中大急，这五幅画面的信息太少了，他迫切地想要再读取一些信息，可是根本无法阻止光团的溃散，无奈之下，只好将思维退出意识空间。

现实之中，路明静静地躺在床上安然长逝。宁志恒强压心头的悲伤，收回按在路明头上的手，定了定神，整理了一下衣着，然后面色如常地推门而去！

宁志恒出门径直走向刑讯科，估计这会儿对马宏的审讯应该开始了，他要去旁听，多掌握些信息就多些线索，这个机会不能错过。

刚走到刑讯科的办公楼，就看见卫良弼带着石鸿和邵文光等人从刑讯科出来。

"组长，你们怎么出来了？不是要审讯人犯吗？"宁志恒疑惑地问道。

卫良弼摆了摆手，又拍了下他的肩头，示意他不要多言，一行人默默地回到了行动科。

宁志恒跟着卫良弼来到他的办公室，关上房门，卫良弼才开口说道："这次的事情闹大了！"

"到底怎么回事？"宁志恒追问道，他被卫良弼这没头没脑的话搞糊涂了！

卫良弼这才把情况一一道来，原来今天的三个抓捕行动都成功了。最先进行的是第一行动队对德安商贸行老板宣康年的抓捕。雷宜春事前已做好准备，在宣康年与人谈生意的时候突然袭击，他的几个保镖反应不过来，被迅速控制。原本以为行动顺利，可没想到宣康年本人竟然是一个战术好手。他突然出手击倒身边的行动队员，掏枪还击。当场造成两名队员伤亡，不过双拳难敌四手，最后他还是中弹被俘，也算是有惊无险，成功抓捕！

而同一时间，宁志恒还在马宏的家门口焦急地等待呢！

抓捕回来之后，马上对宣康年进行了审讯。于诚和卫良弼一上来就下了重手，结果宣康年连两个小时都没有撑下来就全部交代了。可他交代的内容令人震惊，他在多年搜集情报的过程中，花重金收买了几个政府官员，其中竟然牵扯到一位军政府的高层。当然，这些官员也只是单纯为了钱，他们在巨额财富面前根本无所顾忌。这些官员根本不知道宣康年的日本间谍身份，其实就是知道了，估计也不在乎，因为他们眼中只有钱！真是人为财死，鸟为食亡！

当宣康年抛出这位高层的身份时，于诚和卫良弼当时就坐不住了，紧急停止了审讯，并第一时间向处座报告。事情已经不是他们这两个少校可以插手的了。军政府的高层，就是处座也要顾忌三分。

事情正如他们所料，处座在听完他们的汇报后，马上决定严密封锁消息，暗影小组成员一案由他亲自审问。处座亲自来到刑讯科，一时间风声鹤唳，刑讯科的人员不禁都打起十二分的精神，不敢怠慢！

"你是说，现在这个案子我们已经插不上手了？"宁志恒也被吓了一跳，没想到事情会有这么严重！

"当然。不过你我不必担心，其实事情越大，事态越严重，对我们越有利，说明我们这些人的功劳越大。"卫良弼倒是心情不错。他给自己和宁志恒都倒了一杯热茶，神情轻松地接着说："其实重要的工作我们都已经完成了，案犯都已归案，至于怎么处置，就不是我们这个级别能够操心的事了！"

宁志恒接过茶杯，若有所思。他没有追问卫良弼有关宣康年的真实身份、那个军政府高层的名字等审讯内容，知道处座肯定给卫良弼和于诚下了封口令，问了卫良弼也不会说。

他想了一下，接着问道："只是这一个宣康年就审出这么大的案情，不知其他两人会有什么收获？对了，第二行动队的抓捕行动怎么样？"

"一个小时前，也成功抓捕了，老吕干得干净漂亮！"卫良弼笑着说。

最顺利的就是第二行动队对军政府机关交通科科长戴弘光的抓捕。队长吕扬在戴弘光下班的路上设置了伏击点，发动突然袭击，让戴弘光根本来不及反抗，被一举拿下。现在案子也正在审讯之中。

"老邵说你这次抓捕马宏不是很顺利呀。"卫良弼刚刚听到邵文光的汇报才知宁志恒还亲手抓了一个中共地下党员，"不是告诉过你，不要以身犯险？你把我的话当耳旁风了！"

宁志恒有些尴尬地笑道："这个老邵，嘴皮子比婆娘还快！当时的情况特殊，我怕抓不到活口，情急之下就冲了进去。"

卫良弼有些恼火地看着宁志恒，以恨铁不成钢的语气说道："你呀，就是太年轻气盛，太冲动了！一个地下党有什么好紧张的，死了就算了，值得你拼命？现在的局势你还看不清？共党的势力日渐衰退，现在被大军围困在西北一隅，指日可灭！地下党抓不抓的有什么用？也就是党务调查处那帮饭桶才干这些破事。我们现在最重要的对手是日本人，这才是我们真正要抓的目标！"

宁志恒被卫良弼训斥得连连点头，再三保证以后不会冲动冒险。

"对了，你抓回来的地下党呢？"卫良弼这才想起来问。

"伤势太重，死了！一抬进去，军医就说人不行了，没过一会儿就咽了气！"宁志恒表情惋惜地说道。

"你看，我就说你根本没有必要冲进去吧。这些个共党都是被洗了脑的，以后要离他们远点儿，过了今明两年估计也就风吹云散了，不用太当真！"卫良弼又借此训了几句。

宁志恒回到自己的办公室，这才有机会坐下来，仔细地梳理了一下思路。

对于行动科其他人来说，这次的案件已经结束，就等着上面的处理结果了。尤其是卫良弼和宁志恒，这一次妥妥的大功一件，加官晋爵已成定局！大家都可以松口气了。

可对宁志恒来说，事情才刚刚开始。宁志恒现在急于要做的是，按照路明的记忆找到他的上线，把路明的死讯传递出去。这件事情说起来容易，做起来可就难了。首先是要知晓路明的掩饰身份，这对宁志恒很重要，因为他要顺着这条线索去找路明的单线联系人"农夫"。

好在对路明的掩饰身份可以公开调查，他只需要把路明的照片通告全南京的警察局，发动全部的人力搜查，估计很快就能有结果。农夫和路明是单线联系。从路明记忆中可以看出，两人认识多年，相互熟悉，根本不用什么接头暗语，联系的方式应该是直接接触。所以这个农夫掩饰身份的活动范围应该和路明接近，以方便两个人见面。

接下来，他再亲自对路明接触过的人和活动范围进行调查。有了联系人农夫的画像，他就可以顺藤摸瓜地找到他。最后就是怎么取得联系人农夫信任的事了。宁志恒没有任何凭证，空口白牙，估计很难办。

还有一件事，就是要抓紧时间除掉路明口中那个叛徒张培。他一天不除，中共地下党组织就会多一分危险。必须除掉这颗定时炸弹，否则今天牺牲的是路明，明天牺牲的可能就是别的同志。

在路明之前离开饭馆的那个人应该就是张培。可惜当时宁志恒没有细想就直接把这个人和马宏一伙人都关进了刑讯科，当时在抓捕现场要是直接一枪毙了就好了！

现在马宏和张培这伙人都是与暗影小组案件有关联的疑犯，案件已经被军事情报处上层接手，宁志恒一时半会儿还插不上手。不过这些都是小喽啰，案子过去后，中央党务调查处肯定会把人接回去，到那时就可以动手除掉张培。想到这里，宁志恒取出照相机，赶到救护室，得知路明的尸体已被送往停尸间。他又赶到停尸间给路明的遗容拍了照片，特意交代工作人员，一定要妥善保存尸体。等案子结束后，他准备选一处风水好的地方厚葬。

等回到办公室把照片洗出来已是深夜，宁志恒这才匆匆赶回家。到家的第一件事就是赶紧取出白纸和画笔，他要趁着记忆印象深刻的时候，赶紧画出人物的肖像。

这一次路明记忆给出的信息相对比较少。第一幅画面很好理解，是路明少年时代的生活场景，可以忽略不计。

第二幅画面，是他加入军队后对战斗生活的记忆，只能说明他曾经是个军人，也没有什么用处。

第三幅画面，是他加入中国共产党时宣誓的情景，也是路明临死前记忆中最为深刻的场景，里面出现了一个清瘦的军官，此人是他的入党介绍人。按照年纪看，这名军官现在也不过中年，面貌不会有太大的变化，必须画下来，以后如果见面，宁志恒马上就可以确定他的身份，以方便行事。

第四幅画面，应该是路明深爱的伴侣中弹，最后在他的怀中去世。随着路明的去世，她的画像也就没有了保留的价值。

值得重视的是第五幅画面，里面透露出来的信息最多。首先路明提到一位叫博然的战友牺牲，自己接替他的工作，并继承了他的代号"影子"。最关键的人物是那个代号为"农夫"的联系人，他的画像必须画下来。

宁志恒运笔如飞，很快就将路明记忆中的两个人都画了下来，又仔细将细微之处修补好，在旁边做好备注，这才满意地把笔放下。他推开书桌，打开保险柜，将路明入党介绍人的画像存放进去。而"农夫"的画像他要随身携带。

第二天一早，宁志恒赶到军事情报处，然后叫来石鸿和王树成，将路明的照片分发给他们，让他俩带领队员去南京各个警察局安排户籍档案的调查，尤其是这几天有人口失踪报案的，要将消息全部上报给军事情报调查处统一汇总。他相信自己很快就会找到线索！

军事情报调查处的协查通告随后也发到各个警察局。一时间，一张大网撒向南京全城，各个警察局的户籍部门加班加点，两天之后就找到了上百个面貌相近的市民。

接着，宁志恒又派人落实具体情况。很快，报告就发回来了，在这一百多人中只有财政部国防司第二科科长路广然未找到，据说已经有两天没有上班了。宁志恒赶紧通知财政部来人认领尸体。财政部来了三个工作人员，经过识别，证实尸体就是财政部国防司第二科科长路广然本人。

这三个人都是路明生前的同事，得知平时老实低调的路科长竟然是中共地下党，当时就不敢领回尸体，生怕日后被军事情报调查处这些特务盯上，受到牵连。此外，路广然也没有家眷。宁志恒本来也没有打算让他们把尸体领走，仔细询问了路明的工作情况和家庭住址，就放他们走了。

宁志恒没有带任何人，按照财政部人员提供的地址，第一时间赶到路明家。这是一处远离市区的宅院，面积不小，门上挂着大锁。宁志恒先在四周转了一圈，没有发现什么可疑的人，才来到大门前，掏出一串钥匙，这钥匙是他从路明身上搜出来的。

他知道党务调查处的人迟早都会知道路明的身份，找到他的家。不要低估党务调查处的能力，作为中国近代最早期的谍报特工部门，他们要想得知路明的身份并不难，何况这次宁志恒找路明的动静不小，很快就会让嗅觉灵敏的他们知道。所以，宁志恒想提前进去看看有没有不利于地下党的危险物品，他必须及时清理。

进门后发现，路明家里除了必要的一些家具，并没有多余的摆设，所以房间显得很空旷！

宁志恒取出一副手套，皮鞋上也仔细裹上两块粗布，这也是为了以防万一，以后党务调查处的人肯定会来搜查路明的家，他不想留下任何痕迹。

他先是从客厅搜起，茶几、沙发、抽屉，等等，凡是有可能藏东西的地方都搜了个遍，但是没有发现什么有价值的东西。

然后是客房，最后是卧室，他都搜查了，可还是一无所获。可以说屋里一般家庭用的东西都具备，可是跟地下党有关的一件也没有！没有半点异常，可见路明平日里肯定是一个非常谨慎的人。

不过是不是有些太干净了？宁志恒决定再把卧室搜一遍。一般人都认为身处的空间越小越有安全感，眼睛看到的东西才最真实，所以人的卧室是最有可能藏自己秘密的地方。他逐寸逐寸地搜，搜到衣柜的时候，干脆把里面的衣服全部取出来，然后伸手仔细摸索，终于发现一块靠墙的木板明显比别的木板松一些。他掏出匕首，试着撬开木板，果然轻轻一拨就取了下来。木板后面的墙体，被掏了一个一尺见方的洞，里面安放着一个木盒。

找到了！

宁志恒激动不已，他把木盒取出来，感觉沉甸甸地压手，放到床头柜子上面，轻轻打开。里面东西不少，靠右边放着十几根金条，还有几沓钞票，有英镑和法币，估计数目不小。不过也很正常，作为财政部的一名科长，这点钱其实真是寒酸了。这年头政府官员手中但凡有些实权，不要说这点钱，就是再翻个十倍百倍都不稀奇！路明的财产应该不止这些，不过联想到中共地下党现在的困难处境，估计他收的钱都上交组织当活动经费了。

木盒的左边放着一个红布包，解开后，竟然是两枚极为漂亮的雨花石，圆润光滑、色彩斑斓。木盒底部还有一张照片，上面的人赫然就是路明记忆中的那位清秀女子，她正在低眉微笑，笑容甜美。

仔细检查一下，木盒里再找不出其他东西了。宁志恒不觉有些失望，他已经把整个房子都搜查了一遍，就只有这点收获。这只木盒，他会转交给那位联系人农夫。

木盒里面的钱，他不打算动一分。他不缺这点钱，再说这些钱是属于路明的，最后应该交到地下党手里。至于那个红布包里的两块雨花石和照片，里面肯定有着一段故事，宁志恒不知道怎么处理，而农夫和路明是多年的战友，也许他知道应该怎么处理。

尽管有些遗憾，但宁志恒不打算再搜查下去。他进入路明家的时间不短了！他仔细地将自己接触过的物品都恢复原位。当他在客厅里擦拭痕迹时，突然觉得哪里有些不对。他又把客厅搜了一遍，终于发现了问题所在。原来，客厅的茶桌上摆放着十多个外观很精致的小茶罐。宁志恒最初搜查时没有觉得哪里不对，只当是路明很爱喝茶，可现在看来就有问题了！

一般人家里不会准备这么多茶叶，而且路明就一个人生活，一罐茶可以喝很长时间，就算茶罐很小，可买十多个茶罐的茶叶也未免过多了，毕竟茶叶也是有保存期限的，没有必要啊！他上前把所有的茶罐都打开检查了一下，没有问题，里面只有茶叶，没有其他的东西。但直觉告诉他，这一定是路明留下的一处破绽，之后肯定会有党务调查处来搜查，他必须把这些茶叶罐带走，不能留下重大隐患！

宁志恒将这十几个小茶罐和木盒一一收好，再次确认没有留下什么痕迹，便锁好大门，迅速赶回自己家中。

他将小茶罐取出来仔细检查，里面的茶叶很平常，是南方人常喝的龙井，这在南京街面上很多茶店都有卖的。小茶罐是硬木制作的，非常精致，市面上倒是不常见，不过表面没有任何商家店铺的标记。

路明为什么会买这么多茶叶在家中？这些应该不是一次性购买的，不然没必要分装在这么多小茶罐里，太麻烦了！他应该是每次买一个茶罐的茶叶，那么路明为什么要分多次买这么多茶叶呢？

很简单，他一定是经常去某个茶叶铺，每次都买一小罐茶回来。这么多茶他一个人根本喝不了，那他买茶是为什么呢？一定是为了掩饰他真实的意图。那他去茶叶铺干什么？与联系人见面接头？相互传递情报和消息？对，应该就是这样的！

宁志恒知道自己找到了正确的答案。这个联系人农夫一定在某个茶叶铺工作，而这个茶叶铺的位置不是在路明的工作单位附近，就是在他的住所附近，或者是他上下班的途中！

这个范围可不小哇！宁志恒知道这个工作量很大，而自己手下的人一个都不能用，只能靠自己去慢慢寻找。

他先是回到军事情报处，赶到停尸间将那串钥匙悄悄放回路明的身上，然后又去卫良弼那里请假，说自己前段时间一直在侦破案件，感觉很疲惫，想要休息两天。卫良弼当然爽快地点头同意，不过他并不是什么都不知道，心里很清楚宁志恒这是又要有新动作。

卫良弼再次告诫这个师弟道："志恒，做事情不要太拼。你这段时间一直在寻找那个地下党的线索吧？地下党的案子我们军事情报处是很少插手的，里面的事情你清楚，我就不想再多说了。你要是一定要查一查也不是不可以，不过那些共党都是亡命之徒，和他们打交道要万分小心，出去办案子要多带些人手。还是那句话，什么也不如自己的性命重要！"

宁志恒这才知道自己这位师兄精明过人，心里跟明镜似的，看来很难瞒得住他，只好连声答应，再三保证不会随意冒险，这才出了卫良弼的办公室。

随后，宁志恒又给石鸿交代了几句，匆匆出了军事情报处。

他先是赶到路明家附近，很快就找到了几家茶叶铺。他每到一家都是开口要一两龙井茶，然后看商家给他的茶叶罐是不是他想要的那种样式。接下来，他待在那里暗中观察店内的人，可是并没有看到他想找的人。

于是他又沿着路明上班的路线，开始一间一间地筛查，终于在一家茶铺的货架上看到了和路明家中一模一样的茶叶罐的样式。他心中大喜，抬头一看，这家茶铺的招牌上写着"青石茶庄"四个字。

宁志恒不紧不慢地走上前，装作挑选茶叶的样子，对看铺子的伙计说："伙计，给我来一两龙井茶。"

年轻伙计见宁志恒进来，赶紧上前殷勤地招呼道："好嘞，一两龙井，六十个铜子！"

宁志恒四下打量，发现这家铺子不大，里面只有这一个伙计，没有自己想要找的目标，便装作随意地说道："这生意还好？"

"托您的福，生意还算过得去！"伙计嘴上说着，手里很麻利地称了一两茶叶，装进精致的小茶罐，递到宁志恒手中。

宁志恒付了钱，又随意和他闲扯了几句，看没有再多的发现便转身离开。

看着手中的茶叶罐，宁志恒暗自点了点头，应该就在这里了！这个农夫现在已经是中年人，当然不会是个看店的小伙计，很可能是这个青石茶庄的掌柜或者老板，现在他只需要当面确定一下就可以了。于是，他在附近找了个隐蔽的角落，两眼紧盯着青石茶庄的门口，仔细观察进进出出的每一个人。

青石茶庄生意很一般，进出的顾客不多，宁志恒一直也没有什么发现。过了一个多小时，一个身穿长袍、一副生意人打扮的中年人径直走进青石茶庄，年轻伙计上前喊道："掌柜的，您回来了！"中年男子点点头，没有说话，直接走进茶庄店面的后堂。

宁志恒的眼力极好，只是短短的一瞥，就看出这个中年人和画像上的农夫非常相像，只是衣着和气质有些不同。

不过宁志恒已经肯定，这就是他要找的人——路明的上线联系人农夫！

终于找到了！

青石茶庄老板夏德言这几天一直很焦虑，他不知道具体原因是什么，可能是上次他和路明起的争执。当时他再三劝说路明不要再去联系以前的战友，主要是眼下太不安全了。一个几年前的联系方式，安全性根本无法保证，对方的情况也不了解，他不明白老路为什么这么固执，这根本不是一个合格的地下工作者应该有的行为。也许是身边牺牲的战友太多了，所以老路对每一位幸存下来的伙伴格外珍视。那两次联系成功的喜悦，让老路已经忽略了自身的安全。

他很担心路明的安全，两个战友情同兄弟，他真怕路明有任何闪失！

这次路明去联系失联多年的老同志，时间已经过去四天，可是到现在还没有和他接头，情况太不正常了！

他在房间里坐卧不安，背着手来回地走着，心情越发焦虑，但他一直强忍着没去路明工作的单位打听消息。他知道，如果路明真的出现了意外，那么国民党谍报部门一定会对路明进行调查，如果此时他贸然前去打听消息，后果不堪设想！自己现在该怎么办呢？不行，明天如果再没有消息，自己就必须上报组织，让他们从别的渠道了解一下情况。

这边，宁志恒确认了农夫的身份，起身把青石茶庄的位置和周边环境观察一番，迅速离开了。

宁志恒不打算直接去找农夫，把路明的死讯和遗留下来的木盒交给他，因为对方根本不可能信任自己。农夫是自己加入地下党组织的唯一渠道，可是自己之前从未和地下党组织接触过，农夫根本不知道自己的存在。如何才能取得农夫的信任，这是个极为关键的问题。身为国民党最大的特务组织军事情报调查处的一员，想要加入中共地下党，绝对会经受极为严格的调查和核实，而自己根本无法解释这一切。

宁志恒回到家中，思虑再三，决定暂时不与农夫接触，先暗中把路明的死讯及木盒给农夫送去。想到这里，他将农夫的画像取出，放在铁盆之中，用打火机点燃，看着它化为灰烬。然后又取过白纸撕下一条，拿出钢笔用仿宋体端端正正地写下：

> 张培叛变，路明中伏，当场牺牲，小心应变。

他刻意采用宋体书写，这种字体笔画比较刻板，很难让人辨认出个人风格。写到这里，宁志恒不禁有些迟疑：落款怎么写才能让农夫确信自己传递的信息是真实的呢？犹豫再三，他终于在最后落款"影"。

宁志恒决定落款采用路明代号"影子"中的"影"，因为这个代号只有农夫才知道，这样落款可以表明自己是知道路明真实身份的。这个"影"字，宁志恒特意借鉴了前世里个性签名的笔法，用了非常飘逸的连体，这种签名在现在这个时代肯定是别人无法模仿的，非常特别！

将字条放入木盒中，合上盖子，宁志恒耐心地等到天色暗下来，这才带着木盒，悄然出门。

第十六章　代号影子

249

这时候茶庄早就打烊了，街上昏暗的路灯也亮了起来。宁志恒站在远处，见茶庄的大门虽然关上了，可前面店面里还有灯光。白天的时候他就观察过了，这个青石茶庄前面是店面，后面就是住宅。

宁志恒绕过前面的铺面，来到后面的住房，后面也有一个门，还有两扇窗户。窗户黑着，说明里面没人。他来到窗户前，附耳上前，里面很安静，没有听到什么异常的动静。接着，他取出匕首插入窗户缝隙间，轻轻地一点一点拨开窗销。宁志恒轻轻推开窗户，动作麻利地翻身进入，没有发出半点声音。

四周黑暗，但宁志恒凭借超于常人的眼力，马上转到旁边的卧室里，轻手轻脚来到卧床边，将木盒放在枕头旁，然后顺着原路返回，翻身出了窗户，慢慢地合上窗户，转身迅速离开。撬窗，进屋，安放，退出，整个过程干脆利落，没有半点拖泥带水，顺利得让宁志恒自己也感到意外。

他一路快行，回到家中。这次与地下党接触的事情，总算是暂时告一段落。宁志恒静静地把整个过程都回想了一遍，确认自己没有露出什么破绽，暗自松了一口气。

傍晚时分，夏德言打发伙计回了家，自己把大门锁好。他拿过账本想核账，却心烦意乱静不下来，干脆把账本甩在桌上。

今天又过去了一天，路明还是没露面。以他对路明的了解，知道路明一定是出事了，明天必须向上级汇报，不能再拖了。路明是潜伏多年的中共地下党员，尤其是他的掩饰身份很重要，是组织打入国民党财政部的一枚重要棋子，如果真的出了意外，对地下党是一个重大损失。

一想到路明生死不明，他心里憋闷极了。身边的老战友、多年的好兄弟，怎么能让他不担心！

夏德言拿过桌上的账本，很快核完账，回到卧室。一来到后堂他就感觉出不对。卧室的门他一向是虚掩着的，并习惯留出一只鞋掌的宽度作为标记。可现在虽然门也是虚掩着，但是明显比他离开时开的角度大了些，不可能是被风刮开的。他平时身上不带枪，卧室里倒有一把手枪，可是他现在不敢贸然进去。如果里面正躲藏着敌人，自己很容易遭到暗算。

他悄悄转身来到厨房，从案板上拿起菜刀，又赶回卧室门口，静静地等在门外。

他在门外足足等了二十分钟，也没听见卧室内有任何动静，看来是自己发现得晚了，里面的人在自己回来之前就已经走了。

但是他仍然保持戒备，上前猛地推开卧室门，侧身翻滚进入。尽管屋内漆黑一片，但是他一个翻身就来到了床头，闪电般地伸手从床板下抽出一把手枪，而后持枪在手，四下巡视。

没有人！卧室不大，也没有什么家具，他能够感觉得到屋里空无一人！

夏德言起身打开卧室灯，卧室内亮了起来。他赶紧跑到房屋右下角查看地砖，看到自己做好的记号纹丝未动，只感到一阵轻松，心里这块石头才放下来。

卧室里他确实藏着一些重要的东西，一旦被窃，后果不堪设想。这个贼是怎么进来的呢？自己一直在前面店铺守着，他只可能是从后门或者窗户进来的。

他又赶到后门检查了一遍，终于发现在窗户叶上做的记号被移动过，窗销上有被利器刮过的痕迹，看来这个贼是从窗户进入的。他的目的是什么呢？真的只是来行窃吗？可自己财物并没有什么损失。不对，一定有什么地方被自己疏忽了！

他赶忙回到卧室，房间内的陈设家具很少，没有什么可隐藏东西的地方，卧床上也就只有枕头、被褥……突然，他一眼看到枕头边多了一个木盒，顿时心中一惊。夏德言两步上前，拿起木盒。木盒很重，里面会有什么东西？

他小心地打开盒盖，物品的最上方放着一张白色的纸条。他拿起来看到上面的内容，顿时感觉到心口一阵剧痛，巨大的悲伤涌上心头，无法自已！

张培叛变，路明中伏，当场牺牲，小心应变。影。

纸条上所写的意思很清楚，里面提到的张培，应该是路明执意去接应的失联党员。这个人是叛徒，接头时设下陷阱，致使路明被抓捕时当场牺牲！

他不知道是谁给自己送来了这个噩耗，但是凭直觉认为消息属实！其实这几天他就隐隐有感觉，路明可能已经遭遇不测，只是他一直不敢想，也不愿意去想！

可最让他感到吃惊的是，字条后面的署名竟然是"影"！路明的代号就是"影子"，这个代号原来是博然同志的，博然同志牺牲后，才由路明继续使用。

代号的保密等级极高，目前除了自己，只有南京省委的一号才知道，因为自己和路明是一号直接负责的情报员。其他联络线上的地下党根本没有人知道这个代号，这个传信人是怎么知道的呢？

那就是说，这个代号一定是路明本人告诉这个传信人的，不然无法解释。

难道是路明私下发展的地下党员？可是自己作为路明的单线联系人，可以说是路明最信任的人了，为什么他从没跟自己提起过这个人呢？

夏德言勉强抑制住悲伤的情绪，将字条放在一旁，再检查盒子里的其他物品。十几根金条和几沓钱，这应该是路明最后的积蓄。路明在财政部里的职位算不上高，可油水不少，他几乎把全部收入都上交给党组织作为组织的活动经费，剩下的这些钱是平时的准备金，以备不时之需。

那个红色布包他见过，里面是两块色彩斑斓的雨花石和路明牺牲多年的妻子的照片。这两颗雨花石的来历他是知道的，这是路明当年和他妻子蕙兰的定情信物。当年两个人情定终身的时候，路明身上没有钱给妻子买像样的礼物，于是二人自己动手去挖了两颗雨花石，互相作为对方的定情信物。

礼物简单却充满了浪漫气息。自蕙兰牺牲后，这两颗雨花石就被路明珍藏起来，再也没有在外人面前显露过。这是路明视为性命的珍宝，除了他最信任的人，别人是不可能知道的！

看着眼前的这些东西，夏德言仔细思索着。这些物品更加证实了他的判断，这个传信人一定是路明最为信任的人！他知道路明的身份、代号，还有最珍贵的私人物品，最重要的是他竟然知道自己的掩饰身份。这一切的一切除了路明之外，别人谁也不可能告诉他，这些都是只有路明才知道的秘密。

当然也有一种可能，那就是路明没有当场牺牲，而是被捕了，最后没有顶住严刑拷打交代出了这一切。如果换作别的地下党情报员，夏德言不敢打包票，可他是路明，一个经历过血与火的战争、经受过最严酷的白色恐怖考验的坚定战士。目睹身边的战友甚至爱人惨死在国民党的枪口下，和国民党有着血海深仇，绝对不可能叛变革命和他的信仰！

而且如果是路明叛变，那么找上门来的就会是国民党的特务，而不是这个送信人了。路明既然瞒着自己，必然有他自己的原因。只是这个传信人为什么用"影"这个代号签名？难道说他是路明选定的接班人？

这个人会是谁呢？夏德言苦苦思索着。眼前的金条和钞票，对组织而言算不上是大钱，但对个人来说绝对是一笔巨款，甚至足以改变一个普通人的人生。能够不为钱财动心，把钱财无私地交给组织，说明这个人的品格是值得信任的。

再看这张字条，一手宋体，一笔一捺，极见功力，尤其是最后的"影"字签名，一笔连成，将一个影字写得飘逸生动，如行云流水，漂亮至极。这个人的文化水平一定很高，光是这一手好字就能够说明！

只是有个疑点，这个人怎么会知道路明接头的详细情况？张培的叛变、路明的牺牲，这么详尽的情报，绝不是一个局外人能够知道的。这个问题解释不清楚，自己就不能完全相信他。要是能够知道他的真实身份就好了！

唉，老路，你给我留下了一个什么样的难题呀！

第十七章
云麾勋章

宁志恒处理完这件事，第二天回到军事情报处，一进办公室就见石鸿笑逐颜开，一脸兴奋地和王树成高声交谈。

"有什么高兴的事，让我也听听！"宁志恒笑着问道。

石鸿和王树成一见宁志恒进来，立即迎上前。王树成兴奋地说道："队长，你还不知道呢，你和组长要请客吃饭啦！"

宁志恒一愣，但马上就反应过来，赶紧问道："案子结了？"

王树成点头笑着说："今天一大早，卫组长接到通知，上午十点在南礼堂举行庆功会，组长和你都是首功，听说就连鸿哥也晋了一级。这次咱们第三行动队可是露脸了！对了，组长叫你来了就去他的办公室！"

宁志恒一听这话，心里也很高兴，为这个案子辛苦了那么长时间，现在终于到了收获的时候！

他赶紧去了卫良弼的办公室。卫良弼倒是比较矜持，一副云淡风轻的模样，不过眼角中透露出的兴奋和喜悦，根本瞒不了人！

"志恒，刚才科长通知，十点钟开庆功会，我们两个人是首功，一会儿要举行晋升授衔仪式。哈哈，自打你来了军情处这些日子，我真是心想事成，顺风顺水！"卫良弼一看到宁志恒，就再也忍不住心中的喜悦，一把拉住他的手臂，高兴地说道。

宁志恒笑着说道："师兄，你少校升中校还值得开个庆功会，我一个尉级军官的晋升，有什么好庆祝的！"

卫良弼嘴角带着一丝得意，说道："这两天你忙得脚不沾地，我就没和你说，处座那里有话，这次我们两个不只授衔，还要授勋！"

"授勋？这是真的？"宁志恒听完这话，顿时眼睛一亮，这可是没有想到的。这个时期国民党军队对军衔管理得非常严格，军官的晋升相对比较困难。就拿军事情报调查处来说，掌管着整个军队的情报调查、人员甄别，甚至可以临机处置将级以下的军官，同时辖制全国警察、宪兵各大要害部门，权力非常之大。可它的最高长官处座，军衔也不过是少将。至于颁发勋章的情况更是少见，除非授勋者确实立下重大功勋，由军部审查核实后，上报最高领袖审批同意方可授勋。总之，这个时期的勋章含金量非常高，能得到这一殊荣的无一不是军中翘楚，绝对是军中最大的荣耀！

宁志恒为了办案方便平时都穿便装，知道十点钟要举行庆功会，自己又要参加授衔授勋的仪式，就赶紧换了一身崭新笔挺的军装。看着镜子中那个身形挺拔、英姿飒爽的青年形象，宁志恒满意地点了点头。

军事情报调查处开庆功大会，这种事情很少见。这次成建制地破获暗影谍报小组，并缴获日本军用加密密码本，收获之巨大，远远超过所有高层的预料！其实他们不知道，处座心中最得意的，是重重地扇了他的老冤家中央党务调查处一记响亮的耳光。

结案报告上，军事情报处极力夸大自己克服重重阻碍，破除层层迷雾，终于将日本间谍一举抓获的事迹。同时刻意强调党务调查处的无能，把马宏交代的几宗泄密案件极尽渲染，将其危害性夸大得无以复加。

报告呈上去后效果可想而知：中央党务调查处，一向自诩为国民党最优秀的谍报部门，竟然出现了内鬼，尤其是几次泄密案件都有据可查，证据确凿，无可抵赖！中央党务调查处的首脑，被最高领袖指着鼻子骂了个狗血喷头。

反之，军事情报调查处这一次的行动确实非常出彩，一举抓获了潜伏在国民党内部多年的日本谍报小组。其中黄显胜的案子更是几乎改变了国民党国防防御体系，国民党的一位军政府高层也为此被迫递交辞呈，空出相当大的政治空间，让其他方方面面的势力都获得了不小的利益。处座这一次在最高领袖面前表现出色，夺尽眼球，尽展一代间谍之王的风采，这些日子可说是春风得意马蹄疾！

这次的庆功大会，军事情报处的军官全员参加，场面搞得非常宏大。大会上，处座就这一次情报科和行动科联合办案、破获日本间谍的行动大加褒奖。行动科行动一组组长卫良弼，由少校晋升为中校，晋升一级，并颁发二等云麾勋章！行动科第一行动组第三行动队队长宁志恒，由中尉晋升为上尉，晋升一级，并颁发三等云麾勋章！处座亲自为二人更换军衔肩章，并授予勋章。一时间，卫良弼和宁志恒出尽风头，极尽荣耀！

尤其是宁志恒，作为刚刚从陆军军官学校毕业的学生，短短三个月就连续晋升两级，并被授予极为少见的三等云麾勋章，一时之间在军事情报处声名大显！

行动科成为这次庆祝大会的主角，尤其是直接参与行动并执行抓捕任务的第三行动队被集体通报嘉奖，其中石鸿由中尉被破格提升为上尉。和宁志恒联手抓捕日本特高课高级间谍雪狼的行动队队员孙家成晋升少尉，并升任第三行动队副队长。

这次圆满的结局让在场所有人皆大欢喜！轰动一时的破获日本间谍小组的行动至此终于拉下了帷幕！

接下来的几天里，宁志恒都处于休整状态。这三个月来，他马不停蹄地连续破获大案，抓捕疑犯，精神上始终紧绷着一根弦，这次可以彻底放松，好好休息几天。

这一天，宁志恒的办公电话响起。他拿起电话，里面传来老师贺峰熟悉的声音。

"老师，您回来了！"宁志恒一听是老师的声音，心中一喜，赶紧问道。

老师贺峰这一去就是两个多月，其间只发了几封电报回来，和宁志恒互相沟通了几次消息。他知道这两个月来，由老师贺峰主持的收购行动进行得并不顺利，当地的袍哥帮会势力庞大，盘根错节。

其实国民党政府中有先见之明的人士，早已开始在重庆低价购买地皮了。到贺峰开始收购的时候，重庆的地价已经开始有所抬升。当地的一些实力人物，尤其是袍哥黑帮势力也察觉到了这一点。他们凭借地头蛇的优势开始收购土地，或者拿着土地不放手，企图囤积居奇，抬高价钱，获取更多的利益。

贺峰赶到重庆后，一向作风强硬的他又岂能被区区一些地痞流氓所左右？他与好友沈浩成彻谈了一夜，直接动用军队对盘踞在沙坪坝一带的袍哥势力进行了大力清剿。

在如此铁血高压的强大压力下，袍哥黑帮势力分崩离析，溃败已成定局。

在之后的时间里，这些袍哥残余势力不断出来阻挠，但最后都遭到了铁血镇压。整个收购行动，过程反反复复，充满了斗争和血腥，时间长达两个多月才终于圆满收工。

贺峰手中的资金加上宁志恒派文掌柜带去的资金，全部投了进去，以极低的价格足足收购了整个沙坪坝的两条街区。

接下来，贺峰将住房的翻修、店铺的梳理等琐事全部交付给文掌柜，于昨日匆忙赶回南京。他今天打电话就是通知宁志恒去家中一叙，把重庆的事情交代一下。

"今天中午你来家里吃饭，顺便叫良弼也一起过来，我们师徒二人也很长时间没有见面了。"贺峰在电话里说道。

宁志恒连声答应，放下电话，转身就去了卫良弼的办公室，把贺峰的话转告给他。卫良弼一听是老师召见，也是非常高兴，连声答应。二人出去备好了礼物，中午准时来到贺峰家。

开门的是贺峰的女儿贺文秀，看到宁志恒和卫良弼腼腆地一笑，说道："父亲早就等着你们来呢，快进来！"

她接着又对宁志恒柔声说道："志恒哥，这么多天你去哪儿了？好几个月都没来！"

贺文秀和宁志恒相处的时间长，相互很熟悉，说话也亲近得多。可她对卫良弼有些生分，这个师兄很少来，所以对他说起话来，态度稍有疏离。

宁志恒边往里走，边微笑着回答道："这两个月事情太多了，总是抽不出空来看望你和师母，等闲暇时再和你说！"

来到客厅，贺峰正端坐正中，手中一张报纸正看得仔细。看见两个学生进来，才放下手中的报纸。

"老师！"宁志恒和卫良弼躬身行礼，然后将手中的礼物交给贺文秀。文秀见父亲没吭声，乖巧地接过礼物，转身出了客厅。

贺峰挥手示意二人坐下，看见卫良弼肩上的校官军衔，脸上露出诧异的神色，问道："良弼，你不是刚提了少校一年多，这是什么情况？"

卫良弼微微一笑，语气谦虚地说道："老师，可不止我一个人晋升，我才升了一级，志恒可是一口气升了两级，现在已经是上尉了！"

贺峰听完又看向宁志恒，宁志恒平时就不喜欢穿军装，所以贺峰没有注意到他肩章的变化！

"我这是尉级军官的晋升，师兄你是校级军官晋升，这可比不了！"宁志恒笑着打趣道。

师兄弟二人的对话让贺峰真是吃惊不小。自己出门这短短的两个多月，都发生了什么事情，就连宁志恒也连升两级？

"是什么情况？你们好好给我说说！"贺峰这时候兴致上来了。弟子们有出息，这是做老师的荣耀。他以前一直觉得对不起自己这两个学生。他看中的学生不止这两个，可别的弟子都进了中央军中效力，可说是学有所用，一展所长。唯独这两个弟子，被自己安排进了军事情报调查处，当了所谓的情报特工，其实也有人背地里称呼他们为特务！这个行当其实很不招人待见，尤其是在军中特别惹人嫌，因为他们的任务之一就是专查军队的渎职腐化之类的事情，得罪人在所难免。所以，尽管军方对军事情报调查处的人顾忌三分，但其实从内心看不起这些人的，认为他们不是真正的军人。

宁志恒看了看卫良弼，双手一摊，冲着他说道："还是师兄来说吧，我怕说不清楚！"

卫良弼是何等精明的人，马上明白了宁志恒的意思，暗自点头。这个师弟确实是谨慎，就是在小处都是这么小心。军事情报调查处是一个特殊部门，因为做的很多事情都不能见光，所以对人员要求中，最要紧的一点就是要遵守保密条例。现在老师追问，宁志恒拿不准这个尺度，所以才让卫良弼回答。不过卫良弼并没有刻意隐瞒，只要不涉及绝密，卫良弼都没有保留地告诉了贺峰。

卫良弼在叙述中特意表扬了宁志恒，从他抓捕风车付诚，到搜捕木偶黄显胜，再到冒险出手逼死特高课高级特工雪狼，最后找到新的暗影小组组长黑雀，这整个过程，一环扣一环，案情起伏跌宕，悬念频生，听起来简直就是一部出色的侦探小说，而主角宁志恒光环缠绕，风采迷人！

到最后宁志恒都听不下去了，上前一把捂住卫良弼的嘴，开口笑道："师兄，你这张嘴简直可以去茶楼说书了，吹牛吹得没边了！"然后他转过身对贺峰笑道："老师，你不要听他瞎吹牛，我只是运气不错，误打误撞而已！"

卫良弼闪过宁志恒的手，笑着说道："老师，志恒就是个福将，我们这段时间做什么事情都顺顺利利，真是福星高照！黄副处长在庆功宴上夸他是天生吃特工这碗饭的，还夸您教导有方呢！"

"黄胖子真的这么说？哈哈，这家伙打仗不行，可这眼光倒是不错，哈哈！"贺峰听完这话，也被逗得哈哈大笑起来！

这时师母李兰已经做好了饭菜，进来跟贺峰说道："饭菜已经做好半天了，再不吃就凉了，还是先吃饭吧！"

贺家规矩很严，贺峰与人谈事情的时候，李兰和孩子们都不能打扰，就连调皮的儿子贺文星想要进屋和宁志恒说话，都被妈妈关在屋里不许出来。直到贺峰他们谈完事情，李兰这才出来劝说三个人赶紧吃饭。

"看，光听你们说故事，时间都忘了。快，赶紧上菜！我们好好喝两盅，庆祝你们二人加官晋爵，前程似锦！"贺峰听到李兰的话，才知道三个人说话的时间太长了，差点耽误了午饭，赶紧招呼李兰上菜。

于是，李兰和贺文秀手脚麻利地摆上满桌的菜肴，调皮的贺文星也被放了出来，大家其乐融融地吃了一顿丰盛的午餐。席间，贺峰并没有提及半点重庆的事情。吃完饭后，才向二人挥了挥手，示意去书房详谈。

进了书房，三人落座之后，贺文秀把沏好的茶水端了进来，向宁志恒和卫良弼笑着点点头，然后出去，将房门关上。

贺峰这才对宁志恒说道："这次重庆的事情办得不是很顺利，老实说，我一开始低估了这件事情的难度，这些四川袍哥真是太难搞了，最后不得不下了死手，找了个借口，狠狠地杀了一批，这才算把事情办成了！"

卫良弼知道老师去了重庆，但是具体去做什么他并不知道。听到贺峰的话感到好奇，插嘴问道："老师您去重庆办什么事情？"

贺峰笑着说道："这件事情你问志恒，我这老家伙也是给他跑腿，脚不沾地忙了两个多月。"

宁志恒感激地看着老师，语气诚恳地说道："为了我的事情，让老师费心啦！"

说完，他又转头对卫良弼解释了一番，把这件事情的来龙去脉、具体情况都介绍给了卫良弼。

贺峰既然把卫良弼叫到家里，现在又当着他的面告诉宁志恒重庆的情况，说明他根本没有打算对卫良弼隐瞒这件事情。况且这件事情也没有什么好隐瞒的！未雨绸缪，安排后路，正好借这个机会劝说卫良弼也早做安排。

卫良弼听到宁志恒家里竟然一下子拿出近三万英镑，去远离国都的偏远城市重庆投资，购买地皮，开设商铺，心里真是被震惊到了。三万英镑，在这个时代绝对是天量巨款了，这绝对是宁家拿出全部的身家进行的一场豪赌，他不禁对宁志恒的父亲宁良才的魄力感到敬佩不已。

卫良弼思虑了半晌才说道："老师，志恒，你们选择重庆安排后路，是不是对时局太过于悲观了。我也觉得中日之间必有一战，但在时间上，我觉得没有你们想的那么急迫，估计最少也得在四到五年之后。想我中华地大物博，人口众多，战争一旦爆发，光是拖也把这个小日本拖死了。他们不准备好，真的就敢开战吗？况且上沪离重庆万里迢迢，日本人的兵锋就是再锐利，还能够打到重庆吗？我党国几百万将士可不是吃素的，日本人能够打到武汉，都算是高估他们了。我家是湖南岳阳，离湖南重镇长沙非常近，不如就在长沙购置产业。你们说呢？"

卫良弼老家是湖南岳阳，父亲是个教书匠，家境还算不错。他觉得如果能够在自己的家乡附近找一处安身之地，那是最好的选择！

这几年自己也攒下了一笔不菲的资产，不如也学着老师和师弟那样购置房产，万一将来有变，也好作为安身之所！

"师兄，我劝你还是不要选长沙。长沙是湖南省城，一旦中日战争爆发，这些大城市一定会被日军纳入第一攻击序列，而且长沙交通便利，便于日军大部队展开攻击。"

"是呀，良弼，我也觉得在长沙购置产业有些冒险，不如你和我们一起去重庆，一旦战乱，安全是最重要的！重庆虽然偏远，但是它足够安全，再说我们家人都在一起，相互之间还能有个照应！"贺峰也是在一旁劝说。

卫良弼听到老师和宁志恒都这么说，也有些犹豫，思虑良久终于下定决心，说道："好吧，就听老师您的！"

宁志恒双手一拍，笑着说道："这就对了，我这就给文掌柜发电报，让他给师兄你物色，一切都会给你安排好。你不用担心，什么都不需要你管！"

大的事情谈妥，师生三人在一起闲话叙聊，谈笑风生。尽兴之后，宁志恒二人才向贺峰一家告辞离去。

日子过得很快，转眼间春节就要到来了。

南京城里的大街小巷，开始有人手拎肩扛地购置年货，脚步匆匆忙忙。

还有市民开始粘贴年画，古朴稚拙的年画给千家万户平添了些节日的喜庆气氛。街面上的孩子们跑来跑去，也有家境好些的孩子提前穿上了新衣服，整个城里洋溢着欢乐的气氛！

军事情报调查处是准军事单位，即使是春节，也只是象征性地放几天假，没有长假。

家在南京本地的人都会回家过年，宁志恒因为上个月刚刚回了杭城，所以这个春节就没打算回家，决定在处里值班。幸好这段时间军事情报处的工作也不多，行动队出动的次数明显减少，大家都清闲下来。

"队长，你过年不回家看一看？"孙家成看着在办公室里闲坐无聊的宁志恒问道。刚刚晋升为副队长的他，现在也和宁志恒他们在一个办公室里办公，这让他有些不适应。

"我前段时间刚刚回过杭城，过年处里也需要有人值班，干脆就不回去了。"宁志恒回答道，接着问道，"对了，老孙，过年有什么打算，不想回家看看？"自孙家成提升为少尉军官，由下属变为同僚，宁志恒就不好再直呼他的名字。孙家成比他大了许多，他就干脆称呼对方为老孙。

孙家成脸色一黯，语气变得缓慢，说道："家里没有人了，唯一的一个叔叔，也就是我师父也去世了！我是孤身一人，走到哪里，哪里就是家！"

宁志恒一愣，这个孙家成竟然是孤家寡人，以前他都没有问过这些事情。于是宁志恒问道："你说话带点津门的口音，老家是天津？这些年也没成个家？"

孙家成点点头，回答道："老家是天津。我们家原来在当地也小有名气，后来叔叔和人擂台比武伤了人命，结下了仇家，被人堵在死巷子里捅死了。我害怕被人灭门，就跑了出来！"他的语气平平淡淡，脸色平静如常，好像是在叙述与他毫不相关的故事。

宁志恒听完这些话，心中震撼，没想到孙家成身上还有这么一段悲惨的遭遇。宁志恒坐直了身子，小心地询问："之后就再也没有回去？那些仇家还在吗？"

"出来后没有饭吃，又不想走黑道当流氓，就参了军。几年前偷偷回去了一次，杀了两个仇家就露了底，只好又逃出来，以后就再也没有回去。"孙家成淡淡地说道。原来天津还有仇家在找他，所以他是不会回去了。看孙家成的意思，这个仇还没报完，早晚还是要回去了结。

"这就是所谓的江湖恩怨吧！"宁志恒点了点头，"把你仇家的资料告诉我，别忘了我们是干什么的！军事情报调查处，帮人不容易，可害人还不简单吗！"

江湖中的恩怨纠葛，说不清谁对谁错，不过既然是孙家成的仇人，那宁志恒肯定是要站在他这一边的。军事情报处想要搞死两个平民百姓，简直是不要太简单！

孙家成摇了摇头："这件事情我自己来办。我要亲手除掉他们，不然这辈子都不会安心。"他的语气森冷得可怕，可见心中的仇恨郁积得无法疏解。

宁志恒听到他的话，不以为然地说了一句："迂腐！"之后又加了一句，"什么时候想通了，告诉我一声！"

孙家成点点头，他知道宁志恒是诚心想帮他报仇，心中十分感激，不过他有自己的坚持。

"对了，你们家都是练武的，怪不得你身手这么好，尤其是那手短刃真是漂亮。"宁志恒突然兴致上来了，半开玩笑半认真地说道，"怎么样？趁这段时间空闲，教教我？不会是有什么家传绝技，传子不传女的那种吧？"

听到宁志恒想跟他学武，孙家成笑着说道："什么家传绝技，那都是老百姓瞎传的，真正上得了擂台的本事都是实打实打出来的。关上门练花架子，那是去找死！队长你要学，当然没问题，不过这年头练武也没什么用，练得再好，一支枪就全部解决啦！"

宁志恒摇摇头，不同意孙家成的说法："你要说上战场，那肯定是不如枪支厉害。可干咱们这一行，有一副好身手就完全不一样，特殊时期能够发挥巨大的作用，那可是能救命的本事！"

孙家成见宁志恒是真心想学，当然不会推辞。宁志恒是他的长官，又救过他的性命，还把他提拔到现在这个位置。他心里一直都在想着怎么报答宁志恒，自己身无长物，就剩下身上这点本事了，宁志恒愿意学，他当然求之不得！

孙家成的家传武艺是形意拳和柔手刀，这是在津门历史悠久的两门武技。和宁志恒前世里那种动作流畅、架势漂亮、以表演为主的武术套路不同，这个时代的武技可是实打实的为了搏杀，实用性很强。

真正的形意拳打起来并不好看，讲究的还是大开大合，直击爆发，其实这和军中的散打搏击相差不大。孙家成也是在军中练过近身搏斗的，将两者融合在一起，自然有着他独特的技法。

宁志恒也是搏击好手，孙家成只是把形意拳的一些特有的发力技巧和自己的一些心得教给了他，很快他就掌握了。

让孙家成吃惊的是，宁志恒的身体素质好得惊人，反应更快，动作更敏捷，同样的发力技巧在宁志恒手中力道强劲得可怕。试招的时候，宁志恒只是一个横靠，就将孙家成撞了出去。

孙家成不禁苦笑着说："队长，你这身体底子也太好了！不过这样更好，真正的实战搏击都是一击见成败，没有多余的花架子。只要你把这些发力技巧掌握了，一力降十会，越直接越好，其他的就不用学了！"

宁志恒也觉得自己现在的身体状况非常好，自从改善了体质，身体素质得到极大的提高，并且这半年里，力量仍然在缓慢增长。他相信，自己的身体素质还会有进一步的提升。

接下来就是宁志恒一直渴望学习的匕首搏斗了。这门武技非常适用于实战，因为是使用器械，所以很讲究技巧，杀伤力极强！

尤其是孙家成还融合了反手刀身法挪闪、走位旋转的步伐特点，善于移步敌侧，可以反手持短刃贴在小臂之下，用于偷袭更为实用。孙家成对宁志恒完全没有藏私，将柔手刀和单手刀的技巧都倾囊相授。宁志恒底子很好，脑子更是聪明，很快就掌握了其中的窍门。

时间不知不觉地过去，一九三七年的春节假期很快就结束了，宁志恒除了去老师贺峰家吃了顿年夜饭，大部分时间都在军事情报处和孙家成一起练习实战。宁志恒的实战搏击，尤其是短刃格斗的水平突飞猛进。很快就连孙家成最拿手的短刃格斗，都已经很难招架宁志恒的攻击了。这段时间以来，宁志恒发现孙家成虽然是个搏斗高手，但是在枪械方面水平一般，便主动要求指导孙家成的射击训练。两个人相互交流，经常在搏击对练之后，就来到射击场练习射击。

宁志恒现在眼力越发敏锐，手臂的稳定性极好，射击技术也进步不小。如今他不只手枪枪法越来越准，就连步枪射击也能够达到枪枪十环的水平，绝对可以称得上是一位神枪手。他的惊艳表现让孙家成也大为吃惊。可以说，现在的宁志恒无论在射击还是搏击方面，都是不折不扣的战术高手。

这一天宁志恒接到陈延庆的电话，知道以前交代给他的事情有了眉目，共产党叛徒张培终于有了消息。

张培的叛变直接导致了影子路明的牺牲，宁志恒对此一直耿耿于怀，早就想除掉此人，以绝后患！况且他在路明临死前，亲口答应杀了张培为他报仇。这件事情已经拖了两个多月了，自从上一次暗影小组的案件结束后，中央党务调查处把当时抓捕的行动队员都领回去，其中当然也包括共产党叛徒张培。

后来宁志恒多方打听此人的消息，但是自从他被中央党务调查处带回去之后，就再也没有露面，消息也封锁得很紧。

宁志恒也没有办法全天候地追查此人，便将这一任务交给了自己的外围人员。他把当时抓捕张培后留下的资料和相片都交给了陈延庆和侯成两人，让他们专门负责打探张培的消息。

可是过去了这么久，他一直都没有得到确切的消息，只知道这个叛徒被中央党务调查处安排在他们自己单独管辖的一处住宅区里。这处住宅区都是中央党务调查处的人居住，日夜有警卫巡逻，戒备森严。而这个张培非常小心，从来不单独出入，几乎不出自己的房屋。陈延庆和侯成根本无法进入这个住宅区，也就无法知道他的具体位置和行踪。

陈延庆曾在这个小区附近见过张培两次，可是时间很短，都是一面闪过，张培就又躲回这个住宅小区去了。陈延庆每隔几天就要汇报一次张培的情况，宁志恒对此也是无可奈何。这个张培就像一只缩头乌龟一样，根本不露面，让宁志恒毫无机会。

但是没想到今天终于有了动静！宁志恒放下电话，匆匆赶到军事情报处附近的红韵茶楼，这里是他和外围人员约定联络的地点。

来到红韵茶楼的时候，陈延庆已经在这里等着他了，一见宁志恒到来，赶紧汇报情况道："两天前，张培终于出现了，身后有两个行动队队员陪同，竟然出了党务调查处的住宅区。我一路跟随，发现他们进了城北一家公寓，而且进去之后就一直没有出来。我又盯了两天，一直没有变化，估计他在短期内不会再挪动地方，所以赶紧向您汇报！"

宁志恒马上说道："现在带我去看看！"

两个人叫了两辆黄包车，匆匆赶到了城北，找到一直负责监视的侯成。侯成指着前面一处两层公寓，说道："张培就在这里，两天来就露过两回面，身边一直有两个警卫保护！"

宁志恒点头夸奖道："干得好！你们在这里等着，我去察看一下地形！"

宁志恒伪装成路人，随意在附近转了转，将公寓的前后左右都大致看了一遍，暗自记下房屋的布局和进出的道路，就悄然退了回来。

他对陈延庆和侯成说道："你们留下来继续监视，有情况及时通知我。等到晚上十二点，你们就可以离开了。明白吗？"说完，他将两沓厚厚的钞票扔了过去，"找这么长时间了，也辛苦你们两个了！"

两个人接过钞票，知道宁长官一向出手阔绰，也没推辞，连声点头道："谢谢宁长官！谢谢宁长官！"

看着宁志恒离去的背影，侯成回头对陈延庆说："你说这个张培是什么人？肯定和宁长官有仇，有大仇！不然宁长官会让你我找了他这么长时间？你看着吧，这个张培蹦跶不了几天，准死在宁长官手里！"

陈延庆晃了晃手中的钞票，压低声音对侯成喝道："猴子，你是活腻了吧？宁长官的事你也敢乱嚼舌头！军事情报调查处是什么单位，宁长官是什么人，你不清楚吗？先别说咱们端着人家的饭碗，咱就说宁长官是个眼睛里揉得了沙子的主儿吗？要弄死个人眼睛都不会眨一下，王扒皮是怎么死的你这么快就忘了？要是你自己嘴巴不严泄了口风，下场是什么你还不清楚！我警告你，你要想死，可别连累我！"

侯成被陈延庆的一番话吓得一愣，赶紧解释道："我可什么都没说。我长了几颗脑袋敢出去乱嚼舌头？也就是咱们兄弟之间唠嗑，在外人面前绝对守口如瓶！"

陈延庆听到这话脸色才稍微缓和了点，他是真怕这个侯成出去乱说坏了宁长官的事，到时候自己可就说不清楚了。宁志恒的狠厉作风，在陈延庆心里可是记忆犹新，满怀敬畏！他对侯成说道："张培的事情，仅限于咱们俩知道。哪怕是对大头哥他们你也要保密，不然出了事咱们担待不起！"

侯成赶紧点头称是，再也不敢多说话了。

第十八章
锄奸行动

深夜十二点，一身深色便装的宁志恒出现在公寓附近。他在附近巡视了一遍，没有看见陈延庆和侯成，知道他们两人已经按着他的吩咐离开了。宁志恒看了看表，现在是十二点半。此时一片黑暗，四周寂静无人，应该是人睡得最沉的时候。他悄悄地靠到公寓的后墙，从兜里掏出一双黑色的手套戴上，一切还是小心为上。

后墙不高，很适合攀爬。他轻手轻脚来到墙下，身体用力上蹿，手指轻搭在墙沿上，单手借力，合身翻过了墙体，落地悄无声息。院内寂静无声，整个公寓一片漆黑，只有一层的客厅里面还亮着灯。

宁志恒悄悄地凑到窗前，仔细往里面瞧，就看见一个青年男子斜躺在客厅的沙发上，双眼微闭，正处于半睡半醒的状态。这是值守的一名警卫。根据陈延庆他们汇报的情况，公寓内还有另一名警卫和张培，现在肯定已经睡熟了。

宁志恒转身绕过客厅，来到左侧一处房间的窗户下面。他试着推了推窗户，发现窗户被锁死了。看来这两个警卫很小心，睡觉前已经把房间的窗户都锁死了。宁志恒掏出匕首小心翼翼地插入窗缝。过了好一会儿，他才将窗销拨开，然后翻身而入。

进入公寓，他看了看客厅的方向，犹豫片刻，最后还是决定先除掉客厅里的警卫。毕竟此人还没有完全入睡，保持着一定的警觉性。如果自己在除掉张培的行动中发出半点动静，他一定会惊醒，继而惊动旁人。

宁志恒脚上特意换成了软底布鞋，再加上他刻意收敛气息，屏住呼吸，一步一挪，所以走路时没有发出半点声响。他小心翼翼地一步一步靠近警卫，已经处于半昏睡状态的警卫毫无察觉。

宁志恒没有犹豫，一只手猛然发力勒住他的后颈，另一只手托住警卫的下巴使劲往上一抬。警卫的颈椎骨发出一道闷闷的断裂之声，头颅向后弯曲。失去了颈骨的支撑后，整个头颅耷拉下来！宁志恒现在的臂力相当大，双手较力，如此大的力道，即便是铁管也得被他掰弯了，更何况是人的颈骨。

今天晚上是宁志恒首次单人行动，所以他要尽快解决对手，杜绝意外的发生。宁志恒的一只手一直勒紧警卫的喉颈，又观察了一会儿，发现他确实没有声息了，这才慢慢松开手。

他仔细观察了一下公寓内的布局，然后开始在一楼搜索。一楼总共有四间房，他挨个搜索，仔细聆听，都没有听到人睡眠时喘气呼吸的声音。

他开始向二楼搜索，来到二楼楼梯口正对着的一间房，他停下来仔细听了半响，果然听到里面有轻微的鼾声。他慢慢地推开房门，黑暗中看见一个人正躺在床上熟睡。宁志恒轻轻上前仔细端详，发现不是张培，应该是另一名警卫。其实是不是张培已经无关紧要了，今天这个公寓之中的人，他不会留下一个活口。他慢慢靠近，突然出手，猛地勒住警卫的脖子，使劲用力一掰，同样是颈骨折断，男子没有发出半点声响就没有了呼吸！

宁志恒小心地退出房间，开始搜索旁边的房间，很快就在旁边第二个房间里发现了目标。

他小心地靠近，来到床前盯着床上熟睡的男子。不会错了，这就是张培！他确认下目标，没有丝毫的犹豫，双手猛地掐住张培的脖子。惊醒的张培还没有做出反应，就在宁志恒的绞杀中被拗断了颈骨，呼吸疾速衰弱下来，瞳孔慢慢地散开，意识逐渐远去。

一瞬间，宁志恒将自己的思维投入意识空间。又是一幅幅记忆的画面展现出来。

第一幅画面，在一间宽敞的厂房里，身穿工装的青年张培正面对一群工人慷慨激昂地演讲。

第二幅画面，在一间乡村教室里，明显老了许多的中年张培刚刚给孩子们讲完课，一跨出教室就被几个特务一拥而上，扑倒在地。

第三幅画面，在一间昏暗的囚室里，捆绑在木架子上的张培遍体鳞伤，正经受着严刑拷打，发出撕心裂肺般的痛呼声。马宏厉声咆哮着，狰狞的面容出现在他的眼前。

第四幅画面，一间房屋的门被轻轻打开，一个戴着厚围巾的人推门走了进来，然后转过身摘掉围巾，赫然露出路明的面容，静静地看着张培。"老路！真是你？真的是你？"张培一脸激动地扑了上去，紧紧握住了路明的双手。"老张，一别多年，别来无恙啊？"路明也伸出双手和张培紧紧地握在一起。

第五幅画面，在一间敞亮的办公室内，一个长脸的中年男子将一个公文袋甩在张培的面前，严厉地说道："这是给你最后的机会，明天开始你不能在党务调查处的任何单位露面，我安排你去外面的安全屋。三天的时间，把这个人的资料背下来，然后去接近他，取得他的信任，重新打入地下党的组织，我等着你的好消息！"

画面很快闪过，宁志恒没有半点耽搁，思维迅速退出意识空间。

慢慢松开自己的双手，张培的头颅无力地垂下，身体瘫软在床上。

深夜潜入，趁其不备，没有动用枪支和器械，赤手空拳就将目标张培和两个警卫悄无声息地格杀，整个过程可以说比宁志恒预料的还要顺利。宁志恒没有放松戒备，又将二楼其余的房间搜索了一遍，确认整个公寓已经清理干净。他这才放下心来，有时间把张培的记忆画面回想了一遍！

第一幅画面，肯定是张培青年时加入革命队伍，在工厂里为工人们宣传革命思想。这个时间已经很久远了，所包含的信息对宁志恒而言没什么价值。

第二幅画面，是已经人到中年的张培正在一个乡村小学教书，被特务发现了行踪而被捕，这段画面带来的信息也很少。

第三幅画面带来的信息很好理解，被捕后的张培在马宏的严刑拷打之下，终于没有能够坚守自己的信仰，叛变了革命，成为可耻的叛徒！

第四幅画面应该是张培和路明在那个饭馆的包间里接头时的场景。从他们的交谈中可以听出两人之前应该相识，多年之后在这次接头时才再次相遇。这之后的事情宁志恒都知道了，路明在特务的围捕之中强行突围并受伤。而张培回到旅馆的监视点时，连同马宏一并被宁志恒抓获。

第五幅画面，也是最有价值的一幅记忆画面。在这幅画面中出现的那位长脸中年男子，应该是党务调查处情报官员。他交给张培一个公文袋，并在话语中说得非常明确，让张培阅读了解一个人的资料。很明显，长脸男子提到的这个人，肯定是一位地下党的成员。中央党务调查处发现了他的真实身份，却没有抓捕他，而是想让张培接近并取得这个人的信任，以期重新打入地下党内部，成为一名潜伏在地下党内的钉子。

这个计划非常狠毒，党务调查处肯定看中了张培多年前在地下党工作的经历，通过取得这个已经暴露的地下党员的信任，再找个合适的机会透露出自己地下党老党员的身份，顺理成章地重新加入地下党。这一步一步设计得非常精准。看得出来，党务调查处在对付地下党的工作中，的确有着丰富的经验！

张培的死亡让这项行动胎死腹中，可是危险并没有过去，当务之急是查出这个已经暴露的地下党人的身份。公文袋！长脸男子交给张培的公文袋里有这个地下党的资料，必须找到它！时间紧迫，不能再耽误了。宁志恒回到张培的房间，因为公寓里只剩下宁志恒一个人，所以也用不着隐藏行踪了。

他打开房间灯光的开关，迅速在房间里搜索着，因为张培需要随时阅读这份资料，也没有想到有人会突然潜入伏击，所以并没有刻意隐藏。很快，宁志恒就在桌子的抽屉里发现了这个公文袋。他打开后抽出资料，迅速地翻阅。

吴泉江，中康中药店的老板，四十八岁，中共地下党员，据判断可能是中共南京市委的重要成员之一。资料的内容很详尽，甚至涉及吴泉江的身高体重、他身边的亲朋好友，以及他平日的喜好和行动规律等！

可以看出中央党务调查处做的功课非常到位，对这个吴泉江已经全方位地监控了。看到这里，宁志恒不禁焦急万分。吴泉江是中共地下党南京市委的重要成员，肯定知道组织内的很多重大秘密，他的暴露将给地下党带来极为严重的损失！

这个情况必须马上通报给地下党，以便他们做出及时的弥补措施。可是宁志恒所知道的地下党只有青石茶庄的掌柜夏德言，也就是农夫。对，就这样干，必须以最快的速度通知农夫！

这个公文袋也必须及时交给农夫，因为里面的内容可以证明吴泉江已经彻底暴露。农夫和地下党的领导在看到这份资料后，绝对不会怀疑这个情报的真实性！可是如果明天党务调查处发现张培死亡、公文袋丢失，一定会第一时间察觉到吴泉江身份暴露的秘密已经泄露，肯定会立即抓铺吴泉江。

留给宁志恒的时间很短了。现在已经是凌晨两点，到天明还有五个小时，必须马上行动，但愿一切还来得及！他在桌子上找到纸和笔，迅速写了几行，然后将这张纸也放入公文袋中。

尽管时间紧张，但是宁志恒还是非常谨慎地检查并清除了自己在这个公寓里留下的痕迹，然后带着公文袋快速离开。

出了公寓，宁志恒有些后悔。为了不引起注意，他没有开车，而是步行赶到城北这处公寓的。可现在时间紧迫，从这里赶到青石茶庄有很长的一段路程，宁志恒只好甩开双腿，以自己最快的速度在街道上奔跑起来。好在现在是凌晨两点，街道上空空荡荡的没有一个人，倒也不怕被人发现。

半个小时之后，他终于赶到了青石茶庄。来到后门，他直接上前伸手敲了敲房门。敲门声惊醒了屋里的夏德言，警觉的他没有回应，而是迅速从床板下摸出手枪，轻手轻脚地来到后门，躲在墙后面。敲门声继续响起，而且越发急迫。夏德言觉得肯定不会是敌人，不然这人完全可以突然冲进来，打他个措手不及，而不会是用敲门这种方式唤醒自己！

"是谁？这么晚有什么事情？"夏德言终于开口出声问道。

这时，他隐约看见有什么东西从门下塞了进来，然后敲门声就停止了。又过了一会儿，外面什么动静都没有了，夏德言这才打开灯来到门前，发现门下被塞进来的是一个公文袋。

这是什么情况？有人要把这个公文袋交给他！他拿起公文袋，推开房门，小心地探出身来，只见门外一片黑暗，空无一人。显然，来人已经走了。夏德言疑惑地看看手中的公文袋，这才退回屋里将房门关好。

躲在黑暗中观察的宁志恒，确认农夫收到公文袋，这才放下心来，转身离去。

夏德言回到房中，赶紧打开手中的公文袋。最上面的是一张白纸，上面赫然写着：

张培已除，吴泉江暴露，已被监视，天明前必须转移。影。

短短的几句话，却让夏德言震惊不已。张培正是两个多月前出卖路明的叛徒，夏德言最初还是从"影子"上一次的字条中才知道的这个名字！现在很明显，张培已经被除掉，这个一直威胁着地下党安全的叛徒终于得到了应有的下场。

至于这个吴泉江是谁，夏德言就不知道了，地下党组织管理严格，每一条战线上的同志都只认识自己的上线和下线，这个吴泉江是谁呢？看这纸上的内容应该是自己的同志。

等他看完资料，一切都明白了，不禁惊出一身冷汗！这个吴泉江竟然是中共地下党南京省委的重要成员。从资料上显示的内容可以确定这份资料是真的。资料里面调查的内容详尽得可怕，很显然敌人已经监视他一段时间了，可是危险迫在眉睫，地下党竟然全无察觉！

夏德言再一次把目光转向白纸上，上面还是那一手漂亮熟悉的宋体文字，更引人注目的是那个如行云流水一般的"影"字签名！

这是"影子"来报的信！

又是这个神秘的影子！影子上次传信，通告了路明的死讯，还把路明的遗物交给了他。这个影子的身份一直是夏德言心中最关注的事情，可惜路明死得太突然，没有给他留下一点线索。

当时他很快把情况汇报给了市委负责人青山。他和路明两个人都是当年四一二反革命政变之后侥幸活下来的潜伏特工，在地下党内机密等级很高，是市委负责人青山直接领导的潜伏人员。

青山听到路明的死讯，痛心疾首，久久没有说话。他没有想到，这样一个经历过多少艰难险阻、腥风血雨的革命战士竟然犯了如此低级的错误，葬送了自己宝贵的生命。地下党也为此损失了一名极为有价值的老情报员。

青山对那张影子写的字条进行了分析，得出的判断和夏德言基本一致。已经可以肯定，这不是敌人设下的诱饵，同时他也认为夏德言的判断正确：这个熟知路明一切秘密的人，应该是路明身边最信任的人。

青山认为，这个影子一定是国民党内部谍报人员，他有机会接触到国民党情报战线上的机密，不然他也不会知道路明与叛徒张培接头的具体情况。如果这个新的影子能够接触到国民党的情报机密，那么他将对南京地下党的情报工作起到至关重要的作用。可惜的是，至今夏德言和影子只有一次单方面的联系。影子知道夏德言的身份，可夏德言却无法主动联系到影子，这种现状让自己十分被动。这两个多月来，夏德言一直在等待影子再次和他联系，可影子就像石沉大海一般再无消息。

没想到影子今天又来传信，而且是一个重要情报。这个情报如果是真的，那么吴泉江的暴露将会对南京地下党带来毁灭性的打击。影子特别提示，吴泉江已经被监视，天亮前一定要转移。就是说，敌人很可能在天亮之后对吴泉江进行抓捕，情况万分危急！夏德言不敢再耽误，拿起公文袋赶紧出门。

半个小时之后，夏德言来到济源路二十三号。这是一处独栋的宅院，是金陵大学教授方博逸的住所。

客厅内，身穿睡衣的方博逸将一杯凉开水递到夏德言面前，皱着眉头说："老夏，你直接找到我这里是违反行动纪律的，到底出了什么事情？"

夏德言气喘吁吁，接过水杯却没有顾得上喝一口，直接问道："老方，我想问你，省委里面是不是有一位叫吴泉江的同志？"

方博逸眼睛睁大，目光变得锐利，缓缓地说道："老夏，你应该知道组织纪律。省委成员的身份是机密，你不该问这个！"

夏德言一听此言顿时气急，将手中一口没喝的水杯重重地蹾在桌上，低声喝问道："机密？这算什么机密？这要是机密，那党务调查处的特务是怎么知道的！"说完，将手中的公文袋摔在方博逸的面前，"老方，我也是老党员了，组织纪律我都知道，可是现在你要确实地告诉我，吴泉江到底是不是我们的同志，是不是省委成员？"

方博逸这还是第一次看到夏德言发火的样子，疑惑地看了他一眼，伸手拿起公文袋，打开仔细看起来。渐渐地，他的脸色变得苍白，忍不住举起手中的白纸，急声问道："这是影子的传信？你见到他本人了吗？能确认情报的真假吗？"

其实方博逸一眼就看出来了，这公文袋里的资料是真实的。南京市委常委共有五位成员，其中就有负责为前线红军将士搜购军需药品的吴泉江，他在南京市委占有极为重要的位置。

怎么会这样？如此重要的常委成员暴露，怎么一点征兆都没有？处理不好，对整个南京地下党都将是灭顶之灾！

还有影子！这个一直无法联系上的影子，他是怎么得到如此机密的文件的？这可是党务调查处的秘密行动！看来之前的猜想没错，这个影子一定是国民党的情报人员，甚至就是党务调查处的情报人员，不然怎么会有这份文件资料！

不好，敌人如果发现这份资料丢失，一定会放弃对吴泉江的监视，马上对他进行抓捕，而这位影子也有暴露的危险！

"没有见到影子。半个小时前，他敲响了我的门，从门下塞进来这个公文袋，等我出去查看的时候，人已经不见了！"夏德言摇头说道。

"好吧，老夏，现在我可以告诉你，这份资料是真的，吴泉江的确是常委成员之一，而且是负责药品这条工作线的第一负责人。现在情况危急，敌人发现资料丢失，一定会马上抓捕老吴。我们必须在天明前通知老吴转移，不然整个南京地下党组织都有覆灭的危险，影子的努力也会付之东流！"方博逸郑重地说道。

听到方博逸的话，夏德言心情更沉重了，他提醒道："现在不只是时间很短的问题，关键是吴泉江已经被全面监视。从这份资料的详尽程度来看，监视的特务不会少。如果派人通知转移，很容易惊动党务调查处的那帮特务。我建议，做好武装转移的准备！"

"我同意，马上调集武装行动人员，做好动手的准备。不过现在时间紧急，天明之前，我手上只能调集三个有战斗经验的同志，这点人手怕是不够！"方博逸担忧地说道。

地下党也有自己的行动人员，可是并不多，而且在这么短的时间内根本召集不到足够的人手，这让方博逸焦急万分。

"那算我一个，老方。当年我在革命军的时候，可是出了名的好枪手，肯定不会出岔子！"夏德言见方博逸一脸的为难，一拍胸脯自告奋勇地说道。

"不行，谁都可以，唯独你不行！"方博逸断然拒绝，晃了晃手中的白纸，接着说，"影子的重要性你现在看到了，这封信和这份资料挽救了整个南京党组织。保持与影子的联系，对我们来说至关重要。可是他只认识你一个人，你是党组织和影子联系的唯一纽带，一旦你出了意外，那影子这么重要的情报员就会彻底失去联系，这个后果太严重了！"

听到方博逸的话，夏德言不再坚持。他说得很对，自己的生命随时都可以献给党，可现在的他是与影子联系的关键一环，他不能有任何闪失！

方博逸不再犹豫，一咬牙说道："不管了，就赌一下。现在是深夜，只要行动顺利，也许不会惊动党务调查处的那些特务。当然也要做好最坏的打算，不过总好过坐以待毙！"

决心已下，就不再迟疑，方博逸马上调集人手开始行动！

夏德言则回到青石茶庄等候消息。一旦行动出现意外，吴泉江被捕，身为省委一号的方博逸就必须紧急撤离，甚至就连他自己也要做好转移的准备！

早上七点，城北张培藏身的安全屋内。

"啪！"一声响亮的耳光！中央党务调查处南京调查室的主任沈乐，一脸铁青地看着眼前的行动队长段星洲。

"张培的安全不是由你负责吗？现在你给我一个解释！"沈乐厉声咆哮道，紧接着又高声问道，"什么时候发现的？"

脸上还清楚地印有巴掌手印的段星洲，弓着身子，手捂着半张脸，战战兢兢地回答："今天早上六点，我给张培打电话，可是电话一直没人接，我就感觉情况不对，带着人赶到时，三个人都已经死了！"

这时，几个一直在忙着取证的情报员终于有了结果。情报三组的组长闻浩上前汇报道："主任，尸体都检查过了，全都是颈骨折断。客厅里的行动队员，颈骨是从前向后折断的，卧室里的行动队员和张培的颈骨都是从左至右折断！"

"这有什么区别？"沈乐沉声问道。

"从前向后折断对手的颈骨，一般都是江湖上练武高手惯用的手法。而从侧面折断对手的颈骨，一般都是军中搏斗术惯用的手法，尤其是经过专门训练的间谍特工从侧面偷袭敌人时，经常用到这种手法！"

"你的意思是？"沈乐若有所悟地问。

"如果没有猜错的话，凶手早年应该是一个江湖中人，而后参加军队，学习了军队中的近身搏斗术。"闻浩说出自己的判断。作为南京党务调查室的情报组长，闻浩有着丰富的斗争经验。他本人也是一个搏斗高手，身手相当不错，再加上为人精明，头脑清楚，是沈乐的得力助手之一。

他对尸体死亡原因的判断很正确，不过把时间次序颠倒了。

宁志恒先是在陆军学校学的军中搏斗术，两个月前才开始跟孙家成练习形意拳，其中就有击断敌人颈骨的杀招。

"其他还有什么发现？"沈乐接着问道。

"作案的是一个老手，最后肯定打扫过现场，几乎没有留下任何痕迹，只有在一楼一间客房的窗户上，发现有利器刮过的痕迹。再根据尸体的情况，我们做出了一个初步的判断：就在今天凌晨一点到两点之间，凶手潜进了安全屋，然后撬开一楼客房的窗户，进入公寓内。他先是袭击了一楼客厅的行动队员，然后上楼直奔楼梯口对面房间，又击杀了另一位行动队员，最后来到张培的房间，以同样的手法杀了他。三个人都是颈骨折断，没有挣扎的痕迹，可以判断都是在睡梦中遭到突然的袭击。凶手做得干脆利落，出手极快，他们根本没有反抗的余地。之后，凶手还从容不迫地清除了所有的作案痕迹。这是一个心理素质极高的杀手！"

闻浩对宁志恒当时的行动现场做了完美的复原，他判断的情景几乎和宁志恒的行动完全吻合，不愧为中央党务调查处有数的侦破高手。

"能看出凶手的动机吗？会不会是中共地下党对张培执行追杀令？"在一旁一直不敢插嘴的段星洲终于忍不住了，开口问道。

"愚蠢！张培抓捕后一直都没有露面，直到马宏那件案子，才和中共地下党的接头人接触。那个接头人伤势过重，一到军事情报调查处就死了。这中间地下党根本不可能知道张培这个人，又何来的追杀令！"沈乐不悦地瞪了段星洲一眼。

段星洲刚一开口，就被主任一顿训斥，顿时又闭上嘴，躲到一旁不敢再多言。

沈乐也是头痛，这个张培刚刚准备派上用场就被人袭杀，打入地下党的人选要重新选定了！

不好，如果凶手不是为了张培，那他的动机是什么呢？是那份资料！是吴泉江的资料！沈乐心里一惊，终于觉察出哪里不对，赶紧对闻浩追问道："搜查中有没有发现一个公文袋，里面有重要的资料！"

闻浩被沈乐问得一头雾水，赶紧回答道："没有，没有找到什么公文袋！"

"马上再搜一遍，尤其是张培的卧室，仔细检查，不要放过任何蛛丝马迹！"沈乐大声命令道。

所有人员听到命令后立刻行动起来。很快，闻浩再次汇报道："主任，真的没有找到公文袋！"

沈乐心中存在的一分侥幸终于破灭了。吴泉江是他们至今为止发现的南京地下党等级最高的一位成员。十四天前，当沈乐得知找到了中共地下党南京省委的高级领导时，简直欣喜若狂！

他本来当时就想立刻进行抓捕，如果一切顺利，吴泉江招供倒还好，能够破坏地下党南京省委，当然是巨大的功劳！可是这个等级的地下党肯定是共党的死硬分子！如果他不招供，甚至执意寻死，那么这枚重要的棋子就没有任何作用了！这个吴泉江太重要了，沈乐不敢冒这个险，于是就想到了放长线钓大鱼，通过吴泉江把钉子钉入地下党内部，自己来获取破坏南京地下党的情报。如果计划不成功再对吴泉江进行最后的抓捕，那也不晚！

人选最后定在了张培身上，自然是因为张培曾经是中共地下党的老党员，这段经历会对这次打入地下党内部起到一定的作用。可是没有想到，南京地下党的嗅觉是如此敏锐！计划还没有开始，就被地下党找上门来，来了个连锅端，连人带资料都没了！有内鬼！一定有内鬼！知道这个计划，还知道这处安全屋的情报人员不多，只有有数的那几个。必须仔细排查，找出内鬼！

作为中共地下党的老对手，沈乐习惯扮演的角色是猎手，而地下党就是他的猎物。可现在他感觉好像角色已经颠倒，有一只隐藏在暗处的凶兽已经盯上了他，在暗中窥视，找准机会，扑上来狠狠地咬他一口。

沈乐当机立断，命令道："计划已经泄露，马上打电话通知郑明山抓捕吴泉江。如果让吴泉江跑了，让他提头来见！段星洲，你马上带人去支援。地下党一定得到消息，会安排吴泉江逃跑，你的动作要快！记住，一定要抓活的！"

二十分钟前，中康中药店门口来了一个穿着破烂衣裳、走路颤颤巍巍的年迈乞丐。

这时街面上已经有起早为生计奔波的人们走动，街边的早餐摊子也生起火开始营业，零星有几个顾客光顾，一天的生活就这样开始了。

老乞丐的眼神扫过还没有开门营业的药店大门，然后不紧不慢地走了过去。

"没事，就是一个要饭的。你也太神经紧张了，把心放到肚子里吧！"街道对面的一处居民房的窗口处，一个青年男子打了个哈欠，无精打采地对身边的同伴说道，接着又催促道，"我说，你去买点早点吧。熬了一晚上，又饿又困，真顶不住了！"

同伴收回盯在年迈乞丐身上怀疑的目光，转头骂道："怎么又是我去买！锅头，你这家伙一天到晚是赖上我了，你是铁公鸡一毛也不拔啊！"

绰号叫锅头的青年男子被骂后，一点也不恼，嬉皮笑脸地回道："二勇，二勇哥！谁叫咱们是兄弟呢！我兜里一个铜子也没有，昨天晚上都输给麻秆那几个家伙了，别说今天，就是这个月都要靠你了！"

二勇无奈地摇摇头，小心地告诫了一句："盯紧啦！再过一会儿就换班了，别在咱们手里出岔子。"说完转身出门去买早餐了。

看到二勇出门，锅头笑嘻嘻地满口答应，关上门后却满不在乎地嘟囔了一句："唠唠叨叨像个娘们，会出什么岔子！"

在中康中药店内，脱下了一身乞丐服装的青年男子对吴泉江说道："老吴，青山命令，你已经暴露，必须迅速转移，敌人马上就会对你实施抓捕。"

吴泉江一脸震惊！这个翻墙而入的青年男子，他曾经在方博逸的身边见到过，是专门负责保护方博逸安全的人员。

"我怎么能相信你？"吴泉江没有惊慌失措，镇定地问道。

青年男子从衣领里抽出一张字条，递给了吴泉江。

吴泉江接过来一看，上面写着：

　　苦泉，你已暴露，速随来人天明前转移。十万火急！切切！
　　青山！

看着这熟悉的笔迹，再看到最后的签名，没有错了，是青山的亲笔！"青山"这个代号，知道的人极少，"苦泉"则是自己的代号！

消息是真的！自己竟然已经暴露？事态已经严重到了这种地步，自己竟然毫无察觉。

"得到这个情报的时候太晚了，敌人已经对你进行了全面监视。我来的时候观察过，药店的前门和后门都有特务监视。我在外面还留了两个同志接应，不行就硬闯！我们必须马上行动,时间非常紧急！"青年男子丁远焦急地说道。

"不要慌张，现在敌人还在监视，没有动手，这说明我还是可以出去的，只要他们没有得到抓捕的命令，就不会硬来！我们装扮成伙计，直接从前门走，他们就算怀疑，也只会是跟踪，不会动手。只要走到前面街口那家张记杂货铺，我们就进去。杂货铺的后院有个后门，出去有一条小巷直通贫民区，那里道路曲折，地势复杂，应该可以甩掉他们！"吴泉江沉声说道。

吴泉江找来两身药店伙计的衣服，两个人手脚麻利地赶紧换上，又找来两顶毡帽戴上，这才打开药店大门，装作若无其事的样子走出中康中药店。

与此同时，一直在对面监视药店的特务锅头发现了这一异常情况，马上对后屋喊道："有伙计从药店出来了，可是面孔是新的，这几天从来没有见过！"

在后面几个房间里休息的党务调查处的情报特工都闻讯赶了出来。

领头的特工仔细看了一眼这两个伙计打扮的人，尽管吴泉江和丁远把帽檐压得很低，可是通过这段时间的监视，党务调查处的特工们已经将药店内外人员都摸得很清楚了，几个伙计里确实没有这两个人，而且其中一人岁数比较大，好像就是目标吴泉江。

"是吴泉江！他这个时候打扮成这样，想做什么？"

"会不会是出去和同伙接头？要不然打扮成这样干什么？队长，盯了这么多天，终于有动静了！"

都是经过训练的专业特工，吴泉江的化妆并没有瞒过这些人！

领头的行动队副队长郑明山是主要负责监视吴泉江的，看到这种情形，心里也很高兴，十多天的监视没有白费工夫。

吴泉江在这十多天里并没有和其他的地下党进行过联系，今天一反常态地出现，必然是情况有了变化。只要追踪下去，又可以发现新的目标了。

"老规矩，留下两个人继续监视，其他的人随我跟上去。"郑明山迅速做出安排，分配好人手就要准备出门。

这时，屋里的电话铃声响起。这部电话是为了监视吴泉江特意拉的一条专线，便于迅速沟通情报，方便跟踪人员迅速通报吴泉江的具体位置。

郑明山随即拿起电话，听那边声音传来，脸色顿时一变，迅速放下电话，下达命令："主任命令，马上抓捕吴泉江，要活口！"

众人一下子反应过来，今天吴泉江突然换成伙计的服装，这是要跑哇！

郑明山踹开房门，带着一众手下，向还没有走出多远的吴泉江二人追去。

吴泉江和丁远知道此时他们肯定在特务的监控范围内，越是这样，越要镇定自若，不能露出马脚！他们在赌，在赌特务们即便是跟踪，也不会动手抓捕。

可惜事情并没有向着他们预料的方向发展。郑明山带着手下冲出房门径直向他们扑来。

"快跑！"吴泉江和丁远不再犹豫，撒开双腿，飞快地向前奔跑，同时从怀里掏出手枪向后射击。枪声响起，一名特务中弹倒地。

特务们也纷纷掏枪还击，急得郑明山大声叫喊："注意别打中要害，打腿和脚，要活口！"

幸好他发出的命令及时，特务们纷纷把枪口压低，子弹打得吴泉江和丁远脚下的泥土四溅。

本来街面上就没有多少人，听到枪声，一个个行人吓得四下逃窜，瞬间街面上的人就跑得干干净净！

此时吴泉江二人的位置离街口还有很长一段距离，吴泉江知道无论如何也坚持不到街口，心中焦急万分。他只能一边回身射击，一边勉强坚持向前。

很快，就听见丁远一声闷哼，身子一个趔趄。吴泉江赶紧扶住他的身体，一看他的左腿中弹了。其实这还是因为要抓吴泉江的活口，特务们不敢向吴泉江开枪，而把枪口纷纷对准了他身边的丁远。吴泉江扶着丁远艰难地前行，速度一下子慢下来。丁远急得一把推开吴泉江，同时开枪连续向后射击，大声喊道："老吴，你快走，我掩护你！"

就在这时，身边枪声再次响起，街口方向冲过来两道身影，正是丁远安排在附近的两位同志，听到枪声赶过来接应。他们冲上前来，一左一右架起丁远紧跑几步，躲进一家商铺的夹道内，在墙体后不停地射击。

很快又有一名特务中弹倒地。特务们也纷纷寻找掩体，郑明山一把将中弹的锅头拽到街边角落，大声命令道："死死咬住，拖住他们，马上增援就会到，他们跑不了！"

他说的没错。他在中康中药店的后门还安排了一队人，只要拖住吴泉江他们，枪声很快会将其他的特务引过来。况且在电话里主任也提到了，队长段星洲马上也会带人过来增援。可以说，此时的情况对吴泉江他们来说万分危急！

正在这时，从特务们身后的街边角落里闪出一个身影，面部被一块布帕蒙住，只露出一双清亮的双眼，此人正是埋伏已久的宁志恒！

宁志恒离开青石茶庄，并没有回到家中。他知道吴泉江已经处在党务调查处的严密监视之下。他并不确定，夏德言和他身后的地下党，有没有能力在这么短的时间内安排吴泉江安全撤离。思虑了很久，他还是决定亲自去一趟中康中药店，如果营救进行得不顺利，最终吴泉江被捕，那他就见机行事，尽自己最大的努力尽量救出吴泉江。

第十九章
凶神恶煞

宁志恒探出身子扫了一眼，数了数一共有七名特务。他们把吴泉江四人堵在了夹道之中，街边角落里还有两个特务一动不动，也不知死活！他不再耽搁，一个箭步蹿了出去，抬手就是一枪。子弹直接穿透了一个特务的后脑，特务倒地而亡。

宁志恒的枪法不但极准，射速也非常快，几乎没有任何间隔停顿就连发三枪，每一枪都准确击穿了一名特务的后脑。等特务们反应过来，已经有三名特务中弹身亡！

郑明山侥幸不在这三个特务之中，他一个侧翻滚到街边的柱子后面，大声叫道："小心，大家小心！背后有敌人！"其他特务也快速反应过来，纷纷回身还击。

宁志恒没有半点犹豫，身子蹿入一家店铺门口的遮阳廊下，快速转到特务们的右侧。

这时有一个躲在墙后的特务，半张脸暴露在宁志恒的视线中。宁志恒没有犹豫和停顿，举枪一击，准确地打在那张脸上，这名特务顿时栽倒在地！郑明山被这眼前的一幕惊呆了，短短的几秒钟，形势完全逆转过来。突然出现的枪手弹无虚发，几乎一瞬间自己身边就剩下两名队员了！

郑明山高声命令两个部下："坚持住，增援马上就到了！加强火力，压住他！"

两个部下不敢再给对方开枪的机会，三个人同时射击，将宁志恒藏身的柱子打得木屑飞溅！

突然发生的变故，让一直藏身在夹道中的吴泉江四人感到惊诧莫名！"幸好你们还安排了后手，不然被堵在这里，就只能束手待毙了！"吴泉江暗自松了一口气，对丁远说道。

"什么后手？我们就来了三个人，时间太紧张，根本没有时间再召集其他人手。对面来的不是我们的人！"丁远也是一头雾水，他就带两个同志赶了过来，现在都在身边，哪还有什么后手！

"不是我们的人，那是什么人？"吴泉江一听丁远的回答，顿时也蒙了，在南京城里还有什么人会在这个时候赶来营救自己呢？

"老吴，不要多想了，你的安全最重要！时间紧迫，敌人既然已经被吸引过去，我们就赶紧往街口方向突击，赶到张记杂货铺就有希望脱身！"丁远不再纠结这个问题，他们来的任务是营救吴泉江，现在有了机会，一定要抓住！

"好，冲出去！"吴泉江不再犹豫，四个人一起冲了出去。

这个时候，宁志恒刚刚被郑明山三人的子弹困在柱子后面。他不愿意在这里和敌人纠缠，否则等敌人的增援再上来，事情就麻烦了！他抬头看了看，头顶是一处房檐，于是身形一蹿跃起来，一把抓住房檐，一个翻身就来到房顶上，动作敏捷得像只猴子。他在房顶上连续几个闪身，没等郑明山等人反应过来，就来到了他们的身后，举手就是两枪，两名特务当场毙命！

这时仅剩下了郑明山一个人。他万万没有想到，刚才还被自己困在柱子后面的枪手，竟然神出鬼没般出现在自己的侧后方，结果两道枪声响起，自己成了孤家寡人！

"别杀我，我……"郑明山此时完全被这个凶神恶煞杀破了胆，自己完全暴露在对方的枪口下。死亡的恐惧让他放弃了抵抗，乞求对方放过他。

"嘭"的一声枪响，宁志恒直接将郑明山打得脑浆迸裂，毙命当场！至此，从宁志恒现身袭击，短短的两分钟内就干脆利落地解决了七名党务调查处的特工。

正当他准备去追吴泉江四个人的时候，忽然听见对面街口传来枪声。

抬头望去，就见吴泉江四个人又匆忙跑了回来！这是怎么回事？原来，当吴泉江他们马上就冲到街口的时候，郑明山安排的另一队特务赶了过来，正好将四个人堵了回来。他们只能把希望寄托在突然出现的救援者身上。如果这边能够就地解决那些特务，就能杀开一条血路，从这个方向突围出去！他们根本没有想到前来救援的只有宁志恒一人，不过确实如他们所愿，这个方向的特务被宁志恒干脆利落地消灭了！

这边，宁志恒发现情况不妙，干脆就在房顶上迎着他们飞奔过去，眨眼之间就来到吴泉江四人的侧上方！他刻意改变嗓音，用沙哑的声音喊道："前面的敌人已经解决了，别停，快向前跑，我掩护你们！"

听到宁志恒的话，四个人精神一振，吴泉江等人架着丁远拼命奔跑，而宁志恒则朝着对面追击的特务迎了上去！

迎面而来的有六个特务，一开始并没有逼得太近，毕竟吴泉江四个人的火力也很猛，他们不想冒进。他们知道这条街面上还埋伏着郑明山一队人，自己只需要把这四个人逼进这条街道，前后夹击，这伙人肯定跑不了！可是他们根本没有想到宁志恒的出现，已经导致郑明山一队人全军覆没。

宁志恒突然从房顶上向他们举枪射击。两声枪响，又是两个特务头部中弹，倒地毙命！

正当宁志恒准备再次开枪射击的时候，脑海中突然传来那熟悉得让他悚然而惊的预警之兆。这是只有他出现生命危险的时候，脑海中的菩提子才赋予他的特有的超能感应。凭借这一能力，宁志恒已经多次躲过了生死危机！这次也一样，他的身体第一时间就做出了快速反应！

身体闪电般向旁边一侧，耳边一道子弹飞过，尖锐的破空之声让宁志恒的左耳暂时失去了听觉。太危险了！毫厘之差就让宁志恒与死神擦肩而过！

"房顶上有人，快隐蔽！"一名特务大声警告同伴，刚才就是他第一时间反应过来，给了宁志恒一枪。此人的枪法非常准，自觉必中一枪，却被宁志恒如鬼魅般闪避过去，这让他吃惊非常！看到两个同伴的尸体，头部被打得血肉模糊，他知道这一次的敌人枪法好，身手快，极难对付，顿时就不敢轻举妄动，命令手下各自寻找掩体，避免无谓的伤亡。

剩下的四名特务迅速就近找到掩体，一时之间，双方对峙起来。

与此同时，吴泉江等人已经跑到宁志恒狙击郑明山等人的地点。他们看到满地特务的尸体个个头部中弹、血肉模糊，不禁感到触目惊心！几个人来不及细看，脚下加快速度，很快身影就消失在街角。

宁志恒和四个特务对峙片刻之后，回首看到吴泉江等人已经消失无踪，这才把心放了下来。这时候他有些犹豫，是现在就撤，还是再坚持一会儿，给吴泉江一行人争取足够的撤离时间？考虑之后，他决定再多坚持一会儿。老实说，他对这四个特务根本没放在眼里。

这边躲藏的四名特务也是万分焦急。这个时候，吴泉江四个人应该与郑明山一队人遭遇了，被堵在这条大街上，可是到现在还没有枪声响起，街面上安安静静。

他们心中已经有了不好的预感，只怕郑副队长和其他的队员已经"殉国"了。此次来袭的敌人，实力强大如斯，连郑队长他们那么多人都生死未卜。再看看身边两个同伴的尸体，现在就剩下他们四个人，力量单薄，今天只怕也是凶多吉少。

他们当下心中忐忑不安，紧张至极。一时之间双方陷入对峙局面，场面显得很安静。宁志恒在拖时间，为吴泉江等人争取撤离的时间。而四名特务也在拖时间，希望拖到援军到来。毕竟这是南京城，在他们看来自己是兵，地下党是"贼"，枪声响起，无论是哪方面的援兵到来，都对自己有利而无害。这时候他们已经根本顾及不到抓捕吴泉江了，他们唯一考虑的是自己的生命能否得到保全！

时间一分一分地过去。大概过了十分钟之后，宁志恒以他敏锐的听觉听到远处传来车辆发动机的声音。不好，这是敌人的援军到了！宁志恒不再犹豫，身形后退，动作轻如狸猫，飞速离去。

听到房顶上砖瓦擦动的声音，四名特务才感知到对面房顶上的枪手已经走了，不觉大大地松了口气，犹如从阎王殿门口走了一圈又回来了。很快，他们也听到汽车发动机的声音，顿时都精神一振，增援部队终于来了。

几辆军车飞驰而来，在街口停下，这是段星洲带着大队的行动人员赶到了。一下车，他就看到被堵在街口的四名特务，还有地上的两具尸体，顿时心中一紧。他脸色一沉，走上前几步喝问道："怎么回事？发生了什么情况？

吴泉江抓到了吗？"

为首的那名特务一脸尴尬地说道："报告队长，吴泉江他们一共四人，刚才想逃走被我们堵了回去。可是街道那边好像没有动静，我怕……我怕郑副队长他们凶多吉少了！"

"什么？你说什么？"段星洲大吃一惊，他不再搭理这几个残兵败将，伸手一挥，身后的行动队员们迅速散开，沿着街道围了过去。眨眼间，段星洲已经脸色铁青地站在郑明山的尸体旁。七个人横七竖八倒在地上，每个人都是头部中弹，满脸鲜血。

眼前惨烈的一幕，让身旁的一些行动队员脸色煞白。"队长，这里，郭明还活着！"身后有队员高声喊道。

段星洲听到喊声，顺着声音快步走去，只见街边角落上躺着两个行动队员，其中一个已经断气了，另一个腹部中弹，虽然气息微弱，但明显还活着。这个人正是那个绰号叫锅头的特务。

"郭明，到底发生了什么事情？不是让你们马上抓捕吴泉江吗？吴泉江在哪里？"段星洲急声问道，他必须尽快知道吴泉江的下落。

郭明气息奄奄地说道："吴泉江要跑，我们追上去，交火时我被打伤。本来已经快要抓住他们了，突然有一个枪手从后面袭击了郑队长他们。手法好快，好快！郑队长他们全被打死了！吴泉江也跑了！"

"什么？一个枪手？就一个枪手？你确定？"段星洲几乎不敢相信自己的耳朵。这满地的尸体竟然是被一个枪手所杀，这些人可不是普通人，都是经过训练、手持武器的特工，绝对的战术高手！

"你看到他的脸了吗？"段星洲接着问道。

"没有，我受了伤，迷迷糊糊地看到那个枪手蒙着脸。对了，队长，吴泉江的一个手下负了伤，是被架着走的。"郭明突然想起了一件事，赶紧汇报道。

"废物！"段星洲气得低声骂道，听到郭明的后半句话，心中又有了希望，追问一句，"有人受伤？"

他转过身来到街中，大声命令道："所有人散开，寻找血迹，排查询问，找人提供线索。就是挖地三尺，也要把吴泉江找出来！"

从容脱身的宁志恒飞快地在房顶上奔跑穿梭，跑过两个街区来到一处宅院，看见院子里的晒衣绳上挂着几件衣服。自己这身衣服又脏又破，走在街上有些扎眼。想到这里，宁志恒便跳下房顶，顺手取下衣服套在身上，然后翻墙而出。

宁志恒很快赶回家中，此时已经是早上八点，他赶紧脱下衣服和软底鞋，换了身平时常穿的衣服和皮鞋，收拾利索，出门赶往军事情报处上班。

与此同时，中康中药店的门口，南京党务调查室的主任沈乐正在听取闻浩和段星洲的案情汇报。

闻浩将搜集起来的情况汇总一下，上前开口向沈乐汇报道："主任，根据外勤行动队队员郭明、李飞扬提供的情况，还有对当时在场的一些市民的寻访，我们综合了一下，当时的情况应该是这样的：

"早上七点，正在负责监视的郭明，发现目标吴泉江和另外一个同伙伪装成药店伙计出了药店。郑明山准备跟踪监视，但接到了立刻抓捕吴泉江的命令，于是他们立即实施抓捕，双方进行了短暂的交火，对方的一个同伙腿部受伤。

"后来从街口又进来两个同伙和吴泉江会合，本来郑明山已经把他们堵在了街边的夹道里，这时候他们身后突然出现了蒙面枪手。这个枪手枪法精准，身手敏捷，在短短的两分钟之内，枪杀了包括郑明山在内的七名特工。

"同时，吴泉江和他的同伙向街口逃窜。这个时候，李飞扬等行动队员赶到，将他们堵了回来。

"蒙面枪手再次袭击，枪杀了两名行动队员，把李飞扬等人堵在了街口，吴泉江和他的同伙借机逃走了！

"李飞扬等人和蒙面枪手对峙了大约十分钟。在我们的增援到达之前，蒙面枪手自行退走了。"

沈乐听完闻浩的分析报告，沉默了半晌，最后一声苦笑，无奈地说道："也就是说，这个枪手单枪匹马，短短几分钟之内接连杀害了我们九名队员，掩护吴泉江和他的同伙撤离，最后毫发无伤，从容离去。"说完，眼光斜视着一旁的段星洲，嘲讽地说道："段队长，行动队的战术训练是不是太清闲了，就是杀九头猪也要叫唤两声吧？让一个枪手就杀得灰头土脸、人仰马翻，你让我这个报告怎么写？"

段星洲沮丧地耷拉着一张脸，无言以对。被顶头上司当面挖苦，真还不

第十九章　凶神恶煞

287

如劈头给他一记耳光来得痛快！

一旁的闻浩看到段星洲难堪的样子，心中不忍，开口为他解围道："主任，今天的事行动队当然要负很大的责任，不过这个枪手也太强悍了！我们判断他应该就是今天凌晨杀害张培他们三个人的凶手。"

"哦？为什么这么判断？"沈乐一听这话顿时一惊，赶紧问道。

"我们在安全屋的公寓里确实没有什么发现，可是凶手也百密一疏。他虽然把公寓里的痕迹都清除了，可是遗漏了在公寓后墙的墙外留下的足迹，我们提取了鞋印。

"刚才我们又在枪手逗留的房顶上提取了鞋印，对比之后发现，无论是尺码还是鞋底的纹路都完全一样！

"同时，无论是杀害张培的凶手，还是枪杀九名行动队员的枪手，都表现出了一个特质，那就是这人身手非常敏捷，有极强的作战能力。

"还有就是案情的连续性。这个凶手在凌晨两点钟杀害了张培和两名行动队员后，搜取了吴泉江的资料，然后向吴泉江示警。吴泉江装扮成药店伙计试图逃走，这个凶手又掩护他成功逃走。案情的发展很有连续性，应该就不会错了！"

沈乐听完闻浩的分析，低头思虑了片刻，突然眉头一皱，觉得不对，说道："你说得很有道理，但是时间对不上。凶手凌晨两点钟就已经搜取到了资料，公寓离这里就是步行也不过五十分钟的路程，那么吴泉江应该凌晨三点钟左右就接到暴露的消息，天黑的时候逃走应该对他更为有利，可是他一直拖到了天明才逃走，这中间的近三个小时他在做什么？"

闻浩听到沈乐的质疑也点头同意，接着解释道："这一点并不矛盾，只能说明这个凶手和吴泉江在地下党的组织中没有联系，他们相互之间并不认识。如果他直接找上吴泉江报信示警，无法取得吴泉江的信任，这就需要经过一个情报传递的过程，这个过程需要一定的时间！"

闻浩不愧是侦破高手，他的分析丝丝入扣，将宁志恒的行动过程一步一步解析出来，几乎没有出现错误！

沈乐点点头，他对得力助手闻浩的分析能力毫不怀疑。

"那么，你现在对这个凶手能不能做一个比较直观的描述？"沈乐问道。

"根据郭明的描述，这个凶手短发，身材适中，身高一米七二到一米七五，近身搏斗能力很强，枪法精准。每一个受害的行动队员都是头部中枪，当场死亡！这也印证了我们之前的判断，他应该是江湖上的功夫好手，后来加入军队学习了军中搏斗术和精准的射击技巧。还有，我们回去之后，会在阵亡队员的头颅里找出弹头，做严格的弹道分析，从枪支的来源上寻找线索！"

"找到他，一定要找到他！这样一个行动高手对我们的威胁实在太大了。"沈乐斩钉截铁地命令道，"这个事情你亲自来抓！"

"是，主任！"闻浩立正应命。他也想亲自出手，找到这个神秘的对手！

"段队长，对吴泉江的搜捕进行得怎么样了？"沈乐又转头对一旁的段星洲问道。

段星洲一听沈乐的问话，尴尬地说道："主任，我们赶到的时候，吴泉江已经逃走很长时间，虽然经过多方搜寻，但是到现在仍然没有线索。请主任责罚！"

段星洲确实也是全力以赴了，几乎将周边两个街区都翻了个遍，可是最终一无所获，现在只能硬着头皮向沈乐报告。

沈乐气得嘴角上扬，举起手掌来又想给这个废物一个耳光，但看着周围众多下属终于强自忍耐下来。这一巴掌下去，段星洲只怕此后在手下面前威信扫地。

"继续搜捕！派人通知南京各大医院，发现腿部带有枪伤的患者就医，第一时间上报，如有隐瞒与共党同罪！"沈乐命令道。

"是！"段星洲不敢怠慢，赶紧应声。

沈乐交代完事情，留下段星洲继续搜索吴泉江，自己和闻浩一起上车赶回党务调查处。

汽车行进了好一会儿，一直在后座闭目养神的沈乐突然开口问道："你对抓捕这个凶手有多大的把握？"

坐在前排副驾驶座位上的闻浩思虑了片刻，回答道："老实说，我没有把握！"紧接着又说道，"不知为什么，我今天在公寓中搜查的时候，总有一种熟悉的感觉！"

"熟悉的感觉？为什么会这么说？"沈乐睁开眼睛，对闻浩的回答有一些好奇。

"我也说不上来为什么，也可能是一种莫名的直觉！我总感觉这个凶手清理痕迹的手法和两个月前一桩案子非常相似。

"很多案犯在清除痕迹的时候都或多或少会有点疏漏，很少有人能做得这么干净！

"清扫痕迹说起来简单，做起来却并不容易，真正的高手能够做到让你根本察觉不到有人进入过现场。

"首先这个人必须心思缜密，尤其是短期的强制记忆要好！

"他一进入现场就计划好了行动的步骤和顺序，完成行动后能够回想起来之前经过的每一个地方和角落，以便清扫痕迹。

"他要能够记住所有触碰过的物品的位置和摆放方向，以及一切细微之处，以便恢复原状。

"老实说，这些年我勘查过很多现场，但是能够做得这么干净、一点痕迹都没有的，非常少！

"安全屋公寓的情况和路广然家中的非常相像，顺序都是从里向外，打扫得非常干净！"

闻浩仔细回忆着什么，最后自嘲似的笑了笑道：" 当然也可能是我多疑了，毕竟把这两件案子联系起来太过于牵强了！"

"你说说看，是哪件案子？"沈乐追问。

"说起来很巧，那件案子和张培也有着直接的联系，主任您肯定也知道。"闻浩微微一笑，故作神秘地说。

"我也知道？还和张培有直接的联系？"沈乐听到闻浩的话愣了一下。

闻浩故意卖关子并没有引起沈乐的反感。闻浩是民国十二年起就一直跟随他的老部下，不仅是他最得力的助手，更是他多年的兄弟，两个人的关系亦师亦友，在私下的时候说话都非常随意。

"张培自从投靠过来之后就没有接触什么案子，唯一的一次行动，就是他设计抓捕地下党路广然的那一次！"沈乐开动脑筋，仔细分析着，"你是说两个月前，马宏的那件案子？"

沈乐最不愿提到的就是马宏那件案子，不只他不愿意提，就连中央党务调查处的所有高层都不愿意提及"马宏"这两个字！

闻浩也不例外，他摇头说道：" 跟马宏没有关系，而是跟地下党路广然有关系。"他告诉沈乐，"跟张培接头的地下党是财政部国防司第二科科长路广然！"

"这我当然知道。虽说我们中央党务调查处和军事情报调查处不对付，可实话实说，短短两天，他们仅凭一张死者的照片就在南京城百万人口之中查清了路广然的身份，这军事情报调查处的能力不容小觑哇！"沈乐感慨地说道。

作为中央党务调查处的老特工，他眼看着军事情报调查处日渐壮大，势力一天比一天庞大，锋芒渐渐盖过了中央党务调查处，不免有些患得患失，难掩失意之色。

"听说亲手抓捕路广然的是一位年轻的军官，也是他在短短两天时间内查到了路广然的真实身份。这个人名叫宁志恒，刚刚毕业于黄埔军校。"闻浩介绍说，"军事情报调查处这几年加大力度从军中和军校挑选精英分子补充力量，加入了很多非常优秀的人才，势力是日渐壮大。反观咱们党务调查处，这几年故步自封，不免暮气重重！"

"慎言！闻浩，有些话不要说出来。上面有上面的考虑，我们只管做好自己的事就好了！"沈乐打断他的话。

闻浩也察觉到自己有些失言，便转移话题说："我们在得知路广然的身份之后，马上对他的办公室和住所进行了严密的搜查。在他家里，我发现衣柜后面有一个暗格，可是里面的东西已经被人取走了。这说明在我之前，有人抢先一步进入了路广然的家！可当时我们没有发现侵入者的任何痕迹，痕迹被打扫得非常干净，就像今天在公寓里看到的情景一样！"

沈乐听完闻浩的分析，眼睛一亮，说道："所以你认为这是同一个人所为？也就是说，只要再捡起路广然这条线，很有可能把这个神秘的凶手牵出来？"

"我不能肯定，但是我会跟着这条线再去试一试，再次调查路广然身边的人。这个先我一步进入路广然家的人，一定是他熟悉的人。

"要更加详尽地调查他去世前的行踪、喜好，比如他是爱喝茶还是爱钓鱼，爱喝酒还是爱跳舞，等等等等！总之，他会有一个经常出入的场所、经常接触的一些人群。我有一种直觉，这个神秘的凶手应该隐藏在这些人中间。

"呵呵！当然，也可能最终一无所获，这只是我的一种直觉！"

"不，珍惜你的直觉并相信它，这对做我们这一行的人来说至关重要！"沈乐斩钉截铁地说道。

在一处隐蔽的地下室内，中共地下党南京省委一号领导方博逸和省委常委成员吴泉江相对而坐。

吴泉江面带惭愧地说："老方，对不起。这次我的暴露给组织上带来重大的危害，好不容易建立了多年的中药店也得放弃了，我请求党组织给予处分！"

方博逸伸手阻止吴泉江说下去，诚恳地对他说："老吴，我们革命同志之间不用说对不起，你能安全回来是最重要的！"

"小丁的伤势怎么样？"吴泉江对为营救自己而负伤的丁远很是担心，开口问道。

"放心吧，没有打中要害，子弹已经取出来了，休息一段时间就没有大碍了！"方博逸笑着说道。

"那位营救我们并掩护我们撤离的同志现在怎么样？多亏了他！我们走之后，也不知道他安全撤离了没有。"吴泉江又问。

听到吴泉江的问话，方博逸没有马上回答，因为他不知道怎么回答。这个冒险救出吴泉江四人的神秘人物肯定是"影子"！因为知道吴泉江已经暴露的消息的除了自己和夏德言，就只有给他们传递消息的"影子"！而知道天明就要对吴泉江进行抓捕的，只有盗取资料的"影子"，所以不可能是别人！

只是方博逸没有想到，这个"影子"竟然是一个如此厉害的战术高手。根据吴泉江和丁远他们对当时情况的描述，他对这个"影子"充满了好奇。路明到底给自己找了一个怎样的继承者？

"具体情况我也不知道，已经派人去打听了，但愿他能够安全撤离。"方博逸不想在"影子"这个话题上多说，接着笑道，"老吴，这次的情况很危险哪，我想知道你对这次的暴露有什么看法，难道真的一点预兆都没有吗？"

吴泉江听到方博逸的问话，也是觉得很奇怪，自己是个老地下党员了，做事谨慎，工作能力又强，尤其是对敌经验丰富，多年来在与敌人的周旋中很少落于下风。他负责的药品战线，多次克服种种困难，出色地完成了任务，为前线红军输送了大量珍贵的军需药品。可唯独这一次毫无预兆的暴露，之前他一点也没有感觉到，更不知道自己是在哪里露出了破绽，让敌人找到了他。

"这一次我确实是毫无头绪，不是你来通知我，我根本就不知道危险已近在眼前！那你又是怎么知道我已经暴露了？"吴泉江反过来向方博逸问道。

"老吴，消息的来源我不能透露。这也是组织纪律，我想你能够理解！"方博逸当然不会把影子的事情告诉吴泉江，因为影子和吴泉江不是一条工作线上的，他的情况只有方博逸和农夫才有权知道。

方博逸拿出一个公文袋交给吴泉江，说道："这是敌人对你进行调查的资料，内容很详细。你看一看，或许会从里面找到什么。"

吴泉江伸手接过公文袋，打开后取出资料仔细翻阅，渐渐地，他的脸色越来越难看！

资料非常详尽，里面有他平时的行踪、活动范围、生意伙伴，甚至包括了他平时的饮食习惯、兴趣爱好，还有中药店里全体工作人员的资料。真没有想到敌人对他的了解如此之深！

"怎么样，看出点什么没有？"见吴泉江将手中的资料慢慢放到桌上，方博逸问道。

"看出来了，没有想到哇，真没有想到哇！我自己亲手带出来的徒弟，他可是我看着长大的呀！怎么会这样？唉！"吴泉江痛苦地闭上眼睛，一滴泪水溢出眼眶，但是他马上抑制住了情绪，急忙说，"现在要马上控制住他，不然他得知我安全撤离后会很快逃跑的！"

"到底是谁？"方博逸问道。

"我的大徒弟宗浦，也是我最信任的人，没有想到会是他！"吴泉江声音有些哽咽。

"这个宗浦是我的大徒弟，十几岁就跟我学看方抓药，十年了！我孤身一人没有孩子，就把他当亲生的孩子一样对待，没想到竟然会是他！这是为什么呀！"吴泉江哀伤地说道，此时他心如刀割。被自己最亲近的人背叛，无论换成谁都一时无法接受这个事实！

方博逸转身倒了一杯开水递给吴泉江，说道："老吴，你能确定吗？"

吴泉江接过杯子，轻轻放在桌上，苦笑着说道："不会错的。这里面的资料太齐全了，如果是我的下线叛变，就算他们知道我的身份，可我们平时不接触，只有在处理情况的时候才见一次面，不可能对我做生意的细节以及生意伙伴知道得这么详细。

"看这里面，连我最爱喝的莲花酿他们都知道。老方你知道，我们做地下工作的,喝酒贪杯是大忌。对外大家都以为我滴酒不沾,我都推说是胃不好,其实我只有实在馋得厉害了,才偷偷喝一杯南街刘家的莲花酿。这可是只有宗浦才知道的秘密,有几次还是他偷偷去给我买的。

"他从小跟着我,我把他看成自己的接班人,做生意都带着他。现在大部分明面上的生意都是他在管,我的生意伙伴他都很熟悉。

"再有就是他对中药店里的伙计也都很熟悉,这些资料里也都记得很详细。

"最主要的是这一点!"吴泉江指着资料上的一栏内容,接着说道,"上面竟然有我的侄女吴茹云!这个吴茹云,其实是老钟的遗孤。老钟牺牲后就留下这么一个孩子,我一直偷偷抚养她成人,现在她在一所女子中学上学。

"我怕自己万一出事连累她,每次都是偷偷把钱送过去,从来不在人前跟她联系。这个孩子也很懂事,也从来没跟人提起我,所以这件事情非常隐秘。

"只有几次,我实在脱不开身,才让宗浦替我把钱送过去。他有一次问我和茹云的关系,我就随口说茹云是我的侄女。其实茹云的母亲是我的同学,所以她一直喊我舅舅的!

"所以只有宗浦才知道茹云和我的关系,才会以为她是我的侄女!"

听到吴泉江一项一项地把疑点指出来,方博逸终于相信内鬼一定是这个宗浦了。

"可是宗浦是怎么知道你的真实身份? 难道是老吴你违反组织纪律,告诉他的?"方博逸严肃地问道。

听到方博逸的问话,吴泉江有些尴尬地说道:"宗浦是我一直喜爱的孩子,我早就有意把他带进党组织,所以这两年有些事情我也没有太瞒着他,准备再锻炼些时间,就发展他。可他只是猜疑我是地下党,根本不知道我是南京省委的成员哪!"

方博逸没有责怪他,毕竟地下党组织能够发展到现在,有很大一部分成员就是靠着这种传帮带的关系加入党组织的。吴泉江想将自己最信任的人发展成下线,也不是不可以。

方博逸把资料拿起来又看了一遍,突然问道:"资料上显示,对你的监视时间不长,大概在十天前。你回想一下,十天前宗浦有什么异常的表现?"

吴泉江愣了一下,仔细回想,突然间一拍大腿,懊恼地说道:"十四天前,我们购买的那批云南白药运输上出了一些问题,我召集了我这条工作线上的几名成员开过一次小会！

"当时情况比较紧急，我直接带着宗浦前去召集点开会，当时就安排宗浦在外面警卫放风，会不会是他偷听到了我们开会的内容？！

"不好，老方，宗浦绝不能留，那几个同志也危险了！"

方博逸听到这话也是一惊，要是这样的话，药品工作线上的同志可都很危险了！不过他经验丰富，很快稳定了心神，摆了摆手说："不，我不这么看，你看这资料上写着，'据判断吴泉江可能是南京市委的重要成员'。如果他听全了你们开会的内容，那么你的身份就已经可以确定了，不会用'判断''可能'这些字眼！

"我估计他听到了一部分，甚至根本没有听到你们的谈话，只是根据成员们对你的态度，才判断出你在党内的地位应该很高！

"当然，我们做事情都要从最坏处考虑，药品工作线的同志都必须马上进入潜伏状态。等我们抓到宗浦仔细审问，看看他到底知道多少，再确定下一步的措施。宗浦现在在哪里？"

方博逸极为冷静的分析，让吴泉江松了一口气，他回答道："我昨天安排宗浦去安庆进货，后天才能回来！

"我马上派人赶往安庆动手抓捕，你把具体进货地址写下来！还有，你那个外甥女吴茹云必须转移！"方博逸又开口说道，"你赶紧写个字条，我马上派人带上字条去接她！"

吴泉江一听，心中更是焦急，二话不说拿过纸张，提笔给吴茹云写了一行字，署上自己的名字。然后他又将宗浦去安庆进货的地点写下来，两样都交给了方博逸！

方博逸转身出门，不一会儿就赶了回来，告诉吴泉江："事情都已经安排好了，老吴你安心休息，等过两天把你送出南京。"

吴泉江点点头，没有说话。他知道自己已经不能再在南京工作了，他的资料几乎被中央党务调查处摸了个清清楚楚。再留在南京，危险太大。不仅自己有危险，更重要的是还会威胁到南京地下党的安全！吴泉江想着要离开生活了这么多年的南京，心中感伤，难以言语！

再说宁志恒赶到军事情报处，时间只比平常上班晚了些，再加上他平日里就经常"失踪",都是出去查案,所以无论卫良弼还是他的下属都已经习以为常,并没有看出他有什么异常。

宁志恒在办公室坐下,沏了一杯茶水,轻轻喝了一口热乎乎的香茶,才感到身上一阵轻松!从昨天晚上到现在,整整九个小时过去了。这段时间里他马不停蹄地来回奔波,终于使南京地下党躲过了一次致命的危机。能为中共地下党贡献自己的力量,宁志恒感到由衷的高兴。

这时邵文光走进来,见宁志恒正在惬意地喝茶,不禁笑着说道:"你倒是难得清闲,今天怎么没和孙副队长去练枪?"

看到是邵文光,宁志恒也露出笑脸。他没有直接回答邵文光的话,微笑着说道:"邵专员大驾光临,我这里可是蓬荜生辉呀!"

邵文光去年年底被卫良弼调回总部,就一直在卫良弼身边帮忙,终于赶上好机会,在宁志恒破获暗影小组案件中出力不小,再有卫良弼为他说好话,终于给他运作到了一个好的职位,叫作警事巡视专员。这个名头听着很大气,其实就是军事情报调查处抽调出的一批人手,负责去管辖下的警察局总局和各个警察分局进行巡视调查。

这是军事情报调查处自己设置的一个职位,明面上说是去巡视、调查、督促警察局的工作,其实就是派人到各个警察部门去要钱,为军事情报调查处筹集资金。

军事情报调查处是国民党首屈一指的谍报部门,国防部批下来的运转资金向来都是很充裕的,可是如今国民党军队中贪污成风,就连军事情报调查处也不例外。即便上面给的再多,他们也都天天高喊资金紧张,要求上面追加拨款,正所谓会哭的孩子有奶吃。

军事情报调查处管着全国的军队、警察、宪兵三大部门,去下属部门打打秋风也是经常的事,反正不拿白不拿。于是,所谓的警事巡视专员一职就新鲜出炉了,他们的任务就是替军事情报调查处敲竹杠。这可是卫良弼运作了很长时间,为邵文光这个老部下谋取的一份肥差。

"狗屁专员!我这跑腿吃喝的,也能叫专员?"邵文光嘴里满不在乎,却是一脸的红光,显然这段时间过得很惬意,"志恒,你知道吗,今天一大早,这南京城北的街面上就发生了一场激烈的枪战,中央党务调查科那帮人可是损失惨重啊!"

第二十章

奇怪租客

宁志恒听到邵文光的话，有些吃惊。邵文光的消息也太快了，自己刚刚赶回家就赶到军事情报调查处，刚刚待了没一会儿，邵文光就知道了！

"老邵，你这消息是从哪里来的？"宁志恒放下手中的茶杯，好奇地问道。

"嘿嘿，我这段时间不是一直在城北几个警察分局搞调查吗，刚才警察分局向我上报了枪战的情况。今天警察局传来消息，说是就在一个小时前，城北一条街区发生了激烈的枪战，党务调查处的大批行动人员把那里围了个水泄不通，之后大肆搜查，把附近的街区翻了个底朝天！"

"那他们有收获吗？"宁志恒漫不经心地问道，心里却不禁有些担心，不知道吴泉江他们是否已经成功撤离，会不会被围捕搜查的党务调查处的特务给围住！

"连个毛也没捞着，听说光是被打死的尸体就装了一车，都是党务调查处的行动队员！损兵折将，连一个地下党也没有抓着，这次他们可是丢了大脸了！"邵文光笑得幸灾乐祸，"就凭那些新瓜蛋子，上了战场都是当靶子的命！"

邵文光把这个消息当笑话讲，宁志恒却是吃了一颗定心丸。他知道吴泉江几个人终于安全撤离，此次行动顺利完成！

宁志恒又和邵文光闲聊了几句，就看见卫良弼从办公室外面探进头来，朝宁志恒点了点头。宁志恒会意，起身赶到卫良弼的办公室。

卫良弼示意他坐下，脸色严肃地说道："枪战的事，老邵都和你说了？"

邵文光是卫良弼的亲信，有消息自然第一时间报告给卫良弼。

"刚刚听他说了说大概的情况，"宁志恒点头说道，"听说党务调查处那帮人吃了亏！"

"何止是吃了亏，这次听说还搭进去一个行动队长，伤亡惨重！志恒，师兄我再说一次，不要和共党纠缠不清，这些人都是亡命之徒，输赢都得不偿失！这次党务调查处的遭遇就是教训，共党的凶悍可见一斑！"

"我知道了，师兄。"宁志恒看到卫良弼苦口婆心地劝说他，知道师兄是真的担心他，赶紧答应。

"你知道就好。上次马宏的案子我就告诫过你，不要去查什么共党，你偏偏不听！你看现在后遗症来了。刚才中央党务调查处通过正式手续，想要回路广然的尸体。我知道，两个月前你就把尸体领了出来。这是怎么回事？"

听了卫良弼的话，宁志恒心中一惊。案子已经过去两个月了，怎么党务调查处突然又翻起旧账，难道又要开始对路明进行调查？他们这样做有什么意图呢？

"这个路广然是我亲手抓捕的，又死在了我的手里。再说当时暗影小组的案子已经结束，路广然只是共党，又不是日本间谍，总不能把尸体一直扔在冷冻间吧？中国人讲究死者为大，入土为安，我也是为求心安，就把他的尸体领出来葬在明山墓地了！"宁志恒一脸的无辜，愤愤地说道。

"我早就派老邵去明山墓地查过了，你还买了块最好的墓地给他。你是为求心安，这我能理解，可党务调查处能理解吗？

"你看，这就是麻烦。党务调查处跟中共地下党势不两立，你的举动就有同情共党的嫌疑，所以我今天再跟你说一遍，尽量不要再跟共党有任何接触。远远地躲着，总没坏处。

"再说，现在中共地下党如此凶悍，真要是跟他们遭遇上了，完全不值得！"

卫良弼面露责怪之色，显然对宁志恒的冒失鲁莽很不满意！

宁志恒心中一惊，这才知道自己这位师兄实在是精明过人，很少有事情能瞒得住他，悄无声息地就查到了自己安葬路明的墓地！自己还是鲁莽啦！

有很多事情考虑得不周到。本以为路明的案子已经结束，便放松了警惕，花钱给路明购买了风水最好的一处墓穴，宁志恒确实是太不小心了！

"怎么啦？我为求心安给路广然找一处好的阴宅，不行吗？要知道路广然是我亲手抓回来的，难道他党务调查处还会怀疑我？"宁志恒佯装恼怒，说话的音量也提高了不少！

卫良弼见宁志恒恼怒的样子，赶紧好言劝说道："你看你，我就是提醒你两句。这么毛躁，急什么？

"我在科长那里就已经把党务调查处的公函顶了回去。什么时候咱们军事情报调查处要听党务调查处的指挥了？我只说尸体早就扔到乱葬岗了，让他们自己去找！"

听到卫良弼的话，宁志恒这心里的石头才放了下来，卫良弼这是在给自己清除隐患。这位师兄对自己的确是真心关爱，关键时刻为自己挡了一刀。

"我已经让老邵把路广然的墓碑换成了无字墓碑，这样以后就不会有什么麻烦了！"卫良弼接着说道。

不愧是经验丰富的老特工，做起事来滴水不漏。宁志恒不由得佩服自己这位师兄确实不简单，事事都走在了前头，做到了防患于未然。"还是师兄想得周到，我确实行事鲁莽了，还要劳烦师兄担心。"这一次宁志恒是由衷地向卫良弼道谢，诚心诚意！

从卫良弼的办公室出来，宁志恒心里有一些忐忑，自己一向认为心思缜密，做事小心谨慎，可还是难免露出了些蛛丝马迹。

给路明收尸安葬这件事，还可以以求自己心安为借口搪塞过去。毕竟路明是自己亲手抓捕的，别人很难以"同情共党"这个借口来找他的麻烦。可是别的地方就没有漏洞了吗？不是没有，只是自己没有想到。

宁志恒坐在办公室里冥思苦想，把自己这段时间做的事情都在大脑里仔细推敲了一遍。他要找出那些会为自己带来隐患的漏点！

突然他想到一件事，赶紧摸了摸自己腰间的勃朗宁手枪。这就是一个漏洞！急切之间竟然疏忽了。今天清晨他用这把勃朗宁手枪连杀九人，使用掉的子弹还好说，毕竟军事情报处对平时训练用的子弹管理得并不严格，然而真正麻烦的，是这把勃朗宁手枪枪膛里面的膛线。他很清楚，每把枪的膛线就像人的指纹一样不会相同。哪怕枪的型号一样，但根据每一把枪射出的子弹的弹头磨损情况，也能区分出来是哪把枪发射出来的！

自己佩带的这把勃朗宁手枪绝不能再用了。如果中央党务调查处的特工采集下自己今天清晨发射的那九颗子弹做弹道分析，那么他们手上就会有自己这把勃朗宁手枪的膛线资料！

当然，只要他们没有把目标怀疑到自己身上，也不可能来检查自己配枪的膛线。更何况自己是军事情报调查处的军官，就凭着两个谍报部门之间的矛盾，谅中央党务调查处也不敢来轻易找自己的麻烦。

宁志恒虽然认为这是一件不可能的事情，但是他生性谨慎，必须防患于未然。就像卫良弼做的那样，提前一步做到滴水不漏，不留下半点隐患！

找到漏点，宁志恒一刻也不耽误，向石鸿交代了一声就匆匆赶回家。

他先是把早上穿回来的两套衣服和软底鞋放进铁盆中倒上些汽油，用打火机点着。在汽油的助燃下，衣服和鞋子很快被烧成了灰烬。然后，他从家中备用的工具箱里找出一把细锉。

宁志恒掏出腰间的勃朗宁手枪，小心地退出所有子弹，握紧细锉一点一点仔细地磨着膛线。勃朗宁手枪的枪膛有四条膛线。在没有专业设备的情况下，加工膛线是很困难的事。但宁志恒没有打算修改膛线，他也没有这个本事，他要做的只是加重膛线磨损。

仔细磨了将近一个小时，他检查了一下膛线，满意地点点头，将房子中的一切都收拾妥当。

宁志恒回到军事情报调查处，没有进办公室，而是直接赶到射击训练场。他领了二十发子弹，来到发射位上，抬手一口气将二十发子弹打了个精光。和他预想的一样，枪管里的膛线磨损得厉害，子弹射出去是没有精准度可言的，二十发子弹只有两发上靶。要知道宁志恒在二十五米距离可是枪枪十环，绝对的神枪手！

他满意地收回了配枪，要的就是这个效果！宁志恒出了射击训练场，一路来到了装备科。

年前因为宁志恒抓捕黄显胜引出的孔良策冤案，最后黄副处长出面与处座达成共识。为此，保定系的崔国豪成为这次事件的最大赢家。寸功未立的崔国豪被晋升为中校，职位提升至装备科二组组长，真是喜从天降！

为此，崔国豪欠了宁志恒和卫良弼二人大大的人情。从那之后，崔国豪一直对他们俩心存感激，又因为都是保定系成员，利益相关，所以见了面都是热情洋溢，亲热得如同兄弟一般。

"哎哟，志恒，你这可是稀客呀！今天怎么想着到老哥这儿来串门了！"看到推门而入的宁志恒，崔国豪眼睛一亮，赶紧起身上前，热情地拍了拍宁志恒的肩膀。

崔国豪对卫良弼和宁志恒这对师兄弟一直就是刻意结交，其中一部分原因当然是欠了两人极大的人情。更重要的是这对师兄弟能力突出，而且后台强硬，以后发展潜力极大，绝对是他需要结交的潜力股！

卫良弼年纪轻轻就已经和自己同为中校军衔，明眼人都能看得出来，以他的潜力和晋升速度，四十岁之前进入将级军官行列都有可能，可谓前程远大！

宁志恒更不容小觑，外人不知道，可崔国豪同为保定系，其中内情知道不少。轰动一时的破获日本间谍暗影小组的大案，第一功臣就是眼前这位年轻的上尉！短短半年时间，从一个刚出校门的少尉，一路晋升为上尉，并荣获军人最为看重的荣誉勋章——三等云麾勋章！

值得一提的是，他听说军事情报调查处计划扩充后，第一批晋升军衔的名单上，宁志恒的名字排在前列！也就是说几个月后，这位宁老弟就可以一步走完其他同龄人需要十年甚至几十年的时间才能走过的晋升之路，成为军事情报调查处最年轻的校级军官。看着眼前这位刚刚二十出头、英姿勃发的青年军官，崔国豪不止一次地感慨，同人不同命啊！

"崔大哥，我这不是想你了嘛，特意过来看看。"宁志恒笑着说道。

"你呀，不说实话！想老哥了还不摆席请我吃一顿，跑到我这个清水衙门，空口白牙地说好话？说吧，肯定是有事找我！"崔国豪笑着说道。

"你这还是清水衙门？这军事情报处里还有比你这里更有油水的地方吗？"宁志恒一脸嫌弃地说道，"别跟我这装穷了，我又不是来打你的秋风。"他回身将房门关好，接着说道，"老弟还真是有事找你！"

"说。只要是志恒你的事，我崔国豪不说二话！"崔国豪一拍胸脯，豪爽地答应。

宁志恒一伸大拇指，笑着说道："那就先谢谢了！你也知道我最喜欢玩枪，可我这身上只有一把勃朗宁配枪，下发的时候就不是新枪，前段时间练枪练得狠，膛线都磨了，我想着再多领把枪，这不就找你来了。"

崔国豪听到这话不禁有些哭笑不得，他还以为是什么事情呢，就是为了多领把新枪。这对他一个堂堂装备科中校组长来说，简直不要太简单！

他有些好笑地说道："搞了半天，你就是为了来领把新枪。你直接上报把枪换了就是了，我打开库房，你挑一把最好的枪！这也值得你跑一趟？"

"我当然知道上报换枪就成。可是这是我第一把配枪，我想留着做个纪念，所以这把枪我不打算上交，想着再多领一把新枪，这不就找你来了吗？"宁志恒解释道。

他自然有他的打算。手中这把勃朗宁配枪是不能销毁的，因为在装备科备案的登记簿上有配发的枪号，有案可查。一旦查验配枪，自己拿不出来就坏事了。

但是这把枪也绝对不能落入别人手里。尽管他已经把膛线磨损，可难免有一些细微加工过的痕迹。他担心万一枪落到有心人手里，仔细检查还是能看出来，虽然这种情况发生的概率微乎其微。总之，这把枪放在自己手里最安全。

他必须保留这把配枪，所以才来找崔国豪再多领一把。

"原来是为这事。这个也不是什么难事，咱们军事情报处是什么单位，什么装备没有？还缺你一把手枪吗！"崔国豪不以为意地说道，"不就是多领一把吗？其实志恒你还是来的时间短，有些事情不清楚，我跟你好好说说！

"咱们处里不少军官都申请过第二支配枪，这不是新鲜事。因为军事情报调查处的工作性质特殊，在很多情况下需要多支配枪，所以只要是申请的理由合理，是允许多发一支配枪的。

"其实有的军官甚至不止两支配枪。老实说我自己就有两支配枪，身上配一支，家里放一支，以防万一！"

宁志恒一听才知道，原来也可以合理申请多支配枪的，那这事情就比他想象的要简单了。他高兴地说道："那太好了！你帮我再领一支！还是九零型勃朗宁，我用惯了这种型号，使起来顺手！"

崔国豪哈哈一笑，一拍桌子爽快地说道："一支不够！你原来的那一支不是磨损了吗？就留下来做个纪念吧！我再给你多发一支。两支勃朗宁手枪，崭新的！登记簿上只登记一支！"说完他颇有深意地说道，"留下一支备用。干咱们这一行的得多留个心眼，有些事情做起来也方便。志恒，以后要再用枪就找我，全是最好的新枪，底子干净。千万别去黑市搞枪，那里的黑枪底子不干净，很麻烦，容易出事！"

这在军事情报调查处里并不是什么新鲜事。这个部门见不得光的事情太多了。有很多行动人员都不愿意使用自己的配枪执行某些不能说的任务。

宁志恒身为行动科的行动队长，以后这种任务少不了，多配把枪总没有坏处。

"那就太谢谢了，正合我意！"宁志恒听到崔国豪的话，大喜过望。两支配枪，还只登记一支，正好解决了他的大问题，以后再遇到类似今天这样的枪战，就可以使用多余的一支手枪，不用担心有人能够查到他。

崔国豪让他稍等，出去不一会儿就给他取回来两支崭新的勃朗宁手枪。宁志恒取过来试了试手，和之前的那支一样，感觉非常适手。

崔国豪亲自给他办理了手续，只登记了一支配枪的枪号。

宁志恒向崔国豪告辞，拿着两把崭新的勃朗宁配枪出了装备科，心情大好！

宁志恒赶回办公室，又闲坐了一会儿，看看已经是中午时分便准备回家。

这时候电话铃声响起，他拿起电话，传来刘大同的声音："宁长官，我这里有些情况想向您汇报！"

"那好，半个小时后，我在红韵茶楼等你！"宁志恒说道。

刘大同这段时间工作非常努力。新官上任三把火，他一上手就大力清扫辖区内的旧有势力。仗着有宁志恒做靠山，就连警察局的唐局长也不敢轻易得罪他，一时间刘大同风头无二。有几个不识相的团伙十天内被他下了重手，逃的逃，抓的抓，辖区内治安形势大为好转。再加上他本人从不主动欺压邻里，因此在辖区内威望大增。

这段时间他没有忘记宁志恒的吩咐，接连盘下三家车行，甚至将附近辖区的黄包车夫们都拢到一起，加在一起手下竟然有将近三百名黄包车夫跟着他吃饭。原来街面上跟他混的几个老兄弟都分别当上了掌柜，如今个个混得风生水起，成了体面人。

刘大同按照宁志恒的吩咐，特意通告每一个黄包车夫，只要街面上有异常情况，都可以上报给他，他再视情报的价值给予奖励。真金白银从不食言，这让他的消息来源一下子多了起来。

有了这么多的消息来源，街面上但凡有一点风吹草动都瞒不过刘大同。这两个月刘大同借着这些消息，很是办了几个漂亮的案子，大出风头，如今也竟然有了神探的美誉。

宁志恒先是回到自己家中打开保险箱，将那支已经磨损的手枪和一支新枪安放进去，身上只留下那支登记了枪号的新枪。

然后他才赶到红韵茶楼。等了不一会儿，刘大同匆匆忙忙带着一个黄包车夫打扮的男子走了进来。刘大同可是今时不同往日，头发梳得一丝不乱，脸上也白净了许多，身上的便装一看质地就是高档面料，脚下的皮鞋锃光瓦亮。

刘大同向宁志恒点头致意。宁志恒看了有些紧张的黄包车夫一眼，问刘大同："这次又是什么消息？"

刘大同在宁志恒的对面坐下，那个黄包车夫拘谨地站在刘大同身后。

"宁长官您知道，现在手下跟我吃饭的黄包车夫越来越多了，这消息也越来越杂了。小案子我是不敢惊动您的，不过这个案子我觉得有点蹊跷。"说完，回头向黄包车夫说道："把事情向宁长官报告一遍！"

"是，是！"黄包车夫连连点头，然后向宁志恒恭敬地鞠了一躬，说，"我有个邻居姓崔，大名不知道，我们都管他叫崔二。这家伙平日里就不安分，靠偷鸡摸狗混点饭吃，不过就是个小混混。可是前段时间他突然阔绰起来，穿着体面了，顿顿吃大鱼大肉，好几次还用我的车拉了不正经的女人回家。我想着这小子肯定是偷了哪个大户人家，捞了不少黑钱。掌柜不是说只要有消息就上报吗？我就给刘掌柜报告了！"

刘大同接着说道："刘永把情况给我说了之后，我以为就是个偷盗的案子，就下手抓了这个崔二，用了一晚上就审出来了。这崔二果然偷了一户人家，不过不是什么大户，也就是在我的辖区最西边北华街柳树胡同的第二家，偷了两千多元法币。"

"两千多元法币！这可不是个小数目，这家主人是干什么的，家中有这么多现金？"宁志恒皱着眉头问道。

"是呀，我也这么想。被偷了两千多元钱，可偏偏没有收到任何丢失财物的报案！"刘大同也觉得其中必有问题。

按当时货币换算，千元法币千块大洋，即使在黑市也能换一千二百块大洋，一个中等人家全部的家底也不过如此。可是户主丢了这么多钱竟然没去报案，这绝对不正常！

宁志恒问道："你没有去看一看，户主是什么人？"

"问题就出在这里！我去查过，可是房子已经空了！更奇怪的是，这个人竟然在丢失财物的第二天退房走了，没人知道他去了哪里。这就让我更加想不通了，丢失了这么多财物，不仅不报案，反而好像是他做了贼一样匆忙离开，这是心虚了！

"我查过了，这间房子租住六个月了，可这个人在我们警察局没有户籍登记，只有检查人口时的人口登记。

"租客名叫董成杰，记录上说是城南一所学校的老师。我先去这所学校核实了一下，结果说根本没有这个人。

"然后我又找到出租房子的户主，他也说租客是学校的老师，其他情况都不知道。

"宁长官，这人手里的钱绝对不干净，肯定有问题！我越想越觉得这事蹊跷。您说过，事无巨细都必须向您汇报。这不，我赶紧带着人来给您汇报一声。"

宁志恒将刘大同介绍的情况仔细思索一遍，顿时兴趣大增！他觉得这一次的案情确实很诡异，一个被偷了两千元巨款的人，竟然不报警，而是选择第二天逃离，甚至给房东的资料都是假的。

从这里面宁志恒嗅到了一股熟悉的味道。难道这又是一个黄显胜，又是一个木偶？他双眼眯缝着，嘴角不由得泛起一丝笑意。这是一条值得追查的线索，或许会在这里摸到一条大鱼哇！

他转头看向那个黄包车夫，和蔼地问道："你叫什么名字？"

车夫诚惶诚恐地回答道："回长官的话，小的叫程光！"

宁志恒说道："这件事情你做得很好，刘掌柜没有给你发奖金吗？"

程光赶紧说道："发过了，刘掌柜没亏待我，足足给了二十元！"

说完之后，车夫一脸的兴奋。这对他来说绝对是一笔横财了。

"家里有老人和孩子吗？"宁志恒接着问道。

"老人去世得早，下面有两个孩子，都还小。"程光小心翼翼地答道。

宁志恒一笑，从口袋里又取出一沓钞票，随手拿出十张大面值的放在桌子上。

"你来见我一面也是缘分。这些钱说好了，不是赏金！你们刘掌柜既然已经赏过了，我不会坏了他的规矩，不然以后不好赏别人！这是我这个长辈给你家孩子买糖吃的零花钱，用不着推辞。以后只要有线索就多上报，我不会亏待你们的！"

估计不错的话，这次应该会有条大鱼上钩。宁志恒想多给程光点赏金，又不想让刘大同以后难做，就随口找了个借口，多赏了他一百元。

一时间程光被这么多钱吓蒙了，没敢接过去。

刘大同一把抓过这些钱，塞在程光的怀里，笑着说道："你小子走运，宁长官给你孩子的零花钱还敢不要？拿着吧。你先走，我们还有事商量！"

程光捧着这些钱，深深地给宁志恒鞠了一躬，然后才退了出去。

看着程光出了茶楼，宁志恒才开口对刘大同问道："那个小偷崔二现在在哪里？"

"还在警察局看守所里关着呢，下手有点重，腿给打断了。您要亲自审一下吗？"刘大同回答道。

宁志恒点点头道："嗯，你说的情况，我还不是很清楚，要当面问一问。这样，先吃饭，吃完饭我们去看守所，我亲自审一审这个崔二！"

两个人随便点了饭菜，对付了一口。宁志恒回到军事情报处开出自己的车，载着刘大同就匆匆赶往警察局看守所。

这个看守所，宁志恒是第二次来。看守所所长老廖一看是刘大同刘警长，赶紧笑脸相迎。大家都知道这个刘大同不简单，身后有大靠山。如今威望如日中天，就连警察局的唐局长对他也是笑脸相迎，不敢得罪。

"老廖，别说废话了，快把那个崔二给我带上来，宁长官要亲自审问！"刘大同没有废话，直截了当地命令。

这时候老廖才发现刘警长身后竟然还跟进来一个年轻人，仔细一看，顿时脸色大变，吓得一哆嗦。他可是认识这位军事情报调查处长官的。当初宁志恒大发威风，那个作死的王扒皮就是因为不长眼撞到了他的枪口上，当场被抓进军事情报调查处那个魔窟，再也没有回来，不明不白地丢了性命。就连他们的唐局长也差点吃了瓜落，没了下场！

宁志恒看他吓得说不出话，笑着问道："你慌什么，可还认得我？"

老廖顿时挤出一团笑脸，颤颤巍巍地答道："长官，卑职认得，当然认得您。我这就给您提人去！"

很快，老廖带了几个狱警把已经拖着半条腿一瘸一拐的崔二带了过来。

"崔二，这是军事情报调查处的宁长官，要向你亲自问话。你要一五一十、老老实实地回答，胆敢有半句谎言，我今天就让你脑袋搬家。明白了吗？"刘大同朝崔二厉声喝道。

躺在地上缩成一团的崔二被这吼声吓得浑身一颤，哀求道："刘警长，您看我都被打成这样了，小的什么都说了，还有什么敢瞒着您老呢？"

宁志恒上前问道："崔二，我问你，你为什么选柳树胡同二号下手？"

崔二不认识宁志恒，但他能明显地觉察到他畏之如虎的刘警长和看守所的狱警头子老廖，都对这位年轻人敬畏有加。

眼前向他问话的这个人，虽然年轻，可隐隐有一股慑人的气势，说出的话语速虽然缓慢，却给人一种压迫的感觉，容不得他有半点反抗的心思。

"回长官的话，真的不为什么。当时饿急了眼，就随便挑了一户人家跳进院子。没想到……没想到就得了这么多钱！"崔二耷拉着脑袋，老老实实地回答道。

"你跟我实话实说，除这些钱你还偷了什么？"宁志恒再次问道。

"没有，真的什么都没有，我发誓！当时看到有那么多钱，眼睛都挪不开了，哪还顾得了别的！抱着钱我就跑了！"崔二赶紧赌咒发誓道。

宁志恒没有为之所动，一双眼睛冷冷地盯着他，突然伸腿一脚踹在崔二的肚子上，强大的力道将崔二踢得身子向后重重地撞在墙上，顿时痛得身子缩成一团。

突如其来的一击，就连一旁看着的刘大同和老廖等几个狱警都眼皮一跳。

眼前的宁志恒和一个小时前那个和颜悦色与黄包车夫程光亲切交谈的宁长官判若两人！

宁志恒低下身子，紧盯着崔二的眼睛沉声问道："我再问你一次，你想好了再回答我！除了钱还偷了什么东西？"

崔二被这突如其来的一脚踢蒙了，他硬着头皮，强忍着疼痛，气息微弱地说道："长官，真的没有了，我发誓！除了钱，我真的没有偷别的东西！"

宁志恒前世专门研读过关于语言和肢体表现的书籍，对观察人的形体语言的表达方式有自己的理解。上一次就是凭借这种能力，他才能轻易地将黄显胜的侄子黄辉从糕点店的伙计中筛查出来。

他刚才双眼紧紧盯着崔二，给对方施以强大的精神压力，结果发现崔二在回答他的问题时，眼睛不自觉地躲避他慑人的目光，同时右手不自觉地捏紧衣角，不停地揉搓。这些细微的动作，会将他恐惧和躲避的心理状态表现出来，这躲不过细心人的观察。

宁志恒透着寒意的目光像一把利剑直刺崔二的心神，直看得崔二再也不敢出声，脸上的肌肉不自觉地抽动着。宁志恒上前一脚将崔二的脑袋踩在脚下，冷声说道："敬酒不吃，吃罚酒！"

过了片刻，宁志恒回头对刘大同说道："这个小子在撒谎，那个叫董成杰的租客不会因为丢了些钱财就吓得第二天搬家，一定是这个崔二偷了对他很重要但不能见光的东西！"然后他又命令一旁守候的老廖说："把你们最拿手的手段拿出来，别怕弄死人，我现在就要他的口供。"

老廖听到宁志恒的话，精神一振，赶紧高声答应一声，快步冲出牢房。

刘大同听到宁志恒的话，心中暗恨这个崔二不老实，腿都打断了一条，竟然还敢对自己有所隐瞒，让自己在宁长官面前大失颜面。

很快，老廖就和一个狱警端来一大盆水，还有一沓厚厚的牛皮纸。

宁志恒一看就明白了。这就是在前世影视剧里常常看到的刑罚，叫作"贴加官"。行刑人员会用牛皮纸浸透清水，一层一层敷在犯人的脸上。每多贴一张纸，犯人的呼吸就封闭得越严实，贴得越多，贴的时间越长，被施刑的犯人呼吸不到半点空气，就会窒息而死。

崔二见几名狱警将这盆清水和一沓牛皮纸端上来，因为他早听说过这种刑罚的残酷，顿时吓得脸色苍白，魂飞魄散，随后发出一声长长的哀号，乞求道："长官，长官，我说，我说！求您了，我什么都说！您饶了我吧，饶了我吧！"

宁志恒示意刘大同上前审问，自己回身坐在椅子上静静地观看。

老廖本想着在宁长官面前施展一下拿手的本领，可还没有动刑，崔二就认怂开口求饶，搞得自己不上不下的，好尴尬。

刘大同这次可是没有好脾气了，他二话不说，上前先是一顿皮鞭，打得崔二血肉模糊，然后厉声问道："乖乖地把偷的东西都交出来，不然老子今天活剥了你的皮！"

已经气息奄奄的崔二这时总算喘了口气，说道："别打了，求你了，别打了！我什么都说！"

原来，崔二进了柳树胡同二号，将房间里的东西翻了个底朝天。出乎他的意料，这户房主不仅藏着大笔现金，还有不少金条金器和玉器，一看就值不少钱，他一股脑地都打包带了回来！

他多了个心眼，偷偷地把这些东西都藏起来，只挥霍了些现金。

后来他被刘大同抓住之后咬碎了牙也不敢吐口，就是想着将来出去还能指望着这份余财过好日子，这可是他未来的唯一希望！最后竟被打断了腿，他就更不能说了。腿断了，即使活着出去，他的生计也断了，就更不能没有这笔钱活命了，干脆就硬挺了下来！

没想到宁志恒来了，一眼就看穿了他的谎言，最后竟要活活憋死他。生死之间，他实在是坚持不住了，这才吐了口。

"东西埋在我家院子里那棵柳树东面地下。"崔二声音微弱地回答。

刘大同恶狠狠地盯着崔二道："崔二，你要是再敢骗我，一会儿回来我就要了你的命！"

崔二脸色苍白，脑袋耷拉着地，嘴唇动了动，却再也没有发出声音！

宁志恒上前仔细盯了他半晌，这才点头对老廖说道："把他带回去吧，先别给整死了！"然后他对刘大同说道："大头，我们去他家，按他交代的位置把东西取出来，看一看到底藏了些什么。"

宁志恒和刘大同一起驱车赶到崔二家。这是一所非常普通的平民住宅，两间瓦房，房前一个狭小的院子，院中长着一棵茂盛的柳树，看起来年头也不短了。

宁志恒按照崔二交代的位置，来到柳树东侧，对刘大同说道："应该是在这儿。"

刘大同环顾四周，果然从院里找到一把破旧的铁锹。上前取过来，就在宁志恒指定的地方挖起来。他很快就挖出了一个土坑，又挖了没多一会儿，只听砰的一声，感觉铁锹碰到了硬物。刘大同赶紧往下挖。很快，一只扁平的铁盒露了出来！刘大同用铁锹使劲儿把它撬了出来，拿在手里拂去上面的泥土，递到宁志恒面前。

铁盒没有上锁，可以直接打开。宁志恒打开铁盒一看，只见里面整整齐齐地摆放着二十根金条，还有两只玉盒。

刘大同一看那一摞金条，不禁"哎哟"了一声。果然是一笔横财，怪不得崔二连命都不要了，打死也不说！

宁志恒没有看那些金条，而是轻轻将两只玉盒拿在手中。他有预感，这两只玉盒中的物品才是那个叫董成杰的租客匆匆逃离出租房的原因。

打开其中一只玉盒，宁志恒的眼睛顿时一亮。里面竟然是一块极为漂亮的翡翠勾玉，种质细腻通透，颜色翠绿纯正，形如半月，散发着璀璨晶莹的光芒。宁志恒在前世的最后几年与古玩玉器打交道，不敢说是古玩大家，但对翡翠饰品还是有一定的认识，一般的物件瞒不过他的眼睛。

所谓勾玉，是一种非常古老的饰品，多见于日本，中国和朝鲜也有，但是非常少。传说中，勾玉可以产生神灵，作为神之间联系的器具，一直被认为有改善运势和除魔的能力。这种勾玉在日本极为流行，几乎有玉器的古玩店中都会出售。

宁志恒在前世中也曾见过这种勾玉，只是所用的材质远不如手中的这枚好。他又打开另外一只玉盒，里面是一枚精巧的金镶玉印章。印章上半部分是纯金打造的一只雀鸟，造型逼真，制作精美；下半部分是一块温润晶莹的白玉，白玉底部雕刻着精致的图案。

宁志恒仔细看去，这个图案雕刻得非常工整，总共四片菱形的梅花整整齐齐叠放在一起，花瓣向外，组成了一个极为规整的菱形图案。整个印章呈扁平状，制作得极为精美，古老沧桑的气息扑面而来。不难看出，这是一件极为珍贵的古物。

宁志恒此时几乎可以确定，租客潜逃的根源一定是这枚精美的金镶玉古章。

刘大同把目光从金条上面收回，见宁志恒对这两枚玉器仔细端详，便问宁志恒："宁长官，这两件宝贝有什么讲究吗？"

宁志恒犹豫了片刻，开口解释道："算不上宝贝，玉器现在这年头卖不出好价钱，不过这两件确实是好东西。这是一枚勾玉，是古代人的饰品，也是东瀛日本最常用的装饰品，但现下在我们国家很少见。

"我看过的印章不在少数，但是这枚印章还真是看不出来历，上面图案我也认不出来。

"大头，你知道南京古玩行里，有没有喜欢印章的金石大家！"

刘大同尴尬地用手搔了搔头，说道："宁长官，这你可是问错人了。我这一肚子墨水加起来不过二两，能识几个字就是祖坟上冒青烟儿了，对这些古玩真不熟。不过我知道陈延庆对这些物件比较喜欢，我这就让他去问问。"

宁志恒也知道自己问错了人，刘大同自小没有受过好的教育，只是勉强识字，对这些古玩没有兴趣，在他看来，这两枚玉器远远不如那些金条诱惑力大。

物品已经顺利取出，宁志恒二人带着铁盒匆匆赶到了警察局。宁志恒不愿惊动旁人，怕引发不必要的麻烦，所以也没有进警察局，让刘大同去叫陈延庆出来。

不一会儿，陈延庆跟着刘大同从门口出来。二人上了车，宁志恒将手中的玉盒递了过去。

"延庆，听大头说，你对古玩玉器感兴趣，那你来看看这枚印章有什么来历？"宁志恒说道。

陈延庆双手接过玉盒，打开之后取出这枚金镶玉古章，仔细端详半天，摇了摇头说道："对印章我也就知道个皮毛，好东西见得不多。这枚古章我也看不明白，但是我能看得出来，这绝对是一枚年代久远的古章。

"不过，我知道附近有一位金石大家，对古玩玉器很有研究。他是金陵大学的一位教授，姓方，叫方博逸，在圈内很有些名气。

"他住得也不远，就在济源路，相隔三个街区，不如我们去请教他。"

宁志恒点点头。于是三人一起驱车赶往方博逸家。

第二十一章
贵族家徽

二十分钟后，车辆在济源路路口停下，三个人步行来到二十三号院门前。陈延庆上前按响门铃。

过了有一会儿，才有一个用人打扮的男子从屋里走出来，来到院门前开口问道："你们找谁？"

宁志恒笑着说道："我们是慕名前来拜访方教授的，手里有些物件儿看不明白。仰慕方教授的学问，特地前来拜访，还请方教授不吝一见！"

男佣点点头说道："几位请稍等，我去问一问方先生。"说完转身进了屋内，不一会儿，男佣回来说道，"方先生身体不太好，不方便见客，您还是请回吧！"

刘大同顿时火了，上前指着男佣就要骂。宁志恒伸手一把拦住他，喝道："我们有求于人，要懂礼貌！"

刘大同见宁志恒呵斥，这才不敢多言。

宁志恒转身笑着对男佣轻声说道："我们来一趟不容易，就是为了请方教授指点一二，绝不耽误他太多的时间，看完物件我们就走。"

说话之间，他手中暗藏两张钞票，轻轻塞进男佣的衣袖之中。男佣一愣，仔细看了看宁志恒，回身袖口一拢，毫无痕迹地将这二十元法币收入兜内。

"我再给你问问，先生，您稍候！"男佣的态度马上变得客气起来。

说完，男佣转身又进了屋。这次等待的时间稍微长些。等再次出来，男佣笑着对宁志恒说道："方先生请三位进去。"

听到男佣的话，宁志恒点头示意："多谢了！"

一旁的刘大同将这一幕看得清清楚楚，嘴角暗自一撇，心想，一个教书先生家的门子，都敢收宁长官的门敬，真是有眼不识泰山。看来这个所谓的方教授也不是什么好东西！

宁志恒三人随着男佣一路走进房门，来到客厅。男佣请他们三人在沙发上稍坐，然后转身去请方教授。

不一会儿，一位面容清瘦、气质儒雅的老人从二楼缓步走下来。

宁志恒和陈延庆马上起身，刘大同看着二人都起身迎接，自然也不敢怠慢，只好不情不愿地站起身来。

宁志恒见到方博逸时心神一怔，脸上却不动声色，恭敬地说道："冒昧来访，还请方教授原谅。"

方博逸哈哈一笑，挥手示意三人坐下，开口说道："方某不过徒有虚名，三位诚心来访，不知有何见教？"方博逸说完，回身坐到座位上，微笑看着三人，确切地说是看向宁志恒。他阅历过人，目光锐利，一见面就已经看出三个人中宁志恒的气质最为出众。

宁志恒与方博逸寒暄了几句，就直接将两只玉盒从铁盒中取出，轻轻地放在茶桌上向前一推，说道："在下宁志恒，家中薄有资产，也喜欢一些古玩玉器，今日偶得两件，可是自己眼力不济，看不出来历，还请方教授多多指教，替我掌掌眼！"

古玩行里有所谓"玉不过手"的老规矩，尤其是玉器和瓷器这些非常易碎的古董，都应该由一方先把东西放在桌子上，再由另一方拿起来观看。

"哦，那我倒是要看一看。"方博逸笑着说道。

方教授双手平稳地拿起一只玉盒，轻轻地打开，一枚精致的翡翠勾玉呈现在眼前。他举到眼前仔细端详了半天，才开口说道："这是一枚品质极好的翡翠勾玉！宁先生知道什么是勾玉吧？"

宁志恒点头回答道："知道，我对勾玉有一定的了解。勾玉在东亚中国和日本、朝鲜等国都有出现。我找方教授的目的，就是要问清楚，这枚勾玉到底是产自哪里？"

方博逸看着宁志恒，见他没有纠结这枚勾玉的真假，反而询问勾玉的产地，有些奇怪，便犹豫了一下，回答道："应该是产自东瀛日本！"

"还望赐教！"宁志恒接着问道。他想要确定这枚翡翠勾玉的具体产地，自然有他的道理。他隐隐地感觉，这个租客董成杰很有可能和日本间谍有关！

方博逸身体向后靠在椅背上，胸有成竹地说道："勾玉这种玉器造型在我国和日本都有传承，但是我国现在传世的很少，反而在日本广为流行。甚至有典故说，勾玉是日本的'三神器'之一，是他们的天皇继承自日本人的神灵天照大神的宝物之一。为此日本国民纷纷效仿，所以勾玉大多产自日本。勾玉是半月形造型，和中国道教八卦里的阴阳鱼的形状相似。中国古人崇尚道教，所以产自中国的勾玉造型都喜欢做成阴阳鱼的形状。而日本出产的勾玉造型上较为狭长，你看你这一枚翡翠勾玉，是不是比起一般八卦阴阳鱼的造型狭长一些？从这枚翡翠勾玉的品种、材质来看，即使在日本也不是普通人能够佩戴的，其主人非富即贵！"

宁志恒一听，赶紧拿起茶桌上的翡翠勾玉，仔细观察了一会儿，感慨地说道："还是方教授知识渊博，慧眼如炬哇！"

他终于确定这枚翡翠勾玉确实产自日本，那么它的主人，也就是那位租客董成杰的身份很有可能是日本人。

"那再请方教授看一看这个物件！"宁志恒又将另一只玉盒推到方博逸面前，问，"不知您能否看出这枚金镶玉古章的来历？"

方博逸拿起玉盒轻轻打开，看到里面的金镶玉玉章后眼睛一亮。

他伸手取出，仔细观看，端详了很长时间，终于说道："这也不是中国的古董，而是一枚非常罕见的日本贵族家徽印章。

"世界上除了欧洲贵族社会之外，只有日本自古用徽章，而且比欧洲更普遍。

"日本人自古就有贵贱之分，等级森严。他们的贵族，尤其是历史传承悠久的贵族，都有自己的家徽。

"欧洲的徽章喜欢用动物造型，比如狮子、鹰之类。日本的家徽图案大都取自植物，而且日本人严谨呆板，家徽的图案都讲究对称工整。你看，你这枚金镶玉古章的章纹就是四朵梅花整齐排成菱形，上下左右对称工整。

"我对日本的贵族历史没有太多的涉猎，具体是哪家贵族的家徽，你可以找研究日本历史的专家咨询一下。总之，这是一件不错的物品，确实值得收藏。"

宁志恒点点头，这就和自己的猜想完全对上了。结合董成杰匆匆离去的反常举动，现在可以肯定地说，他绝对是个日本人，而且还是个颇有身份的日本人！这么贵重的家徽印章，宁志恒不会天真地认为是家族成员人手一枚，只能是家族中的重要人物才能持有！家里藏有大量现金不犯法，可是家中藏有日本贵族专用的配饰，尤其是这枚贵族家徽的印章，这就绝对值得引起必要的怀疑！

董成杰在发现如此重要的物品丢失后，不是积极寻找，而是迅速撤离，这完全符合间谍工作的原则。那就是发生任何突发事件，都是依事件发展的最坏可能去做准备，绝不存侥幸心理！

看来这次自己又抓到了一条大鱼的尾巴，宁志恒心里再次激起高昂的斗志，这将是自己继破获暗影间谍小组后又一次重大的机遇！

机会来了，就绝不能够错过！

宁志恒把两只玉盒收好，面带敬佩之色，笑着对方博逸说道："方教授果然名不虚传，知识渊博，为晚辈所不能及。我等看起来如入云雾，却不及长者一言见天，真是受教了！"说完，从怀中掏出一沓法币，恭敬地放在茶桌上，说道，"一点心意，望方教授笑纳。"这也是古玩界的规矩，请专家高手掌眼，是需要交咨询费的。

方博逸点点头，没有推辞。他替人掌眼也是要收取一定费用的，这是应得的收入。

事情已经问清楚了，宁志恒三个人便不再耽搁，起身向方博逸告辞。

方博逸起身将三人送出院门，宾主又客气地寒暄了几句。目送着三人离去，方博逸这才回到屋中。

不多时，那个男佣走了进来，对方博逸说道："他们在路口上了一辆军车，已经走了！"

方博逸点点头，这一点他也有些猜测。三人中只有为首的宁志恒的气质比较出众，举止之中带有少许军人的痕迹。他方博逸早年也曾征战沙场，戎马军旅，因而对军人的感觉尤其敏锐。只是后来因为工作需要，才以教授的身份隐身于金陵大学。

方博逸对男佣说道："为首的这个宁志恒一定是行伍出身，他开军车出来很正常，举止之间也没有刻意隐藏身份，看来确实只是单纯来请我掌眼的，应该没有什么问题！"

男佣也点头说道："这个人年纪不大，行事却很是老道，还塞给我二十元法币的门敬，出手倒是阔绰！"

方博逸笑着打趣道："你这也叫作'贪污受贿'哇！"

男佣也笑着指着桌上那一沓法币钞票说道："我这'贪污受贿'，辛辛苦苦半天，还远不及你三言两语挣的这一笔外财。"

两人相视哈哈一笑。男佣是方博逸多年的老部下，也是他的助手，专门负责方博逸的安全工作。

宁志恒三个人上了车，一路驱车赶往柳树胡同二号那位租客董成杰的出租房，准备去勘查现场。

一路上宁志恒脸色平和，一言不发，心中却如惊涛骇浪般久久不能平息！他现在思考的不是那两件珍贵的玉器和董成杰真实的身份，而是这位金陵大学教授、古玩行享有盛名的专家方博逸教授！因为这个方博逸教授，他早就见过，还曾画过他的画像。

他见方博逸第一眼时，就发现这人极为眼熟，无论是面部的特征、眉眼的距离，都和路明脑海记忆中的第三幅画面里那位同他一起站在党旗下宣誓的入党介绍人几乎一模一样。虽然时隔很多年，那位入党介绍人已经从一位青年军官变成了现在气质儒雅的大学教授，但五官特征却没有什么变化。

现在他可以肯定地说，方博逸一定是一位地下党的高层，甚至有可能就是路明的上级，也是农夫夏德言的上级！

很多年前方博逸就已经是一位军官，而路明当时只是一位士兵。况且他又是路明的入党介绍人，可想而知，他在党内的地位和职务肯定在路明之上。

这一突然的发现，让宁志恒的心中久久不能平静。这一次见面，让他接触到了南京地下党的核心人物。

不过他还是不会去主动和地下党联系，他觉得还是现在这样，在保证自身安全的前提下保持距离，尽可能不暴露自己的身份，这样对双方都有利。

而方博逸也万万不会想到，仅仅一次偶然的见面，对面那个行伍出身的年轻人竟然一眼就把他认了出来，同时对他的身份猜测竟然也这么准确。

宁志恒三人很快赶到了柳树胡同二号，刘大同去找住在附近的房东。不一会儿，刘大同带着一个三十多岁的男子匆匆忙忙赶了过来。

"宁长官，这就是房子的户主，叫金德。"刘大同指着户主对宁志恒介绍道。然后，他又瞪着眼睛对金德说道："这是宁长官，专门来找你问话的。金德，老老实实地回答问题。我可告诉你，宁长官火眼金睛，眼睛里揉不得半点沙子。如果有一句话不实，别怪我不客气！"

在房东金德唯唯诺诺的答应声中，宁志恒说道："金德，你先把院门打开，我要查看现场，一会儿我要问一些问题！"

金德连声答应，赶紧上前掏出钥匙打开院门。宁志恒当先走了进去，看到这是一间中上等的宅院，院子的面积不小，住房也很宽敞。

金德又赶紧上前打开房屋门，引宁志恒进屋，屋内共有四个房间。宁志恒点点头问道："这套房子可真不错，租金怕是不菲吧？"

金德在一旁听到宁志恒的问话，心中忐忑，不明白这位宁长官是什么意思，一时不敢回答。

在他身后的刘大同，伸手推了他一把，催促道："宁长官在问你话呢，你发什么呆？"

"是，是不便宜，一个月十元法币。这是我家的祖产，我要不是实在手头缺钱，也不会租出去。不过那个董成杰当场就答应了，爽快得很！"金德不敢再耽误，马上回答道。

宁志恒点点头，接着问道："我看这间房屋打扫得很干净，家具也很整洁，是你打扫的吗？"

"不是，不是，董成杰交房子的时候就是这个样子。他这个人很爱干净，以前每次我来收房租的时候，这屋子里里外外都是干干净净的。"金德回答道。

宁志恒回头对刘大同说道："大头，你回忆一下，审问崔二的时候，他说动没动过别的家具和物品？"

刘大同回忆一下，回答道："崔二在第一次被审讯拷打的时候就说得很清楚，说他把这个房间全部翻了个遍，所有角落都找了，现场应该很凌乱才对！"

"那也就是说，董成杰在发现家中被盗后，把现场都收拾干净，恢复了原状。然后在第二天交了房子退租离开了这里！"宁志恒思索道。

"这更说明他心虚，他怕房东接收房子的时候发现异状，看出这个房间曾经被盗过。"陈延庆也开口说道。

"不错，这个董成杰做了两手准备。他不想事态扩大，这么做是极力掩盖被盗的事实！"宁志恒赞同陈延庆的判断，"这恰恰说明了，那翡翠勾玉，尤其是贵族印章肯定是他本人的，能够证明他日本人的身份，对他很重要！"

"金德，这个董成杰平时有什么异常表现吗？和邻里的关系怎么样？"宁志恒向金德问道。

"没有什么异常。我就住在附近，看得比较清楚。但是他早出晚归地上班，有时候还要加班不回来，我也有自己的事情，除了收房租的时候见一面，平时见面的机会不多。他为人斯斯文文，说话也和气，和邻里的关系也还好，就是从来不请人进他这个院子。主要是他爱干净，大家也都知道，也就是我才偶尔进他的房间。"金德仔细回忆了一下，小心地回答道。

"他租房多长时间了？一直是单身一人？"宁志恒问道。

"刚刚满六月，房租从不拖欠，一直都是单身。"金德回答道。

"他说他是教书先生，每天都出去上班吗？"宁志恒问道。

"每天都出去，早出晚归，而且有时候连星期天都不休息，整天很忙的样子。"金德回答道。

"大头，现在你带着金德，去找几个邻居过来。延庆，你去车上把我带来的白纸和画笔拿来，我要给这个董成杰画肖像！"宁志恒吩咐道。

该了解的情况都了解了，宁志恒的心中有了个初步的判断，现在最重要的是找到董成杰。自己还有一招撒手锏，那就是人物肖像画，这已经成为宁志恒侦破案件最重要的手段之一。而且画这种肖像，目击描述的人越多，信息越全面，画出来的肖像就越逼真！

有了刘大警长出面，附近的邻居不敢怠慢。很快，刘大同就召集了六位邻居前来。宁志恒当场听取他们的描述，修修改改，画了两个小时终于完成了董成杰的肖像画。大家一致觉得画像几乎和真人没有什么两样，对宁志恒的画技赞不绝口。

宁志恒挥手示意金德带着众人散去，自己看着手中的画像思虑了半晌。

现在有了这个画像，手上的资料就已经不少了，剩下的就是怎么找到他。董成杰，这个名字肯定是假的，他所有登记的资料应该都是假的。他身高在一米六八到一米七零，年龄三十岁左右。他肯定有一份工作，而且工作很有规律，有时候星期日也要上班！

"大头，明天我会把肖像画的照片发给你，你在几个车行里查一查，看有没有黄包车夫见过他。他不缺钱，手头很富裕，坐汽车太扎眼了，应该经常乘坐黄包车。能够提供线索的车夫重重有赏。

"这个人做事很果断，出现问题第一时间就选择了脱身，不存任何侥幸心理。这是个很谨慎的对手！

"现在有一个问题，就是咱们手里的这两枚玉器，尤其是这枚金镶玉的家徽印章，对这个董成杰一定极为重要，等他安全之后一定会回来寻找。你一定要注意收集街面上的消息，看看有没有人在寻找这枚翡翠勾玉和家徽印章。这是一条非常重要的线索，千万不能大意！"

刘大同点头，一一答应。

"还有，你抓捕崔二的事情，街面上知道的人多吗？"宁志恒又想起了什么，开口问道。

"是半夜里在他家里抓的，但是崔二这么多天没有露面了，现在应该是有不少人知道了。"刘大同回答道，他不明白宁志恒为什么这么问。

"那就在街面上放出风去，给这次的抓捕随便找一个借口，嫖娼、抢劫，等等，唯独不能让人怀疑到他是偷东西被抓的，不要惊了目标！"宁志恒吩咐道，"给刘永和那个黄包车夫程光打好招呼，让他们管住自己的嘴，不要提及任何有关董成杰这间出租房被盗的信息。还有你手下的人也一样，尽量封锁崔二的消息。"

"明白了，我马上安排！"

宁志恒把任务交代清楚，刘大同都一一记下。

突然宁志恒想起一件事来，对刘大同说道："这段时间以来，那个林慕成没什么动静吧？"

林慕成是暗影间谍小组仅剩的一名成员，也是宁志恒刻意保护下来的一枚棋子。原因一，当然是宁志恒不想得罪他，更不想得罪他身后的势力。原因二，宁志恒是想把他当作一盏明亮的油灯，吸引其他日本间谍飞蛾扑火，再次落网！所以，这两个月来他一直安排刘大同注意林慕成的行踪，可是很少听刘大同汇报，搞得都快忘记这个人了，这时才突然想起来。

刘大同一听，赶紧回答道："一直没有什么异常。这段时间我安排熊鸿达专门负责这件事，他身边一直有我们的人监控。"

"有没有想过安排一个人近距离地接近他，比如找个人替换掉他的那个女用人。这个林慕成是个很重要的目标，也许我们会有意外的收获！"宁志恒吩咐道。这个林慕成没有受过专门的间谍训练，反侦查能力不强，对身边的人也许会有所疏忽。对他采取近距离的监控，能够确保一旦有可疑人员接近他，宁志恒能在第一时间知道！

刘大同会意，马上着手安排。

宁志恒将刘大同二人送回警察局，就赶回军事情报调查处给董成杰的画像拍照。洗完照片出来的时候已经是晚上六点多了，他这才回到自己家中。

他打开保险箱，取出里面存放的几幅画像，找出路明入党介绍人的画像仔细比对脸部特征，再次确认了方博逸的身份。这才是今天最大的收获，没有想到堂堂金陵大学的教授竟然是中共地下党！

再次确认之后，宁志恒取过铁盆，将方博逸画像扔进去点燃，看着它烧成灰烬。然后他打开那个铁盒子，将里面的二十根金条、翡翠勾玉和金镶玉贵族家徽印章统统放进保险箱。

第二天一大早，宁志恒带着照片来到红韵茶楼，要了些早点边吃边等。工夫不大，刘大同和刘永两人匆匆赶来。

宁志恒对刘永说："大头把事情都跟你说清楚了吧？"

"都说清楚了，我昨天就找到程光，告诫他对崔二的事一定守口如瓶。"刘永回答。

一旁的刘大同也赶紧说道："我对手下的弟兄也交代了，对崔二偷盗的事情一律封口不谈，而且让他们放出风去，就说崔二是抢劫时伤了人被警察局带走的。"

宁志恒点点头，也只能这样了。封锁崔二因为偷盗被抓的消息，只是为了不惊动有心人，但是效果怎么样就不得而知了。

"这些是董成杰的肖像照片，给手下人都发一发，尽可能多搜集一些董成杰的资料。"宁志恒说着，将手中的公文袋交给刘永，然后又看向刘大同，"记住，一旦有人打听两枚玉器的下落，或者打听附近惯偷惯犯的消息，都必须第一时间告诉我。好了，做事吧，我等着你们的消息！"

两个人接过照片，领命而去。

与此同时，城北一间小院里，武田枫坐在屋檐下，手中拿着一截树枝一节一节掰断，懊恼地扔在地上，心情极为沮丧！

就在十天前，他回到自己特意安置的落脚点时，竟然发现屋子里被盗贼光顾，物品被翻得乱七八糟，不仅现金被盗，就连藏在卧室墙壁夹层里的金条和自己珍藏的翡翠勾玉，以及武田家的家徽印章也不见了！

这简直是晴天霹雳！该死的盗贼，偷走那些现金和金条也就算了，竟然把父亲送给自己的成年礼物翡翠勾玉也盗走了！更要命的是那枚被盗的家徽印章，它是武田家族世代传承的宝物，也是武田家族最重要的三件信物之一，对他来说至关重要！

在他来到中国前，父亲将家族中这么重要的信物交付给他，是对他的鼓励，也是对他的承诺！

他原本想着来到中国在战场上建立功勋，成为家族的骄傲，却万万没有想到进入内务省特高课，并被选定进入中国的国都南京执行谍报工作，成为黑水小组的一名情报人员。

作为日本社会顶尖的贵族阶层，武田家族在日本政界和军界都拥有足够的势力，而作为家族未来家主有力的竞争者之一，竟然会被选中来南京执行最危险的谍报任务，这本身就是一件不可思议的事情。

武田枫很清楚，这是中了武田家族另外一些人的暗算！他们想让自己干脆就死在中国，然后扶植另一人继承家主之位！这本来已经够糟糕的了，现在他却又把家徽印章弄丢了。如此重要的宝物在他的手里丢失，此后他的处境将更加艰难！

这处小院是他以前设置的另一个落脚点，里面也藏有一部分活动经费，他在被盗的第二天就迅速撤离，搬到这里居住。这是最安全的应变措施。如果只是一般的盗贼进入房屋盗走印章和勾玉，那还好说，毕竟一般人认不出这枚印章有什么来历，也就怀疑不到他的身份，这样他还是安全的。

如果是别有用心的人偷走了印章，那么他的安全就无法保证了。也许自己当时没有在房间里是一件好事，不然现在可能已经被害了。

总之，不论是哪种情况，他都不能再留在那处房屋里，必须迅速撤离。

事情已经过去十天了，最坏的情况并没有发生，现在必须着手找回印章。这是武田家的家传宝物，不然他将来回到日本，也根本无法向父亲交代！

他在南京的掩饰身份只是《民生报》的一个栏目编辑，没有能力在人海茫茫的南京城找回印章，他必须寻求帮助。可唯一能够寻求的助力，就只有自己在南京能够接触的情报员乌云了。

乌云是中国人，和自己一样同为黑水小组的成员，而且是自己亲自策反的，所以他才能知道自己的身份。乌云在南京有一定的实力，应该可以找回印章，虽然这么做严重违反谍报工作的纪律规定，但是他已经无法顾及这些了。

想到这里，武田枫不再犹豫，将手中的树枝狠狠地摔在地上，起身出门而去。

他叫了辆黄包车，一路快行来到鼓楼大街路口，付了车夫十个铜圆，这才步行了好一会儿来到《民生报》报馆。

他从来都很小心，绝不会让黄包车夫直接拉到自己上班的报馆门口。都是在离报馆有一段距离的鼓楼街口就下车，再步行上班！做特工的在任何事情上都要谨慎，在细节上尤其小心！

他来到报馆里面，上了楼梯来到二楼主编的办公室，上前轻轻敲门。很快里面传来一声"进来！"。他推门而入。

主编看到是武田枫，微笑着说道："立群，你有事情找我？"说完，主编态度和蔼地伸手示意他坐下。

武田枫神情拘谨地上前说道："吴主编，我今天想请一天假，身体有些不适。昨天晚上没睡好，今天一早头就很痛，所以想去医院看看！"

主编一听，赶紧连声答应："立群哪，不是我说你，有病就要快去看，给我打个电话就好了，还跑这一趟干什么！"这个田立群来到报馆已经一年了，工作任劳任怨、勤勤恳恳，又会做人，在报馆人缘很好。主编对他很看重，态度也是和蔼可亲。

"我想着还是当面向您请个假比较好！"武田枫有些歉意地说道，语气中透露出来的由衷的尊重让吴主编心中对他更为满意。

"那就不要耽误了，赶紧去医院好好看看，报馆的工作我自然会替你安排。

对了，不算你的事假，今天的薪水照算。你呀，也不年轻了，以后不要熬夜，对身体不好！"吴主编亲切地拍着武田枫的肩膀，又关心慰问了几句，亲自把他送出办公室。

武田枫出了报馆，又是一路步行来到鼓楼大街的街口。他选择这个位置，是因为鼓楼大街的街口是道路的关键节点，连接有六条通道，周围四通八达，行人川流不息，在这里最适合隐藏行踪。

他伸手叫了一辆黄包车，一路西行，来到一家西式大院门口，下车后付完钱，几步上前进入院中。

有门卫看到有人进来，抬头见是武田枫，愣了一下，很快就认了出来，开口说道："是田先生，很长时间没见您了，快请进！"

武田枫笑着点点头，然后不紧不慢地进了大厅门。大厅里有几个衣着光鲜的男女正在聊天，旁边几个房间门都大敞着，里面也有些人在聊天说话。武田枫没有停留，径直走向第二个房间，里面正有两个男子在下象棋。

看到有人进来，其中一位中年男子笑着招呼道："是田先生啊，你这个高手可有段时间没见着了，快来看看，我这里快抵挡不住了！"

另一个男子也回头看了看，礼貌地点了点头。

武田枫客气地摆了摆手，说："观棋不语真君子，我还是袖手旁观，静看二位交手就好了！"说完上前站在两人身边，静静地看着，并不多言。那二人厮杀正酣，便也不再客套，接着下棋。

这里其实是一个私人俱乐部，是南京有名的富商宋宏的产业。

宋宏这个人生意做得极大，家产巨万，为人又是交游四海的性格，在政界和商界都有着极广的人脉，是一位极富影响力的巨商。

这个人早年履历平常，但是性格豪爽，喜交朋友。最终也因为这个，结交了一位有实力的朋友，得到了这位朋友的帮助后风生水起，一路顺风顺水，几十年间成为一方巨富。

这处庭院就是他名下的一处私人俱乐部，里面往来的都是社会名流、高官显贵，还有一些文化界的人士，总之是上流社会聚集之地，也是宋宏与各界名流人士交流的地方。

武田枫刚来南京的时候，执行的第一件任务就是策反乌云，而乌云是这里的常客，于是武田枫借用日本谍报组织的隐藏力量，也成了这个俱乐部的常客。

任务完成之后的一段时间，武田枫还是经常来到这里，毕竟这里来往的人都是社会高层，其中交流的信息都是普通人接触不到的。有的内容涉及某些要害领域，只要经过仔细分析就可以得到一些珍贵的情报。所以武田枫经常到这里来，这里不失为一条猎取情报的捷径。

但自从进入民生报社后，朝九晚五地工作，除了休息日他就来得少了。

又过了两盘棋局的时间，房间内也多了几位谈吐清雅的棋友，最后武田枫终于忍不住和一位棋友再开一枰棋局，厮杀起来。

房间内的众人厮杀正酣，从外面进来一位斯斯文文的青年男子。此人中等身材，五官端正，鼻梁上架着一副金边眼镜。

他迈步进了房间，看到众人都聚精会神于棋盘之上，正想开口，突然看见武田枫端坐其中，眼神顿了一顿，但很快神色如常。他没说话，来到武田枫的身边观看二人执子交手对弈。

武田枫的棋力确实厉害，对面的棋手连输两局，便不愿再战。旁观的众人看得不过瘾，互相劝说身边的人上去再战一局。

这时候那位斯文的青年男子伸手一挽袖子，故作豪爽地说道："所谓棋逢对手，将遇良才，对付田先生，还是让我来吧！"

"对，对，苏兄棋力高超，也就他可以和田兄一较高下！"众人只管有棋局可看，纷纷出声附和。

于是二人布局车马，你来我往，横炮进卒，杀得好不热闹。

下起棋来，时间过得飞快，一上午的时间很快过去。一直战到了中午，大家才撤棋罢战，各自散去。

武田枫与苏姓男子相视一笑，互相做了个"请"的手势，来到一处僻静的角落坐下。有侍者送上两杯饮料，然后躬身退下。

"武田君，这次是专程为我而来吧？"苏煜低声问道。

对面前这位同事，苏煜心中是深深畏惧的。他和武田枫是京都大学的同学，上学期间他就知道这位同学那极为显赫的家世。作为武田家主的第一顺位继承人，武田枫在京都大学也是顶尖的风云人物。

苏煜回国以后，一直在外交部工作，但是工作并不如意。直到两年前这位旧时同窗找上门来，也就是在这个俱乐部里，突然出现在他的面前。

苏煜本人爱下棋，这个俱乐部又是上流社会精英云集之地，其中不乏大人物出现，万一能在这里寻找到一个机会，也许人生就会改变。这里有很多人就抱着苏煜一样的想法，频繁出入此间。

武田枫的出现也确实改变了苏煜的人生。他软硬兼施，威逼利诱，最终使苏煜就范，成功被策反，加入了黑水间谍小组。此后苏煜也在日本人的暗中帮助下再进一步，升职为南京政府外交部第四厅——计划厅第二处的副处长。以三十出头的年纪得此高位，可谓仕途顺利，春风得意！

这个俱乐部是苏煜经常出入的地方，而武田枫自从策反苏煜成功后，就逐渐减少了来这里的次数。按照规定，没有特殊情况，哪怕是同一小组，两个情报员也是不允许横向联系的。

"我知道你每个周末一定会来这里，所以今天才过来找你。"武田枫轻轻喝了一口橙汁，然后放下杯子，面色平淡地说道。

"武田君，你这次有些冒失了，我们之间是不该有太多交集的，这不符合规定！"苏煜低声说道。

"那是在没有特殊情况的前提下。现在我有了一些困难，需要你的帮助。我想，你这位老同学是不会拒绝我的要求的，对吗？"说到最后，武田枫口气越发狠厉，这是以势压人了！

苏煜不禁一时头痛，武田枫手中握有他一些不为人知的秘密，这也正是两年前能够成功策反他的原因之一。现在他以这种口吻和自己说话，明显是在威胁了，再考虑到他显赫的背景、武田家族的庞大势力，容不得自己有半点反抗！

苏煜咧嘴露出一丝苦笑，低声说道："武田君的要求我当然不能拒绝。说吧，有什么事情需要我的协助？"

看到苏煜不出意外地屈服了，武田枫满意地露出一丝笑意，开口说道："我设置的一处落脚点被盗了，丢了很多东西。我想找到这个小偷，把被盗的东西取回来！"

"都是些什么东西？"苏煜问道。

武田枫犹豫了片刻，决定告诉苏煜，毕竟还是要通过他去寻找印章，瞒是瞒不过他的，便直接说道："一些现金和金条，这倒没有什么，丢就丢了。

　　不过……不过我珍藏的两枚玉器也丢失了！一枚是我父亲送我的成年礼物翡翠勾玉，最重要的是武田家族的那枚家徽印章，也丢了！"说完，武田枫的眼中忍不住闪过一丝怒火，但马上收敛无踪，再次恢复了平静的面容。

　　"什么？这么重要的东西你也搞丢了？"苏煜一听大吃一惊，他在日本留学，知道日本贵族中都有一些世代传承的信物。

　　武田家族家徽的印章，一定是非常重要的信物！没想到事情这么严重，怪不得武田枫会不顾组织的规定，直接找上门来寻求帮助。不过，既然是武田家族的家徽印章，会不会被人认出来？如果是有心人肯定会察觉，要知道现在中日关系紧张，中国人对日本人很仇视，这样做很容易暴露自己。苏煜嗅出了其中蕴含的危险气息。

　　于是，他开口拒绝道："武田君，这太冒险了！这简直就是引火烧身，会把你我都烧成灰烬的！"

　　"这就是你的事了，我只要结果！"武田枫不容拒绝地说道，"调动你在中国的所有关系，越隐秘越好，以最快的速度给我找回来。这枚印章至关重要，如果你能帮我找回来，算我欠你一次情，我可以想办法把你的儿子从日本接到中国，让你们父子团聚！"

　　苏煜一听到武田枫的承诺，顿时身形一挺，眼睛盯紧了武田枫的面容，一字一顿地说道："武田君，你说的是真的？"

　　"当然，我以武田家的荣耀保证，只要你能将武田家族的家徽印章找回来，我一定将你的儿子送到你的身边，决不食言！"武田枫也斩钉截铁地说。

　　说起来相当的狗血，就如同言情小说中的情节一般，苏煜当年在日本京都大学读书的时候，和一位女同学暗中相恋。日本是一个男权社会，一个能够在京都大学读书的女孩子，可想而知，家世自然绝不普通。

　　临近毕业时，女同学怀孕了，等家中的父母知道后已经为时已晚。可女同学的父亲怎么可能让自己的女儿和一个中国留学生结成夫妻，棒打鸳鸯就顺理成章了。苏煜被狠狠地揍了一顿，押送上船，回到了中国！

　　回国后的苏煜心中不甘，给女同学写了很多信，都没有回音，再求人多方打听，才知道女同学生了个儿子，如今算起来这个孩子也有七岁了！

　　苏煜回国这几年，开始心中还挂念着女同学，后来日子一长感情也就淡了，家中还给他找了一个门当户对的女子。本来日子也就这么过下去了，可是这些年来偏偏妻子一直没有怀孕，这不禁让苏煜焦急万分。

中国人一向讲究不孝有三，无后为大，苏煜这时候才想起自己在日本还有一个儿子，心中执念一起，就再也无法平息下来。他日思夜想，要把儿子接回中国，留在自己身边传承香火。就在这个时候，武田枫突然出现在他的面前，对他各种威逼利诱，其中最重要的筹码就是这个儿子。很快他别无选择，最后成为民族的叛徒！

这时，听到武田枫承诺可以把他的儿子从日本送回自己身边，顿时大喜过望，此时就是上刀山下火海也在所不惜了！

武田枫这个人他还是有所了解的，此人出身日本顶尖贵族之家，自是心高气傲，说出来的话从没有失信过。

"武田君，你放心，这次我一定全力以赴，把你的家徽印章找回来！"苏煜满口答应。

"这是那个落脚点的地址，十天前被盗的，你要抓紧。时间拖得久了，就不好找回来了！"武田枫递过来一张纸条。

苏煜接过来纸条看了一眼，折叠好收起来。他如今在外交部任职，手中权柄日重，明面上暗地里手下还是有些可用的人手的。他相信，只是单纯的小偷作案，找回印章还真不是难事！想想很快他就能够找回自己的儿子，苏煜觉得自己真的不能等了！

"武田君，我这就告辞，马上安排人手寻找，你就静候佳音吧。"苏煜起身告辞，转身出门离去。

武田枫看着苏煜离去的背影，焦急的心情才略有放松，但愿苏煜一切顺利，尽快找回印章。看到时间不早了，他也起身离去。

第二十二章
顺藤摸瓜

第二天，宁志恒办公室的电话响起，是刘大同打来的。

"宁长官，有线索了！"刘大同兴奋地说道。

"什么线索？"宁志恒心中一喜。

"有几个黄包车夫看了董成杰的照片，说是对他有些印象，只是说的情况都不太一样。我想还是向您报告，看您有什么指示。"刘大同说道。

"好吧，你马上带人去红韵茶楼，我现在就过去！"宁志恒吩咐道。

宁志恒出门一路来到红韵茶楼。他如今已经是这里的常客了，老板见到他进来，热情地打了声招呼，一边自然有伙计上前，一路带他来到他常用的二楼包厢。

不一会儿，刘大同和刘永就带着三个黄包车夫来到红韵茶楼。他们知道宁志恒常用的包厢，便直接上楼。

"宁长官，就是这三个车夫，他们都说拉过董成杰，还记得拉车的路程！"刘永开口向宁志恒汇报道。

"你们都见过照片上的人？"宁志恒单刀直入地问道，目光投向三个黄包车夫。

"长官，我真的见过照片上这个人，还拉过他好几次。这个人出手大方得很，每次都多给些车钱，说话也和气。"一个车夫抢先说道。

"对，对，这个人很好说话，脾气好得很，一副读书人的模样！"另外一个车夫也开口说道。

剩下一个车夫情况也一样，跟着连连点头。

"你们还记得上车的地方和下车的地点吗？都一一给我指出来！"宁志恒说。

几个车夫顿时七嘴八舌地把情况说了一遍，原来他们来拉董成杰的地点都是在柳树胡同口附近，但下车的地点就有些不同了。

最后，宁志恒在纸上总结了一下，下车地点分别是鼓楼大街街口五次、二道桥两次、新河口一次、护城河一次，等等。

宁志恒看着这个统计结果，说道："这个董成杰下车的地方，以这个鼓楼大街街口最多。我想这里应该是他常去的地方，甚至他掩饰身份的工作也在这附近。走，我们去看一看！"

半个小时之后，宁志恒一行人来到了鼓楼大街的街口。

他们看到眼前川流不息的行人和来来往往的车辆，以及拥挤不堪的街道，都犯了愁：这个董成杰真是太狡猾了，只要他在这个地点下车，很快就会消失在人流之中，追踪的难度太大了！

鼓楼大街街口是个交通交叉口，周围四通八达，让人根本无法判断到底应选择哪个方向追查。

宁志恒也有些头大，他回头看了看这三个黄包车夫，对刘永说道："没有别的办法了，现在我们只能采取蹲守的笨办法。把你手底下的黄包车夫找些来，最多不要超过十个人，人太多了扎眼！选人要那种机灵一些的，必须能记住照片上的画像，就在这里蹲守。每一个岔口都要安排人，把网撒开，你专门安排这件事情！"

刘永赶紧领命。上次他跟着宁志恒组织手下的黄包车夫对林慕成进行了长达十多天的跟踪，出力不小，也很有经验了。

"我马上就回去选人，您看上次用的那几个人手还满意吗？"刘永请示道。

"好，上次那些人做得不错，也算是有经验的。这三个人必须带上，他们见过董成杰，能更快地认出他！"宁志恒指着三个黄包车夫说道，接着又提醒道，"告诉你的手下，发现目标不要惊动了他，远远地跟着就行了，找到他的落脚点立刻向我汇报。对最先发现董成杰的人要有重赏！"

刘永赶紧点头答应。

宁志恒又问刘大同："你那里也要时刻关注街面上的消息。你和刘永都不可懈怠，我们现在没有别的线索，只能从这两个方向入手，全看你们了！"

刘大同赶紧回答道："宁长官，您放心，我已经把人手都撒出去了，绝对不敢懈怠！"

武田枫自从和苏煜分开，这几天就再也没有去过俱乐部。他俩已经约好了时间，下一次见面就是一个星期之后了。

今天早上他照旧准时上班，和往常一样叫了一辆黄包车，一路快行来到了鼓楼大街的街口。下车付了车钱，他转身就融入拥挤的人流中，一直向东边的大路走去。民生报馆就在这条大路的中间位置，他还要步行一段距离。

川流不息的人群对隐藏他的行踪很有帮助，但是对一些有心人也同样如此。武田枫没有注意到，就在他一路步行转过街口的时候，一个身穿半旧短褂的男子从一处报摊后面探出头来，看着武田枫的背影，犹豫了一下，好像不是很确定，但很快就远远地跟在武田枫的身后。走了一段距离，看着武田枫进入民生报馆，跟踪的男人就近找了个隐蔽的角落守候，一直等了一个多小时也没见武田枫出来，这才终于确定了这里是武田枫的落脚之处，随后赶紧转身离开。

武田枫根本没有察觉到自己被人跟踪。他每天正常上下班，这个民生报栏目编辑的工作是黑水小组给他精心准备的掩饰身份，他一直做得很好，上上下下都对这个勤勤恳恳的田编辑很满意。可以说，他在这里隐藏得很成功！

上班后把自己负责的栏目审核完，把手头的工作都忙完，他起身伸了个懒腰，来到窗口打开窗户，深吸了一口气。

今天是第四天了，不知道苏煜那边的进展怎么样了，他感觉这几天心里总是七上八下的。这十多天来，他每天晚上都无法休息好。落脚点被盗、家徽印章丢失，让他的心情一直处于极为低落的状态。

当初被派到南京进行潜伏，原本以为自己是苏煜同学的缘故，才选定自己来执行这项策反任务的，没想到一道指令就把自己直接留在了南京，等他明白过来自己被人暗算已经为时太晚！

如今屈指算来，来到南京已经快两年了，自己作为堂堂武田家族的继承人却把时间白白耗费在了这个一隅之地！

宁志恒在第一时间接到了刘永的电话。

"民生报馆？好，我马上就到！你们继续盯紧了，不要松懈！"宁志恒吩咐道。

功夫不负有心人，目标终于还是露出了马脚。只要找到这个人，再照方抓药一点一点把他周围的关系挖出来，相信这一次的收获一定会令人满意的！

宁志恒很快就来到鼓楼大街的街口，看到在一处报摊前，刘永正拿着一份报纸煞有其事地看着。

宁志恒不禁有些好笑。这个刘永其实识字不多，以前最多也就认识自己的名字，不过自从跟了宁志恒，尤其是当上了车行掌柜，就开始发奋图强，努力学习，几个月的时间认识了好几百个字。用他的话说，总要看得明白账房先生的账本才好哇，不然自己把车行搞砸了，怎么对得起宁长官。

如今他就像换了一个人，还特别喜欢读书人的做派，动不动就拿本书看份报，完全看不出当初那吊儿郎当的地痞混混模样了。

看到宁志恒往这边走，刘永赶紧将手中的报纸折了几折，夹在腋下，迎了过来。

"现在什么情况？"宁志恒开口问道。

"今天早上，一个手下看见了董成杰。他只见过肖像的照片，所以不太敢确定，不过说这个人非常像照片里的人，已经确认了他的落脚点，就是东边的民生报馆。现在我在报馆的前后门都放了几个人，只要他出现，我们的人就马上来报告！"刘永边说边引着宁志恒向民生报馆走去。

宁志恒满意地点点头，说道："我也没有当面见过董成杰，对他长相的了解也只是听旁人的描述，必须百分之百确定才行！"

放眼四处看了看，宁志恒终于发现一处商铺招牌上有商用电话的标记。他紧走几步进了商铺，给刘大同打了个电话，让他马上去柳树胡同把那位房东金德带到鼓楼大街街口。

刘大同不敢怠慢，放下电话就带着几个手下去柳树胡同找到金德，一路赶往鼓楼大街。

这边宁志恒放下电话，和刘永来到民生报馆附近。刘永挥了挥手，马上从一旁闪出一个男子，见到刘永汇报道："掌柜的，人一直在报馆里面没再出来！"

刘永点点头，看向宁志恒，等待他的指令。

宁志恒想了想对刘永说道："先不要惊动任何人，就在这里盯着，等着金德确认无误后再说。"

说完，他四处看了看，目光转向报馆对面的几处建筑，然后又比对了一下位置和角度，指着一处最适合观察的建筑对刘永说："去打听一下，看看那里是什么产业，想办法去租一间从窗口能够看见报馆门口的房屋，设一处监视点，不然这么些人在大街上守着，很容易被目标发现！"

刘永赶紧答应一声，转身去做安排。宁志恒也找了一处角落等候着董成杰的出现。

半个小时后，刘大同和几个便衣带着金德赶了过来。

宁志恒眉头一皱，说道："让你带金德过来，你带那么些人做什么？"

刘大同赶紧解释道："宁长官，这几个是我精心挑选的治安警，都是有侦破跟踪经验的。我知道您发现目标后，肯定要跟踪盯梢的，怕您这里人手不够！"

宁志恒一听，觉得刘大同做事越发有条理了。

"不错啊，大头！现在你这脑子是够用了！你还别说，真要是确定了目标，单靠刘永手底下的这些黄包车夫我还真不放心，这些人找人还行，搞跟踪就差了些！"宁志恒露出赞赏的眼神，竟让刘大同有些不好意思起来！

宁志恒看了看这几个便衣，的确都比较精干，只是没有见到一个熟面孔，不禁问道："宫季安、侯成和温兴生怎么没来？"

"您不是让我留意打听街面上的动静吗？还真出了点状况，我让他们三个去查这件事情了。"刘大同小声回答道。

"出了什么状况？有人在找印章和勾玉吗？"宁志恒的注意力马上被吸引住了！

"两天前有人在北街口的垃圾堆里发现两具尸体，本来以前也经常有乞丐饿死街头，如果不是您这几天特意交代我要留意街面上的消息，我就疏忽过去了。我一听有这事，就专门派人把尸体扒出来。最后我的手下认出来，这两个人是本地的惯偷，就是像崔二一样的街头混混。我总觉得这和印章的事有关，所以这两天把人都派过去了，查一查到底是谁干的！"

宁志恒听到这里，点头说道："看来有人坐不住了，注意查一查这两人平时有没有来往，认不认识。如果没有，那应该就没错了！"

道理很简单，如果两个人是认识的，那就有可能是因为与两人都相关的某件事情一起被害了。可如果两个人互相不认识，那就说明行凶者是出于某种原因专门对付小偷惯犯，才将两个根本不相干的小偷一起杀害。而现阶段最有可能的原因，就是有人为了寻找家徽印章，特意找上门搜寻。最后，寻找未果的人为了封锁消息，干脆就杀人灭口了。

刘大同赶紧点头，他向来对宁志恒的精准判断深信不疑。

"我这就通知宫季安他们，让他们着重朝这方面侦查，很快就会有消息的！"刘大同回答道。

宁志恒又转头对他身后的金德说道："董成杰就在这栋楼里，一会儿就到中午休息的时间，他肯定会出来吃饭或者休息，你给我好好看清楚，这个人到底是不是租你房子的租客董成杰，一定要仔细确认！"

金德一咧嘴，苦着一张脸赶紧点头称是。没想到找了一个房客，惹出这么大的麻烦，可是他不敢有任何怨言，只盼着这件事情早点结束。

很快就到了中午休息时间，民生报馆里面的工作人员陆陆续续从大门走出来，等到人都走得差不多了，才见身穿长衫的武田枫徐徐走了出来！

"仔细看清楚，是不是他？！"宁志恒对金德吩咐道。

金德眼睛都不敢眨一下，紧紧地盯着武田枫慢慢走过，肯定地说道："就是他，董成杰！长官，我不会看错的！"

宁志恒点点头，命令刘大同道："让你的手下远远地跟着，绝对不要惊动他，哪怕跟丢了也不能惊动了目标！"

刘大同点头，挥手示意散在远处的几个便衣远远地跟在武田枫身后。

这时刘永办完事情回来，报告道："宁长官，你说的那房子是一个家具店看店伙计的宿舍。我已经和他说好了，以双倍的价钱租住那间房，现在他正在收拾物品，等他收拾干净，今天就可以入住。"

刘大同看着金德说道："今天的事情必须保密，一旦消息泄露，让我查到是你的原因，你就在大牢里过完你的下半生吧！"

金德吓得连声称"不敢"，刘大同挥手让他自行离开了。

宁志恒看着金德走远，才对刘永吩咐道："人既然已经找到了，之后的事情和以前一样。让你的手下都换回黄包车夫的装束，拉上他们的黄包车，在报馆的门口和鼓楼大街的街口都布置上，我要随时知道目标的具体位置。这里的监视点，留给大头的手下。我回去后就让老邵过来，让他指挥对董成杰的监控！"说完，又转头对刘大同吩咐道："董成杰这个名字肯定是假的，想办法打听到他在这家报馆到底是做什么的，资料越详细越好！"

"是，人都找到了，这件事情简单，我会亲自去，很快向您汇报！"刘大同答应一声领命而去。

又过了半个小时，刘大同赶了回来，向宁志恒汇报道："查清楚了，我向里面的一个员工打听了。这个董成杰在报馆的名字叫田立群，是民生报馆的栏目编辑，一年前入职的，工作很勤勉，报馆的人对他的印象都很好，主编也很器重他。他的具体住址不知道，不过等我手下的人回来，就应该能搞清楚。"

"报馆的员工？你向他挑明你的警察身份了？"宁志恒问道。

"没有，您放心，我很小心的，只是说看着董成杰——不，田立群——像我老家的亲戚，又给他塞了点钱，他就一五一十地把情况都告诉我了。"刘大同把打听消息的经过完整地讲了一遍。

宁志恒皱着眉头说道："你没有表明警察的身份，这很好，但是有陌生人打听报馆员工的情况，再加上员工说这个田立群在报馆的人缘很好，这说明这个员工对田立群也很有好感，甚至平时关系不错，那他就有可能告诉田立群有人在打听他的消息。"

刘大同听完宁志恒的话，顿时觉得自己确实有些大意了！

"您的意思？"刘大同问道。

"算他倒霉。今天就找个说得过去的借口把他关上些日子，等案件结束后再把他放出来，最后多赔他些钱就是了。"宁志恒吩咐道。

刘大同马上转身去安排此事。

宁志恒把事情都安排完，一路回到军事情报调查处。初步调查告一段落，已经确认，这个田立群有重大的日本间谍嫌疑，必须加以严密监控，那么接下来就该是军事情报调查处介入的时候了。上一次的暗影小组案件就是这样，先由外围人员完成初步调查，而后具体行动由军事情报调查处的人员来接手。案情进展到现在这个阶段，宁志恒觉得自己应该把情况上报了。有些工作必须移交给军事情报调查处接手了。

据宁志恒观察，这个田立群是个非常谨慎的人。从他发现落脚点被盗，尽管丢失了翡翠勾玉和家徽印章这两件极为重要的信物，但仍然能够毫不留恋迅速撤离，就可以看出此人经验丰富，不好对付。

而对付有经验的间谍，就必须使用邵文光这样的专业特工。

宁志恒赶回军事情报调查处，来到卫良弼的办公室，可是里面没有人。

他没有直接去找邵文光。邵文光是师兄卫良弼的心腹，想要调用他必须经过卫良弼的同意。

宁志恒只好回到自己办公室耐心等待。半个小时之后，他听到隔壁卫良弼办公室的推门声响起，赶紧起身来到卫良弼的办公室敲门而入。

卫良弼头都没抬就知道是宁志恒进来了，现在也就宁志恒能如此随意地进入他的办公室。"找我什么事情？这段时间你不是打拳就是练枪，情报科交来的案子也少了，是不是没有事做了？"卫良弼将手中的公文袋放在桌上，问，"要不要给你找点儿活干？"

宁志恒看了看桌子上的公文袋，若有所指地说道："怎么，这是有任务了？"

卫良弼点点头，回到自己的椅子上坐下，指着公文袋无奈地说道："这段时间处座下令，对军中的腐败分子要加大清除的力度，大杀一批。我们行动科负责主要的执行工作，所以我们这段时间工作会很忙！"

宁志恒有些诧异，调查军队中的贪污腐化本来就是军事情报调查处的工作之一，可实际上，军事情报调查处很少管这方面的事情。毕竟国民党军队中的贪污腐化已成普遍现象，如果真的追究，那需要抓的人可就太多了，抓不胜抓，杀不胜杀！军队中各种利益纠葛，关系错综复杂。如果真的这么做，那就是对军队中的各方势力进行挑战，其后果难以预料，所以就连常校长都下不了这个决心，而处座这么精明的人怎么会去做这种吃力不讨好的事呢？

"还真抓呀！"宁志恒皱着眉头问道，"那得抓多少人哪？军队中这样的人抓得过来吗！"

卫良弼把公文袋拿过来，从中取出一沓材料，说道："哪能真抓，无非是清除异己分子罢了！"

宁志恒点点头，他上前一步对卫良弼说道："师兄，那这项任务我们第三行动队可不可以不参与？"

卫良弼听到宁志恒的话有些诧异，他抬头看了看宁志恒，指着那一沓材料，奇怪地问道："不参与？为什么？你不会是真怕得罪人吧？这些都是站错了队伍的，我们不杀，别人也会去杀！你可一向是拿得起放得下，行事狠辣，这次一定是有原因吧？"

宁志恒把嘴一撇，不屑地说道："杀人而已！军人手上的枪不就是用来干这个的吗？不过我对这些窝里斗的把戏，没有什么兴趣！"

卫良弼听出宁志恒话里有话，看了他一眼，似笑非笑地说道："有什么事情就直说吧，我看你小子这得意的样子，怕是又盯上新的目标啦？"

宁志恒嘿嘿一笑，不无炫耀地说道："这几天我的外围人员发现了一点线索，经过几天的追查，已经初步确定了一名可疑人员，现在已经处于严密监控的状态。"

卫良弼眼眉一挑，一丝喜悦上了眉梢：竟然又有了新的线索！这一次自己这个小师弟又能给他带来什么样的惊喜？

"又是你的外围人员！志恒，有时候我真是羡慕你呀，手底下有这样一支精干的力量。说说看，需要我做什么？"卫良弼露出一副极有兴趣的模样，开口说道。

"现在我们虽然监控了目标，可是这个人很警觉，我手底下这些人又都是些杂牌军，所以和上次一样，我打算调邵文光来帮我。而且我要调用我的第三行动队全力侦破此案，所以清除腐败分子的任务，师兄你就交给其他两个行动队吧！"

"没问题！既然机会找上门来了，当然不能放过！你放心，我全力支持！老邵我去安排，现在他除了去督察工作，手里也没有什么重要事。"卫良弼爽快地答应道。

卫良弼电话通知邵文光前来。很快邵文光赶了过来，看到办公室里的宁志恒，笑着打了声招呼，然后以请示的目光看向卫良弼。

"叫你来是和上次一样，志恒手里又有了新的目标，他专门来调用你去协助，你这段时间就全力协助他。老邵，上一次你表现得不错，这一次要再露个大彩，你这多年的上尉也该再进一步了！"卫良弼开口说道。

"又有目标了？太好了！我这些日子，天天到下面警察局去瞎转，正闲得无聊呢！"一听到又有案子，邵文光的精神头马上提了起来。上一次跟着宁志恒跟踪雪狼，抓获暗影小组成员，卫良弼在报告上为他说了不少好话，他也受到了通报嘉奖；这次如果真的再有成绩，因功晋升校级军官也是很有可能的事情！他当然满口答应！

他又回头看着宁志恒说道："志恒，你放心，我老邵服从命令听指挥，全听你的！"

宁志恒也高兴地点点头。一切谈妥，他和邵文光出了卫良弼的办公室。

回到办公室，宁志恒召集石鸿等人，把情况简单介绍了一下。

"这段时间大家要约束队员，随时待命。老邵，你带十名队员负责田立群的监控，行动上你临机应变！

"我和孙家成带十名队员去调查北街口窃贼被杀案，相信这个时候那边也该有些眉目了。

"鸿哥，你和树成在家中值班，办公室必须留人，我随时可能打电话请求增援。明白了吗！"

"明白了！"众人齐声答应。

工作安排已定，各人按照自己的分工开始行动。

宁志恒和孙家成带着十名队员一路驱车赶往警察分局，早就接到通知的刘大同在大门口迎接。

为了不引人注意，宁志恒一行人全都是便衣，见到刘大同之后没有多言，直接说道："现在带我们去看那两个小偷的尸体！"

刘大同赶紧点头应是，把一行人带到了警察分局的停尸房，这里安放着全辖区内发生的命案的受害者尸体！刘大同叫来值班人员，按照编号拉出两具尸体。尸体已经开始腐烂，隐隐散发出一丝恶臭。

宁志恒和孙家成戴上手套，手捂着口鼻仔细检查了一遍，然后转身出了验尸房。将手套脱去扔掉，宁志恒对刘大同说："把验尸报告拿给我看！"

刘大同将验尸报告取来，宁志恒仔细看了一遍，问道："尸体多处骨折？致命的伤势是割喉，造成流血过多而亡！"

刘大同回答道："是的，死者皮肤上有多处伤口，甚至还有被火烧过的痕迹。"

宁志恒一听，点点头说："身上皮肤多处受伤，体内骨骼多处骨折，这些都说明他们在死前被人残酷折磨过，应该是凶手在逼问口供，最后一刀割喉，杀人灭口！"

一旁的孙家成插言道："队长，我摸了摸死者的关节处，骨折的地方都有瘀血的痕迹，看上去像是被人用手折断的，这个人是练过武的好手！"

"用手？"宁志恒转头看了看孙家成，说，"有这么大的力气？这个人手上功夫了得呀！"

孙家成摇摇头说道："不是力气大。这是一种关节技，只要力道角度使得好，掰断一个人的关节不是什么难事。所以这个人一定练过武，练习过这些技巧。这不是单靠力气大就能够完成的。"

宁志恒对这些武术上的知识了解得不多，但是他明白孙家成的意思。这有很大可能是民间一些所谓的江湖中人干的，这些人多混迹于帮派黑道，总之都不是什么好路数！

宁志恒接着又说道："我刚才看到两个死者喉部的刀口呈一条直线，切口光滑，直接切断动脉。行凶者手法干脆利落，一定是个很有经验的刀手。"

孙家成在一旁点点头，他也注意到了这个细节。他是使用短刃的行家，能够从死者的伤口一眼看出对方用的是哪种武器。孙家成说："凶手使用的凶器是那种专门用来刺杀或者行窃的薄刃刀。而一般使用薄刃刀的人应该不擅长近身搏斗，否则他会使用我们这种常用来格挡搏斗的匕首。"

听到他的话，宁志恒想了想接着分析道："那么凶手应该是两个人，或者至少是两个人，或者说一个团伙。其中一个是精于关节技的搏斗高手，另一个是精于刺杀或者行窃的好手。应该不会是一人所为，使用关节技的高手在杀死死者时会习惯性地用关节技直接掰断死者的脖颈骨，而不是再用薄刃刀去割他的喉咙。"

他又转过头问刘大同道："宫季安和侯成他们查得怎么样了？"

刘大同赶紧回答道："我上午已经通知他们了，让他们先按照您的思路去调查，查一查他们各自的社会关系，相互之间有没有交集的地方。接到您的电话后，就通知他们回来一个人向您汇报调查的进展情况，这时候应该快回来了！"

正说着，宫季安匆匆赶了回来，宫季安和熊鸿达以前都是在王扒皮手下专门负责侦破案子的探员，在这方面有一定的经验，所以刘大同才让他负责此次的侦破行动。他和温兴生、侯成三人正在调查两个小偷惯犯的社会关系，就接到刘大同的电话，说是宁长官要亲自侦破这件案子。宫季安不免心中诧异，这才知道这件看似普通的案子，背后却隐藏着重大的秘密，暗自埋怨刘大同没有给自己交实底，这才一路快行，赶回来向宁志恒汇报案情。

一见面，宁志恒没有多说，直截了当地问道："两个惯偷的社会关系查得怎么样了？"

"按照您的指示，特意排查了一下他们的社会关系，发现他们之间并没有交集，相互之间应该不认识，活动范围也没有重叠的地方。况且像他们这种小偷小摸都是单干，相互之间彼此猜忌，防范还来不及呢，是不可能在一起团伙作案的。"宫季安气都没有喘一口，就赶紧回答道。

宁志恒点点头。和他猜想的一样，也就是说这两个惯偷是被人分别找上门杀害的，行凶者就是为了从他们口中找到家徽印章的下落。这一下更证实了宁志恒的猜想。

"这两天还有没有其他失踪的人口，我怀疑不止这两个惯偷被杀，凶手可能找到的不止这两个人，只是我们没有发现而已。"宁志恒转头对刘大同说道。

"我马上安排户籍警，让他们在辖区里核实人口，尽快把结果汇报给您！"刘大同应道。

"不用了，动静太大，容易惊动凶手。再说就是找到也是马后炮，直接去问一问有没有上报人口失踪的案子就行了！"宁志恒摇摇头说道。

他突然觉得自己好像疏忽了什么，赶紧对刘大同说道："把你们辖区的地图拿过来。"

刘大同一听，不敢耽误，一路小跑拿来一张市区地图。宁志恒仔细看了看地图，对刘大同说道："把凶手抛尸的地点指给我看。"

刘大同上前用手指着地图上的一点说道："就是这里！这是北街口后面的一处垃圾场，平日里居民扔的垃圾都堆放在这里，臭气熏天，就连尸体腐烂了也闻不出来，藏个把尸体根本不显眼。这次如果不是凑巧被人发现，这两个惯偷就白死了。"

宁志恒仔细看着地图，过了好一阵子，突然又向宫季安问道："这两个小偷的家里，你们去勘查过吗？是不是第一作案的现场？"

宫季安回答道："两个人的家都已经勘查过了。其中一个死者还有父母健在，他们说前天晚上等了一晚上，儿子也没有回家。今天我们去调查，他们才知道儿子已经死了。另一个死者是单身居住，我们去他家里仔细勘查了一遍。家里面的物品和家具摆放整齐，门窗完好，门上挂着锁，没有外人进去过的痕迹。"

宁志恒听完这些话，分析道："也就是说，这两个人家里都不是第一现场，也没有人进过的痕迹。可是两个死者生前都被人严刑拷打，并逼问过口供。要知道杀个人不过一刀而已，可是要对一个人进行拷打折磨，就必须花一定的时间，肯定要有一个地点。现在已经说明这个地点不是在两位死者的家中，那会是在哪里呢？我判断他们肯定有一处方便审讯拷打、追问口供的地方！

"那么这个地方究竟是在哪里呢？我们来看抛尸的地点。南京城的垃圾堆多了，可以选择抛尸的地点也很多，之所以要选择北街口垃圾场，是因为这儿是离凶手最近，也是最方便抛尸的地点。

"我估计凶手没有机动车辆。在南京城内有汽车的非富即贵，相信凶手还没有奢侈到这种地步。

"那么凶手杀人灭口后，需要拖着两具沉重的尸体扔到北街口垃圾场。凶手无论是用人力或者推车将两具尸体扔到北街口垃圾场，都需要花费很大的力气。所以我初步判断，凶手折磨拷问并杀害死者的地点，距离北街口垃圾场绝对不会太远。

"还有一点就是，凶手，或者说这一伙凶手，是专门为寻找家徽印章这件事来的。所以他应该不是本辖区的人，而是外来人口。

"我估计，凶手在你们辖区临时租了一处房屋以方便行事，而凶手此时应该就藏在你们的辖区内！

"还有，凶手作案的时间不会在白天，而应该是夜间，最起码也得是黄昏时分，趁行人稀少时下手。至于袭击受害者的地点，咱们不得而知。

"现在，我提出一个思路。凶手为了来找家徽印章，也为了方便作案，就在辖区内租了一间房子，时间就在这十四天之内，这间房子距离北街口垃圾场应该不远。他夜晚行动，抓了这两个人，然后进行审问拷打，之后再杀人灭口，用推车或者人力抛尸北街口垃圾场。"

大家听到宁志恒这篇抽丝剥茧的分析之后，都为他精彩的推理和判断感到吃惊。他的分析，丝丝入扣，句句合理，就这么简简单单地将凶手的行踪描述了出来。

宁志恒看到大家没有提出异议，便指着地图上的北街口垃圾场说："以抛尸地点北街口垃圾场为中心，调集所有的警力将方圆两公里之内的街区全部封锁，挨家挨户搜查外来人口。只要不是本辖区的人口，尤其是这十几天刚刚租房的租客，把人都找出来。我们在他们之中再查一查有没有我们猜想的那两个练过武的好手。

"凡是身形矫健、体格健壮的外来租客，必须马上控制住！

"现在是白天，凶手习惯夜间作案，如果再次行动一定会选择夜间。现在他正躲在隐藏点睡大觉，我们动手正是时候。"

众人一听宁长官要马上行动，精神都是一紧，全神贯注地听着宁志恒的下一步指示。

"我们必须集中全力搜捕这伙凶犯。刘大同，你调集警察局的所有警力，马上封锁住我指定的区域，来往的居民许进不许出，所有通信线路一律断电，防止凶手受惊后向外界报信！我会马上调集行动队的人手负责抓捕行动。陈延庆不是负责户籍工作吗？让他带些人手配合行动，挨家挨户地查，一个人一个人地过。总之，今天一定要找到这伙凶犯！"宁志恒当机立断，一锤定音！

命令一下，众人纷纷领命。刘大同马上调动全警察局的警力。警察局的唐局长听到动静，也赶紧跑出来，来到宁志恒面前，表示一定积极配合。这下治安警和巡警全体出动，人手充足，动作雷厉风行！

这边，宁志恒马上往办公室打电话，通知石鸿带领第三行动队全体出动，火速赶往指定区域，实施抓捕凶犯的行动！

第二十三章
左氏兄妹

与此同时，北街一处装饰精致的独门宅院里，两男一女正相对而坐。

其中一个青年男子开口说道："哥，昨天抓回来的这两个混混也是白瞎了，和前天抓回来的那两个一样，一问三不知，根本不知道什么印章。你说这一片的小贼惯偷也就这么几个，会不会咱们判断错误，不是这一片的惯偷干的？"

为首的精壮男子起身来到窗口，阴沉着脸看向窗外，没好气地说道："戴大哥交代的事情，我本来以为不是什么大事，也就是手到擒来的事，还拍着胸脯答应下来了。可是没想到这么不顺，抓回来的这几个竟然都不是。难道真是那些过江龙做的案子？那可就真不好找了！"

一直坐在椅子上、手拿一柄薄薄的柳叶小刀剔着指甲的青年女子，却没有一点忧愁之色，反而不以为然地接口道："你们哪，就是心急。这才几天，我可不着急，这么漂亮的大房子还没住够呢！"

她本来还想再说下去，可看到哥哥那张阴沉着的脸便停住了嘴。

过了一会儿，她还是忍不住说道："一开始我就说了，咱们应该先去那些古玩店和当铺行查一查。抓住他们的掌柜，问一问有没有人销赃。这些人偷了那些玉器古玩又不能吃不能穿，总要换成钱吧？可大哥你又不干，非要查这些惯偷。现在人都抓来了，也没问出个一二来！"

为首的大哥听到二妹的指责，有些恼火地回头说道："找东西当然要先找窃贼，直截了当。按你的办法，如果窃贼偷了好东西先不着急出手，那我们就是翻遍了古玩店、当铺行，也不会有一点收获！再说，你绑了店铺的掌柜，问完之后你放不放人？放了，咱们兄妹就露了底；不放，那可不是几个小偷混混，死了也就死了，没有人管！杀了那些有钱人，警察局肯定要立案，以后咱们可就有案底了，后患无穷！"

"就是！我也赞成大哥的说法，杀几个混混是可以的，真要把事情搞大了，惹得一身腥可不好脱身。"青年男子还是觉得大哥的做法稳妥，"我昨天审的那个混子，说是在这附近还有一个叫崔二的惯偷，只是前几天因为饿急了去改行打劫，结果伤了人被关到局子里了。等过两天他放出来，我就去把他绑了，没准儿就是这小子干的。"

"小柔，我看那两个小子也说不出什么了，一会儿你去把他们处理了，和前天那两个小子一样，晚上照旧扔到后面的垃圾场里。"为首的精壮汉子左刚对妹妹左柔说道。

"知道了。真是麻烦，干脆就在这个院子里挖个坑埋了就是了，那两个死鬼死沉死沉的！"妹妹左柔一脸不情愿地说着，手中的柳叶小刀灵巧得如同跳舞的小人，在手腕间轻轻翻动，"说好啦，今天我可不去抬这两个死鬼，累死我了！"

"那可不行。这间宅院是戴大哥的外宅，只是让咱们用一用，以后还要住人呢，你把两个死人埋在院子里算怎么回事儿！"坐在一旁的弟弟左强赶紧打断姐姐的话语，连连摇头。

"滚蛋！男人都不是什么好东西，戴大哥也一样，偷偷在外面养女人，还给她买了这么大个宅子。"左柔轻啐了一口，没好气地骂道，"一会儿动完手，姑奶奶在这里就结果了四条人命，早就算是凶宅，还住个屁人！"

别看她嘴里抱怨，可终究知道，把死人埋在这个院子里，在老板戴大哥面前不好交代！

左刚心情很是郁闷，不耐烦地训斥道："做点儿事情就你话多。好啦，你只管动手，等到了晚上，我和老三处理尸体。"

左柔被大哥训了几句，翻了个白眼，没好气地哼了一声，站起身来转身出门。

她来到最东面的一间侧屋，打开房门，就看到里面两个被捆得结结实实、口里塞着布团的男子。两个人浑身上下遍体鳞伤，双手双脚都被折断了骨头，根本无力支撑，瘫软着躺在地上。其实就算是没有被捆绑着，他们也根本无法逃脱。

看见左柔进来，两个人的眼神中透露出惊恐的神色，挣扎着发出呜呜的声音。

左柔没有多说话，上前摁住其中一个男子的脑袋，手中锋利的柳叶小刀轻轻划出一条笔直的细线，准确地将男子的颈动脉切断，之后又用同样的手法，切断了另一个男子的颈动脉，手法干脆利落至极！

两个男子睁大了双眼，很快丧失意识，气绝身亡。

这时，就在宁志恒指定的封锁区域里，每一条街道的入口处都摆上了长长的栏杆。大量的武装警察站在栏杆后面，将附近的几条街道封锁得水泄不通。

第三行动队除了邵文光带领着十名队员去监视武田枫之外，其余三十多名队员全副武装，分别把守着不同的方位。在街道中间一处宽敞的地方，宁志恒带着孙家成和刘大同等人守在那里！看到一切就绪，宁志恒对刘大同说道："开始吧，仔细点，不要放过任何一个可疑人物！"

刘大同听到命令，马上点头称是，转过身来，对自己的手下大声命令道："四个人一组，由东向西挨家挨户搜查，凡发现有租房子的住户，尤其是半个月前到现在这十几天里租住房子的租客，全部带到这里来。街面上的过往行人，许进不许出，统一查明并登记身份。如发现身份不明者，当场扣押，也带到这里来甄别身份！总之，所有可疑分子全部带到这里来！马上行动！"

命令一下，所有人都开始行动起来。治安警、巡警、户籍警，再加上身后的行动队员，分批分组挨家挨户逐个排查。原来街面上正在通行的人，也被赶到街道的南侧，靠墙站着等候查验身份。一时之间，气氛紧张至极。

街面上这么大的动静，自然惊动了藏身宅院里面的左氏兄妹，他们顿时紧张起来，感觉情况有些不妙！

左柔银牙一咬，开口说道："你们在这里等着，我出去打探一下，看看到底出了什么事。"

左刚点点头，仔细地嘱咐道："问明情况，不要轻举妄动，赶紧回来通个气！"

左柔点头答应，将身上收拾利索，盘起头发将柳叶小刀轻轻插入藏好，装出一副温柔可人的模样，完全看不出一丝狰狞之色。

推开院门，左柔来到大街上，看到外面一副如临大敌的阵仗。所有行人被警察赶到南侧的墙角站立，腾出宽敞的街道，一队一队的警察正挨家挨户地敲门，斥责询问之声不绝于耳。

她偷偷来到一个靠墙站立的行人旁边，小心翼翼地问道："大哥，你知道这是怎么回事吗？怎么这么多警察？是在找什么人吗？"

那名男子回头，见是一个模样俊俏的青年女子，正一脸恐惧地看着街面上的情景，不由得温和地安慰道："不知道，听说是人口调查，不过这阵仗也太大了些，把路口都封死了，许进不许出！唉，我不过是出来买点米，这下可好，困在这里回不去了，不知道什么时候才放行呢？姑娘，你快回屋吧，要是被这帮披着黑皮的家伙盯上了，那可就麻烦了！"

左柔听到这话，心中一惊：连路口都封死了，还许进不许出，这哪是什么人口调查，分明是搜查抓捕！她嘴里道了一声谢，然后缓步回身，回到院子里把院门关好。

左柔对等候她消息的左刚和左强说："情况有些不对，所有的路口都被封锁了，许进不许出。警察挨家挨户地搜查，恐怕是冲着我们来的！"

兄弟二人听到左柔的话，顿时脸色一变。如果是这样，情况可就危急了。这个房子的户主是自己老板的外室，老板为了方便三个人做事，已经把外室接走了，把这处宅子腾了出来。如今如果挨家挨户地搜查，这让他们怎么应付？更何况在侧屋里还躺着两具尸体！

左刚低下头沉思了一会儿，对左柔说道："小柔，一会儿盘查的时候，你先应付一下，见机行事！先探口风，如果搜查的警察不认识户主，你就冒充一下应付过去；如果认识户主，你就说我们是她的老家亲戚，前来投靠她的，户主本人出门办事了！"说完又转头对左强说道："快，我们先去把尸体处理一下！"

两个人回身去处理尸体，左柔则在院门口听外面的动静。

街面上的声音越来越近，过了不多时，一阵紧急的敲门声响起！

听到敲门声，左柔深吸一口气，定了定神，摆出一副受到惊吓的表情，上前将院门打开。

几个警察看见开门的竟然是一个娇滴滴的女子，都有些意外，为首的警察面色也变得和蔼起来问："你是这个屋子的户主吗？"

左柔听到这话，心中一喜，这说明这个警察并不认识户主，正好户主与自己年龄相仿，冒充一下应该能混过去。左柔面带腼腆地说道："我就是户主，不知道警官你们这是要做什么？"

为首的警察看到左柔一脸惧怕的样子，展开笑脸和和气气地说道："姑娘，你放心，只是一次人口调查，看一看有没有流窜的犯人混进咱们辖区。"

这些警察根本不会想到，眼前这位娇滴滴的女子正是他们要寻找的凶犯。

"请你报一下你的姓名，年龄，还有你名下的房产有没有房屋出租的情况。"这位警察伸手取出一本登记簿，打开后对左柔询问，这是要根据她提供的情况进行核对。

"郭如雪，二十四岁。我名下就这一处房产，就我自己住。"左柔怯生生地答道。

警察将登记簿上的名字核对完毕，年龄和姓名都对，只是档案登记簿上面的照片与眼前这位女子有些差别。

照片上那个靓丽的女子是一头烫发，而眼前这位漂亮的女子是一头长发盘绕，照片上的容貌不是很清晰，但是看起来差别也不大。妆饰上有所变化，也会让人看起来有些差别。

"那好，打搅了，姑娘。"警察合上档案登记簿，准备去下一家接着询问。

左柔看着几名警察离去，心头的大石终于放下，总算有惊无险地把这一关渡过去了，她轻轻地将院门掩上。

一直在屋子里观察情况的左刚和左强看到危机已经过去，这才小心翼翼地从屋子里走出来。左强一伸大拇指，夸奖道："还是小柔你厉害，镇定自若，临危不乱。今天全靠你啦！"

左强也在一边奉承姐姐："我姐是女中英豪，这点小场面哪会放在眼里。"

左柔白了他们一眼，凶巴巴地说道："别在这里说便宜话！搜查还没有结束呢，我们还是小心一点。看这阵势，他们不会善罢甘休的！"

两兄弟听到这话都点点头，小心戒备不敢大意。

　　宁志恒和刘大同等人等得有些焦急，时间一点一点地过去，甄别工作也接近尾声。

　　最后宫季安和温兴生带着一队警察和行动队员，押着十多个人来到了宁志恒面前。

　　"报告宁长官！这十二个人都是这几条街上过去十四天来租住房子的租客！"

　　宁志恒看着终于有了结果，便站起身来到十多个人的面前，仔细地逐一观察。

　　这十二个人里有三名女子，看面容和装束像一家人，好像是母女。其他都是男子，年龄高低不同，都是一脸的惊恐，不知道这些全副武装的警察为什么会把自己带到这里来。

　　"长官，我们都是好人哪，您可要查清楚了，不要冤枉我们！"三个女子中年龄最小的那个女孩子，以稚嫩的声音大声对宁志恒说道。她的母亲和姐姐，被她突然的发声吓了一跳。母亲赶紧一把捂住她的嘴，生怕她胡乱说话，得罪了眼前这个一脸严肃的年轻人。

　　其他人也都不敢说话，面带惧色地看着宁志恒。他们完全不知道自己为什么会被带到这里来，也不知道这位长官要怎么发落自己。

　　宁志恒的心里没有多想。他向来待人接物理智冷静，很难被他人左右，况且此时也无暇体会这些普通人的心情。他一双冰冷的眼神扫过每一个人的脸庞，仔细观察着每一个人的细微表情。可是他很失望！这里每一个人的表情都很符合当下的情绪波动。在他们的眼神中有恐惧，有无奈，有哀求，也有愤怒，但唯独没有躲闪、心虚和戒备！

　　他又看了看其中四名身形比较健壮的男子，大声命令道："把你们的双手都伸出来，高高抬起来与肩平齐！"

　　这十二个人根本不明白宁志恒为什么要这么做，但是不敢怠慢，纷纷将双手高高举起，与肩平齐。

　　宁志恒之所以让他们这么做，是因为练武之人手掌跟普通人不一样。常年练习拳脚的人，手掌关节粗壮，尤其是常年使力，使得手背上的青筋比较清晰。如果是练习刀术的好手，在他最擅长使力的手指上，某一个特定的部位一定会有厚茧，手腕上的关节一定有力，比常人要粗壮一些，只是这些细节需要仔细观察。

之所以让他们双手抬高与肩平行，是因为在这个角度，人最难使用爆发力。这样可以防止凶犯在宁志恒检查手掌的时候突然暴起伤人。

宁志恒逐个检查每一只手掌，甚至用手掐捏对方的肌肉，感受其肌肉拉伸的韧性和强度，尤其留意那四个体格健壮的男子。可是很让他失望，每一个人的手掌都和常人没有什么两样，关节、筋骨、皮肤都没有异常！

当他检查到那三名女子的时候，很明显看到她们脸上的抗拒之色，但宁志恒没有停下来，而是取出一双手套戴在手上，说了一声"得罪了！"，继续仔细地检查了一遍，仍是没有任何发现！

他面色如常，没有露出任何失望之色，转身对刘大同说道："这些人里没有我想要找的人，把他们放了吧！"

此言一出，这十二个人紧绷的神经顿时一松，面上露出欣喜之色。看来这位年轻的长官做事还算认真，没有冤枉好人。

刘大同点头，挥手让温兴安他们把人带走，然后向宁志恒请示道："宁长官，那您看接下来应该怎么做？"

宁志恒做事向来极有耐心，他坚信自己的判断没有错。

"通知下去，再进行一次搜查，也许我的判断出现了一些偏差！"宁志恒平静地说。

宁志恒之前判断凶犯是辖区之外的外来人口，在本辖区没有落脚点，应该是临时租住的房子，可是现在没有任何发现，这说明他的推断方向出了问题！那么现在还有一种可能，那就是凶犯在这片区域里本来就有住房，所以躲过了这一次的搜查。

宁志恒觉得已经兴师动众铺开了这么大的场面，就这么轻易地收队，对自己的威信和手下人的士气都是一种打击。所以今天必须有一个结果出来，工作必须往细里做！

"这一次的重点，放在宅院面积比较大，并且只有单户人家居住的独门宅院。凶犯刑讯逼供，肯定会搞出一些声音，这就需要一个比较大的环境。这个大宅院里还不能与别人家合住，如果人家多了，肯定会被惊动。所以我估计凶犯选择审讯地点的时候，一定会有所考虑。"宁志恒手抚额头，低着头来回踱步，一字一句将自己的判断表达出来。

宁志恒主意一定，刘大同马上领命而去。他大声招呼手下，把温兴生还有陈延庆都叫了过来，把宁志恒的判断告诉他们。

两个人各带一队人，按照宁志恒所说的，对街道上的独门大宅院进行彻底的搜查。这次可不仅限于查户主、查人口，而是要对整座宅院都进行彻底搜查。为了防备遭遇到凶犯，石鸿和王树成也带领行动队员随同前往，如果发现凶犯可以当即抓捕！

把人手都派出去之后，宁志恒的脑子一刻也没有停下。他不停地走来走去，推算自己的判断还有没有遗漏。

这时候，一阵嘈杂的脚步声响起。宁志恒抬头一看，又是宫季安带队押送着几个人过来了。

"这几个人又是怎么回事？"宁志恒问道。

"街道上有不少的行人，封锁街道的时候正好把他们也封锁在里面。我刚才带着人又粗略地过了一遍，感觉这几个人有点儿问题，所以都带过来请您看一看！"宫季安马上回答道。

宫季安是比较有经验的治安警头目，对察言观色有一定的能力，眼光还是比较可信的。他觉得这几个人有问题，肯定是有他自己的理由！

宁志恒仔细观察了一下眼前这六个人，突然发现里面竟然有一个熟人，那个人也正好看向宁志恒，两个人四目相对。

"是您哪，长官！你可要为我说话呀！这完全都是误会，都是误会呀！长官，你可以为我作证啊！"中年汉子显然也认出了宁志恒，朝他高声喊道，语气中带着庆幸和喜悦。

宁志恒有些好笑地看着他。原来，这个中年男子竟然就是金陵大学教授、金石大家方博逸家的男佣，那个收了宁志恒二十元法币门敬的家伙！

"你怎么跑到这里来了？这里离方教授家可是不近哪！"宁志恒笑着问道。

一旁的宫季安看到此人真的和宁长官相识，不禁有些诧异。

"唉，说起来真是倒霉！我有一位亲戚在乡下混不下去了，说是进城来投靠我。这不，我刚刚接到他往回走，正好被你们堵在这里。结果这位长官非说我们身份可疑，怎么解释也不听，硬是给带到这儿来。幸好遇见您了，您可要给我们做主哇！我们可真的都是良善平民，怎么可能是什么凶犯呢？"男佣喊冤道屈，嘴里絮絮叨叨个不停。

宁志恒转身问宫季安道："你觉得这两个人有什么疑点？"

"报告宁长官，这个人倒是没有什么疑点，只是他身边的这位亲戚，看着穿得破烂，像是个乡下百姓，可是手上没有硬茧，被衣服遮挡的手腕和脖子以下皮肤也都比较白，不像是出苦力气的乡下人。我把这个乡下人抓起来，结果您这位朋友纠缠不清，我就干脆一起带过来了。"宫季安实话实说，把自己判断的理由都说了出来。不得不说宫季安的眼光确实不错，当了这么多年的治安警头目，能力确实是有的。

"长官，我这位亲戚在乡下确实不是出苦力气的。他原来是我们村刘财主家的账房，后来得罪了刘财主被辞了。他手不能挑，肩不能扛，在乡下实在混不下去了，这才进南京城投靠我。我说的可都是实话！"男佣一个劲地解释道。

他那位亲戚也不停地低头哈腰，苦苦哀求，一副穷酸潦倒的样子。

宁志恒又好气又好笑，说道："今天算你们运气好，如果不是碰上我，肯定把你们抓回去先扔大牢里关几天，让你们吃点儿苦头！"

这时候，一旁的刘大同也认出了这个中年男子，正是四天前讹了宁志恒二十元法币的家伙，顿时拉下脸吓唬道："原来是你呀！怎么样？今天还要不要再收我们宁长官的门敬了？你这个家伙有眼不识泰山，落在了我的手里，今天我就给你吃点苦头！"

中年男子心里一阵紧张，身边这位同伴的身份可不简单，自己这次专门负责接应的任务，事关重大，绝不能出现任何失误！

同时，他也认出刘大同正是和宁志恒一起拜访方教授的同伴，没想到竟然还是一个记仇的家伙，今天的事可千万不要砸在这个人的手里。

宁志恒摆了摆手，笑着问道："还不知道老兄贵姓呢。"

"哎哟，不敢不敢，免贵姓郑，您叫我大有就行了！"郑大有连忙说道。

"呵呵，大有，今天的事也是误会。我们正在执行公务，倒是把你们给耽误了，你们现在就可以走啦，回去代我向方教授问个好！以后再有请方教授掌眼的时候，也请你高抬贵手，帮衬一二！"宁志恒笑着说完示意宫季安放人。

宫季安当然不敢怠慢，侧身让开一条路，挥手示意给二人放行。

郑大有和他的同伴喜出望外，没有想到宁志恒这么好说话，这么痛快就把他俩放走了。

刘大同对着他的背影啐了一口，骂道："狗眼看人低的东西！也就是宁长官您好说话，要是换作我，看不扒下他一层皮来！"

宁志恒笑着说道："这种小人物成事不足，败事有余。也许将来我们还会求到方教授门上，和他结个善缘，也算不错。"

此时宁志恒的心里却是分外清楚，郑大有接到的这个乡下亲戚身份绝不简单。能够让地下党高层方博弈身边的人亲自接应的人，党内身份绝不会低。不过他们的运气也算是够背的，竟然正好被圈进了封锁圈内，还被宫季安抓了个正着。幸好这次是他在主持行动，换作旁人，这次必定要出大事！

他回头对宫季安说道："把其他几个有嫌疑的人看押好，不能放过任何可疑之人。等他们交代好来历身份，查证核实之后再放人！"

宫季安领命点头去安排，一段插曲过后，搜捕行动有条不紊地继续进行。

符合宁志恒所说的独门大宅院都是有些家财的人家才有能力购置的，在这几条街面上还真的不多。

很快，陈延庆就带着一队人来到左氏兄妹藏身的住宅！陈延庆抬头看了看房门号，犹豫片刻，示意一个手下上前敲门。

过了一会儿，院门打开，一个怯生生的俊俏女子探出半个身子，看到又是许多人堵在门口，吓得她轻声问道："今天不是已经检查过了，怎么还要检查？"

陈延庆看到左柔的模样，顿时心头一沉，脸上却不露半点异常，微笑着说道："请问你是？"

在一旁的一位警察接口说道："刚才我们查过了，这位小姐是这家的户主，叫郭如雪！"说话的正是第一次检查时为首的那个警察。听到警察的话，左柔娇羞地点点头，问道："怎么，几位警官还要再次检查吗？"

"对，这次是要对整座宅院进行彻底搜查，主要还是担心有坏人进了房子。你孤身一个弱女子，遇到坏人可就危险了，还是让我们检查过才能放心哪。"这位警察热心地解释道。

第二十三章 左氏兄妹

这句话让左柔心头一沉。要对整座宅院进行彻底的搜查？难道是对自己起了疑心吗？两具尸体刚才已经被左刚和左强掩埋在院中，屋子里的血迹也被清洗干净，但是时间仓促，难说会不会露出什么破绽。尤其是左刚和左强兄弟俩出现在宅院中让她很难解释，不行干脆就说他们是自己乡下的亲戚，但愿能够蒙混过去！

她心思电转，面上却平静如水，轻声说道："我这里怎么会有坏人呢！不过你们要是坚持搜查，那请小心一点，不要碰坏我家的东西。"说完大方让开身子，请陈延庆他们进来。

可陈延庆却没有打算进去，他笑着说道："既然郭小姐这么说，那里面肯定没有什么问题，我们就不进去打扰了！"说完，又看着左柔那俊俏的脸庞，语气柔和地接着说道，"郭小姐一个人住这么大的院子，晚上可要锁好门窗注意安全！"

"好的，谢谢长官的提醒，我一定注意安全！"听到陈延庆说不用进屋搜查了，左柔紧张的心情顿时放松下来。房间里确实有不少的破绽，还有左刚左强兄弟二人的来历不好圆说。她表面上强装镇定，心里却极为担心，暗叫一声侥幸！

左柔的容貌极有欺骗性，青年男子见到她大多心生怜爱之意。这些年来，她凭借自身的美貌渡过了许多难关，百无一失。今天也不例外。眼前这位青年男子明显是对自己有了好感，不愿意让她为难，让自己免去了一场麻烦。陈延庆颇有风度地向左柔点了点头，带着众人转身离去。左柔看着他们离去的背影，缓缓地将院门闭上。

正在众人暗自腹诽陈延庆这个家伙见色起意的时候，陈延庆的脸色瞬间变得铁青！

他低声对身边的行动队员说道："快去报告宁长官，发现凶犯！"

听到陈延庆的话，身边的行动队员一愣，看到陈延庆难看的脸色，知道这不是在开玩笑，随即拔腿就跑去汇报。其他人也是吓了一跳，就在刚才陈延庆还一脸倾慕地和那个娇滴滴的女子温言轻语，可转过头脸色就变得这么难看！

身边的一个警察反应过来，低声说道："那还等什么，就一个女的，我们刚才直接抓住她不就行了，还用汇报长官？"

陈延庆眼睛一瞪，低喝道："闭嘴，有点脑子，肯定还有同伙。这个女子不是原户主，户主肯定是被她的同伙劫持了。别轻举妄动，汇报宁长官再作定夺！"说完，他回身看着那紧闭的院门，眼中露出一丝焦急！

宁志恒得到行动队员的汇报，很快带领大队人员赶了过来。"凶犯在哪里？"宁志恒一见陈延庆赶紧问道。

"就在这个宅院里！"陈延庆指着不远处的院门说，"刚才开门的女子不是原户主，这家户主我认识！"

"你认识？"宁志恒诧异地看了眼陈延庆，不过他没有再耽误，回头对石鸿命令道，"把这处大院团团包围，把人都调过来，准备抓捕！"

石鸿答应一声，马上调派人手，行动队员四下散开，将院子围得严严实实！

陈延庆看着这阵势，赶紧对宁志恒说道："宁长官，凶犯手里有人质，你可不能轻举妄动啊！"

宁志恒脸色一沉，双眼微眯，冷声说道："你是教我做事吗？"

语气中的一丝寒意让陈延庆顿时头脑一清，他忘了眼前这个人可从来不是什么心慈手软的角色！

"不，不，我不是这个意思！"陈延庆手足无措，不知该怎么说。

"这房子的户主是你什么人？"宁志恒脸色稍微缓和了一下，语气不再那么严厉。

陈延庆情急之下说话没有了分寸，这时赶紧解释道："这家户主是个二十多岁的单身女子，叫郭如雪，和我也只是点头之交，只是我们户籍警上门调查户口、核实人员的时候见过几次，说过几句话！"

宁志恒疑惑地说道："你们警察局这辖区人口上万户，几万市民，你一个户籍警上两次门就把她记住了？"说完，他似笑非笑地问，"这位郭小姐是不是很漂亮？"

陈延庆被宁志恒问得有些不好意思，低声说道："是……是很漂亮，人也很好！"

明白了，正所谓窈窕淑女，君子好逑！陈延庆看到郭如雪后生出倾慕之情，只是没有表白，单相思而已！他回转头对孙家成说道："夜长梦多，马上动手，你去敲门直接把开门人拿下。"他又对石鸿和王树成吩咐道："鸿哥和树成分别带队，从后面两个方位同时突进，动作要快，尽量留活口。如果实在负隅顽抗，就不用留手！"

三人点头答应，马上带领队员就位。

宁志恒又对陈延庆说道："关心则乱！说句实话，你那位郭小姐如果不是凶犯的同伙，那现在已经凶多吉少了，我不可能为了她，让抓捕行动束手束脚！一切看她的运气！"

陈延庆嘴唇动了动，最终没有说出来。他知道从宁志恒的角度考虑，抓住凶犯是第一位的，至于郭如雪的生死，这些人里面也就他还挂念在心，不由得心情暗淡，只能祈祷心仪的女子吉人自有天相，平安无事。

孙家成带着一个警察来到院门前，上前敲门，不多时院门打开。

还是左柔来开的门，她看着孙家成露出一脸的无奈，说道："长官，你们这已经是第三次搜查了，还要再搜几次呀！"

孙家成笑着说道："是这样，刚才调查的时候有些事情没问清楚，我们要再调查一次。"说完，自然而然地向前踏上一步，踩在门槛上，左柔只好大开院门。没办法，只好硬着头皮再应付一次！

孙家成从身后的警察手中接过登记簿，开口问道："郭如雪？"左柔轻轻点头承认。

"是这样的，这一次的调查比较特殊，调查完之后，需要户主签字，刚才忘了，所以才要再请你签个字！"孙家成说完，将手中的登记簿递了过来。

左柔伸手去接登记簿时，突然感觉对方猛然发力，就在登记簿遮挡住她的视线时，一股极大的力道重重击在她的肋部，强大的冲击力将她的身子打得一颤，剧烈的疼痛让她的腿脚一软，瘫软在地！左柔虽然也自幼练武，身手不凡，可惜毕竟是女子，体力上天生处于弱势，尤其是在近身搏斗方面吃亏很大，所以她才特意练习薄刃刀，加大破坏力和杀伤力，以弥补力量不足的短处。

可是面对孙家成这样的高手，就是真的面对面交手她也差了不少，更何况对方是存心打她一个措手不及。她几乎没有半点反应的时间，就被重重的一击打在软肋上，顿时失去了战斗力！

就在这一瞬间，院子外面候命的队员和在院内房间里观察的左氏兄弟，都不约而同地冲向院门。行动队员们是为了冲进去抓捕凶犯，左氏兄弟则是为了抢救左柔。

石鸿和王树成听到动静从院墙外翻了进来。院门口的孙家成击倒左柔之后，翻手就掏出手枪对着冲过来的左氏兄弟给了一枪，不过他记得宁志恒的交代，没有朝人打，而是打在地面上。

这声枪响，让左氏兄弟顿时清醒过来，纷纷向后侧一个翻滚，然后一个鱼跃退回房中，动作极其敏捷！

这时石鸿和王树成从两侧冲了过来，石鸿一枪托砸开一扇窗户，翻身冲进房屋。身后的行动队员也个个身手矫健，跟随他冲了进去。见屋内没人，石鸿一脚踢开一扇门，准备冲出去搜寻，顿时和正向后退的左氏兄弟撞个正着。左刚和左强也是掏出手枪就射。

石鸿以极快的速度退回房间里，和几名队员同时开枪射去，一时之间子弹四处飞射。

这时已经冲进院门的队员堵在大门口，孙家成用枪指在左柔的头上，对着房子里面大声喊道："里面的人听着，你们已经被包围了，跑不掉了！现在我数三声，你们不投降我就开枪打死你们的同伙，绝不拖延！"

说完，根本没有停顿，大声数道："一！"

等了片刻，又数道："二！"

又过片刻，他再数道："最后一次，我要开枪了！"

就在这时，里面的左氏兄弟眼看自己的亲人就要死在眼前，而且深陷重围，走投无路，再也顶不住了！左刚无奈地喊道："别开枪，我们投降！"说完，他将手中的枪扔了出来，左强也跟着把枪扔出来，两个人举着手慢慢走出了房子。

马上就有行动队员扑上去把他们按在地上铐上手铐。左氏兄弟空有一身武艺，可是不敢反抗，只能任由他们施为！

这边也被铐上手铐的左柔被行动队员两边使力提了起来，兄妹三个人都被推出了院门。

左柔看着大哥轻喊了一声："哥，都怨我没用！"

左刚看着左柔咧嘴一笑道："别说了，好歹咱们一家人死在一起！"

三个人被推搡着带到宁志恒面前。

"队长，人都抓到了！"孙家成向宁志恒报告。

宁志恒点点头，仔细看了看面前的三个人，目光停留在左柔身上片刻，又转向左刚和左强。宁志恒淡淡地问道："这个宅子的户主郭如雪现在在哪里？"

一旁的陈延庆也焦急地大声喊道："说呀，快说！郭小姐现在在哪里？"

左刚犹豫了一下，开口说道："我们不知道，来的时候就是一所空院子，那个什么郭小姐根本没见过！"

"胡说，之前的两次搜查这个女贼都说自己是郭如雪，你没见过，怎么知道户主名字的？快说出郭小姐的下落！"陈延庆追问道。他的脑子反应也很快，根本就不相信左刚的话。

宁志恒对一旁的刘大同说道："安排你的手下把这处院子好好搜一搜，看有没有可疑的地方，尤其是能够藏人的地方。还有，看看院里有没有翻动的新土，我怀疑户主已经遇害了。总之，活要见人，死要见尸！"

陈延庆一听宁志恒的话，顿时怒火中烧，眼睛通红。他上前一把揪住左刚的衣领，怒喝道："快说，你们是不是害了郭小姐？你们这些畜生，我要亲手杀了你！"

看到陈延庆如此激动，左氏兄弟不禁有些吃惊，看得出来这个青年男子非常在意郭如雪。

左柔在一旁开口说道："我们做了就认，可这个郭如雪真的没死，问我们也没用！"

这句话顿时让陈延庆心中升起了一丝希望！

宁志恒盯着左柔的眼睛，观察她说话的表情，感觉这个女子没有说谎。宁志恒再次问道："人没死，那她现在在哪里？"

左氏兄妹根本没有回答，只是沉默以对。

宁志恒仔细考虑了一下，如果真如这个女凶犯所说，郭如雪没有死，那她就很有可能与这三个凶犯有关联，也许这也是案件的一个突破口。

宁志恒挥手把温兴生叫过来，吩咐道："你带人调查周围的邻居和住户，把户主郭如雪的情况摸清楚，越详细越好！"

温兴生点头。正为郭如雪的安危焦虑不安的陈延庆在一旁忍不住了，要求道："我也去！"

宁志恒点点头，说："去吧，我还是那句话，关心则乱！有些事情并不像表面看起来那样简单，问清楚也好，你也安心。调查完第一时间向我汇报！"

"是！"陈延庆此时心神大乱，没有听出宁志恒话中的意思，急急忙忙和温兴生快步而去。

宁志恒觉得，当前最需要确认的是这三个凶犯是不是来寻找印章和勾玉的。之前只是他的猜测和判断，现在人抓到了，就必须确认一下。如果是，接下来就要追查出究竟是什么人指使他们这么做的。

他见左刚和左强体形健壮，上前仔细观察了一下他们的手掌，发现关节粗壮，手背青筋尽显。宁志恒点了点头。他又看向左柔，只见她容貌俊俏，身形匀称婀娜，完全看不出来一点练过武术的样子。他伸手抓住左柔的手掌，开始仔细检查。

看到宁志恒的动作，左刚和左强以为这个年轻人要对左柔施以轻薄，顿时高声喝骂道："你要干什么？"

只是他们在众多行动队员的挟制下根本无法动弹，宁志恒充耳不闻，继续自己的观察。

反倒是左柔心中暗自一喜。不得不说，左柔的容貌具有极强的诱惑力，外表娇柔的她很容易让人对她消除戒心。所以行动队员在给她上手铐的时候，双手是放在身前的，而不是像左刚和左强那样铐在身后。

这样就给了左柔很大的活动空间。她看到这位年轻人抓住自己的双手不停地翻看，知道机会来了。很明显，这位年轻军官是这些人的首领，只要自己抓住时机挟持了他，就可以威胁他的部下放了左刚和左强，这样兄妹三人都有希望逃出生天，躲过这一劫！

想到这里，左柔更不能放过这一次脱身的机会，她嘴里娇羞地说了一句"哎呀，好痛！"，就势身子一软，头一低，双手向身前一举，强自挣开宁志恒的手，继续向上以极快的速度从头上盘绕的长发中抽出柳叶薄刃刀，身形纵起，双手持刀向宁志恒的咽喉刺去。

宁志恒正查看左柔的手掌，发现在她双手中指关节处都有不同程度的硬茧，手腕关节灵活有力，肌肉的韧性非常好。这一切都和自己对于那位薄刃刀手特征的判断相吻合。看来动手割喉杀人的就是眼前这名看似娇柔的女子了。正在他思虑之时，就感觉手中一空，对方竟然挣脱了他的手，像变魔术一样，不知道从哪里取出一把短刃向自己袭来！

　　但是宁志恒在查看左柔手掌时，就对她的身份感到怀疑，当然会不自觉地有所提防。就在左柔把短刃刺来的时候，宁志恒也以极快的反应左手横推，重重拍在左柔的手腕上。他的力气很大，一拍就将左柔的双手打斜，左柔双手铐在一起，此时身体一歪，整个人也随之侧开了身子。

　　同时宁志恒的右手一拳闪电般地击出，结结实实地打在左柔的右脸上。左柔脑袋一晃瘫倒在地，昏了过去！整个过程快得让人无法看清两个人的动作。从左柔的突然袭击到宁志恒急速反击只有短短的瞬间，没等众人反应过来就结束了！

　　左刚和左强暗叫一声"可惜！"。左柔刚刚突然出手发难，他们本来心中升起一丝希望，没想到这个年轻军官的反应更快，出手更狠，一记重击就把左柔放倒了，心中的一丝希望又破灭了！

　　宁志恒俯下身子，从左柔手中拿过那把柳叶薄刃刀仔细端详，然后像是任何事情都没有发生一样，一脸平静地对孙家成道："把人带到警察局的看守所，等候审问！"

　　众人赶紧答应，把左氏兄妹连推带抬押走了。

第二十四章

招揽之意

过了不多时，刘大同快步赶来，见宁志恒在手中不停把玩着一柄精巧锋利的短刀，面色一怔，但很快如常。他来到宁志恒的身边报告道："已经搜查完了，房子里面没有什么发现，但是在院子里挖出两具男性尸体，应该是刚刚掩埋的，上面的浮土还都是新的！"

"身份能确定吗？"宁志恒问道。

"可以确定。我的手下也认出这两具尸体，跟昨天发现的两具尸体一样，都是这一带偷鸡摸狗、不务正业的小混混，应该是刚刚被杀的。"刘大同汇报道，突然又想到了宁志恒的嘱咐，补充道，"目前没有发现女性尸体，搜查还在继续，有情况他们会马上报告的。"

宁志恒点点头，说道："我看那个女凶犯不像在撒谎，看来这个户主郭如雪的身份并不是那么简单，二者之间应该有一定的联系！"

这时温兴生也快步赶了回来，他来到宁志恒面前，急声说道："宁长官，有新情况！"

"什么情况？"宁志恒精神一振，赶紧追问道。

温兴生赶紧汇报道："刚才在对周围邻居调查户主郭如雪的情况时，有一个邻居说她昨天在南街首饰店里还看见过郭如雪，说她有说有笑地和一个男人在一起，没有什么不对的地方。"

"昨天？你确定？"宁志恒一听，赶紧问道。

"确定。我把人都带过来了，您亲自问一下吧！"温兴生回答。

很快，陈延庆带着一个中年妇女走过来。女人衣着打扮很光鲜，一看家境就不错。她边走边和陈延庆说着话，谈兴倒是不错，反观陈延庆的脸色却不是那么好看！

来到宁志恒面前，陈延庆对中年妇女说道："这是我们宁长官，把你知道的事情再向宁长官说一遍，要仔细回答！"

那个中年妇女看向宁志恒，发现是一个身形挺拔的小伙子，非常年轻却不怒自威，眼光中的冷意让人不敢接近！

宁志恒尽量让自己的面容和蔼一些，开口问道："你说你昨天看见郭如雪了，在什么地方？和什么人在一起？"

"就是昨天上午，我去南街逛街，看见郭小姐也在那里看首饰，和她男人在一起，身后还跟着好几个随从——哎哟，都是长得好凶的那种！"中年妇女爽快地回答道，"我还和她聊了两句，我们俩的关系还是不错的嘞，只是这么漂亮的女孩子，可惜了嘞！啧啧！"

这个女人说起话来滔滔不绝，谈兴甚佳，倒是省了宁志恒问话的工夫！

"你是说她有男人？不是说她一直是单身居住吗？"宁志恒听出她话里的意思，不禁好奇地问道。

中年女人听到宁志恒的问话，顿时眼角一挑，脸上露出一丝不屑之色，低声说道："长官，你可不知道，这个郭小姐年轻漂亮，脾气也好，可惜找了个男人五大三粗，长得还老相，看起来倒像是他爹。最可气的是，竟然还是外室，这种事情我见得多了！"

"你怎么知道是外室？"宁志恒问道。

"当然知道了。郭小姐搬来这两年一直是一个人，那个男人隔一段时间才来一次，我还见过两次面。这种事情瞒得了别人，可瞒不过我！"中年女人不无炫耀地说。

宁志恒听完这话，才知道为什么刚才陈延庆的脸色那么不好看。心仪的女子竟然早就名花有主，而且还是外室，可想而知他的心情如何！

这三个凶犯前天晚上就审问并杀了两个惯偷，也就是说他们最晚在前天就已经进入这个独门独户的大宅院。

如果他们是偷偷潜入，鸠占鹊巢，那郭如雪在前天就应该被控制或者杀害了！

可是现在发现郭如雪昨天还活着，那这个情况就说不通了。当然还有一种可能，就是这处宅院是郭如雪自己交给这三个凶犯，以方便他们做事的！

这个郭如雪是凶犯的同伙！

"知道这个男人叫什么名字吗？"宁志恒接着问道。

"平时郭小姐从来不提他男人的事。你想一个女孩子做别人的外室，也不是什么光彩的事情，我从来也是不问的，我只听过郭小姐喊他老戴。"中年妇女说道。

宁志恒点点头，他看了看街面上还在戒严，很多市民已经被困在这里很长时间了，于是转头对石鸿和刘大同说道："凶犯抓到了，解除封锁，收队吧！"接到宁志恒的命令，两个人马上各自去召回自己的部下。很快街面上就人来人往，恢复了平常的情景。

宁志恒又当即让人取过白纸和笔，就在这个中年女子的描述下，经过不停的描绘和修改，终于将这位姓戴的男人画像完成！

中年女子看到完成的画像，嘴里啧啧称奇："哎哟，小长官，你这手本事了不得嘞！画得跟真人一模一样！"

宁志恒没好气地瞪了她一眼，长官就是长官，还喊什么小长官！他又向中年妇女询问了一些细节问题，比如她见到郭如雪时那间首饰店的位置等，才好言好语打发她回去。

事情到此顺利完成，宁志恒将手中的画像交给刘大同，说道："当务之急是找到这个人，这件事情交给你了。

"现在人的相貌有了，按照那个女人的描述，其身高一米七左右。

"至于姓名，还不能确定。

"此人应该很有钱，不然不会花一大笔钱给外室买这么大一处宅院，平日身边还带有保镖。

"至于寻找的范围，就以郭如雪出现的那家南街首饰店为中心，尤其要询问那家首饰店的店员和掌柜。他们这些做生意的精明人，对这些有钱的顾客都会特别留意，甚至可能就认识。

"多带些人手，如果他们不识好歹，故意隐瞒这个男人的身份，就马上抓捕，严加审讯。

"找到这个男人就能找到郭如雪，不过郭如雪一个孤身女子，与外界的交集并不多，结识并愿意帮助凶犯的可能性极小。

"其实我现在几乎可以断定，这个姓戴的男人才是和三个凶犯有联系的那个人，甚至就是他指派这三个凶犯来找家徽印章的。

"现在已经下午五点了，你的动作一定要快，找到人之后不要惊动他，马上向我汇报！

"我现在就去看守所审问那三个凶犯，直接取他们的口供。我们从两方面入手，应该很快就能找到这个幕后人物！"

刘大同接过画像，点头说道：“放心吧，宁长官，最晚两个小时后，我就把人给您找到！”

宁志恒点点头，又嘱咐了他几句，刘大同迅速离去。

宁志恒马不停蹄带队赶到警察局看守所。这时候，孙家成已经准备好对左氏兄妹进行审讯了。

进入阴暗的审讯室，看着结结实实捆在粗大木桩上的左氏兄妹，宁志恒直接来到左刚的面前，淡淡地问道：“姓名？”

左刚看着宁志恒不说话。宁志恒没有再问，他可没有那么多耐心和这些亡命之徒纠缠。

宁志恒挥手把狱警头目老廖叫了过来，问道：“你们这里有什么拿得出手的都拿出来！这个女的不要动，我知道你们这里对女犯人有些下作的手段，但是我不喜欢。其他的两人你随意施为，总之我要他们老老实实地回答我的问题！”

这话一出，被捆在木柱之上的左氏兄妹悬着的心顿时放松了不少。

兄妹三人在这乱世相依为命，左刚和左强可以将自己的生命安危抛之脑后，唯独对左柔放心不下，不然在抓捕的时候也不会因为左柔的生命受到威胁而束手就擒。被关入这个审讯室的时候，他们就生怕审讯人员对左柔使出不堪的刑罚，正忐忑不安时，没想到宁志恒却网开一面，把左柔刨除在外，这使他们不由得对这个浑身散发着阴狠气息的年轻人产生了一丝好感。

老廖听到宁志恒的话眼睛一亮，几天前审讯崔二的案子，本来以为可以在宁长官面前表现一下，有望得到宁长官的赏识，没想到还没等动手崔二就招了。现在可又是一次好机会，老廖准备拿出自己浑身的本事，一定要做得漂漂亮亮。

"宁长官，您放心，来到这里的人犯就是一根顽铁，我也能让他开口！您就看好吧！"老廖拍着胸脯保证道。

老廖当了多年的牢头，审讯犯人自然有他的手段。他全力施为，先是用沾满盐水的皮鞭打得左刚和左强浑身鲜血淋漓，看他们还强自坚持不开口，就直接准备上"贴加官"！

当他把一盆冷水和一沓厚厚的牛皮纸拿出来后，左氏兄妹脸色大变，很明显他们知道这种刑罚的厉害！

老廖回头看看一直坐在靠椅上的宁志恒。见宁志恒点头，老廖一挥手，几个狱警上前紧紧按住左刚的头，一张浸透了冷水的牛皮纸便贴在了他的脸上。顿时，左刚感觉呼吸困难，脑袋上的汗水淌了下来。

他极力挣扎着，可根本动不了，只能发出一声声闷哼，紧接着又是一张牛皮纸贴上来，他挣扎得更厉害了！可一切都是徒劳，紧接着又是一张！

一旁的左柔终于忍不住了，她高声喊道："放了我哥！我知道，你们问我吧，我都说！"

可没有人理睬她，宁长官不开口，谁也不敢停手。

在左柔的哀求声中，又过了一会儿，看着左刚越发痛苦难熬，这种窒息等死的痛苦是常人难以忍受的，这时宁志恒才冷声说道："总是这样，只有吃了苦头才知道好歹！"

他挥手示意老廖停下。

左柔赶紧说道："快揭开，快揭开，我哥快不行了！求你了！求你了！"

看到宁志恒点头，老廖这才伸手将左刚脸上的牛皮纸一一揭去。牛皮纸一去，左刚马上深深地吸了一口气，因为吸得太猛太快，致使肺部一阵剧痛，让他脸上的肌肉都拧到一起不停地抽搐着，左刚不由得发出一阵痛苦的呻吟！

宁志恒冰冷的目光看向左柔，说道："我不动你不等于我心慈手软，只是我做人有自己的底线，但是对你的哥哥可没有那么多顾忌。现在你愿意老老实实地回答我的问题吗？"

左柔看着浑身透出一股寒意的宁志恒，心里再也生不出一丝抵抗之意。

"你问吧。我都说。"左柔一脸的绝望，无力地回答道。

"姓名？"宁志恒问道。

"我们是亲兄妹，我哥哥叫左刚，我叫左柔，我弟弟叫左强。"

"为什么要非法占据他人的房子？院子里那两具刚刚死去的男子是谁杀的？"宁志恒接着问道。

"是我！"

"是我！"

"是我！"

听到这个问题，兄妹三人异口同声地抢着回答道。

宁志恒暗自点头，三个人虽然凶狠亡命，但手足情深，也不是没有可称道的地方。

"你疯了，小柔？这种事情也是你能抢的？"左刚对着左柔斥责道，说完向宁志恒解释，"这位长官，人是我杀的。我妹妹连鸡都不敢杀，怎么可能杀人！"

左强也开口说道："是呀，我姐姐胆小，怎么可能杀人？是我杀的！"

三个人你一言我一语地争吵不休，搞得宁志恒烦不胜烦。他手掌猛地一拍桌子，喝道："都给我闭嘴！"

"从现在开始，"宁志恒指着左柔说，"只许你一个人回答。老廖，你把他们两个人的嘴给我堵上！"

老廖二话不说，找了两团布将左刚和左强的嘴牢牢地堵住。

"谁杀的人，我清楚得很，"宁志恒将手中的柳叶薄刃刀甩在桌子上，"不要以为自己有多聪明！"

三兄妹一看桌子上的薄刃刀，就明白了宁志恒的意思。对方精明过人，很多事情早就明白了！

"现在，我再问你，前天晚上你们又杀了两个男子，然后抛尸北街垃圾场对吧？"宁志恒问道。

"是，长官，看来你都知道了！确实是我杀的！"左柔这时也不愿多辩解，她知道面对眼前这个人很难蒙混过关，倒是坦然面对了，干脆直接回答道，"这些人也不是什么好人，都是些惯偷盗贼，我杀了他们也是为民除害！"

"我知道他们不是好人，可我也知道，你杀他们也不是什么为民除害。说说看，是为了什么？"宁志恒冷声问道。

左柔犹豫了半晌。她不知道宁志恒究竟对这件事情了解多少，但是她不敢赌，毕竟连杀四人，她是需要给一个合适的理由的！这根本躲不掉！左柔最终回答道："我们在找东西，我们左家的一件传家宝丢了，就在这一带。我们兄妹怀疑是这里的惯偷盗贼偷的，所以才抓了他们想找回东西！"

这是她能想到的最合理的解释了，不过她不会把自己的老板交代出来。毕竟老板对他们兄妹有恩，左柔还是有所保留！

宁志恒看在眼里，倒是暗自诧异，事情到了现在，这三兄妹可以说已经是山穷水尽了。连杀四人，哪怕这四个人也不是好东西，可依照法律他们也是要抵命的。如今到了这个地步，这兄妹还是不愿意把幕后人物交代出来，可见这三兄妹也是有底线的人。要知道在这个世上，尤其是这个混乱的时代，就连亲兄弟为了几个钱也能钩心斗角，暗下手段，这样的事情并不稀奇！而他们三兄妹能做到生死关头不离不弃，殊为难得！山穷水尽之时，没有想着出卖、攀咬他人，对所托之人也算得上有信有义。

而宁志恒也觉得手下人才不多，以刘大同为首的外围势力打探消息是不错，可正经的行动能力还是欠缺。

行动队里，石鸿其实是卫良弼的心腹，只是因为宁志恒的强势，再加上与卫良弼的师兄弟关系，石鸿才对宁志恒俯首听命。王树成倒是对宁志恒非常服气，只是他的经验和能力都不足以对宁志恒有所帮助，况且他本人也是保定系的成员，身后也有一定的背景和关系，要想彻底收服还需要时日。只有被宁志恒一手提拔且救过性命的孙家成，才算得上是宁志恒的心腹。

可以说宁志恒此时手中真正属于自己的力量并不强大，现在看到左氏三兄妹对亲人有情，对雇主有信，又都是练武之人，身手不错，此时倒是起了惜才之意，对这三个人有招揽之心！至于三人动辄杀人的凶性，宁志恒觉得只要好好敲打敲打，还是有信心将他们收为己用的！

想到这里，宁志恒一声冷笑："传家宝？我来猜一猜，你们左家的传家宝是不是一枚家徽印章、一枚翡翠勾玉？"说完，他紧盯着左柔的眼睛，喝道，"无知的蠢货！三个人被人家当枪使了还不知道，你真以为那是普通的传家玉器吗？"

这番话顿时让左氏兄妹大吃一惊，他们根本就没有想到，自己千方百计寻找的物品，对方早就知道了！而且听宁志恒的口气，这两件玉器并不简单，而老板交代任务的时候，只是说这是一位重要的朋友托付的事情，要求在不惊动官方的情况下找回丢失的传家玉器。他们一直以为，警察抓捕自己是因为杀了四个惯偷盗贼，可现在看来事情的起因反而是他们一直寻找的物品。

看着面面相觑的左氏兄妹，宁志恒直接问道："说说吧，到底是谁指使你们来寻找这两枚玉器的！"

问到这个问题的时候，左柔半天没说话，最后把牙一咬，还是坚持说道："没有人指使，是我们自己要找回我们自己家的传家宝。总之，人是我杀的，要杀要剐我认了！"

宁志恒没有再问她，看来这是铁了心要当替死鬼。虽然是个女子，可她的这分韧性倒是让宁志恒更加欣赏。

他转头对老廖说道："那个崔二弄死了没有？"

老廖听到宁志恒的问话愣了一下，但马上反应过来，赶紧回答道："您上回特意交代过，留他一条小命，所以一直没有对他用刑，现在还关着呢！"

"把人带上来！"宁志恒吩咐道。

"是！"老廖答应一声赶紧去提人。

很快，瘸着一条腿的崔二被带了上来，他抬头看见宁志恒正冷森森地盯着他，顿时吓了一个激灵。他清楚地记得几天前宁志恒审讯他的场景，咕咚一声跪在地上，嘴里不停地求饶道："长官，我可是全部都说了，不敢再有隐瞒啦！您相信我，真的！"

宁志恒对老廖说道："带着你的人都下去吧，之后的审讯你们听到没有好处！"

老廖和几名狱警都是明眼人，听到宁志恒的话后，赶紧退出了审讯室。

"你们不是想找偷你们传家宝的小偷吗？这个人就是。他叫崔二，十四天前，他在一户人家偷走了一枚翡翠勾玉和一枚印章。可奇怪的是，那名被窃的户主也不报案，在第二天退了房就不知去向。你说奇怪不奇怪？"宁志恒指着不断求饶的崔二盯着左氏兄妹说道，"现在你们还说，那两枚玉器是你们左家的传家宝吗？"

这话让左氏兄妹无言以对。原来偷窃两枚玉器的盗贼早就已经落网，也被关在这个警察局的大牢里。

尤其是左强看着崔二，心中暗骂，原来正主儿在这里呢！看来所谓的打劫伤人也是警察局散布出来的假消息。看得出来，这是蓄谋已久的陷阱，只是自己兄妹三个还茫然不知，一头闯了进来，如今追悔莫及！

"怎么不说话了？被揭穿啦！算啦，我也不勉强你，看得出来你们对你们的戴老板很忠心嘛！"宁志恒不轻不重地淡然说道。

这一句话顿时震得左氏兄妹眼睛睁得老大，不可置信地望着宁志恒：这个人到底知道多少？看来自己的一切坚持在人家眼中都是笑话，他如同一只凶狠的狸猫，正在戏弄逗耍困在墙角的老鼠。

宁志恒清楚地将左氏三兄妹的反应看在眼里，自己这轻轻的一击就足以致命了！现在可以肯定地说，幕后指使者必定是郭如雪的男人——那名姓戴的男子无疑！

他越是表情淡然，给左氏兄妹三人的心理压力越大。他不再多说，就这么静静地坐着，冷眼旁观左氏兄妹的反应。此时的左柔一脸的无奈，心想对方都已经知道了，再坚持下去还有什么意义。就连左刚和左强也相互看了一眼，耷拉下去脑袋，不做任何表示了！

过了片刻，就在宁志恒准备趁热打铁再诈出点口供时，门外敲门声响起。

宁志恒有些意外，他已经告诫其他的狱警离开，怎么还有人敢打扰审讯进程，况且门口都有自己的队员把守！

他示意身后的孙家成，孙家成上前打开门，只见老廖站在门口。

宁志恒知道老廖不是不知轻重的人，必定是有事情要汇报。

"宁长官，刘警长打来电话，请您过去接一下！"老廖汇报道。

宁志恒心中有数，这一定是刘大同的调查有结果，他知道自己在看守所审问犯人，所以才在第一时间报告，希望对自己的审讯有帮助。

宁志恒站起身来，对左柔说道："你们自己再好好想一想！"

说完，他快步出门，跟着老廖来到办公室，拿起电话说道："我是宁志恒，调查有结果了吗？"

"报告宁长官，已经有结果了，您判断得一点也不错，根本没有浪费一点时间,那家首饰店的掌柜就知道那个姓戴的身份！"刘大同兴奋的声音传来，看来一切顺利，宁志恒现在设定的两条侦破方向都有了收获！

宁志恒听到刘大同的话，心中大喜，赶紧追问道："先说这个人的身份。"

刘大同在电话那头说："这个人叫戴大光，今年三十六岁，早年是南京本地的一个帮派头子，现在是城南一家叫兴和贸易商行的老板，手上有些实力，在城南也算是有头脸的人物，郭如雪是他养的外室！"

"情况确实吗？"宁志恒问道。

"情况确实，首饰店的老板和戴大光认识多年，不会认错的！"刘大同又说道。

"这个老板现在人在哪里？"宁志恒追问道。

"现在我正派人把他带回警察局。宁长官，还是您英明！拿出画像问他的时候，他还装作不认识，被我看出破绽好好收拾了一通，这才说了实话。"刘大同佩服不已地说道。

宁志恒早就猜到，这个人肯定不是普通人。手上有一定的实力，商家难免有所顾忌，本着和气生财、多一事不如少一事的原则，有很大可能会隐瞒不报，所以才会让刘大同多带人手，实在不行就来硬的。

现在刘大同把人都带回警察局了，想来也好，免得这个人在外面给戴大光通风报信。

"你现在在哪里？"宁志恒问道。

"我现在带了些人手去打听戴大光的行踪，要不要我把戴大光一起给您带回去？"刘大同请命说道。

宁志恒呵呵一笑，说道："你不要贪功冒进。这个戴大光极可能是日本间谍，事关重大！你只管查明他的行踪，今天晚上我亲自去会一会这位戴老板，找到他的位置，马上通知我！记住，不要惊动他！"

"是，不惊动！您放心，我知道怎么做了！"刘大同连声答应。

宁志恒放下电话，心中一股兴奋之情涌出，这个戴大光一定和田立群有联系，受田立群的委派前来寻找家徽印章。终于又挖出一个目标！

赶回审讯室，宁志恒不打算再审左氏兄妹，毕竟幕后的指使人已经摸清。

于是，他对左氏兄妹三人说："今天的审讯就到这里！"说到这里，他好像想起了什么，皱着眉头说道，"对了，我们打了半天的交道，你们还不知道我是谁吧？"

左氏兄妹也是纳闷，这个年轻人没有穿警察的黑衣，而是一身中山便装，从见面到现在，一直没有表明身份。他们开始也以为他担任的是警察局警长之类的职务，不过看这些警察局的头目对他诚惶诚恐的样子，又完全不像。他们心中隐隐感觉到，面前这个冷冰冰的青年的身份绝不简单！

　　这时听到宁志恒的话，兄妹三人都以疑惑的目光看着他，也想知道面前这位对手到底是何方神圣！

　　宁志恒自我介绍道："我叫宁志恒，是国民政府军事情报调查处行动队长，主要的工作是抓捕日本间谍，而不巧的是，你们现在已经卷入这次间谍案中。你们不惜杀人灭口，千方百计寻找的印章和勾玉，就是这件日本间谍案的重要物证，也是我们军方一直在追查的重要线索。你们身为中国人，却为日本人卖命，这是在叛国，是重罪！为此你们将付出惨重的代价，而你们身后的指使者戴大光极有可能是日本间谍，你们这是在助纣为虐。我希望你们明白这件事情的严重性！"

　　他的这番话，让左氏兄妹三人如遭雷劈，顿时惊呆了。

　　"怎么可能！戴大哥怎么会是日本间谍，我们……我们又怎么会成了汉奸卖国贼？你在胡说！"左柔根本不能接受宁志恒所说的这些，可是又无法解释清楚自己的行为，焦急之下，已经语无伦次！左刚和左强也强自挣扎着想争辩什么，无奈嘴里堵着布团，根本说不出话来。

　　宁志恒看到他们的表现，就能清楚地知道这三个人确实对整个案件并不知情，应该只是听命行事，为自己的老板卖命罢了。

　　看来突破口还是要放在这个戴大光的身上！

　　他挥手制止左柔的辩解，开口说道："我也希望你们没有真的甘愿为日本人卖命。我可以给你们兄妹一个机会，只要你们愿意戴罪立功，之前的事情我可以为你们说话，那几个混混的死也可以一笔勾销。

　　"军事情报调查处是有这个权限的，我可以撤销这次的立案，你们也可以重新做人，并为国效力。

　　"但你们要是负隅顽抗，坚持为你们的戴大老板做替死鬼，我也只能公事公办，送你们上断头台。

　　"是生是死，你们应该知道怎么选择。你们好好想想，身为一个中国人，沦为汉奸卖国贼，死后被万人唾骂，使祖上蒙羞，这到底值不值？"宁志恒说这番话，是要让左氏兄妹幡然悔悟，为他之后的收服打好基础。

他转头把老廖叫进来，吩咐道："暂时把他们关押起来，去给他们上些最好的云南白药。没有我的同意，任何人不能接触他们，知道吗？"

老廖赶紧称是！

"那这个崔二您有什么指示？"老廖又看了看瘫软在地的崔二问道。这个崔二如果不是宁志恒上次有交代，早就被老廖给下手段弄死了。

"这个人不能留了，你自己处理掉吧！下手利索点，别让他遭罪！"宁志恒低声吩咐道。这个崔二知道得太多，早晚是个隐患。翡翠勾玉和家徽印章都是从他嘴里掏出来的。

老廖躬身点头领命，安排去了。

宁志恒和孙家成出了审讯室，石鸿和王树成迎上来，问道："队长，接下来怎么办？"

"通知队员们暂时休息一下，刘大同那边已经有了重要发现，今天晚上还有一次行动。"宁志恒说道。

"太好了！没想到这么快就有了结果，不知道这次能捞到什么大鱼！"王树成兴奋地说道。

第三行动队这半年来，屡次抓获日本间谍，破获重大案件。暗影间谍小组的侦破行动，让第三行动队在军事情报调查处出尽风头，名声在外。作为副队长的王树成也受益匪浅，多次受到通报嘉奖，如果再有立功表现，很快就可以因功晋升为中尉。

石鸿也高兴地说道："队长，案子进行得这么顺利，我看很快就可以收网了吧？"

宁志恒摇摇头。虽然到目前为止事情进展得都很顺利，田立群已经处于监控之下，现在又发现一个戴大光，他却不敢太过乐观，于是笑着说道："一切还很难说，总之要步步为营，稳扎稳打。大家还需努力，力求竟全功！"

此话一出，三个副手都点头称是。此时已经是晚上七点，众人忙了一天，竟然滴水未进，此时才感到饥饿难耐。石鸿去安排队员们吃饭休息，随时待命。

宁志恒他们就近找了个饭馆随便对付了几口，就赶回看守所等刘大同的电话。

半个小时后，终于接到刘大同的电话，宁志恒下令全队出发。

一行人来到了城南蝶花园舞厅外面，这时刘大同也带着几个手下便衣靠了过来。

"大头，人现在还在这里吗？"宁志恒问道。

"还在里面。我打听过了，这几天晚上戴大光都带着他的女人来这里吃饭消遣，半夜才走。今天来得还早些，估计还要待很长时间，就在六号雅间包厢，门口有他的两个保镖把守！"刘大同在宁志恒到来之前已经把情况摸得一清二楚。

"队长，现在就动手吗？"王树成开口问道。

宁志恒沉思了一下，没有马上回答，转头问刘大同："以你的调查，这个戴大光一直就在南京没有离开过吗？"

刘大同一愣，仔细想了想说："应该是没有离开过。我大致打听了一下他的背景，他是本地人，很早就混迹于本地的帮派，后来起家开了贸易商行。如今黑白通吃，混得有头有脸的，算是一号人物了！"

宁志恒听完这话，暗自点头，看来必须进行抓捕了。按照以往的经验，发现目标后都要进行一段时间的监视，以便在对手没有防备时尽量摸清楚目标的情况，只有在案情毫无进展的情况下才会实施抓捕。

当初情报科抓捕暗影间谍小组组长风车的时候，就足足监视了一个月，最后终于没有收获，耐心耗尽，才决定实施抓捕。但最后的结果是风车死在了刑讯科的严刑拷打之下，军事情报处没有半点收获。

以宁志恒的经验判断，但凡经受过特工训练的日本间谍，他们的抵抗意志就会比较顽强，无论抓捕还是审讯的难度都大大超过那些用各种手段威逼利诱发展来的本国间谍！而这个戴大光，既然是本地人，又一直在南京发展，那么很有可能就是被日本人收买的下线。这样的人抓住之后，在刑讯科残酷的严刑拷打之下几乎没有不招供的。

既然如此，宁志恒决定以这个戴大光为案件的突破口，立刻实施抓捕，撬开他的嘴巴，应该能有所收获！

与此同时，在舞厅一间装饰豪华的包厢里，兴和贸易商行的老板戴大光正和外室郭如雪惬意地听着歌曲，喝着红酒。

“老戴，这都好几天了，你那些手下办完事了吗？我这一连好几天都住饭店，总感觉这里不如自己的房子住起来舒心，什么时候能搬回去？”郭如雪轻声问道。

她知道戴大光出身帮派，做事不择手段，这一次竟然让她把房子腾出来，以方便手下人做事。

“你呀，就是小家子气！房子在那儿又跑不了，这几天我都陪着你还不好吗？等明天再给你挑两件上好的旗袍！”戴大光哈哈一笑，不以为然地说，“别着急，再有几天就好了。”

戴大光对于寻找家徽印章这件事还是比较重视的，这是外交部计划厅二处的副处长苏煜交代给他的。这个苏煜身处要职，握有实权，当初戴大光在生意上遇到难处，花重金买通了这位副处长才得以过关。从那之后，戴大光刻意结交，双方一直相处得不错，说白了就是利益交换、官商勾结。

四天前，苏处长找上门来，交托给他一件事，说是他家传的两件玉器丢失了，要求他在不惊动警方的情况下尽快把这两件玉器找回来。这是苏处长特意安排的事情，戴大光自然不敢怠慢，把这件事情交代给了自己手下最得力的保镖左刚和左强兄弟。

左刚当年为父亲报仇杀了当时的仇家，在戴大光的帮助下逃出家乡，从此跟在他身边，为他出力不少。左氏兄妹身手高强，办事谨慎，一直是他的得力帮手。把事情交给他们，戴大光还是放心的。再说这件事情并不难办，按照苏处长介绍的情况，只是一个简单的惯偷盗窃案，相信用不了多长时间，就能有结果出来！

事实上也正是如此。如果不是崔二的那位黄包车夫邻居贪图赏金把崔二供出来；如果不是刘大同因为宁志恒的交代特别注意北街垃圾场的尸体，并马上立案调查；如果不是宁志恒心思缜密判断准确，及时出手，并亲自坐镇抓捕，此时的崔二早就落入左氏兄妹之手，家徽印章也早就取回来了。

戴大光估计，凭着左氏兄妹的本事，现在也应该办得差不多了。

“我也不是小气，只是怕你那些手下不知轻重，把我的家搞得乱七八糟。你是知道的，我自己的东西不喜欢别人碰，等回去的时候，家里的东西都要换了！”郭如雪噘着嘴撒娇道。

“好，好，都换了！你们女人真是麻烦！”戴大光有些不耐烦地说道。他知道郭如雪爱干净，如果不是这次苏处长安排的事情非常重要，他也不会如此郑重对待。

"对了，你说这次是为了给朋友找家传玉器，要是你的手下找不到怎么办？不会一直待在我那里吧？"郭如雪问道。那处大宅院是挂在她的名下的，也是她日后生活的一大依仗，由不得她不重视，总想着早一点回去才踏实！

"放心吧，不是什么大事情，很快就会解决的！"戴大光说道。

"你说，那两件玉器是不是特别贵重？要是找不着，你的朋友会不会生气呀？"郭如雪问道。

"现在是什么世道？乱世的黄金，盛世的古董！古玩玉器之类的都值不了什么钱，只有黄金、美钞、英镑才是硬通货！"戴大光解释道，"应该是有特别的意义，说是什么家传之物！"

"我看要是不贵重的话，你就干脆买几件好玉器送给他，也别伤了和气！"郭如雪说道。

戴大光听到郭如雪的话，心中一动。以前没有听说苏处长喜欢古玩玉器呀，现在看来要好好打听打听。要是苏处长真喜欢收藏这一类的东西，现在这些东西值不了什么钱，买上一堆送上去，这可比送美钞英镑划算多了，还可以投其所好，岂不是皆大欢喜！

"哈哈，你说这话倒是提醒我了，不妨试一试。明天咱们去玉器店转转，顺便给你置两对好镯子。"戴大光笑着说道，"买上几块好玉，给苏处长送去，看看他喜不喜欢！"

正说话间，敲门声响起。戴大光不耐烦地开口问道："什么事情？"

门外的保镖说道："舞厅的老板派人给您送来一瓶上好的红酒！"

"哦！哈哈，这个老赵，今天怎么这么懂事了！进来吧！"戴大光听到这话，顿时觉得脸上有光，心情舒畅，赶紧叫人进来！

此时，被几支手枪顶住脑门的两名保镖无奈地答应了一声。

房门打开，两名身穿侍应生服装的侍者推着一架小推车走了进来，来到戴大光的近前。前面的侍者回身将推车上的红布揭开，小心翼翼地取出一瓶红酒，然后走近戴大光。

戴大光其实根本就不爱喝什么洋酒，他也尝不出好坏，只是纯属装样子摆排场而已。他完全没有防备，眼看着侍应生来到身前。

突然那位侍应生将手中的酒瓶迅速挥出，重重地打在戴大光的脑袋上，同时一记侧踢，力量强劲地踢中戴大光的肋部。突如其来的两记重击将戴大光打得瘫软在地。另一个侍应生也在突袭的同时扑身向前，将戴大光的双手反扣，啪的一声用手铐铐上。

一旁的郭如雪被这突如其来的一幕吓呆了，等明白过来才"啊"的一声惊叫起来，可那名侍应生一掌就打在她的脖颈上，直接将她击昏。

"你们到底是谁？有话好好说，我戴大光有的是钱，大家坐下来好好谈一谈！"被打瘫在地的戴大光，躺了片刻才终于缓过气来。他也是经历过风浪的人物，并没有惊慌失措，看着眼前的两个人开口说道。

第二十五章
新的苦泉

"戴老板，找到你可真是不容易呀！"宁志恒迈步进了包厢，来到戴大光面前说道。

戴大光抬头看着走到身前的宁志恒，感觉一股慑人的气势压迫而来。他强作镇定地问道："这位兄弟，不知是哪条道上的朋友？如果我戴某人有得罪之处，那尽管开口，只要我有的，你尽管拿去！"戴大光很是光棍，久经风浪的他，当然知道做人不能吃眼前亏。刀架在脖子上，自然要低头。他这前半生不是没遇到过这种事情，最后还不是平安度过？只要人活下来，机会总是有的！

"戴老板倒是爽快，"宁志恒听完这话点点头，"只要你识相，我绝对不会难为你。"

这时伪装成侍应生的孙家成和赵江，已经照例将戴大光的衣领撕下来，开始对他进行搜身！

戴大光也是个见多识广之人，对很多手法和门道都有所了解。他看见行动队员赵江竟然将他的衣领全部撕下，顿时明白过来，这是怕他在衣领里面暗藏毒药，防止他自绝！想到这里，他顿时毛骨悚然。这可不是一般的江湖上的路子，这些人是官面上的人，而且绝不是一般的警察，自己这是惹上哪路大神了？再说他这一辈子怎么也不会有给自己藏毒药的那一天，他还没活够呢！

"这位兄弟，是不是有什么误会？我一向奉公守法，是做正经生意的。这样，你告诉我你们是哪个部门的，我跟你们的长官通个电话，一场误会解释清楚就好了！"戴大光的心中有些发虚，好在这些年他在官面上积攒有不少人脉，这个时候应该能派上用场了。

宁志恒听到这话，不禁有些哭笑不得，脸上露出嘲讽的笑容。他蹲下身子，伸手掐住戴大光脸上的肥肉狠狠一拧，冷笑道："你给我的长官打电话？真是不知天高地厚，你算个什么东西！我捏死你，跟捏死一只蚂蚁没有区别！"

戴大光脸上传来一阵剧痛，就好像被撕去了一块皮肉一样，痛得他连声惨叫，不停地求饶。

宁志恒没有再和他纠缠，挥手示意收队。队员们上前将戴大光和郭如雪架了起来，连同他的两个保镖一齐押上车，赶回警察局看守所。

来到看守所，宁志恒叫来老廖，低声嘱咐了几句。老廖心领神会，转身回去安排。

被带到审讯室的戴大光，紧紧捆在粗大的木桩之上，心中忐忑不安，不知道宁志恒要怎么处置他。到现在为止，他根本不知道这些人为什么抓他。

"戴大光，知道我们为什么把你带到这里来吗？"宁志恒开口问道。

"这位警官，我真的什么都不知道。我说过了，我只是一个正经的生意人。还请您给个明示！"戴大光这时也知道，对面这些人绝不是一般的警察，自己在官场上的那些人脉不一定管用，但好汉不吃眼前亏，所以姿态放得甚低，装出一脸的无辜和可怜！

"明示？戴大光，你就不要装糊涂了！我们是军事情报调查处的，我们这个部门是做什么的，相信你也清楚。现在应该明白为什么抓你了吧？"宁志恒冷冷地说道。

什么？军事情报调查处！戴大光当然知道这是一个什么样的部门，以"鬼门关""阎罗殿"这些词语来形容绝不为过，里面的人都是吃人不吐骨头的恶鬼。就连那些军政府各大要害部门的官员听到这个名字也要色变，避之唯恐不及，何况自己不过是个底子并不干净的商人！

戴大光脸都给吓绿了，连声哀求道："是我有眼无珠，刚才言语之间冒犯了诸位。不过我真的就是一个商人，何至于让军事情报调查处来动手哇？"

"好吧，那我给你一点提示。你指使你的手下左氏兄妹连杀四人，抛尸两人，埋尸两人，持枪拒捕，行刺长官！这些事情你能否认吗？"

这几句话如同晴天霹雳，结结实实地劈在戴大光的头上，劈得他魂不附体。此时他才知道，这些如狼似虎的恶魔为什么找到他的身上了！竟然是左氏兄妹惹下了大祸，本来以为左刚办事牢靠，手脚干净，所以才让他们去找玉器，可没想到出了这么大的纰漏，最后还把自己抖搂出来。左氏兄妹这是要把自己往死里坑啊！

戴大光想到这里，顿时一阵哀号："长官，你真是冤枉死我了，我根本不认识什么左氏兄妹、右氏兄妹的，这完全是有人故意攀咬我！我怎么会无缘无故去指使人杀人呢？我和他们无冤无仇哇，长官！"

宁志恒眼睛一眯："真是敬酒不吃吃罚酒！还说不认识左氏兄妹，你指使他们去寻找翡翠勾玉和家徽印章，这你能否认吗？左氏兄弟是不是你的随身保镖？这件事一查就清楚，你说不认识就不认识了？"

说到这里，宁志恒不再跟他啰唆，对老廖吩咐道："请戴老板尝尝你们的手段，让他清醒清醒，不要信口雌黄！"

老廖在一旁点头答应。很快，几样暗黑色的刑具摆上来，上面的血迹还没擦干，透出阴森恐怖的气息。老廖和几个狱警面带狰狞之色，一步步向戴大光走过来！

"别……别动手！我说我说，不过真的和我没什么关系！"戴大光一看这些刑具就知道今天是熬不过去了。他以前就领教过这些刑具的厉害，开始还以为自己是一条硬汉子，但等到刑具加身，才知道那种痛苦深入骨髓。他绝对不想再承受一次！

"我是安排左氏兄弟去找两件玉器，可是我真的没有让他们去杀人抛尸，行刺长官！这完全是他们自己擅作主张，胆大妄为！这些都应该追究他们的责任，可是与我无关哪！"戴大光争辩道。

他说这话的时候，在与审讯室只有一门之隔的屋子里，戴着手铐脚镣的左氏兄妹脸色都是一变：为他卖命多年，天天称兄道弟、倚为兄长的戴大哥，在这个生死关头，没有片刻的犹豫就把他们像擦桌布一样随手扔掉了！这种被人背叛的感觉，像一把带有剧毒的锥子深深扎入他们的心口，痛彻心扉！

这正是宁志恒安排的。审讯开始的时候，他让老廖把左氏兄妹三人带到这间屋子，然后在审讯时故意将左氏兄妹行为的严重性夸大。他料定了像戴大光这样唯利是图的江湖混混，在生死关头怎么可能坚守道义，自然会把责任推到左氏兄妹身上。

宁志恒以此绝了左氏兄妹甘愿当替死鬼的想法，到时候只要自己稍加招揽之意，相信只要不是傻子，左氏兄妹应该知道怎么做。

"这个浑蛋！我们兄妹为他卖命落到今天这步田地，他来一句'与他无关'就算啦？算我瞎了眼，看错了他！"左强咬着钢牙狠狠地说道。

"算了。他没有说错，他只是叫我们找玉器，没有叫我们杀人行刺。他救过我的性命，这次把命还给他，就当是两相抵销，互不相欠！只是连累你们了！"左刚的脸上现出一丝痛苦和无奈。他虽然漠视生命，做事狠辣，但一生最重"信义"二字，尤其是对自己身边的人。

"废话，他是没叫我们杀人，可是不让我们惊动警察，又不让我们暴露行踪，我们如果不走偏锋，不杀人灭口行吗？我们兄妹为他杀的人还少吗？这个浑蛋！"左柔咬牙切齿地骂道，"哥，那个宁长官说过，只要我们戴罪立功，可以既往不咎，还可以替我们销案。我们不是没有活路可走！"

左柔的话顿时让左刚和左强黯然的心情好转了许多。说得对呀，自己并不是没有活路可走！那个宁长官明显是握有特权的人物，只要自己兄妹三人肯向他低头，为他效力，自己身上的命案可以一笔勾销。至于戴大光这个人，自然是恩断义绝，自己不去找他的麻烦，就算他烧高香了。

况且不向那个宁长官低头，就是死路一条。这世上又有谁不怕死呢？左氏兄妹当然知道该如何选择！

左氏兄妹心思转动，心里已然暗自打定了主意，就等宁志恒的招揽了！

宁志恒接着追问道："那又是谁让你去寻找这两枚玉器？"

戴大光听到这里犹豫了一下，最终回答道："是外交部计划厅第二处的副处长苏煜。四天前他找到我，说是有两枚家传的玉器丢了，一枚是翡翠勾玉，还有一枚印章。他让我务必找到，说这是他家传的玉器，对他很重要！"

"外交部的副处长？你说的是真的？"宁志恒一听，精神一振。外交部的处级官员！这是一条大鱼哇！

别的部门还好说，以军事情报调查处的权限都可以插手调查，可外交部比较特殊。外交部直属于常校长领导，常校长对外交部一向都非常重视，可以说外交部的每一任部长都是常校长的亲信，甚至在几年之后常校长会亲自兼任外交部长。即便是军事情报调查处，在处理有关外交部的案子时也是非常小心的。

"当然是真的，我怎么敢骗您！"戴大光苦着脸说道。

"他还有没有别的交代给你的？"宁志恒问道。

戴大光支吾了半天，才开口说道："他说这件事一定要秘密寻找，不要惊动警察，越快越好。"

"他当然要秘密进行，因为这两件玉器根本见不得光。"宁志恒冷声说道。

戴大光赶紧点头说道："我当时也这么想。只是苏处长位高权重，我要在他手底下混饭吃，当然不敢违背他的意思，所以才派了手下左氏兄妹做这件事情。可是长官，我真的没有让他们去杀人哪！我一向奉公守法，从头到尾整件事情我都蒙在鼓里，我真是太冤枉啊！"

"先别喊冤！苏煜给你规定期限了吗？"宁志恒问道。

"他给了我六天时间，说是尽快找回来，最多不能超过十天。如果找不回来，他就另找别人去做！"戴大光耷拉着脑袋，无奈地说道。

为什么是六天，而不是七天或者八天？宁志恒觉得这里面肯定有文章。如果戴大光说的都是真的，那么这个苏煜处长一定是田立群安排来找回家徽印章和翡翠勾玉的。苏煜找回家徽印章这么重要的东西后一定不会耽误，他当天或者第二天就要交到田立群手里。

"苏煜是在四天前的什么时候把这件事交代给你的？"宁志恒追问道。

"四天前的晚上，也就是上个星期天的晚上，他打电话通知我见了一面，把这件事交代给我的！"戴大光说道。

宁志恒计算了一下，按苏煜规定的时间，正好是要求戴大光在星期六把印章和勾玉取回来。也就是说，很有可能，他星期天就要和田立群见面，把印章和勾玉交还给他。

按照这个推论，苏煜很有可能是在上个星期天接到田立群的通知，要求他找回家徽印章和翡翠勾玉。而在当天晚上，苏煜又通知戴大光见面，把这个事情交代给了戴大光。如果猜得不错，在这个星期天，苏煜和田立群很有可能会接头见面！

现在田立群已在自己的监控之下，只要再盯紧苏煜，看看星期天两人会不会见面就清楚了，由此也可以确认苏煜日本间谍的身份了！

至于戴大光，宁志恒判断他说的应该是真话，不过这还需要核实，毕竟苏煜的身份是外交部的处长。对于他这样的高官，宁志恒还是要谨慎一些。

戴大光这样的混混头子，在普通人眼里是个人五人六的人物，可在宁志恒眼中不过就是一只蝼蚁。不过这个戴大光现在还有用，还需要他稳住那位苏处长，不能惊动了这个目标。这可是一条难得的大鱼。想想看，挖出潜伏在外交部的高官，这可以在宁志恒的功劳簿上写下多重的一笔！

想到这儿，宁志恒以非常严厉的语气说道："戴大光，这件事情的严重性，我想你还没有搞清楚！你现在的问题不仅仅是指使手下杀人行刺，更重要的是你已经卷进了我们军事情报调查处正在侦破的一起日本间谍大案之中。指使你寻找两枚珍贵玉器的苏煜苏处长，就是潜伏在我们国家的一个日本间谍，那两枚玉器就是此案最重要的物证！你已经涉嫌卖国，非法进行间谍活动，这是什么性质你应该清楚吧！"

和左氏兄妹一样，戴大光听到宁志恒的这番话顿时嘴巴张得老大，眼睛瞪得溜圆，口中"啊啊"地说不出话，最后终于哀号道："长官，我冤枉啊！我怎么知道苏处长，不，那个浑蛋是日本间谍，我是被蒙骗的呀！求你了，长官，您高抬贵手，放我一条生路，我愿意拿出所有家财报答您！求您放过我吧！"

戴大光此时才明白军事情报调查处这样的部门为什么会找上他，原来自己已经被卷入这么严重的间谍大案里，现在生死全在这位宁长官一念之间！

看着自己的话起到了效果，宁志恒放缓口气说道："你既然已经知道了问题的严重性，那就应该明白，你犯的是死罪！但我现在可以给你一个机会。"

戴大光听到这话顿时如获大赦，赶紧连声说道："我愿意戴罪立功，我愿意戴罪立功！只求长官给我一个机会！"

宁志恒满意地点点头，说道："三天后，苏煜再次联系你时，你就说马上可以找回印章，让他再等一等。以后的事情我会再安排，只要你老老实实听我的指令，最后我可以酌情考虑放你一马，可如果你胆敢跟我要心眼……"

说到这里，宁志恒慢慢走到戴大光面前，头稍微探前，语气狠厉地说道，"不要说你的命，就连你一家老小都别想活命！明白了吗？"

戴大光吓得浑身一颤！他家中有一个黄脸婆也就罢了，可还有一个儿子是他的命根子，断不能有半点闪失。他不停地点头哀求："全听长官您的，绝不敢起半点心思，您相信我！"

宁志恒眼中闪过一丝阴狠之意。一番敲打，看来这个戴大光是不敢再有别的心思了。

"一会儿给你家中打个电话，就说这几天有事不能回去了，星期六才能回家。我会派人跟着你，再警告你一遍，不要耍花样！"宁志恒吩咐道。

"是，是！其实这几天我也没有回家，都是在外面住宾馆，家中不会惊动的！"戴大光这几天都带着外室郭如雪在外面逍遥，根本就没有回家。

他那个黄脸婆早就知道他的德行，也不敢管他，有时候几天不回也是有的。

戴大光被人盯着给家里人打了电话，然后和他的两个保镖还有郭如雪一起关进了牢房。

宁志恒交代老廖把郭如雪安排在一处干净的房间小心看管，等过些日子案件结束再放出去。

接下来，宁志恒带领大队人马撤回军事情报调查处。

在车上，王树成有些失望地说道："还以为这次抓到的戴大光是一条大鱼，没想到也是一个被利用的角色！"

"不是又挖出了一个苏处长吗？也算是收获巨大，没有白忙一天！等这件案子破了，少不了你小子的好处！"石鸿却显得非常高兴。这件案子到目前为止进展得很顺利，不出意外，这绝对又是一次立功的好机会。

可此时，宁志恒开口说道："谁说戴大光不是一条大鱼？谁又能保证他不是日本间谍小组中的成员？到目前为止都是他的一面之词，再退一步讲，他的确是一个受利用的角色，可谁能给他证明？官字两张口，我们就说他是日本间谍小组的成员，甚至是苏煜发展的下线，也不能说就错了。毕竟他的确在为苏煜寻找印章，在为日本间谍做事，也不能算是冤枉他！"

一旁的众人听到宁志恒的话语，都已经明白了他的意思。这是要坐实戴大光日本间谍的身份，等使用完了之后，根本没有打算放过他。毕竟抓捕一个江湖混混和抓捕一个日本间谍哪个功劳大？答案是明摆着的。

大家都不是傻子，知道宁志恒是打算要钉死这个戴大光，在功劳簿上先抢下一笔，再说这么做对大家也都有好处，于是众人纷纷点头称是。

石鸿和王树成在心里对宁志恒暗自服气：这个队长不仅破案手段高强，就连处事作风也狠辣高明，绝不放过任何一个机会！

回到军事情报调查处，大家收队回去休息。宁志恒独自坐在办公室里，思考着下一步的行动，下一步当然是对苏煜的监视。贸然抓捕外交部的高官，如果出了纰漏或者证据不足，以宁志恒这个军事情报处小小的上尉，背上这个锅也不是闹着玩的。

看来必须上报了，自己必须依靠军事情报调查处的特权，才能在保证自己利益的同时顺利进行下一步的行动，并保证自己立于不败之地。

诸般事情考虑清楚，宁志恒才出了军事情报调查处回家休息。

而与此同时，在城南一处隐蔽的地下室内，金陵大学教授方博逸与一位中年男子相对而坐。

这个男子赫然就是今天下午和郑大有一起被困在北街的那个乡下人，只是身上已经梳洗干净，衣服也已经换掉，还戴上了一副金边眼镜，气质迥然不同。

"老程，这次组织安排你来南京，任务已经给你交代清楚了吧？"方博逸开口说道。

程兴业点了点头，说道："都交代清楚了。我的任务是接替苦泉同志，重新领导和组织南京地下药品这条战线的工作！我感觉肩上的担子很重，担心辜负了组织的重托！"

"是呀，你这次是临危受命！这一次因为叛徒的出卖，苦泉同志的身份已经暴露，敌人对他的情况掌握得非常清楚。经过组织研究决定，他已经不适合再在南京进行地下工作了，现在已经安全撤离。你家世代行医，本人又是杏林高手，而且有丰富的地下工作经验，对于药品行业又非常熟悉，所以组织选择你接手他的工作！"方博逸再次解释道。

程兴业思索了一下，开口问道："我知道我们的同志在南京工作的难度要远远大于其他地区，对此也有一定的心理准备。既然由我来接手这条战线，我想问一下这条战线上的其他同志有没有暴露？"

方博逸长出了一口气，语气中带有一丝庆幸，说道："还算万幸。叛徒是苦泉身边的人，并不是我们的成员，所以对这条战线上其他同志并不了解。我们总算应对及时，控制住了叛徒，没有造成更大的损失。"

"现在这个叛徒呢？"程兴业问道。

"审问完毕后，已经清除了！是由苦泉同志亲手执行的，这也是他的要求！"方博逸叹了一口气，缓缓地说道。

"也就是说，现在这条药品战线保存完好，马上就可以重新投入工作了？"程兴业高兴地问道。

情况比他预想的要好得多。在他原来的设想中，像苦泉这么高保密等级的同志身份暴露，一定是组织已经遭受了严重的破坏。

可没想到问题竟然就出在苦泉的身边，而南京地下党同志反应及时，应变神速，直接截断了危险的源头，有惊无险地度过了这一次的劫难。

"对，其他同志都保存了下来，不然这条花了无数心血和生命才建立起来的药品战线，就会遭到毁灭性的打击，甚至整个南京地下组织都要毁于一旦，后果简直不堪设想。"方博逸至今想起来仍然后怕，这是他领导南京地下工作以来最危险的一次经历，一生一死擦肩而过，"这一次真是万幸，我们的同志得到消息非常及时。如果营救行动再晚二十分钟，如今我们只怕就不能在这里见面了！"

"这么说，我们在敌人内部也有消息来源？这样我们以后的行动可就安全多了！"程兴业在方博逸的话里听出了一些意思，忍不住开口说道。

方博逸突然意识到，自己的话里多透露出了一点信息，不过程兴业现在也是省委成员之一，组织权限很高，有些事情很难瞒过他。

"消息确实是我们的一位同志冒着极大的风险获取并传递出来的，并且是他力挽狂澜救出了苦泉同志。可以说我们的组织这次能够平安脱险，完全是他的功劳！"方博逸感慨地说道，"不过，老程，这位同志的身份是绝密。尽管你是省委成员之一，可鉴于组织纪律，我还是不能够向你通报他的情况，这一点请你谅解。"

程兴业刚刚把话说出口就有些后悔了。他也是老地下党员,这么问话是不合适的。

"对不起,青山同志,是我一时口快。组织纪律一刻也不能松懈,这我理解,"程兴业赶紧开口解释道,"不过我有一个情况,想向你了解一下。"

"什么情况?"方博逸问道。

"今天下午,郑大有同志接应我入城的时候,恰巧赶上敌人进行大搜查,封锁街道设卡盘查,我和郑大有同志都被困在里面。更危险的是,当时一名警察头目是一个老手,看出了我身上的破绽,把我和郑大有同志一起抓了起来!"程兴业说道。

"我都听大有说了,当时的情况非常危急。在此我不得不提醒你,南京作为民国政府的首都,在这个城市里敌人的势力是非常强大的,掌控力也非常强,我们要想在这里生存求发展,不可以有一丝一毫的松懈,否则后果会很严重。"方博逸提醒道。

"是呀,刚一进城就给了我一个下马威,就连南京城里一个小小的警察头目,眼光也是毒辣得很!"程兴业感慨地说,接着又打趣道,"不过借了你的光,那名为首的年轻人竟然是你的相识,看在你的面子上,一句话就把我们放走了。你的面子在敌人那里还是蛮大的嘛!"

方博逸听到这里也是哈哈一笑,他从郑大有那里听说了整件事情的经过,心里也是暗自庆幸。

几天前来访的那位带有行伍气质的年轻人,偏偏正巧主持大搜查行动,轻轻巧巧的一句话,竟然就让二人化险为夷,平安过关。

"那个年轻人带有行伍气息,应该不是警察,而是军人!"方博逸说道。

"对,我也看出来了。现场那些警察都是受一些身穿中山便装的人员指挥,而你说的那个年轻人就是其中的首领,这个人的身份一定不简单。那些身着中山便装的人员,举止进退训练有素,也绝不是普通的便衣,应该都是军人。"程兴业的眼光也很敏锐,看出了行动队员和警察之间的差别。

"你说这些是有什么想法吧?"方博逸笑着问。

"是啊,我想这个年轻人一定是敌人特殊部门的人员,我们可不可以试着发展一下?"程兴业说道。

"不行!"方博逸断然说道,"老程,你的任务是负责药品战线,这才是第一重要的事情。至于发展成员、策反敌人不是你的任务，我不同意！"

"是，是我太冒失了！"程兴业也只是有这个设想，看到方博逸不同意，当然不会再坚持。

"老程，不说这些了，现在我具体给你安排一下工作！"方博逸摆了摆手，"你是杏林高手，我们打算在城南开一间中医诊所，你就以坐馆医生的身份为掩护。"

"没有问题，这是我的老本行，本色出演，不会露出任何破绽！"程兴业高兴地应道。组织想得很周到，这个身份是给他量身定做的，非常合适！

方博逸接着说道："当时情况非常危急，苦泉同志撤离得很仓促，现在我们手里囤积的一批伤药急需运输至西北前线，这关系到万千将士的生命！可是因为苦泉同志的暴露，他原先的运输线已经不安全了，你当前的任务就是再建立一条安全的运输线，及时把这批药品运输出去！"

"以前的运输线不是我们自己同志负责的吗？"程兴业听完方博逸的话，深知任务艰巨，不由得开口问道。

"以前的运输线有一个环节必须经过一名警察局局长的关系才能打通，可是因为苦泉同志的暴露，这位与他相交甚密的警察局局长已经被党务调查处调查，我们不能再用了。"方博逸解释道。

"明白了，我一定想尽办法，坚决完成任务！"程兴业点头说道。

"好，我等着你的好消息。如果有困难，及时通告我，我们全力提供支援！对了，至于你的代号，为了工作衔接方便，我的想法是接替苦泉同志的代号，你有什么意见？"

"好，我没有意见，就定为苦泉！"程兴业点头同意。

"那好，苦泉同志，欢迎你的到来！"方博逸爽朗一笑，伸出双手与程兴业紧紧相握！

第二天一大早，宁志恒赶到军事情报调查处调配人手。他要先布置好，对苏煜进行全面的调查和监控。

一切照以前一样，宁志恒调用一部分外围的人手，从刘永那里调来十名比较机灵的黄包车夫，自己带着石鸿和孙家成及十名行动队员对苏煜进行监视，王树成带领其他队员在家里随时待命，等候宁志恒的命令。

宁志恒先是赶到了民生报馆的监视点，和邵文光碰了一下面，了解一下监视田立群的情况。

"田立群的生活还是很有规律的，朝九晚五。我们跟踪到了他的住所，并且在他家附近也建了监视点。现在他正在报馆里上班，暂时没有发现什么异常！不过我发现他的反跟踪能力极强，是个非常谨慎小心的家伙。昨天如果不是准备得充分，差点就惊动了他！所以对他的监视，不能逼得太近。"邵文光简单地介绍了一下情况，说完看着宁志恒问道，"你那边有什么进展吗？"

宁志恒笑着点点头，说道："行动非常顺利，收获颇丰。花了一下午的时间抓了几个下线，找到了一个主要目标！"

邵文光一下子来了兴趣，急忙说："快给我好好说一说！"

宁志恒就把昨天的行动一五一十告诉了邵文光，其中的精彩之处让邵文光不禁拍案叫绝！

邵文光冲着宁志恒一竖大拇指说道："志恒，干得漂亮！卫组长曾经说过，你是天生干这行的材料！这一步一步都让你算得精准到位！精彩，太精彩了！"

宁志恒笑着说道："老邵，你太过奖了！你出道早，经验丰富，师兄也曾经说过，当初你教会了他很多，你只是被耽误了，他一直让我向你好好学学！"

邵文光听到这话有些黯然，无奈地说道："组长说这话真是言重了。当初我是他的副手，自然要全力配合，他是个念旧的人哪！志恒啊，我是时运不济，当初得罪人走了背字，结果被人打发出去。如果不是你师兄卫组长，我现在还在广西喂蚊子呢！"接着他看着宁志恒真诚地说道，"志恒，我真是羡慕你和卫组长。你们是正经的天子门生，年轻有为，风华正茂，有背景，更有能力，将来绝对前途无量。你们飞黄腾达之时，不要忘了你老兄我！"

邵文光前些年一直不是很顺利，空有一身本事却无用武之地，蹉跎到了如今还是一个上尉，棱角早已被这坎坷的岁月磨去，如今锐气早失，看到英姿勃发的宁志恒难免有些感慨。

"老邵，你也太颓废了。如果这一次能够再次破获日本间谍大案，我和师兄将力保你的晋升。以你的资历，早该晋升为校级军官了！"宁志恒伸手拍了拍邵文光的肩膀，安慰道。

"你有心了！但愿借你吉言，要是能够达成心愿，以后唯你们师兄弟马首是瞻！"邵文光紧紧握着宁志恒的手说道。

宁志恒与邵文光又说了会儿话，将各自的情况沟通交流完毕，宁志恒便赶往苏煜的工作单位外交部计划厅。

这时候刘大同带着温兴生和宫季安还有几名便衣早就等在附近，看到宁志恒赶紧迎了上来。

宁志恒说道："一切都按照以前程序来，你们不是第一次做！就近建立监视点，不要怕花钱，必须能够随时监控到苏煜进入单位的必经路线，并且在他的住处附近也设立监视点。刘永在配合老邵监视田立群，脱不开身，这里黄包车夫的调配就交给温兴生负责，宫季安负责消息的联络！我和鸿哥居中指挥，一有情况及时报告！总之，我要在苏煜的身边撒下一张网，只要他出了这个大门，他的一举一动我都要知道！明白了吗？"

"是！"众人齐声答应，各自领命各自安排。很快，刘大同在附近找到一处二层的房间，宁志恒等人进入以后巡视了一遍，发现正好能从屋内观察到苏煜单位的大门！

可惜不能够进入外交部的内部进行观察，对苏煜的监视还是有漏洞的。不过这也没有办法，宁志恒的权限是做不到这一点的。

这也正是他要上报情况的原因之一。只有军事情报调查处的高层才有权限进入外交部安插眼线，进行全程监视。

这时孙家成进来，将手里的一张纸交给宁志恒，汇报道："队长，这是我们初步了解到的一些情况。"

"就这些？"宁志恒接过这张纸，看了看内容，也就是苏煜的一些个人信息，都是些公开的信息，内容很少，只有短短的几行字。

"也就这些了，还是我想办法从侧面打听到的。如果想查到更详细的信息，就需要申请手续，调阅他的档案材料，可是这样就容易打草惊蛇了，我……"孙家成解释道。

宁志恒明白他的意思，摆了摆手，说道："好了，就先这样吧，等我回去向上面汇报了再定！"

"这个苏煜是从日本留学回来的？"宁志恒看着手中的这些内容，突然发现了一些感兴趣的内容。

"是，他是民国十八年回国的，然后一直在外交部任职！"孙家成回答道。

从日本留学回来的？宁志恒对从日本回来的人都抱有一定的戒心。他从黄显胜的记忆中知道，有很多日本间谍都会借用或者冒充在日本停留过的中国人的身份，进入中国境内进行长期的潜伏，这个苏煜会不会也是这种情况呢？即使不是，他也有可能在日本就加入了谍报组织，或者和日本方面有着一些不为人知的联系！

总之，这个情况需要注意！

"鸿哥，你现在在这里盯着，我需要回去向组长汇报工作的进展情况，有些事情我们必须上报了！"宁志恒对身旁的石鸿说道。

"放心吧，这里我会小心盯着的，不会出问题！"石鸿也是精明干练的老特工，监视目标这种事情很拿手。

宁志恒把这边事情安排妥当，然后来到卫良弼的办公室。

卫良弼正忙着处理上面下达的在军队中清除异己分子的事情，按照名单已经开始制订计划。他抬头看到宁志恒进来，示意把门关好，这才问道："有什么事？昨天听说你们的动作很大，一直忙到了晚上才回来，今天一大早又不见了，案子进行得怎么样了？"

宁志恒将门关好，上前说道："进展得非常顺利，可以说顺利得超过我的预计。可正是这样，现在已经超出了我的权限范围之外，所以必须向你上报了！"

卫良弼听到宁志恒的话，眉毛一挑，嘴角上扬，露出一丝笑意。卫良弼很了解宁志恒，知道这位师弟的能力，他这话的意思就是说，在他的权限范围之内的事情已经做完了！

"这是捞到大鱼了吗？"卫良弼放下手中的笔，坐直了身子，准备好好听取一下宁志恒的汇报，"昨天刚刚发现一个目标今天就又有发现，在军事情报调查处里，你这种破案速度可以说也是头一份了！"

宁志恒和卫良弼说话很随便，也没有和他客气，直接说道："当然是一条大鱼。我先抓了一个现在还在控制中，还有一个是外交部计划厅二处副处长苏煜。这算不算一条大鱼我可有些拿不准，这才向你请示来了！"

"什么？外交部的处长？志恒，你没有弄错吧？外交部和上层的关系千丝万缕，错综复杂，我们是很忌讳和他们这些人打交道的！"卫良弼被宁志恒突然爆出的猛料吓了一跳。

在外交部里有很多高官子弟，不少职位都是这些政府高层把家中子弟送去镀金的好地方，毕竟说出去，"外交官"三个字是很有面子的。这里面的处长级干部出现问题，这真不是一件小事！

"不会有错的，不过我也不敢轻举妄动，现在已经在他周围布了监控点。这不，现在只能向你上报了！"宁志恒再次确定地说道。

"这样，我们一起向科长汇报，你一次把情况说明白了！"卫良弼起身将桌子上的文件收拾好锁进保险箱里，然后示意宁志恒一起出门。

宁志恒其实也明白卫良弼的意思，知道他这是不愿意再抢自己的功劳。毕竟上一次借助宁志恒侦破暗影间谍小组之功，卫良弼收获满满，直接晋升中校军衔，这点卫良弼心里还是有些歉意的。

这一次，他不愿意再抢自己师弟的功劳。他已经隐隐听说，这一次军事情报调查处的扩招计划里，第一批晋升名单里就有宁志恒的名字，于是他这次就干脆直接上报，要让宁志恒独占其功，稳稳当当地将宁志恒送入校级军官行列，迈过这关键的一步！

图书在版编目（CIP）数据

谍影风云 .1 / 寻青藤著 . —— 北京：东方出版社，2020.11
ISBN 978-7-5207-1529-4

Ⅰ . ①谍… Ⅱ . ①寻… Ⅲ . ①长篇小说—中国—当代 Ⅳ . ① I247.5

中国版本图书馆 CIP 数据核字（2020）第 083628 号

谍影风云 1
（DIEYING　FENGYUN 1）

作　　　者：寻青藤
责任编辑：朱　然
特约编辑：石相杰
策　　　划：上海触漫网络科技有限公司
出　　　版：东方出版社
发　　　行：人民东方出版传媒有限公司
地　　　址：北京市西城区北三环中路 6 号
邮　　　编：100120
印　　　刷：天津盛辉印刷有限公司
版　　　次：2020 年 11 月第 1 版
印　　　次：2020 年 11 月第 1 次印刷
开　　　本：787 毫米 ×1092 毫米　1/16
印　　　张：25
字　　　数：409 千字
书　　　号：ISBN 978-7-5207-1529-4
定　　　价：49.80 元
发行电话：010-85924663　85924644　85924641